KIERA BRENNAN

Der Thron der Wölfe

W0284524

Kiera Brennan

Der Thron der Wölfe

Die Irland-Saga

blanvalet

Sollte diese Publikation Links auf Webseiten Dritter enthalten,
so übernehmen wir für deren Inhalte keine Haftung, da wir uns
diese nicht zu eigen machen, sondern lediglich auf deren Stand
zum Zeitpunkt der Erstveröffentlichung verweisen.

FSC
www.fsc.org
MIX
Papier aus verantwortungsvollen Quellen
FSC® C014496

Verlagsgruppe Random House FSC® N001967

1. Auflage
Copyright © der Originalausgabe 2017
by Blanvalet Verlag
in der Verlagsgruppe Random House GmbH,
Neumarkter Straße 28, 81673 München
Dieses Werk wurde vermittelt durch die Literarische Agentur
Thomas Schlück GmbH, 30827 Garbsen.
© 2017 by Kiera Brennan
Redaktion: Margit von Cossart
Umschlaggestaltung: www.buerosued.de
Umschlagmotiv: © George Karbus Photography/Cultura/Getty Images;
www.buerosued.de
KW Herstellung: wag
Satz: Buch-Werkstatt GmbH, Bad Aibling
Druck und Bindung: GGP Media GmbH, Pößneck
Printed in Germany
ISBN 978-3-7341-0696-5

www.blanvalet.de

Vorbemerkung

Im Jahr 1175 ist Irland faktisch zweigeteilt: Den Osten haben weitgehend die Anglonormannen erobert, der Westen und der Norden der Insel sind noch in der Hand der Iren – jedoch bei Weitem nicht geeint. Die Gebiete sind in diverse Provinzen zersplittert, deren Könige oft gegeneinander Krieg führen, anstatt sich gemeinsam gegen die Normannen zu stellen. Diese Konflikte nutzt der anglonormannische König Henry II. Plantagenet jedoch nicht zu seinen Gunsten aus. Ihm liegt gar nicht unbedingt daran, dass seine Ritter die ganze Insel besetzen, befürchtet er doch, dass der normannische Statthalter Irlands zu mächtig werden und ein unabhängiges Königreich gründen könnte. Um den Status quo, also die Teilung der Insel, zu zementieren, will er mit dem irischen Hochkönig Ruari O'Connor einen Friedensvertrag schließen …

Die komplexen Macht- und Herrschaftsverhältnisse auf der Grünen Insel zu durchschauen ist zweifellos kein leichtes Unterfangen. Was die Sache besonders kompliziert macht, sind die gälischen Orts- und Eigennamen. Diese sind lang, komplex und haben die Eigenheit, dass man sie meist anders ausspricht, als man sie liest: Viele Silben werden nur gehaucht, viele Doppel- und Dreiervokale nur mit einem bestimmten Vokal oder Umlaut wiedergegeben. Um Ihnen die Lektüre zu erleichtern, wird im Personenverzeichnis am Ende des Buches die richtige Aussprache angegeben. Bei den historischen Persönlichkeiten mit besonders komplizierten Namen habe ich die anglisierte Schreibweise benutzt. Gleiches gilt für die Ortsnamen.

Prolog

1175

Das Holzbrett, auf dem der Mann lag, sah aus wie eine Bettstatt, die breiten Lederbänder ließen an Gürtel denken. Die Gürtel waren aber nicht um seine Taille geschlungen, sondern um Hände und Füße, und die Bettstatt war eine Streckbank, auf der man den Unglücklichen quälte. Immer wieder wurde er lang gezogen, bis sein Rücken das Holz nicht mehr berührte und er zu zerreißen drohte.

Was wird zuerst geschehen?, fragte sich Prinz John. Wird ein Fuß abreißen, eine Hand, oder zerplatzt eines der Augen, die bei jedem gequälten Aufschrei aus der Höhle quellen?

John wusste nicht, wovor er sich am meisten fürchtete. Er war erst acht Jahre alt und wurde zum ersten Mal Zeuge einer Folterung. Wann immer er sich duckte und zurückwich, schob ihn der Mann, der ihn in das Verlies gebracht hatte, wieder ganz nah an den Gequälten heran, so nah, dass ihm der Gestank nach Angstschweiß und Blut in die Nase stieg.

»Nicht!«, rief John verzweifelt, als der Schrei des Gefolterten in ein jämmerliches Japsen überging.

»Du kannst dafür sorgen, dass die Qualen dieses Unglücklichen hier ein Ende haben«, sagte der Mann, der hinter ihm stand. »Du weißt genau, wie.«

Nein, John wusste es nicht. Sein Kopf war zu leer, um irgendetwas zu wissen. Das hieß leider nicht, dass er auch nichts wahrnehmen konnte – im Gegenteil. Er sah die schwarzen Härchen auf der Brust des Gefolterten erbeben, die weiße Haut in der Leistengegend erzittern, er hörte den rasselnden Atem, das Ächzen …

»Nicht!«, schrie John wieder, wehrte sich gegen den Griff des Mannes, sackte zu Boden.

Er presste seine Augen auf die Knie und seine Hände auf die Ohren. Leider hatte er so kleine Hände und so gute Ohren … Jetzt war ein Zischen zu hören. Das Zischen von Flammen? John konnte nicht anders, als wieder hochzublicken. Der Folterknecht trat mit einer rotglühenden Zange auf sein Opfer zu und drückte sie ihm auf die Brust, bis nicht nur die Haare verkohlt waren, sondern aus der eben noch schweißbedeckten, gelblich schimmernden Haut war ein Stück rotes, zuckendes Fleisch geworden. Und der Gequälte schrie und schrie und schrie …

Unwillkürlich musste John an Schwester Agnèse denken, jene bösartige Nonne vom Kloster Fontevraud, in dem er gemeinsam mit seiner Schwester Joan die ersten Lebensjahre verbracht hatte. John hatte die Stille, die grauen Wände und den Klostergarten geliebt, Schwester Agnèse dagegen hatte er unendlich gefürchtet. Immer wieder hatte sie ihn schmerzhaft gezwickt und ihm zugeraunt: »Ihr Plantagenets seid nicht von dieser Welt. Die Brut des Teufels seid ihr. Vom Teufel stammt ihr ab, und zu ihm werdet ihr zurückkehren.«

Doch die feisten Hände und spitzen Nägel der Nonne hatten niemals so grausam gewütet wie die Zange des Folterknechts, und ihre Stimme klang bei Weitem nicht so höhnisch wie die des Mannes, der John in das Verlies geführt hatte, ihn nun wieder am Nacken packte und hochriss.

»Du kannst es beenden, Prinz John, wenn du dir nur etwas Mühe gibst!«, rief Ranulf de Glanville, der für seine Erziehung zuständig war.

Der Sheriff von Westmorland war über sechzig Jahre alt, was man allerdings nur seinem Gesicht und dem schütteren Haar, nicht der kräftigen Statur ansah. Von Johns Vater Henry war er dazu auserkoren worden, während Johns mehrwöchigen Aufenthalts auf der Burg von Windsor über ihn zu wachen, und an diesem Morgen hatte er ihn mit zuckenden Mundwinkeln und verkniffenen Augen gemustert. »Du kannst nicht reiten, du kannst nicht kämpfen, und du verstehst nichts von der Welt«, hatte er John verächtlich entgegengespien.

Zumindest Letzteres schien Ranulf nun ändern zu wollen. Den ganzen Tag hatte er ihn belehrt und verlangt, er möge seine Worte wiedergeben. Diese Worte schwirrten in Johns Kopf wie ein Schwarm wild gewordener Bienen, die sich in ihrer Verzweiflung gegenseitig zu stechen begannen und am Ende nur mehr nach dem Tod sehnten, nicht nach Honig. Nachdem John sich auch nach dreimaligem Wiederholen nichts hatte merken können, hatte Ranulf ihn aus dem Wohnturm gescheucht, ihn über den Hof zu einem anderen Gebäude geführt und über eine schiefe Treppe in einen Keller gestoßen, von dessen kahlen Wänden Schreie gehallt hatten.

Eben rissen diese Schreie ab. Anstelle des roten Fleisches klaffte auf der Brust des Gefolterten ein schwarzes Loch, und die Zange glühte nicht mehr – ein Umstand, dem der Folterknecht rasch Abhilfe verschaffte, hielt er sie doch alsbald wieder über das Feuer. Erneut tänzelten die Flammen um das Eisen.

Nicht rot, nicht rot, nicht rot … ich liebe doch das Graue … die Stille … das Schweigen …

»Bitte … Bitte, tut dem Mann nichts mehr!«

»Du selbst bist es, Prinz John, der ihm diese Qualen zufügt. Wenn du im Kopf behältst, was man dir sagt, wenn du endlich lernst, was du zu lernen hast, hat sein Leiden sofort ein Ende.«

Dieses Mal glichen die Worte keinem Bienenschwarm, vielmehr Schlägen. Unter jedem einzelnen wäre John niedergegangen, wenn Ranulf ihn nicht weiter am Nacken festgehalten hätte. Konzentrier dich, konzentrier dich, konzentrier dich, ermahnte er sich, als Ranulf ihn wieder zu belehren begann, und die Worte nunmehr zu Staubflocken wurden, die sich in den Ecken versteckten. Ach, wie gnädig dunkel es dort war!

»Also, kannst du alles, was ich dir eben gesagt habe, wiederholen?«, fragte Ranulf.

Das Eisen war noch nicht rot, aber bereits von jenem matten Orangeton, den die Sonne annahm, ehe sie am Abend zu bluten begann.

»Mein … Mein V… Vater …«, stammelte John, »König Henry II. aus dem Hause P… Plantagenet … Er ist Herrscher eines der größten Reiche des Abendlandes. Es … Es umfasst nicht nur England, Wales und Irland, sondern auch das Land zwischen Cherbourg und Bayonne. Er… Er … Er trifft sich hier in Windsor heute mit Männern, um mit ihnen Frieden zu schließen.«

»Und woher kommen diese Männer?«

Die Wörter zerfielen zu Buchstaben, die Buchstaben zu kleinen Ascheflocken. Die Flammen schienen sich ein letztes Mal aufzubäumen, und der Gefangene tat das auch, als der Folterknecht erneut mit der glühenden Zange auf ihn zutrat.

»Aus Wales?«, riet John.

»Nein, mit den Aufständischen in Wales hat dein Vater schon im Juni Frieden geschlossen.«

Dieses Mal traf die Zange nicht die Brust des Mannes auf der Streckbank, sondern den Bauch knapp über dem Nabel. Allerdings zog der Folterknecht sie etwas früher zurück, sodass nur die oberste Hautschicht versengt wurde, nicht das Fleisch darunter. Der Mann schrie gleichwohl – und John schrie auch.

»Aus Schottland?«, schrie er.

»Nein«, erwiderte Ranulf unerbittlich, »mit dem König von Schottland wurde schon im August Frieden geschlossen.«

Die Zange kam dem Körper des Mannes wieder bedrohlich nah.

»Dann ist es Irland!«, rief John und schloss die Augen.

Kurz genoss er die Schwärze, kurz genoss er die Stille. Er musste richtig gelegen haben, die Stille dauerte an.

»So ist es«, sagte Ranulf. Es klang beinahe anerkennend. »Und nun sag, was du über Irland weißt! Es kann doch nicht so schwer sein. Den ganzen Tag lang habe ich dir von dieser Insel berichtet!«

Ach, wenn ihm nur etwas einfiele – etwas anderes, als dass die Iren lange Bärte und noch längere Haare trugen. Der Folterknecht näherte sich erneut mit der Zange dem Bauch seines Opfers.

»Nicht«, schrie John. »Irland … Irland … Der Papst hat einst verkündet, dass alle Inseln dieser Welt Eigentum der Kirche seien … dass diese die Heiden dort bekehren müsse. Nur in Irland gab es keine Heiden mehr, weswegen der Papst meinte, die Insel stünde meinem Vater zu.«

Ranulfs Mundwinkel zuckten, was dieses Mal nicht Zeichen seines Ärgers war, sondern es war der Versuch eines Lächelns.

»Richtig«, lobte er. »Und deshalb …«

Einmal mehr zerfielen die Wörter zu Buchstaben und die Buchstaben zu Asche. Doch die Asche war grau, und das Graue hatte John noch nie gefürchtet.

»Mein Vater hat Irland vor einigen Jahren erobert«, stieß er heiser hervor.

»Wirklich?«, fragte Ranulf.

Er ließ John los, und prompt sackte der wieder zu Boden, krümmte sich zusammen. Der Gefolterte hätte sich wohl auch gekrümmt, wenn er nicht festgebunden gewesen wäre, als ihm die Zange nun in den Unterbauch gerammt wurde. Johns Glieder schienen wie Wachs zu schmelzen, die des Gequälten zu Blut und Schweiß zu zerlaufen. Mit zitternden Knien sprang John wieder auf.

»Mein Vater hat Irland nicht zur Gänze erobert … Sein Reich ist so groß, seine Pflichten sind so zahlreich … Lediglich die Ostküste ist in unserer Hand, der restliche Teil der Insel wird von irischen Königen regiert.«

»Und wer ist der mächtigste der irischen Könige, der Hochkönig?«

John war sich nicht sicher, ob er den Namen kannte. Der Gefolterte würde wohl nicht einmal mehr seinen eigenen kennen. Er heulte dumpf wie ein Wolf, fiepte hoch wie eine Maus, fauchte hilflos wie eine Katze.

»Gewährt ihm Gnade!«

»Wer ist Irlands Hochkönig?«

»Ruari … Ruari … O'Connor.«

»Na also, es geht doch«, lobte Ranulf. »Tatsächlich hat dein

Vater soeben mit dem Hochkönig von Irland Frieden geschlossen. Ruari ist natürlich nicht selbst nach Windsor gekommen. Er hat den Erzbischof von Tuam geschickt, den Abt von Clonfert und seinen Kanzler. Und was genau haben dein Vater und die Gesandten von Ruari vereinbart?«

Die Zange hatte sich wieder grau gefärbt, doch in dem Grau lag kein Heil. Als John zögerte, schlug der Folterknecht damit auf die Beine des Gefesselten.

»Nein!«, schrie John, weil der Gefolterte selbst nicht mehr schreien konnte. »Nein, nein, nein ... Lasst ihn in Ruhe! In dem Vertrag ... In dem Vertrag steht ...«, er schluckte verzweifelt gegen den bitteren Speichel an, der sich in seinem Mundraum sammelte, »... in dem Vertrag steht, dass mein Vater Ruari O'Connor als Hochkönig von Irland anerkennt – unter der Voraussetzung, dass Ruari ihm weiterhin die Ostküste und zudem die reichen Städte überlässt, dass er ihm Geiseln anvertraut, zu seinem Vasallen wird und ihm regelmäßig Tribut zahlt.«

»Und wie sieht dieser Tribut aus?«

»Der irische Hochkönig muss meinem Vater die Haut von jedem zehnten Tier in seinem Herrschaftsbereich übergeben ...«

Gott, bitte sorge dafür, dass den Tieren die Haut erst nach ihrem Tod abgezogen wird, betete John still. Er selbst schien keine Haut mehr zu haben, denn Ranulfs höhnisches Gelächter prasselte ungemindert auf ihn ein, gab ihm eine Ahnung, wie es sich anfühlte, wenn glühende Zangen in rohem Fleisch wühlten.

»Nun«, sagte Ranulf schließlich und gab dem Folterknecht ein Zeichen, die Zange sinken zu lassen. »Du bist ja doch nicht so dumm, wie ich dachte. Dein Vater fürchtete schon, du hättest zu viel Zeit mit den Nonnen und deiner Schwester verbracht, sodass nichts Rechtes aus dir werden könnte, aber es gibt Hoffnung. Du hast heute eine Menge gelernt.« Er hob die Hand, woraufhin der Folterknecht den Unglücklichen von seinen Fesseln befreite. »Lass uns nun am Festmahl teilnehmen, das zu Ehren des Vertrags von Windsor stattfindet. Es wird Hirsch serviert, den dein Vater selbst erlegt hat, außerdem Rehbraten und Fasan. Wenn du willst, kannst du dem Armen hier später etwas davon bringen.«

John wusste plötzlich, dass er kein Stück von dem Hirschbraten würde herunterbringen können. Er würde niemals mehr Hirschbraten essen.

»Wer … Wer ist er überhaupt?«, fragte er heiser und deutete auf den Gefolterten.

Ranulf de Glanville gab keine Antwort. Er stieg die Treppe hoch, ohne darauf zu achten, ob John ihm folgte, und auch der Folterknecht ließ sein Opfer wortlos zurück.

John atmete tief durch, erleichtert, dass ihm keine Stimmen mehr zusetzten – nur das Knistern des Feuers war zu hören. Er stolperte zur Feuerstelle, versuchte, die Flammen auszutreten, aber wann immer eine erlosch, züngelte eine neue, und es begannen Funken zu tanzen.

Schließlich gab John es auf und lehnte sein Gesicht an die Wand, die schwarz vor Ruß war. Wahrscheinlich wurde sein Gesicht auch schwarz, seine Seele war es längst.

Ich … Ich bin ganz allein auf der Welt … Und … Und ich hab solche Angst.

»Amaury … Amaury de Saint-Taurin«, durchriss plötzlich eine Stimme die Stille. John zuckte zusammen. Kurz glaubte er, die schwarze Wand hätte zu ihm gesprochen, dann, dass die rote Glut zu flüstern begonnen hätte. Doch die Stimme kam vom anderen Ende des Raumes – von der Folterbank, auf der der Unglückliche lag. Wobei er genau genommen nicht mehr dort lag. Eben erhob er sich nämlich, tat wieder den Mund auf, sagte: »Du wolltest doch wissen, wer ich bin. Nun, mein Name ist Amaury de Saint-Taurin.«

Die eine Wunde war dunkel, die andere schimmerte rosig, Blut strömte aus keiner – und anscheinend hatte die Quälerei dem Mann auch die Lebenskräfte nicht genommen. Er trat auf John zu, seine Miene war freundlich.

»Wie … Wie …«, setzte John an und schmeckte bitteren Ruß.

»Gott schenkte mir eine besondere Gabe«, erklärte Amaury de Saint-Taurin, und nur sein heiseres, kraftloses Flüstern verriet, dass er eben noch gebrüllt hatte. »Vielmehr hat er mir etwas genommen, nämlich die Fähigkeit Schmerzen zu fühlen.«

»Ihr … Ihr habt die ganze Zeit keine Schmerzen gefühlt?«

»So ist es. Sieh her!« Amaury ging zur Feuerstelle, blies in die Asche, sodass Flammen aufschossen. Nicht rötlich waren diese, sondern von einem fahlen Violett – heiß waren sie gleichwohl. Dennoch zuckte der Gefolterte, als er seine wohlgeformten Finger darüber hielt, nicht vor der Hitze zurück. Sie schienen nicht aus Fleisch und Blut zu bestehen, allerdings auch nicht aus Wachs, denn sie schmolzen nicht. Ehe John erkennen konnte, ob sich Blasen gebildet hatten, ballte Saint-Taurin die Hand zur Faust. Nun sah John die vielen Narben, die, einem Spinnennetz gleich, den nackten Oberkörper überzogen und von unzähligen Schnitten und Verbrennungen zeugten. Nur in Saint-Taurins Gesicht, das schmal war und dessen spitze Nase an einen Habicht denken ließ, waren keine Spuren von alten Verletzungen zu erkennen. Saint-Taurin griff sich unwillkürlich an die Wangen. »Wann immer ich mich selbst quälte oder quälen lassen musste, sorgte ich stets dafür, dass man es mir später nicht ansehen würde. Zumindest nicht bekleidet.«

Geschmeidigen Schrittes – John dachte eher an ein tänzelndes Pferd als an einen wuchtigen Bären – trat Saint-Taurin zur gegenüberliegenden Wand, wo seine Kleidung lag. Er schlüpfte in eine wadenlange Leinenhose und eine knielange Tunika, die an der Vorderseite geschlitzt war. Dann legte er seinen Gürtel an. Die matt glänzende Schnalle war mit einem Edelstein besetzt, der dieselbe Farbe aufwies wie der Stein auf der Fibel, mit der Saint-Taurin seinen Umhang zusammenhielt – ein durchdringendes Rot, das seine schwarzen Haare und Augen noch dunkler wirken ließ.

»Wie ist es möglich, keinen Schmerz zu fühlen?«, fragte John.

»Das musst du Gott fragen.« Aber Gott war stumm, was gut so war … Jedes Geräusch schmerzte doch in Johns Ohren. Schier unerträglich war auch das heisere Gelächter, in das Amaury nun ausbrach. »Du darfst künftig nicht mehr so leichtgläubig sein.«

»Wusste Ranulf de Glanville etwa die ganze Zeit, dass Ihr keine Schmerzen leidet?«

»Aber natürlich. Für gewöhnlich bin ich nicht selbst das Opfer des Folterknechts, sondern zeige ihm, wie er seine Arbeit auszuführen hat. Die meisten Männer denken, es wäre ein Leichtes, einem anderen Schmerz zuzufügen. Es muss allerdings das richtige Maß an Schmerz sein, nicht zu viel, nicht zu wenig, quälend, doch nicht vollends zerstörend, und dafür bedarf es besonderer Fähigkeiten. Einer, der den Schmerz nicht fürchtet, kann diese leichter erlernen und deshalb besser lehren.«

Die Worte erschienen John widersinnig. Ein stummer Mensch konnte einen anderen doch nicht das Singen beibringen und ein Lahmer einem anderen nicht das Tanzen! Aber was ergab in dieser rußgeschwärzten Kammer schon Sinn?

»Was macht Ihr, wenn Ihr gerade keine Prinzen täuscht und Unglückliche quält?«, fragte John.

»Ich bin ein Ritter des Haushalts deines Vaters. Ritter nenne ich mich allerdings ungern. Ritter dienen dem Tod, dem Schmerz jedoch dienen … Künstler.«

»Künstler …?«

Saint-Taurin stieg auf das Feuer, und anders als John gelang es ihm mühelos, es endgültig zu ersticken. Der rot glitzernde Edelstein der Fibel erschien im fahlen Licht farblos, nur das Blut, das von Johns Lippen perlte, nachdem er sich daraufgebissen hatte, blieb wohl rot. Es schmeckte rostig. Hastig wandte er sich ab, stolperte ohne ein weiteres Wort und ohne eine Antwort abzuwarten zur Treppe.

»Warte!«, rief Amaury ihm nach. John verfehlte die erste Stufe, fiel und schrammte sich sein Knie auf. »Ranulf de Glanville mag zufrieden sein, weil du heute so viel über die Lage in

Irland gelernt hast. Aber du solltest wissen, dass alles, was er dir eingebläut hat, Unsinn ist.« John drehte sich langsam um. »Dein Vater, König Henry, hat keine Zeit, um die ganze Insel zu besetzen«, fuhr Saint-Taurin fort, »deshalb begnügt er sich mit einer Hälfte und schließt mit dem König der anderen Frieden. Sei gewiss: Der irische Hochkönig wird keine Lust haben, bei seinem Volk Abgaben für König Henry einzutreiben, und die Normannen werden keine Lust haben, Tierhäute zu zählen. Ich werde schon in wenigen Wochen dorthin aufbrechen und dafür sorgen, dass der Frieden nicht lange hält.«

Wieder brach er in heiseres Gelächter aus und trieb John endgültig in die Flucht. Als er in den Hof trat, wo ihm die kühle Herbstluft entgegenschlug, konnte er ein Würgen nicht länger unterdrücken. Er beugte sich vor und übergab sich – kotzte den Ekel aus sich heraus, sein Entsetzen, seine Verzweiflung, sein Grauen. Nur eine bittere Erkenntnis musste er am Ende schlucken: *Ich bin allein auf der Welt, und ich hab solche Angst …*

»John? Um Himmels willen, John, was tust du hier?«

Er blickte auf, sah einen Mann auf sich zukommen, blond, mit glatter, rosiger Haut und einem mit Fuchspelz verbrämten Umhang, von dem der Geruch von Moschus ausging. Zum ersten Mal seit Stunden konnte John tief Atem holen, ohne schier daran zu ersticken.

»Henry …« Sein großer Bruder stand vor ihm, König Henrys Erstgeborener, der dessen Namen trug, aber die Statur ihrer groß gewachsenen Mutter Eleonore geerbt hatte. Allerdings war er freundlicher als sie. Während John sich nicht erinnern konnte, dass Eleonore ihn bei ihren raren Besuchen in Fontevraud je berührt hatte, zog Henry, den alle Young Henry nannten, ihn an sich und streichelte über sein Haar. »Du zitterst ja, so beruhige dich doch! Und dann erzählst du mir, was dir zugestoßen ist.«

John presste sein Gesicht an den Umhang seines Bruders. »Nichts«, murmelte er, »nichts.«

Während sein Zittern nachließ, der säuerliche Geschmack

in seinem Mund verging und der durchdringende Geruch von Henrys Duftwasser ihn einhüllte, wurde Saint-Taurin in Johns Erinnerungen zum grauen Schatten, zwar bedrohlich, aber so machtlos wie die unheimlichen Gestalten, die ihn in seinen nächtlichen Träumen jagten.

1176–1177

Tuan

»Tuan! Schläfst du?«

»Jetzt nicht mehr.«

Tuan stieß unwillig die Hand weg, die an seinen Schultern rüttelte. Er war überzeugt, dass Airdi ihn geweckt hatte. Schon tagsüber schlotterte der oft vor Angst, und erst recht wuchs diese, wenn abends aus ihrem düsteren Verlies ein schwarzes wurde. Als er sich aber mit schweren Gliedern und noch schwererer Zunge aufrichtete, gewahrte er, dass nicht Airdi, sondern Fintan neben ihm kauerte und dass sie nicht von Finsternis umgeben waren, sondern ein rötlicher Lichtschein warf flackernde Schatten auf die schiefen Wände. Das Dritte, was Tuan wahrnahm, war ein Stöhnen aus dem Verlies nebenan. Unter den Geiseln, die hier in Limerick, der größten Stadt im Westen Irlands, eingesperrt waren und auf die Überführung an König Henry Plantagenets Hof warteten, befand sich eine junge Frau. Tuan hatte sie zwar noch nie gesehen, aber tagsüber manchmal lachen hören – ein Laut, der umso lieblicher klang, dachte er an das Stöhnen, das sie ausstieß, wenn nachts die normannischen Ritter sie heimsuchten und quälten.

Tuan fluchte leise, biss sich jedoch sofort auf die Lippen, weil Fintan es hasste, wenn man fluchte. Er hieß eigentlich Bruder Fintan, denn bevor man ihn zur Geisel bestimmt hatte, hatte er einige Jahre als Novize in einem Kloster gelebt, um dort alsbald die ewige Profess abzulegen. Doch Gott … nein, die Normannen, die von den Iren Geiseln forderten … nein, die Iren, die ihn als eine dieser Geiseln erwählt hatten, hatten andere Pläne gehabt.

»Tuan«, sagte Fintan jetzt beschwörend, »du … du musst an dem Schlüssel weiterarbeiten.«

»Doch nicht mitten in der Nacht!«

Er riss sich los, drehte sich um, schloss die Augen.

»Tuan, wir haben keine Zeit …«

Ein spitzer Schrei ließ Tuan aufschrecken. Nicht die junge Frau im Nebenraum hatte ihn ausgestoßen, es war Airdi.

»Airdi Angst vor Feuer!«

Airdi redete und verhielt sich wie ein Kind, obwohl er wie Tuan und Fintan bereits sechzehn Jahre alt war und Tuan um einen halben, Fintan um einen ganzen Kopf überragte. Für gewöhnlich gelang es Tuan, Airdi zu beruhigen und zu trösten, wenn ihn böse Träume plagten, doch im Moment wähnte er sich selbst in einem Alb gefangen, umso mehr, als Fintan ihm ins Ohr flüsterte: »Beeil dich, bitte, beeil dich!«, und Airdi brüllte: »Airdi Angst vor Feuer! Angst vor Feuer!«

Da erst spürte Tuan das Brennen in Augen und Nase, auch dass die Zunge nicht nur schwer, sondern trocken war. Er begriff jäh, woher der rötliche Lichtschein kam und dass die junge Frau im anderen Verlies nicht stöhnte, sondern dass sie nach frischer Luft japste.

»Die Stadt brennt«, rief Fintan.

»Aber …«

Airdi stieß spitze, hohe Schreie aus, lief im Kreis, ließ sich schließlich auf den Boden fallen, umfing mit seinen Händen die Knie und wiegte sich vor und zurück.

Fintan begann im selben Rhythmus zu beten. »*Credo in Deum, patrem omnipotentem, creatorem caeli et terrae. Et in Jesum Christum, filium eius unicum …*«

»Limerick brennt?«, fragte Tuan entsetzt.

Weder Fintan noch Airdi antworteten ihm, doch nun mischte sich der alte Mann ein, der in einer Ecke des Verlieses hockte und nur aufstand, um sich zu erleichtern – was er immer unmittelbar unter sich tat. Er war der Einzige, der keine Geisel der Normannen war, sondern schon vor der Eroberung Limericks durch die Normannen das karge Leben als Gefangener gefristet hatte.

»Wir werden alle sterben«, murmelte er mit gleichem abgeklärtem Gesichtsausdruck wie in den Augenblicken, da er sich in seine Scheiße fallen ließ.

»Hat König Domhnall O'Brian die Stadt etwa angegriffen?«, fragte Tuan.

»Nein, die Normannen haben sie ihm kampflos übergeben.«

Der Rauch musste in den Ecken dichter stehen und dem Armen die Sinne völlig vernebelt haben! Niemals würden die Normannen eine der großen Städte aufgeben! Und schon gar nicht würden sie sie einem ihrer Erzfeinde überlassen!

»Warum brennt die Stadt dann?«, fragte er.

»Ich denke, Domhnall O'Brian hat sie selbst anzünden lassen. Weil er die Normannen hasst und Angst hat, dass einer von ihnen zurückgeblieben ist. Und weil er die Bevölkerung von Limerick noch mehr hasst, da sie in den letzten Monaten die Schilde der Normannen poliert und ihre Pferde mit Hufeisen beschlagen hat, anstatt sie im Schlaf entweder mit dem einen oder dem anderen zu erschlagen.«

Fintan hatte wohl eingesehen, dass sein Gebet nicht erhört wurde. Er packte Tuan und zerrte ihn zur Tür. »Wenn uns einer befreien kann, dann du.«

»Ich?«, fragte er, doch er wusste genau, weshalb Fintan das sagte.

Seit nunmehr Wochen arbeitete er an einem Schlüssel. Keinem aus Bronze und mit einem kunstvollen Kleeblatt geschmückt, wie sein Vater, ein Goldschmied, sie herzustellen vermocht hatte. Nein, das einzige Material, das ihm zur Verfügung stand, war ein Haken aus dunklem Metall, den sie kürzlich gefunden hatten, und als Werkzeug diente jener unverwüstliche, durch nichts zum Schmelzen zu bringende grüne Stein, der einst Airdis Fibel geschmückt hatte.

Tuan machte sich mit zitternden Händen an die Arbeit. Das Knistern, von hundert ebenso bösartigen wie heiseren Geistern ausgestoßen, kam näher, aus den grauen Schwaden wurden schwarze, aus dem klammen Raum ein glühend heißer.

Leider war es immer noch nicht so heiß, als dass man den Haken hätte so verbiegen können, damit er ins Schloss passte.

»Beeil dich, bitte beeil dich!«, flehte Fintan, indes Airdi sich immer noch hin und her wiegte.

Tuan bearbeitete den Haken eine Weile mit den wenigen Hilfsmitteln, die ihm zur Verfügung standen, griff dann zu einem weiteren Werkzeug – einem kleinen Stein, den er bereits einige Wochen zuvor aus der Wand gezogen hatte. Er versuchte, die sengende Hitze zu ignorieren und sich einzig auf die Stimme seines Vaters zu konzentrieren, die in seinen Erinnerungen widerhallte.

Wenn du etwas oft genug getan hast, tun es deine Hände irgendwann von allein. Verlass dich auf sie. Wir müssen unsere Arbeit lieben, wir müssen nicht über sie nachdenken.

Tuan schloss unwillkürlich die Augen, arbeitete blind. Seinem Vater war es auf diese Weise gelungen, aus mehreren Hundert winziger Bronzeteile eine Schale für den Kommunionwein herzustellen. Nicht ein einziger Tropfen Messwein sickerte hindurch, als er fertig war. Ihm selbst dagegen war es bisher nicht einmal gelungen, diesen Haken so zu bearbeiten, dass sich ein Schloss damit öffnen ließ. Tuan steckte ihn hinein, drehte ihn nach links. Nichts. Er drehte ihn nach rechts. Wieder nichts.

»Es fehlt nicht mehr viel«, sagte er und versuchte, zuversichtlich zu klingen. Er zog den Haken zurück, verbog seine Spitze noch ein wenig, sodass er die Form eines Abtstabes annahm, steckte ihn wieder ins Schloss.

»Tuan!«

Die Stimme ließ ihn zusammenzucken. Sie kam nicht aus ihrer Zelle, sondern von der nebenan, wo nicht nur die junge Frau gefangen war, sondern auch Maolan, sein Vetter, von dem er am Tag ihrer Ankunft getrennt geworden war. Er krächzte wie ein Rabe, die Frau gab überhaupt keinen Ton mehr von sich. Gut möglich, dass sie längst erstickt war.

Tuan brach der Schweiß aus. »Ich werde euch retten!«, rief

er und hoffte, dass das Husten, das Maolan von sich gab, nur Hohngelächter war, kein Zeichen dafür, dass auch ihm der Atem knapp wurde.

»Bitte, Herr, Allmächtiger, bring das Feuer zum Erlöschen«, flehte Fintan – erst auf Irisch, dann auf Hebräisch, dann auf Griechisch, dann auf Latein. In keiner Sprache nutzte es etwas.

»Gott hat uns vergessen«, sagte der Alte. »Oder sein Atem ist zu schwach, um das Feuer auszupusten.«

»Wenn, dann ist mein Glaube zu schwach.«

Schwäche … Stärke … ein Goldschmied muss beides beweisen, er muss manchmal viel Druck ausüben, manchmal ein bisschen, manchmal gar keinen.

Tuan hörte wieder die Stimme seines Vaters und schnaufte. Immer noch tat sich nichts, wenn er den Haken im Schloss drehte, und so zog er ihn nochmals heraus, bearbeitete ihn weiter, bis er nicht mehr die Form eines Abtstabes hatte, sondern die eines gekrümmten Pferdes, das an schrecklichen Koliken litt.

Sei's drum, dachte er. Auch auf einem von Koliken geplagten Pferd konnte man reiten. Das nahm er zumindest an – in Wahrheit verstand er nichts von Pferden. Dass er auch von der Arbeit eines Goldschmieds nichts verstand, wollte er nicht einmal denken. Er steckte den Schlüssel erneut ins Schloss, hielt den Atem an. Der Schlüssel drehte sich, doch nur um ein Jota. Ein Knacken ertönte auch, aber vielleicht kam es von morschen Wänden, die irgendwo in der Ferne einstürzten, oder vom Feuer. Deutlich lauter waren Airdis Kreischen und erst recht dessen Faustschläge zu hören, als er aufsprang und auf die Holztür eintrommelte.

»Airdi raus hier, raus hier! Airdi Angst vor Feuer! Angst, Angst, Angst!«

Tuan hatte auch Angst. Aber er zeigte sie nicht, als er den Haken ein letztes Mal bearbeitete. Er glich nun bestenfalls einem Pferd, das an den Koliken verendet war, doch als er den Schlüssel oder das Gebilde, das ein Mann wie sein Vater zu einem Schlüssel hätte formen können, ein drittes Mal in Schloss steckte, ertönte wieder ein Knacken, und die Tür fiel ihm regelrecht entgegen. Zumindest tat das eine der Holzplanken – nämlich die, auf die Airdi gehämmert hatte.

Fintan entging dieses Detail. »Du hast es geschafft!«, jubilierte er. »Du hast es tatsächlich geschafft!«

»Es war nicht ich, es war …«

Tuan brach ab, das Sprechen tat einfach zu weh, selbst das Atmen schmerzte. Sich durch den schmalen Spalt zu quetschen tat sicher auch weh, er drückte den heulenden Airdi dennoch hindurch. Dessen Leib war ziemlich dick und der Kopf groß, doch mit Fintans Hilfe gelang es Tuan. Vor Schreck vergaß Airdi zu schreien, und Fintan vergaß vor Anstrengung zu beten, als er sich selbst hindurchzwängte.

»Die Normannen sind tatsächlich auf und davon«, schrie er.

Ehe Tuan ihm folgte, drehte er sich zu dem Alten um. »Nun komm, der Nächste bist du!«

Die Gestalt schien im Nebel zu zerlaufen, doch als Tuan schon vermeinte, er wäre am Rauch erstickt, stieß der Mann aus: »Ich bleibe hier. Lieber sterbe ich im alten Irland, als im neuen zu leben.«

Tuan machte einen Schritt auf ihn zu, doch eine Stimme ließ ihn innehalten. »Holt uns hier raus!«, hörte er seinen Vetter Maolan brüllen.

Er zwängte sich durch den Spalt, sah Airdi wieder am Boden hocken und sich wiegen, sah Fintan, wie er den Riegel des anderen Verlieses zurückschob, sah Maolan, der herausstürmte, und einen weiteren Gefangenen, der ihm folgen wollte, jedoch ins Wanken geriet und stolperte. Als Tuan ihn auffing, kitzelten ihn unerwartet weiche Locken. Noch weicher war der Körper, der sich an seinen presste, waren die Brüste, der Bauch, die Schenkel.

Himmel, es war die junge Frau.

»Eithne«, rief Maolan. »Steh auf!«

Tuan gelang es erst, sie hochzuziehen, als Maolan ihm half.

Mit viel Glück würden es er, Eithne, Airdi und Fintan ins Freie schaffen – nur den Alten aus dem Verlies zu locken, dafür reichten seine Kräfte nicht.

Der Alte musste verrückt geworden sein, wenn er freiwillig verbrennen wollte!

Als Tuan Maolan allerdings durch den Gang folgte und sie geradewegs auf die Flammen zuliefen, fragte er sich, ob nicht vielmehr sie den Verstand verloren hatten, weil sie um ihren Platz auf dieser lodernden, heißen Welt kämpften, anstatt einfach aufzugeben.

Tuan kannte Limerick nicht. Als er die einstige Wikingersiedlung am Fluss Shannon, die die Iren später in ihre Hände bekommen und befestigt hatten, damals als Geisel der Normannen betreten hatte, hatte er seine letzten Schritte unter freiem Himmel mit gesenktem Kopf getan. Nun schien selbst der Himmel zu brennen, und die Tränen, die man darüber weinen mochte, verdampften in der Gluthitze. Limerick war keine Stadt mehr, Limerick war eine rote Hölle, und durch diese führten keine Straßen und Wege mehr, nur glosende Holzbalken, die sich von niederstürzenden Wänden gelöst hatten. Wer Glück hatte, wurde von ihnen erschlagen. Wer Pech hatte, auf den ging das Feuer über. So glaubte Tuan etliche Menschen zu sehen, die eine Fackel trugen, um dann an ihren spitzen Schreien zu erkennen, dass sie selbst zu Fackeln geworden waren. Es gelang ihm, ihnen auszuweichen, er wäre nur fast über ein Schwein gestolpert, das grunzend vor ihm herlief. Der Gestank von versengten Borsten stieg ihm in die Nase, war noch abscheulicher als der von brennendem Flachs und von Schafwolle, die zum Trocknen vor den Häusern aufgehängt worden war. Bald würden keine Häuser mehr stehen – und bald würde er nichts mehr riechen.

Noch allerdings fühlte er, wie sich Airdis Nägel in seinen Arm gruben, er zog ihn mit sich, setzte Schritt vor Schritt, und anstatt irgendwann in diesem Feuersee zu versinken, wie er es eigentlich erwartete, fühlte er plötzlich kalten Stein unter seinen Füßen. Nein, nicht kalten, sondern heißen Stein, es gab nichts Kaltes mehr in dieser Stadt … Doch der Stein war glatt und ziemlich glitschig.

Unwillkürlich ließ er Airdi los, und als er im dichten Rauch nach ihm tastete, versetzte ihm jemand einen Stoß in den Rücken. Schon rutschte er aus, fiel in die Tiefe … fiel in den Feuersee … nein, fiel ins Wasser. Es gab in der brennenden Stadt also doch noch einen Ort, wo es kalt war, einen Ort auch, wo es finster war, und er genoss beides kurz so sehr, dass er still hielt anstatt zu strampeln, und immer tiefer im Nichts versank, wohin weder Airdis Schreie drangen noch das Knistern und der ätzende Rauch. Zu ersticken drohte er trotzdem, und er schlug wieder um sich, fühlte mit den Füßen schlammigen Untergrund und … einen weichen Körper.

Eithne … Das musste Eithne sein …

Obwohl die Hände, die ihn am Nacken packten und mit sich zogen, kräftiger als die einer Frau schienen, konnte ein so helles Gelächter nur aus der Kehle einer solchen stammen. Es war das Erste, was er hörte, als er wieder auftauchte, japsend nach Luft schnappte, vermeinte, dass ihm die Brust platzte.

»Kannst du etwa nicht schwimmen?«, spottete Eithne.

Obwohl ihr Haar nass war, war es immer noch gelockt, während die eigenen schwarzen Strähnen an seinen Wangen hafteten. Er trat mit den Füßen, drohte gleichwohl wieder unterzugehen.

»Eith…«

Sie wartete, bis die Fluten über seinem Kopf zusammenschlugen, ehe sie ihn wieder packte, dieses Mal an seiner Tunika.

»Du kannst es tatsächlich nicht«, stellte sie amüsiert fest.

»Ich … konnte … immerhin … den Schlüssel …«

Das Zittern zerriss seine Worte, sodass er weder seine Lüge zu Ende brachte, noch Eithne fragen konnte, in welches

Gewässer sie gefallen waren. Während sie mit ihm zum Ufer schwamm, konnte er es sich ohnehin denken. Der Fluss Shannon musste es sein, auf dessen Insel die Wikinger einst Limerick errichtet hatten. Uneinnehmbar sei die Stadt, hieß es, weil man sie nur mit Schiffen und Booten erreichen, man diese jedoch von den Stadtmauern aus mit Brandpfeilen beschießen könne. Den Normannen war es einige Monate zuvor trotzdem gelungen, sie zu erobern.

Sie erreichten das Ufer, hielten sich am Gras fest, versuchten, sich daran hochzuziehen. Erst gelang es nicht, denn der Boden war matschig, und sie rissen das Gras mitsamt großen Wurzelbrocken aus. Doch schließlich kletterte Eithne über Tuans Rücken die Böschung hinauf, umschlang dort mit den Beinen einen Baum und reichte ihm beide Hände, damit er sich hochziehen konnte.

Als es ihm gelungen war, blieb er schnaufend liegen. Er war zu erschöpft, um noch zu zittern, zu erschöpft, um sich nach der brennenden Stadt umzudrehen, zu erschöpft auch, um sich um Airdi, Fintan und Maolan zu sorgen. Erst als sich sein Herzschlag etwas beruhigt hatte, überkam ihn blankes Entsetzen.

»Airdi! Airdi! Wo bist du?«

»Ich habe ihn!« Fintan klang kleinlaut, obwohl er es ganz offensichtlich geschafft hatte, mit Airdi nicht nur über den Fluss zu schwimmen, sondern ebenfalls das Ufer zu erklimmen. »Ich hatte gehofft, mein Glaube wäre stark genug, um mich über das Wasser zu tragen, leider hat es nicht gereicht.«

»Immerhin kannst du schwimmen«, warf Eithne ein.

»Und es wäre gut, wenn du auch schnell laufen könntest«, vernahm Tuan Maolans Stimme, obwohl er ihn noch nicht sah. »Das sollten wir nämlich schleunigst, ehe wir niedergetrampelt werden.«

Tuan stand auf, erkannte, dass immer mehr Menschen über die Stadtmauer in den Fluss sprangen, auch solche, die nicht schwimmen konnten, und deshalb sofort ertranken. Viele erreichten jedoch das andere Ufer, und Tuan folgte Maolans Rat, nahm Airdi an der Hand und begann zu rennen.

Bei mindestens jedem zweiten Schritt blieb er knöcheltief im Matsch stecken, und Airdi, der deutlich größer und deshalb schwerer war, versank gar bis zu den Waden, doch irgendwie kamen sie weiter – zumindest weit genug, dass das Lodern der Flammen nur mehr wie ein Rauschen klang, die Todesschreie der Sterbenden wie das Kreischen von Möwen und der Himmel über ihnen wieder schwarz war, nicht mehr rötlich wie zur Abendstunde.

Tuan zitterte heftig, aber er biss die Zähne zusammen. Airdi zitterte auch und begann prompt zu klagen: »Airdi kalt … Airdi so kalt …«

»Ach, Airdi …«

Tuan seufzte und überlegte, ob er dem anderen die eigene Tunika um die Schultern legen sollte oder er unter dem nassen Stoff noch mehr frieren würde.

Ehe er zu einem Entschluss kam, knurrte Maolan: »Sag dem Schwachsinnigen, er soll sein Maul halten. Überhaupt wär's für uns alle besser gewesen, er wär im Shannon ersoffen. Er hat ja doch keinen Nutzen.«

»Das zu entscheiden obliegt allein Gott«, mischte sich Fintan ein, »er wird sich schon etwas gedacht haben, als er Airdi erschuf.«

»Du hingegen«, wandte sich Eithne mit spitzer Stimme an Maolan, »warst im Denken noch nie richtig gut.«

»Der Schwachsinnige ist darin noch nicht mal schlecht, er ist einfach nur …«

»Schluss jetzt!«, rief Tuan. »Willst du es wie Domhnall O'Brian machen und die eigenen Leute dem Tod preisgeben?«, fuhr er entschlossen fort, obwohl sich jedes Wort anfühlte, als würde ein glühender Hammer seine Kehle spalten. »Wir müssen zusammenhalten und gemeinsam entscheiden, was wir nun tun werden! Unsere Eltern sind tot, weswegen uns der Hochkönig als Geiseln der Normannen auserkoren hat. Wahrscheinlich ist ihm der Frieden mit Henry Plantagenet immer noch wichtiger als unsere Freiheit. Was bedeutet, dass wir bei ihm keine Zuflucht finden können.«

Maolans Lachen klang so dreckig wie das Gluckern des schlammigen Bodens. »Was schlägst du vor, Goldschmiedchen?«, fragte er.

»Mach mich ruhig klein. Es war ein kleiner Schlüssel, dank dessen wir uns befreien konnten.« Dass es in Wahrheit Airdis große Faust war, verschwieg er lieber. Fintan tat das wohlweislich auch.

»Und wenn du der größte Goldschmied Irlands wärest wie einst dein Vater«, sagte Maolan abfällig, »eine goldene Schatulle, um eine Reliquie darin zu betten, würde uns wenig helfen.«

»Nun, aber die Reliquie selbst täte es«, warf Fintan ein.

Maolan schnaubte. »Wir können gern den Zahn anbeten, den ich dir, du Heiliger, gleich ausschlage«, drohte er.

»Ich bin kein Heiliger, ich bin nur …«

»Ein halber Mönch, das bist du. Nur weil du noch nicht die ewige Profess abgelegt hast, hat man dich als Geisel ausgewählt. Tuan wiederum ist ein halber Goldschmied, Eithne hat man wahrscheinlich für einen halben Mann gehalten, und ich, ich gebe es zu, bin erst ein halber Krieger. Dabei muss es allerdings nicht bleiben. Ich will endlich richtig kämpfen lernen!«

Als Tuan Eithne verstohlen musterte, schien sie ihm eher eine halbe Frau zu sein. Die festen Brüste, die sich im Mondlicht unter dem Stoff ihres Kleides abzeichneten, waren sehr weiblich, die schmalen Lippen und die hohen Wangenknochen gaben ihren Zügen jedoch etwas Hartes.

Kein Wunder nach all den Nächten, da die Normannen ihr zugesetzt hatten …

»Und wo genau willst du kämpfen lernen?«, fragte Eithne eben zweifelnd.

»Nun, bei wem wohl!«, rief Maolan. »Bei den Rittern des Roten Zweiges natürlich! Ich … Ich will niemand anderem als Ascall von Toora dienen.«

Tuan hielt den Kopf schief, damit ihm das Wasser aus den Ohren lief. So konnte er den Namen, als Eithne ihn wiederholte, etwas besser verstehen – wenn auch nichts damit anfangen.

»Wer ist denn Ascall von Toora?«, fragte er.

»Du kennst ihn nicht?«, gab Maolan ungläubig zurück.

»Nun, *ich* kenne zumindest die Ritter des Roten Zweiges«, warf Fintan ein und bekreuzigte sich schnell. »Eine heidnische Kriegerschar waren sie, ohne Sitten und Erbarmen. Sie fürchteten weder Gott noch den Tod.«

»Warum sollten sie Gott auch fürchten, wenn einer von ihnen, Cú Chulainn, doch selbst ein Halbgott war?«, höhnte Maolan.

»Unsterblich war er allerdings nicht«, gab Fintan zu bedenken, »was bedeutet, dass zumindest die Hälfte seiner Knochen verrottet ist und das schon vor einigen Jahrhunderten.« Fintan machte wieder ein Kreuzzeichen.

»Die Ritter des Roten Zweiges sind unter Ascall von Tooras Führung wiederauferstanden«, erklärte Maolan. »Vielleicht fürchten sie Gott, vielleicht fürchten sie den Tod, aber ganz sicher fürchten sie nicht die Normannen. Seit Jahren kämpfen sie gegen sie, versuchen, sie wieder aus Irland zu vertreiben, haben ihnen schmerzhafte Niederlagen zugefügt. Sie haben die Burg von Trim zerstört, sie haben in Kilkenny alle Vorräte der Normannen verbrannt, sie haben in Thurles fast die gesamte Truppe niedergemetzelt …« Tuan konnte mit keinem dieser Orte etwas anfangen. Weder da noch dort war je eine berühmte Brosche wie in Tara oder ein Kreuz wie in Cong gefertigt worden. »Auf offenem Feld, so heißt es, seien sie den Normannen unterlegen«, fuhr Maolan eifrig fort. »In den Wäldern sind sie gleichwohl unbesiegbar.«

»Was ganz passend ist«, warf Tuan ein, »wenn doch Zweige an Ästen und Äste an Bäumen und Bäume wiederum …«

»Verspotte sie nicht!«, unterbrach Maolan ihn wütend. »Man sieht die Ritter des Roten Zweiges nicht, man hört sie nicht, sie sind dennoch überall. So zumindest lautet ihr Wahlspruch.«

Tuan schwieg, Eithne aber bemerkte ganz nüchtern: »Hier sind sie schon mal nicht. Und zwischen den Schlachten in den Wäldern kehrt Ascall von Toora stets auf seine Burg Dún Fionn zurück, die in Breifne liegt. Bis dorthin schaffen wir es nie.«

»Ohne den Schwachsinnigen und den Mönch hätten wir durchaus eine Chance«, knurrte Maolan.

»Ich hätte keine Probleme, tagelang, ja, wochenlang zu wandern«, hielt Fintan dagegen. »Mein Leben soll eine einzige Pilgerreise sein, die ich um der Liebe Gottes willen angetreten habe.«

»Umso besser. Im Übrigen ist es gut möglich, dass sich Ascall ganz in der Nähe aufhält und die normannischen Truppen, die Limerick aufgegeben haben, belauert.«

»Und was willst du tun, um ihn zu finden?«, fragte Tuan. »Seinen Namen rufen, auf dass er sein Versteck preisgibt?«

Maolan starrte ihn grimmig an, wusste dem aber nichts entgegenzuhalten, und hob die Hand. Ehe er allerdings auf ihn einschlug, rief Airdi gequält, dass ihm entsetzlich kalt sei, sodass am Ende er die klatschende Ohrfeige abbekam.

»Na, ist dir jetzt warm?«, schnauzte Maolan.

Airdi heulte auf, während Tuan mit geballter Faust auf Maolan losging. Fintan bekreuzigte sich, Eithne hingegen ging rasch dazwischen. »Wenn ihr euch wirklich prügeln wollt, will ich mitmachen. Ich sehe nicht ein, nur danebenzustehen und beim Zuschauen frieren zu müssen. Ein wahrer Sieger aber ist hier und heute nicht der, der den anderen erschlägt, sondern es ist der, der dafür sorgt, dass wir überleben. Wetteifert lieber darum, wer als Erstes ein Feuer machen kann. Blaue Flecken und blutende Wunden nutzen uns nichts, ein Feuer tut es allerdings schon.«

Tuan fand die Aussicht auf lodernde Flammen nach dem Brand von Limerick eher erschreckend als verheißungsvoll, Maolan trotzte Eithnes Blick jedoch nur kurz, ehe er die Fäuste sinken ließ und Airdi befahl: »Na los, sammle Holz. Und zwar trockenes.«

»Vielleicht kann ich ein Wunder wirken«, warf Fintan schüchtern ein. »Der heilige Patrick konnte sogar aus Eiszapfen ein Feuer machen.«

Tuan vermeinte jäh, dass seine Hände zu solchen geworden waren.

»Holz! Eiszapfen!«, höhnte Eithne indes. »Und dem armen Airdi sprecht ihr den Verstand ab … Ha! Wir brauchen Zunderschwamm, der auf den Birken wächst, und außerdem einen hohlen Stab aus Eschenholz. Komm, Airdi.« Sie hakte sich bei ihm unter, und obwohl Airdi eigentlich Angst vor Fremden hatte, ließ er sie gewähren. »Wir gehen beides suchen. Wenn Maolan und Tuan sich ohne mich prügeln, verwende ich ihre Knochen als Unterlage für den Schwamm und brate später ihr Fleisch über den Flammen.«

»So«, sagte Eithne, »und wer jagt jetzt ein Tier?«

Endlich brannte das Holz. Wobei es tatsächlich nur der Zunderschwamm war, der brannte, und die Flammen züngelten nicht hoch, sie krümmten sich bläulich. Ein guter Goldschmied macht sich die Kräfte, die im Feuer wohnen, zunutze und hört zugleich nie auf, sie zu fürchten, hatte Tuans Vater einst zu seinem Sohn gesagt. Doch als Tuan auf das Feuer starrte, fürchtete er sich nicht vor dessen Kräften, nur davor, dass sie gleich schwinden können und es wieder ausgehen würde.

Maolan erwartete offenbar dasselbe. »Wenn du über diesem Feuer ein Tier brätst, wird es niemals gar.«

»Ein rohes wäre mir lieber als gar keines.«

Maolan sah betreten auf den Boden.

»Wir haben doch nicht einmal eine Waffe«, mischte sich Tuan jetzt ein. »Und auch nichts, woraus man eine machen könnte …«

»Was sein Gutes hat«, sagte Fintan schnell. »Ich darf als Kirchenmann ohnehin kein Fleisch essen, nur Biber, weil der im Wasser lebt und deshalb als Fisch gilt.«

»Wie wär's mit einem Igel?«, schlug Eithne spöttisch vor.

»Er hat vier Füße, also nein«, meinte Fintan bedauernd.

»Na ja, du könntest seine Stacheln essen, dann wäre es gleich eine Bußübung.«

Fintan wiegte nachdenklich den Kopf, während Airdi leise zu jammern begann. »Airdi Hunger … Hunger …«

»Ach«, seufzte Fintan, »der heilige Columcille hat einmal saure in süße Äpfel verwandelt. Wenn nur mein Glaube stark genug wäre, um gar aus einem Stück Holz Äpfel zu machen.«

»Nun«, meinte Tuan, »dein Glaube mag kleiner als unser Hunger sein, unser Hunger ist wiederum kleiner als unsere Erschöpfung. Wenn wir schlafen, spüren wir den knurrenden Magen nicht.«

»Aber einer muss das Feuer bewachen«, erklärte Maolan streng.

Als ob der Zunderschwamm noch für mehr als eine Stunde reichen würde, ging es Tuan durch den Kopf. Doch ehe er etwas sagen konnte, erklärte Fintan stolz: »Das mache ich! Ich werde ohnehin die ganze Nacht lang beten, so wie der heilige Columcille, der so gut wie nie schlief, und wenn er es doch tat, einen Stein als Kopfkissen benutzte.«

»Was bin ich froh, dass ich kein Mönch bin und es hier im Wald so viele daunengefüllte Seidenkissen gibt«, spottete Eithne, ehe sie sich auf ein paar nasse Tannenzapfen bettete.

Maolan blieb unschlüssig neben dem Feuer oder dem, was sie als solches bezeichneten, hocken, weil er Fintan offenbar nicht traute. Tuan hingegen erhob sich und schob Airdi zu einer Ulme, deren Stamm, ob nun aufgrund ihres Alters oder des Werks von Würmern, gänzlich ausgehöhlt war. So musste Airdi zwar sitzend schlafen, hatte aber immerhin eine Art Dach über dem Kopf, indes es auf Tuan, der sich nur an die Ulme lehnte, stetig tropfte. Wäre er nicht eben einem Feuer entkommen, hätte es ihn gestört, und wäre er nicht vollends erschöpft gewesen, hätte ihn das wach gehalten. So jedoch stellte er sich vor, dass ihn ein lauer Frühlingsregen reinwusch, und er versank bald in jener Dunkelheit, in die kein Feuerschein reichte und kein Wasser tropfte. Erst schlief er tief wie ein Stein, dann fühlte er sich wie ein Baum, der zwar spürt, wenn der Wind ihn streift, aber zu tief in der Erde verwurzelt ist, um umzuknicken.

»Airdi! Airdi Angst!«, gellte ein Schrei in die Dunkelheit.

Eine Faust traf Tuan ins Gesicht und weckte ihn endgültig.

»Kobolde! Kobolde!«, heulte der Riesenjunge und schlug verzweifelt um sich. »Kobolde … Gesichter kohlrabenschwarz!«

Dann könnte man sie mitten in der Nacht ja nicht sehen, dachte Tuan, sagte dennoch nur: »Es gibt keine Kobolde.«

»Weiße Kühe, rote Ohren … Rote Kühe, weiße Ohren … Druiden sagen, dass heilig.«

»Es gibt auch keine Druiden mehr.«

»Aber Kühe. Kühe böse. Ganz böse.«

Airdi begann bitterlich zu schluchzen, und Tuan hielt ihn und streichelte ihm über den Rücken. Da der andere nicht mehr so markerschütternd schrie, vernahm er, was ihn geweckt hatte – ein Stöhnen nämlich, tief und unheimlich.

»Nun, das Schnauben einer Kuh klingt schon mal anders«, sagte Tuan, um sein eigenes Unbehagen zu zerstreuen.

Airdi schluchzte nicht mehr, zitterte nun jedoch erbärmlich. Gleichwohl ließ Tuan ihn los und trat auf die Stelle zu, an der sie das Feuer entzündet hatten. Wie erwartet war von den bläulichen Flämmchen nicht einmal mehr eine Glut geblieben, und obwohl der Mond Licht spendete, stolperte er prompt über den schlafenden Fintan, der seinen Kopf auf keinen Stein, sondern auf die zum Gebet gefalteten Hände gelegt hatte.

Tuan seufzte und übertönte damit das Stöhnen, doch sobald er den Atem anhielt, vernahm er es umso lauter. Es kam von Eithnes Schlafplatz, wobei nicht mehr nur sie allein auf den Tannenzapfen lag, auch Maolan. Oder nein, genau genommen lag er nicht auf den Tannenzapfen, er lag auf Eithne. Er hatte sich die Hosen bis zu den Kniekehlen hinunter- und Eithnes Kleid bis über die Hüften hochgeschoben. Vielleicht hatte Maolan es auch schlichtweg zerrissen, als er über sie hergefallen war. Schon nahm Tuan einen Tannenzapfen, warf ihn gegen Maolans Kopf, und als der irritiert hochblickte, rammte Tuan seine Faust in sein Gesicht. Eigentlich hatte er auf die Nase abgezielt oder zumindest auf Augen oder Lippen, die nicht minder empfindlich waren, doch leider hatte er nur die harte Stirn getroffen.

Maolan sprang auf. »Bist du irre?«, knurrte er.

Obwohl seines Gewichts entledigt, blieb Eithne liegen. Sie machte nicht einmal Anstalten, die Tunika über ihre Beine zu ziehen, sondern sie spreizte diese sogar noch weiter, sodass Tuan nicht nur die weißen Schenkel, sondern auch das dunkle, gekräuselte Haar ihrer Scham sah.

Verlegen senkte Tuan den Blick.

»Musstest du uns denn ausgerechnet jetzt stören?«, fragte sie ungehalten.

Maolan krümmte sich, als litte er Schmerzen. »Himmel, wir waren fast am Ende ...«

Wieder erklang ein Stöhnen, dieses Mal kam es eindeutig aus Eithnes Mund. Nicht gepeinigt klang es oder lustvoll, schlichtweg ungehalten. Schließlich erhob sie sich und trat zu Maolan, um ihm die Hosen hochzuziehen. Jedenfalls dachte Tuan kurz, dass sie das bezweckte, dann erkannte er, dass sie stattdessen hastig seine Männlichkeit zu kneten begann, bis Maolan mit einem tiefen Aufschrei gegen den Stamm einer Eibe sank.

Was genau sie da getan hatte, wusste Tuan nicht – nur dass Eithne keine Gewalt angetan worden war.

»Du ... Du hast freiwillig unter ihm gelegen?«

»Ja, was glaubst du denn?«, fragte Eithne unwirsch und wischte sich die Hände an einem Farnblatt ab.

»Im Kerker ... Ich hab dich öfter gehört ... Es war also immer er ...«

»Ach, von wegen!« Sie lachte. »Maolan kann doch nicht jede Nacht … Manchmal musste ich mit einem der Normannen vorliebnehmen.«

»Du hast es mit unseren Feinden getrieben?«

Eithne zuckte mit den Schultern. »Wenn man Hunger hat, frisst man schimmliges Brot, und wenn man Lust aufs Leben hat, presst man jeden Tropfen aus seinem Dasein … Wobei aus dem da nicht mehr viel zu pressen ist.«

Sie deutete zwischen Maolans Beine, woraufhin dieser schnell seine Hosen hochzog. Erst dann funkelte er Tuan wütend an und hob drohend die Faust. Da er seine Hosen allerdings nicht richtig zugebunden hatte, verrutschten sie wieder, sodass er sich danach bücken musste, anstatt auf Tuan loszugehen. Der starrte verwirrt von Maolan zu Eithne, drehte sich schließlich nach Airdi um, der wimmernd im ausgehöhlten Stamm der Ulme hockte und immer noch von weißen Kühen faselte. Fintan, der ebenfalls erwacht war, hielt sich indes mit der einen Hand die Augen und mit der anderen eines seiner Ohren zu und murmelte etwas vom heiligen Kevin, der von dem Weib, das ihn zu verführen versucht hatte, über die Klippen gestoßen worden war.

Eithne lachte, als sie zu dem Mönch trat. »Hast du nicht vorhin bedauert, dass du keine bitteren Äpfel in süße verwandeln könntest? Nun, ich hätte eine Pflaume anzubieten, gar nicht vertrocknet und runzelig, sondern süß und saftig.«

Fintan klemmte seinen Kopf zwischen den Knien ein und schlug die Hände vors Gesicht, was Eithne nicht davon abhielt, ein wenig in die Knie zu gehen, das Kleid zu heben und die Beine noch weiter zu spreizen.

»Lass ihn in Ruhe«, rief Tuan, erreichte damit aber nichts anderes, als dass sie mit einem Auflachen zu ihm stolzierte.

Rasch wandte er sich ab.

»Du kannst nicht schwimmen …«, höhnte sie.

»Still!«, rief Maolan.

»Du kannst kein Feuer machen«, fuhr Eithne ungerührt fort.

»Still!«, wiederholte Maolan, und nun klang Panik in seiner Stimme mit.

»Und den Anblick einer nackten Frau erträgst du auch nicht?«

Tuan spürte, wie ihm die Hitze in die Wangen stieg. Gut, dass im Mondlicht keiner sah, dass er glühend rot geworden war.

Jetzt lief Maolan auf Eithne zu und packte sie. »Halt dein Maul! Du hast vielleicht Lust, dich mit den Normannen zu paaren, die hinter den Büschen lauern. Ich nicht.«

»Normannen?«, rief Eithne und ließ vor Schreck den Saum ihres Kleides fallen.

Fintan blickte hoch, Airdi kroch aus dem Stamm der Ulme und wiegte sich wieder unruhig vor und zurück – immerhin lautlos, sodass auch Tuan vernahm, was Maolan gehört haben musste.

»Da!«, flüsterte er. »Dieses Knacksen! Und dort hinten … das Licht … Es müssen Fackeln sein!«

Maolan nickte düster. »Anscheinend haben die Normannen nur Limerick aufgegeben, nicht das Umland. Sie haben uns verfolgt und eingekreist.«

Wasser … Wasser … Warum stand er denn schon wieder im Wasser? Warum brannten seine Fußsohlen, obwohl es so kalt war? Und warum hatte Airdi aufgehört zu schreien?

Die Normannen hatten ihn doch nicht …?

Aber nein, er hielt ja Airdis Hand, und Airdi schnaufte heftig … Sie waren losgerannt, ehe Tuan überhaupt wusste, was sie taten – die Normannen mochten zwar einen Kreis um sie gezogen haben, jedoch keine unüberwindliche Mauer. Blätter waren ihm ins Gesicht geklatscht, sodass er die Augen die meiste Zeit halb geschlossen gehalten hatte, und so spürte er das Wasser, in dem er knietief stand, nur. Erst jetzt öffnete er seine Augen ganz, sah in der Ferne ein Licht leuchten – wärmer, rötlicher als der Mond.

»Airdi Angst …«

»Du musst doch keine Angst haben. Sieh nur … dort hinten … ein Crannóg …«

Ein Crannóg war eine auf einer künstlichen Insel errichtete Siedlung aus Holzpflöcken, Erde und Stein, wie es sie in Irland zu Hunderten gab.

»Aber dort sitzen wir in der Falle«, ertönte auf einmal eine weitere Stimme dicht an seinem Ohr.

Eithne … Eithne hatte es auch geschafft …

Als Tuan sich zu ihr umdrehte, durchflutete ihn trotz seines Ärgers auf sie Erleichterung. »Die Pferde können uns nicht auf die Insel folgen«, murmelte er.

»Von wegen! Anders als du können Pferde schwimmen!«

»Auch wenn Ritter mit schweren Rüstungen auf ihnen sitzen?«

Er selbst würde jedenfalls auch ohne Rüstung in dem Tümpel untergehen, wenn sie ihm nicht half, und Airdi erst recht.

»Bring ihn zuerst rüber!«, erklärte er und schob Airdi in ihre Arme. Zumindest versuchte er es. Denn während Eithne keine weiteren Einwände erhob, im flackernden Licht wohl dasselbe erkannte wie er, ein heimeliges Herdfeuer nämlich, an dem sie Zuflucht finden würden, wollte Airdi ihn nicht loslassen.

»Bitte, Airdi, du musst …«

Seine flehentliche Stimme schien den wimmernden Riesenjungen nicht zu erreichen. Eithne versuchte es gar nicht erst, ihn zu überzeugen. Sie bückte sich und hob etwas hoch, das wie ein Schlammklumpen aussah.

»Du kannst doch nicht …«, setzte Tuan an. Ehe Eithne den Klumpen auf Airdis Kopf niederkrachen ließ, ertönte ein Geräusch, das lauter klang als ein dumpfer Schlag.

Das rötliche Licht in der Ferne erlosch, das ungleich grellere einer Fackel durchzuckte die Nacht. Schnell wie diese kamen Pferde auf sie zugaloppiert, holten nun Fintan und Maolan ein, die ihnen nachgehastet waren. Ob die beiden niedergetrampelt wurden, wusste Tuan nicht, er wusste nur, dass diese

Pferde das Wasser nicht scheuen würden. Die Ritter, die auf ihnen saßen, trugen keine schweren Rüstungen, nur leichte Gewänder aus Bullenhaut, keine Helme, nur Lederkappen, die mit Blättchen aus Bronze belegt waren, keine mannsgroßen Schilde aus Eisen, nur kleinere ovale aus Holz. Viel zu bedeuten hatte das nicht, hatte sich doch bis zu ihm herumgesprochen, dass die Normannen in den irischen Wäldern auf ihre schwere Ausrüstung häufig verzichteten.

»Komm, Airdi!«

Nun war es Eithne, die flehentlich auf den Riesenjungen einredete, doch Tuan wusste schon, dass es keinen Sinn mehr hatte. Sie konnten nicht fliehen, sie konnten sich nur ein wenig Würde bewahren, indem sie mit hochgerecktem Kinn auf die Feinde zutraten. Nicht dass Tuan das gelang. Als er den ersten Schritt versuchte, blieb er prompt im Schlamm des Seeufers stecken, wankte, fiel auf die Knie. Bis er sich erhoben hatte, hatte ihn der erste Reiter erreicht, sprang vom Rücken seines Pferdes, trat auf ihn zu. Der Mann trug keinen Schild, auch keinen Speer und kein Schwert.

Wahrscheinlich ist er stark genug, um mich mit bloßen Händen zu erwürgen …

So klein und feingliedrig sie waren, waren es aber nicht die Hände eines Kriegers, noch nicht mal die Hände eines Mannes. Vor ihm stand eine Frau, wenn auch keine besonders schöne. Ihr Haar war kurz geschnitten, auf der rechten Wange hatte sie eine sichelförmige Narbe. Anstatt Tuan zu erwürgen, blickte sie ihn nur nachdenklich an und legte den Kopf schief.

»Róisín, komm zurück! Die verfluchten Normannen werden uns vom Crannóg aus noch sehen.«

Normannen, Normannen … Es waren wirklich Normannen in der Nähe. Doch diese hatten sie nicht verfolgt … Vielmehr den Crannóg besetzt, der ihm als Zuflucht erschienen war.

»Nicht!«, wollte er Eithne und Airdi warnen, die mittlerweile hüfttief im Wasser des Sees versunken waren. Doch ehe ein

Ton von seinen Lippen kam, spürte er einen Schlag auf den Hinterkopf.

Was immer ihn getroffen hatte – eine bloße Hand, ein Pferdehuf oder ein Schild –, der Schmerz war zu gewaltig, um noch zu fühlen, wie er ins Wasser fiel und die Fluten über ihm zusammenschlugen.

Der Tod schien so schnell zu kommen, dass er nicht einmal Angst vor seiner kalten schwarzen Umarmung haben musste.

Róisín

»Musstest du ihn gleich niederschlagen?« Róisín beugte sich über den jungen Mann, den sie aus dem Wasser gezogen hatte. Sein Haar war dunkel, sein Körper schmächtig. Hätte er einen Augenblick länger im Wasser gelegen, wäre er ertrunken. Und wäre der Schlag fester ausgefallen, wäre er schon tot gewesen, ehe er ins Wasser gesackt war. Róisíns Blick glitt zu dem schmalen Gürtel, den der junge Mann um die Taille trug. »Hast du denn nicht gesehen, dass er unbewaffnet ist?« Der Krieger, der zu ihr trat, machte ein finsteres Gesicht, obwohl alles an ihm farbenprächtig war – der rötliche Fuchspelz, den er um die Schultern trug ebenso wie der lederbesetzte Waffenrock in einem dunklen Purpurton. »Warum bist du ihnen überhaupt nachgeritten?«, blaffte er.

»Vielleicht kommen sie aus Limerick und wissen, warum die Stadt brennt.«

»Es ist allein meine Aufgabe, das herauszufinden«, knurrte der andere.

Er wandte sich ab und gab das Zeichen für den Rückzug. Róisín befürchtete kurz, er würde den ohnmächtigen Jüngling entweder liegen lassen oder ihn gar zurück ins Wasser stoßen, doch schon packte ihn einer der Krieger um die Taille, hob ihn hoch wie ein kleines Kind und warf ihn über den Rücken seines Pferdes. Ebenso, wenngleich etwas sanfter, verfuhr ein anderer mit Róisín und wieder andere mit den Begleitern des Jünglings.

Wenig später erreichten sie eine Lichtung im Wald gleich jener, wo sie zuvor auf die kleine Gruppe gestoßen waren. Der Ohnmächtige wurde so roh auf den Boden gestoßen, dass Róisín überzeugt war, er hätte sich das Genick gebrochen. Doch als sie sich zu ihm beugte, spürte sie, dass er noch atmete. Sie war nicht die Einzige, die zu ihm gehastet war. Die junge Frau mit den wirren Locken, die ebenfalls vom Pferd gestoßen worden, aber auf ihren Beinen gelandet war, strich ihm jetzt das Haar aus dem schlammverschmierten Gesicht.

»Tuan, Tuan hörst du mich?«, rief sie und begann, mit den Fäusten seine Brust zu bearbeiten. Róisín überlegte kurz, sie davon abzuhalten, kam jedoch zu dem Schluss, dass er nach allem anderen auch das überleben würde.

Sie wandte sich den drei übrigen jungen Männern zu, wobei sie genau betrachtet keine richtigen Männer waren. Der eine glich einem riesigen Säugling, nur dass er auf den eigenen Füßen gehen konnte. Der andere bekundete eben, er sei ein Mönch, und der dritte … Nun gut, an dem ließ sich sowohl Muskelkraft wittern als auch die Entschlossenheit, diese einzusetzen, wenn auch keine Geduld, dafür auf den rechten Augenblick zu warten. Eben nämlich ging er mit erhobenen Händen auf den Anführer der sechsköpfigen Kriegerschar zu. Als Róisín sich schon darauf gefasst machte, dass der ihn gleich niederstrecken würde, sank der junge Mann auf die Knie. Er deutete auf das Banner, das der jüngste und unerfahrenste der Krieger trug.

»Ritter … Ritter … Ihr seid die Ritter des Roten Zweiges!«, stammelte er.

Ein wenig Furcht vermeinte Róisín dem Klang seiner Stimme zu entnehmen, auch ein wenig Unglauben, vor allem aber Begeisterung. Er glaubt tatsächlich, dass es Helden gibt, dachte sie, überzeugt, dass der Falsche einen Schlag auf den Kopf bekommen hatte. Wobei bei dem da wohl ein Schlag allein nicht reichen würde, um ihm den Unsinn auszutreiben.

»Mein Name ist Maolan«, sagte der junge Mann hastig. »Und du … bist du etwa Ascall von Toora?« Der Anführer sagte nichts, doch ein anderer Krieger trat näher. Wie es früher in heidnischen Zeiten üblich gewesen war, hatte er sich von

Kopf bis Fuß mit blauer Farbe eingerieben. Man gewann sie aus Waid, den man mit Urin ansetzte, und dementsprechend stank der Mann nach Pisse, was Maolan nicht zu stören schien. »Oder bist du es?«, fragte er ehrfürchtig.

Der Blaue schüttelte den Kopf. »Ich bin Enda«, erklärte er.

Der junge Mann starrte auf die Trophäen, die an Endas Gürtel hingen. »Sind das etwa Menschenohren?«

Nein, dachte Róisín. Es sind die Ohren von Schweinen, die er frisst, um stark zu werden. Doch sie sagte nichts.

Enda blaffte Maolan wütend an: »Deine werden als Nächstes daran baumeln, wenn du nicht aufhörst, Fragen zu stellen.«

»Aber …«

Der junge Mann biss sich rasch auf die Lippen, doch da trat Róisín vor. »Ascall ist nicht hier. Doch der hier«, sie deutete auf den Anführer, »der hier ist Ailillán, Ascalls Bruder.«

Ailillán funkelte sie wütend an. »Warum mischst du dich schon wieder ein? Willst du etwa auch ein Ohr verlieren?«

»Sein Bruder …«, echote Maolan, doch sei Blick verweilte nicht lange auf Ailillán, ging nunmehr zu Róisín. »Und du? Kämpfst du etwa auch für die Ritter des Roten Zweiges?«

»Nein«, sagte Ailillán rasch. »Sie kämpft nicht mit uns. Sie begleitet uns nur manchmal, um die Verwundeten zu heilen. Meist schafft sie nicht mal das.«

»Himmel!«, entfuhr es Róisín. »Es ist doch nicht meine Schuld, dass Mac Con schon tot war, als ich zu euch stieß. Und es ist nicht meine Aufgabe, Tote wieder lebendig zu machen.«

»Nein, aber es ist meine Aufgabe, Lebendige zu töten, wenn sie zu viel wissen.« Ailillán packte den jungen Mann und zerrte ihn hoch. »Wer bist du?«

»W… W… Wie ich schon sagte, m… mein Name ist M… M… Maolan … Und das hier ist Airdi, er ist schwachsinnig. Fintan wiederum ist ein Mönch, das … das hat er euch ja schon gesagt.« So wie er es sagte, klang es, als wären ein Mönch und ein Schwachsinniger dasselbe. Maolan deutete auf die junge Frau mit den wirren Locken. »Das ist Eithne, und der … der Ohnmächtige heißt Tuan.«

Eithne hatte ein Stück Leinen von ihrer Tunika gerissen, um sie auf seine Wunde im Nacken zu pressen.

»Ich will nicht wissen, wie ihr heißt, sondern was ihr hier wollt«, knurrte Ailillán.

Róisín hätte ihn gern beschwichtigt, wusste aber, dass er weder für mahnende Blicke noch für Worte empfänglich war. Sie bereute es längst, ihn auf die Gruppe aufmerksam gemacht zu haben, die sie beim Kräutersammeln entdeckt hatte.

Maolan blickte unsicher von Ailillán zu Enda und wieder zurück. Ehe er etwas sagen konnte, war ein Stöhnen zu vernehmen, und fast nahtlos folgten Worte.

»Limerick …«, stieß der eben noch Ohnmächtige hervor, »Geiseln … aus Limerick … Hätten König Henry übergeben werden sollen … Sind vergessen worden …«

Ailillán runzelte misstrauisch die Stirn.

»Er könnte die Wahrheit sagen«, sagte Róisín schnell. »Wir alle wissen, dass Ruari und Henry im letzten Jahr Frieden geschlossen haben oder etwas, das man so nennen würde, gäbe es denn auf dieser Welt dergleichen und suchte man ein Wort dafür. Ruari versprach Geiseln und Tribut, Henry wiederum Schutz, falls sich andere irische Könige gegen Ruari auflehnen würden. Es heißt auch, dass Ruari Henry etliche Falken aus Irland geschenkt hat, weil diese in dessen Reich überaus beliebt sind.«

Ailillán machte den Eindruck, als würde er nicht nur jedem Falken, sondern jedem Vogel, der an seinem Kopf vorbeizog, am liebsten die Federn ausrupfen. Gleichwohl senkte er die Stimme, als er drohend verkündete: »Ich zweifle nicht daran, was sie sagen, ich zweifle jedoch, ob wir sie am Leben lassen sollen.«

Enda nickte zufrieden und hob seine breite Streitaxt, in der neben Silberdrähten, wie er behauptete, die Haare seiner Opfer eingearbeitet worden waren.

Rasch stellte sich Róisín zwischen Enda und die jungen Leute. »Du kannst doch nicht …«

»Wir haben keine Zeit, uns ihrer anzunehmen. Wie können aber auch nicht riskieren, dass sie in die Hände unseres gefährlichsten Feindes fallen. Du weißt, wen ich meine.«

Nicht nur in Endas Augen blitzte Mordlust auf, sondern auch in denen eines anderen Kriegers, dessen langes Haar bis zu den Hüften fiel. Barra tötete am liebsten mit einer Keule, und als er diese schwang, heulte nicht nur der Schwachsinnige auf, auch Róisín entfuhr ein Schrei.

Maolan jedoch blickte den Krieger furchtlos an: »Warum hast du so langes Haar?«

»Weil ich geschworen habe, es erst zu schneiden, wenn die Ritter des Roten Zweiges die verfluchten Normannen vertrieben haben.«

Maolan sprang auf. »Oh … Bitte, lasst mich mit euch kämpfen! Ich bin stark, ich wollte immer Krieger werden!«

Barras Keule kam dem Kopf des Jünglings bedrohlich nah, doch bevor das scheußliche Geräusch von brechenden Knochen und spritzendem Blut ertönte, fiel Ailillán ihm in den Arm.

»Warte!«, rief er.

Róisín hoffte, dass ihm Maolans Mut gefiel, desgleichen der von Tuan, der sich hochkämpfte, vor Airdi und Fintan stellte und verzweifelt rief: »Du darfst doch keine Unschuldigen töten!«

Aililláns Blick ging von einem zum anderen, und dass er um eine Entscheidung rang, fühlte nicht nur sie. Auch Eithne erhob sich und hastete zu Róisín.

»Ich könnte dir dabei helfen, verletzte Krieger zu heilen. Ich kenne mich aus …«

Nein, das tust du nicht, dachte Róisín, konnte sich aber nicht des Respekts verwehren, dass sie um ihr Leben kämpfte, so wie Tuan um das seiner Freunde.

»Ich bitte dich, lass wenigstens Airdi und Fintan am Leben!«, flehte er.

Ailillán starrte durch ihn hindurch. »Für die Ritter des Roten Zweiges kämpfen willst du also«, schnauzte er Maolan an. »Und wie, glaubst du, wird man ein solcher Ritter?«

Maolan zuckte die Schultern. »Ich nehme an, man muss seine Kampfkünste beweisen.«

Aililláns Mundwinkel zuckten, was man mit ein wenig gutem Willen für ein Lächeln halten konnte, wenn auch für kein freundliches. »Genau so ist es«, sagte er verächtlich. »Ihr könnt gegeneinander antreten. Du kämpfst gegen Tuan, und der Schwachsinnige gegen den Mönch. Rechnet nicht damit, dass wir euch begraben, wenn ihr euch gegenseitig erschlagt. Derjenige, der überlebt, kann aber mit uns kommen.«

Der Bannerträger sprang von seinem Pferd und zog mit einem dickeren Zweig einen Kreis, der den Kämpfern zugestanden wurde. Die Zuschauer mussten außerhalb bleiben. Eine Weile war nur das scharrende Geräusch zu hören, dann, als er fast fertig war, auch das Jammern des Schwachsinnigen und das Gebet des Mönches. Maolans Kiefer mahlten, während Tuan wie erstarrt dastand. Er schien nichts zu hören, als Ailillán ihn fragte, welche Waffe er wählen wolle.

»Hörst du nicht?«, blaffte Maolan ihn an, er klang verstört, aber auch aufgeregt. »Er will wissen, mit welcher Waffe du kämpfen willst!«

Tuan hob langsam den Kopf. »Ich kämpfe nicht, ich bin Goldschmied.«

»Nun, ein goldenes Schwert haben wir aber nicht für dich, Bübchen«, höhnte Barra.

Alle lachten, nur Ailillán nicht. Róisín konnte sich nicht daran erinnern, ihn jemals lachen gesehen zu haben.

»Du kannst sie doch nicht wirklich gegeneinander kämpfen lassen!«, mischte sie sich ein. »Es sind Knaben, keine Krieger!«

»Und wie soll aus dem einen das andere werden, wenn man sie schont?«, gab Ailillán eisig zurück.

Sie wusste, wenn sie zumindest den Kampf zwischen Mönch und Schwachsinnigem verhindern wollte, musste sie jetzt schweigen. Seufzend trat sie zurück.

Tuan rührte sich immer noch kein Jota, erklärte nunmehr zum zweiten Mal: »Ich bin kein Krieger, ich bin Goldschmied.«

»Aber ich«, rief Maolan, ehe neuerliches Gelächter aufbrandete, »ich will ein Schwert haben!«

Ailillán drehte sich langsam zu ihm um. »Ein Schwert, so, so …« Auch wenn Róisín ihn nie lachen gesehen hatte, lächeln konnte Ailillán durchaus, nämlich schmallippig und spöttisch. Er blickte von einem seiner Krieger zum nächsten, ehe er schließlich Barra zunickte, der nicht nur das längste Haar hatte, sondern auch die längste Waffe … und die schwerste. »Du bist doch so freundlich, ihm deines zu leihen?«

Barra trat langsam auf Maolan zu und überließ es ihm, das Schwert aus der Scheide zu ziehen – oder es zumindest zu versuchen. Obwohl der junge Bursche mit zusammengepressten Lippen all seine Kraft zusammennahm, schaffte er nicht einmal, es eine Handbreit zu bewegen, sodass Barra es schließlich selbst zog. Maolan nahm das Schwert, taumelte unter seinem Gewicht, hielt sich aber aufrecht und richtete die Spitze auf Tuan.

»Allmächtiger!«, flehte der Mönch. »Lass es schneien oder donnern oder …«

»Schneien – also wirklich!«, fuhr Maolan ihn an. Sein Gesicht war weiß wie Schnee, und er schien entschlossen, notfalls mit Eiszapfen zu kämpfen, um sich zu beweisen. »Halt endlich dein Maul. Gott ist zu schwach, um einzugreifen.«

»Mein Glaube ist zu schwach!«

»Und Tuan ist erst recht schwach!«, brüllte Maolan wütend, während sich die Spitze des Schwertes gefährlich in Richtung Boden senkte.

Tuan, der ob des Anblicks der Waffe eben noch zusammengezuckt war, hatte die Fassung wiedergefunden. Mit dem leeren Blick, den nur hat, wer tötet oder getötet wird, wandte er sich erst an Maolan, dann an Ailillán. Zu beiden sprach er dieselben Worte.

»Ich töte keinen meiner Gefährten.«

Aililláns dichte Brauen schienen über der Stirn zusammenzuwachsen. »Also verzichtest du auf eine Waffe und kämpfst allein mit deinen Fäusten?«

Tuan trotzte seinem Blick, hob ganz langsam die Hände, hielt alle zehn Finger hochgestreckt, schöne, feingliedrige Finger. Plötzlich wurde es still. Ein jeder hielt den Atem an, selbst Barras Haar flatterte für kurze Zeit nicht im Wind, und Róisín hoffte jäh: Wer das Wort zu erheben wagte, der würde ein Echo des Lebens ausstoßen, nicht des Todes. Aber dem Wind war es egal, ob die Menschen starben oder am Leben blieben, er riss wieder an Barras Haar, versetzte Róisín eine seiner kalten Ohrfeigen, ließ die Härchen von Aililláns Fuchspelz tanzen.

»Schlag ihm erst die rechte Hand ab, dann die linke, dann den Kopf«, befahl er Maolan.

Die Männer lachten nicht, begannen jedoch Wetten abzuschließen, wie weit Maolan damit kommen würde. Eithne hielt indes dem Schwachsinnigen die Hände vor die Augen, und weil der sich heftig wehrte, sich auch vom Mönch nicht bezähmen ließ, kam Róisín ihnen zu Hilfe. Sie war erleichtert, etwas tun zu können, anstatt nur hilflos Zeugin zu werden von dem, was da geschah. Das Letzte, was sie sah, war, dass Maolan den Knauf mit beiden Händen umfasste, erneut gegen das Gewicht des Schwertes ankämpfte. Und dann ertönte schon das vertraute Zischen, mit dem der Tod Atem holt – das Zischen von Eisen in der kalten Luft. Allerdings blieb der erwartete Schmerzensschrei aus, es erklang nur das dumpfe Geräusch eines Körpers, der zu Boden sackt. Der Tod ließ seinen Atem wieder entweichen.

Er hat sich dem Befehl widersetzt … Er hat Tuan nicht die Hände abgehauen, sondern das Schwert in die Brust gerammt …

Doch als sie hochblickte, sah sie, dass nicht Tuans, sondern

Maolans regloser Körper auf dem Boden lag. Und dass zwischen seinen Schultern ein Dolch steckte.

Vögel stoben von jenem Gebüsch hoch, von dem der Dolch geflogen gekommen war, ansonsten blieb es still. Tuan ging auf die Knie, zog am Knauf des Dolches. Erst als er auf die blutige Klinge blickte, schien ihm aufzugehen, dass der Gefährte wirklich ermordet worden war ... aus dem Nichts ... Wenn auch nicht *vom* Nichts, denn nun kam aus dem Gebüsch ein Mann hervor, etwas kleiner als die übrigen Krieger, doch sehniger und wendiger als sie, ob des gesenkten Kopfes eher achtsam wirkend als gefährlich.

Tuan ließ den Dolch fallen, ballte seine schönen Hände nun doch zu Fäusten, stürmte auf den Mann zu. »Wie konntest du nur?« Er trommelte auf des anderen Brust, nicht ohne Kraft, aber ohne jedes Geschick. So steif der Mann kurz stand und die Schläge über sich ergehen ließ, so schnell duckte er sich plötzlich, rammte seinen Kopf in Tuans Bauch und ließ ihn zu Boden gehen. Und ehe Tuan sich wieder erheben konnte, stand ein schwerer Fuß auf seiner Brust. Die Fäuste öffneten sich, die strampelnden Beine ließen an einen Käfer denken, doch Tuans Stimme klang immer noch wutentbrannt. »Er war mein Vetter ... Er war mein Freund!«

»Er war der Mann, der dich getötet hätte.«

Tuan blieb still liegen, woraufhin der andere den Fuß wieder zurückzog, nunmehr die Hände unter dem langen wollenen Umhang verbarg.

»Ich hätte mich gegen ihn wehren können, habe mich aber dagegen entschieden«, stieß Tuan aus. »Du hast ihn ohne Vorwarnung angegriffen und ihm keine Möglichkeit gelassen, um sein Leben zu kämpfen.«

»Das haben Feinde nun mal an sich. Manchmal stürzen sie sich mit Geschrei auf dich, manchmal ohne einen Laut von sich zu geben. Hätte der da wirklich zum Krieger getaugt, er hätte gespürt, dass der Boden unter meinen Schritten vibrierte.«

Er hob den Fuß, trat Tuan, um seine Kraft zu beweisen, bückte sich dann jedoch, um ihm aufzuhelfen. Erst als Tuan wieder stand, wandte er sich Ailillán zu.

»Ascall ...«, setzte dieser an.

Ascalls Augen wurden schmal. »Eigentlich hättest du es verdient, an seiner statt auf dem Boden zu liegen«, stieß er heiser aus, »aber dafür haben wir keine Zeit. Los, auf die Pferde.« Er deutete auf die jungen Leute. »Und die hier nehmen wir mit.«

Róisín bückte sich rasch, um den Dolch aufzuheben, war eine Waffe doch zu kostbar, um sie hier liegen zu lassen. Zeit, einen letzten mitleidigen Blick auf den toten Maolan zu werfen, hatte sie nicht, denn schon packte Barra sie um die Taille und hob sie vor sich auf sein Pferd. Wie immer duckte sie sich, um nicht von einem Ast getroffen zu werden, konnte jedoch nicht verhindern, dass ihr die wehende Mähne des Tieres ins Gesicht schlug. Die Tränen, die ihr darob in die Augen stiegen, wärmten sie ein wenig. Das Wasser, das bis zu ihrer Hüfte hochspritzte, als sie den Shannon durchquerten, war dagegen eisig kalt.

Nun gut, dann wird wenigstens die Klinge des Dolches gewaschen ...

Als die Krieger endlich die Pferde verhielten und nicht länger das silbrige Mondlicht, sondern das bleigraue der Morgendämmerung die Welt beleuchtete, sah Róisín jedoch, dass diese immer noch rot war, desgleichen Tuans Gesicht. Kaum dass er wieder festen Boden unter den Füßen hatte, wandte er sich vorwurfsvoll an Ascall.

»Du hättest Maolan wenigstens begraben können.«

Ascall musterte ihn flüchtig. Wie immer, wenn er mit seinen Kriegern sprach und sich nicht anmerken lassen wollte, wie erschöpft und voller Verdruss er war, war seine Miene ausdruckslos. »Wir hatten keine Zeit und deshalb keine andere Wahl, als ihn den wilden Tieren zu überlassen. Allerdings«, nun wandte er sich an seinen Bruder Ailillán, »haben wir stets die Wahl, selbst zu wilden Tieren zu werden oder nicht.«

Auch Ailillán schien müde und voller Verdruss, auch er versuchte, es sich nicht anmerken zu lassen, als er knurrte: »Der Rote Zweig kann nur auf einem gesunden Baum wachsen. Und damit ein Baum gesund bleibt, gilt es dann und wann, einen morschen Ast abzuschlagen. Das ist das Erste, was unsereins lernen muss.«

»Es gibt aber Dinge, die muss man nicht lernen, die *kann* man auch gar nicht lernen. Man hat sie im Blut oder nicht. Und dazu gehört, einem Gefährten die Treue zu halten. Einen anderen zu töten bringt heute fast jeder fertig, für einen anderen zu sterben kaum einer.«

Aililláns Kiefer mahlten, und wie so oft war seine Miene zerrissen von Trotz und Ergebenheit. Meist gewann Letztere die Oberhand, und auch jetzt sank er vor seinem Bruder auf die Knie. »Du weißt, dass ich jederzeit für dich sterben würde. Mein Herz würde ich mir aus der Brust reißen, selbst wenn du darauf trampeln würdest.«

Ascall blickte nur kurz auf ihn hinunter. »Steh auf!«, knurrte er, wandte sich ab, sah sich um.

Auch wenn sie den Shannon weit hinter sich gelassen hatten, war die Gegend sumpfig. Aus manchen Pfützen ragten bräunliche Grashalme, andere waren tief wie ein Teich. Eine spiegelte den fernen Mond, dessen Ränder sich vor dem dunklen Wasser deutlicher abhoben als vom grauen Himmel.

»Was willst du mit ihnen tun?«, fragte Ailillán und deutete auf die jungen Leute.

Ascall schwieg lange. Der Teich verschluckte den Mond, glich nunmehr den schwarzen, toten Augen der Inselgöttin Ériu, auf deren Herz in den letzten Jahren so oft getrampelt worden war. »Limerick brennt, wir nehmen sie mit nach Dún Fionn«, entschied er.

Aililláns Kiefer mahlten, doch nicht er widersprach seinem

Bruder, es war Tuan. »Ich bin kein Krieger, ich bin Goldschmied«, wiederholte er.

»Wie oft willst du das denn noch beteuern?«, knurrte Enda ungeduldig.

Ascall hingegen trat zu Tuan. »Ich verstehe«, sagte er. »Manche dienen Badb, der Kriegsgöttin. Andere dienen Dé Dannan Goibniu.«

»Du kennst den Gott der Schmiede?«, fragte Tuan überrascht.

Ascall nickte. »Und es gibt Männer, die dienen beiden. Fergus MacRoy zum Beispiel, ein großer Krieger Irlands. Er hat sich einst die Schwerter, mit denen er später tötete, selbst geschmiedet.« Tuan schwieg. »Wie auch immer«, fuhr Ascall fort. »Ich verlange nicht von dir zu töten, aber du könntest auf Dún Fionn Schwerter schmieden, auch Krummäxte, Lanzenspitzen und Pfeile. Bist du dazu bereit?«

Tuan zögerte, suchte den Blick seiner Gefährten, bekam von ihnen jedoch keine Hilfe. Der Schwachsinnige hatte sich hingehockt und wiegte sich vor und zurück, der Mönch betete, Eithne zuckte nur mit den Schultern.

Ehe sich der junge Mann endlich zu einer Antwort durchrang, packte Ascall ihn an der Kehle und drückte zu, bis er keuchte. »Du solltest eines wissen: Wenn du keine Waffen für uns herstellst, werden die Normannen wohl welche aus den Knochen deiner Freunde machen.« So knapp wie ihm der Atem wurde, traute Róisín Tuan nicht zu, eine Antwort über die Lippen zu bringen. Doch irgendetwas schien er zu sagen, was Ascall zufriedenstellte. Er stieß ihn zurück, und dass Tuan nur schwankte, nicht fiel, ließ seine Mundwinkel kurz spöttisch zucken. Rasch wurde er wieder ernst und wandte sich an den Mönch: »Auch du musst dich entscheiden, nämlich, ob du meinen Schutz suchst oder dich mit dem von Gott begnügst.«

Fintan legte vorsichtshalber seine Hände um den Hals, um sich vor Ascalls Griff zu schützen. »Eigentlich wollte ich stets auf Skellig Michael leben«, murmelte er, »das ist eine Insel im Westen Irlands, die nur von Mönchen bewohnt wird … und von Möwen. Die Möwen umkreisen sie, die Mönche steigen auf Hunderten von Steinstufen, die sie selbst mühsam erbaut haben, zu einem der beiden Gipfel hoch, wo sie in einfachen Zellen hausen und nichts anderes tun, als Gott zu dienen. Aber … aber …« Er geriet ins Stammeln, weil Ascall einen Schritt auf ihn zumachte, ihn zwar nicht an der Kehle, doch am Haarschopf zu packen drohte. »Aber wenn Gott es so will, bleibe ich natürlich bei meinen Gefährten«, fügte Fintan rasch hinzu.

An Eithne und den Schwachsinnigen richtete Ascall das Wort gar nicht erst, erteilte seinen Kriegern vielmehr den Befehl zum Aufbruch. Während diese zu ihren Pferden traten, blieb Ailillán steif stehen. »Bruder, du willst doch nicht wirklich …«

»Sie nach Dún Fionn mitnehmen? Warum denn nicht?«

»Ich meinte, du willst dich doch nicht einfach zurückziehen!«, knurrte Ailillán. »Amaury de Saint-Taurin treibt sich hier irgendwo herum. Wenn wir Verstärkung holen, haben wir endlich die Chance, ihn zu bezwingen.«

»Mit ihm könnten wir es vielleicht aufnehmen, nicht jedoch mit dem normannischen Heer, das Limerick aufgegeben hat.«

»Dass es das tat, ist ein Zeichen ihrer Schwäche!«

»Nein, es ist ein Zeichen dafür, dass hier irgendetwas vorgeht, wovon wir nichts wissen und dessen Folgen wir nicht ermessen können.«

»Und deshalb willst du feige vor ihnen fliehen?«, begehrte Ailillán wütend auf.

»Es ist etwas anderes, nachts gegen seinen Feind zu kämpfen oder blind. Denn in der Nacht sieht auch er nichts – wenn man blind ist, hat er dagegen den Vorteil. Wir werden erst losschlagen, wenn ich weiß, warum sie Limerick aufgegeben haben. Pòg, Clach und Madadh werden es herausfinden.«

Ascall schnalzte mit der Zunge, woraufhin drei Krieger

eilends vortraten. Clach hieß »Stein«, weil er wie einst die Kelten Kalkwasser in sein Haar knetete und im Kampf den Kopf in den Bauch seines Gegners rammte – oder noch tiefer. Pòg wiederum hieß »Küsser«, war er doch bekannt dafür, dass er die Feinde gern biss, am liebsten in den Mund. Warum Madadh »Hund« hieß, wusste Róisín nicht so recht. Manche behaupteten, er knurre im Schlaf, andere, er jaule beim Rammeln und wieder andere, er belle, wenn er zu viel getrunken habe. Da Róisín am liebsten Abstand hielt, hatte sie ihn bisher allerdings bei keinem der drei Dinge je beobachten können.

»Wir können trotzdem nicht einfach fliehen«, bestand Ailillán indes. »Wenn sich das herumspricht, nennt man uns nicht Ritter des Roten, sondern des morschen Zweiges.«

»Wir fliehen nicht, wir reiten heimwärts, und falls die Normannen uns verfolgen sollten, werden sie eine schöne Überraschung erleben. Diese hat auch etwas mit Zweigen zu tun, aber weder mit roten noch mit morschen, sondern mit ziemlich spitzen.« Ascall beugte sich vor und flüsterte Ailillán etwas ins Ohr, das zwar kein Lächeln auf dessen Lippen erscheinen, doch kurz seine Augen aufleuchten ließ. Danach schnalzte er wieder mit der Zunge, und Ailillán bestieg sein Pferd.

Róisín lief angelegentlich zu Ascall und raunte ihm zu: »Ich kann doch auf deinem Pferd mitreiten?«

Bis jetzt hatten sich ihre Blicke kaum länger als die Dauer eines Wimpernschlags getroffen, und auch weiterhin tat er, als würde er durch sie hindurchschauen. Sie konnte sich ein Grinsen nicht verbeißen, wusste sie doch, wie sehr er es hasste, wenn sie vor den Männern seine Nähe suchte.

Dennoch schnaubte er widerwillig: »Meinetwegen …«

Obwohl sie diesen Sieg errungen hatte, verflüchtigte sich ihr Triumphgefühl schnell. »Ich verstehe nicht, warum du den Burschen gleich hast töten müssen«, sagte sie leise. »Hätte es nicht genügt, ihm einen Finger abzuhauen? Und wenn du ein bisschen früher zurückgekommen wärest, hätte Ailillán diesen unseligen Zweikampf gar nicht erst vorgeschlagen!«

Wieder fuhr sein Blick unruhig über die Umstehenden, anstatt auf ihr zu verharren. »Oh, ich habe euch die ganze Zeit über beobachtet.«

»Du hast … *was*?«

Er zuckte mit den Schultern. »Ich wollte wissen, wie sich die beiden Jünglinge verhalten.«

Nein, dachte sie, du wolltest wissen, ob in deinem Bruder nur Grausamkeit wohnt, wie du befürchtest, oder doch auch Barmherzigkeit, wie du heimlich erhoffst …

»Ich glaube, ich reite doch mit Barra«, erklärte Róisín trotzig, und um ihn noch mehr dafür zu bestrafen, dass er Maolan getötet hatte, beugte sie sich vor, küsste ihn flüchtig auf die Lippen und biss, ehe er sie zurückstoßen konnte, obendrein zu.

Er leckte sich das Blut ab, und ein verräterisches Lächeln huschte über seine Lippen, aber seine Stimme klang nüchtern, als er sie beschied: »Wie du meinst.«

Als Róisín auf Barra zuging, stellte sich ihr Eithne in den Weg. »Ich … Ich wusste nicht, dass der gefürchtete Ascall von Toora eine Ehefrau hat.«

»Gott behüte!«, rief Róisín. »Ich bin doch nicht seine Ehefrau, das fehlte mir gerade noch. Ich pflege seine verwundeten Krieger. Dass ich des Nachts außerdem sein Lager teile, ist nebensächlich.«

»Wenn zum Heilen das Küssen gehört, lerne ich es umso lieber.«

Róisín überlegte, Eithne am Kleid zu packen, war sich aber nicht sicher, ob der Stoff ihrem Griff standhalten würde. So begnügte sie sich damit, sich vorzubeugen und ganz dicht an Eithnes Ohr zu sagen: »Wenn du jemals Ascall küsst … oder beißt, dann vergifte ich dich.«

In Eithnes Blick stand keine Angst, nur Feuer. »Bringst du es mir bei?«, fragte sie aufgeregt.

»Das Beißen?«

»Nein, das Vergiften.«

»Genug geredet«, fuhr Róisín sie schroff an. »Wie Ascall schon sagte … Töten kann in diesen Tagen jeder. Jemanden leben zu lassen und selbst zu überleben ist die wahre Kunst, und am schwierigsten ist es, jemanden zurück ins Leben zu führen, der schon mit einem Bein im Grab steht.«

»Hm«, machte Eithne. »Schade, dass wir es bei Maolan nicht versucht haben. Als wir vorhin weggeritten sind, hat er noch geatmet …«

Eithne klang ehrlich bekümmert, während Róisín anerkennend die Brauen hob, war ihr das doch entgangen. Die junge Frau gefiel ihr immer besser, obwohl sie sich lieber in die eigenen Lippen gebissen hätte, als ihr das zu zeigen.

Amaury

Die Erdbeere war dunkelrot, aber als Amaury hineinbiss, hatte er das Gefühl, Schnee zu essen. Eigentlich wusste er gar nicht, wie Schnee schmeckte. Als Kind hatte ihn der Vater einmal in den Schnee geworfen, weil er nicht glauben wollte, dass er den Schmerz der Kälte nicht fühlte. Am Ende hatten Amaurys Zähne geklappert, und die Hände waren blau angelaufen, doch vor Pein geschrien wie vom Vater erhofft hatte er nicht. Schließlich war der Schnee geschmolzen, und der Vater hatte aufgegeben.

Amaury zerdrückte die Erdbeere im Mund, schluckte die zähen Fasern, nahm die nächste Frucht aus der Holzschüssel und führte sie an den Mund.

»Wie köstlich diese Beeren schmecken«, murmelte er. Ihr Rot und das der Fibel, die Amaury an seiner wie immer schwarzen Kleidung trug, war die einzige kräftige Farbe, die im trüben Licht wahrzunehmen war. Das Gesicht der Bäuerin, die im größten der vier Häuser auf dem Crannóg lebte, war weiß. Oder vielmehr grau. Grau wie schmutziger Schnee. Amaury aß die dritte Erdbeere, die im letzten Sommer gepflückt, im Hebst getrocknet und über den Winter zäh und geschmacklos geworden war. »Sie schmecken wirklich köstlich«, wiederholte er und nahm sich danach einen Apfel, so gelb wie Schnee, auf den Hunde gepisst hatten.

Die Bäuerin rang sich ein Lächeln ab, das saurer als der sauerste Apfel war. »Wollt Ihr auch Brot?«, fragte sie.

Sie wartete seine Antwort nicht ab, sondern klatschte in die Hände, und ihre Tochter, die ebenfalls am Tisch saß, einen Korb aus Haselnusszweigen flocht und dabei leise vor sich hin schluchzte, erhob sich prompt. Sie schniefte, aber als der strenge Blick ihrer Mutter sie traf, biss sie sich auf die Lippen und gab keinen Laut von sich. Ihr Gesicht war nicht weiß wie das der Bäuerin, es war voller roter Flecken.

Wie Blut, das in den Schnee sickert …

Die junge Frau verließ das Haus, kehrte mit zwei Brotlaiben wieder. So flach und hart wie sie waren, waren sie wahrscheinlich aus Gerste oder Hafer gebacken worden. Amaury nahm sich den kleinsten, obwohl der sicher für die Frauen vorgesehen war, denn die Männer durften stets die größeren essen. Anstatt abzubeißen, legte er ihn auf die schmierige Tischplatte.

»Ach, eigentlich haben mich deine Erdbeeren satt gemacht. Mir scheint aber, ihr zwei habt Hunger. Esst doch, esst!«

Die Hände der Bäuerin zitterten, als sie einen der Brotlaibe nahm und ein Stück abbrach. Ehe ihr Schmatzen ertönte, durchriss ein lauter Schrei von draußen die Stille. Die Hände zitterten noch mehr, die Mundwinkel auch, dennoch stopfte sich die Bäuerin das Brot in den Mund, kaute, würgte, schluckte, würgte wieder. Der Schrei riss ab, ein weiterer folgte, noch gequälter, noch erbärmlicher.

Die Tochter heulte hemmungslos.

»Iss!«, zischte ihre Mutter, nachdem der stumme Befehl ihrer Augen nichts auszurichten vermocht hatte.

»Aber, aber«, sagte Amaury freundlich, »niemand soll sich hier zum Essen zwingen … Vielleicht ist deine Tochter so freundlich, mir einen Becher Milch zu bringen.«

Die Schreie von draußen glichen nun dem Winseln eines Hundes. Noch mehr Tränen perlten über die Wangen des Mädchens. Es ging, nein wankte, zur Herdstelle, kam mit einem Krug Ziegenmilch zurück und stellte ihn ab, während die Mutter mit dem nächsten Bissen Brot kämpfte. Dieses Mal dauerte es etwas länger, den Würgereiz zu überwinden und ihn zu schlucken. Von draußen erklang nun klägliches Jammern.

»Die Ziege wurde gerade erst gemolken«, erklärte sie mit erstickter Stimme. Das Jammern schwoll an. »Wir geben Brennnesseln hinein, das hält sie frisch.«

Die Tränen versickerten im farblosen Kleid der Tochter. Aus ihrer Nase lief Rotz. »Bitte …«, murmelte sie.

Amaury führte den Krug an die Lippen, kostete von der Milch. Sie war nicht frisch gemolken, sie war sauer. »Wie köstlich«, sagte er wieder.

»Bitte … Bitte quält ihn nicht länger … Das … Das überlebt er nicht«, stammelte die Tochter.

»Schweig!«, rief die Bäuerin, brach das nächste Brotstück ab, das bislang größte.

Amaury lächelte sie mitleidig an. »Wenn ich es mir recht überlege, schmeckt mir die Milch doch nicht«, erklärte er.

Ohne den Blick von der Bäuerin zu lösen, nahm er den Krug und schüttete seinen Inhalt langsam auf den Boden. Die gelbliche Milch versickerte in jener matschigen Masse aus Reisig, Weidekraut, Torf und Asche.

»Bitte!«, flehte das Mädchen. »Wir wissen wirklich nichts! Natürlich haben wir von Ascall von Toora und seinen Rittern des Roten Zweiges gehört. Aber wir haben ihn niemals leibhaftig gesehen. Er hat diesen Crannóg nie betreten. Bitte, bitte …«

Das Winseln verstummte. Da draußen litt kein Hund, nur ein Hase … oder ein Mensch, der mittlerweile ohnmächtig oder tot war.

Die Bäuerin spuckte das dritte Brotstück aus. »Lasst uns am Leben«, flehte auch sie.

Amaury blickte von einer zur anderen, stellte den leeren Krug zurück, nahm die Schüssel, in der sich noch einige Schwarzbeeren und verschrumpelte Äpfel befanden, ließ auch diese auf den Boden fallen. Als er sich erhob, stieg er darauf. Die Äpfel waren innen nicht gelb, sondern braun.

»Habt Dank für die Stärkung«, murmelte er.

Die Bäuerin übergab sich, doch ehe der säuerliche Gestank ihn erreichte, war Amaury ins Freie getreten und atmete die Luft ein, frisch und kalt. Das Blut, das von dem Mann tropfte, der mit dem Kopf nach unten an einem Apfelbaum hing, roch nach nichts.

»Binde ihn los!«, rief Amaury Goll zu.

Goll war sein Diener, der alles tat, was er ihm befahl, ohne je darüber nachzudenken. Seine Hand war ihm einmal zertrümmert worden und schief zusammengewachsen, seine Kleidung bestand aus verschiedenen Stofffetzen, die grob zusammengeflickt waren, und mit seinem Geist verhielt es sich ähnlich. Er war einst in etliche Stücke zerborsten, und das Gefäß, das Amaury aus den Scherben wieder zusammengesetzt hatte, war nicht mehr groß genug, um sonderlich viel Verstand beinhalten zu können.

Goll lachte sein dümmliches Lachen. »Er will immer noch nichts sagen«, erklärte er. »Hab Steine auf ihn geworfen, mit denen die Frauen die Wäsche klopfen. Hab ihm heißes Öl über den Bauch gegossen, mit dem die Wolle eingefettet wird. Und hab mit einer Spindel in seine Beine gestochen. Die Spindel ist dabei zerbrochen.«

Das Lachen wurde lauter, Goll war stets vergnügt, wenn etwas kaputtging – vorausgesetzt, es waren nicht seine eigenen Knochen.

Amaury musterte den blutenden Fleischklumpen, der an dem Apfelbaum hing. Ob die Äpfel in diesem Sommer auch gelb und runzlig sein würden oder von einem leuchtenden Rot?

»Binde ihn los«, wiederholte er.

Goll kniff die Augen zusammen, und da diese ohnehin in der Furche zwischen spitzen Wangenknochen und mächtiger Stirn zu versinken schienen, waren sie kaum mehr zu sehen.

»Soll ich wirklich …?«, setzte er enttäuscht an.

Amaury wiederholte seinen Befehl nicht, nickte nur, woraufhin Goll auf den Baum kletterte, mit einem Messer den Strick durchschnitt und der Mann kopfüber in eine Lache fiel.

»Er wusste nichts«, erklärte Amaury, »aber das war mir ohnehin klar.«

Goll kletterte wieder vom Baum. »Warum musste ich ihn dann quälen?«

»Weil ich dachte, dass die Frauen etwas wissen. Doch auch sie haben keine Ahnung.«

Goll öffnete den Mund. Als er noch alle Zähne gehabt hatte, hatte er Misstrauen und Zweifel stets offen bekundet. Nun hatte er davon nur noch die Hälfte und begnügte sich mit der Frage: »Soll ich das Haus anzünden?«

Amaury unterdrückte ein Seufzen. Diese Lust an Zerstörung kostete nur Zeit. »Die Weiber wissen nichts«, erklärte er nachdrücklich und stieg über den geschundenen Bauern, um zu den beiden Rittern zu treten, die am Scheunentor lehnten und schnarchten. Erst als Amaury sich über sie beugte und heiser ausstieß: »Wir brechen auf!«, fuhren sie hoch.

Sie gingen gerade auf ihre Pferde zu, als die Bäuerin mit ihrer Tochter aus dem Haus trat. Das Erbrochene hatte ihre Tunika grünlich gefärbt, dafür war nun das Gesicht der Tochter nicht mehr rot verquollen, sondern graubraun wie der Schlamm der Pfütze, in der ihr Vater lag. Als sie ihn hochzogen, sackte er zurück, und noch mehr Schlamm bedeckte seine blutenden Wunden. Schade, dachte Amaury. Rot war seine Lieblingsfarbe.

Sein Pferd scheute, als er aufsteigen wollte. Dachte Amaury zunächst, es ängstigte sich vor Tod und Schmerz, merkte er dann, dass das Tier vor einem gackernden Huhn zurückwich, das jäh aus einem Holzverschlag geflattert kam. Dummes Pferd. Noch dümmeres Huhn. Was gackerte es so närrisch, machte auch ein zweites Huhn irre, das ebenfalls ins Freie stürzte und im Kreis umherrannte?

Amaury wollte es treten, aber verfehlte es. Goll gackerte nun auch, ihn würde er nicht verfehlen. Allerdings verging Amaury die Lust, ihm einen Tritt zu versetzen, da ihn etwas erstarren ließ – nicht sein Tier, nicht Goll, nicht die Hühner … Nein, es waren die beiden Frauen, die eben noch den Mann und Vater aus der Pfütze hatten zerren wollen, nun aber nichts mehr dergleichen versuchten.

Amaury lächelte sie an. »Ihr habt mir ja gar keine Eier angeboten«, stellte er fest. Die Weiber senkten den Blick, als er langsam zum Hühnerschlag ging, dagegentrat, knirschend eine der Wände nachgab und mit ihr das Dach. Im zugeschissenen verfaulten Stroh lagen keine Eier, doch ein kleiner Junge kauerte dort, die Arme um die Knie verschränkt, damit sie nicht so heftig zitterten. Amaury umfasste seinen Nacken, wollte ihn hochziehen. »Wen haben wir denn da?«

Die Arme des Jungen lösten sich, gaben nicht nur seine Knie frei, sondern auch den Hahn, den er an seinen Bauch gepresst gehalten hatte. Es war der hässlichste Hahn, den Amaury jemals gesehen hatte, und es war der bösartigste. Anstatt mit den Hühnern gackernd Kreise zu drehen, begann er, mit seinem spitzen Schnabel auf Amaurys Hand einzuhacken.

Blut, Blut, noch mehr Blut. Rot, Rot, noch mehr Rot. Rot wie der Stein an seiner Fibel.

Wie schön.

Amaury ließ den Jungen los, betrachtete seine Hände.

»W… W… Warum schreist du nicht vor Schmerz?«, stammelte der Junge. »So wie mein Vater geschrien hat?«

Als der Hahn auch über Amaurys zweite Hand herfallen wollte, versetzte der ihm einen Tritt, sodass das irre Tier nun eines der Hühner besprang. Amaury löste seinen Blick von der blutenden Hand und betrachtete den schlotternden Knaben. »Dein Vater hat vor Schmerzen geschrien. Ich aber kenne keine Schmerzen.« Er wollte den Knaben erneut packen, der erhob sich jedoch trotz bebender Knie allein. »Du hingegen weißt, was Schmerzen sind … Und vielleicht weißt du auch, wo Ascall von Toora sich herumtreibt. So viele Ästchen, wie sich in deinem Haar verfangen haben, scheint mir nämlich, du hast die Nacht statt im Hühnerstall im Wald verbracht.«

Er zog das spitzeste Ästchen aus dem Haar des Jungen, stocherte damit in den Wunden seiner Hand, sah noch mehr Blut hervorquellen. Die Bauerstochter heulte, ihre Mutter nun auch, der Knabe heulte nicht, schien aber seine Zunge verschluckt zu haben. Als er den Mund öffnete, kam kein Ton heraus.

»Erzähl mir, was du im Wald gesehen hast«, sagte Amaury, »oder der Gockel wird sich dich als Nächstes vornehmen.«

Der Junge sog den Atem ein. »D… der … der Hahn würde mir nichts tun.«

Amaury ging in die Knie, um gleich groß wie der Knabe zu sein. »Nun, ich meinte nicht den Hahn, sondern meinen Diener. Er hat keinen spitzen Schnabel, aber ein paar spitze Waffen. Willst du sie sehen?«

Der Junge begann leise zu schluchzen. Amaury wandte sich ab, sah dem Hahn zu, der jetzt das zweite Huhn besprang. Das Kikeriki, das er danach ausstieß, klang voller Stolz. Amaury überkam Ekel, und er wurde seiner auch nicht Herr, als er wieder seine Wunden betrachtete.

»Nun?«, fragte er ungeduldig.

»Komm mit«, sagte der Knabe, »ich bringe dich zu ihm.«

»Zu Ascall von Toora?«

Die Bäuerin trommelte mit den Fäusten auf die Brust ihres Mannes ein, um ihn mit Gewalt ins Leben zurückzuholen. Ihre Tochter trat auf den gackernden Hahn ein, um ihm das Leben gewaltsam auszutreiben.

»Nein«, sagte der Junge fast tonlos, »zu dem Mann, den Ascall von Toora getötet hat.«

Die Erde war schwarz, das Moos bräunlich, das Farnblatt platt gedrückt. Dann war da noch ein Blatt, das der Wind im letzten Herbst vom Baum gerissen hatte und das – von Stauden geschützt – im Winter nicht verfault war, das sich nur gerunzelt hatte wie die Haut eines alten Weibleins. In den Adern eines solchen mochte nur altes, dunkles Blut fließen – die Tropfen, die auf das Blatt gefallen waren, waren rot und frisch, wenn auch nicht mehr warm. Nichts an diesem trüben Morgen war warm.

»Hier hat er gelegen«, sagte der Knabe. »Das schwöre ich.«

»Du lügst!«, knurrte Goll. »Du lügst doch nur!«

Er beachtete das gerunzelte Blatt nicht, bückte sich nach

einem Ast, hob ihn drohend auf. Er war zu morsch, um jemanden zu erschlagen, aber das merkte Goll nicht. Goll war schließlich auch zu blind, um das Bein rechtzeitig zu sehen, das Amaury ihm stellte, ehe der morsche Ast den Jungen treffen konnte.

»Was siehst du?«, fragte Amaury und stellte seinen Fuß auf Golls Nacken.

Goll schluckte Walderde. »Ich sehe gar nichts!«

Amaury nahm seinen Fuß weg, riss den Kopf an dem schütteren Haar hoch. »Und schmeckst du es denn nicht?«, fragte er und presste ihm das Blatt gegen die Lippen. Das Blatt zerbröselte, Goll hustete. Natürlich schmeckte er nichts. Er konnte Furcht nicht von Freude unterscheiden, Schweinefleisch nicht von Schweinekot, das Blut eines Menschen nicht von seiner Pisse. Und noch schlimmer: Er konnte die Lüge nicht von der Wahrheit unterscheiden. Schon rappelte er sich auf und ging erneut auf den Jungen los. Dieses Mal stellte Amaury ihm kein Bein, sondern schützte den Jungen und erklärte nachdrücklich: »Er sagt die Wahrheit.«

»Aber der Verwundete …«

»… hat sich dort im Gebüsch verkrochen. Das verraten die Spuren, die er hinterlassen hat, als er auf allen vieren dorthin gekrabbelt ist.«

Goll konnte auch die Spuren von Tieren nicht von denen eines Menschen unterscheiden. Wie denn auch, er wusste ja wohl nicht einmal, ob er selbst Tier oder Mensch war.

»Geh!«, sagte Amaury leise in die Richtung des Jungen. Der floh, indes Amaury auf das Dickicht zutrat und hinter den Zweigen einen jungen Burschen erblickte. Sein Haar war wohl irgendwann blond gewesen, sein Körper irgendwann kraftstrotzend, seine Haut irgendwann glatt und weiß. Jetzt war nur mehr eine stöhnende Kreatur voller Dreck und Blut von ihm übrig, und als diese sich hochkämpfte, war Amaury überzeugt, dass auch der hier nicht mehr wusste, ob er Mensch oder Tier war. Amaury kniete sich auf den Waldboden, zog den Verletzten auf seinen Schoß, betrachtete die Wunde auf der Brust, indem er dessen Tunika hochschob. Die Tunika war zerrissen, als der Unglückliche über den Boden gerobbt war, die Haut rund um die blutende Wunde aufgeschürft. Ein Ächzen entfuhr dem jungen Mann. »Du wirst sterben«, sagte Amaury. »Aber vorher sagst du mir, ob es wirklich Ascall von Toora war, der dich angegriffen hat.«

Im Blick des anderen stand kein Entsetzen, nur … Erleichterung. Speichel floss über seine Lippen, etwas Blut, doch kein Wort.

»Lass mich nur machen!«, rief Goll ungeduldig.

Amaury seufzte voller Verdruss und ging nicht darauf ein, schüttelte den Verletzten nur vorsichtig an den Schultern. »Wie viele Männer haben Ascall begleitet? Was planen sie? In welche Richtung sind sie aufgebrochen?«

Die Lippen öffneten sich, wieder kam kein Wort hervor, nur die Zunge, zu groß, zu schwer, zu unförmig, um etwas zu sagen.

»Soll ich ihm die Zunge herausreißen?«, schlug Goll vor.

»Damit er endlich spricht?«, gab Amaury zurück.

Goll nickte, er konnte offenbar nichts Widersprüchliches daran erkennen.

Der Verwundete begann doch noch zu sprechen, stockend nur und keuchend, doch halbwegs verständlich. »Ein … ein halbes Dutzend … Richtung Norden ge… geritten … Ascall von Toora … Er war … Er war unter ihnen … Töte ihn, töte ihn, töte ihn …« Von seinen Augen war nur mehr das Weiße zu sehen.

»Du denkst, das ist die schlimmste Strafe?«, fragte Amaury leise. »Unter Schmerzen zu sterben? Ich glaube vielmehr, die schlimmste Strafe ist, ohne Schmerzen zu leben.«

Goll stampfte ungeduldig auf. »Soll ich herausfinden, ob er die Wahrheit sagt?«, fragte er.

Amaury achtete nicht auf ihn. »Jedenfalls ist es ein Segen, ohne Schmerzen zu sterben«, fügte er leise hinzu.

Er griff nach seinem Gürtel, an dem ein Lederschlauch hing, öffnete ihn und presste ihn dem Verwundeten an die Lippen. Wieder erwies sich die Zunge als zu schwer. Der Jüngling war nicht fähig zu schlucken, weswegen das Wasser über Wangen und Kinn rann. Er prustete, gab ein Gurgeln von sich, doch als Amaury den Schlauch wegziehen wollte, flehte er: »Mehr!«

Er schien eher zu ertrinken als Wasser zu schlucken, aber das minderte nicht seine Gier, auch nicht die Dankbarkeit für diese letzte Gnade. Während er ihm den Lederschlauch an die Lippen hielt, griff Amaury ein zweites Mal an den Gürtel, zog seinen Dolch hervor und durchtrennte mit einem schnellen Schnitt die Kehle des Sterbenden. Wasser und Blut sprudelten zugleich aus dem Körper, flossen auf den Boden, färbten sich dort bräunlich. Leise war der Tod auch nicht, denn der junge Bursche gab sich aufbäumend erneut ein Gurgeln von sich, zumindest jedoch war er schnell. Als er zurück auf Amaurys Schoß sank, lebte er schon nicht mehr.

Goll stampfte wieder auf. »Er könnte gelogen haben!«

Amaury stieß den Toten auf den Boden, sodass er mit dem Gesicht in der Erde landete, und wischte den Dolch an einem Stück seiner Tunika ab, das nicht zerrissen und blutbesudelt war.

»Er hat die Wahrheit gesagt, und deshalb durfte er sterben.«

Goll stieß einen Ton aus, der klang, als hätte man auch ihm die Kehle durchtrennt. Amaury glaubte kurz, er würde einmal mehr wie irre lachen, sah dann aber, wie seine Augen feucht wurden und er hemmungslos zu schluchzen begann.

»Warum hast du damals nicht auch mich umgebracht?«, rief sein Diener klagend in den toten Wald. »Warum hast du mich leben lassen?

Amaury erhob sich, klopfte sich die Erde vom Umhang und danach Goll auf die Schulter. Sie fühlte sich schmal und schwach an.

»Ich brauche dich doch noch«, sagte er mitleidig. »Erst recht, wenn wir Ascall von Toora finden. Sag einem unserer beiden

Ritter, er soll Verstärkung holen. Der andere wird uns begleiten. Wir nehmen sofort die Verfolgung auf.«

Keinen Menschen konnte man foltern, ohne dass Narben zurückblieben. Auf diesem Land hingegen wurde seit Jahren getrampelt, ohne dass es sichtbare Spuren hinterlassen hatte. Auf den Wald folgte eine graugrüne Einöde, die nie ein Mensch betreten zu haben schien. Im diesigen Licht unterschied sich der große See Lough Derg nicht von seinem Ufer und das Ufer nicht vom Himmel, als wäre alles eins, als gäbe es keine Grenze zwischen dieser Welt, wo Unschuldige gequält wurden, oder der jenseitigen Welt, wo die Pein den Sündern vorbehalten blieb. Aber vielleicht war der Glaube, man wäre unschuldig und könnte es bleiben, die größte aller Sünden.

Amaury blickte sich um. War dieses Schilfrohr hier wirklich vom kalten Nordwestwind umgeknickt worden oder von Pferdehufen? Waren über den Stamm dieser dürren Birke dort nur Käfer gekrabbelt, oder hatte man mit einem Hanfstrick Pferde daran festgebunden? Und hatten den Knochen Raubtiere abgenagt oder Menschen? Nun, ganz sicher waren es Menschen gewesen, die Fleisch über einem Feuer gegart hatten, und wenn dieses Feuer auch längst erloschen war – die Asche war noch warm.

Amaury erhob sich, nachdem er mit einem Zweig darin herumgestochert hatte, frohlockte. Dieses verfluchte Land hier war eigentlich der treueste Verbündete der Iren. Der Boden der Insel war weich genug, um Gräben auszuheben, und die Schatten stets lang genug, um sich zu verstecken. Insbesondere die Ritter des Roten Zweiges, deren Attacken stets aus dem Hinterhalt erfolgten und deren Taktik es war, Nadelstiche an empfindlichen Stellen auszuteilen, anstatt Schwerthiebe überall, kannten jedes Moor, jede Baumgruppe, jeden Hügel. Doch mochte die Inselgöttin Ériu ihnen sonst auch helfen – unter dem löchrigen Kleid des Frühlings war sie schutzlos, und wer sich in ihren Falten zu verkriechen hoffte, war es auch.

»Wir haben sie bald eingeholt«, erklärte Amaury und stieg wieder auf sein Pferd.

»Sollen wir nicht auf Verstärkung warten?«, fragte Roland, jener Ritter, der ihn und Goll begleitete.

Noch während Amaury nachdachte, vernahm er ein lautes Knacken, und das Geräusch war kaum verklungen, als ein weiteres zu hören war, dieses Mal gefolgt von einem Flüstern, das nicht allein der Wind ausstoßen konnte.

Amaury hob die Hand, auf dass die anderen stehen blieben. »Dort vorne müssen sie sein!«

Vom großen See führte ein kleiner Bach weg, an dessen Ufer Bäume wuchsen. Die meisten waren dünner als eine zarte Maid, nur einer hatte einen dicken Stamm, den nicht einmal ein groß gewachsener Ritter hätte umarmen können. Ein halbes Dutzend Äste, so stark, dass sie selbst wie Bäume wirkten, wuchsen daraus hervor, und ihre Zweige verschränkten sich zu einem dichten Vorhang, hinter dem man den Bach nur plätschern hören, aber nicht sehen konnte.

»Sollen wir wirklich nicht auf Verstärkung warten?«, fragte Roland wieder.

Amaury schüttelte den Kopf. »Du schleichst dich an, prüfst, wie viele es sind, vielleicht werden wir allein mit ihnen fertig«, raunte er.

Während Roland hinter dem Baum verschwand, kratzte sich Goll mit einem abgenagten Knochen die Ohren aus. Ob er hinterher besser hörte oder nicht – es nutzte nichts, denn es blieb totenstill.

»Verdammt«, entfuhr es Amaury.

»Soll ich nachsehen?«

Amaury musterte ihn misstrauisch, wog Golls Eifer gegen seinen Verstand auf, kam zum Schluss, dass er von beidem zu wenig hatte.

»Ich gehe selbst.«

Er sprang vom Pferd, schlich auf den mehrarmigen Baum zu, erblickte, sobald er durchs Astwerk lugte, das Bachufer, allerdings keine Krieger, keine Pferde und keinen Roland, noch nicht einmal Asche, nur grüne Triebe und einige weiße Blütenblätter.

Amaury mochte kein Grün. Er zog sein Schwert, ritzte Érius Haut auf, sah, dass die Triebe nicht aus der Erde drängten, sondern auf den Boden geworfen worden waren, um damit die Feuerstelle zu verbergen. Ungeduldig stampfte Amaury auf, und jäh gab der Boden nach – nicht wie ein Sumpf, in dem man langsam versank, oder ein Tümpel, in dem man schnell unterging. Nein, er fiel … fiel ins leere schwarze Nichts, als hätte sich unter ihm ein Brunnenschacht aufgetan. Anstatt ins kalte Wasser zu plumpsen, landete er auf etwas Weichem, Warmem, doch die Erleichterung, nicht ertrinken zu müssen, blieb aus. Er ertrank ja an der Schwärze, die ihn einhüllte.

Lange Zeit schmeckte diese Schwärze nach nichts, dann, als er sich über die Lippen leckte, nach Salz. Nein, nicht nach Salz, eher nach Essig. Oder so, als würde er seinen Dolch ablecken. Als Amaury sich vorbeugte, um seinen Gürtel nach diesem abzutasten, fiel ein Lichtschein auf ihn. Er erkannte, dass er nicht in einen Brunnenschacht gefallen war, aber in ein Loch, und dass er nicht sein eigenes Blut schmeckte, jedoch das von Roland, den ein Holzspieß am Grund des Lochs aufgespießt hatte. Die Spitze ragte aus seinem Bauch, die Augen waren weit aufgerissen.

Ascall von Toora, dieser Verfluchte! Er hatte sie nicht im edlen Kampf besiegt, er hatte ihnen eine Falle gestellt wie einem Rehkitz …

»Goll!«, stieß Amaury aus.

Er bekam keine Antwort, wagte es trotzdem nicht zu schreien. Nur aufs Fluchen konnte er nicht verzichten. Er fluchte auf Ascall, er fluchte auf sich, am Ende fluchte er auch auf Goll, weil der ihm nicht zu Hilfe kam. Irgendwann verstummte er, dachte sich nur aus, was er mit Goll machen würde, falls der diese Gelegenheit zur Flucht genutzt hatte. Als das Licht trüber wurde, reichte es nicht mehr, sich das auszumalen. Er begann, mit dem Dolch den Toten zu malträtieren, stellte sich vor, dass es Goll wäre … dass es Ascall wäre … dass es er selbst wäre … richtete den Dolch tatsächlich auf sich, begann, in sein eigenes Fleisch zu schneiden, obwohl er wusste, dass es gefährlich war.

Er könnte sich töten, ohne dass er es wusste. Vielleicht war er sogar schon tot und hatte es nur nicht bemerkt.

Aber Geister schmeckten kein Blut, wie es in sein Gesicht, auch auf seine Fibel gespritzt war. Geister schmeckten auch keine Erde, wie sie ihm überreich in den Mund quoll, als er den Dolch fallen ließ, an den weichen Wänden hochzuklettern versuchte, sofort wieder abrutschte, fast von der Spitze, die aus Rolands Brust ragte, aufgespießt worden wäre. Als er lachte, klang es irre wie das Lachen Golls. Er schlug sich die Hand vor den Mund, aber das Lachen war immer noch zu hören, nur dass es nicht irre klang, sondern spöttisch.

»Amaury de Saint-Taurin?«, hörte er eine heisere Stimme.

»Hier bin ich.«

Wenig später reichte man ihm einen Speer nach unten, mit dem die normannischen Ritter ihre Zelte bauten. Ein Stück Leinen hing noch daran, an dem er sich offenbar festhalten sollte, aber als er es ergriff, riss es entzwei. Das Lachen wurde lauter, auf den Speer folgte ein Bündel von Binsen, an das man für gewöhnlich Waffen und Helme hängte. Amaury klammerte sich daran, betete, dass es nicht riss, wurde langsam hochgezogen.

Endlich verstummte das Gelächter, allerdings nicht, weil er dieser sechsköpfigen Truppe an Gerüsteten einen strengen Blick zuwarf, sondern weil der Mann, der sie anführte, es tat. Er hielt eine Fackel so dicht an seinen Kopf, dass die gelbe Flamme fast an seinem gelben Haar leckte. Dieses Haar glich dem einer Frau. Die breite Nase, die gegerbte Haut und der korpulente Körper ließen hingegen keinen Zweifel, dass Raymond le Gros ein stattlicher Mann war.

»Das nenne ich mal ein großes Wildschwein, das da in die

Falle gegangen ist«, höhnte Raymond. »Ich fürchte nur, an dir hängt weniger Fleisch als an einem Frischling.«

Amaury zuckte weder vor der Flamme zurück noch vor dem Spott. »Ich habe immerhin noch spitze Hauer«, zischte er.

»Du siehst aus, als hättest du begonnen, dich selbst aufzufressen. Wie viel ist denn noch von Roland übrig?«

»So viel, dass es einige Zeit dauern würde, ihm ein Grab zu graben ... Zeit, die wir nicht haben. Also müssen die Würmer unsere Arbeit tun, während wir die Schlangen jagen. Ascall von Toora muss noch in der Nähe sein. Wir können ihn einholen, ehe er Dún Fionn erreicht.«

Raymond musterte ihn abschätzend. Er zählte zu den ersten Normannen, die einst ihren Fuß auf Irland gesetzt hatten. Eigentlich hatten er und seine Gefährten Land für sich selbst erobern wollen, doch als König Henry ihnen gefolgt war, waren sie klug genug gewesen zu beteuern, sie hätten es für ihn getan und nicht etwa, um ein unabhängiges Reich zu schaffen, das seines bedrohte. Raymond hatte eine Weile vor Henry buckeln müssen, bis der ihm wieder vertraute, davon jedoch keinen krummen Buckel bekommen. Mittlerweile zählte er zu den angesehensten Anführern der Normannen in Irland, und sein Ruhm würde wachsen, würde er Ascall von Toora und seine Ritter des Roten Zweiges besiegen.

Dennoch schüttelte er den Kopf. »Das ist nicht möglich«, bekundete er knapp.

»Wir können sie doch nicht einfach ziehen lassen!«, entfuhr es Amaury.

»Wir haben auch Limerick aufgegeben.«

»Limerick aufgegeben? Ihr habt die Stadt doch nur an Domhnall O'Brian übergeben, um ihn in eine Falle zu locken!«

Raymond sagte nichts, wandte sich lediglich ab und gab den anderen ein Zeichen, das Loch zuzuschütten und gleichsam Roland zu begraben.

»Seit wann überlassen wir den Iren die Städte, die wir erobert haben?«, rief Amaury. »Und seit wann nutzen wir ihre Fallen als Gräber für unsere Toten, anstatt sie selbst Erde schlucken zu lassen?« Raymond schwieg. »Ja, hast du den Verstand verloren?«, entfuhr es Amaury. »Hast du vergessen, was die Ritter des Roten Zweiges uns angetan haben?«

Raymond drehte sich langsam zu ihm um. »Das habe ich nicht«, sagte er gedehnt. »Die Burg von Trim wäre ohne sie nicht zerstört worden, unsere Niederlage in Thurles ohne sie nicht so bitter gewesen, unsere Garnison in Waterford ohne sie nicht fast sämtlich abgeschlachtet worden.«

»Wie kannst du dir dann die Gelegenheit entgehen lassen, dich an ihnen zu rächen? Wenn wir sie von mehreren Seiten einkreisen, werden wir ihrer mühelos Herr. Uns gefährlich werden sie doch nur, weil sie gern den Schatten der Bäume oder die Dunkelheit der Nacht nutzen. Lass sie uns ein für alle Mal ins Sonnenlicht zerren, auf dass sie dort zu Staub zerfallen.«

Als Raymond den Kopf schüttelte, glaubte Amaury, selbst Staub im Mund zu schmecken. Doch ehe er etwas sagen konnte, hob Raymond die Hand. »Wir müssen sofort nach Dublin«, beschied er ihn knapp.

»Nach Dublin?«

»So ist es«, sagte Raymond. »Du magst noch deine Hauer haben, aber ein anderer Zahn ist faul geworden. Er … er droht auszufallen.«

Amaury verstand kein Wort. »Falls auch einer von deinen locker sitzt, kann ich gern nachhelfen«, entfuhr es ihm, und er hob seine Hand.

»Ich habe Nachricht von meiner Frau«, sagte Raymond da schlicht, und Amaury ließ die Hand wieder sinken.

Raymonds Frau hieß Basilia, wobei ihr Name bedeutungslos war. Der Name von Weibern war immer bedeutungslos. Viel wichtig war der Name dessen, deren Töchter und Schwestern sie waren.

Als Raymond fortfuhr und noch mehr sagte, begriff Amaury

endlich. »Deshalb können wir Ascall nicht verfolgen«, murmelte er. »Deshalb mussten wir Limerick aufgeben …«

Raymond nickte. »Wenn die Iren diese Neuigkeit erfahren, werden sie sich erheben. Wir müssen alle Streitmächte in Dublin vereinen. Dir steht es natürlich frei, Ascall zu jagen.«

Wie großzügig. Du weißt genau, dass mir das unter diesen Bedingungen nur Rüssel und Knorpel einbringt, kein fettes Fleisch.

»Ich komme natürlich mit nach Dublin«, sagte Amaury schnell.

Bevor er sein Pferd bestieg, trat Goll auf ihn zu. »Von welchem Zahn redet er bloß?«, fragte er verwirrt.

Die Zähne, die Amaury ihm einst hatte ausreißen lassen, um aus dem irischen Krieger einen dümmlichen Folterknecht zu machen, trug Goll an einem Faden um den Hals. Er polierte sie regelmäßig mit Kalkwasser wie andere ihre Schilde. Amaury fragte sich, ob er ihm zu wenige oder zu viele genommen hatte, weil er sich nicht selbst einen Reim auf das Gesagte machen konnte.

»Mit dem faulen Zahn ist der normannische Statthalter Irlands gemeint«, erklärte Amaury. »Er liegt schwerkrank danieder.« Er spuckte aus, wurde den Geschmack von Blut und Erde aber nicht los. »Und ich denke, wer die Hand des Sterbenden hält, hat größere Chancen, sein Nachfolger zu werden, als der, der Ascall von Toora an einen Strick gebunden hinter sich herführt.«

Tuan

Fintan behauptete, Dún Fionn sei ein Ort der Sünde. Auf der Burg, oder zumindest in ihrer unmittelbaren Nähe, sei einst dem legendären Krieger CennFaelad das Hirn des Vergessens aus dem Kopf geschlagen worden, weswegen er alles, was er je über die Geschichte von Irland gehört habe, in seinem Gedächtnis bewahre.

»Und das macht ihn zum Sünder?«, fragte Tuan erstaunt.

»Nein, aber zum Gotteslästerer. Nur Gott allein darf alles wissen und nichts vergessen.«

»Er hat sich ja nicht freiwillig Teile seines Hirns entfernen lassen.«

»Dennoch war es seine Entscheidung, sein Wissen herauszuposaunen, anstatt es für sich zu behalten.«

Airdi hatte keine Angst vor Sündern oder Gotteslästerung, nur vor dem brausenden Wasserfall in der Nähe der Burg. Er war überzeugt, dass im See, in den die weiß schäumenden Fluten stürzten, Wassergeister wohnten und ihn in die Tiefe ziehen würden, käme er ihnen zu nahe. Obwohl sie es nach dem langen Ritt durch Sümpfe, Moore und dichte Wälder bitter nötig hatten, weigerte er sich, sich zu waschen, indes Eithne mitsamt ihrem Lockenkopf im eiskalten Wasser untertauchte. Sie wusch sich auch den Schmutz der Krieger ab, bei denen sie in den letzten Nächten gelegen hatte. In der ersten war es Enda gewesen, in der zweiten Barra, am dritten Tag war Clach zu ihnen gestoßen. Er hatte laut lachend berichtet, dass die Normannen Limerick tatsächlich aufgegeben hatten und aus unerfindlichem Grund in den Osten geflohen seien – mitsamt Amaury de Saint-Taurin, wobei sie den erst aus einer Falle hatten ziehen müssen. Als er später den

Triumph mit Eithne gefeiert hatte, hatte er nicht mehr gelacht, sondern gestöhnt. »Schämst du dich denn gar nicht?«, hatte Fintan am nächsten Morgen wissen wollen, doch Eithne hatte nur mit den Schultern gezuckt. »An der Scham werde ich nicht erfrieren. Wenn ich allein auf dem kalten Boden schlafen muss, schon eher.«

Tuan lag auf diesem kalten Boden, erfror aber nicht, weil Airdi stets eng an ihn gekuschelt lag, manchmal auch Fintan, obwohl der eigentlich wachen und beten wollte.

Dass der legendäre CennFaelad auf Dún Fionn das Hirn des Vergessens verloren hatte, hielt Tuan nur für ein Gerücht. Fest stand, dass die kreisrunden, verwitterten Mauern, die sich fast schwarz vom diesigen Himmel abhoben, uralt waren. In Irland gab es nur wenige Gebäude aus Stein, die einzigen, die Tuan je gesehen hatte, waren Kirchen gewesen. Allerdings hatte er mit seinem Vater einmal ein ebenso kreisrundes Fort betreten, um dort einen Goldschmied zu besuchen. Hinter den Palisaden aus Holz hatten die Handwerker ihre Arbeit verrichtet, in kleinen Häusern, die dicht nebeneinanderstanden. Auf Dún Fionn gab es solche Häuser auch – Ställe, Vorratskammern, die Scheune, die Küche, eine Webstube –, doch offenbar wurde in keinem Getreide gemahlen, Bier gebraut oder Stoff gefertigt. Krieger wohnten darin, die nun, da Ascall mit seiner Truppe in den Hof geritten war, ins Freie traten. Tuan musterte die furchterregende Schar schaudernd.

Dún Fionn ist kein Ort, an dem Menschen leben, sie stärken sich dort nur für den nächsten Kampf …

Sobald Ascall und Ailillán vom Pferd gesprungen waren, traten die Brüder in die Mitte des Hofes, berichteten, was geschehen war, und beklagten den Tod eines gewissen Mac Con, der bei einem Scharmützel in der Nähe von Limerick ums Leben gekommen war.

Róisín, zu der Tuan und die Seinen sich gesellt hatten, blieb steif stehen, während sich die versammelten Krieger mit den Fäusten auf die Brust trommelten. Laut verkündeten sie ihren

Wahlspruch: »Wir sind die Ritter des Roten Zweiges. Wir sind die Geister der Vergangenheit, die das alte Irland lebendig halten. Man sieht uns nicht, man hört uns nicht, aber wir sind überall, um unsere Feinde zu töten.«

Als die Worte zum dritten Mal wiederholt wurden, überlegte Tuan, ob von ihm erwartet wurde einzustimmen. Am Ende tat er nichts, senkte nur den Blick, was offenbar die falsche Entscheidung gewesen war, denn plötzlich traf eine Faust sein Gesicht, und er ging prompt zu Boden. Das getroffene Auge begann sofort zuzuschwellen, mit dem anderen konnte er erkennen, dass ein Riese vor ihm stand. Er trug einen Lederschurz, die dicht behaarten, stämmigen Beine darunter waren nackt.

»Wenn du nicht einmal einem leichten Stupser standhältst, wie willst du dann einen Hammer schwingen?«

Besagten Hammer hielt der Mann in der anderen Hand. Na, was für ein Glück, dass er nur die Faust hat auf mich niederkrachen lassen, dachte Tuan.

»Was … Was habe ich falsch gemacht?«, fragte er.

»Noch nichts. Aber bis jetzt hat noch nie jemand für mich gearbeitet, der alles richtig machte, also hast du es verdient, dass man dich hart rannimmt.«

»Du … Du bist der Schmied?«

»Cascorach ist mein Name. Pòg hat Ascalls Kommen angekündigt und auch, dass er einen Nichtsnutz mitbringt, der mir helfen soll. Helfen … Pah! Mir würde es schon reichen, wenn du mich nicht störst.«

Cascorach schwang drohend seinen Hammer, und Tuan rappelte sich rasch auf. Blut floss unaufhörlich aus seiner Nase, mit dem zugeschwollenen Auge konnte er nicht einmal mehr Schemen sehen. Allerdings hatte das sein Gutes, denn auch aus nur einem Auge betrachtet, wirkte Cascorach mit seinen muskulösen Armen und der krummen Nase zutiefst einschüchternd. Tuan versuchte, sich seine Furcht nicht anmerken zu lassen.

»Kann ich davon etwas haben?«, fragte er und deutete auf ein Büschel getrockneter Kräuter, das an Cascorachs Gürtel hing. Misstrauisch verzog sich dessen Gesicht. »Das ist doch Eisenkraut, oder?«, fügte Tuan rasch hinzu. »Man verwendet es zum Härten von Waffen, aber es stillt auch den Blutfluss.«

»Nur wenn die Wunde mit einer Waffe aus Stahl zugefügt wurde!«, brüllte der Schmied.

»Was für ein Unsinn«, mischte Róisín sich trotzig ein.

Tuans Hoffnung, sie würde ihn vor diesem Bär von Mann schützen, erfüllte sich gleichwohl nicht, denn schon im nächsten Augenblick musste sie Eithne zu Hilfe kommen. Die hatte sich einen Spaß daraus gemacht, aus Barras langem Haar einen Zopf zu flechten, was nur sie spaßig fand – er nicht. Ehe Tuan sehen konnte, ob auch sie einen Faustschlag abbekam, hatte Cascorach ihn schon gepackt und über den Hof in ein Gebäude gezerrt, das anscheinend nicht von Kriegern bewohnt wurde. In der heißen, schweren Luft begann das geschwollene Auge zu brennen, und auch das andere wurde halb blind. Nur unscharf konnte Tuan zwei Männer erkennen, die gerade mit dem Inhalt einer Gießpfanne eine Form aus Speckstein füllten, indes ein dritter Nieten herstellte. Keiner von ihnen blickte hoch, und Cascorach gestattete auch ihm nicht, sie länger zu mustern. Schon schob er ihn zu einem großen Tisch, auf dem sich die Arbeiten der Schmiede stapelten – nicht Nadeln, Fibeln und Schalen, wie Tuan sie aus der Werkstatt seines Vaters kannte, sondern Türangeln, Hufeisen … und Waffen. Er zählte etwa ein Dutzend Lanzenspitzen und drei Äxte, zwei Keulen und drei Dolche, einen Helm und natürlich Schwerter, viele Schwerter.

»Alle Achtung«, erklärte Tuan, »deine Fische haben spitze Zähne.«

»Hast du zu lange unter dem Wasserfall von Glencar gebadet, weil du von Fischen sprichst?«, schnaubte Cascorach.

»Nein, aber um Schwerter zu schmieden, muss man die Eisenstücke in Form von Fischgräten zusammenfügen, am besten so, dass sich weicheres Metall mit härterem abwechselt«, erklärte Tuan. Es war das Einzige, was er über die Herstellung von Schwertern wusste, doch es genügte, um Cascorach zu beeindrucken. Anerkennend hob er die Brauen, und Tuan nutzte die Gunst der Stunde, um fortzufahren: »Ich … Ich könnte das Metall schmelzen. Bis jetzt habe ich nur Erfahrung mit Bronze, Silber und Gold, nicht mit Eisen, aber ich weiß, wie man die Temperatur im Schmiedeofen hochhält. Durch ein kleines Loch nämlich, durch das man mithilfe eines Blasebalgs Luft pressen kann. Und ich weiß auch, wie man das Metall schichtweise mit Holzkohle stapelt, um es von Schlacke zu befreien.«

Cascorach schnalzte zwar zustimmend mit der Zunge, beschied ihn dennoch: »Du scheinst der Einzige von euch dreien zu sein, der genügend Grips hat, um Gussformen aus Speck- und Sandstein herzustellen. Den Blasebalg werden deine Gefährten bedienen.«

Tuan fuhr herum und sah erst jetzt, dass Fintan und Airdi ihn in die Schmiede begleitet hatten. Er unterdrückte ein Seufzen, hatte er doch gehofft, dass man dem Mönch zu beten gestatten und Airdi an dessen Seite bleiben würde. Airdi starrte misstrauisch auf die schwarzen Rauchschwaden. So heftig wie er zitterte, witterte er dahinter wohl Dämonen.

»Airdi … Airdi Angst vor Feuer«, stammelte er prompt, wenn auch so leise, dass er vom steten Zischen und Prasseln in der Schmiede übertönt wurde.

Etwas lauter war Fintans Stimme zu hören. »Das … Das sind heidnische Zeichen«, erklärte er unbehaglich und deutete auf den sandigen Boden der Schmiede, in den merkwürdige Kreise und Striche gezogen worden waren.

Cascorach betrachtete ihn eine Weile nachdenklich, ehe er eine Gabel mit scharfen Zinken nahm. »Wenn es dir lieber ist, dann ritze ich sie nicht in den Boden, sondern in deine Haut.«

Fintan öffnete den Mund, fügte sich dann aber dem beschwichtigenden Blick, den Tuan ihm aus seinem noch heilen Auge zuwarf. »Nun gut«, murmelte Fintan, »auch in unserem

Kloster gab es eine Schmiede. Ich kann durchaus den Blasebalg bedienen.«

Cascorach kniff die Augen zusammen, ließ jedoch immerhin die Eisengabel sinken. »Du hast Hände wie ein Weib. Es genügt, wenn du über die Männer und die Funken wachst. Die Männer dürfen nicht einschlafen, die Funken nichts entzünden. Den Blasebalg wird der hier bedienen.«

Er deutete auf Airdi, der prompt noch heftiger zitterte. »Nein … Airdi … Airdi Angst vor Feuer«, klagte er jämmerlich.

»Hm«, machte Cascorach, und seine Miene wirkte kurz beinahe mitleidig. »Du hast Angst vor Feuer?«

Airdi nickte. »Airdi … Airdi … Angst vor Feuer«, wiederholte er.

»Warum denn? Das Feuer wärmt uns doch, komm ruhig näher.«

Airdi versteifte sich, und Tuan lief rasch zu ihm. Er befürchtete, dass Cascorach Airdi zum Feuer zwingen würde, und auch wenn er nicht wusste, wie er seinen Freund notfalls schützen sollte, ließ er den Schmied nicht aus den Augen. Cascorach machte allerdings keine Anstalten, irgendetwas zu tun – nein, Gefahr drohte von anderer Seite. Und da Tuan nicht damit gerechnet hatte, sah er zu spät, dass noch jemand die Schmiede betreten und alles belauscht hatte, ganz plötzlich Airdi packte und ihn zum Ofen zerrte.

Airdi schrie, Tuan auch, nur der, der so erbarmungslos einschritt, blieb stumm.

Es war Ailillán, Ascalls Bruder, der sich nicht damit begnügte, Airdi einfach zum Ofen zu zerren, sondern der ihn danach am Nacken packte und mit seinem Gesicht ganz nah an die Flammen hielt. Schon bei der Tür war es unerträglich heiß, direkt vor dem Ofen schien die Luft regelrecht zu brennen. Kein Feuer, dass wusste Tuan, wurde heißer als jenes, dessen Flammen sich durch Kohle aus Birkenholz fraßen, und diese züngelten gefährlich, drohten an Airdis Haut zu lecken. Und als ob in ihnen nicht schon genügend Gier wohnte, fachte Ailillán diese noch an, indem er auf den Blasebalg trat. Funken stoben hoch, tanzten zornig durch die Luft, regneten auf Airdi herab. Airdi stieß spitze Schreie aus wie ein Tier, das geschlachtet wird, indes Ailillán zu brüllen begann.

»Auf Dún Fionn hat niemand Angst! Nicht vor dem Tod, nicht vor dem Schmerz, nicht vor dem Feuer!«

Wieder trat er auf den Blasebalg, wieder schossen die Flammen Airdi ins Gesicht. Als er es zum dritten Mal tun wollte, stürzte Tuan auf Ailillán zu, zog rasch den Blasebalg unter seinem Fuß weg und schleuderte ihn Ailillán ins Gesicht.

»Es ist kein Zeichen von Stärke, keine Angst zu haben, es ist ein Zeichen von Dummheit«, schrie er. »Gerade weil das Feuer das wichtigste Werkzeug eines Schmiedes ist, darf er nie vergessen, wie gefährlich es ist. Wenn du keine Angst vor Feuer hast, bist du ein Tölpel, aber ganz sicher kein guter Schmied. Wenn du keine Angst vor dem Tod hast, bist du ein Tor, aber ganz sicher kein guter Krieger.«

Während er sprach, spürte er die Hitze nicht, sah auch kaum, was Ailillán tat. Erst als er geendet hatte, gewahrte er, dass dieser sich gebückt und den Blasebalg wieder aufgehoben hatte. Nun gut, dann würde er damit eben auch auf sein heiles Auge dreschen. Nichts in dieser Schmiede war schön genug, als dass er es unbedingt sehen musste.

Doch zu seinem Schrecken musste er erkennen, dass Ailillán es nicht auf ihn, sondern immer noch auf Airdi abgesehen hatte. »Nun, du hast offenbar vor niemandem Angst, weder vor mir noch meinem Bruder. Vielleicht kann ich dir ja mithilfe deines Freundes beibringen, uns zu fürchten.«

Noch größer als der Blasebalg, den Ailillán eben drohend hob, war der Hammer, der auf einem Block lag. In anderen Schmieden wurde dieses Werkzeug meist mit einer Ledergamasche festgebunden, damit es nicht herunterfallen und Schaden anrichten konnte. Hier jedoch war darauf verzichtet worden, sodass Tuan den Hammer an sich nehmen konnte. Was ihm dafür an Kräften fehlte, machte seine Wut wett.

»Untersteh dich!«, rief er und ging mit dem Hammer auf Ailillán los.

»Tuan!«, rief Airdi entsetzt.

»Tuan!«, rief auch Fintan.

Ailillán hob die Faust, und im rötlichen Licht der Schmiede erschien auch diese wie aus glühendem Eisen gemacht.

»Ailillán!«, ertönte da eine weitere Stimme, ehe Tuan zuschlagen konnte.

Er ließ den Hammer nicht sinken, Ailillán seine Faust hingegen schon. Erst als die Blicke aller Männer zur Tür flogen, fand auch der von Tuan dorthin.

Und wenn er noch so grobschlächtig sein mochte – Cascorach hatte nicht tatenlos zugesehen, wie Airdi von Ailillán gequält wurde, er hatte Ascall geholt, der nun auf der Schwelle stand und erst seinen Bruder grimmig anstarrte, bis der seinen Kopf sinken ließ, dann die anderen Männer, bis diese weiterarbeiteten. Eine Weile war nur ein Zischen und Fauchen zu hören – das Lied, das heißes Metall und kaltes Wasser sangen, wenn sie einander umarmten. Dann erklang Ascalls Stimme.

»Ich dachte, du willst ein Schmied sein, kein Krieger«, sagte er an Tuan gewandt. »Eben aber hältst du den Hammer wie ein Schwert.«

Jetzt ließ Tuan den Hammer sinken. Seine Hände schmerzten ob der Anstrengung. »Ich arbeite so hart wie zwei Männer, wenn es sein muss. Aber ich werde nicht zulassen, dass Airdi ein Leid geschieht.«

Wieder ertönte das vertraute Zischen. Nicht nur schwarzer Rauch stieg zur rußgeschwärzten Decke, sondern auch grauer Qualm. Ascalls Gesicht schien dahinter zu verschwimmen, doch seine Stimme war deutlich zu hören, als er nachdrücklich erklärte: »Heute wirst du überhaupt nicht mehr arbeiten. Du und dein Freund, ihr kommt mit mir.«

Die Zeit, die Tuan brauchte, um Airdi an die Hand zu nehmen und ihm zu signalisieren, dass er ihm folgen müsse, hatte

Ailillán genutzt, um seinem Bruder nachzustürmen. Als Tuan ins Freie trat, sprach er bereits wütend auf ihn ein.

»Du bist unser Anführer! Du darfst keine Nachsicht zeigen! Gegenüber nichts und niemandem.«

Ascalls Blick glitt über Ailillán, dann über Tuan, blieb zuletzt an Airdi hängen. Oft hatte Tuan Verachtung in den Mienen derer gelesen, die Airdi begegneten. In der von Ascall stand nur Überdruss.

»Du hast recht«, sagte er knapp. Schon hob er die Faust, holte aus und schlug zu – allerdings nicht in Tuans Gesicht, obwohl sich der unwillkürlich duckte, auch nicht in Airdis, der erneut zu wimmern begann, sondern in Aililláns. Der schien darüber nicht minder überrascht, wankte, kämpfte noch darum, sich aufrecht zu halten. Doch schon hob Ascall sein Bein, trat seinem Bruder in den Bauch, umkreiste ihn blitzschnell, um ihm einen letzten Stoß in den Rücken zu versetzen. Ailillán sank endgültig auf die Knie. »Ich zeige keine Nachsicht, ich fordere Stärke«, zischte Ascall. »Und hältst du es für ein Zeichen von Stärke, einem ängstlichen jungen Mann mit dem Geist eines Kindes Brandwunden zuzufügen?«

Ailillán blickte hoch, schien aufbegehren zu wollen. Ehe er sich verteidigen konnte, drosch Ascall, der nur die Sprache der Fäuste gelten lassen wollte, jedoch erbarmungslos auf den Bruder ein, bis auch dessen Oberkörper zu Boden sackte. Tuan hatte nicht damit gerechnet, dass Ascall einen noch furchterregenderen Anblick bieten könnte als in jener Stunde, da er Maolan getötet hatte. Doch erst jetzt glich sein Gesicht der Maske des Todes – hart, unerbittlich, leer.

»Ascall! Hör auf!«

So gerecht Tuan es fand, dass Ailillán bestraft wurde, so erleichtert vernahm er diese Stimme. Als Róisín auf sie zugelaufen kam, ließ Ascall endlich die Fäuste sinken, indes Ailillán, der eben noch Schlamm gespuckt hatte, sich auf seine Arme aufstützte, Blut spuckte, vielleicht sogar einen Zahn.

»Eine Frau hat hier gar nichts zu befehlen«, zischte er in

Róisíns Richtung, wandte sich dann an seinen Bruder. »Schlag weiter zu.«

Wie konnte er sich nur freiwillig so zusetzen lassen!

Während Tuan nur fassungslos auf ihn hinunterstarrte, schien Róisín mit nichts anderem gerechnet zu haben. Sie zuckte nur mit den Schultern.

Ascall beugte sich über den Bruder. »Es ist genug für heute. Steh auf.«

Ailillán gehorchte nicht, blieb liegen. Ob er nicht anders konnte oder wollte, war ungewiss.

»Soll ich deine Wunden behandeln?«, fragte Róisín.

Auf einmal konnte es Ailillán gar nicht schnell genug gehen, auf die Beine zu kommen. Noch einmal spuckte er Blut, dieses Mal vor Róisíns Füße, eher er mit gesenktem Kopf an Ascall vorbeiwankte. Der rieb sich die Hände, die Maske des Todes war längst wieder von seinem Gesicht gewichen. Verstört, nahezu verzagt sah er dem Bruder nach, während Róisín einmal mehr – halb mitleidig, halb abgeklärt – mit den Schultern zuckte.

Sie verschwand alsbald in einer Hütte, und anstatt ihr zu folgen, wie Tuan es sich insgeheim erhoffte, wandte sich Ascall an Airdi.

»Du hast also Angst vor Feuer«, stellte er ausdruckslos fest, als wäre nichts weiter geschehen. Airdi nickte. »Hast du auch Angst vor Steinen?«

Airdi sah Tuan fragend an. »Er meint, ob du bereit wärest, Steine zu schleppen«, sagte Tuan rasch.

»Nun, eigentlich meine ich keine Steine, doch etwas, das so schwer wie diese ist.« Ascall stieß einen Pfiff aus, woraufhin aus dem größten der Gebäude innerhalb der Mauern – dem Langhaus, in dem sich wahrscheinlich die Halle und ein paar Schlafkammern befanden – ein Krieger kam. Auf seinem Rücken trug er einen Mann mit käsig bleichem Gesicht und Glatzkopf. »Das ist Ivarr«, erklärte Ascall. Seine Stimme klang nun doch etwas bedrückt. »Vor zwei Jahren wurde er während einer Schlacht schwer verletzt, und seitdem kann er seine Beine nicht mehr gebrauchen. Zuvor wurde er dafür gerühmt, mit seinem Speer jedes Ziel zu treffen. Er konnte mit ihm zwei, manchmal sogar drei Männer gleichzeitig töten.«

»Oh, ich kann es immer noch«, rief Ivarr und lachte schrill. Erst jetzt sah Tuan, dass er sich nur mit einer Hand am Rücken des Kriegers festklammerte, mit der anderen hielt er besagten Speer. Der Holzschaft war mit Ornamenten verziert, die Spitze glänzte, und sie kam direkt auf sie zugeflogen, als Ivarr den Speer warf. Tuan duckte sich unwillkürlich, Ascall packte Airdi und riss ihn weg, sodass der Speer in der Erde stecken blieb.

»Airdi wird dich künftig tragen«, erklärte Ascall, und zu Tuans Erstaunen protestierten weder Ivarr noch Airdi.

Der Ritter, der den Gelähmten bislang geschleppt hatte, wirkte erleichtert. »Das nenne ich eine gute Paarung«, spottete er, »der mit dem Köpfchen kriegt Beine, und der mit den Beinen kriegt ein Hirn.«

»Halt dein Maul!«, fuhr Ivarr ihn an und warf ihm einen drohenden Blick zu, als Airdi ihn auf seinen Rücken nahm. Er hatte nun allerdings keine Waffe mehr, die er auf den Ritter schleudern konnte.

Sehr lange blieb der Speer nicht in der Erde stecken. Eben trat Eithne, der es wohl irgendwie gelungen war, sich Róisín zu entziehen, in den Hof. Sie nahm den Speer und reichte ihn Ivarr.

»Sind eigentlich nur deine Beine gelähmt oder noch mehr?«, fragte sie. »Und wird Airdi dich bloß tragen müssen oder dir auch beim Pissen den Schwanz halten?«

»Oh, ich kann dir versichern, ich treffe nicht nur mit dem Speer ins Schwarze.«

»Ach, schwarz ist nur der Tod, wir Frauen sind das saftige rote Leben.«

Sie hatte nicht lange Augen für den Gelähmten, trat nun

angelegentlich und mit kreisenden Hüften zu dem Trog, über den Ailillán sich eben beugte, um sich das Blut abzuwaschen.

»An ihm beißt du dir die Zähne aus«, spottete Ivarr.

Eithne lachte rau. »Wenn du glaubst, dass man für die Liebe Zähne braucht, hast du etwas gründlich missverstanden.«

»Nun … Ailillán findet jedenfalls, dass die Liebe zu einem Weib einen Krieger schwächt, nicht stärkt«, spöttelte Ivarr. »Schlimm genug, dass sein Bruder mit Róisín lebt. Schlimm genug, dass auch er selbst einst eine Frau geliebt hat.«

Ailillán erstarrte, fuhr dann herum. Ehe Tuan erkennen konnte, ob er auf Ivarr losgehen wollte wie zuvor auf Airdi oder ob dessen Worte einen Funken Wahrheit enthielten oder nur Hohn und Spott verhießen, wurde er einmal mehr am Nacken gepackt. Ascall zerrte ihn eine schiefe, verwitterte Treppe hoch zum Wehrgang der Burg, von wo aus man das Umland überblicken konnte.

»Willst du mich von der Mauer stoßen, weil ich deinen Bruder mit einem Hammer bedroht habe?«, fragte Tuan und hoffte, dass aus seiner Stimme nur Trotz herauszuhören war, keine Angst.

Ascalls Stimme blieb ausdruckslos. »Das traust du mir zu?«, fragte er ruhig.

»Ich habe gesehen, wie du Maolan getötet hast. Ich habe gesehen, wie du deinen Bruder halb tot geprügelt hast.«

»Ailillán hat es verdient, er versteht nun mal keine andere Sprache. Dein Gefährte auch, denn er wollte dich, seinen Freund, töten.«

»Nur, weil dein Bruder ihm keine andere Wahl gelassen hat! Maolan war kein schlechter Mensch.«

Eine Weile blieb ein Seufzen die einzige Antwort. »Das glaube ich dir sogar«, sagte Ascall schließlich. »Aber wisse: In guten Zeiten kann man selbst aus einem schlechten Menschen einen großen Krieger machen. In schlechten Zeiten wird aus einem kleinen Mensch jedoch stets ein grausamer Krieger. Und davon gibt es genug auf dieser Welt.«

Tuans gerechter Zorn erstarb. »Dein Bruder ist grausam«, sagte er.

Ascalls Miene wirkte jäh gequält. »Ich weiß«, gab er leise zu, »dennoch ist er mein Bruder. Cascorach kann auch grausam sein, aber er ist nun mal der Schmied. Falls du irgendwann so gut bist wie er, vielleicht sogar noch besser, wirst du unser neuer Schmied sein. Bis dahin musst du seine Schläge ertragen. Airdi hingegen wird von Ivarr nicht geschlagen werden, das verspreche ich dir. Gewiss, er ist manchmal bösartig, doch seine Wut gilt Männern, die noch kämpfen können.«

Tuan wollte sich seine Erleichterung nicht anmerken lassen, er nickte nur kurz. »Wenn du nicht vorhast, mich von der Mauer zu stürzen, kann ich ja jetzt beginnen zu arbeiten.«

Er wandte sich ab, und wieder packte Ascall ihn blitzschnell. Obwohl er verglichen mit seinen Kriegern kleiner und schmächtiger wirkte, war der Griff so fest, als wäre alles an ihm aus Stahl.

»Nicht so schnell«, sagte er. »Wir sind hier hochgestiegen, weil ich dir etwas zeigen will.« Er machte eine ausholende Handbewegung. »Was … Was siehst du?«

Tuan blickte sich um. »Land«, murmelte er. »Weites Land.«

Die Wälder waren von einem dunklen Grün, die Wiesen etwas heller, der See graugrün. Nur der Berg mit den steilen, glatten Felswänden, der aussah, als hätte ihn einst ein Riese gespalten, war von einem rötlichen Braun. »Land«, wiederholte Tuan, »vor allem schönes Land.«

Ascall runzelte die Stirn. »Schön? Schönheit ist etwas, wofür man Frauen rühmt!«

Tuan konnte sich nicht vorstellen, dass Ascall Róisín mit ihrem kurzen Haar, dem sehnigen Körper eines Jungen und der Narbe auf der Wange schön fand. Aber Róisín und ihr Verhältnis zu Ascall gingen ihn nichts an, während der Anblick des Landes ihn mit jenem süßen Schmerz erfüllte, der stets die Liebe zur Heimat begleitet.

»Das Land ist schön«, bestand er.

»Ich fürchte, du hast etwas Wesentliches übersehen.«

Ascall deutete in eine Richtung, wo die Bäume des Waldes etwas lichter standen. Was man zunächst für Gestrüpp halten konnte, erwies sich bei genauerer Betrachtung als hölzerne Kreuze auf aufgeschütteter Erde – nicht grün, sondern auch nicht rot, nein, dunkelbraun.

Im Schweigen, das folgte, begann Tuan, die Gräber zu zählen. Er kam auf mindestens zwei Dutzend und vermutete, dass dort ausschließlich Männer lagen, Männer, die alle im Kampf gegen die Normannen gefallen waren.

»Es gefällt mir, dass du dich für deine Freunde einsetzt«, sagte Ascall dicht an seinem Ohr, »doch du solltest nie vergessen, dass Dún Fionn ein Ort ist, der den Menschen große Opfer abringt. Manchmal müssen sie sogar ihr Leben lassen. An diesem Ort wirst du keine freundlichen Menschen finden und schon gar keine Schönheit. Du hast bis jetzt überlebt, weil du nützlich bist. Bist du es nicht mehr …« Er schwieg vielsagend.

»Dann wirst du mich töten.«

»Nein«, erklärte Ascall, »aber mein Bruder Ailillán wird das tun, und ich werde ihn nicht daran hindern.«

»Obwohl du es nicht gutheißt?«

»Du hast manches, was Maolan tat, auch nicht gutgeheißen und wolltest dennoch lieber sterben, als ihn zu töten. Ich verstehe das, ich schätze es sogar, und deshalb habe ich dich vorhin vor meinem Bruder geschützt. Ich werde es jedoch kein zweites Mal tun.« Mit diesen Worten sah er ihre Unterredung wohl als beendet an, denn er ließ Tuan los und trat gehetzten Schrittes zurück zur Treppe.

Tuan jedoch verweilte, sah weiterhin auf die Gräber, und bevor Ascall die erste Stufe nahm, erklärte er: »Und ob man hier Schönheit findet. Diese Gräber sind schön.«

Ascall verharrte. »Die Gräber?«, fragte er verständnislos.

Tuan nickte. »Gewiss doch. Ihr hättet die Toten auch auf dem Schlachtfeld oder irgendwo im Wald verrotten und sie von Schnecken und Würmern fressen lassen können. Stattdessen habt ihr sie unter Mühen nach Hause geschleppt, habt ein Loch gegraben und sie hineingelegt, habt für jeden Einzelnen ein Kreuz geschnitzt und dieses in die Erde gerammt.«

»Und das nennst du schön?«, wollte Ascall verwirrt wissen.

Tuan starrte immer noch unverwandt auf die Gräber. »Alles was ich über Schönheit weiß, habe ich von meinem Vater gelernt. Schon als Kind habe ich oft in seiner Werkstatt gesessen, habe ihm zugesehen, wenn er Schmuck anfertigte, Weihrauchfässer und Kelche, Reliquienschreine und Hostienschalen. Mein Vater hat mit Gold und Silber gearbeitet, mit weißer und roter Bronze, mit Kupfer und Emaille und natürlich mit Steinen, wunderschönen Steinen. Bernstein, Bergkristall, Malachit, Smaragd.«

»Die Kreuze der Gräber sind aus Holz!«, unterbrach Ascall ihn scharf.

»Oh, mit Holz hat mein Vater nicht gearbeitet. Aber er hat immer erklärt, ein guter Goldschmied könne nur sein, wer auch ein guter Mensch sei. Manche Taten, die ein Mensch vollbringe, so sagte er oft, seien aus Gold, manche aus Silber und manche nur aus Blei. Und so wie man die Metalle von Schlacke zu reinigen habe, gelte es, die Seele sauber zu halten, auf dass das Minderwertige, Schlechte geschmolzen werde. Einen Menschen über seinen Tod hinaus zu ehren, ist eine gute Tat … eine goldene.«

Ascall starrte ihn unverwandt an. Sein nicht zugeschwollenes Auge glänzte wohl – vielleicht nicht wie Gold oder Silber, aber so, dass Ascall jäh den Blick niederschlug.

»Du hast deinen Vater bewundert, und du hast ihn geliebt«, stellte er mit rauer Stimme fest.

Tuans Erinnerungen an den Mann mit den feinen Händen, der sanften Stimme, dem schwarzen Haar, das langsam ergraut war, wurden übermächtig. Bevor auch die letzte Strähne erblasst war, war sein Vater gestorben – offenbar an jener Geschwulst, die sich in seiner Leistengegend gebildet hatte. Am Ende konnte er nicht mehr essen, nicht mehr arbeiten, noch nicht einmal mehr gehen, aber es war ihm nie auch nur ein Fluch über die Lippen gekommen.

»Hast du deinen Vater denn nicht geliebt?«, gab Tuan zurück.

Ascall schüttelte den Kopf. »Ich habe meinen Vater getötet. Er lehrte mich nicht Schönheit, nur Grausamkeit.« Er hob seinen Blick wieder, und in diesem stand Trauer. »Hätte ich einen Vater wie du gehabt, vielleicht wäre auch ich heute ein Mann, der wohlwollend Gräber betrachtet, der an das Gute glaubt, der an der Verantwortung für seine Nächsten nicht schwer schleppt, sondern sie gern trägt.«

Wieder senkte sich Schweigen über sie. Tuan musterte nicht länger die Gräber, sondern Ascall, fragte sich unwillkürlich, wie alt er wohl war. Kurz erschien es ihm, als wäre er so alt wie sein Vater. Dann kam er sich plötzlich selbst uralt vor, während Ascall ihm wie ein Knabe erschien – ein Knabe, der nichts mit dem Mann gemein hatte, der Maolan getötet oder Ailillán so erbarmungslos verprügelt hatte.

»Dein Bruder ist wie dein Vater, du nicht«, entfuhr es Tuan unwillkürlich.

Ascall seufzte. »Die Seele meines Bruders ist zerbrochen wie Ivarrs Rückgrat. Meine Seele hingegen ist aus Stahl, und Stahl kann man nicht brechen, nur schmelzen. Als sie erhärtet ist, habe ich beschlossen, ihr die Form eines Schwertes zu geben und das Feuer des Krieges obendrein zu nutzen, um darin die Freiheit dieser Insel zu schmieden.« Ascall legte seine Hand behutsam auf Tuans Schulter, wie es sein Vater so oft getan hatte. »Ob aber diese Freiheit am Ende rein wie Gold ist, frei von Schlacke und deshalb schön, das bezweifle ich.«

Obwohl er der grausame Krieger blieb, der blitzschnell töten und zuschlagen konnte, lag etwas in Ascalls Blick, auch in seiner Stimme, das von einer anderen Seite in ihm zeugte. Plötzlich war es so leicht zu glauben, dass er mit einem anderen Vater tatsächlich ein Mann wie Tuan hätte werden können. Und plötzlich war sich Tuan sicher, dass Ascall ihn nicht mit nach Dún Fionn gebracht hatte, weil er eines Schmiedes bedurfte, sondern weil er sich nach einem Spiegelbild sehnte, das nur den guten, aufrichtigen Mann zeigte, nicht das besinnungslos tobende Tier.

Viel zu früh zog Ascall seine Hand zurück. »Geh jetzt Schwerter schmieden!«, befahl er barsch. »Und wenn du damit fertig bist, fertige ein Geschenk für Róisín. Sie möchte keinen Schmuck, aber ein Dolch würde ihr gewiss gefallen.«

Der zärtliche Ausdruck, der über sein Gesicht huschte, verriet, dass Ascall nicht nur für eine schmutzige Freiheit kämpfte, sondern auch für die reine Liebe, und dass er sehr wohl wusste, was Schönheit war.

Róisín

Meist ging Róisín hungrig schlafen, damit der knurrende Magen sie aufweckte, ehe Träume sie quälen konnten. In dieser Nacht aber schlief sie so tief, dass sie nur das Knurren des Wolfes vernahm, der sie im Reich der Fantasien heimsuchte. In einer unwirtlichen Einöde stand er plötzlich vor ihr, seine gelben Augen und seine spitzen Zähne blitzten. Allerdings wurde aus dem bedrohlichen Knurren alsbald das Jaulen eines Welpen, und anstatt spitze Zähne zu fühlen, die sich in ihren Leib gruben, regneten nur dicke, runde Tannenzapfen auf sie herunter. Sie blickte hoch zum fahlen Himmel, nahm erst verspätet wahr, dass die Tannenzapfen weich und warm waren – dass es Hände waren und diese sie streichelten. Vor ihr stand auch kein Wolf, nur ein Mann, der zum Wolf werden konnte … Allerdings nicht, wenn er bei ihr lag.

Róisín gab ihrer Sehnsucht nach seiner Umarmung nicht nach. Sie schlug auf ihn ein, sodass er zurückwich, anstatt Küsse auf ihr Gesicht, ihre Kehle, ihre Brüste, ihren Bauch zu hauchen, und erhob sich hastig. Ihr Körper fühlte sich steif und fremd an, die Kammer, in der sie schlief, bedrückend und nicht minder fremd, obwohl seit ihrer Rückkehr nach Dún Fionn mehrere Tage vergangen waren.

»Kein Kuss?«, fragte Ascall. »Keine Umarmung, noch nicht einmal ein Blick?« Róisín trat zur Feuerstelle, stocherte in der Asche, doch die roten Augen der Glut blieben blind, und der Raum blieb kalt. »Auch keine Ohrfeige?«, fuhr er fort.

Sie hatte das Gefühl, als würde der Wind, der durch die vielen Ritzen pfiff, ihr selbst eine solche geben. Rasch schlüpfte sie in ihre Tunika, aber solange ihr schweißnasses Haar im

Nacken klebte, wurde ihr nicht warm. Sie nahm das Messer, das neben der Feuerstelle lag, begann mechanisch, ein paar Strähnen abzuschneiden, sodass ihr Haar nur noch bis zu den Ohrläppchen reichte.

»Warum schneidest du dir immer noch das Haar ab?«, fragte Ascall. »Du bist nicht länger auf der Flucht und musst dich nicht schützen, indem du dich für einen Knaben ausgibst.«

Ascall war auf der Schlafstatt – ein Stück Rehleder über mehrere Bündel Reisig gespannt – liegen geblieben. Seinen Gürtel hatte er ausnahmsweise abgelegt, obwohl er es hasste, unbewaffnet zu sein.

»Wenn du eine Frau mit schönem Haar haben willst, solltest du nach Caitlín O'Bjólan suchen lassen«, sagte Róisín barsch.

Sie achtete darauf, dass sie sich mit der Klinge nicht in die Kopfhaut schnitt. Dass sich ihre spitzen Worte womöglich tief in Ascalls Herz bohrten, nahm sie hingegen in Kauf.

»Caitlín ist gewiss längst tot«, sagte er leise.

Er sprach den Namen seiner Ehefrau nur selten aus. Da er sie nicht geliebt hatte, schmerzte die Erinnerung an sie wohl nicht, umso mehr jedoch die an eine Zeit, da er als Großkönig von Toora feindliche Iren, nicht Normannen bekämpft und meist auf der Seite der Sieger gestanden hatte.

»Der Junge, den Ailillán mit Tuan hat kämpfen lassen wollen, ist auch tot«, sagte sie trotzig, »und zwar deinetwegen!«

»Ach, deshalb weist du mich ab.«

Ohne Gürtel stand Ascalls Tunika bis zu seinem Nabel offen, gewährte ihr einen Blick auf seine nackte, muskulöse Brust, die voller Narben war. Róisín wandte sich ab. Zu groß war die Versuchung, mit dem Messer auf ihn loszugehen und ihm weitere Verletzungen zuzufügen. Zu groß war die Versuchung, jede Verletzung, neue wie alte, zu küssen.

»Er war so jung«, murmelte sie.

»Er war bereit zu töten.«

»Das ist ja das Traurige … Dass in diesen Zeiten schon Kinder töten.«

»Wenn sie töten, sind sie keine Kinder mehr.«

»So wie du kein Kind mehr warst, als du so früh zu töten lernen musstest?«

Noch seltener als über Caitlín sprachen sie über Ascalls Kindheit, und wie erwartet hatte er kein Bedürfnis, das zu vertiefen. Er legte sich seinen Gürtel wieder um.

»Wie macht sich dein Schützling?«, fragte er vermeintlich gleichgültig. »Arbeitet Eithne so gewissenhaft wie Tuan für Cascorach?«

Róisín lachte auf. »Die Hälfte deiner Männer würde sagen, dass auch sie sehr gut darin ist, harte Schwerter zu schmieden.«

»Die Hälfte?«, er lächelte schief. »Auf Dún Fionn leben im Moment mindestens drei Dutzend Männer. Rechnet man die hinzu, die in den umliegenden Dörfern wohnen, sind es sogar doppelt so viele. In den drei Tagen kann sie unmöglich bei der Hälfte von ihnen gelegen haben, obwohl ich zugeben muss, dass mir ihr Ehrgeiz diesbezüglich nicht entgangen ist.«

»Ob sie auch genug Ehrgeiz hat, um das Heilen zu erlernen, weiß ich dagegen nicht. Heute soll sie jedenfalls zum ersten Mal allein in den Wald gehen.«

»Ich bin sicher, dass sie mit mindestens einem Mann zurückkommt.«

»Oh, lieber wäre es mir, sie würde Erlenblätter, Heidekraut und Stechpalmen pflücken. Wobei es mir fürs Erste schon genügt, wenn sie sich im Dickicht zurechtfindet und sich nicht hoffnungslos verirrt. Ich werde ihr nachgehen, um zu sehen, wie sie sich schlägt.«

Sie ließ das Messer sinken, obwohl sie immer noch ein paar Strähnen im Nacken kitzelten.

»Keine Umarmung, kein Kuss, kein Blick?«, fragte Ascall wieder, als sie sich zum Gehen wandte. Sie verharrte, ließ kurz die Sehnsucht zu – nach seinem Körper ebenso wie nach einem Leben, in dem sie ihm für immer gehörte, nicht nur bis zur nächsten Schlacht. »Keine Ohrfeige?«, setzte er hinzu.

Sie hauchte ihm einen Kuss auf die Lippen, aber ihr Lächeln blieb flüchtig. »Vielleicht bekommst du später mehr«, murmelte sie, »ich bin bald zurück.«

An keiner Stelle der Insel schien Érius Kleid dicker als rund um Dún Fionn. Ein schier undurchdringlicher Wald wuchs dort, dessen Bäume sich die Hände reichten, um sich vor dem Herrn der Burg zu verneigen und jedem Feind den Weg zu versperren.

Nicht dass man an manchen Stellen nicht doch vorankam – zumindest Eithne machte ihre Sache gut, wie Róisín feststellte. Die junge Frau setzte vorsichtig Schritt vor Schritt, achtete darauf, ausreichend tiefe Spuren zu hinterlassen, um später zurückzufinden. Immer wieder hob sie den Kopf und blickte nach allen Seiten, um sich zu vergewissern, dass niemand sie belauerte. Erst als sie einen kleinen Tümpel erreichte, wurde sie nachlässig, und Róisín nutzte ihre Chance. Sie überwand das Dutzend Schritte, das sie trennte, fiel Eithne von hinten an, legte einen Arm um ihre Kehle und versuchte, ihr den Weidenkorb zu entreißen. Er war noch leer, wie Róisín mit einem Blick feststellte, just in dem Augenblick, da Eithne mit dem Korb auf ihren Kopf eindrosch.

Róisín war zu geschickt, als dass sie getroffen worden wäre. Weit weniger gut konnte sie der Faust ausweichen, die in ihren Bauch gerammt wurde. Die Luft blieb ihr weg, und der Schmerz machte sie so wütend, dass sie Eithne am liebsten in den Tümpel gestoßen hätte. Als diese aber zu einem neuerlichen Hieb ausholte, begnügte sie sich damit, ihr Messer zu ziehen und es an ihre Kehle zu führen.

Eithne erstarrte.

»Du dummes Mädchen!«, schimpfte Róisín. »Warum kämpfst du um einen leeren Korb? Du hättest ihn sofort loslassen und alle Kraft darauf verwenden müssen, dich aus meinem Griff zu befreien. Und anstatt auf mich einzudreschen, hättest du weglaufen sollen.«

Eithne schnaufte. »Warum sollte ich denn vor dir fliehen?«

»Gib zu, du hast mich nicht sofort erkannt. Ich hätte auch ein Krieger sein können. Amlaíb MacFergaile O'Rourke, der neue König von Breifne, zu dessen Reich Toora gehört, ist ein schwacher Mann, der sich bis jetzt nicht aufraffen konnte, die Ritter des Roten Zweiges zu unterstützen. Seine Söhne und Neffen sind auch schwach, ansonsten hätten sie ihren Vater längst gestürzt. Leider sind schwache Männer nicht ungefährlich. Vor Normannen laufen sie davon, über Mädchen fallen sie her.«

Eithne rümpfte nur die Nase. Róisín presste die Klinge ihres Messers noch fester auf die grindige Haut ihres Halses. »Und Dún Fionn liegt nahe der Grenze zu Connacht. Ruari O'Connor, der dort herrscht, ist nicht schwach, allerdings dumm genug, König Henry zu trauen und mit ihm Frieden zu schließen. Man munkelt, einer seiner Söhne plane deshalb einen Aufstand. Dieser könnte auf die Idee kommen, Hilfe bei Ascall zu suchen, und ehe er ihn findet, dich allein im Wald entdecken.«

Wieder rümpfte Eithne die Nase. »Ich habe keine Angst vor Iren.«

»Und wir wissen immer noch nicht, warum die Normannen Limerick an Domhnall O'Brian übergeben und sich in den Osten zurückgezogen haben. Sie könnten schneller wiederkehren, als uns lieb ist.«

»Ich habe auch keine Angst vor Normannen«, sagte Eithne trotzig.

»Aber du hast Angst vor dem Tod. Sonst würdest du nicht ständig deine Schenkel spreizen, um zu beweisen, dass du noch lebst.«

Róisín zog das Messer zurück. Dass Eithne den Blutstropfen auf ihrem Hals nicht sofort wegwischte, imponierte ihr, das zeigte sie ihr allerdings nicht. Sie hob nur den Korb auf, der auf den Boden gefallen war, und reichte ihn Eithne.

»Wie viele Menschen hast du eigentlich schon getötet?«, fragte diese neugierig, anstatt den Korb zu nehmen.

Róisín war versucht, ihr den Korb auf den Kopf zu setzen, wollte allerdings nicht zugeben, wie sehr ihr die Frage zusetzte. »Zwei«, sagte sie, nicht mehr.

Eithne zog ihre Brauen hob. »Krieger? Bauern? Oder bloß Alte und Kranke?«

Róisín drückte ihr den Korb in die Arme. »Dort hinten wachsen Brennnesseln.«

Zwar hatte sie auch andere Pflanzen in diesem Waldstück gesehen, doch Brennnesseln zu pflücken würde am meisten schmerzen.

Eithne grinste schief. »Ich habe gehört, man kann aus den Samen der Brennnesseln Liebestränke brauen. Wenn man sie obendrein mit Pfefferkörnern mischt, wird jeder Mann, der davon kostet, zum Tier.«

»Oh, Tiere gibt es unter den Rittern des Roten Zweiges genug. Auerochsen, Esel, Rinder …«

»Du scheinst keine hohe Meinung von ihnen zu haben.«

»Und du scheinst keine gute Erfahrung mit ihnen gemacht zu haben, wenn du denkst, sie hätten einen Liebestrank nötig.«

»Nun ja, eine gewisse Ausdauer kann ich nicht leugnen.« Eithne machte keine Anstalten, Brennnesseln zu pflücken, weswegen Róisín sie am Nacken packte und dorthin schob, wo sie wuchsen. »Die Brennnesseln werden wir unters Bier mischen, damit es nicht schlecht wird. Bärlapp könnten wir auch gebrauchen. Er sieht aus wie …«

»Ich weiß, wie Bärlapp aussieht.«

»Aber weißt du auch, wogegen er hilft?«

»Kopfweh?«, riet Eithne.

»Unsinn. Wenn man ihn verbrennt, heilt der Rauch Augen, die zu trocken sind oder zu häufig tränen. Damit er seine Wirksamkeit entfalten kann, muss man ihn allerdings in ein weißes Tuch hüllen, sobald man ihn pflückt.« Eithne lachte, war doch nichts, was in Berührung mit ihrem Körper gekommen war, noch weiß. Róisín hatte auch kein weißes Tuch dabei, doch sie ging darüber hinweg. »Außerdem wächst dort hinten Beifuß. Der wässrige Auszug aus den Blütenknospen hilft gegen Husten. Die rötlichen Stängel wiederum …«

»Stimmt es, dass sie die monatliche Blutung der Frau verhindern können?«, fiel Eithne ihr ins Wort.

»Nein«, sagte Róisín barsch, »sie sorgen allenfalls dafür, dass die Blutung regelmäßig kommt.«

Sie stieß Eithne förmlich in die Brennnesseln, und diese rupfte immerhin ein paar aus, obwohl sich ihre Hände prompt röteten und im Nu mit kleinen Pusteln übersät waren. Róisín lächelte anerkennend, weil Klagen ausblieben, aber ihr Lächeln erstarb, als Eithne unvermittelt fragte: »Mit welchen Pflanzen kann man eigentlich ein Kind abtreiben?«

Róisín erstarrte. Sie musterte Eithnes Leib, konnte unter dem unförmigen, nur notdürftig mit Lederbändern zusammengehaltenen Kittel aber nicht erkennen, ob er gerundet war.

»Trägst du etwa ein Kind?«

»Nein, aber ich will für diesen Fall vorsorgen.«

Róisín riss selbst eine Brennnesselstaude aus, ignorierte das Brennen, schlug Eithne damit ins Gesicht, bis deren Locken flogen und sich auch auf ihrem Gesicht kleine Pusteln bildeten.

»Deshalb wolltest du von mir die Heilkunst erlernen!«, fuhr sie die andere an. »Nicht etwa, um anderen zu helfen, sondern um bei Männern zu liegen, wie es dir passt, ohne Angst vor den Folgen haben zu müssen!«

Eithne ließ die Schläge stoisch über sich ergehen. »Sag mir nicht, dass du es für eine Sünde hältst.«

Róisín ließ die Brennnesseln fallen, stapfte über sie hinweg, bückte sich im Schatten eines der Bäume, wo weitere Pflanzen wuchsen.

»Ringelblume wirkt bei Entzündungen, Bärenklee gegen Kopfschmerz …«

»Die Mutter von Cú Chulainn, dem größten Helden Irlands, war schon einmal schwanger, bevor sie ihn empfing«, sagte Eithne. »Sie wälzte sich auf den Bauch und spuckte das Kind wieder aus.«

Róisín ging nicht darauf ein. »Und dort hinten wächst …«, begann sie.

Sie kam nicht weiter, denn Eithne war ihr lautlos gefolgt und stieg ihr blitzschnell aufs Kleid. Róisín zuckte zusammen, als es riss, und sie erschauderte noch mehr, als die kalte Luft sie traf. Unwillkürlich schlug sie die Hände vor ihren Leib. So dürr und sehnig er war, sah man gleich, dass er zwischen Nabel und Scham gewölbt war.

Eithne starrte mit anzüglichem Lächeln triumphierend auf ihren Bauch. »Wusst' ich's doch. Du trägst ein Kind.«

Róisíns Hand fuhr zu ihrem Messer, doch anstatt es zu ziehen, besann sie sich anders. Sie raffte nur den zerrissenen Stoff zusammen.

»Wehe«, setzte sie an.

»Nur deshalb habe ich vorhin mit dir gerangelt«, erklärte Eithne seelenruhig. »Vor jedem anderen wäre ich geflohen. Dich wollte ich berühren, um herauszufinden, ob ich mit meiner Vermutung richtiglag. Desgleichen vermute ich, dass du das Kind loswerden könntest, wenn du es denn wolltest. Sagst du mir, wie?«

Róisín hatte nicht übel Lust, der anderen noch einmal mit Brennnesseln ins Gesicht zu schlagen. Stattdessen knurrte sie: »Du musst Rizinusöl und Pflaumensaft in großen Mengen zu dir nehmen.«

Sie ging davon, doch Eithne lief ihr nach und stellte sich ihr in den Weg. »Davon bekommt man nur Durchfall.«

»Und den hast du auch verdient. Vor allem, wenn du irgendjemandem verrätst, dass ich ein Kind erwarte.«

»Dann weiß es Ascall also nicht?«, fragte Eithne neugierig.

Róisín biss sich auf die Lippen, wusste aber, dass sie ihre Worte nicht mehr zurücknehmen konnte.

»Nun, ich werde ihm ganz sicher nichts sagen, wenn du mir im Gegenzug anvertraust, wie man ein Kind abtreibt«, setzte Eithne an.

»Dafür brauchst du die gelbe Blume, die dort hinten wächst.«

Eithnes Augen leuchteten. »Na also«, triumphierte sie, ehe sie zu dem Fleckchen Erde zwischen zwei mächtigen Ahornbäumen schritt. Kaum bückte sie sich und streckte die Hand nach der Blume aus, stieg Róisín ihr mit einem Fuß auf die Hand und stieß ihr den anderen in den Bauch, und sobald Eithne sich krümmte, trat sie ein zweites Mal zu, dieses Mal auf den Rücken, sodass Eithne mit dem Gesicht voran in den Dreck fiel. Róisín stellte ihr einen Fuß auf den Nacken.

»Hör mir gut zu, Mädchen«, zischte sie. »Du kannst von mir die Heilkunst erlernen oder die Latrinen putzen – du hast die Wahl. Wenn du dich aber für Ersteres entscheidest, werde ich dir zunächst beibringen, wie man Menschen heilt, und dann erst, wie man sie tötet. Hast du verstanden?« Róisín nahm den Fuß zurück, allerdings nur, um ihn auf Eithnes Hinterkopf zu stellen und ihr Gesicht noch tiefer in die Erde zu drücken. »Um zu verhindern, dass ein Balg in dir wächst, musst du jeden Tag einen Sud aus Weidenblättern, Beifuß und Kamille trinken. Aber der hilft dir nicht, wenn du schon nicht mehr blutest. Im Übrigen werde ich Ascall noch heute sagen, dass ich ein Kind erwarte. Denk also nicht, du könntest mich erpressen.« Eithne keuchte schwer, und endlich nahm Róisín den Fuß weg, allerdings nur, um wieder das Messer hervorzuziehen. Sie führte es nicht an Eithnes Kehle, sondern schnitt eine ihrer Strähnen ab. Sie waren kräftiger als ihre eigenen und von einem hellen Rot. »Das nächste Mal, wenn du mich zu übertölpeln glaubst, schneide ich dir einen Finger ab«, drohte sie und warf die Locken auf den Boden.

Ehe der Wind sie verwehte und Eithne sich wieder erhoben hatte, war Róisín im Dickicht verschwunden.

Róisín ging zunächst in Richtung Dún Fionn, doch ehe die runden Mauern zu sehen waren, bog sie ab und nahm einen schmalen Weg durch ein Dickicht, der zu einer dicken, alten Eiche führte. Sie sank auf die Knie, berührte das Fleckchen nackter Erde, streichelte es regelrecht. Die Erinnerungen streichelten sie indes nicht, sie schlugen mit ganzer Härte zu. Übermächtig wurde das Bild, wie sie einst, knapp vier Jahre zuvor, mit zwei Tannenzapfen in den Händen an gleicher Stelle gehockt, ein Loch in die Erde gegraben und die Tannenzapfen darin verscharrt hatte …

Mit den Tannenzapfen war sie aus dem Westen gekommen – von jenem breiten Fluss, der Breifne und Connacht trennte. Eine Weile hatte sie dort mit Ascall gelebt, hatte davon geträumt, dass zwar nicht die Insel, aber sie beide Frieden finden mochten, und hatte ein Kind empfangen. Dann war Ascall seinem tot geglaubten Bruder begegnet, hatte ihm versprochen, die Ritter des Roten Zweiges anzuführen und Irland von den Normannen zu befreien, zu dem Preis, dass er sie hatte zurücklassen müssen.

Róisín hatte ihn kampflos gehen lassen, hatte dennoch weiterhin geträumt – wenn auch nicht vom Frieden, nur davon, dass ihr Kind stark und gesund sein würde und sie ihm später von seinem Vater, einem noch größeren Helden als Cú Chulainn, würde erzählen können. In den kriegerischen Zeiten, die gefolgt waren, waren allerdings weder Helden geboren worden noch starke, gesunde Kinder, zumindest nicht von Frauen, die allein im Wald lebten und dort fast verhungerten.

Im Herbst hatte sie das Kind empfangen, im Sommer hätte es geboren werden sollen, doch schon an einem kalten Frühlingstag war sie in einer Lache erwacht. Sie hatte die Flüssigkeit für Blut gehalten, bevor sie feststellen musste, dass es nur durchsichtiger Schleim war. Auch das winzige Kind, das nach heftigen Krämpfen aus ihr geflutscht war, war nicht rot gewesen, sondern gelblich wie Wachs. Wäre es etwa wärmer gewesen, davon war sie überzeugt, wäre es in ihren Händen geschmolzen.

Bild um Bild spuckte ihr Gedächtnis aus, erinnerte sie daran, was an jenem Tag noch geschehen war.

Es war nicht warm, es war kalt im Wald und vor allem in ihrem Herzen, als sie die Nabelschnur durchbiss und das Kind in die Arme nahm. Sie schrie es an: »So leb doch!« Aber das Kind schrie nicht zurück. Als sie nicht mehr schreien konnte, begann sie, ihm Geschichten von seinem Vater und von Cú Chulainn zu erzählen, irgendwann hörte sie auch damit auf. Die Geschichten von Helden waren ja doch alle Lügen, und wenn sie ihm schon kein Leben einhauchen konnte, hatte ihr winziges totes Kind wenigstens die Wahrheit verdient.

Sie sprach die Wahrheit mit kaltem Herzen und noch kälterer Stimme aus: »Die Iren werden die Insel niemals von den Normannen befreien.«

Als hätte sie mit ihren Worten die ferne Schicksalsmacht herausgefordert, schickte diese just in der Stunde, als sie ihr Kind begrub, normannische Ritter in den Wald. Nie zuvor hatten sie sich so weit in den Westen gewagt. Später erfuhr Róisín, dass in dieser Zeit König Tigernán von Breifne ermordet worden war und die Truppe auch den Hochkönig, Ruari O'Connor, abschlachten wollte. Sie lief davon, ehe sie sie erwischten, und als sie nach zwei durchwachten Nächten zurückkehrte, war sie nicht sicher, ob sie ihr Kind wirklich an dieser Stelle begraben hatte. Eigentlich hatte sie es wieder ausgraben wollen, um sich dessen zu vergewissern, aber plötzlich hatte sie keine Kraft mehr dafür. Und eigentlich hatte sie vorgehabt, aus vier Tannenzapfen ein Kreuz zu binden, doch sie fand nur zwei, und diese zwei hielt sie fest in den Händen, als sie sich auf den Weg nach Dún Fionn machte, weil ihr kein anderer Ort einfiel, an dem sie in Sicherheit sein würde.

Sie hatte keine Ahnung, ob sie es wagen sollte, Ascall tatsächlich unter die Augen zu treten. Sie wusste erst recht nicht, ob sie ihm von dem Kind würde erzählen können. Noch ehe sie eine Entscheidung treffen konnte, stieß sie auf Ailillán – und das an dem Tag, als jene Normannen, denen sie im Wald begegnet war, einen Ritter des Roten Zweiges schwer verwundet hatten.

Róisín sah mit einem Blick, dass Ivarr seine Beine nie wieder gebrauchen würde, aber sie erklärte selbstbewusst, dass es ein Leichtes sei, ihn zu heilen. Als feststand, dass ihr das nicht gelingen würde, konnte Ailillán sie in seiner Wut nicht mehr töten, denn schon erreichte Ascall die Truppe. Er starrte erst Ivarr an, dann sie, erkannte sofort, dass Ivarr gelähmt war, und nicht minder schnell, dass sie noch lebte. Er brauchte etwas länger, um seiner ersten Regung nachzugeben, doch dann stürzte er auf sie zu, zog sie an sich, küsste sie, schien sie nie wieder loslassen zu wollen. Er lachte und weinte zugleich und schämte sich dafür, als er seiner Sinne wieder mächtig war. Sie loslassen, sie gar wieder wegschicken und sich die Liebe zu ihr weiterhin verbieten, wollte er gleichwohl nicht.

»Wir … Wir brauchen eine Heilerin in unserer Mitte«, beschied er seinen Bruder knapp.

Ailillán musterte sie hasserfüllt, aber sagte nichts.

Róisín musterte Ascall voller Liebe und sagte auch nichts.

Sein Gesicht war so wächsern wie das ihres toten Kindes, in seinem Blick standen Gewalt, Schmerz und Tod. Auf seinem Körper, schmächtig, gleichwohl wie gestählt, schien ein Schatten zu liegen. Sie wusste, sie würde bei ihm bleiben, sie würde ihn lieben, sie würde ihn küssen – nur von ihrem Kind erzählen würde sie nicht. Es machte ihr nichts aus, wenn Ascalls Schatten auf sie fiel, ihr Kind aber sollte als Stern am Himmel stehen und nicht von der Schwärze – seiner wie ihrer – verschluckt werden.

Róisín begrub die Tannenzapfen heimlich in der Nähe von Dún Fionn und erzählte ihm auch nichts von den beiden Kindern, die sie in den nächsten Jahren empfing und die sie tötete, als sie noch Wesen, kaum größer als Tannenzapfen waren. Beim ersten Mal blutete sie so stark, dass sie fast gestorben wäre, beim zweiten Mal litt sie wochenlang unter Krämpfen. Aber diese Schmerzen an Leib und Seele, diese vielen Lügen, die sie aussprechen musste, um Ascall nicht misstrauisch werden zu lassen – auch an diesem Morgen, da sie sich ihm entzogen hatte, um den gewölbten Leib vor ihm zu verbergen –, waren ihr immer noch lieber als die Vorstellung, erneut ein totes Kind zu gebären und ihm vergebens zu befehlen, dass es leben sollte.

Tränen versickerten in der Erde … sinnlose Tränen … unnötige Tränen. Sie würden sie nicht davon abhalten, auch nun wieder das Notwendige zu tun – nämlich die Samen der Herbstzeitlose zu sich zu nehmen, die Beeren vom Seidelbast, den Saft des grünen Bilsenkrauts.

Während sie in ihrer Ledertasche kramte, war sie sich nicht sicher, welche Dosis sie zu sich nehmen sollte, um nur das Kind, nicht sich selbst zu töten. Die Schwangerschaft war weiter fortgeschritten als die letzten, ihr Leib fast so dick schon wie bei der ersten … Und schwerfällig war sie … so schwerfällig … Sie hätte sonst nicht so lange gebraucht, um aufzustehen, als sie plötzlich etwas hörte.

Da war ein … Knacken im Unterholz. Ein Knacken, wie es nicht von Tieren, nur von Menschen kam.

Ihre Nackenhärchen stellten sich auf, in ihrer Kehle wuchs ein saurer Knoten. Róisín versuchte ihn zu schlucken, versuchte sich zu sagen, dass es entweder ein Reh war, ein Mann, der dieses jagte, oder Eithne, die ihr gefolgt war. Doch der Knoten schwoll an, und als sie herumfuhr, sah sie kein Reh, keinen Mann, keine Eithne. Da war ein Schatten … der Schatten des Todes … der Schatten des Krieges … Nur dass er dieses Mal nicht an ihr oder Ascall haftete, nein, er machte einen Satz auf sie zu. Der Schatten gehörte zu einem Menschen, doch ehe sie diesem ins Gesicht sehen konnte, wurde ihr ein Sack über den Kopf gestülpt. Im nächsten Moment spürte sie einen heftigen Schlag am Hinterkopf, dann war da nur noch Schwärze.

Als sie aufwachte, fand Róisín sich in einer Lache wieder. Sie war überzeugt, dass sie das Kind verloren hatte, und wurde kurz von Erleichterung durchflutet, weil sie es nicht selbst hatte töten müssen. Bald verriet ihr aber der scharfe Gestank, dass sie nicht in ihrem Blut, sondern in ihrer Pisse lag.

Wie beschämend.

Sie erkannte, dass sie in einem hölzernen Wagen lag, und da die Männer auf den Pferden, die ihn zogen, Normannisch sprachen, wusste sie, dass es das Letzte war, dessen sie sich schämen müsste. In einem Wagen wie diesem, niedrig und mit Leder umspannt, damit keine Feuchtigkeit ins Holz dringen konnte, wurden für gewöhnlich Waffen transportiert – und offenbar sollte auch sie zu einer Waffe werden, nämlich zu einer, die sich tödlicher als jedes Schwert auf Ascall richten würde.

Na, da roste ich lieber.

Róisín versuchte sich aufzurichten, aber stieß sich die Stirn an, versuchte sich zu strecken, aber stieß auch mit den Knien auf Widerstand. Nur die Hände zum Mund heben, das konnte sie. Gottlob war sie nicht gefesselt. Sie tastete nach dem Gürtel, der noch um ihren Leib gebunden war, tastete nach dem Säckchen, das noch an dem Gürtel hing, tastete nach den giftigen Beeren und Samen, die sich darin befanden und die ausreichen würden, um sie zu töten. Die einzige Entscheidung, die es jetzt noch zu treffen galt, war, entweder alles gleichzeitig in den Mund zu stecken oder alles einzeln, um den Geschmack auszukosten. Selbst wenn es so sauer wäre, dass sich ihre Zunge zusammenzöge, oder so bitter, dass ihr der Mund davon trocken würde – es war immerhin das Letzte, was sie schmecken dürfte.

Bevor sie eine Entscheidung traf, hörte sie ein Knirschen – zuerst das der Räder, die sich plötzlich nicht mehr drehten, dann das der ledernen Abdeckung, die unvermittelt zur Seite gezogen wurde. Licht schnitt ihr in die Augen und schmerzte wie die Verletzung am Hinterkopf. Anstatt das Säckchen zum Mund zu führen, verschwendete sie den wertvollen Augenblick, um die Augen abzuschirmen – und dann war es zu spät. Schon beugte sich ein Mann über sie, entriss ihr das Säckchen, roch daran.

»Was ist das?«, fragte er.

Róisín beherrschte seine Sprache gut genug, um ihn nicht nur zu verstehen, sie konnte auch spöttisch entgegnen: »Brennnesseln und Pfefferkörner, um daraus einen Liebestrank zu brauen.«

Eithne hätte gegrinst, der Mann starrte nur stirnrunzelnd auf sie. Genau betrachtet war er kein Mann, er war ein Ritter, wie sein Kettenhemd, der silbern glänzende Arm- und Beinschutz und der kegelförmige Eisenhelm bewiesen. Er roch noch einmal am Ledersäckchen, leerte den Inhalt lediglich aus und gab ihr danach das leere Säckchen zurück.

Wie großzügig.

Als sie es wieder an den Gürtel binden wollte, spürte sie dort etwas Hartes.

Richtig, ihr Messer … Sie hatten es ihr nicht abgenommen.

Noch ehe sie es ziehen konnte, packte der Ritter ihre Hand, und das so schmerzhaft fest, dass sie gar nicht anders konnte, als das Messer in die Pisse fallen zu lassen. Róisín schrie ihren Schmerz heraus, auch die Erleichterung, dass sie noch leben durfte, die Scham, weil sie diese Erleichterung zu ihrer Überraschung fühlte.

»Himmel, warum bist du so erpicht darauf zu sterben, Mädchen?«

Sie richtete sich auf, um nicht wie ein Käfer vor ihm zu liegen. »Ich kann mir denken, wer dich schickt. Amaury de Saint-Taurin versucht seit vielen Monaten, Ascall von Tooras habhaft zu werden. Wahrscheinlich denkt er, dass ihm das endlich gelingen wird, wenn er mich in seiner Gewalt hat.«

Und wahrscheinlich liegt er damit nicht falsch.

Der Ritter blickte sie nachdenklich an, wirkte mit einem Mal sehr jung und unerfahren. Vielleicht war er nur ein Knappe und kein Ritter.

»Ich heiße Guy FitzMartin«, sagte er leise, »ich komme nicht in Saint-Taurins Namen.«

»Dann schickt dich eben Strongbow«, murmelte sie.

Strongbow hieß eigentlich Richard de Clare, aber weder Freund noch Feind nannte ihn so, wohl noch nicht mal König Henry, der ihm einst alles eroberte Land auf der Insel weggenommen hatte, um es ihm eine Weile später wieder zurückzugeben – wenn auch unter der Voraussetzung, dass er nicht Herr dieses Landes, sondern nur sein Statthalter war. So oder so war Strongbow der mächtigste Normanne Irlands.

»Nein«, sagte Guy FitzMartin. »Ich komme auch nicht in Strongbows Auftrag ... Ich komme, weil es seine Frau befohlen hat ... Aoife.«

»Aoife?«

Róisín kannte den Namen, kannte auch das Gesicht dazu – zumindest das des jungen Mädchens, das die irische Prinzessin einst gewesen war, ehe ihr Vater sie mit einem normannischen Ritter verheiratet hatte. Wahrscheinlich war sie schon lange kein junges Mädchen mehr, nur mehr eine verhärmte Frau ... Desgleichen sie sich selbst verändert hatte, nicht mehr von Freiheit träumte wie damals, nur vom Überleben. Welcher Traum war unsinniger?

FitzMartins Stimme riss sie aus den Gedanken. »Aoife braucht deine Hilfe«, erklärte er. »Man erzählt sich selbst in Dublin Geschichten von jener Frau, die unter den Rittern des Roten Zweiges lebt und deren Heilkunst an die der alten Druiden herankommen soll.«

Róisín ließ sich wieder in den Wagen fallen. »Ist Aoife etwa krank? Oder sind ihre Kinder es? Ich habe gehört, sie hat zwei geboren.«

Und nicht zwei getötet wie ich.

Guy FitzMartin zuckte mit den Schultern, sagte aber nichts.

»Oder geht es um Strongbow? Bedarf etwa er meiner Heilkünste? Aoife muss verrückt sein, wenn sie glaubt, ich würde einen von Ascalls Feinden heilen!«

Der andere zuckte wieder mit den Schultern. »Was sie von dir erwartet, muss Aoife dir selbst erklären. Meine Aufgabe ist nur, dich nach Dublin zu bringen und dafür zu sorgen, dass es dir auf dem Weg dorthin wohl ergeht.«

Der Ritter schien seltsame Vorstellungen von ihrem Wohlergehen zu haben, denn jäh erhob er die Faust. Róisín legte schützend die Hände an ihren Bauch – wenn jemand ihr Kind tötete, dann sollte sie das selbst sein, kein Fremder –, doch er rammte sie nicht in ihren Bauch, er ließ sie gegen ihren Kopf donnern, und die Welt versank wieder in Schwärze.

Amaury

Die Bettstatt war so breit, dass sechs Menschen darin hätten schlafen können, doch es lag nur ein Mann darin, der unter etlichen Fellen und Leintüchern zu versinken schien. Seine Schmerzen hatte man ihm nicht nehmen können, die stinkende Wunde, die diese verursachten, nicht heilen. Es war jedoch gelungen, ihn zu wärmen – zumindest bis vor einer Stunde. Da war Richard de Clare, genannt Strongbow, gestorben.

Aoife, der Witwe des Toten, schien der Gestank seiner Wunde nichts anhaben zu können. Sie hockte neben ihm und drückte ihr Gesicht auf seine Brust, sodass nur eine Flut roten Haares zu sehen war, indes Basilia, Strongbows Schwester, Abstand hielt und lediglich ein Kreuzzeichen schlug.

»Vor einigen Tagen hat sich die Wunde am Bein entzündet«, raunte sie Amaury zu, den sie in das Gemach begleitet hatte, »der Arzt hat ihm vorgeschlagen, es abzuschneiden, doch er weigerte sich so lange, bis es zu spät war. Als ihn das Fieber verrückt machte, hat er es selbst versucht – wir mussten ihn fesseln, um es zu verhindern.«

Amaury entdeckte rote Spuren am Handgelenk des Toten. Wer immer seine Fesseln gelöst hatte – ein Mann war es nicht gewesen. Er selbst war der Erste gewesen, der nach Strongbows Tod den Raum betreten hatte, dessen Schwager Raymond le Gros, sein Onkel Hervey de Montemarisco und sein Beichtvater Lorcan O'Toole, der Bischof von Dublin, hatten in der Halle verharrt.

Basilia schlug wieder ein Kreuzzeichen und begann, das *Requiem aeternam* zu beten, in das die beiden illegitimen Töchter von Strongbow einstimmten. Eine hieß ebenfalls Basilia, stand über den Kamin gebeugt und warf Scheite ins Feuer, obwohl die Luft ohnehin schon zu brennen schien.

Amaury trat zu ihr und nahm ihr ein Holzscheit weg. »Es ist warm genug. Ich wäre gern eine Weile mit Aoife allein.«

Die ältere Basilia gehorchte sofort, die jüngere erst, nachdem sie aufgeschluchzt hatte. Ihnen folgte Adelina, Strongbows zweite Tochter, deren Gesicht so bleich wie das des toten Vaters war.

Amaury trat an die breite Bettstatt, konnte unter der Haarflut zwar nicht Aoifes Gesicht erkennen, aber die weißen Handschuhe mit Goldstickereien, die sie trug. Sie hatte winzige Hände … die Hände eines Kindes … und wahrscheinlich fühlte sie sich nach dem Tod ihres Gatten verloren wie ein solches.

Armes Mädchen.

»Dein Gemahl hatte kein leichtes Leben«, murmelte Amaury, »aber du kannst stolz auf ihn sein. Er vermochte noch jede Niederlage in einen Triumph zu verwandeln.« Der König hatte Strongbow einst große Teile seines Besitzes in Wales entzogen, weil sein Vater ihm untreu geworden war, doch er hatte einfach neues Land in Irland erobert und – auf dass er es behalten könnte – eine irische Prinzessin geheiratet. König Henry war ihm dorthin gefolgt, hatte ihm die irische Prinzessin gelassen, aber das Land für sich beansprucht. Strongbow hatte sich erneut nicht einfach geschlagen gegeben. Im Krieg gegen Frankreich hatte er Henry ein Jahr später seine Treue und sein taktisches Geschick bewiesen, woraufhin der König ihm die Verantwortung für jene irischen Gebiete übertrug, die unter Normannenherrschaft gefallen waren. Leider hatte Strongbow diese Gebiete kaum vergrößern können, denn wenn man eine irische Ratte erschlug, kamen zwei weitere aus ihren Löchern gekrochen. Gleichwohl erklärte Amaury: »Dein Mann war ein tapferer Ritter und ein hervorragender Statthalter.« Aoife rührte sich kein Jota, selbst dann nicht, als Amaury sich über sie beugte: »Mir scheint, man sollte das Fenster öffnen …

Die Luft ist so schwer. Und mir scheint, du hast nun lange genug bei deinem toten Gemahl ausgeharrt … Der Anblick seiner grässlichen Wunde ist nichts, dem sich eine edle Dame aussetzen sollte.«

Aoife richtete sich auf, ohne den Toten loszulassen. Ihr Gesicht war so weiß wie die Handschuhe, die Brauen so golden wie die Stickereien, ihre Lippen zu schmal, um zu erkennen, ob sie rosig waren. Jedenfalls verzogen sie sich zu einem freundlichen Lächeln, ehe sie mit sanfter Stimme erklärte: »Du denkst, ich ertrage den Anblick einer schwärenden Wunde nicht und noch weniger den Gestank von verwesendem Fleisch? Du kennst mich schlecht, Amaury de Saint-Taurin. Mein Vater Diarmait MacMurchada, der König von Leinster, hatte nicht nur eine Wunde, sondern ein Dutzend, als er starb. Es hat mich nicht abgehalten, bei ihm zu bleiben.«

Ihr Lächeln wurde breiter, indes Amaury die Brauen hochzog.

Sie ist ja doch kein Kind – zumindest kein liebes.

Aoifes blaue Augen schienen ihn zu durchbohren, während sie langsam einen Handschuh auszog und ihren Zeigefinger in die Wunde des Toten bohrte, bis Eiter hervortrat. »Ich habe in die blutigen Löcher gesehen, die von den Augen meines Bruders Énna geblieben sind, nachdem ihn unsere Feinde geblendet hatten«, fuhr sie fort. »Und ich habe die Leiche meines Bruders Connor betrachtet, den der Hochkönig enthaupten ließ. Sein Kopf war nicht dabei. Aber ich habe den meines Bruders Domhnall gesehen, nachdem die O'Nolans ihn abgeschlagen hatten. Sie haben ihn aufgehängt, bis die Raben alles Fleisch abgefressen haben.«

»Nun«, murmelte Amaury und wich kaum merklich zurück, »wenn nur mehr Knochen geblieben sind, wird dieser Kopf wohl kaum gestunken haben.«

Aoifes Lächeln schwand, ihre Miene wurde ausdruckslos. »Als mein Vater im Sterben lag, hieß es, der heilige Columcille würde ihn für sein Bündnis mit König Henry strafen.

Meinen Gemahl dagegen, so hört man munkeln, habe die heilige Brigid geschlagen.«

»Glaubst du das?«

»Hm«, machte sie. »Ich glaube nur, dass grässlicher Gestank selbst in Nasen von Heiligen nicht zu Rosenduft wird.«

Sie zog den Finger aus der Wunde, schlüpfte wieder in den Handschuh, presste ihr Gesicht an den Leichnam, ja, klammerte sich regelrecht an ihn.

Amaury unterdrückte ein Seufzen. Eigentlich hatte er gehofft, dass sie sich an *ihn* klammern würde – den neuen Statthalter von Irland, wenn sich seine Hoffnungen denn erfüllten. So musste er zu anderen Maßnahmen greifen.

Er trat kurz vor die Tür, sog tief die kalte Luft ein, erteilte einem Pagen einen Befehl. Wenig später kam der mit einer feisten Frau zurück. Auf einem Arm trug sie ein Kleinkind, an der Hand hielt sie ein Mädchen. Es versteckte sich hinter ihr, sobald Amaury sie in den Raum winkte, was die Dicke nicht davon abhielt, seinem Befehl zu folgen. Über ihrer bebenden Oberlippe bildeten sich Schweißperlen.

»Großer Gott sei uns gnädig«, stieß das Weib auf Irisch aus, als es den Toten erblickte.

So, so, dachte Amaury, Aoife will, dass ihre Kinder irische Milch trinken, keine normannische …

Sehr stark hatte diese Milch sie nicht gemacht. Das Mädchen versteckte sich weiterhin, der Knabe öffnete den Mund, stieß aber kein lautes, forderndes Gebrüll aus, sondern das Miauen einer Katze. Aoife hob erst nach etlichen Augenblicken den Kopf, als müsste sie sich mühsam besinnen, dass das Miauen von einem Kind kam und dieses ihr Sohn war. Sie runzelte die Stirn.

»Sie sind noch so klein«, murmelte sie.

»Sie müssen sich gleichwohl gebührend von ihrem Vater verabschieden«, bestand Amaury. »Gilbert zuerst, dann Isabel.«

Amaury nickte der Amme zu, und als die sich nicht rührte, zerrte er sie einfach zur Bettstatt. Das Miauen schwoll an, riss aber abrupt ab, sobald das Weib das Kind zum Toten legte. An diesem war es zwar nicht interessiert, doch es betrachtete eingehend die Holzschnitzereien am Kopfbrett, ehe es wild mit den Beinen zu strampeln begann. Richtig … irische Ammen hüllten die Kinder nicht in Tücher ein, auf dass sie gerade wuchsen wie die normannischen, sie ließen der Natur ihren Lauf.

»Ich denke, es genügt«, sagte Amaury. Bevor sie das Kind wieder an sich nahm, rang die Amme eine Weile mit dem Mädchen, weil dieses sie einfach nicht loslassen wollte. Schließlich versetzte sie ihm einen Stoß, sodass es gegen eine der schweren Kisten im hinteren Teil des Raumes stieß, nahm den kleinen Jungen wieder auf den Arm und vergrub ihr Gesicht in seinem Nacken. Sie atmete tief den süßen Geruch ein, dann floh sie aus dem Raum, indes Isabel sich zitternd an die Truhe presste. »Komm näher!«, befahl Amaury.

Das Mädchen starrte ihn unverwandt an, Aoife auch. Die Tochter glich ihr bis aufs Haar, war nur viel kleiner und noch zarter und hatte noch nicht gelernt, den Gestank des Todes zu ertragen. Als Amaury sie packte und zur Bettstatt zerrte, stieß auch sie einen Schrei aus, der wie ein Miauen klang … Nein, wie das Fiepen einer Maus – oder einer Ratte. Sie strampelte heftig, traf sein Schienbein, doch das hielt ihn nicht davon ab, ihr Gesicht auf das des toten Vaters zu pressen, damit sie einen widerwilligen Kuss darauf hauchte. Als er sie endlich losließ, ging das Fiepen in lautloses Schluchzen über.

Aoife rümpfte sichtlich angewidert die Nase. »Du kannst jetzt gehen, Isabel«, sagte sie leise.

Isabel verharrte, woraufhin Amaury sich vorbeugte und ihr die Tränen abwischte. Doch just in dem Augenblick, da er ihre Lippen erreichte, öffneten sich diese, und sie biss ihm in den Daumen, bis Blut quoll. Er gab keinen Schmerzenslaut von sich, lächelte nur nachsichtig.

»Du irrst, wenn du denkst, ich schmecke anders als der Tod«, sagte er sanft.

Das Mädchen riss sich los und floh endgültig aus dem Zimmer, während Aoife ihn missbilligend ansah. »Es wäre meine Aufgabe gewesen, sie dazu zu zwingen.«

»Aber es ist meine Aufgabe, den Frieden in diesem Land zu sichern.«

Ihr Lachen zerriss den Gestank. »Frieden?« Sie deutete auf den Toten. »Der Frieden hat meinem toten Mann viel voraus … Er ist schon seit Langem verwest.«

»Wie es auch sei … Die Iren dürfen nichts von Strongbows Tod erfahren. Ruari O'Connor würde sich dem Vertrag von Windsor womöglich nicht mehr verpflichtet fühlen, Domhnall O'Brian von Thomond wiederum würde in jedem Fall zu den Waffen rufen. Dass wir ihm Limerick zurückgaben, wertet der Narr als Zeichen dafür, dass er uns besiegt hat. In Wahrheit soll ihn das nur ablenken, bis neue Truppen aus England kommen und König Henry seine Entscheidung kundtut, wer deinem Mann in Irland nachfolgen soll und wer seinen Besitz in Wales erbt.«

»Mein Sohn wird der dritte Earl von Pembroke sein!«, erklärte Aoife scharf.

»Dein Sohn ist noch winzig klein. Wenn er mit seinen Beinen um sich tritt, trifft er nur Luft.« Aoife machte kurz den Eindruck, ihn schlagen zu wollen, aber sie beherrschte sich. »Wenn der Nachfolger deines Mannes ein gutes Wort bei Henry einlegt, wird er ihn jedoch gewiss überzeugen können, dir die Ländereien anzuvertrauen«, fuhr Amaury fort.

»Und nun erwartest du, dass ich Henry schreibe und mich für einen ganz bestimmten Nachfolger stark mache?«

Amaury trat zum Fenster und öffnete es weit. Der Gestank des Toten drang nach draußen, der Gestank von Dublins Straßen drang herein. »Du magst deinen Vater sterben gesehen haben, die Wunden deines blinden Bruders ertragen und den Anblick von Rumpf und Kopf zweier weiterer Brüder erduldet haben. Du verstehst also viel vom Tod. Doch weißt du auch was vom Leben?«

»Ich weiß, dass es genauso stinken kann.«

»Am meisten, sagt man, stinkt der Verrat. Da du Gestank aber nicht scheust, könntest du mir doch alles anvertrauen, was du über die Iren weißt, oder? Du bist eine Prinzessin von Leinster, du kennst dieses Land besser, hörst mehr als unsereins. Vielleicht erzählt man dir, was die Ritter des Roten Zweiges planen, vielleicht hast du einen Einfall, wie man ihrer habhaft werden kann. König Henry ist es völlig gleich, wen du dir als Nachfolger deines Mannes wünschst, ich hingegen würde gern hören, was du mir zu sagen hast.«

Aoife starrte ihn lange an. »Ich werde darüber nachdenken«, murmelte sie, ehe sie ihr Gesicht wieder an den Toten presste.

Amaury lächelte wieder. »Ich lasse dich allein, es ist schließlich das letzte Mal, dass du deinen Mann umarmst.«

Sie hob den Kopf, erwiderte das Lächeln. »Wer weiß, vielleicht umarme ich ihn gar nicht, sondern will nur sicher sein, dass er auch wirklich tot ist.«

Nachdem er das Zimmer des Toten verlassen hatte, zog es Amaury dorthin, wo jener bald seine letzte Ruhestätte finden würde – in die Kathedrale im Zentrum von Dublin, die der Heiligen Dreifaltigkeit geweiht war und von jedem Christ Church genannt wurde. Amaury genoss die Stille, verneigte sich erst tief vor den Reliquien, dann vor dem großen Kreuz, an dem der Erlöser hing. Er sprach das Glaubensbekenntnis, jene lateinischen Worte, die jeder zu Christus sagt – *Credo in Deum …* Danach normannische Worte, die wohl nur er regelmäßig an ihn richtete: »Du bist genauso einsam wie ich.«

So lange wie sonst wollte er an diesem Tag allerdings nicht bleiben. Bald trat er wieder ins Freie, wo auf die Stille Gottes der Lärm des Lebens folgte, und kehrte wenig später auf die Burg von Dublin zurück, wo die Stille des Todes auf ihn wartete.

Einst hatte der König von Dublin hier gelebt, nun wohnte

der normannische Statthalter mit seinem Haushalt in dem Gemäuer aus grauem Kalkstein, an das sich hölzerne Baracken für die Ritter und die Bogenschützen anschlossen. Im Hof vor den Ställen war kaum ein Durchkommen. Vor allem die Männer, die einst unter Strongbow gekämpft hatten, darunter Raymond le Gros, hatten sich hier versammelt, und in ihren aschfahlen Gesichtern stand die Gewissheit, dass mit Strongbows Tod ihre beste Zeit in Irland vorüber war.

Amaury ging wortlos an ihnen vorbei.

»Warum bleibst du nicht bei ihnen?«, fragte Goll, der ihn eben entdeckt hatte und zu ihm aufschloss.

Amaury blieb nur kurz stehen. »Weil sie alle bedeutungslos sind. Keiner von ihnen wird Strongbows Nachfolger, keiner wird auch nur ein Wörtchen mitreden, wenn es gilt, diesen zu bestimmen.«

»Hast du etwas aus Aoife herausbekommen?«

»Noch nicht, aber bald wird sie mir anvertrauen, was immer sie weiß. Vorher gilt es etwas anderes zu erledigen.«

In der Halle war es nicht still. Die Männer, die sich hier versammelt hatten und nunmehr grölten, schmatzten, grunzten, waren allesamt nach Irland gekommen, als die große Eroberungswelle vorbei gewesen war und die vielen kleinen Kämpfe begonnen hatten. Alle hatten sie Strongbow gedient, doch niemand hatte ihn genügend gemocht, um seinen Verlust zu betrauern.

»Und diese hier?«, fragte Goll. »Werden diese mitreden?«

Amaury nickte unmerklich. Als er in die Mitte der Halle trat, verstummte das Grölen augenblicklich. Auf die Stille Gottes und die Stille des Todes folgte die Stille der Angst – das hoffte Amaury zumindest, als er den Blick erst über die Versammelten, dann über die üppig gedeckte Tafel schweifen ließ.

Nicht alle Speisen hatten bereits den Weg in den Mund gefunden. Krumen von Brot, halb volle Schalen von Austern, Knochen vom Kapaun und Schwan, an denen noch Fleisch hing, lagen auf Boden und Bänken.

»In dieser schweren Stunde will ich bei euch sein«, sagte Amaury.

Die Männer hatten sich erhoben, als er die Halle betreten hatte – nun traten sie zurück, sodass Amaury sehen konnte, dass hier nicht nur gefressen und gesoffen, sondern auch gespielt wurde. Im hinteren Teil der Halle hatten die Ritter kleine Speere auf einen Schild geschleudert – und das mit dem Ziel, so viele Speere wie nur möglich zu zerbrechen.

Eine Halle verwüsten, Waffen demolieren und fruchtbares Land zerstören – darin seid ihr gut.

Amaury lächelte, als er ruhig fragte: »Kann ich mit euch spielen?«

Niemand erwiderte sein Lächeln. Die Männer stießen sich gegenseitig an, warfen sich beschwörende Blicke zu. Schließlich trat ein Ritter vor, dessen Name Osbert war und dessen Mut ausreichte, um zu erklären: »Ich bin gerade meinem Gegner unterlegen. Sieh nur, mein Speer ist noch ganz. Nun gilt es, einen neuen Gegner zu finden.«

Amaury trat langsam auf ihn zu. »Ich könnte dieser Gegner sein.«

Osbert musterte ihn. Er war ein drahtiger Mann, allerdings mit dem Ansatz einer Wampe, die an einem Tag wie diesem gewiss nicht kleiner wurde, und er hatte so viel gegessen, dass er nun laut und vernehmlich rülpste und auf den Boden spuckte. Danach hob er seinen Speer und ließ sich von einem Pagen einen weiteren reichen, doch als Amaury danach greifen wollte, zog Osbert ihn zurück.

»Lass mich überlegen … Will ich wirklich mit dir spielen, Saint-Taurin? Natürlich bist du ein würdiger Gegner, aber noch lieber ist mir Stephen hier, der wie ich einst bei der Eroberung Limericks dabei war. In der Nacht davor hatten wir beide Angst, im Fluss Slaney zu ersaufen, und um die Angst zu vergessen, tranken wir Wein. Erst leerten wir ein ganzes Fass, dann füllten wir es wieder mit unserer Kotze. Stephen wäre fast kopfüber hineingefallen und ertrunken, ich dagegen hielt ihn fest, so wie er mich am nächsten Tag gehalten hat, als ich fast von den Fluten mitgerissen worden wäre. Tut mir leid, Saint-Taurin, aber ich spiele lieber mit einem, mit dem ich gekotzt habe.«

Nachdem er gesprochen hatte, drückte er jenem Stephen den zweiten Speer in die Hand, und obwohl der zunächst zögerte, griff er schließlich doch grinsend zu. Osbert grinste auch, ehe er sich auf den Wurf konzentrierte und als Erstes auf den Schild zielte, den der Page hielt. Er presste die Augen zusammen – Amaury kurz auch, sonst wäre ihm vielleicht die Miene entglitten. Er öffnete sie wieder, als Osberts Speer dicht an seiner Schläfe vorbeischoss, sodass er den kalten Luftzug spürte, doch er wich nicht zurück. Osberts Speer barst, der von Stephen verfehlte den Schild und blieb ganz.

»Und mit wem willst du dich jetzt messen?«, fragte Amaury ihn leise.

»Ach, weißt du«, Stephen schien seine Worte zu fressen, statt auszuspucken, denn bei jedem einzelnen ertönte ein eigentümliches Schmatzen. »Nach der Einnahme von Limerick musste sich Osbert ausruhen. Deshalb habe ich mit einem anderen, Perceval, meine Beute geteilt. Raymond hat uns darauf eingeschworen, immer alles gerecht zu teilen – die Schätze und die Weiber. Wie aber teilt man ein Weib? Einen Sack Goldmünzen kann man aufschneiden, auf dass sich ein jeder die Hälfte nimmt. Eine Frau kann man nicht aufschneiden, das heißt, man kann es schon, wenn man es allerdings täte, was finge man dann mit ihren Gedärmen an? Also ließen Perceval und ich die Frau, die uns blieb, lieber ganz und nahmen sie gleichzeitig. Einmal stieß er zu, einmal ich, und jeder umfasste eine Brust. Die andere Hand brauchten wir, um sie festzuhalten. Wie eine Irre hat sie sich gewehrt. Wir haben beide gleich viele Kratzer abbekommen, und wir haben sie hinterher gemeinsam erwürgt. Weißt du, ich spiele lieber mit einem, mit dem ich gerammelt habe.«

Er reichte jenem Perceval den Speer nicht, sondern warf ihn

ihm zu, und Perceval fing ihn geschickt auf, machte seinen Wurf, verlor gegen Stephen. Neben seinem Speer gab es nur noch einen weiteren in der Halle, der noch ganz war.

»Und gegen wen trittst du an?«, fragte Amaury nunmehr ganz heiser, schien seine Stimme doch an der Ablehnung, die ihm entgegenschlug, wie die Speere am Schild gebrochen zu sein.

»Gegen wen wohl?«, rief Perceval. »Gegen Griffin FitzWilliam natürlich! Jeder kennt ihn. Jeder behauptet auch, dass er König Tigernán von Breifne getötet hat. Du warst damals noch nicht hier, Saint-Taurin, aber ich kann dir gern davon erzählen. Eigentlich sollten wir mit Tigernán verhandeln, und obwohl der König von Breifne zu diesem Zeitpunkt längst zu alt war, um noch richtig zu pissen und richtig zu kauen, kämpfen konnte er noch. Zumindest glaubte er das. Er gab seiner Truppe den Befehl zum Angriff – übrigens das Letzte, was er in seinem Leben tat –, wenig später fiel er von einem Pfeil getroffen vom Pferd. Griffin behauptet, er hätte ihn abgeschossen, ich sage, dass ich es war. Noch neben Tigernáns Leichnam haben wir uns halb totgeprügelt. Ihm fehlt seitdem ein Ohrläppchen, ich habe seitdem eine krumme Nase. Aber wie es unter Männern so ist, wir versöhnten uns und schlugen Tigernán gemeinsam den Kopf ab. Ich spiele lieber mit einem, mit dem ich mich geprügelt habe.«

Griffin spuckte sich in die Hände, ehe er nach dem Speer griff. Er ließ Perceval den Vortritt, und der verlor ein zweites Mal, heulte prompt auf und machte den Eindruck, als würde er sich auf Griffin stürzen und sich einmal mehr mit ihm prügeln wollen. Stattdessen warf er Amaury aber nur den ganzen Speer vor die Füße. Amaury nickte Goll zu, doch sobald dieser sich schwerfällig bückte und den Schaft zu fassen bekam, trat Osbert auf seine Hand. Nun war es Goll, der aufheulte, indes Osbert sich spöttisch an Amaury wandte.

»Nach allem, was man von dir weiß, hast du nie so viel gesoffen, bis du kotzen musstest. Du hast dich noch nie geprügelt, bis du blutüberströmt warst. Du hast dir noch nie ein Weib gemeinsam mit einem zweiten vorgenommen – ich bin mir nicht einmal sicher, ob du je eins allein gerammelt hast. Dein Schwert an deinem Gürtel kann ich sehen, aber hast du unter dem Gürtel auch einen Schwanz?« Auf die Stille, nicht erhaben, sondern peinvoll, folgte höhnisches Gelächter und wieder Grölen. »Und so einer will mit uns trauern?«, brüllte Osbert über den Lärm hinweg. »So einer will mit uns spielen?« Er zog den Fuß von Golls Hand. Goll ächzte, als er sich hochkämpfte.

Amaury hingegen gab keinen Ton von sich. Erst als sich alle wieder an die Tafel setzten, erklärte er mit lauter Stimme: »Danke, dass ihr mir eine ruhmlose Niederlage erspart habt, dafür sollt ihr eine Belohnung bekommen.«

Er trat auf den zitternden Pagen zu, entriss ihm den Schild, befahl ihm, etwas zu trinken zu holen. Wenig später kehrte der mit einem Fass Wein zurück, und aus dem Gelächter und Grölen klang nun kein Spott mehr, nur Gier.

»Hilf dem Pagen!«, befahl Amaury Goll, als der weitere Fässer holen ging.

Goll verzog die Lippen. »Meine Hand tut weh.«

»Besauf dich später mit den Rittern, dann vergisst du den Schmerz.«

»Wirst du das auch tun? Dich besaufen?«

Amaury hasste den Geruch von Wein – von frischem und erst recht von dem, den man schon geschluckt und wieder heraufgewürgt hatte.

»Ich fürchte, Wein allein wird nicht reichen, damit die Männer mir vertrauen und sich bei König Henry für mich einsetzen«, sagte er. »Bevor du dich besäufst, beschaff mir ein Weib.«

Rúdnat

Das Mädchen schwatzte ununterbrochen – vielleicht aus Scham, vielleicht aus Angst, vielleicht aus Dreistigkeit. Rúdnat packte es an seinem feuchten Haar. »Halt endlich den Mund, sonst schluckst du die Farbe.«

Sie schüttete dem Mädchen kaltes Wasser über den Kopf, sodass ein rötlich-brauner Sud abging. Um die Farbe herzustellen, mit der sie das Haar all ihrer Huren färbte, hatte Rúdnat die Blätter von Johanniskraut zerrieben, etwas Rinde von Sandelholz darunter vermischt und beides mit ein paar Erlenzweigen verkocht.

»Und jetzt reib dir damit das Gesicht ein!«

Das Mädchen hatte nach Luft geschnappt, als das kalte Wasser über seinen Kopf gelaufen war, und zitterte jetzt am ganzen Leib.

»W… Was ist das?«

»Pulver aus Vergissmeinnicht, Iris und Stiefmütterchen sowie Gänsefingerkraut. Das eine sorgt dafür, dass die Haut sauber wird, das andere, dass die roten Flecken verschwinden, das Letzte mindert die Schwellung der Augen.«

Das Mädchen tat, wie ihm geheißen. Da es immer noch zitterte, konnte es ausnahmsweise nicht reden.

»Wie war noch mal dein Name?«, fragte Rúdnat.

»Nessa.«

Natürlich hatte Rúdnat den Namen nicht vergessen, aber sie wollte, dass sich die junge Frau nicht wichtig nahm und begriff, dass sie nur eine von vielen war – von mittlerweile fast einem Dutzend nämlich.

»So, und jetzt parfümieren wir dich. Das hier ist Duftwasser aus Moschus, Rose und Lavendel.«

Rúdnat verteilte das Duftwasser großzügig unter Nessas Armen, rund um den Bauchnabel, hinter ihren Ohren und sogar auf der Scham. Überall kniff sie schmerzhaft zu, nahm schließlich Nessas Kopf zwischen die Hände und betrachtete sie prüfend. Nessa war durchaus hübsch anzusehen mit den dunklen Augenbrauen, den blauen Augen, den rosigen Wangen und den weißen Zähnen. Und ihr Haar waren nunmehr von einem glänzenden Kastanienbraun, nicht mehr farblos wie Asche.

Als Rúdnat sie losließ, fuhr Nessa durch die Strähnen, die sich jetzt, da sie trockneten, kräuselten. »Sie sind aber nicht so rot wie deine.«

»Ich bin ja auch die Einzige, die man Rúdnat nennt, die Rote. Übrigens bin ich auch die Einzige, deren Namen die Normannen überhaupt kennen – deinen werden sie gar nicht erst erfragen oder gleich wieder vergessen. Nun komm, zieh dich an.«

Rúdnat hatte nicht nur rotes Haar – sie färbte es mit einem Mittel, das man *sappo* nannte und dessen Rezeptur nur ein einziger Stoffhändler von Dublin kannte –, ihr war es auch vorbehalten, ein rotes Kleid zu tragen. Die Kleider ihrer Huren und auch das, das sie Nessa nun reichte, waren safrangelb. Der Stoff lag sehr eng am Oberkörper an, der Rock war trompetenförmig geschnitten, der Saum berührte den Boden. Das Kleid war nur nachlässig geschnürt, sodass die rosige Haut hindurchschimmerte.

Nessa begann wieder zu schwatzen, als sie sich anzog. »Manche behaupten, dein Haar sei nicht echt.«

»Wenn es so wäre, woher sollte ich das Haar dann haben, was denkst du? Vielleicht von Huren, die ich eigenhändig getötet habe, weil sie zu viele Fragen stellten?«

Nessa zuckte ungerührt mit den Schultern. »Wenn du ihnen auch nicht das Haar stiehlst, so lässt du die Mädchen hier doch allesamt für dich schuften, während du selbst schon lange bei keinem Mann mehr gelegen hast.«

»Na und? Ich sorge dafür, dass euch die Ritter nicht in finsteren, zugigen Ecken nehmen, sondern in einem stabilen Haus. Das Feuer erlischt hier niemals, der Rauch duftet, weil ich Sandelholz unter die Kohle mische, das Dach ist dicht, und auf dem Boden verfaulen nicht Stroh und Binsen, nein, man tritt auf edle Teppiche. Und wenn ihr eure Beine spreizt, liegt ihr nicht auf dem harten Boden oder auf Strohsäcken, ihr seid auf Samtkissen und Seidenlaken gebettet.« Während Rúdnat sprach, fuhr sie mit einem Kamm durch Nessas Strähnen und steckte schließlich einen Teil mit einer Ziernadel aus weißer Bronze am Hinterkopf fest. Sie selbst trug das Haar immer offen. »So, jetzt bist du fertig«, erklärte sie.

»Und du rechnest wirklich damit, dass heute Nacht Männer ins Hurenhaus kommen? Obwohl Strongbow gestorben ist?«

Rúdnat nickte. »Nicht obwohl, vielmehr weil. Wenn einer von ihnen stirbt, müssen sie sich doch beweisen, dass sie noch lebendig sind. Und das tun sie entweder mit ihren Schwertern oder wie in meinem Haus mit ihren Schwänzen. Komm mit, ich zeig dir alles!«

Das Haus, das höchste Dublins, hatte einst einem Händler namens Pól gehört, doch der war lange tot. Im Erdgeschoss, wo einst seine Waren gelagert worden waren, trafen sich Rúdnats Huren nun zum Schwatzen und zum Essen, denn die Küche war gleich daneben. Die Halle im ersten Stockwerk war durch Trennwände in winzige Kammern geteilt, in denen nur Platz für eine Bettstatt war, mehr nicht. Auch im Dachgeschoss gab es drei Kammern, in einer davon wohnte Rúdnat. Wie sie Nessa gegenüber behauptet hatte, lagen auf den Betten tatsächlich seidene Laken. Die Kissen waren aber nicht mit weichen Daunen gefüllt, sondern mit Reisig und Rispenkraut.

»Na, so weich gebettet liegt man hier auch wieder nicht«, mäkelte Nessa.

»Es ist nun mal unser Los, dass uns immer irgendwas entweder in den Rücken oder zwischen die Beine sticht.«

»Ich wurde nicht als Hure geboren!«

»Keine von uns wurde das.«

Nessa ging nicht darauf ein. »Ich hab einfach Pech gehabt – genau wie mein Vater. Er hat mit Brokaten aus Byzanz gehandelt, mit Wachs und mit Walrosszähnen, aber als die Normannen kamen, haben sie ihn wie alle Iren aus Dublin vertrieben. Nur Kaufleute aus Bristol dürfen hier noch Handel treiben.«

»Brokat, Wachs und Walrosszähne?«, frage Rúdnat skeptisch. »Die meisten Dubliner haben mit Sklaven gehandelt.«

Nessa tat wieder so, als hätte sie den Einwand nicht gehört. Die Dubliner hatten früher ja auch so getan, als würden sie die qualvollen Schreie und das Stöhnen vom Sklavenmarkt nicht hören. Mittlerweile hatte König Henry den Handel mit Menschen verboten, wofür er von den Priestern laut gerühmt und von den Bristoler Kaufleuten leise verflucht wurde.

»Mein Vater hat manchmal auch edle Pelze verkauft«, behauptete Nessa, »vom Zobel oder Hermelin. Einmal hat er sogar Strongbows Frau Aoife einen solchen Pelz beschafft, aber ich glaube nicht, dass sie ihn je getragen hat.«

»Ich frage mich, was aus ihr wird, nun, da sie Witwe ist«, murmelte Rúdnat.

»Als mein Vater starb, wusste ich auch nicht, was aus mir wird.«

Plötzlich begann Nessas Stimme zu zittern, und in ihre Augen traten Tränen. Bis jetzt hatte Rúdnat nur darauf geachtet, ob Nessa schön genug für eine Hure war. Jetzt fragte sie sich, ob sie auch stark genug war, das Leben einer solchen auszuhalten. Immerhin schluckte sie die Tränen, und obwohl sie mit ihren roten Augen nicht mehr so hübsch anzusehen war, jung war sie immer noch, und in den Augen vieler Männer war das dasselbe wie Schönheit.

Gerade wollte sie Nessa damit trösten, dass sie zwar die Mädchen für sich arbeiten ließ, jedoch auch dafür sorgte, dass es ihnen wohl erging, da ertönte von unten ein lauter Schrei. Nessa zuckte zusammen, Rúdnat verdrehte nur die Augen. Wahrscheinlich stritten die Mädchen wieder einmal um Schmuck oder Schönheitsmittel. Als sie allerdings in die Halle trat, erkannte sie, dass jene Hure schrie, die nie mit den anderen wetteiferte. Schmuck trug sie nämlich gar nicht, und Puder, Wangenrot oder Duftwasser benutzte sie nicht. Liven färbte sich nicht nur ihre Augenbrauen mit Holunderbeeren rabenschwarz, sondern überdies die Augenlider, wie es hierzulande eigentlich nur Mönche taten. Da auch Livens Augen schwarz waren, wirkte es, als hätte sie vier davon. Dunkel war auch ihr Haar – so dunkel, dass man es nicht färben konnte –, und weil ihr deshalb keine safrangelben Kleider standen, trug sie ein veilchenblaues.

»Was ist passiert?«, fragte Rúdnat.

Liven fuhr herum und hielt anklagend etwas hoch, das wie ein abgenagter Knochen aussah.

»Die Männer, die uns besuchen, bringen uns vielerlei Geschenke«, rief sie. »Mancher bringt vom Markt Pfefferkörner mit als Zeichen dafür, dass auch er Pfeffer im Arsch hat, mancher Zucker aus Afrika als Zeichen dafür, dass er gern Süßes leckt, mancher frischen, saftigen Fisch, als Zeichen dafür, dass er durchaus weiß, wie wenig süß wir in Wahrheit schmecken. Aber … Aber das hier …« Sie fuchtelte mit dem Knochen.

»Was ist das?«, fragte Rúdnat.

»Es … Es könnte ein Walrosszahn sein«, schlug Nessa vor.

»Wenn dein Vater tatsächlich mit solchen gehandelt hat, müsstest du dir sicher sein und nicht raten«, schnaubte Rúdnat, trat näher und riss Liven das Stück Knochen aus der Hand. »Es … Es ist der Spross eines Hirschgeweihs«, stellte sie fest.

»Kann man das essen?«, fragte Nessa.

Himmel ist dieses Mädchen dumm!

»Nein«, knurrte Rúdnat, »man kann ein Geweih allenfalls an eine Wand hängen, um diese zu schmücken – zumindest, wenn es noch ganz ist. Dieses Stück hier ist kaum größer als ein Daumen, noch nicht einmal einen Kamm kann man daraus schnitzen. Wer hat es uns gebracht?«

Liven starrte auf den Boden, die schwarzen Augenlider glichen Löchern. »Goll«, stieß sie unbehaglich aus.

»Den Namen kenne ich nicht.«

»Nun, dieser Name zählt auch nicht, denn er wollte keine von uns Frauen für sich haben. Sein Herr hat ihn beauftragt, eine zu ihm auf die Burg von Dublin zu bringen. Ich habe ihm gesagt, dass das nicht möglich ist. Wenn man uns will, muss man in dieses Haus kommen – wir verlassen es nicht. Goll schien nachzugeben, ist verschwunden, nur um eben zurückzukommen und mir dieses Stück vom Hirschgeweih vor die Füße zu werfen.«

»Denkt er etwa, er kann uns mit diesem Geschenk gnädig stimmen?«

»Nein, er denkt, er kann uns einschüchtern, damit wir tun, was sein Herr befiehlt. Es … Es ist Amaury de Saint-Taurin.« Nessa ließ hörbar ihren Atem entweichen, während Rúdnat ihren anhielt, damit ihr kein verräterischer Laut entfuhr. Den anderen Mädchen, die sich in der Halle versammelt hatten, gelang es nicht so gut, sich zu beherrschen. Sie begannen aufgeregt miteinander zu tuscheln, bis Rúdnat gebieterisch die Hand erhob. Umso deutlicher waren in der Stille, die folgte, Livens Worte zu hören. »Saint-Taurin ist bekannt dafür, seine Gefangenen grausam foltern zu lassen. Mehr als einmal nutzte er dabei ein Hirschgeweih. Ich weiß nicht, ob er es seinen Opfern in den Arsch oder in den Mund stößt, vielleicht tut er beides. Jedenfalls habe ich Goll ein zweites Mal fortgeschickt. Das war doch richtig?«

Liven hatte ihren Blick wieder gehoben, ihre Augen waren nunmehr die Löcher ihrer Seele, die deutlich ihre Angst verrieten.

Rúdnat atmete aus und legte das Geweihteil auf den Tisch. »Ja, es war richtig, und jetzt wollen wir nicht länger darüber reden, wir wollen essen. Die Nacht wird lange währen, ihr müsst euch stärken.«

Sie klatschte in die Hände, und zwei alte Weiber, die nicht

mehr als Huren arbeiteten, trugen Zinnplatten auf mit Schinken und Schafbraten, Seerobbenfleisch, das mit Seegras gewürzt war, und den Schlund eines Ochsen, der mit den Innereien einer Kuh gefüllt worden war, außerdem gekochte und gebratene Eier, frische Milch und Honig.

»Kann ich etwas von der Butter haben?«, fragte Nessa und deutete auf ein Fässchen. Von ihrem Schrecken, der sie überkommen hatte, als Saint-Taurins Name gefallen war, hatte sie sich erstaunlich schnell erholt. »Ich kann mich nicht erinnern, dass ich in den letzten Monaten Butter gegessen habe.«

Gerade als Rúdnat Nessa sagen wollte, dass sie nicht mehr als einen Löffel haben könne, traf sie ein kalter Luftzug. Rúdnat erstarrte, ihr rotes Haar tanzte, die Mädchen schrien auf.

Das untere Geschoss hatte steinerne Wände, was bedeutete, dass es hier nur zog, wenn man die Haustür öffnete, und die Haustür wurde wiederum nur geöffnet, wenn Rúdnat es erlaubte. Darüber wachte ein Hüne, den sie als Wache eingestellt hatte. Rúdnat versuchte nicht daran zu denken, was mit diesem wohl passiert war, als sie den Mann erblickte, der auf die Schwelle zur Halle trat, dort verharrte. Sie versuchte auch nicht daran zu denken, in welcher Gefahr sie in diesem Augenblick schwebte.

Der Mann neigte höflich den Kopf, sagte mit sanfter Stimme: »Guten Abend. Ich hoffe, ich störe nicht.«

Einige der Mädchen versteckten sich unter dem Tisch, wohin Nessa ihnen rasch folgte, Liven hingegen trat neben Rúdnat. Das Haar des Mannes war so schwarz wie ihres, die Augen ebenso, nur waren sie bei ihm keine Löcher seiner Seele, vielmehr Löcher, durch die sie der Tod anzuglotzen schien. Obwohl er nicht hässlich war, das schmale Gesicht, aus dem die Nase spitz, gleichwohl nicht schief, hervorstach, sie mehr an einen Knaben als einen Mann denken ließ, fiel es Rúdnat schwer, ihn anzusehen. Der Anblick der roten Fibel, mit der er seinen Umhang zusammenhielt, bereitete nicht weniger Unbehagen. Sie konnte sich nicht des Eindrucks erwehren, sie würde sich verbrennen, berührte sie den Schmuckstein. Der Mann schien sich auch an vielem verbrannt zu haben, denn der Ausschnitt seiner Tunika entblößte ein wenig nackte Haut, und diese war blass wie sein Gesicht, jedoch von roten Narben übersät. Auch seine roten Lippen erinnerten sie jetzt an Narben – obwohl oder gerade weil sie sich zu einem Lächeln verzogen.

Rúdnat nahm alle Willenskraft zusammen, um dieses zu erwidern, ja gar einen beherzten Schritt auf den Mann zuzumachen und laut und vernehmlich zu sagen: »Amaury de Saint-Taurin.«

»Ich dachte, ich bringe meine Bitte dieses Mal selbst vor.« Seine Stimme war so glatt und kalt wie Seide, unter der sich wie in den Kissen keine weichen Daunen versteckten, nur Rispenkraut, das stach. »Vielleicht hat Goll bei seinen beiden Besuchen hier nicht die richtigen Worte gewählt … oder vielleicht habt ihr ihn nicht richtig verstanden, ihm fehlen leider etliche Zähne.« Er selbst lächelte, sodass seine Zähne zu sehen waren, und diese waren noch vollständig und weiß. »Jedenfalls will ich, dass regelmäßig eine deiner Frauen zu mir auf die Burg kommt.«

Rúdnat machte einen Schritt zurück, allerdings nicht aus Angst, nur, um zur Tafel zu treten und das Stück Hirschgeweih an sich zu nehmen. »Oh, wir haben die Worte Eures Dieners schon verstanden. Was uns hingegen ein Rätsel blieb, ist, was man mit dem hier machen kann.« Herausfordernd hob sie das Stück vom Hirschgeweih hoch, und als Saint-Taurin etwas sagen wollte, kam sie ihm zuvor. »Nicht dass ich es mir nicht denken kann. Wahrscheinlich soll es uns in Angst und Schrecken versetzen. Ich muss Euch allerdings enttäuschen. Wir Frauen hier haben alles erlebt und überlebt, wovor man Angst haben oder Ekel fühlen könnte.« Das Tuscheln hinter ihrem Rücken strafte ihre Worte Lügen, aber Rúdnat versuchte, nicht darauf zu achten. Sie trat wieder zum Tisch, tauchte den Geweihspross tief in das Butterfässchen. »Ich werde keine meiner Frauen zu Euch auf die Burg schicken«, erklärte sie nachdrücklich, hob ihr Kleid so hoch, dass man nicht nur die Waden, sondern auch ihre nackten Oberschenkel sehen konnte, spreizte sie ein wenig und drückte das feucht glänzende Stück Hirschgeweih in ihre Scham. Sie zuckte nicht mit der Wimper, als sie ihre Beine wieder schloss, das Kleid wieder fallen ließ. Unverwandt blieb ihr Blick auf Saint-Taurin gerichtet. »Die Sache ist nämlich die: Meine Mädchen machen alles ... aber sie lassen bei Weitem nicht alles mit sich machen.« Ganz langsam durchquerte sie die Halle, trat dicht an Saint-Taurin heran. Es ging keine Kälte von ihm aus, obwohl sie das instinktiv erwartet hatte, und in seinen Augen stand nicht der Tod, sondern etwas anderes – vielleicht Befremden, vielleicht Scham, vielleicht Abscheu. Rúdnat hielt den Atem an, presste das Hirschgeweih aus sich heraus. Ein dumpfes Geräusch ertönte, als es auf den Boden fiel. Wieder hob Rúdnat ihr Kleid, wenn auch dieses Mal nur bis zu den Knöcheln, damit Saint-Taurin das Hirschgeweih sehen konnte. Es glänzte feucht. »Ihr werdet meine Mädchen nicht quälen, nur damit Ihr aller Welt beweisen könnt, dass Ihr ein Mann und nicht bloß ein Dämon in Gestalt eines Ritters seid.«

Sie hob den rechten Fuß, schob mit der Fußspitze das Stück Geweih in Amaurys Richtung. Er lächelte wieder, ließ dieses Mal aber seine Zähne nicht blitzen.

»Ich verstehe«, sagte er leise, und seine Stimme klang nicht glatt und kalt wie Seide, sie klang so rau, als würde man zwei Kohlestücke aneinanderreiben. Seine Augen waren ausdruckslos, glichen auch Kohle – solcher, die niemals gebrannt hatte und niemals brennen würde.

Erst als er sich abwandte, hinausging, noch einmal ein kalter Luftzug sie traf, begannen Rúdnats Knie zu zittern. Sie musste sich setzen, um nicht zu fallen.

»Bei Érius verdorrten Brüsten«, stieß Liven aus. »Hattest du denn keine Angst?«

Rúdnat lachte diese Angst aus sich heraus. »Was kann er uns denn schon anhaben? Uns schänden?« Das Lachen schwoll an. »Man kann jemanden wie uns nicht schänden. Und uns zu töten und zu verletzen wird er nicht wagen.« Das Lachen ging in ein Keuchen über. »Fast alle normannischen Ritter von Dublin waren schon Gast in meinem Haus und wollen das noch öfter sein. Und Saint-Taurin braucht ihre Unterstützung und ihren Respekt, wenn er Strongbows Nachfolger werden will. Nein, er kann uns nichts tun.« Den letzten Satz hätte sie gern so lange wiederholt, bis sie selbst daran glauben konnte, doch sie biss sich auf die Lippen, weil Nessa unter dem Tisch hervorgekrochen kam. »Na«, fragte Rúdnat höhnisch, »willst du immer noch von der Butter kosten?«

Die Mädchen schliefen leise, nur manche weinten im Schlaf und zeigten damit, wie sehr sie sich vor dem Leben im Hurenhaus fürchteten. Die Männer schliefen grunzend, nur manche ächzten im Schlaf und zeigten damit, wie sehr sie sich vor dem Tod im Krieg fürchteten. Rúdnat schlief nicht. Wenn sie sich überhaupt vom Schlaf überwältigen ließ, dann frühestens im Morgengrauen. Die Nacht hingegen musste sie nutzen. In der Nacht war die Lust der Männer größer und die Angst, dass ihr Geheimnis aufgedeckt wurde, kleiner.

Noch ehe der Morgen graute, legte sie ein Vadmal, ein besonders dicht gewebtes Tuch aus Island, über ihr rotes Haar, und damit auch wirklich keine Strähne zu sehen war, band sie noch ein altes Hasenfell darüber. Es war grau wie Dublins Stein, wie die nächtliche Liffey, wie die Häuser, die man am Flussufer auf Holzpfählen errichtet hatte. Tagsüber streunten Schweine auf den Straßen und fraßen manchmal Kinder. Jetzt schliefen sie so grunzend wie die normannischen Ritter, die Huren verdauten. Rúdnat sah eines zu spät, wäre fast darübergefallen, schlug aber rechtzeitig einen Haken und trat mit dem rechten Fuß stattdessen in Dung. Sie fluchte. Eigentlich gab es ein Gesetz, wonach jeder Dubliner die Straße vor seinem Haus sauber zu halten hatte, tatsächlich war dieses Gesetz nutzlos. Es gab in der ganzen Stadt keine Frau, hässlich oder schön, die zwischen den Beinen sauber war – wieso sollte es den Straßen besser ergehen?

Bald hatte sie die engen Gassen rund um die Christ Church hinter sich gelassen und ging auf eines der vier Stadttore zu. Diese waren jetzt geschlossen, neben dem Nordtor befand sich allerdings ein geheimer Durchgang, der nach draußen führte. Als die Bristoler Kaufleute die Stadt in Besitz genommen hatten, hatten die vertriebenen Iren vor der Stadtmauer Siedlungen gegründet. Die Häuser waren aus noch fauligerem Holz, und tagsüber suhlten sich hier keine Schweine, sondern zerrupfte Hühner staksten umher. Eine der Siedlungen befand sich zwischen dem Fluss Dodder und dem Stadtteil Kilmainham, die andere zwischen dem Fluss Tolka und dem Viertel Grangegorman, und weit genug entfernt von beidem gab es eine Häusergruppe, wo die Gerber ihre stinkende Arbeit verrichteten. Es war so finster, dass Rúdnat nicht mal die eigene Hand vor Augen sehen, geschweige denn den Pfützen ausweichen konnte, aber sie folgte dem Gestank.

Kurz vor ihrem Ziel verharrte sie, lauschte, drehte sich nach allen Seiten um. Niemand verfolgte sie. Warum auch? Nur Liven, die vier Augen zu haben schien, war nicht entgangen, dass Rúdnat in der Nacht regelmäßig das Hurenhaus verließ. Als sie sie einmal danach gefragt hatte, hatte Rúdnat sie angelogen. Sie tanze mit den Elfen, die in der Dunkelheit aus den Hügeln lugten, hatte sie gesagt, sie lausche dem Gesang der Wale, die manchmal in die Bucht kämen, sie pflücke Blumen, um damit ihr Haar zu färben.

Liven hatte wohl keine dieser Geschichten geglaubt – die Elfen versteckten sich vor den Normannen, Wale sangen nicht, und die Blumen schimmerten im Mondlicht silbrig, nicht rot wie Rúdnats Haar. Aber wann immer eine andere Hure Verdacht zu schöpfen drohte, erzählte Liven eine dieser Geschichten oder erfand ein weiteres Dutzend. Und so wie niemand

Rúdnats natürliche Haarfarbe kannte, niemand ihren richtigen Namen jemals aussprach und niemand von ihrer Vergangenheit wusste, ahnte auch niemand, dass sie ein Herz hatte und dass dieses Herz für etwas schlug.

Endlich erreichte sie die Hütte, die etwas abseits der Gerberhäuser stand. Die Wände bestanden aus Eschenholz und Flechtwerk, das Dach war aus Stroh und Pferdehaar, der gestampfte Boden mit getrocknetem Schilf bedeckt. So ärmlich das Bauwerk anmutete, durch die Ritzen drang das warme Licht von Bienenwachskerzen, nicht das stinkende von Torfstäben und Tranlampen. Es wärmte Rúdnats Augen und ihr Herz.

Sie trat auf die Tür zu, hob die Hand, wollte klopfen, dreimal fest, dreimal leise, damit die Bewohner des Hauses wussten, dass sie es war, den Balken zurückschoben und das zusätzliche Schloss aufsperrten. Doch ehe ihre Faust das Holz berührte, entfuhr ihr ein Schmerzensschrei. Sie war auf etwas Hartes gestiegen, obwohl der Boden hier doch eigentlich sumpfig war. Sie blickte hinunter, sah nichts als Schwärze, bückte sich, um den Boden anzutasten, fühlte nur weiche Erde, dann erst das Harte … nein, das Spitze …

Sie hob es in den Lichtschein, sah, dass es nicht nur hart und spitz, sondern auch rot war … rot wie ihr Haar … rot wie Blut.

Das Stück Hirschgeweih. Nur dieses Mal mit einem Messer so lange bearbeitet, dass es ihre Scham zerreißen würde, würde sie es in sie hineinschieben. Und klebrig, so klebrig. Rúdnat war nicht sicher, wessen Blut es war, das an dem Geweih haftete – nur sicher, welche Botschaft es verkündete.

Saint-Taurin muss mein Geheimnis schon seit Langem kennen, und ich war so verrückt, ihn vor den Kopf zu stoßen!

Mit einem neuerlichen Aufschrei ließ Rúdnat das Geweihstück fallen. Sie biss sich auf die Lippen, blickte sich um, lauschte wieder. Nichts war zu hören … Niemand beobachtete sie … Weil schlichtweg niemand mehr lebte?

Sie trommelte gegen die Tür, nicht dreimal laut und dreimal leise, sondern ein Dutzend Mal, und das so heftig, dass sie nicht hörte, wie der Balken zurückgeschoben, das Schloss aufgesperrt wurde. Sie fiel förmlich über die Schwelle, als die Tür geöffnet wurde.

»Gott sei Dank …«

Der Junge war es, der die Worte sprach, während die Frau auf der Schlafstatt liegen geblieben war. Diese befand sich gleich neben der Feuerstelle, doch auch in der Nähe der roten Flammen war der Frau immer kalt, musste sie ständig husten. Sie konnte die Fragen, die in ihrem Gesicht standen, deshalb nicht aussprechen.

»Ihr müsst sofort fliehen!«, fuhr Rúdnat auf. Sie schloss die Tür hinter sich, versperrte und verriegelte sie, obwohl sie wusste, dass das keinen Sinn hatte, wenn draußen in der Nacht tatsächlich Saint-Taurin und dieser Goll lauerten. »Ihr müsst sofort fliehen«, wiederholte sie etwas leiser.

Sie atmete tief durch, ehe sie erzählte, was geschehen war, erklärte, was der Hirschgeweihspross zu bedeuten hatte, um Vergebung bat, weil sie den Fehler gemacht hatte, Saint-Taurin herauszufordern.

Die Frau hustete, der Junge starrte sie aus großen Augen an. Schließlich begann er schweigend zu packen, was nicht lange dauerte, befand sich ihr Besitz doch in einer kleinen Truhe. Die Frau kämpfte sich unter neuerlichem Husten hoch, und Rúdnat half ihr nicht nur dabei, sie zog überdies das Hasenfell von ihrem Kopf und legte es der anderen um die Schultern.

»Wo … Wohin sollen wir gehen?«, fragte der Junge verstört.

Rúdnat nahm einen mit Münzen gefüllten Beutel von ihrem Gürtel, drückte ihn in seine Hand. »Das müsst ihr selbst entscheiden … Ich darf es nicht wissen … Damit ich es nicht ausplaudern kann, ganz gleich, was man mir antut. Ihr dürft mir auch keine Nachricht zukommen lassen, zumindest nicht, solange es euch gut geht. Nur im Falle …«, sie hielt kurz inne, »… nur im Falle, dass einer von euch beiden stirbt. Und jetzt beeilt euch!« Der Junge wollte den kupfernen Kessel mitnehmen, der über dem Feuer hing, doch er war so heiß, dass er seinen Händen entglitt. Das Klirren, als er gegen die steinerne Einfassung der Feuerstelle krachte, ließ Rúdnat erstarren. »Beeilt euch!«, wiederholte sie trotzdem. Dieses Mal flüsterte sie die Worte nur.

Als die beiden das Haus verließen, schien ihr Herz in die Kehle zu wandern, sich dort zu einem Klumpen zusammenzuballen. Sie bekam kaum noch Luft, nur die Tränen konnten ungehindert fließen. Heiß perlten sie über ihre Wangen, und sie wischte sie nicht ab – nicht, solange sie die beiden noch sehen konnte, wie sie an den Gerberhäusern vorbeistolperten, der Junge und die Frau, die von ihm gestützt werden musste. Bald wurden sie von der Finsternis verschluckt, aber immer noch starrte Rúdnat in die Richtung, starrte so lange, bis die letzte Bienenwachskerze heruntergebrannt war und ihr letzter grauer Rauchfaden mit der Morgendämmerung verschmolz. Das Blut auf dem Hirschgeweih war schwarz geworden, Rúdnat hatte keine Tränen mehr.

Saint-Taurin … Er will mich in die Enge treiben, damit ich ihm ein Mädchen gebe … Wenn ich es ihm weiterhin verweigere, wird er sich fragen, warum seine Drohung nicht wirkte, und von der Flucht der beiden erfahren … Er wird sie verfolgen lassen, wird sie vielleicht finden und sich für die Demütigung rächen …

Wenn sie hingegen eine ihrer Huren zu ihm schickte, würde er sich damit begnügen und nicht darum scheren, ob dieses Haus leer stand oder bewohnt wurde.

Als Rúdnat sich auf den Heimweg machte, rutschte das Vadmal ihr vom roten Haar. Die Strähnen tanzten im Wind, doch es war ihr gleich, ob jemand sie hier sah. Sie hatte keine Angst mehr, sie hatte kein Herz mehr.

Welche der Frauen sollte sie Saint-Taurin geben? Liven war ihre Vertraute, Fine war zu schön, um Narben zu riskieren, Barabal war zu freundlich – Rúdnat brauchte sie für jene Männer, die ihren Schwanz nicht hochbekamen, aber dennoch die Wärme bei einer Frau suchten. Echna wiederum war so alt, dass Saint-Taurin zu dem Schluss kommen könnte, sie gäbe ihm keine Huren, sondern würfe ihm Unrat vor die Füße wie die Dubliner vor ihre Häuser.

Als Rúdnat das Stadttor erreichte, das eben geöffnet wurde, hatte sie eine Entscheidung getroffen.

Nessa.

Am ehesten konnte sie auf Nessa verzichten. Nessa hatte noch nicht ihren Wert bewiesen, ihr noch kein Geld eingebracht.

Rúdnat ging mit geradem Rücken durch die Gassen. Sie hatte kein Mitgefühl mehr, sie hatte kein Herz mehr.

Tuan

Enda, der riesige Krieger, der sein Gesicht stets blau färbte, packte den Mann an den Beinen, schüttelte ihn, bis der Unglückliche ein gequältes Ächzen von sich gab, machte dann Anstalten, seinen Kopf gegen einen der Steine am Wegesrand zu schleudern.

»Nicht!«, hielt Ailillán ihn davon ab. »Als Toter hat er keinen Nutzen für uns.« Tuan, der den ganzen Leidensweg des Mannes miterlebt hatte, ließ seinen Atem entweichen, musste allerdings alsbald erkennen, dass Ailillán keineswegs die Barmherzigkeit für sich entdeckt hatte. Er packte selbst die Kette, die der Mann um den Hals trug, und zog sie noch enger zu. »Du bist diese Straße entlanggekommen und willst mir sagen, dass du nichts gesehen hast? Keine junge Frau, die man gegen ihren Willen verschleppt?«

Der Atem des Mannes wurde knapper, er begann zu zittern wie ein Fisch, der auf dem Trockenen lag. Tuan warf Ascall einen flehentlichen Blick zu, doch der tat, als ginge ihn das alles nichts an, und studierte den Ochsenwagen des Mannes. Erst als der kurz vor dem Ersticken war, murmelte er: »Lass ihn in Ruhe.«

»Ascall, ich verstehe nicht …«

»Lass ihn in Ruhe!« Dieses Mal brüllte Ascall.

Ailillán ließ die Kette los und Enda den Mann, woraufhin der auf die Straße stürzte. Tuan war überzeugt, er hätte sich das Genick gebrochen, doch da begann er wieder zu zucken.

Ailillán trat zu Ascall. »Dass man Róisín entführt hat, war ein Angriff auf uns alle.«

»Tu nicht so, als würdest du sie vermissen! Du hast dich immer daran gestört, dass ein Weib an meiner Seite lebt.«

»Was nicht heißt, dass wir es schweigend dulden, wenn die Ritter des Roten Zweiges ihrer Heilerin beraubt werden.«

Ascall starrte seinen Bruder an, und Tuan fiel es schwer, seine Miene zu deuten. Er kannte mittlerweile viele von Ascalls Gesichtern – das kalte des Mörders, das schmerzvolle des Mannes, der eigentlich kein Mörder sein wollte, das verzweifelte von einem, der die geliebte Frau verloren hatte. Letzteres zeigte er den anderen nicht, doch Tuan fühlte, dass mit jedem weiteren Tag, da sie Róisín vergebens suchten, Hilflosigkeit, Ohnmacht und Trauer wuchsen.

Seit nunmehr drei Wochen ritten Ascall und sein Bruder, außerdem Enda, Clach, Pòg und ein weiterer, der am Abend immer Knochen ins Lagerfeuer warf, durch das Land – bislang erfolglos. Warum Ascall darauf bestanden hatte, dass Tuan sie begleitete, wusste niemand, auch Tuan selbst nicht.

»Wir quälen keine Unschuldigen«, sagte Ascall eben.

»Dieser Mann ist ein Normanne!«

»Aber er ist kein Ritter. Oder siehst du irgendwo eine Rüstung und lange Lanzen, einen Schild und ein Schwert?«

»Die normannischen Bogenschützen tragen keine Rüstung.«

»Ich sehe auch keine Pfeile.«

»Sei nicht so leichtgläubig, Bruder! Er könnte ein Spion sein.«

»Ich bin nicht leichtgläubig, du dagegen bist blind! Schau, was ich im Wagen gefunden habe!«

Ailillán trat näher und betrachtete einen Ledersack, den Ascall eben öffnete. Weißes Pulver staubte heraus.

»Was ist denn das?«, fragte Ailillán misstrauisch.

»Das ist Alaun, was sehr kostbar und hierzulande schwer zu bekommen ist. Ich denke, es stammt von einer Insel im Süden, die man Sizilien nennt. Die Orangen, die dort wachsen, so sagt man, schmecken niemals sauer, vielmehr so süß, dass selbst Krieger weinen, wenn sie davon kosten.« Ailillán schnaubte nur. Er sah nicht aus, als hätte er je geweint oder Hunger auf Orangen gehabt. »So wie der Mann spricht«, fuhr Ascall fort,

»scheint auch er von dort zu kommen. Er will den Alaun wahrscheinlich an Gerber verkaufen, denn man kann mit ihm noch besser und leichter Leder gerben als mit Eichenrinde, Tierscheiße und Salz.« Er wandte sich an den Mann. »So ist es doch?«

Der Händler aus Sizilien nickte.

»Und jetzt willst du ihn einfach gehen lassen?«, fragte Ailillán empört.

»Nein, ich will ihm die richtigen Fragen stellen.« Ascall nickte Enda zu, worauf der den Unglücklichen sofort wieder an den Beinen packen wollte. »Doch nicht so!«, rief Ascall ungeduldig. Enda begriff, was von ihm verlangt wurde, und zog den armen Mann am Nacken hoch. Allerdings umschlossen seine riesigen Hände dabei fast den ganzen Hals, sodass der Arme wieder zu ersticken drohte. »Himmel noch mal!«, fluchte Ascall.

Enda ließ den Händler unsanft auf den Hintern fallen, Ascall beugte sich über ihn. »Mein Bruder hat dich gefragt, ob du Ritter gesehen hast, die eine Frau entführt haben. Ich hingegen will wissen, ob du Männer mit einem geschlossenen Wagen gesehen hast, der groß genug wäre, eine Frau zu transportieren.«

Der Mann rieb sich seine blutige Stirn, nickte endlich wieder. »Vor etwa zwei Wochen …«, presste er heiser aus der gewiss schmerzenden Kehle hervor. »Vier Ritter … Wagen mit Waffen … Sie waren ostwärts unterwegs.«

»Er könnte lügen«, knurrte Ailillán.

Ascall starrte den Händler unverwandt an. »Ich weiß.«

»Enda wird dafür sorgen, dass er die Wahrheit sagt!«

»Nur manche verraten unter Schmerzen die Wahrheit, andere lügen erst recht. Wir lassen ihn ziehen.«

»Aber …«

Ascall brachte seinen Bruder mit einem Blick zum Schweigen. Tuan hatte auch Aillilláns Miene mittlerweile oft studiert. Ohne Zweifel war er ein grausamer, vielleicht verrückter Mann, aber unter den Augen seines Bruders würde er jedes

Mal zu einem kleinen, unsicheren Knaben, der die Schultern einzog und sich duckte.

»Danke, danke, danke«, heulte der Mann, doch Ascalls Gnade kannte Grenzen. Er schüttete den Alaun auf den schlammigen Boden. »Geh zurück nach Sizilien und friss Orangen. Hier frierst du dir bloß den Arsch ab. Wirklich reich wird hierzulande nur, wer mit Waffen handelt, und wenn wir die bei dir gefunden hätten, hätten wir sie an dir erprobt.«

Der Mann starrte auf das weiße Pulver, das langsam versickerte, bis keine Spuren mehr zurückblieben. »Der kostbare Alaun ...«

Ascalls Miene wurde grimmig, und schnell trat Tuan vor, um dem Mann zuzuraunen: »Er hätte es dir auch in die Kehle stopfen können. Jetzt lauf!«

Der Mann sprang auf seinen Wagen, drosch auf den Ochsen ein. Eine Weile weigerte sich das Tier, sich in Gang zu setzen, doch als der Mann ohne es davonlief, folgte es ihm. Ascall musterte Tuan mit rätselhaftem Blick, ehe er den Befehl gab, die Pferde zu besteigen und weiter in Richtung Südosten zu reiten.

Es regnete nicht immer, aber die Stunden dazwischen reichten nicht, um die Straßen zu trocknen – zu tief waren Löcher und Spurrillen, in denen sich das Wasser sammelte. Weder begegneten sie Menschen ohne Wagen noch solchen mit einem, und irgendwann verlor Ascall die Geduld. Er befahl ihnen, sich in Gruppen aufzuteilen. Eine ritt voraus, zwei weitere suchten die kleineren Wege in der Nähe der Hauptstraße ab, eine folgte langsamer und hütete den Proviant.

Tuan blieb immer bei letzterer. Er wunderte sich weiterhin, warum Ascall ihn mitgenommen hatte, bekam nicht mal eine Antwort, als sie die Grenze von Breifne nach Meath überschritten und die Gefahr für ihrer aller Leben wuchs, war Meath doch fast gänzlich in normannischer Hand. Niemand gab zu, Angst zu haben, nur jener Krieger, der für gewöhnlich die abgenagten Knochen ins Feuer warf, rieb diese an einem Abend unruhig aufeinander.

»Hör auf!«, knurrte Enda angespannt. »Sonst komme ich noch auf die Idee, dir die Knochen ins Maul zu stopfen.«

Das Schaben verstummte, und Enda widmete sich wieder dem üblichen Zeitvertreib. Doch statt mit blauer Farbe rieb er sich sein Gesicht und den Körper nunmehr mit Schlamm ein. Seine Miene war ebenso finster wie die der anderen – was auch Ailillán nicht zu entgehen schien.

Wenig später stand der auf, um sich zu erleichtern, dann setzte er sich neben Ascall, rückte ganz nah an ihn heran und raunte ihm so leise, dass nur Tuan es verstehen konnte, zu: »Wir sollten unsere Kräfte nicht länger für diese sinnlose Suche vergeuden. Die Männer werden ungeduldig … Was bedeutet, dass sie irgendwann aufeinander losgehen.«

Nun sah Ascall so aus, als würde er seinem Bruder am liebsten einen Knochen ins Maul stopfen. Gleichwohl beherrschte er sich und sagte ebenso leise: »Du willst, dass ich Róisín aufgebe?«

»Ich will, dass du einen Plan schmiedest, wo und wie wir die Normannen angreifen. Unsere Krieger gieren nach einer großen Schlacht.«

»Auf offenem Feld können wir sie nicht besiegen. Unsere einzige Chance war immer, aus dem Hinterhalt anzugreifen.«

In Ascalls Blick spiegelten sich die Flammen, in dem von Ailillán schien ein kaltes Feuer zu brennen. »In den letzten Tagen haben wir noch nicht einmal das gemacht«, murrte er.

Ascall verkrampfte sich. »Insgeheim wünschst du dir, dass Róisín tot ist, damit ich sie räche.«

»Ich wünsche mir nur, du würdest endlich einsehen, dass die Liebe zu einer Frau einen Mann schwach macht.« Etwas in seiner Stimme – ein sachter Schmerz, eine vage Sehnsucht – ließ Tuan glauben, was auch Ivarr einmal behauptet hatte: dass Ailillán nämlich einst selbst eine Frau geliebt und verloren hatte. Und das war es wohl auch, was Ascall davon abhielt, mit geballten Fäusten auf ihn loszugehen wie an jenem Tag, als er Airdi gequält hatte. Ailillán war nicht dankbar dafür. »Die Ritter des Roten Zweiges sind stolz darauf, unsichtbar zu sein«, fuhr er fort. »Aber es kann doch nicht unser Ziel sein, auch unsichtbar zu bleiben! Alle Welt soll uns sehen und hören, alle Welt uns fürchten!«

Ascall blickte ihn an. »Was schlägst du vor?«

»Dass wir nicht nur ihre Schwäche ausnutzen wie bisher, dass wir sie vielmehr weiter schwächen, dass wir selbst keine Schwäche zeigen.«

Dass wir nicht lieben.

Obwohl er diese Worte nicht aussprach, vermeinte Tuan sie zu hören, und Ascall wohl ebenso, wie seine verzerrte Miene verriet. Jetzt, dachte Tuan, jetzt wird er ihn schlagen.

Doch Ascall blieb ruhig sitzen, starrte wieder eine Weile in die Flammen. Seine Augen waren nicht grau wie bei Tageslicht, sondern sie wirkten schwarz. »Also gut«, sagte er leise. »Wir holen morgen Verstärkung und greifen irgendeine ihrer Burgen an als Zeichen dafür, dass niemand ungestraft Ascall von Tooras Geliebte entführen darf.« Tuan war nicht minder verblüfft über diesen Sinneswandel als Ailillán. Ungläubig, auch ein wenig zweifelnd starrte er Ascall an, doch ehe er etwas sagen konnte, wandte sich dieser ab und legte sich hin. »Schlaf, damit du für jene Schlacht, nach der du dich so verzehrst, auch genügend Kräfte hast.«

Eine Weile blieb Ailillán noch sinnend vor der Asche sitzen, gehorchte schließlich aber seinem Bruder so willig, wie er es fast immer tat. Tuan war überzeugt, keinen Schlaf zu finden, hockten ihm doch Kälte und Feuchtigkeit in allen Knochen und beunruhigten ihn Ascalls Pläne zutiefst. Als auch er sich auf den nackten Boden sinken ließ, überwältigte ihn hingegen alsbald die Erschöpfung.

Tuan erwachte und vermochte sich kaum zu rühren – nicht etwa, weil seine Glieder endgültig erfroren waren, wie er kurz dachte, sondern weil jemand ihn mit der einen Hand festhielt, und ihm mit der anderen den Mund verschloss. Er kämpfte dagegen an, allerdings um den Preis, dass man ihm nun ein zusammengeknülltes Stück Stoff zwischen die Zähne steckte, ehe er gepackt und weggetragen wurde. Obwohl das Feuer heruntergebrannt war und er deshalb den Angreifer nicht erkennen konnte, war er überzeugt, dass er zu den Männern gehörte, die auch Róisín entführt hatten. Erst als er auf den Rücken eines Pferdes gehievt wurde und dieses losgaloppierte, konnte er den Fetzen Stoff auswürgen und schreien, doch es war zu spät. Die heiseren Laute wurden vom Hufgetrappel übertönt, und als er Atem holte, um noch lauter zu brüllen, traf ihn eine Faust im Nacken.

Die Nacht begann zu ergrauen, als er zu sich kam. Greisenhaft, schlaff und faltig war auch der Tag. Tuan meinte, dass man ihn gefesselt hätte, aber er konnte seine Hände bewegen und einmal mehr aufschreien, als er vom Pferderücken gezerrt wurde – nicht vor Entsetzen, vor Überraschung. Kein fremder Ritter hatte ihn entführt, Ascall selbst war es gewesen. Von seinen Kriegern fehlte jede Spur.

»W… Warum hast du das getan?« Ascall starrte an ihm vorbei. »W… Wo … Wo sind wir denn?«

Immer noch sagte Ascall nichts, wies ihn nur mit einem Nicken an, ihm zu folgen, als er zu Fuß einen kleinen Hügel bestieg. Das Gras, das dort wuchs, war so hart, dass sie sich festhalten konnten, wenn sie ins Rutschen gerieten. Als sie die höchste Stelle erreicht hatten, versetzte Ascall Tuan wieder einen Schlag in den Nacken, von dem er allerdings nicht ohnmächtig wurde, lediglich auf die Knie sank, sodass man sie von dem Gebäude aus, das hinter dem Hügel lag, nicht sehen konnte.

»Die Iren errichten kaum Burgen«, begann Ascall auf einmal doch zu sprechen und wies auf eine Befestigungsanlage. »Ein Gebäude aus Stein wie Dún Fionn findet man hierzulande selten. Den meisten Iren geht es nicht darum, das Land zu besitzen, nur die Rinder, die darauf grasen, und wenn jemand droht, sie ihnen wegzunehmen, treiben sie sie an einen anderen Ort. Die Normannen aber wollen keine Rinder hüten, sie lassen sich Fleisch und Häute von den Bauern bringen, die sich ihnen unterworfen haben, und bieten ihnen hinter ihren Mauern Schutz, falls Feinde kommen.«

Tuan rieb sich die Augen und schluckte den säuerlichen Speichel, bevor der ihm über die Lippen trat. »Aber die Palisaden dort sind nicht aus Stein, sie sind aus Holz.«

»Das ist ja auch lediglich eine Motte. Sie besteht aus einem Turm, von dem aus man das Umland überblicken kann, und einer Palisade. Manchmal wird das Holz nach und nach durch Stein ersetzt und manchmal um den Schutzwall noch ein Graben gezogen. Nach allem, was ich gehört habe, kann man solche Motten sehr schnell bauen. Allein in Meath stehen mittlerweile mehr als zwei Dutzend.«

Tuan löste seinen Blick von der Motte, betrachtete die Wiesen, fahl wie der morgendliche Himmel. Er sah weder Rinder noch weitere Gebäude, nur in der Ferne Rauchsäulen, die ein Dorf vermuten ließen. Es waren zwar viele Iren in den Westen geflohen, als die Normannen kamen, doch etliche waren geblieben, weil die Aussicht, zu verhungern und zu erfrieren, sie mehr ängstigte als die Fremden.

»Warum hast du mich hierhergebracht?«, fragte Tuan. »Weshalb hast du mich überhaupt mitgenommen?«

»Weil ich dir vertraue.«

»Du kennst mich nicht so gut wie deine Krieger.«

Ein Lächeln, müde wie der graue Tag, erschien auf Ascalls Lippen. »Vielleicht eben darum«, sagte er leise. Er wollte etwas hinzufügen, stockte, brachte schließlich doch ein Wort heraus – einen Namen. »Róisín …« Ein langes Schweigen folgte. »Róisín ist dort.«

»Auf der Motte?«, rief Tuan überrascht. Ascall nickte. »Dann verstehe ich erst recht nicht …«

Der andere gebot ihm mit bestimmter Geste zu schweigen.

»Gestern habe ich mich von der Truppe entfernt und mich in das Dorf dort hinten geschlichen. Eine Bäuerin erzählte mir, dass man eine heilkundige Frau auf die Motte gebracht habe. Eigentlich sollte diese nur Zwischenstation auf dem Weg nach Dublin sein, wo diese Frau Strongbow heilen sollte. Aber gleichzeitig mit ihr traf die Nachricht ein, dass Strongbow tot ist.«

Tuan erschauderte. »Strongbow ist tot? Er ist doch der …«

»Er ist … Er war der normannische Statthalter!«, unterbrach Ascall ihn. »Wenn Ailillán davon erfährt, wird er von einem großen Aufstand der Iren träumen. Mein Bruder kann nichts anderes als kämpfen. Er *will* nichts anderes.«

»Willst du die Normannen denn nicht auch vertreiben?«

Ascall schwieg lange, und wie damals, als sie auf dem Wehrgang von Dún Fionn gestanden hatten, glich er gar nicht mehr dem rohen, unberechenbaren Krieger, sondern einem Knaben … Unschuldig, mutlos, auch ein wenig kleinlaut.

»Ich glaube nicht, dass wir das jemals schaffen«, sagte er leise. Tuans Erstaunen wuchs. »Wir können ihnen das Leben schwer machen«, fuhr Ascall fort. »Ihre Waffen sind unseren jedoch ebenso überlegen wie ihre Taktik.«

»Wenn du das wirklich glaubst, warum kämpfst du schon seit Jahren …«

»Ich muss doch auf meinen Bruder aufpassen«, fiel Ascall ihm ins Wort, klang nunmehr verzweifelt.

Und wenn dein Bruder in den Krieg zieht, dann folgst du ihm. Wünschst dir wahrscheinlich, er möge fallen, und du wärest befreit von ihm … Du schämst dich dafür so sehr, dass du noch entschiedener mit, nein für ihn, nein gegen dich selbst kämpfst.

»Die roten Ritter – man sieht sie nicht, man hört sie nicht, aber sie sind überall«, sagte Ascall. »Das sagen wir zumindest von uns. Gut möglich, dass man in Wahrheit nichts von uns sieht und nichts von uns hört, weil wir gar nicht mehr leben, weil wir nicht glücklich sind.«

»Róisín macht dich doch lebendig und glücklich!«

»Und deshalb darf ich sie nicht verlieren!« Ascall biss sich auf die Lippen, als schämte er sich, das zugegeben zu haben.

Tuan biss sich auch auf die Lippen, jedoch nur, um nachzudenken. Ihm fiel nichts ein, wie er dem anderen helfen könnte, was nicht hieß, dass er es nicht von ganzem Herzen wollte.

»Was … Was kann ich tun?«

Dieses Mal schwieg Ascall nicht, antwortete vielmehr sofort, weil er offenbar längst darüber nachgedacht hatte. »Wie ein Rabe krächzen anstatt wie ein Wolf heulen.« Tuan sah ihn fragend an. »Die Wölfe gelten als die gefährlichsten Tiere des Waldes, die Raben als die klügsten«, erklärte Ascall. »Einst legten die Druiden ein Gewand aus ihren schwarzen Federn an, um in die Zukunft zu schauen. Und nicht nur die Gabe der Prophezeiung besitzen diese Vögel, sie verstehen auch alle Sprachen, was bedeutet, dass sie nicht nur im Wald überleben können wie der Wolf, sondern überall. Wenn ich diese Motte betrete, würde man mich sofort als Raubtier erkennen. An dir hingegen wittert niemand Gefahr. Du musst zum Raben werden, listig und sprachgewandt, musst erklären, dass du ein Handwerker bist und man dich herbeordert hat, um den Pferden neue Hufeisen zu schmieden. Man wird dir Einlass gewähren, und du kannst Róisín suchen, finden, sie befreien und in der Nacht zu jenem unscheinbaren Ausgang führen, wohin die Bauern das Futter für die Pferde liefern. Dort werde ich auf euch warten.«

Tuans Glieder fühlten sich unendlich schwer an. Wenn er wirklich ein Rabe wäre, wären seine Flügel zu lahm, um zu fliegen. Allerdings standen in Ascalls Blick jäh so viel Hoffnung, so viel Liebe, so viel Sehnsucht, dass Tuan im nächsten Moment sicher war, er könnte es, wenn er es nur beharrlich versuchte.

»Ich … Ich werde mein Bestes geben … ich werde mich deines Vertrauens würdig erweisen …«

Wieder erschien ein Lächeln auf Ascalls Lippen, nur war es dieses Mal warm, nicht müde. »Diese Tat aus Gold werde ich nicht mit Eisen aufwiegen. Wenn wir zurück auf Dún Fionn sind, musst du keine Schwerter mehr schmieden.«

»Oh, ich will Schwerter schmieden. Ich kann doch nicht zulassen, dass die Normannen das nächste Mal einen meiner Gefährten entführen. Ich werde …«

Wieder wurde er von einer gebieterischen Geste zum Schweigen gebracht. »Darüber reden wir, wenn wir alle wohlbehalten nach Dún Fionn zurückgekehrt sind.«

Er klang so, als hätte er nicht den geringsten Zweifel daran, und Tuan hoffte, auch Ascall könnte wie ein Rabe in die Zukunft schauen und wüsste deshalb mit Sicherheit, dass alles gut werden würde.

Der Knabe hatte das blonde Haar eines Engels, aber er fluchte wie ein Teufel. Einer seiner Flüche hatte irgendetwas mit dem Arsch eines Heiligen und dem Stab eines Abtes zu tun, und es ging wohl nicht bloß darum, mit dem Stab auf besagten Arsch zu schlagen. So genau wollte Tuan das gar nicht wissen, zumal ihm auch so die Röte ins Gesicht stieg. Das des Knaben war blass, seine Statur schmächtig.

»Kann ich dir helfen?«, fragte Tuan.

Er hatte den Knaben seit geraumer Zeit beobachtet, wie er – ein Stück weit von der Motte entfernt – auf das gebrochene Rad seines Wagens starrte. Als Tuans Stimme ihn traf, blickte er misstrauisch hoch.

»Bei den faustgroßen Hoden des Teufels, ich …«

»Dein Rad ist gebrochen, oder?«

Das Gefährt glich dem des Händlers aus Sizilien, nur dass dieses nicht von einem Ochsen, sondern von einem Pferd gezogen wurde. Seiner Größe nach zu schließen war es ein Schlachtross, aber es schnaubte nervös und verdrehte seine Augen – ein Zeichen dafür, dass es zu viele Kämpfe erlebt hatte, um noch gerüstete Reiter auf seinem Rücken zu dulden.

»Es ist nicht gebrochen … Es hat sich nur gelöst …«, murmelte der Knabe.

Tuan betrachtete das Rad und kam zu dem Schluss, dass die Wagenachsen aus dem falschen Material gemacht worden waren – statt aus dem biegsamen der Stechpalme aus dem harten einer Birke.

»Wenn ich den Wagen anhebe, könntest du versuchen, das Rad wieder anzubringen«, schlug Tuan vor.

Der Junge starrte ihn weiter misstrauisch an, fluchte aber nicht mehr. Das tat er erst, als er auf Tuans Vorschlag einging und prompt scheiterte.

»Der Teufel soll sich vor mir hinknien, damit ich ihm seinen …«

»Wie heißt du denn?«, unterbrach Tuan ihn.

Der Knabe kniff die Augen zusammen. »Ninned«, sagte er schließlich widerwillig. »Und du?«

Tuan lag sein wahrer Name auf den Lippen, stattdessen sagte er: »Cairell.« Soweit er wusste, war das immerhin der Vater des legendären Tuan, eines der ersten Bewohner Irlands gewesen.

»Soll ich es mal probieren?«, fragte Tuan. Ninned umklammerte unsicher das Wagenrad. »Warum ist der Wagen eigentlich leer?«, fragte Tuan angelegentlich. »Bist du nicht auf dem Weg zur Motte, um etwas dorthin zu transportieren?«

»Nein«, sagte Ninned leise, »ich muss etwas von dort holen. Ach, bei Luzifers Barthaar, das der sich tausendfach verknoten soll, um es sich in seine Nasenlöcher zu schieben, ich …«

Der Knabe brach ab, als er sah, dass Tuan einen Hammer aus seiner Tasche zog. Er stammte aus Cascorachs Werkstatt, war aber viel kleiner als der, mit dem Schwerter geschmiedet wurden – man brauchte ihn nur zum Herstellen von Nieten. Da Tuan sich ohne jegliches Werkzeug wie nackt gefühlt hätte, hatte er ihn mitgenommen, und eben zeigte sich, dass das eine weise Entscheidung gewesen war.

»Was hast du da? Bist du etwa ein Handwerker?«

Tuan nickte. »Auf der Motte wird ein Schmied gebraucht, die Pferde bekommen neue Hufeisen.«

»Der Hammer ist doch viel zu klein«, sagte Ninned, trat näher, betrachtete das Werkzeug.

»Gewiss«, erklärte Tuan, »er ist nur fünf Zoll lang, aber mit der meißelförmigen Spitze auf der einen Seite und dem Holzkopf auf der anderen kann man … Oh, es tut mir schrecklich leid.« Während sich der Junge über den Hammer gebeugt hatte, hatte Tuan ihm einen Schlag auf den Hinterkopf versetzt. Jetzt konnte er nur beten, dass das ausreichen würde, den Jungen nicht nur taumeln, sondern auch nach vorn kippen zu lassen. Tatsächlich ging Ninned zu Boden, rollte in Richtung Straßengraben, wurde schließlich vom Gestrüpp dort aufgehalten und blieb reglos liegen. »Es tut mir wirklich leid, Ninned«, murmelte Tuan.

Rasch befestigte er das Wagenrad wieder an der Achse, was ihm ziemlich leicht gelang, und zog vorsichtig am Zügel des Pferdes, woraufhin sich dieses schnaubend und mit verdrehten Augen in Gang setzte. Nach zehn Schritten brachte er es allerdings schon zum Innehalten. Er lief zu Ninned zurück, drehte ihn sicherheitshalber auf den Rücken, damit keine Erde in seinen Mund dringen und er ersticken konnte, und hielt sein Ohr dicht über den Kopf, um zu prüfen, ob er noch regelmäßig atmete. Erst danach kehrte er zu dem Pferd zurück, das nunmehr unruhig tänzelte.

»Psst … Ich tue dir doch nichts … Ich meine es gut mit dir. Ich wollte auch Ninned nicht niederschlagen, aber ich hatte keine andere Wahl …«

Sein schlechtes Gewissen ließ sich nicht beschwichtigen, das Pferd jedoch durchaus. Schon setzte es sich in Bewegung, und alsbald hatten sie die hölzernen Palisaden rund um die Motte erreicht.

»He! Was willst du denn hier?« Er hatte noch nicht geklopft, als das schmale Tor schon aufging und ihm drei Männer entgegentraten. Verzweifelt rang er nach der richtigen Antwort, doch die Männer warfen bloß einen Blick in den leeren Wagen, um sich diese selbst zu geben. »Endlich bist du da! Wir haben dich schon erwartet.«

Sie winkten ihn durch das Tor, und Tuan starrte auf den Boden, damit man ihm seine Unsicherheit nicht ansah. Erst als das Pferd in der Mitte des Hofes innehielt, wagte er den Blick zu heben, nahm den Turm, den er schon aus der Ferne gesehen hatte, genauer in Augenschein. Im Erdgeschoss, so vermutete er, befand sich wohl der Lagerraum, im ersten Stock, der nur mit einer Leiter zu erreichen war, die große Halle. Die Schlafkammern unter dem Dach mussten sehr klein sein – gut möglich, dass die Ritter lieber in der Halle schliefen und sie den Tauben überließen – oder ihrer Gefangenen. Allerdings könnte man diese auch in eines der zwei Grubenhäuser gesperrt haben, die sich ebenso wie die Latrinen in der Nähe des Turmes befanden.

Eben wurde ein Fass über den Hof gerollt – allerdings nicht zu der Kochstelle im hinteren Teil, wo auch ein Mehlsack und zwei Bierbottiche standen, sondern zur Palisade, die ziemlich verwittert wirkte. Das Fass war nämlich leer und wurde jetzt in kleine Stücke zerschlagen. Mit dem Holz wollte man die Palisade wohl ausbessern.

Tuan wandte sich einem der Ritter zu. Obwohl ihm die Knie schlotterten, vermochte er mit fester Stimme zu erklären: »Ich war lange unterwegs und denke, ich habe einen Schluck Met verdient.«

Der Ritter musterte ihn streng, und Tuan wappnete sich schon gegen einen Faustschlag, den er – anders als Ninned – wohl nicht überleben würde. Doch da begann das Pferd unruhig zu wiehern, und der Ritter fuhr herum.

»Ist der Gaul irre geworden?«, rief er empört und bedrohte nunmehr das scheue Tier mit seiner Faust.

Tuan ging rasch dazwischen und versuchte das Pferd zu besänftigen, indem er beruhigend auf es einredete.

»Besser, wir spannen eines unserer Tiere vor den Wagen«, hörte er einen der anderen Ritter sagen.

»Warum brauchen wir den Wagen überhaupt? Wir können das Mädchen doch einfach auf das Pferd werfen.«

Tuan erstarrte.

»Dummkopf! Niemand soll es sehen.«

»Ist das nicht etwas viel Aufhebens wegen eines Weibes?«, knurrte der andere.

»Sie ist kein gewöhnliches Weib, wie du ganz genau weißt.«

Der andere spuckte auf den Boden und sagte missmutig: »Ich frage mich, warum sie für Saint-Taurin solch große Bedeutung hat.«

»Was schert uns das? Jedenfalls müssen wir uns beeilen. Wir machen uns zu zweit auf den Weg, einer führt das Pferd, der andere geht hinter dem Wagen und schiebt ihn, wenn es notwendig ist.« Der Ritter wandte sich an Tuan. »Hat sich der Gaul beruhigt?«

Das Pferd stand ganz starr da, was man von ihm nicht sagen konnte. Ein Zittern hatte sich seines Körpers bemächtigt, drohte jeden vernünftigen Gedanken zu erschüttern … Ein Mädchen … Ein Mädchen … Saint-Taurin … Saint-Taurin …

Tuan atmete tief durch. Mit dem Mädchen musste Róisín gemeint sein. Und sie sollte zu Saint-Taurin gebracht werden!

»Nun rede, Knabe! Oder kannst du nur wiehern?«

Tuan dachte fieberhaft nach. »Ich denke, ich sollte bei euch bleiben. Manchmal genügt der Stich einer Mücke, und das Pferd geht durch.«

Der Ritter musterte ihn, als wäre auch er eine Mücke, die er am liebsten erschlagen würde, schließlich nickte er.

»Meinetwegen«, knurrte er. »Gib dem Vieh noch was zu trinken. Du kannst gern auch den Kopf in den Eimer tauchen, aber wag's nicht, dir etwas von dem Met zu nehmen. Und ihr«, er wandte sich an die beiden anderen, »ihr holt das Mädchen …«

Tuan war froh, dass niemand ihn genauer musterte und bemerkte, dass er mit seinen Gedanken ganz woanders war. Er musste hastig einen Plan aushecken, um Róisín zu retten, und er hatte nicht viel Zeit dafür.

Róisín

Der Barde sang wunderschön, das Essen war grässlich. Es sei gesalzener Aal, behauptete der Page, doch es schmeckte wie Kuheuter, in dem sich noch Reste saurer Milch befänden. Und die Pasteten schienen nicht mit klein gehacktem Fleisch, sondern mit Schlamm und Kieselsteinen gefüllt worden zu sein. Überdies tischte der Page Kapaun auf.

»Weißt du, was ein Kapaun ist?«, fragte Róisín. Der Knabe sah sie fragend an. »Ein kastrierter Gockel«, sagte Róisín, »und genau zu so einem mache ich dich auch, wenn du mich nicht sofort in Ruhe lässt. Der fahrende Barde ist das Beste, was dieser Motte seit Langem passiert ist. Lass mich ihm zuhören.«

Unbeeindruckt stellte der Page den Kapaun vor ihr ab. Er sah aus wie ein Küken, das man mitsamt seinem Flaum gebraten hatte.

Na, vielen Dank auch.

Nicht dass sie selbst von den köstlichen Speisen etwas heruntergebracht hätte. Die Ungewissheit, was mit ihr geschehen würde, nun, da Strongbow tot war und Guy FitzMartin sie auf dieser Burg zurückgelassen hatte, um allein nach Dublin zu reiten und nach Aoifes Plänen zu fragen, schlug ihr auf den Magen. Und sie konnte nicht eben freier atmen, als sie dem Barden lauschte – einer seiner Zunft, der Menschen zum Lachen und zum Weinen zugleich bringen konnte. Wie süß seine Töne klangen und wie traurig, wie tief manche waren, wie hoch andere, wie lebhaft er einige Lieder sang und wie gefühlvoll langsam weitere. Die Töne sollten ihre Seele eigentlich streicheln, doch da jene so abgemagert wie ihr Körper war, fühlten sie sich eher wie Faustschläge an.

Róisín zwinkerte die aufsteigenden Tränen weg, und ehe neue aufstiegen, führte sie rasch das Ochsenhorn, das vor ihr stand, an den Mund. Der Inhalt schmeckte wie Regenwasser, und zwar nicht solches, das frisch vom Himmel gefallen war, sondern solches, das sich seit Tagen in Pfützen gesammelt hatte.

Dann muss ich wenigstens nicht länger bedauern, dass man mir das Gift weggenommen hat. Wenn ich genug davon trinke, werden das Kind und ich auch so sterben.

Sie war immer noch überzeugt, dass dies das Beste wäre, aber längst nicht mehr sicher, ob sie wirklich töten könnte – zumindest nicht seit der vergangenen Nacht, als sich das Kind zum ersten Mal bewegt hatte. Kein Faustschlag hatte da ihre magere Seele getroffen, nein, Flügel eines Schmetterlings hatten sie erschaudern lassen, und die Seele hatte gejuchzt, obwohl der Kopf wusste, dass etwas Zartes auf dieser Welt keinen Bestand hat. Noch nicht einmal der Musik war das vergönnt, denn eben begannen die Männer in der Halle zu murren.

»Musst du immer nur singen? Kannst du nicht auch jonglieren?«

Der Barde ließ entrüstet die Harfe sinken. »Musik ist eine der drei Künste, für deren Gedeihen in Irland jeder einzelne Mann und jede einzelne Frau zu sorgen hat«, erklärte er stolz. »Wie missgünstig ein Mensch auch sein mag, lass einen Spielmann vor ihn treten, und alle Bösartigkeit wird schwinden. Und wie geizig ein Mensch auch sein mag, alle Knauserigkeit wird er fahren lassen, wenn bloß ein Lied ertönt.«

Róisín weinte nicht mehr, sie seufzte voller Verdruss.

Träum weiter, Barde.

Einer der Männer schlug mit der Faust auf den Tisch. Wahrscheinlich spielte er mit dem Gedanken, aus den Saiten der Harfe eine Schnur zu flechten, um den Barden daran aufzuknüpfen. Bevor der aber noch mehr sagen konnte, trat eine alte Frau zu ihm. Richtig, der Barde war nicht allein auf die Motte gekommen, er wurde von einem Weib begleitet, das wohl seine Mutter war. Während er blonde Locken hatte, war ihr Haar schlohweiß.

»Natürlich kann er auch jonglieren, wenn ihr wollt«, erklärte sie und zog aus ihrem Beutel drei goldene Bällchen ähnlich jener, die sich die Frauen hierzulande gern in die Haare flochten.

»Die sind ja winzig klein«, schnaubte einer der Ritter. »Wenn sie wenigstens so groß wie meine Faust wären …«

»Und wenn das Weib wenigstens Brüste so groß wie eine Faust hätte«, fügte ein anderer hinzu.

Kurz schien er zu sinnieren, ob er nicht lieber die Frau schänden, als den Barden jonglieren sehen wollte, doch in dem Augenblick kam ein weiterer Ritter in die Halle gestürzt.

»Es hat zu regnen aufgehört, wir können Ball spielen.«

Róisín hatte schon mehrmals zugesehen, wie die Normannen so etwas Ähnliches wie das irische *báire* spielten. Dabei schob man einen Ball – aus Wollgarn und einem Stück Leder gemacht – mit einer hölzernen Stange aus Eschenholz an der gegnerischen Mannschaft vorbei in ein Tor, das aus zwei in den Boden gesteckten Ästen bestand. Da man alles Holz brauchte, um die morschen Palisaden auszubessern, musste für gewöhnlich ein Page das Tor ersetzen, und heute kam einer der Ritter gar auf die Idee, den Barden die Beine spreizen zu lassen.

»Ich soll das … Tor sein?«, rief der empört.

»Nun mach schon«, raunte ihm die Alte zu.

Während die Männer mit dem Barden die Halle verließen, steckte die Alte ihre goldenen Bälle wieder in ihren Beutel, doch einer entglitt ihr, rollte über den schiefen Boden und verfing sich in einem Spinnennetz, das in einer der schimmligen Ecken wucherte. Róisín blickte sich um, zählte nur mehr zwei Normannen im Raum – einer schnarchte vor dem Feuer, ein anderer klaubte sich Läuse aus dem Haar und zerquetschte sie, keiner scherte sich um Róisín.

Sie erhob sich unauffällig, eilte auf die Ecke zu, erreichte sie noch vor der Alten. Schnell hob sie die Goldkugel auf, doch anstatt sie der anderen zu geben, hielt sie sie fest in ihrer Hand.

»Bitte … Bitte hilf mir!«

Die Frau blickte sie fragend an. Aus der Nähe betrachtet, schien sie gar nicht mehr so alt zu sein. Gewiss, ihr Haar war immer noch schlohweiß, aber ihre Haut war glatt und rosig, und sie ging ohne Ächzen in die Knie.

»Ich … Ich bin entführt worden …«, fügte Róisín hinzu, »ich bin seit Wochen eine Gefangene der Normannen … Hilf mir, mich zu befreien!«

Die Augen der Frau wurden hart wie die Goldbällchen. »Warum sollte ich?«

»Du bist doch eine Irin wie ich. Der Barde hat eben große Helden besungen, auch du könntest zur Heldin werden!«

Der Laut, den die Frau von sich gab, sollte wohl ein Lachen sein, klang aber so, als hätte sie einen Bissen von dem Küken genommen und wieder ausgespuckt. »Die Helden sind doch alle tot.«

»Nein!«, rief Róisín. Sie sah sich um, fügte, als sie sich vergewissert hatte, dass niemand ihr zuhörte, etwas leiser hinzu: »Die Ritter des Roten Zweiges sind Helden, und Ascall von Toora führt sie an. Er wird dich und den Barden reich belohnen, wenn ihr mir zur Freiheit verhelft … Ich bin der Heilkunst mächtig, man braucht mich, um Wunden zu kurieren. Einen Barden braucht man übrigens auch, denn noch gibt es keinen, der die Taten der Ritter des Roten Zweiges besingt.«

Róisín war sich zwar nicht sicher, ob Clách, Enda oder Barra den Barden freundlicher behandeln würden als die Normannen, aber in diesem Augenblick hätte sie dem Teufel ihre Jungfräulichkeit versprochen, obwohl sie schon lange keine Jungfrau mehr war und der Teufel wohl abgebrühte Huren bevorzugte.

Die Frau blieb starr hocken, senkte den Blick. »Ascall von Toora?«, fragte sie gedehnt. »Wie stehst du zu ihm?«

»Ich bin …« Róisín stocke. *Ich bin die Frau, die sein Kind trägt,* wollte sie sagen, doch sie traute sich nicht, es auszusprechen. *Ich bin seine Geliebte* waren aber auch die falschen Worte, weil die Alte sie dann für seine Hure halten könnte, und eine solche hatte weder für den Teufel noch für Krieger großen Wert. Schließlich erklärte sie: »Ich bin seine Frau.«

Wieder dieser Laut, halb Lachen, halb Würgen. »Das ist nicht möglich«, sagte die Frau ebenso spöttisch wie bitter. »Denn *ich* bin Ascall von Tooras Frau. Zumindest war ich es, ehe wir uns voneinander losgesagt haben.«

Sie griff nach dem dritten Goldbällchen, das Róisín vor Schreck hatte fallen lassen. Danach wollte sie aufstehen, doch Róisín hielt sie fest. Wild schwirrten ihr die Gedanken durch den Kopf, desgleichen Erinnerungen an die Zeit, bevor die Normannen nach Irland gekommen waren. Sie war die Tochter des Dubliner Händlers Pól, und Ascall war damals ein grausamer Krieger gewesen, der – um sich für eine Demütigung zu rächen – die Schwester seines Feindes entführt und zu seiner Frau gemacht hatte.

»Du bist Caitlín O'Bjólan?«, stieß sie aus.

Der Blick der Frau war nicht länger hart, nur müde. »Ich habe schon lange nicht mehr jemanden den Namen meiner Familie aussprechen hören. Einst waren die O'Bjólans reiche Landbesitzer, jetzt leben nur mehr mein Bruder und ich. Nun, er wollte ohnehin nie ein O'Bjólan sein, immer nur ein Barde. Ich wiederum …«

Róisín hätte sie längst unterbrochen, wenn sie denn eine Stimme gehabt hätte. Erst jetzt fand sie diese wieder und stieß krächzend aus: »Das glaube ich nicht!«

»Dass ein Weib und ein Barde in diesen Zeiten überleben?«

»Dass du Caitlín O'Bjólan bist!«

Caitlín O'Bjólan war doch wunderschön, wollte sie hinzufügen, biss sich aber auf die Zunge, weil sie damit gesagt hätte, dass diese Frau schrecklich aussah. Das tat sie zwar auch auf den ersten Blick, doch genau betrachtet waren ihre

Züge ebenmäßig und die Augen von einem durchdringenden Blau.

Caitlín fuhr sich eben durch die schlohweißen Strähnen. »Es stimmt, einst wurde ich für mein rabenschwarzes Haar gerühmt. Was soll ich sagen? Der Krieg schwärzt nur die Seelen, das Haar aber macht er weiß.«

Nun war es Caitlín, die Róisín eingehender musterte, doch ehe diese etwas sagen konnte, ertönten Schritte. Männer betraten die Halle – andere als die, die zuvor zum Ballspielen aufgebrochen waren. Auch FitzMartin, der Ritter, der sie entführt hatte, war nicht unter ihnen, gleichwohl traten sie entschlossen zu Róisín.

»Komm her, Mädchen! Wir brechen auf!«

Róisín packte Caitlín noch fester. »Bitte ... Bitte hilf mir!«, stammelte sie kläglich, und anstatt sich zu entwinden, versteifte Caitlín sich kurz.

Ratlos wurde ihr Blick, hilflos, nahezu mitleidig. Róisín konnte förmlich spüren, wie sie mit sich rang, fieberhaft überlegte, wie sie ihr helfen könnte. Am Ende schüttelte sie jedoch den Kopf.

»Es tut mir leid«, murmelte sie. »Aber ... aber ich kann nichts tun, was mich in Gefahr bringt. Wenn es nur um *mein* Leben ginge, ich würde jedes Risiko eingehen. Ich trage jedoch auch für andere die Verantwortung.«

Róisín ahnte, dass sie noch andere Menschen als ihren Bruder, den Barden, meinte. Bevor sie fragen konnte, entwand sich Caitlín allerdings ihrem Griff, und die Ritter hatten sie erreicht.

»Los jetzt!«

Er sagte nicht, wohin er sie bringen würde, aber Róisín war überzeugt, dass sie ein noch schlimmeres Gefängnis erwartete als diese Motte, wenn nicht gar der Tod. Sie warf Caitlín einen letzten flehentlichen Blick zu.

»Bitte ...«

»Es tut mir leid«, wiederholte Caitlín, »ich kann nichts für dich tun. Ich … ich muss mich um meinen Bruder kümmern. Hoffentlich haben die Männer nicht mittlerweile aus seinem Kopf einen Ball gemacht.«

Róisín wusste, dass sie sich gegen die Übermacht nicht wehren konnte, doch als sie in den Hof trat und den Wagen sah, versuchte sie es dennoch. Sie kämpfte gegen der Griff der Männer an, woraufhin ihr erst ein Schlag auf den Kopf, dann ein Schlag in den Bauch versetzt wurde. Als sie in den Wagen geworfen wurde, prallte sie obendrein mit ihrer Schulter auf, und kurz wurde es schwarz um sie.

Wie lange die Ohnmacht währte, wusste sie nicht, nur dass der Wagen über eine unebene Straße ruckelte, als sie wieder zu sich kam. Sie lauschte in sich, hoffte auf ein Zeichen dafür, dass der Schmetterling nicht tot war, seine Flügel immer noch zu flattern vermochten, doch das Einzige, was sie fühlte, war ein stechender Schmerz in der Schulter. Und der ließ nicht nach, als der Wagen plötzlich zur Seite kippte und sie mit voller Wucht gegen die Wand des Wagens prallte. Das Gefährt schien eine Böschung hinunterzurollen, und nur weil die Abdeckung nicht nachgab, purzelte sie nicht ins Freie.

»Verdammt noch mal, das hat mir gerade noch gefehlt! Wir haben es eilig!«

»Ich kann es reparieren.«

Die Stimme war ihr vertraut, das Gesicht erst recht. Es dauerte zwar eine Weile, bis sie es sehen konnte, denn lange stemmte sie sich vergeblich gegen die Abdeckung. Doch als sie sich einen Spaltweit öffnen ließ, erkannte sie Tuans schwarzes Haar. Heiß durchflutete sie die Erleichterung, und auch wenn der Schmetterling nicht davon erwachte, ihre Hoffnung tat es umso mehr. Am liebsten wäre sie herausgesprungen, musste nun aber verspätet feststellen, dass man ihr die Hände hinter dem Rücken gefesselt hatte.

Tuan machte beschwörend: »Psst …«

So viele Fragen schwirrten ihr durch den Kopf. Wo ist

Ascall? Wie wirst du mich retten? Lebt mein Kind noch? Doch ausgerechnet die dümmste stellte sie: »Wie hast du es nur angestellt, dass der Wagen vom Weg abkam?«

»Das Rad war vorher schon nicht richtig befestigt, ich musste nur einmal unauffällig dagegentreten und …«

Himmel, was scherte sie das Rad! Eigentlich zählte nur, welche Waffe er bei sich hatte! Ein Dolch war es nicht, wie sie zu ihrem Bedauern feststellte, immerhin ein Hammer.

Róisín deutete mit dem Kinn darauf. »Gib ihn mir!«

Sie wusste zwar nicht, ob sie damit ihre Fesseln durchschneiden konnte, aber einen Versuch war es wert. Umso mehr, als einer der beiden Männer, die den Wagen begleiteten, nun knurrte: »Wird's bald? Und was gibt es da eigentlich zu flüstern?«

»Nichts, ich …« Tuan steckte den Hammer durch den Spalt. »Ich hab nur gemerkt, dass sich die Abdeckung gelöst hat, das ist alles. Jetzt ist sie wieder geschlossen.«

Róisín hörte nicht mehr, was der Mann antwortete, sie wurde taub … wurde blind … konzentrierte sich einzig darauf, die Fesseln über die spitze Seite des Hammers zu reiben. Durchschneiden konnte sie sie zwar solcherart nicht, aber sie lockerten sich etwas, sodass sie mit den Füßen hindurchschlüpfen konnte und die Hände nunmehr nicht mehr hinter dem Rücken, sondern vor dem Bauch gefesselt waren.

»Wo ist der Hammer, den du eben noch gehabt hast?«, tönte von draußen eine Stimme.

Verdammt.

»Er ist mir entglitten.«

»Himmel, heb ihn schon auf, wir müssen weg von hier …«

Die letzten Worte gingen in ein Rumpeln über, versuchten die Männer doch offenbar, den Wagen zurück auf die Straße zu schieben. Róisín drehte sich einmal um die eigene Achse, schlug sich die Stirn blutig, doch dieses Mal loderte kein Schmerz auf, nur die Flamme des Zorns, die nie heißer brennt, als wenn sie von Ohnmacht, Hilflosigkeit und der Aussicht, beides abzuschütteln, genährt wird. Es war ihr egal, dass ihre Hände noch gefesselt waren. Es war ihr egal, dass ihr der Hammer entglitten war. Mit einem Aufschrei stieß sie mit den Füßen die Abdeckung weg und sprang auf den, der neben dem Wagen ging. Er schlug sie, aber sie rappelte sich auf, sprang ihn wieder an, dieses Mal von hinten, sodass sich die Fesseln nicht nur um ihr Handgelenk, sondern auch um seinen Hals zuzogen. Jetzt musste sie nichts anderes tun, als hängen zu bleiben und zu hoffen, dass sie schwer genug war, um ihn zu erwürgen, und dass die Fesseln reißfest waren.

Der Mann schnappte verzweifelt nach Luft, ächzte, röchelte, gurgelte, fiel schließlich vornüber. Als sie unsanft auf ihm landete, geriet ihr sein Haar in den Mund. Sie spuckte es samt Rotz und Blut aus, richtete sich auf, sah, dass auch der zweite Mann, der den Wagen begleitet hatte, reglos auf dem Boden lag. Tuan stand neben ihm – in seiner Hand das kaputte Rad, das er kurzerhand als Waffe benutzt hatte.

Gut gemacht, dachte Róisín anerkennend, er dagegen schien nicht stolz auf sich zu sein, nur zutiefst verwirrt.

»Er … Er lebt noch …«, stammelte er.

»Dann hättest du eben fester zuschlagen sollen«, spottete sie, ehe sie erkannte, dass auch der Mann, den zu erwürgen sie geglaubt hatte, noch ein Ächzen von sich gab.

»Der lebt auch noch«, sagte Tuan.

»Ich habe mir ja auch immer geschworen, dass ich den ersten Mann, den ich töte, mit einem Dolch angreifen werde, nicht mit einem Strick.«

Tuan trat auf sie zu, löste diesen Strick von ihren Händen, fand darob die Fassung wieder. »Wir … Wir müssen schnell weg von hier.«

Dieses Mal blieb keine Zeit, Fragen zu stellen – wo Ascall war, wann sie ihn wiedersehen würde – nur noch Zeit, sich über den Wagen zu beugen und den Hammer an sich zu nehmen. In dem Augenblick, als sie sich wieder aufrichtete und endlich losrennen wollte, ertönte jedoch ein Fluch.

»Beim Arsch des Teufels!«

Sie fuhr herum und sah einen blonden Jungen auf sich zustürzen, klein und schmächtig zwar, aber sehnig. Er fiel Tuan von hinten an wie sie zuvor den Ritter, nur dass seine Hände nicht gefesselt waren und er Tuan nicht zu erwürgen versuchte, sondern mit spitzen Fingernägeln in seine Augen stach.

»Du hast mir meinen Wagen gestohlen!«, keifte er wie ein Marktweib.

Tuan kämpfte gegen ihn an, und irgendwie gelang es ihm, die Finger von seinen Augen zu lösen – allerdings um den Preis, dass der Junge ihm nun die Nase zu zerquetschen drohte. Himmel, es konnte doch nicht so schwer sein, diesen Köter abzuschütteln!

»Hier!«, schrie Róisín und warf Tuan den Hammer zu.

Sie hätte den Jungen zwar auch töten können, doch zu klar stand ihr Ascalls wichtigste Lektion vor Augen: Wer sich nicht selbst retten kann, ist nicht zu retten.

Tuan, der Auerochse, fing den Hammer allerdings nicht auf, er ließ ihn in den Dreck fallen. Róisín hatte nicht übel Lust davonzulaufen, konnte aber dann nicht anders, als dem Schauspiel zuzusehen. Der Junge hielt sich nunmehr an Tuans Ohren fest, was diesen immerhin bewog, sich zu bücken und nach dem Hammer zu tasten. Bald hielt er ihn in den Händen, schlug allerdings nur zögerlich zu. Der Knabe fiel auf seinen Hintern und fluchte noch schlimmer.

»Nun, töte ihn schon!«, schrie Róisín.

»Er ist doch noch ein Kind.«

»Er hätte dir fast die Augen ausgestochen! Wer jemanden blenden kann, ist kein Kind mehr.«

Tuan hob wieder den Hammer, zögerte erneut, indes der Junge verstummte, nun ganz steif vor ihm lag, wie die Welt den Atem anzuhalten schien. Tuan ließ den Hammer sinken, der Junge rappelte sich auf und lief davon.

Er taugt wirklich nur zum Schmied.

Am liebsten hätte Róisín Tuan beschimpft, aber sie brauchte

alle Kraft, um selbst davonzulaufen, wenn auch in die andere Richtung als der blonde Junge. Tuan war zumindest klug genug, ihr zu folgen, leider nicht als Einziger. Sie waren kaum ein Dutzend Schritte weit gekommen, als plötzlich der Boden vibrierte. Eine Truppe Ritter näherte sich ihnen – nicht von der Motte, wie Róisín zunächst dachte, vom Hügel dahinter. Vier, fünf, sechs … Ach, es war egal, wie viele es waren, es waren jedenfalls zu viele, um sich zu wehren, wenn sie ihnen in die Hände fielen.

»Amaury de Saint-Taurin …« Tuan spuckte den Namen förmlich aus. »Die Männer wollten dich zu ihm bringen, vielleicht hat er die Geduld verloren …«

Róisíns Furcht war für diesen Tag verbraucht. Sie packte Tuans Hand. »Wir müssen uns im Wald verstecken!«

Ein Wald, von wegen! Ein paar Birken wuchsen auf der sumpfigen Wiese, schmächtig wie der blonde Junge. Allerdings gluckerte dahinter ein Bächlein, und vielleicht mündete es nicht weit von hier in einen von Schilf umwachsenen Teich.

Das Kind in ihrem Leib zappelte jäh, und die Hoffnung lebte auch auf, zumindest so lange, bis sie das Birkenwäldchen erreichten. Denn obwohl da tatsächlich ein Teich war und an dessen Ufern dichtes Gestrüpp wuchs, vibrierte der Boden plötzlich wieder – und das nicht etwa, weil die Truppe sie eingeholt hatte, sondern weil weitere Ritter ihnen entgegenkamen. Ehe sie auch nur die erste Birke erreicht hatten, waren sie bereits eingekreist.

»Verdammt«, fluchte sie und klammerte sich an Tuans Hand oder er sich an ihre. Es tat weh, es tat gut.

»Ergreift ihn!«

Dass sie die Stimme, die den Befehl erteilte, erkannte, ging ihr erst nach dem kurzen, gleichwohl erbitterten Kampf auf. Sie ließ Tuans Hand nicht los, obwohl zwei Männer ihn und ein weiterer sie packten, trat mit ihren Beinen um sich, was Tuan einen Faustschlag in den Bauch einbrachte, ihr einen in die Brust. Oder nein, es war keine Faust, die sie getroffen hatte, es war ein Fuß, und er trat ein weiteres Mal zu, als sie bereits zu Boden geschleudert worden war. Sie biss sich auf die Lippen, biss auf feuchtes Gras, beides schmeckte nach nichts.

»Tuan!« Erst jetzt gewahrte sie, dass sie seine Hand doch losgelassen hatte, dass er von ihr weggezerrt wurde … immer weiter, bis sie ihn nicht mehr sehen konnte. Obwohl sie nun nicht länger am Boden lag, sondern jemand ihr aufhalf. »Tuan!«, brüllte sie voller Panik. »Tuan!«

»Jetzt sei doch still, du kannst ihm nicht mehr helfen.«

Róisín verstummte tatsächlich – schlichtweg aus Verwirrung. Wer ihr aufgeholfen hatte, wer zu ihr sprach, wer den Befehl gegeben hatte, Tuan festzunehmen … Es war keiner der ungeschlachten Ritter, es war auch nicht Guy FitzMartin, der sie entführt hatte, es war eine schmale, zarte Gestalt. Auf den ersten Blick erinnerte sie sie an den blonden Knaben, doch die Haarsträhnen, die ihr der Wind ins Gesicht wehte und sie kitzelten, waren nicht blond, sie waren rot. Vor ihr stand ein Mädchen … eine Frau … eine Prinzessin.

Aoife. Die Tochter von Diarmait MacMurchada, der die Normannen auf Érius Insel geholt hatte, weil er mit ihrer Hilfe sein Königreich Leinster zurückerobern wollte, der seine Tochter mit ihrem Anführer Strongbow verheiratet hatte, der aber, bevor er seine Macht wiedererlangte, starb. Strongbow, dessen Leben Róisín hätte retten sollen, war auch gestorben, was bedeutete, dass es Aoife wohl nur mehr um das eigene ging und sie deshalb den Befehl gegeben hatte, Tuan festzunehmen.

»Tuan!«, schrie sie wieder.

Blitzschnell schlug Aoife ihr die Hand vor den Mund. Róisín wollte sie zurückstoßen, nach ihr treten, doch das gelang ihr nicht, hielt einer von Aoifes Rittern sie doch unerbittlich fest. Da öffnete sie einfach den Mund und biss Aoife in den Finger.

Augenblicke vergingen, sie schmeckte kein Blut, biss fester, hörte immer noch keinen Schrei. Wie war das möglich, da sie doch langsam bis zum Knochen vorgedrungen sein musste?

Erst als Aoife ihr ins Gesicht schlug, spürte sie, dass sie Lederhandschuhe trug. Róisín gab den Finger frei.

»Kannst du dich noch an mein Hermelinchen erinnern?«, fragte Aoife heiser. »Es hat alle gebissen, die es nicht mochte. Nur dich nicht … Und ausgerechnet du beißt nun mich?«

Nein, sie konnte sich nicht erinnern … Sie war doch nicht mehr die Róisín von einst, war eine vom Kampf und von Entbehrung gestählte Frau mit kurzem Haar. Aoife hingegen hatte deutlich mehr Ähnlichkeiten mit der irischen Prinzessin, die sie damals kennengelernt hatte, wobei Róisín keinen Moment glaubte, dass in dem zarten Körper auch eine zarte Seele wohnte.

»Du bist eine Verräterin!«, stieß sie aus.

»Und du bist strohdumm.«

Aoife gab dem Ritter ein Zeichen, Róisín loszulassen, und diese ging nicht wieder auf die andere los, sah sich nur hektisch nach Tuan um. Es fehlte jede Spur von ihm. Nebel waberte, verschluckte Wiese wie Bächlein, sodass die dürren Birken nicht in der Erde zu wurzeln schienen, sondern in Staub.

»Mein Vater hat damals dem deinen zur Flucht aus Irland verholfen«, klagte Róisín die andere an. »Ohne ihn wärest du verhungert oder von Feinden getötet worden. Und als Dank lieferst du mich Amaury de Saint-Taurin aus?«

Aoife trat so nah an sie heran, dass das lange rote Haar sie kitzelte. »Natürlich liefere ich dich ihm nicht aus«, sagte sie leise. »Lauf! Lauf davon!«

Róisín rührte sich nicht. »Aber ich kann doch nicht …«

»Als junges Mädchen hast du dich doch immer nach Freiheit gesehnt, und jetzt, da ich sie dir schenke, nimmst du sie nicht an?«

»Du schenkst mir gar nichts! Du hast mich von FitzMartin entführen lassen, um deinen Mann zu retten!«

»Unsinn! Ich habe dich von FitzMartin entführen lassen, damit du meinen Mann vergiftest und Irland endlich frei ist. Aber das Schicksal ist mir zuvorgekommen, gönnte mir nicht einmal diese eine gute Tat, um meine vielen Sünden wiedergutzumachen. Strongbow starb ganz ohne mein Zutun an einer Wunde, die nicht heilen wollte. Lediglich dich vor Saint-Taurin zu retten liegt noch in meiner Verantwortung.«

Nicht nur Róisíns Füße, auch ihre Gedanken schienen im Nebel festzustecken. Vergiften … Schicksal … Sünden … Immer wieder echoten Aoifes Worte in ihrem Kopf, ohne dass sie sich einen Reim darauf machen konnte. Nur bei einem Namen musste sie nicht lange überlegen, um zu wissen, dass er für Unheil stand.

»Amaury de Saint-Taurin …«

»Ich habe ihm gestanden, dass ich Ascall von Tooras Geliebte auf die Motte von Navan habe bringen lassen, damit er mir nicht länger das Leben erschwert, aber ich wollte dich natürlich rechtzeitig von hier fortbringen und ihn glauben machen, du wärest geflohen. Das werde ich immer noch versuchen. Leider hast du die Sache ziemlich verkompliziert. Nun lauf schon!«

Alles tat Róisín plötzlich weh – ihre Glieder, ihre Erinnerungen, vor allem die Erkenntnis, dass Aoife nicht ihre Feindin war, schmerzten. »Du … Du wolltest mich in Sicherheit bringen?«

Aoife lachte heiser. »Ja, glaubst du, nur die Ritter des Roten Zweiges kämpfen gegen die Normannen? Ich habe es all die Jahre auch getan, es zumindest versucht, wenngleich auf lautlosere, unauffällige Weise.«

»Und Tuan?«

Aoifes Lachen erstarb. »Für sein Schicksal kannst du nur dir selbst die Schuld geben, nicht mir …«

Diese Erkenntnis war noch schmerzhafter. »Du lieferst ihn Amaury aus?«

»Irgendetwas muss ich ihm doch geben, damit er dich nicht verfolgt. Ach, wärest du doch einfach gefesselt im Wagen liegen geblieben, ich wüsste dich längst in Sicherheit. Aber du musstest dich ja wehren, musstest kämpfen! Und wenn Saint-Taurin nun den Wagen mit dem kaputten Rad und die beiden ohnmächtigen Männer entdeckt, wird er erkennen, dass du nicht schon vor Tagen, sondern eben erst geflohen bist. Ich kann nur hoffen, dass er sich mit Tuan zufriedengibt.«

Der Nebel waberte nicht nur um die Birken, sondern auch um sie, färbte ihre Gedanken grau.

»Tuan … Er war sicher nicht allein hier … Ascall muss in der Nähe sein …«

»Dann wollen wir hoffen, dass er ein neues Versteck findet, ehe Tuan sein altes verrät.«

»Tuan würde nie …«

Da lachte Aoife wieder, lachte laut und schrill, wie sie nie gelacht hatte, als sie noch ein junges Mädchen gewesen war und ihr Hermelinchen noch gelebt hatte.

»Tuan wird alles sagen, was er weiß, weil er sich zu sterben wünschen wird … Und du wirst jetzt weglaufen und dich in Sicherheit bringen, weil du dir zu leben wünschst. Der Krieg kennt nur rabenschwarzen oder milchig weißen Himmel, keinen Nebel, nur Leben oder Tod also, nichts dazwischen.«

Aoife wandte sich ab, bestieg ihr Pferd, weiß und mit schwarzen Flecken wie die Birken. »Künftig muss ich mich um das Wohl meines Sohnes, nicht das von Érius Insel kümmern. Ich werde Irland verlassen und in Pembroke leben, wer weiß, ob ich jemals zurückkehre. Wiedersehen werden wir uns also so oder so nicht, ob du mir nun dankbar bist oder mich verachtest. Kümmere dich nicht um mich. Kümmere dich nicht um Tuan. Kümmere dich um dich selbst. Wenn du nicht bald die Flucht ergreifst, wirst du Saint-Taurin in die Hände fallen.«

Róisín starrte Aoife nach, als sie davonritt, brachte aber kein Wort mehr hervor.

Es stimmt nicht, dass der Krieg den Nebel nicht kennt. Der Krieg ist vielmehr der Nebel selbst. Wir wandern darin umher, tasten uns blind vor, wissen nicht, ob der, auf den wir stoßen, Feind oder Freund ist. Und wenn wir es wüssten, würde es uns nicht nutzen, denn aus Feinden können Freunde werden und wir selbst unserer Freunde Feind.

Als das Hufgetrappel verstummt war, wandte Róisín sich ab und begann zu rennen. Sie lief vor Aoifes Männern davon, vor dem Mädchen, das sie selbst einst gewesen war, vor Amaury de Saint-Taurin und vor allem vor Tuan und ihrem schlechten Gewissen, weil sie ihn im Stich ließ. Der Schmerz in der Brust wurde alsbald stechender als der in ihrer Seele.

Ich muss an mein Kind denken, nur an mein Kind. Wer sich nicht selbst retten kann, ist nicht zu retten …

Amaury

Der Junge zitterte, das taten sie alle. Er verschränkte verzweifelt die Hände, um es nicht zu zeigen, das versuchten die meisten. Ihm gelang es recht gut, obwohl Amaury sich ganz dicht über den Stuhl beugte, an den er gefesselt war.

»Du heißt Tuan, nicht wahr?«, fragte er leise. Keine Antwort. »Ich verstehe«, murmelte Amaury. »Du willst nicht mit mir reden. Möchtest du lieber mit mir kämpfen?«

Es klang so, als würde er ihm ein ernsthaftes Angebot unterbreiten. Der Junge starrte ihn verwirrt an. Seine Augen wirkten dunkel wie seine eigenen, glänzten aber feucht.

»Ich kämpfe nicht!«, stieß er aus. »Ich bin kein Krieger.«

Amaury lächelte. »Du redest also doch mit mir.«

»Ich … Ich werde nicht sagen, wo Ascall ist.«

Als ob das deine Wahl wäre.

»Wenn du kein Krieger bist, was bis du dann?«

»Ein … Ein *cérd.*«

»Oh«, Amaury wandte sich Aoife zu. »Hast du das gehört?«

»Kann ich mich zurückziehen?«, fragte sie voller Verdruss. »Ich habe alles gesagt, was ich weiß. Das Mädchen ist entkommen, ihn hier konnten wir festnehmen.«

Er wusste, dass sie log, als sie diese Worte sagte. Sie log erst recht, als sie gähnte. Sie war nicht müde. Sie zitterte auch – nur dass sie es anders als Tuan unterdrücken konnte. Amaury lächelte noch breiter. Hatte sie nicht in Strongbows Todesstunde behauptet, den Gestank des Todes ertragen zu können? Und der von Angstschweiß setzte ihr zu?

»Hast du gehört, was der Junge gesagt hat?«

Aoife gähnte wieder. »*Cérd* ist das irische Wort für Schmied. Allerdings ist damit nicht einer gemeint, der mit Kupfer, Eisen und Blei arbeitet, es ist einer, der Schmuck aus Bronze, Gold und Silber herstellt.«

»Ich verstehe«, Amaury wandte sich wieder an Tuan. »Du bist also Goldschmied. Oh, das gefällt mir. Ich denke, wir sind uns recht ähnlich. Der Tod braucht Krieger, der Schmerz braucht Künstler. Lass uns also von Künstler zu Künstler miteinander reden. Was ist dein liebstes Material?« Erneut neigte er sich dicht über den Knaben, hörte nun, wie seine Zähne mahlten. »Und wieder schweigst du«, stellte Amaury fest. »Wie schade.«

»Kann ich gehen?«

Aoifes Augen waren nicht schwarz wie Kohle, sie waren blau, dennoch war ihr Blick leer, als wäre alles verbrannt, was in ihr wohnte, Mitleid, Angst, Hoffnung – nur der Überdruss nicht.

»Gewiss«, er wartete, bis sie sich abwandte. »Ich fürchte nur, ich muss dich zuvor um etwas bitten. Du trägst so schönen Schmuck, den könnte ich gebrauchen.« Sie blieb stehen, drehte sich um, ihre Augen waren immer noch leer. »Dein Mann ist schließlich tot«, fuhr er fort, »für ihn musst du dich nicht mehr schön machen. Natürlich wäre es dir zu raten, dich für König Henry schön zu machen, wenn du vor ihn trittst, ihn bittest, deinen Sohn zum Erben von Pembroke zu machen und einen guten Vormund zu erwählen. Es würde König Henry gewiss beeindrucken, wenn ich ihm beteuerte, dass du geholfen hast, eines gefährlichen irischen Kriegers habhaft zu werden.«

Noch während er sprach, begann Aoife stumm, ihren Schmuck abzulegen. Sie trug etliche Armreifen, an allen Fingern, auch am Daumen Ringe. Wie diese waren die breiten Ketten um ihren Hals aus Bronze, Silber und Gold, überdies jedoch mit Steinen besetzt: Amethyst, Topas und Smaragd. Auf der Fibel an ihrer Brust prangte in einem Kranz aus Flussperlen ein Saphir.

Sie warf den Schmuck vor Amaury auf den Boden. »Was bin ich froh, dass ich diese verfluchte Insel bald verlassen kann«, stieß sie aus, hielt Amaurys Blick aber noch eine Weile trotzig stand, bevor sie den Raum verließ.

Schade, dass du nach Pembroke gehst. Mit dir hätte ich noch meinen Spaß gehabt.

Er starrte ihr nach, richtete dann seinen Blick auf den Schmuck, nickte Goll zu. »Ich will, dass du den Schmuck zum Schmelzen bringst.«

Mit einem Ächzen bückte Goll sich danach. Der Junge ächzte auch. »Ich werde nicht verraten, wo Ascall ist«, stieß er aus.

Lügner.

»Aber, aber«, sagte Amaury sanft. »Wir wollten doch nicht über Ascall reden, lieber über dein liebstes Material. Und was du vorzugsweise daraus fertigst. Reliquienschreine, Kelche und Hostienschalen für den Altar? Oder Schmuck?«

Tuan zerrte an seinen Fesseln, während einer von Aoifes Armreifen in einem kupfernen Kessel langsam schmolz.

»Nun sag schon, welche Art von Bronze bevorzugst du? Die weiße oder die rote? Weißt du es etwa nicht? Nun, ganz sicher weißt du, dass Bronze zu den wertloseren Edelmetallen gehört. Wollen wir damit anfangen?«

Amaury ließ sich den Kupferkessel reichen, schüttete ganz vorsichtig und behutsam einen Tropfen Bronze auf Tuans rechte Hand, bis der Junge schrie. Danach ließ er einen weiteren Tropfen, einer zähflüssigen Träne gleichend, auf die linke Hand perlen, bis der Junge heulte.

Irgendwann verstummte er, sein Atem kam nun stoßweise. »I… i… ich sage dir nicht, wo A… Ascall ist …«

»Ich sehe schon …« Amaury klang enttäuscht. »Bronze ist nicht dein liebstes Material. Wie wär's stattdessen mit Silber?«

Er musste eine Weile warten, bis die Kette aus Silber geschmolzen war, dann ließ er einige Augenblicke verstreichen, bis er das flüssige Silber erst auf den Rist des einen Fußes, dann auf den des anderen goss. Aus Tuans Heulen wurde das Röhren eines waidwunden Hirsches. Dem Jungen brach der

Schweiß aus, Tränen schossen ihm in die Augen, strömten die Wangen hinunter. »Ich … sage … nicht, wo … Ascall … ist!«

Amaury lächelte wieder. »Ich hätte mich auch gewundert, wenn du Bronze oder Silber bevorzugen würdest. Ich habe gehört, dass die Iren Gold lieben und dass dieses häufig in den Flüssen gefunden wird. Oh, welch segensreiche Insel, wo sich selbst das Wasser schmückt! Diese Fibel hier könnte übrigens einst Aoifes Vater, der König von Leinster, getragen haben. Es heißt, er sei bei lebendigem Leib verfault, wurde mit stinkenden, eiternden Beulen geschlagen. Eine davon hatte sich auf seiner Brust gebildet.«

Er zerriss Tuans Tunika, sodass die weiße, zitternde Haut seiner Brust sichtbar wurde. Als die Fibel endlich geschmolzen war, zögerte Amaury erneut, als ob er nicht wüsste, wo er Tuan das nächste Wundmal zufügen sollte. Tuan hingegen war in einem Zustand jenseits allen Wissens und Bangens, als Amaury das Gold auf jenes Fleckchen Haut goss, unter dem das Herz schlug, hart und hektisch nun. Der Laut, der aus Tuans Mund kam, klang wie das Zischen des flüssigen Edelmetalls. »Ich … ich … ich …«

»Schscht«, machte Amaury, stellte den Kupferkessel ab. »Du denkst, ich will dich einfach nur quälen. Aber sieh doch nur … Du trägst keine gewöhnlichen Wunden … Du trägst dieselben Stigmata wie unser Herr, unser Herr, der die Lüge nicht mochte, der sagte: *Ihr werdet die Wahrheit erkennen, und die Wahrheit wird euch frei machen.*« Tuan zerrte wieder an den Fesseln, aber Amaury wusste, dass er längst nicht mehr gegen diese kämpfte, er kämpfte gegen die eigene Schwäche. »Wie es scheint, bin ich der Schmied, und du bist das Material, mit dem ich arbeite«, fuhr er fort. »Du bist zwar nicht aus Gold, Silber und Bronze, sondern nur aus Fleisch und Blut, aber auch daraus lässt sich etwas formen – ein williger Geist nämlich, der einer leeren Schale gleicht und sich nicht länger widersetzt.« Während er auf ihn einredete, streichelte Amaury erst vorsichtig über Tuans Stirn, beugte sich dann über ihn, um behutsam seine Schultern zu umfassen. »Ich muss dir etwas gestehen«, flüsterte er. »Ich mag kein Gold, ich mag kein Silber, ich mag keine Bronze. Gewiss, ich trage stets diese Fibel mit dem roten Stein«, er fuhr flüchtig über sein Schmuckstück, »doch das tue ich nur, weil der Stein rot und Rot nun mal meine Lieblingsfarbe ist. Blut ist auch rot. Gemessen an Gold scheint es keinen Wert zu haben, zumal es reichlich davon gibt, es ist dafür ehrlich. Wessen Blut fließt, der weiß, dass dieses Leben aus Schmerzen besteht und mit dem Tod endet. Wer sich mit Gold behängt, tut hingegen so, als wäre die Welt schön und das Leben lohnenswert. Aber wir Menschen sind nicht aus Gold, wir sind nicht schön, wir sind nicht unsterblich, unser Fleisch zuckt, wenn man es quält, und verwest, wenn wir nicht mehr sind.« Kurz strich er über seine Fibel, zerrte dann an seiner Tunika, bis seine nackte Brust zu sehen war, übersät von Narben, roten und dicken, blassen und feinen. »Diese Narben und nicht etwa meine Fibel sind der kostbarste Schmuck, den ich trage. Das Gold ist eine Lüge. Das Blut ist die Wahrheit. Sag auch du mir die Wahrheit: Wo ist Ascall von Toora?« Das Zittern erstarb, und kurz hatte Amaury Angst, der Junge würde sich in die Ohnmacht flüchten. Er packte ihn am Schopf, zog seinen Kopf zurück. »Wenn du blind für die Wahrheit bist, werde ich Gold in deine Augen gießen. Wenn du taub für die Wahrheit bist, werde ich dir Gold in die Ohren gießen. Wenn du weiterhin lügst und behauptest, die Welt sei ein schöner Ort, wo einer den anderen nicht aus Angst verrät, sich vielmehr für ihn opfert, dann werde ich dir Gold ins Maul gießen.« Mit jedem Wort war seine Stimme angeschwollen, und er schrie, als er fragte: »Wo ist Ascall von Toora?« Auf das Schreien folgte Stille, dann ertönte wieder ein Keuchen, wenn auch nicht aus Tuans Mund. Goll lachte, lachte dümmlich wie so oft. »Schweig!«, befahl Amaury.

Goll verstummte, und Tuan begann zu reden, ganz leise, kaum hörbar, die Worte krochen nur langsam aus seinem Mund. Aber die Wahrheit galt es ja nicht laut auszusprechen, sie war auch so stark genug.

Es sind die Lügner, die glauben, schreien zu müssen.

»Gut so«, murmelte Amaury, nachdem Tuan geendet hatte, und streichelte wieder über seine Stirn.

Der Junge verlor endgültig das Bewusstsein, Goll lachte wieder. »Wirst du ihn töten?«, fragte er voller Neid.

»Nein, es wäre zu schade um ihn. Ich denke, eines Tages wird er begreifen, was wahre Schönheit ist. Eines Tages wird Rot auch seine Lieblingsfarbe sein.«

Als Tuan wieder zu sich kam, war sein Schweiß ebenso erkaltet wie das Gold, das Silber und die Bronze auf seinen Wunden. Amaury hatte ihn vom Stuhl losgebunden, aber an den Händen und Beinen war er immer noch gefesselt, sodass Goll ihn über die schiefe Treppe bis zur Spitze des Turmes hochschleppen musste. Im Erdgeschoss der Motte waren die Fensterluken nur so breit wie ein Spalt, hier oben immerhin groß wie der Kopf eines stattlichen Mannes. Schweinsblasen waren davorgespannt, aber Amaury zerriss sie.

»Schau, wie schön der Mond leuchtet«, sagte er und presste Tuans Gesicht gegen eine der Luken. »Warum will der Mensch Schmuck aus Silber herstellen, wenn sein Licht uns doch ganz ohne Zutun streichelt? Natürlich ist auch der Mond ein Narr. Er denkt, seine Sichel wäre scharf, doch wenn er damit die Nacht zerschneidet, schmilzt er im Licht der Sonne.«

Tuan versuchte, sich zu wehren, doch Amaury hielt ihn fest am Nacken gepackt, drückte seinen Kopf nun nach unten, sodass der Junge sehen musste, was im Hof geschah. Obwohl Amaury selbst keinen Blick davon erhaschen konnte – die Kampfgeräusche und Tuans gequältes Schnaufen verrieten ihm genug. Beides war länger zu hören, als er erwartet hätte.

»Wie Ascall von Toora sich wehrt …«, murmelte Amaury, »viel erbitterter, als du dich gegen mich gewehrt hast … Und wie der Mond sich gegen die Umarmung der Morgenröte wehrt.«

»Du Teufel!«, stieß Tuan aus.

Amaury lachte trocken. »Oh, ich bin nicht der Sohn der Morgenröte. Nichts an mir ist rot. Mein Haar ist schwarz, meine Haut ist weiß. Ich bin nicht die Wahrheit, ich sehe sie nur. Und eben siehst du sie auch: Der tapferste Krieger schwächelt irgendwann, der geschickteste Kämpfer landet irgendwann mit seinem Gesicht im Schlamm. Hoffentlich erstickt Ascall von Toora nicht.«

Tuan schien erstickt zu sein, denn plötzlich gab er nichts mehr von sich – weder ein Seufzen noch einen rasselnden Atemzug. Doch just als unten die Kampfgeräusche erstarben, begann er entschlossener denn je gegen Amaurys Griff anzukämpfen. Der war so überrumpelt, dass er ihn losließ, und Tuan nutzte die gewonnene Bewegungsfreiheit, um sich durchs Fenster zu zwängen – nicht nur mit dem Kopf, mit dem ganzen Oberkörper.

»Dummkopf«, schimpfte Amaury und zerrte ihn zurück, »so leicht kannst du dich nicht in den Tod stürzen. Du bliebest ja eh stecken.«

Er schleuderte ihn in die Ecke, beugte sich selbst aus dem Fenster, sah, dass man Ascall aus der Schlammpfütze gezogen und gefesselt hatte.

»Ihr lasst ihn schön am Leben!«, rief er nach unten. »Er ist mein Geschenk an König Henry. Der Beweis dafür, dass ich der neue starke Mann Irlands bin.«

Er wandte sich Tuan zu, der mit der Stirn gegen die Wand schlug. »Und du bleibst auch am Leben«, befahl er, »du wirst zurückkehren zu den Rittern des Roten Zweiges … ihnen erzählen, was passiert ist. Du dienst ihnen nicht, wenn du tot bist, und mir schadest du nicht, wenn du lebst. Ich habe keine Angst vor einem Goldschmied. Ich finde es vielmehr lächerlich zu glauben, dass auf dieser Welt irgendetwas glänzt, weil der Mensch es so will.«

Tuan regte sich nicht, indes das Blut von seiner Stirn perlte, doch als Amaury schon dachte, er wäre ohnmächtig geworden, und sich noch tiefer über ihn beugte, stieß er seinen Kopf nach ihm. Die blutige Stirn traf Amaurys Lippen, er war nicht sicher, wessen Blut er schmeckte, nur dass er endgültig die Geduld verlor. Er ballte die Hand zur Faust, schlug zu, und Tuan blieb reglos liegen.

Amaury beugte sich über ihn. »Du kannst mir keinen Schmerz zufügen«, sagte er leise. »Wie ich schon sagte: Ich sehe sie, ich diene ihr, aber ich bin nicht die Wahrheit.«

Tuan wachte nicht wieder auf, als Goll ihn fortbrachte, um ihn irgendwo in der Einöde liegen zu lassen. Ascall von Toora hingegen konnte man noch so oft verprügeln – seine Sinne schwanden nie lange genug. Als sie noch auf der Motte waren und ein Mann ihm Essen brachte, hätte er diesen beinahe mit einer Kette erwürgt. Als man ihn später auf einen Wagen schaffte, gingen zwei Fässer zu Bruch. Auf dem Weg nach Dublin wurde beim Würfeln entschieden, wer ihm zu trinken bringen musste – zu essen bekam er nichts mehr.

Goll machte es nichts aus, dabei zu verlieren. »Ich habe keine Angst vor ihm«, sagte er grinsend. »Mir fiele schon ein, was man alles mit ihm anstellen könnte.«

»Wenn du ihn verstümmelst, gar tödlich, mache ich aus deinen Knochen neue Würfel«, drohte Amaury.

Kurz bevor sie Dublin erreichten, verlor einer der anderen Männer erst beim Würfeln und dann ein Ohrläppchen, weil er sich zu dicht über Ascall gebeugt hatte. Zwei seiner Gefährten brachen Ascall daraufhin aus Rache einen Finger – zumindest behaupteten sie das.

Ihr seid Narren, wenn ihr denkt, dass man ein Raubtier mit Schlägen zähmt, dachte Amaury, gebot ihnen aber keinen Einhalt, zumal sie bald die Burg von Dublin erreichten. Ascall wurde an einem hölzernen Pfahl im Hof festgebunden, und die Knappen und Pagen schlossen Wetten ab, wer ihm eine blutende Blessur zuzufügen vermochte, ohne selbst verletzt zu werden. Amaury verließ indes den Hof, ohne sich nach seinem Gefangenen umzudrehen.

»Wir … Wir nehmen ihn uns doch vor, oder?«, rief Goll ihm nach. »Wir werden ihn doch brechen?«

Er lachte laut und schäbig, während Amaury nur erwiderte: »König Henry wird über ihn entscheiden. Ich werde ihn zu ihm bringen.«

»So wie er wütet, schlägt er mit seinem Kopf ein Loch ins Schiff, damit wir alle ersaufen.«

Der Gedanke gefiel Amaury, dennoch sagte er nur: »Geh zum Hafen und bring in Erfahrung, wann das nächste Schiff ablegt.«

Die Halle war leer, waren doch alle Versammelten vom gefangenen Ascall nach draußen gelockt worden. Amaury setzte sich an die Tafel, stützte seinen Kopf auf die Hände, schloss die Augen. Gerade als er die Stille zu genießen begann, ertönte ein Zischen. Ein kleiner Pfeil sauste knapp an seinem Kopf vorbei.

Amaury drehte sich um, sah den Ritter Osbert vor sich stehen oder vielmehr wanken. Obwohl es helllichter Tag war, war er betrunken. »Was soll das?«, fragte Amaury.

»Beim letzten Mal wollte niemand mit dir spielen … Heute hingegen wäre ich dazu bereit.«

Amaury starrte ihn prüfend an. Er wusste, er hatte ein wenig Vertrauen errungen – dank des Weibes, das er in den letzten Wochen regelmäßig zu sich kommen ließ und dank des Weines, zu dem er die Männer regelmäßig einlud. Er selbst zwang sich stets einen halben Kelch hinunter. Nun, da er Ascall von Toora gefangen genommen hatte, glaubte er, sich nicht länger dazu herablassen zu müssen, weil ihm der Respekt der Normannen gewiss war. Doch Osbert schien er misstrauen zu müssen.

»Warum willst du plötzlich mit mir spielen?«, fragte er gedehnt.

»Nun, warum wohl?«, gab Osbert höhnisch zurück. »Du tust mir eben leid.«

Gemächlich schritt der Ritter an ihm vorbei und wollte sich nach dem Pfeil bücken, doch just als er sich vorbeugte, rammte ihm Amaury den Fuß in den Magen. Noch während der andere sich keuchend krümmte, stellte er ihm den Fuß auf den Nacken, drückte ihn mit dem Gesicht voran auf den lehmigen Boden.

»Warum tue ich dir leid?«

Osbert sprach erst, als er den Fuß wieder zurückzog. »Ich habe gehört, dass du deinen Diener zum Hafen geschickt hast. Und ich kann dir sagen, dort wartet tatsächlich ein Schiff – jenes, das heute Morgen etliche Ritter von England hierhergebracht hat.«

Amaury beugte sich verblüfft vor. »Welche Ritter?«

»Robert FitzStephen und Milo de Cogan zum Beispiel.«

Er konnte nicht verhindern, dass ihm die Miene entglitt. »Sie zählen zu den ersten Eroberern Irlands, sind damals mit Strongbow gekommen. Warum sollte Henry sie herschicken? Er hat sie doch immer von Irland ferngehalten, aus Angst dass sie ihm hier zu mächtig werden!«

Osbert grunzte in sich hinein. »Nein, er hat sie immer von Strongbow ferngehalten, das ist ein Unterschied. Ihn hätten sie schließlich auf die Idee bringen können, sich selbst auf Irlands Thron zu hocken, anstatt nur ein Kissen für König Henry draufzulegen.«

Amaury hatte nicht übel Lust, ein Kissen in Osberts Maul zu stopfen, beherrschte sich aber. »Und was genau soll Cogans und FitzStephens Aufgabe sein?«

»Das wüsstest du, wenn du erraten würdest, wen sie begleitet haben.«

Verspätet hob er den Pfeil auf, doch Amaury schlug ihm diesen prompt aus der Hand und richtete die Spitze auf seine Kehle. »Sag es mir!«

Osbert zögerte, bis die Spitze sich in seine Haut rammte. Mit dem ersten Blutstropfen flossen seine Worte. »Sie sind mit William FitzAudelin angekommen.«

Dieses Mal entglitt Amaury vor Überraschung nicht nur die Miene, sondern auch der Pfeil. Den Namen kannte er, das nichtssagende Gesicht dazu fiel ihm nicht sofort ein. William FitzAudelin aß gern und viel, was Amaury fremd war, er sammelte gern Besitz, vorzugsweise durch Heirat, nicht durch Krieg, was ihm noch unbegreiflicher war. Betrachtete man seine dümmliche Miene, erschien er so harmlos wie ein Becher Milch in der Hand eines Trunkenboldes. Wendete man ihm den Rücken zu, zeigte sich, dass die Milch sauer war und den Magen verderben konnte. FitzAudelin suchte nie offen Streit, stellte seinen Widersachern jedoch gern arglistig Fallen, und gegenüber Knappen und Pagen erwies er sich oft als Tyrann.

»Was macht er in Irland?«, fragte Amaury, und eine dunkle Ahnung überkam ihn.

Osbert ließ sich auf die Bank plumpsen. Sein Magen war so viel gewohnt, dass ihm auch von Unmengen saurer Milch nicht übel wurde. Er rülpste genüsslich und erklärte noch zufriedener: »Nun, er wird Strongbows Erbe antreten. Henry hat ihn zum neuen Statthalter von Irland gemacht.«

Der säuerliche Gestank stieg Amaury in die Nase. Er ekelte sich vor Osbert. Und er ekelte sich vor der eigenen Dummheit. Wie hatte er glauben können, dass Henry den auszeichnete, der es am meisten verdiente!

»Das würde bedeuten, den Ochsen zum Bauern zu machen!«, rief er wütend. »Anstatt den Pflug zu ziehen, trottet er diesem hinterher und drückt mit seinen Hufen die Saat so tief in die Erde, dass sie niemals Frucht bringen kann!«

Osbert rülpste wieder, und noch säuerlicher lachte er. »Ja, denkst du, Henry will, dass Irland blüht? Mitnichten! Er will keine grüne Insel, er will auch keine rote, sonst hätte er mit Ruari keinen Waffenstillstand geschlossen. Nein, eine braune will er, die unfruchtbar wie die Sümpfe und die feuchten Wiesen ist. FitzAudelin ist kein guter Ritter, das wissen wir alle, hingegen ein passabler Verwalter. Neben Robert FitzStephen und Milo de Cogan hat ihn übrigens John de Courcy begleitet, und der ist wiederum kein guter Verwalter, aber ein passabler Ritter. Keiner, sagt man, habe so lange Knochen wie er, keiner ein so langes Schwert. Was sonst noch an ihm lang ist, weiß ich nicht, ich kann es mir jedoch denken. Henry wiederum kann sich denken, was passieren wird, wenn nicht *ein* starker Mann herrscht, sondern deren zwei, und diese das, was einen guten Statthalter ausmacht, jeweils nur halb vermögen. Sie werden Irland niemals ganz bezwingen, lediglich die eine Hälfte halten. Das genügt dem König allerdings.« Osbert schien das gutzuheißen, begnügte doch auch er sich mit einem halben Humpen Wein, wenn er nicht den ganzen haben konnte. Männer wie er verstanden nichts von Dingen, die es nur ganz oder gar nicht gab – Schmerz, Tod, Wahrheit. Amaury setzte zu reden an, brachte aber kein Wort hervor. »Wusstest du etwa nicht, dass das Henrys Vorstellung von Frieden ist?«, fuhr Osbert höhnend fort. »Einen ewigen Krieg zu führen, den weder Normannen noch Iren je gewinnen können? Um das zu erreichen, hat er an alles gedacht, nur nicht an dich, Saint-Taurin.«

Amaury fand seine Stimme wieder. »Ich hätte mich niemals zum Ochsen machen lassen.«

»Weil du ein dummer Esel bist. Du hast gedacht, dass es Henry beeindruckt, wenn du die Ritter des Roten Zweiges besiegst. Doch selbst wenn du einen ganzen Wald rodest und alle störrischen Äste zerbrichst – am Feuer, in das du diese wirfst, möchte er sich ganz allein wärmen. Dich lässt er noch nicht mal die Asche schlucken.« Ächzend erhob er sich. »Ich hab viel gesoffen und muss nun pissen gehen. Ascall von Toora steht ja noch draußen auf dem Hof. Vielleicht hat er eine kleine Erfrischung nötig.«

Amaury vermeinte, selbst von einem warmen, stinkenden Strahl getroffen zu werden, der zwar abperlen mochte, aber klebrige Spuren hinterließ. Nachdem Osbert hinausgewankt war, stützte er wieder den Kopf auf die Hände, schloss die Augen. Auch dieses Mal konnte er die Stille nicht genießen. Zu laut war das Gejohle der Männer, die Ascall dort draußen ebenso demütigten wie Henry ihn.

Rúdnat

»Seit wann ist sie bei ihm?«, fragte Rúdnat. Die Mädchen starrten verlegen zu Boden, eines von ihnen kicherte. Es war Barabal, die häufig grundlos kicherte, vorzugsweise, wenn sie unter einem Mann lag. Die meisten Männer hielten das Kichern für eine Art Lustschrei. Rúdnat hielt es für eine Art Weinen. Dass Barabal ihr leidtat, änderte aber nichts daran, dass sie nun einen Satz auf sie zumachte und sie gegen die Wand drückte. »Findest du irgendetwas daran amüsant?« Barabal kicherte nicht mehr, weinte nicht mehr, sie verstummte vor Schreck. Rúdnat ließ sie los. »Seit wann ist sie bei ihm?«, wiederholte sie.

Liven trat vor. Sie war gerade dabei, sich zu schminken, und hatte sich bis jetzt nur ein Augenlid schwarz angemalt. »Sie ist aus freiem Willen zu ihm gegangen, er musste sie heute gar nicht erst zu sich rufen«, erklärte sie.

»Red nicht so einen Unsinn!«

»Aber es ist wirklich so, dass …«

»Ich glaube dir, dass er sie nicht zu sich rufen lassen muss, sprich nur nicht von freiem Willen.« Es war schließlich auch kein freier Wille im Spiel gewesen, als sie die liebsten Menschen, die ihr geblieben waren, hatte wegschicken müssen. »Nessa wusste, was ihr drohen würde, ginge sie nicht freiwillig. Dass sie es tut, lässt sie einen Rest an Würde behalten. Was aber wird er mit ihr machen, wenn er diesen Rest wittert? Sie schlagen, kratzen, beißen, sie frieren lassen, ihr die Haare ausreißen?«

Jedes Mal kam Nessa mit neuen Blessuren von Saint-Taurin zurück. Die im Gesicht waren für jedermann zu sehen, die, die sie am Körper trug, verbarg sie unter ihren Kleidern.

Barabal begann wieder hysterisch zu lachen, woraufhin Rúdnat ihr einen unsanften Stoß versetzte. »Saint-Taurin ist wütend wie nie«, erklärte sie. »Er hat erfahren, dass nicht er, sondern William FitzAudelin neuer Statthalter geworden ist. Womöglich wird er sie nicht einfach nur quälen, er wird sie töten. Ich … Ich gehe sie holen.«

Liven malte sich das zweite Augenlid schwarz an. »Soll ich dich begleiten?«

»Nein, du versuchst, so viel wie möglich über FitzAudelin herauszubekommen. Wir brauchen seinen Schutz.« Sie wandte sich an zwei andere Mädchen. »Und ihr kümmert euch um Milo de Cogan. Als er das letzte Mal in Irland weilte, hat er halb Dublin flachgelegt, sogar ich hatte schon das Vergnügen mit ihm.«

»Und soll ich mich Robert FitzStephens annehmen?«, fragte Barabal und kicherte erneut.

Rúdnat versetzte ihr keinen weiteren Stoß, nahm stattdessen ein Tuch, um die Tränen abzuwischen, die ihr aus den Augen quollen. »Das ist eine gute Idee, meine Liebe«, murmelte sie und küsste sie auf die Stirn.

Der Weg bis zur Burg von Dublin war rasch zurückgelegt, doch schon im Innenhof verharrte Rúdnat. Nicht nur das Wiehern eines Pferdes ließ sie zusammenzucken, sondern auch der Anblick eines Mannes, den man hier an einen Holzpfosten gebunden hatte. Er sah so aus, als hätte man ihm sämtliche Haut abgezogen, zumindest war da kein Fleckchen mehr, über das kein Blut rann.

»Wer … Wer ist das?«, fragte sie.

Ein Grüppchen Männer streunte um den Geschundenen herum, musterte ihn nachdenklich und schien sich zu fragen, wie weit man ihm noch zusetzen konnte, ohne ihn zu töten – was offenbar niemand wollte – oder durfte.

»Ascall von Toora«, rief ihr einer zu.

Rúdnat sog scharf den Atem ein, ließ ihn genauso geräuschvoll wieder entweichen, ging dann weiter, als hätte sie den Namen nicht gehört oder als wäre er ihr zumindest nicht vertraut. Niemand sollte sich für ihre Vergangenheit interessieren. Warum sie sich dann für Ascall von Toora?

In der großen Halle stieg sie über ein paar Betrunkene. Mindestens zwei starrten ihr dabei unter das Kleid, ein weiterer versuchte, ihr Bein festzuhalten, woraufhin sie mit der Ferse auf ihn eintrat und er so hysterisch prustete wie Barabal. Dann hatte sie schon die schiefe Treppe erreicht, die in das obere Stockwerk führte. Wie in der Halle fehlte auch hier offenbar die Frauenhand. Auf dem Boden verrotteten Reisig, Weidekraut, verbranntes Getreide, selbst Muscheln, sodass sich eine dicke, pappige Schicht gebildet hatte. Rúdnat ging nunmehr auf Zehenspitzen.

Da ist es ja noch angenehmer, über Besoffene zu steigen.

Vor der letzten Tür aus schwerem, dunklem Holz, das tiefe Rillen aufwies, verharrte sie. Sie war überzeugt, dass auch der Boden dahinter verdreckt war, wenngleich auch kein faulendes Stroh dort zu finden sein würde, sondern Blut … Fleisch … Knochen. So hatte sich Saint-Taurin schließlich diese Kammer verdient, die meisten anderen Ritter mussten in der Halle, in den angebauten Baracken oder gar im Stall schlafen.

Rúdnat kniff unwillkürlich die Augen zusammen, als sie die Tür öffnete, den ersten Schritt in den Raum setzte. Alsbald stutzte sie aber, weil der Boden doch sauber zu sein schien. Als sie die Augen öffnete, fiel ihr Blick tatsächlich auf nackten, kalten Stein. Da waren weder ein Teppich noch Wandbehänge, keine Stühle, Tische, noch nicht einmal eine Bettstatt. Wo zum Teufel schlief Saint-Taurin? Vorausgesetzt, er schlief überhaupt …

Ehe sie einen zweiten Schritt machen konnte, ließ sie ein Geräusch innehalten – kein Stöhnen, Schreien oder Weinen, gegen das sie sich instinktiv gewappnet hatte, vielmehr ein sanftes Plätschern. Es kam aus einer der Ecken, wo es eine hölzerne Abtrennung gab, die verbarg, was im hinteren Teil des Raumes vor sich ging. Auch so konnte Rúdnat es sich denken.

Er ertränkt sie ... Er ertränkt meine arme Nessa.

Als Rúdnat hinter die Abtrennung lugte, war Saint-Taurin nirgendwo zu sehen. Nessa badete ganz allein in einem kreisrunden Zuber.

Wer hat bloß das Wasser hochgeschleppt?, ging es Rúdnat durch den Kopf, obwohl diese Frage von allen am bedeutungslosesten war. Weit mehr zählte, warum das Wasser nach Rosen duftete, woher die kleine Dose mit Korallenpuder, mit dem man sich das Gesicht waschen konnte, und die Silberplatte auf dem Tischchen neben dem Zuber stammten. Nessa nahm sich eben ein Stück von dem Mandelgebäck, das darauf lag, steckte es in den Mund, kaute genießerisch und mit geschlossenen Augen.

Rúdnat fand ihre Stimme wieder. »Was geht hier vor?«, brüllte sie und packte Nessa an den feuchten Haaren.

Nessa riss die Augen auf, erschrak, als sie sie erkannte, und wehrte sich so heftig gegen den Griff, dass Rúdnats rotes Kleid nassgespritzt wurde. Als sie jedoch einsah, dass sie sich solcherart nicht befreien konnte, begann sie schrill zu lachen.

Ja, sind denn alle verrückt geworden?

Kurz dachte Rúdnat, dass sie selbst den Verstand verloren haben musste, denn als sie Nessa an den Haaren aus dem Badezuber zog, konnte sie auf der weißen glatten Haut nicht die geringste Spur einer Blessur erkennen.

»Die vielen blauen Flecken, die Hautabschürfungen ...«, setzte sie an.

Das schrille Lachen wurde höhnisch. »Die waren doch nur aufgemalt. Amaury würde mich nie schlagen.«

»Was ... Was tut er denn dann mit dir?«

»Nun, nichts, rein gar nichts ...« Rúdnat ließ die feuchten Strähnen los, woraufhin Nessa wieder im warmen Wasser versank, nur die rosa Spitzen ihrer Brüste sahen heraus. »Er ist ein Mönch«, behauptete sie.

Rúdnat schüttelte den Kopf. »Unsinn! Er ist ein Ritter!«

»Aber ein Ritter, der wie ein Mönch lebt. Er isst selten etwas anderes als trockenes Brot, er schläft in der Nacht auf nacktem Stein. Und ich glaube, er hat noch nie eine Frau gehabt …«

»Er hat Frauen gequält!«

»Davon weiß ich nichts. Wenn, dann wohl nur, weil sie gelogen haben. Ich lüge nicht …«

»Doch«, Rúdnat brüllte wieder. »Du hast mich angelogen!«

»Na und?«, gab Nessa zurück. »Dass er mich blutig schlägt, hättest du hingenommen, aber dass das Blut nicht echt war, verärgert dich?« Rúdnat nahm die Silberplatte, um sie auf Nessas Kopf zu donnern, doch ehe sie zur Waffe wurde, hatte Nessa sich schon erhoben, sodass nicht nur ihre rosigen Brüste, sondern auch die dunkle Scham sichtbar wurde. Das Wasser perlte über das gekräuselte Haar. Sie riss Rúdnat die Platte aus den Händen, schnappte sich das letzte Stück vom Mandelgebäck. »Ich liebe Süßes … Amaury kauft mir ständig etwas vom Markt.«

Rúdnat schlug ihr die Platte aus der Hand, packte sie wieder am Haar, zerrte so heftig daran, dass Nessa wieder ins Wasser fiel. »Die Huren in meinem Haus teilen, was sie bekommen!«

»Nun, Amaury teile ich mit niemandem, das sage ich dir gleich! Zumal ihn ja sonst niemand wollte. Du hast ihn sogar bei seinem ersten Besuch abgewiesen, obwohl alles danach aussah, dass er der neue starke Mann Irlands werden würde. Wie kann man nur so dumm sein, vielmehr so bösartig! Du hättest einem Mädchen wie mir fast eine großartige Chance verdorben.«

»Himmel, ich wollte dich und die anderen beschützen!«

»Vor was? Dass wir im warmen Wasser baden und uns an Mandelgebäck satt essen?«

»Ich habe doch nicht ahnen können …«

»Stimmt! Dass Amaury wie ein Mönch lebt, wusste niemand. Ich dagegen wusste, wer du in Wahrheit bist und wo deine Familie wohnt.«

Vor lauter Schreck fiel Rúdnat nichts anderes ein, als Nessas Kopf unter Wasser zu tauchen. So angenehm die Stille war – ihre Gedanken kreisten doch störrisch in ihrem Kopf umher, wehrten sich gegen jede Beschwichtigung, ähnlich wie Nessa gegen ihren Griff. Endlich gab sie sie frei, ließ sie nach Luft schnappen.

»Was willst du damit sagen?«, schrie Rúdnat und schlug ihr zweimal ins Gesicht, weil Nessa nur keuchte, nicht redete.

Nessa spuckte Wasser, spuckte schließlich auch Wörter. »Du … Du hältst dich für überaus schlau, weil du mittlerweile überleben kannst, ohne selbst die Beine breit zu machen, nicht? Aber ich bin klüger als du. Ich hab dir doch erzählt, dass mein Vater Händler war, und von ihm hab ich eine wichtige Lektion gelernt. Dass man nämlich, um Waren zu verkaufen, herausfinden muss, was der andere unbedingt braucht. Dass man also, um möglichst viel zu verdienen, nicht nur alles über seine Ware wissen muss, sondern auch über den, der sie kaufen wird.«

Rúdnat vermeinte, dass ihr eigener Kopf ins Wasser getaucht worden war. Ihre Ohren waren merkwürdig taub. Sie vernahm nur jedes zweite Wort, verstand von diesen nur jedes dritte.

»Du hast Nachforschungen über Saint-Taurin angestellt?«

»Doch nicht über ihn!« Nessa verdrehte ungeduldig die Augen. »Bevor ich an die Tür deines Hurenhauses klopfte und dich um Arbeit anflehte, hab ich dich tagelang beobachtet. Oder vielmehr … nächtelang.«

Sie erhob sich, nahm ein Leinentuch, hüllte sich ein, während Rúdnat sich plötzlich nackt fühlte, gar wie der angebundene Ascall, der kein Fleckchen heile Haut mehr zu haben schien.

»Du hast den blutigen Hirschknochen vor die Tür gelegt«, murmelte sie. »Damit ich es mit der Angst zu tun bekomme … damit ich dich zu Saint-Taurin schicke … damit du einen mächtigen Freier bekommst.«

Nessa zuckte nur mit den Schultern, ließ das Leinentuch wieder fallen und griff nach ihren Kleidern, die auf einem Stuhl lagen. Rúdnat blieb steif hocken und hielt sich am Zuber fest, um nicht zu fallen.

»Hast du keine Angst davor, dass ich dir das heimzahle?«

»Amaury wird nicht zulassen, dass du mich umbringst!«

»Saint-Taurin ist es doch egal, ob ein totes Weib oder eine tote Ratte im Badezuber schwimmt! Ich habe alles verloren … wegen nichts!«

Nein, nicht wegen nichts … wegen dieser dummen Göre, die sich als Siegerin wähnte, obwohl Frauen wie sie doch immer zu den Verliererinnen gehörten. Die jetzt einfach nur mit den Schultern zuckte und ihre Kleidung an sich nahm. Die dabei auch noch lächelte.

Hätte sie nicht gelächelt, Rúdnat hätte sich beherrschen können. So aber versetzte sie ihr einen Stoß. Nicht dass sie von Anfang an beabsichtigt hatte, Nessa wieder unter Wasser zu tauchen, doch als Nessa ausrutschte und zurück in den Zuber fiel, packte sie sie unwillkürlich an den Haaren, den Haaren, die sie selbst gefärbt hatte, drückte sie wieder unter Wasser, und dieses Mal nicht nur, um sie zum Schweigen zu bringen, sondern um sie zu töten.

Nessa wusste das sofort. Sie schlug mit den Händen um sich, aber Rúdnat war es egal, dass sie nass wurde. Sie schlug mit den Beinen um sich, aber diese strampelten nur in der Luft, anstatt Rúdnat zu treffen. Sie wollte schreien, aber es stiegen nur durchsichtige Bläschen hoch.

Unbarmherzig hielt Rúdnat Nessa fest.

Ich treibe dir schon noch das Lächeln aus, ich bin keine Verliererin, ich räche mich.

Die Bläschen wurden kleiner, das Strampeln schwächer. Das Lächeln hatte sie ihr wirklich ausgetrieben, denn Nessas Mund war nur mehr zu einer Grimasse verzerrt. Als Siegerin fühlte sich Rúdnat gleichwohl nicht. Und gerächt, gerächt hatte sie sich auch nicht.

Saint-Taurin mochte gleich sein, ob in seinem Badezuber ein totes Weib oder eine tote Ratte schwamm. Für sie machte es durchaus einen Unterschied, denn weder wollte sie Nessa zur Ratte machen noch selbst eine Ratte sein.

Just als jeder Widerstand erstarb, Nessas Beine schwer ins Wasser plumpsten, keine Bläschen mehr hochstiegen, zog Rúdnat sie hoch. Eine Weile dachte sie, es wäre zu spät und Nessa ertrunken. Doch als sie sie schüttelte, ertönte ein Röcheln. Nessa spuckte Wasser, japste nach Luft, schien keine zu bekommen, spuckte noch mehr, hustete, würgte, krächzte, konnte nun endlich wieder Atem schöpfen. Rúdnat ließ sie los, wandte sich ab.

»Warum … Warum hast du mich nicht umgebracht?«

Die Stimme klang fiepend. Vielleicht war sie doch eine Ratte, immerhin eine, die lebte.

»Jemanden töten, weil man ihn hasst und weil man ihm etwas heimzahlen will, das kann doch jeder«, zischte Rúdnat. »Aber jemanden leben lassen und jemandem vergeben können, das ist die wahre Herausforderung.« Sie drehte sich um. Nessas Haar klebte an ihren Wangen, sie zitterte am ganzen Leib, machte dennoch keine Anstalten, aus dem Zuber zu steigen und sich anzukleiden. »Ich bin keine gewöhnliche Hure«, fuhr Rúdnat fort. »Wenn ich früher bei Männern gelegen habe, habe ich nicht einfach nur meine Schenkel gespreizt, nein, ich habe ihnen auf eine Art und Weise Lust verschafft, die sie nie wieder vergessen haben. Und ich bin keine gewöhnliche Frau, die tut, was alle tun – der Rivalin die Haare ausreißen und die Zähne ausschlagen.«

Nessa strich sich die Haare aus dem Gesicht. »Zeigst du mir, wie du früher Männern Lust verschafft hast?«

Rúdnats Langmut fand ein Ende. »Nein«, sagte sie. »Du wirst nicht mehr im Hurenhaus arbeiten. Du hast dich für Amaury de Saint-Taurin entschieden, jetzt musst du darauf hoffen, dass er für dich sorgt. Ich fürchte nur, du hast die falsche Wahl getroffen. Zum einen hat er Ascall von Toora gefangen genommen, was bedeutet, dass er ein Weib wie dich nicht mehr braucht, um sich als echter Mann zu beweisen. Zum anderen wurde nicht er, sondern William FitzAudelin soeben zum Statthalter von Irland ernannt.«

In Nessas Gesicht breitete sich blankes Entsetzen aus, und einen Augenblick lang wurde Rúdnat von Schadenfreude gestreift. Doch ehe Mitleid daraus wurde und aus dem Mitleid Schmerz über den eigenen sinnlosen Verlust, floh sie aus dem Gemach.

Im Hof traf sie kalte Luft, aber diese belebte sie nicht. Der Gestank von Schweiß und Blut, den der gefangene Ascall verströmte, tat das erst recht nicht. Immerhin war der Überdruss, der sie bei seinem Anblick befiel, leichter zu ertragen als die Verzweiflung und das Gefühl grenzenloser Einsamkeit. Rúdnat hob ihren Blick, sah, dass sich die Ritter zurückgezogen hatten, sich jedoch ein paar Knappen einen Spaß daraus machten, den Gefesselten zu drangsalieren.

»Genug!«, rief Rúdnat. »Wenn ihr irgendwann eure Jungfräulichkeit verlieren wollt, lasst ihr ihn augenblicklich in Ruhe.«

Die Knappen stießen sich an, grinsten, machten obszöne Gesten.

»Pah!«, rief einer.

Doch Rúdnat sah sie nur eine Weile streng an, und sie verschwanden.

Sie blickte sich suchend um, betrat schließlich den Stall und verließ ihn wenig später mit einem Eimer, aus dem für gewöhnlich Pferde tranken. Das Wasser war trübe, und etliche Strohhalme schwammen darin – besser als Pisse war es aber allemal. Sie trat zu dem Gefesselten, tauchte einen Ärmel ihres roten Kleides, der ohnehin schon nass war, hinein, und presste ihn an Ascall von Tooras Lippen. Rúdnat wappnete sich davor, dass er sich wehren würde, doch er hatte endgültig das Bewusstsein verloren. Immerhin hatte er noch beide Augen, und die Nase schien nicht gebrochen zu sein – was man nicht von allen Körpergliedern sagen konnte, hing die rechte Hand doch merkwürdig schlaff und verdreht vom Körper.

»Man denkt, man hat sie besiegt, wenn man überlebt, aber das ist Unsinn«, sagte sie leise. »Man überlebt ja nicht … Man bleibt nicht derselbe … Man trägt irgendwann eine andere Haarfarbe, andere Kleidung und einen anderen Namen, und in den Augen steht einem entweder Angst oder Kälte. Und das zeigt, dass wir unser Lachen, unsere Träume, unsere Stärke verloren haben, dass uns nur unser Stolz geblieben ist, wenn der auch schal wie Pferdewasser schmeckt.« Wieder tauchte sie den Saum ihres Ärmels in den Eimer, wieder presste sie ihn an seine Lippen, glaubte kurz, ein gurgelndes Geräusch zu vernehmen. Vielleicht schluckte er ein paar Tropfen oder versuchte, etwas zu sagen. Vielleicht floss auch einfach nur Wasser aus ihren Ohren, das beim Kampf mit Nessa hineingeraten war. »Ich weiß, wie du dich fühlst«, fuhr sie fort. »Du willst dich rächen, du willst jemanden verletzen, du willst jemanden töten. Aber weißt du, wir haben schon viel zu viel Krieg auf dieser Insel und viel zu wenig … Frieden.« Ob ihre Worte ihn erreichten oder nicht, sie beugte sich trotzdem vor und flüsterte ihm ins Ohr: »Ich hätte Nessa töten können, das hätte die Menschen, die ich liebe, jedoch nicht zurückgebracht. Für sie will ich Frieden, nicht Rache, und es gibt sicher Menschen, für die auch du Frieden willst. Denk an sie und gib nicht auf. Gib bloß nicht auf.«

Rúdnat sah sich nach einer Schöpfkelle um, um Ascall noch mehr Wasser einzuflößen, fand auch eine, doch just als sie zu ihm zurückgehen wollte, kamen zwei Ritter in den Hof – Amaury de Saint-Taurin und William FitzAudelin, der neue Statthalter von Irland. Rúdnat ließ die Kelle in den Eimer fallen und rannte zurück in den Stall, um sich dort zu verstecken. Sie presste ihr Gesicht an die Ritzen, erkannte, dass Saint-Taurin zwei Schritte hinter dem anderen ging, den Kopf demütig gesenkt hielt. Auch wenn Saint-Taurin sein Kinn gereckt hätte, er wäre deutlich kleiner gewesen, denn FitzAudelin war ein Riese mit breiten Schultern, stämmigen Beinen, kräftigen Händen. Ein Ritter, wie man ihn sich wünschte – zumindest wenn man es als die größte Tugend eines solchen ansah, Befehle auszuführen, anstatt selbst zu denken. Sein Gesichtsausdruck nämlich wirkte dümmlich.

Wie er die Huren wohl behandeln wird?, fragte sich Rúdnat. Wahrscheinlich grob, aber nicht grausam … Am besten, sie gab ihm sehr schweren Wein zu saufen – jemand wie FitzAudelin hielt die Tropfen, die die schlimmsten Kopfschmerzen verursachten, gewiss für die edelsten.

Saint-Taurin hielt er wiederum für einen Freund und Vertrauten, sonst hätte er, nachdem er Ascall von Toora mehrmals umrundet hatte, ihn nicht hilflos gefragt: »Was sollen wir mit ihm tun?«

Noch nicht einmal ihm selbst entging wohl die Unsicherheit, die in seiner Stimme mitschwang, denn um sie zu übertönen, donnerte er seine Faust in den Bauch des Ohnmächtigen.

Du großer, tapferer Ritter.

Amaury de Saint-Taurin zog seinen Kopf noch mehr ein. »Das ist allein deine Entscheidung. Ascall von Toora ist sozusagen mein Willkommensgeschenk für dich …«

FitzAudelins Augen, die schon eng beisammenstanden, schienen nun förmlich zusammenzuwachsen. Er schlug ein zweites Mal zu, dieses Mal auf die Lippen, die Rúdnat eben noch benetzt hatte.

Hoffentlich versucht Ascall nicht, ihn zu beißen. Die Wahrscheinlichkeit, dass ihm hinterher ein Zahn fehlt, ist größer, als dass er Fitz Audelin einen Finger abbeißt.

»Wir sollten die Ritter des Roten Zweiges endgültig ausrotten«, murmelte FitzAudelin.

»Gewiss, wir hätten jetzt die Gelegenheit dazu.« Saint-Taurin hob den Kopf und lächelte freundlich. »Aber warum sollen wir unsere Kräfte verschwenden, einen Baum zu fällen, der, morsch wie er ist, ohnehin vom nächsten Sturm geknickt wird?

Ohne ihren Anführer werden sie uns nicht länger lästig fallen, und unsere Schwerter sollen doch nicht stumpf und glanzlos werden, weil wir so dumm sind, auf Holz zu dreschen.« Der Kopf von FitzAudelin war anscheinend auch aus Holz, sonst hätte er nicht so eifrig genickt. Er hob den Fuß, trat gegen Ascalls Knie, schien dann aber endgültig das Interesse an seinem Gefangenen zu verlieren und wandte sich ab. »Ich würde dir gern noch einen Rat geben!«, rief Saint-Taurin ihm nach.

Als FitzAudelin verharrte, zog er ähnliche Kreise um ihn wie der andere zuvor um Ascall.

»Milo de Cogan und Robert FitzStephen haben dich doch begleitet«, sagte Saint-Taurin. »Der König hofft wohl, dass sie dir helfen, die Iren zu bändigen. Ich fürchte nur, du wirst viel Kraft vergeuden müssen, um stattdessen *sie* zu bändigen. Sie zählten zu den Ersten, die Irland betreten haben, und glauben bis heute, die Insel gehöre ihnen.«

»Und … Und was soll ich dagegen tun?«

Rúdnat kaute auf ihren Lippen.

Am besten, ich gebe dir keinen schweren Wein, du leichtgläubiger Dummkopf, sondern nur Met mit Pisse vermischt.

»Versprich ihnen Land im Westen, und schick sie dorthin, damit sie sich an Domhnall O'Brian die Zähne ausbeißen, in den Sümpfen stecken bleiben oder sich in den dichten Wäldern verirren – Hauptsache, sie machen dir das Leben nicht schwer. Und du musst auch Raymond Le Gros entmachten. Strongbow hat ihm zu viele Burgen und Truppen anvertraut. Maurice FitzGerald übrigens ebenso. Nun gut, Letzterer ist alt und kränklich, ihm musst du nicht alles nehmen wie Raymond, du kannst ihm Wicklow meinetwegen lassen. Nur falls er stirbt, gib sein Erbe nicht seinen Söhnen, gib es lieber einem, der auf deiner Seite steht.«

FitzAudelin runzelte die Stirn. »Etwa dir?«, fragte er misstrauisch.

Sieh an, das dumme Pferd spuckt dann und wann ja doch den faulen Hafer aus.

Doch Saint-Taurin schüttelte rasch den Kopf. »Ich will kein eigenes Land … Ich will nur nicht, dass es der Falsche bekommt.«

FitzAudelin machte den Eindruck, als würde ihn etwas kitzeln, doch die Hufe hielten still, und er fraß weiter faulen Hafer. »Was soll ich mit Wexford machen?«

»Dein Neffe Walter Alemannus könnte dort Statthalter werden.«

»Aber auch Hervey de Montemarisco hat Anspruch darauf angemeldet.«

»Dann gib ihm Wexfords Umland. Jeder weiß, dass man von den Mücken dort blutig gestochen wird.«

»Und was soll ich John de Courcy geben? Er gehört nicht zu den Verrätern, die damals eigenmächtig nach Irland aufgebrochen sind.«

Saint-Taurin zog erneut unruhig Kreise um ihn, als wäre er die blutrünstige Mücke. »John de Courcy ist ein edler Ritter, tollkühn und tatkräftig«, erklärte er. »Keiner wundert sich, dass König Henry große Stücke auf ihn hält. Allerdings wird sich wohl der eine oder andere wundern, warum er dich nur begleitet hat und nicht selbst Statthalter wurde.«

Sieh an, sieh an, die Mücke hat tatsächlich eine Stelle gefunden, wo sie zustechen kann, um nicht nur süßes Blut zu saugen, sondern giftige Gefühle einzuträufeln.

Das Gift wirkte nur langsam. Erst starrte FitzAudelin den anderen lediglich verwirrt, dann zunehmend entsetzt, schließlich verärgert an. »Du meinst, Henry traut mir nicht zu …«

»Die Frage ist: Traut John de Courcy es dir zu, das wilde Pferd Irland zu lenken, oder wird er versuchen, dich aus dem Sattel zu stoßen?«

»Soll ich … Soll ich ihn auch in den Westen schicken?«

»Nein, schick ihn in den Norden«, sagte Saint-Taurin schnell. »Kein Normanne hat jemals einen Schritt nach Ulster gesetzt, obwohl sich die dortigen Familien Henry widersetzt und nicht vor ihm die Knie gebeugt haben. Wenn Courcy Ulster erobert, sonn dich in seinem Glanz. Wenn er scheitert, ist es ein Leichtes, aus dem Schatten zu treten, der auf dich fallen könnte. Ulster liegt schließlich weit genug von Dublin entfernt.«

Wieder musste FitzAudelin eine Weile nachdenken, wieder wechselte sein Mienenspiel mehrmals. Am Ende leuchtete Schadenfreude in seinen Augen auf. »Und ihn?«, fragte er und deutete mit dem Kinn auf Ascall. »Willst du ihn nicht wenigstens foltern, auf dass er alle Geheimnisse preisgibt?«

Rúdnat war überzeugt, dass genau das Amaury de Saint-Taurins Ziel war, doch die Mücke hörte zu kreisen auf, versprühte kein Gift mehr und saugte kein Blut.

»Ein Barbar wie er kann nichts über Irland erzählen, was wir nicht längst wissen. Soll er doch Steine schleppen und Burgen bauen«, sagte Saint-Taurin. Diese Vorstellung schien FitzAudelin zu behagen. Kurz überlegte er, ob er noch einmal auf ihn eindreschen sollte, ging dann aber zurück zur Halle. Rúdnat erwartete, dass Saint-Taurin ihm folgen würde, doch er verharrte im Hof, was bedeutete, dass Ascall den letzten Schlag, den FitzAudelin ihm erspart hatte, doch noch abbekommen würde. Zu ihrer Verblüffung machte Saint-Taurin allerdings keine Anstalten, Ascall zu schlagen. Nein, er bückte sich, nahm die Schöpfkelle aus dem Eimer, führte das Wasser an Ascalls Mund. Sie konnte nicht hören, ob dieser trank, nur dass Saint-Taurin leise sagte: »Du bist genauso einsam wie ich.«

Er lächelte nicht wie zuvor, als er um FitzAudelin geschwirrt war. Er blickte traurig drein.

Rúdnat hielt unwillkürlich den Atem an. Die Geschichte, wie Saint-Taurin Ascall einige Wochen zuvor in die Falle gegangen war, hatte sich bis ins Hurenhaus herumgesprochen, und dass er die Gelegenheit, um sich für diese Schmach zu rächen, nicht nutzte, erstaunte sie zutiefst. Zugutehalten, dass er auf Rache verzichtete, so wie sie verzichtet hatte, Nessa zu ertränken, konnte sie ihm gleichwohl nicht. Ein Mann wie Saint-Taurin, der inmitten von nacktem Stein lebte, weder Schmerz noch Lust kannte, sehnte sich gewiss nicht nach Frieden wie sie, sondern verfolgte wahrscheinlich einen bösartigen, hinterlistigen Plan.

Um diesen heute noch zu ergründen, war sie zu müde. Ascall dagegen schien zu neuen Kräften zu kommen. Nachdem er die zweite Schöpfkelle leer getrunken hatte, ging ein Ruck durch seinen Körper, und er schlug die Augen auf. Ehe er Saint-Taurin allerdings erkennen konnte, war der schon in der Halle verschwunden.

Róisín

Róisín stand breitbeinig über einem Bach, starrte auf die gekräuselte Oberfläche und hielt den Atem an, als ihre Hände vorschnellten, das Lebendige schnappten, das in den grauen Fluten lebte, und es auf den Waldboden schleuderten. Nein, es war kein Schlammaal, kein Lachs, keine Forelle, noch nicht einmal ein Frosch, wie sie einen in den letzten warmen Sommertagen gegessen hatte. Es war nur eine Handvoll Kaulquappen, die es so spät im Jahr eigentlich gar nicht mehr geben sollte. Allerdings hatten auch in dem Jahr, als die Normannen die Insel zum ersten Mal betreten hatten, die Frösche im Herbst gelaicht.

Róisín hatte noch nie Kaulquappen gekostet, war aber überzeugt, dass sie auch nicht schwerer zu essen waren als die Wurzeln vom Gänsefingerkraut oder Blatterbsen. Sobald sie sich jedoch bückte, um sie in den Mund zu stecken, kam etwas aus dem Schatten der umliegenden Bäume auf sie zugestürzt.

Ein Bär … nein, dazu war dieses Wesen nicht groß genug … ein Wolf … nein, es war kein Knurren zu hören … ein Hirsch, aber Hirsche waren scheu. Erst als sie einen Stoß abbekam und aufs Gesäß fiel, ging ihr auf, dass sie es mit einem Menschen zu tun hatte.

»He!«, schrie Róisín empört. Der Mann fiel auf die Knie, leckte die Kaulquappen vom Boden auf, schluckte mit ihnen auch Erdkrumen. Mit der einen Hand hielt er den Knauf eines Dolches umklammert, mit der anderen den Knauf eines Schwertes. So sauber wie die Waffen waren, schien er vor dem Krieg geflohen zu sein … »Wer bist du?« Er warf ihr nur einen flüchtigen Blick zu, ehe er wieder zurück zum Gebüsch hastete. »Du könntest mir wenigstens sagen, wo genau wir hier sind!«, rief sie ihm wütend nach.

Gut möglich natürlich, dass der Mann es ebenso wenig wusste wie sie. Róisín hatte sich nicht in jenem Meath verirrt, dessen Städte reich und dessen Straßen breit waren, dessen Getreidefelder in der Sonne golden schimmerten und dessen Flüsse reich an Fischen waren. Nein, in ein Niemandsland war sie geraten, wo man keine Menschen sprechen hörte, nur Sümpfe gluckern, Nadeln knistern, Regen auf die Blätter tropfen. Gewiss, dieses Land wartete nicht nur mit Einöde auf, es gab auch Farben: Das Heidekraut wuchs purpurrot, das große Farnblatt dunkelgrün, und dort, wo sie den Himmel spiegelten, waren die Flüsse dunkelblau. Aber keines dieser vielen Gesichter Érius sprach zu ihr, keines zeigte Mitleid oder half ihr, sich zurechtzufinden. Und dieser Mann hatte es auch nicht getan – vorausgesetzt, dass er überhaupt ein Mensch war, kein verzaubertes Wesen des Waldes.

Manchmal war sie sich nicht einmal sicher, ob sie nicht längst zu einem solchen geworden war. Und erst recht wusste sie nicht, ob sie einen Menschen in ihrem Leib trug. Das Kind war oft schwer wie ein Stein, und selbst wenn es zappelte wie jetzt, sah sie nur einen Schwarm Kaulquappen vor sich, keinen Säugling. Im Bächlein schwamm dieser leider nicht mehr. Und wenn sie noch so lange im Schlamm auf dem Grund wühlte – nur der braune Bodensatz stieg auf und trocknete auf ihren Füßen, wenn sie weiterging.

Mit jedem Schritt, den sie machte, wuchs die Erschöpfung. Sie blieb stehen, lehnte sich an einen Baum, wagte aber nicht, sich zu setzen, weil sie ahnte, dass sie dann nicht wieder hochkommen würde.

In den ersten Nächten nach ihrer Flucht hatte sie noch Reisig gesammelt, um sich darauf zu betten. Später hatte sie meist nur mehr sitzend und an einen Baum gelehnt geschlafen. Auch jetzt hielt sie sich am Baum fest, presste ihr Gesicht an die raue Rinde, atmete tief den würzigen Geruch ein. So roch nur etwas, das lebte, und solange sie den Geruch wahrnahm, lebte wohl auch sie. Sie stand auf, kämpfte sich weiter, schaffte immerhin ein Dutzend Schritte, ehe sie vor der nächsten Herausforderung stand. Sie verspürte einen unangenehmen Druck auf der Blase, wagte jedoch nicht, sich hinzuhocken – würde sie hinterher womöglich nicht mehr aufstehen können. Am Ende hielt sie sich mit einer Hand an einem Ast fest, hob mit der anderen ihr längst zerrissenes Kleid, spürte, wie der Urin über ihre Beine rann. Sie fühlte keinen Ekel, nur Dankbarkeit, dass ihr Körper noch etwas hergeben konnte, das warm war. Erst lief es über die Innenschenkel, dann über die Knie, zuletzt über ihre Füße … Allerdings war es da nicht mehr warm … und auch nicht farblos.

Sie hatte die Augen kurz geschlossen, und als sie sie wieder öffnete, fiel ihr Blick auf Blut. Es lief und lief und lief, und mit jedem neuen Schwall spürte sie ihre Kräfte schwinden. Die Beine gaben nach, auch den Händen fehlte bald die Kraft, sich am Ast festzuhalten. Immerhin fiel sie mit dem Kopf, als sie endgültig zu Boden ging, statt auf harte Wurzeln, auf Moos.

Ich werde weich gebettet liegen, während ich verblute, und wenn ich Glück habe, werde ich nicht mal mehr spüren, wie das Blut stockt.

Als Róisín erwachte, lag sie immer noch weich gebettet, doch sie sah kein Grün, nur Schwarz. Das Moos musste verbrannt sein, wobei ihr kein Rauch in die Nase stieg und sie auch keine Asche fühlte, als sie die Hand hob und hinter sich tastete. Róisíns Hand fiel zurück auf ihre Brust, die Augen schlossen sich wieder.

Als sie erneut zu sich kam, erblickte sie doch wieder etwas Grünes, kein Moos zwar, aber die Augen eines Mädchens. Das, was sie zuvor berührt hatte, war sein glänzendes schwarzes Haar gewesen.

»Wie … Wie heißt du?«, stieß Róisín aus. Das junge Mädchen schwieg. Natürlich, hier im Wald herrschte ja immer Schweigen. »Wer bist du?«, fragte Róisín und klang dieses Mal deutlich ungeduldiger. Wieder kam keine Antwort. »Tut mir leid, aber die Sprache der Elfen beherrsche ich nicht«, sagte sie. Dann fiel ihr ein, dass die Sprache der Elfen nicht aus Wörtern, sondern aus Tönen bestand, und tatsächlich war nun Musik zu hören – die Musik einer Harfe, obwohl das Mädchen ganz steif dasaß. Róisín richtete sich auf. Vor ihr war nur stummer Wald, hinter ihr das stumme Mädchen, und doch hingen über allem die Harfenklänge. Róisín packte die Stumme, schüttelte sie. »Verdammt, wer bist du?«

Die Musik klang aus, stattdessen war nun eine Stimme zu vernehmen. »Gib dir keine Mühe. Auch wenn du sie schlägst, kratzt oder beißt, sie wird nichts sagen.«

Róisín rieb sich die Augen, blickte sich wieder um, sah im Schatten eines Ahorns den blondlockigen Barden sitzen, den sie auf der Motte von Navan kennengelernt hatte. Er zupfte immerfort die Saiten seines Instruments, seine Schwester saß neben ihm, hatte sich den ledernen Stiefel vom Fuß gezogen und versuchte, mit einer Knochennadel und einem dicken Grashalm das Loch in der Sohle zu flicken.

Ich müsste mein Kleid auch flicken ... und es waschen ... Es muss voller Blut sein. Himmel, ich wäre beinahe gestorben ...

Róisín wagte es nicht, auf ihre Beine zu lugen. Stattdessen musterte sie Caitlín O'Bjólan, Ascalls tot geglaubte Ehefrau, einst wohl schöner als die Elfen im Walde, jetzt boshaft wie ein Troll – sonst würde sie eben nicht kichern. Zumindest hielt Róisín den Laut, der aus ihrem Mund kam, für ein Kichern. Erst nach einer Weile ging ihr auf, dass es ein trockener Husten war.

»In den letzten Wochen hat es so oft geregnet ...«, murmelte Caitlín und hustete weiter.

Salbei würde helfen, dachte Róisín, die Knospen vom Beifuß, auch die Wurzel vom Alant.

Und was sollte sie gegen ihre Blutung tun? Immer noch wagte sie es nicht, einen prüfenden Blick auf ihren Schoß zu werfen, betrachtete stattdessen das grünäugige Mädchen.

»Ist sie stumm?«, fragte sie.

»Mittlerweile ja«, sagte Caitlín. »Nachdem, was wir erlebt haben, hat mein Haar seine Farbe und sie ihre Sprache verloren ... Nur mein Bruder Faolán scheint nichts verloren zu haben. Er spielt schöner als einst.«

Harfenspiel und Husten vermischten sich, während etwas Warmes über Róisíns Wangen lief – nicht Blut, sondern Tränen. Die Musik war so schön ... und ihr Körper plötzlich wieder stark ... Sie konnte sich aufrichten, stehen bleiben, fühlen, dass kein weiteres Blut mehr aus ihr floss. Und auch zu ihrem Kind schienen die Töne gedrungen zu sein, denn es zappelte. Das Gesicht der Grünäugigen jedoch blieb ausdruckslos, als wäre sie nicht nur stumm, sondern auch taub, und Caitlín schien ebenso wenig von den lichten Tönen beeindruckt.

»Was ... Was ist euch zugestoßen?«, fragte Róisín.

Caitlín stach mit der Nadel in die Sohle, zog den Grashalm durch das Leder, hustete wieder eine Weile. »Das kannst du dir doch denken«, erklärte sie schließlich unbewegt. »Wenn du ein Stück Brot siehst, weißt du, dass irgendjemand Mehl mit Wasser verknetet und den Teig auf einem heißen Stein gebacken hat. Wenn du wiederum drei zerstörte Menschen siehst, weißt du, dass irgendjemand auch sie mit seinen Fäusten bearbeitet hat, sie allerdings nicht auf einem heißen Stein, sondern auf dem kalten Schlachtfeld, zu dem die Insel geworden ist, hat liegen lassen.«

Róisín wusste, wenn sie zu lange über Mehl und Brot nachdachte, würde sie wieder weinen, dieses Mal nicht vor Rührung, doch vor Hunger. »Wo ... Wo habt ihr in den letzten Jahren gelebt?«

»Wir haben nicht gelebt, wir haben überlebt. Das Einzige, was wir noch haben, ist die Musik meines Bruders, und mit dieser Ware ziehen wir von Burg zu Burg. Du hast ja selbst erfahren, wie man uns dort behandelt.«

»Und ... Und davor?«

Dieses Mal stieß Caitlín wirklich ein Kichern aus, aber es

klang nicht boshaft, nur verzweifelt. »Wir lebten in einer Siedlung an der Grenze von Breifne und Connacht. Sie lag an einem Fluss, und in diesem Fluss haben wir eine Mühle errichtet. Die Bauern der Umgebung kamen, um ihr Getreide mahlen zu lassen, und bezahlten uns mit Mehl. Wir hatten nie genug zu essen, doch es genügte, um den ersten Winter zu überstehen.«

Sie stach mit der Nadel nicht länger ins Leder – sie stach in ihren Finger, schien es aber nicht zu spüren.

»Und dann sind die Normannen gekommen?«, fragte Róisín leise.

Aus dem Kichern wurde ein heiseres Schluchzen. »Nein, dann sind Menschen wie wir gekommen, die vor den Normannen geflohen sind. Wir haben mit ihnen geteilt, was wir hatten, ich habe ihre Kleidung genäht und ihre Wunden, habe ihnen im Fluss die eiternden Füße, auf denen sie wochenlang durch Schlamm und Frost gestapft sind, gewaschen …«

Der Barde hatte zu spielen aufgehört, starrte auf die Saiten seiner Harfe, sodass ihm die blonden Locken ins Gesicht fielen. Das grünäugige Mädchen hielt seinen Kopf ebenso gesenkt.

»Was ist geschehen?«, fragte Róisín erneut.

Caitlín starrte sie unverwandt an. »Das, was immer geschieht, wenn man Güte zeigt. Man wird nicht belohnt, man wird bestraft. Einige Flüchtende begnügten sich nicht mit dem Brot, das wir ihnen gaben. Sie … Sie wollten unsere Mühle haben.«

»Sie haben alle Menschen aus der Siedlung vertrieben?«

»Nein, sie haben alle Menschen aus der Siedlung getötet – zumindest fast alle, wir drei konnten fliehen. Mein Bruder ist als Erster weggelaufen, er musste ja nur seine Harfe retten.«

Ihre Stimme war spitzer als die Nadel, und prompt zuckte der Barde zusammen. »Sprich nicht so über mich!«

»Darf sie etwa nicht wissen, dass du ein Feigling bist? Sei froh! Feiglinge leben länger als Helden. Ich bin auch keine Heldin. Ich habe einen der Männer erschlagen, aber ich wusste, ein zweites Mal gelänge mir das nicht. Deshalb bin auch ich gerannt.«

»Und … sie?« Róisín deutete auf das grünäugige Mädchen.

»Ihr Name ist Rún …« Caitlín starrte nunmehr auf die Stumme, und ihre Miene war nicht mehr hart, sie war mitleidig. »Ein halbes Dutzend Männer hat sie mit Gewalt genommen, vielleicht sogar ein ganzes. Hinterher haben sie gedacht, sie wäre tot, und haben sie liegen lassen. Zwei andere Frauen, Ealga und Bronagh, haben sie erst getötet und dann geschändet – was das bessere Los war, wenn du mich fragst. Eine weitere Frau, die gelähmte Beine hatte, haben sie nicht geschändet, sie haben sie in den Fluss geworfen, um zuzusehen, wie sie ertrank. Ihr Bruder Paitín ist hinterhergesprungen, hat versucht, sie zu retten, und als es ihm nicht gelang, hat er sie mit einem Stein erschlagen, damit sie es wenigstens schnell hinter sich hatte.«

»Und er?«

»Ihn haben die Männer wieder aus den Fluten gezogen, und er hat es leider nicht schnell hinter sich gehabt. Was immer diese wilde Horde selbst erlebt hat, um so zu werden … Es war zu viel Krieg und zu wenig Barmherzigkeit.«

Caitlín hatte wieder zu nähen begonnen, stach immer ungeduldiger zu, sodass der Grashalm riss, doch das war ihr gleich. Sie schlüpfte in den Stiefel, erhob sich, nickte ihrem Bruder und Rún zu.

»Wir müssen weiter.«

Róisín stellte sich ihr in den Weg »Es tut mir leid …«, murmelte sie, »ich verstehe nun, warum du mir auf der Motte nicht helfen wolltest … Aber ich … Ich könnte euch helfen! Kommt mit mir nach Dún Fionn! Dort seid ihr in Sicherheit!«

Caitlín erstarrte. »Ich werde nie wieder einen Fuß nach Dún Fionn setzen«, erklärte sie, hustete erneut, spuckte Schleim. Danach ließ sie Róisín einfach stehen. »Faolán! Rún!«

»Willst du sie etwa einfach zurücklassen?«, fragte Faolán entsetzt.

»Ich kann neben einem nutzlosen Barden nicht auch noch ein nutzloses Weib mit dickem Bauch gebrauchen«, sagte Caitlín schroff. »Nun kommt schon!«

Der Barde zuckte hilflos mit den Schultern, folgte ihr aber, Rún dagegen blieb auf dem Boden kauern.

»Komm!«, sagte Caitlín wieder, doch die Schwarzhaarige rührte sich nicht. »Komm!«, dieses Mal klang es gebieterischer, doch Rún gehorchte ihr immer noch nicht. »Himmel, wir müssen den Wald verlassen und eine Burg finden! Wenn die Normannen nicht von Blut, sondern von Wein trunken sind, mögen sie irische Musik.« Rún erhob sich endlich langsam, aber anstatt Caitlín zu folgen, trat sie auf Róisín zu und nahm sie an die Hand. Diese musste alle Willenskraft zusammennehmen, um sich nicht schwer auf das dürre Mädchen zu stützen, sondern aufrechten Schrittes auf Caitlín zuzugehen. Stolz das Kinn recken konnte sie nicht auch noch – ganz anders als Rún, die Caitlín herausfordernd anstarrte. Alles, was sie so schwach, so zart, so schüchtern und verloren hatte wirken lassen, schien von ihr abzufallen und einer Macht zu weichen, der – gerade weil sie nicht auf laute Worte, gar Geschrei angewiesen war – nichts entgegenzusetzen war. »Du willst, dass wir ihr helfen?«, fragte Caitlín ungläubig.

Rún starrte sie immer noch an, indes auch Faolán näher trat. »Ich … Ich hätte nichts dagegen.«

Sobald sie sich dem Bruder zuwandte und darob nicht länger dem Blick der grünen Augen ausgeliefert war, klang Caitlín wieder barsch, nicht kleinlaut. »Du hast leicht reden. Wenn es hart auf hart kommt, versteckst du dich hinter deiner Harfe, und ich allein habe dafür zu sorgen, dass wir alle überleben.«

Faolán wusste nichts dagegen einzuwenden, Róisín aber schaffte es, den Kopf zu heben und zu sagen: »Ich wüsste ein Mittel gegen deinen Husten … Beifuß, Alant, Eibisch …«

Caitlín hörte kaum zu, stampfte auf. »Himmel, Rún! Hast du immer noch nicht gelernt, was der Lohn für Güte und Mitleid ist?« Weiterhin lag in Rúns Blick jene Macht, die bewies, dass man nicht reden können musste, um ein Mensch zu sein. Caitlín war plötzlich ein sehr verzagter, denn anstatt erneut zu fluchen, seufzte sie nur. »Also gut«, wandte sie sich an Róisín. »Wir bringen dich nach Dún Fionn. Ich bleibe jedoch dabei: Ich werde die Burg nicht betreten.« Róisín öffnete den Mund, um etwas zu sagen, aber Caitlín fiel ihr scharf ins Wort. »Danken kannst du mir, wenn wir unser Ziel erreichen. Jetzt pflück mir lieber etwas gegen den Husten, und wenn du ein Mittel kennst, um weißes Haar wieder schwarz zu färben, habe ich auch nichts dagegen.«

Caitlín war in der nächsten Zeit sehr wortkarg. Wenn sie überhaupt etwas zu Róisín sagte, klang es vorwurfsvoll, und selbst, wenn sie ihr für den Sud dankte, den diese ihr regelmäßig braute, klang es, als wäre es eine Zumutung, keine Wohltat, ihn zu trinken. Róisín ließ sich davon nicht kränken, zumal Caitlín nicht viel freundlicher zu ihrem Bruder war, mit Gesten und Blicken stets ihre Verachtung verriet, weil er nichts dazu beitrug, dass sie genug zu essen hatten und des Nachts nur auf Reisig und Blättern schlafen wollte, statt auf nacktem Boden. Als er einmal allerdings über eine Wurzel stolperte und die Harfe seinen Händen entglitt, war es Caitlín, die sich danach bückte und sie ihm reichte. Und als Róisín einmal auf feuchtem Laub ausrutschte, war Caitlín diejenige, die ihr half, wieder aufzustehen, gar fragte, ob es ihr gut gehe.

Sobald Róisín nickte, ging Caitlín weiter, ohne sich umzudrehen, doch Rún hakte sich bei ihr unter, und eine Weile gingen sie eng nebeneinander durch den dunklen Wald. In der Nacht musste Róisín zu ihrem Bedauern allein schlafen, denn da lag Rún wie immer bei Caitlín – vorausgesetzt, dass sie überhaupt schlief. Oft saß sie nur da und starrte in das Feuer, das sie entzündet hatten, bis ihre grünen Augen zu schmelzen schienen. Und wenn die Erschöpfung sie übermannte, wälzte sie sich hin und her, schreckte manchmal gar mit einem Wimmern auf, das Róisín eine Ahnung gab, wie ihre Stimme klingen würde, könnte sie denn sprechen.

»Schscht«, machte Caitlín dann leise, zog Rún noch fester an sich und versuchte, sie wieder in den Schlaf zu wiegen. Manchmal genügte das, manchmal musste Faolán – der so feine Ohren hatte, dass er immer erwachte, wenn Rún schlecht träumte – ein Lied auf der Harfe spielen. Spätestens dann fielen Rún die Augen zu, nur Róisín kämpfte darum, wach zu bleiben, auf dass ihr kein einziger dieser sanften Töne entging, die ihre eine Ahnung davon gaben, wie Rúns Stimme klingen würde, könnte sie denn singen, die auch die Hoffnung erweckten, dass ihr Kind leben würde und dass Ascall, dessen Namen ihre Lippen immer wieder lautlos formten, noch lebte.

Die grünen Blätter wurden in den nächsten Wochen erst golden, dann rostrot. Sobald die Kälte ihnen alles Blut aus den Adern gezogen hatte, blieb nur ein fahles Gelb, und als sie sich auf dem Boden runzelten, ein fahles Braun. Róisín fegte die Blätter zur Seite, um darunter Pflanzen zu suchen. Sie ging immer gebückt und sehr langsam, weil ihr Bauch so schwer war, nur einmal lief sie, weil sie in der Ferne Pferdegetrappel hörten.

Faolán vermutete, dass die Reiter Normannen waren und sie selbst immer noch durch Meath wanderten, weil sie in den letzten Wochen nämlich im Kreis gegangen waren.

Caitlín war hingegen überzeugt, dass sie die Grenze zum benachbarten Breifne längst hinter sich gelassen hatten. »Die Reiter waren gewiss Iren. Gut möglich, dass sie mittlerweile von Strongbows Tod erfahren und sich erhoben haben.« Bevor sie noch mehr sagen konnte, hustete sie und nahm rasch einen Schluck von jenem Sud, den Róisín ihr am Morgen gebraut hatte. »Bald musst du neue Kräuter sammeln«, murmelte sie.

Róisín nickte. »Von nun an suche ich auch nach Kräutern, die mir bei der Geburt helfen werden. Vielleicht kommt das Kind, ehe wir Dún Fionn erreichen.«

Ihr Bauch war so groß, die Welt so klein, überall sah der

Wald gleich aus, überall hörte er sich ähnlich an mit seinem Heulen, Krächzen, Gluckern, Rauschen.

Eines Tages standen sie unerwartet vor einer Siedlung – wenn man denn die drei Hütten, die aus hölzernen Pfosten, Flechtwerk und Grassoden errichtet worden waren, so nennen wollte.

»Wir haben nichts«, rief ihnen eine Frau entgegen, die hässlich wie ein Mann war. Vielleicht war sie auch ein Mann, der nur verzweifelt wie eine Frau klang. »Die Krieger haben uns alles gestohlen …«

»Dann hast du doch etwas«, entgegnete Róisín, »nämlich das Wissen, wer sie waren und was sie planen.«

»Und was nutzt es euch, wenn ich mein Wissen teile? Die Bäume wissen nichts und wachsen hoch in den Himmel, die Vögel wissen nichts und kreisen über den Wolken. Die Wolken wissen nichts und türmen sich zu Bergen. Und wir Menschen wissen viel zu viel, aber sehen hier im Wald den Himmel trotzdem nicht, wachsen ihm nicht entgegen, können erst recht nicht fliegen.«

»Nun, sag schon!«, fuhr Caitlín das Weiblein an.

Die andere zögerte, ehe sie antwortete: »Ein irisches Heer ist bis nach Armagh vorgedrungen und hat dreitausend Normannen getötet.«

»Wenn man Lieder darüber singt, sind es wohl dreitausend«, warf Faolán ein. »Wenn man darüber bloß spricht, sind es wahrscheinlich nur dreihundert.«

»Und wenn man raunt, lediglich dreißig«, sagte Caitlín. Sie raunte nicht, sie krächzte.

»Jedenfalls haben die Normannen drei Burgen freiwillig zerstört, bevor die Iren es tun konnten«, fuhr die Frau fort, die nun mürrisch klang.

Sie bot ihnen keinen Platz unter ihrem Dach an, noch nicht einmal einen Becher Milch von der Ziege, die gleich neben ihrer Hütte angebunden stand und die sie offenbar vor den

Kriegern hatte verstecken können. Dass sie sie vor uns nicht in Sicherheit gebracht hat, sagt viel, dachte Róisín und seufzte. Früher wäre sie auf das Weib zugestürzt, um es zu erwürgen, heute hatte sie viel zu große Angst, dabei wie ein Käfer auf dem Rücken zu landen und nicht mehr aufstehen zu können.

Sobald sie die Siedlung hinter sich gelassen hatten, versuchte Rún, ein Feuer zu machen, indem sie zwei Feuersteine so lange aneinanderschlug, bis Funken flogen. Caitlín wandte sich hustend ab, Róisín sortierte ihre Kräuter, Faolán sang über dreitausend mal dreitausend Normannen, die alle gefallen waren. Die Vögel fraßen ihre Leichname und wurden zu fett zum Fliegen, die Wolken färbten sich rot, weil ihr Blut zum Himmel stank, die Bäume faulten, weil noch mehr davon in die Erde sickerte.

Noch ehe die ersten Flammen hochzüngelten, ließ Rún plötzlich den Feuerstein fallen und Faolán die Harfe sinken. Und ehe Róisín etwas fragen konnte, schlug Rún ihr die Hand auf den Mund. Da erst hörte sie es auch – kein Getrappel, aber schwere Schritte. Der Boden vibrierte so, als würden sich mindestens dreihundert nähern, wobei dreißig genügten, sie zu töten – nein, zu ihrer Schande sogar drei.

Róisín lauschte. Zu den Schritten kamen Stimmen, und diese Stimmen kamen immer näher. Rún war die Erste, die aufsprang und weglief, Faolán folgte ihr rasch. Róisín wollte es ihnen gleichtun, aber schaffte es noch nicht einmal, sich zu erheben. Sie wollte fluchen, verbiss es sich jedoch, während ein anderes Geräusch umso lauter in ihre Ohren drang – Caitlíns Husten. Nun kam sie doch noch auf die Beine, stürzte auf Caitlín zu, schlug ihr die Hand vor den Mund, wie Rún es bei ihr getan hatte. Es war vergebens, das Husten klang laut wie ein Bellen, und was Róisín bei dem Weib in der Siedlung nicht gewagt hatte, gelang ihr jetzt ganz leicht. Sie stieß Caitlín zu Boden, setzte sich auf sie, und so wuchtig ihr Leib war, hatte die andere keine Chance, erst recht nicht, als sie ihr die Hände um die Kehle legte, zudrückte. Das Husten erstarb, das Röcheln erstarb … die Schritte und Stimmen, die zunächst näher gekommen waren, irgendwann auch … Dennoch wagte Róisín nicht, Caitlín loszulassen, selbst dann nicht, als sie kaum mehr Kraft in ihren Händen hatte, zumindest nicht so viel wie jene, die jäh ihre Gelenke umfassten, sie zurückrissen. Es war Rún, die Caitlín befreit hatte, und das keinen Augenblick zu früh. Eine Weile kam über Caitlíns Lippen nur jenes schabende Geräusch, als würde Rún erneut zwei Feuersteine aneinanderschlagen. Erst nach einer Weile wurde ein Röcheln daraus, ein Husten, zuletzt ein empörter Schrei. Caitlín stieß Róisín von sich, und diese fiel auf den Rücken.

»Bist du verrückt geworden? Du hättest mich beinahe getötet!«

»Besser ich als die Männer.«

»Tot ist tot.«

»Aber du lebst ja noch.«

»Nicht wegen, sondern trotz dir, du dumme Gans.« Gänse fraßen am liebsten Schnecken, und Schnecken krochen erbärmlich langsam über den Boden. Auch Róisín hatte das Gefühl, nie wieder etwas schnell machen zu können, als sie sich mühsam hochkämpfte. Unvorstellbar schien ihr jäh, dass sie Caitlín eben noch beinahe erwürgt hätte. Sie bekam ja selbst kaum Luft, als ihre Beine plötzlich zu zittern begannen, aus dem Zittern ein Krampf wurde und dieser den ganzen Leib erfasste. »Wir müssen fort von hier«, erklärte Caitlín.

Róisín ging zu Boden, während der Schmerz sich erhob, auf sie eintrat, wieder und wieder, bis etwas in ihr zu zerspringen schien und sich eine Pfütze um sie ausbreitete.

»Das Kind kommt«, stieß Róisín hervor.

»Aber …«, setzte Caitlín an, und ihre Empörung verstummte.

»Doch, es ist so weit.«

Róisín starrte hoch, die Baumkronen wogten, dahinter war ein wenig Blau zu erkennen. Der Schmerz verging, alles an ihr fühlte sich wie taub an. »Man kann den Himmel ja doch sehen, selbst hier im Wald«, murmelte sie.

Der Himmel wurde schwarz, dann grau, dann wieder blau. Róisín blieb auf dem Rücken liegen, und das Kind blieb in ihrem Leib. Der Schmerz war ein launischer Gast. Mal trommelte er gegen die Tür, mal klopfte er sanft, mal fraß er alle Hoffnung auf, mal begnügte er sich mit wenigen Happen ihrer Lebenskraft. Doch noch unerträglicher als die schlimmsten Wehen war es, als diese auf einmal nachließen und der Schmerz der Taubheit wich.

»Das Kind … Es muss doch kommen … Wenn es nicht bald kommt, werden wir beide sterben«, presste Róisín über ihre Lippen.

»Du hast doch in den letzten Tagen Kräuter gesammelt«, sagte Caitlín, »nimm sie … Vielleicht lösen sie stärkere Wehen aus.«

»Noch nicht … Noch nicht«, murmelte Róisín. »Es ist zu früh dafür …« Sie wusste, dass das eine Lüge war. Und sie wusste auch, dass es ihre letzte war. Es war nicht zu früh, es war viel zu spät. Dass die Wehen schwächer wurden, indes nicht die Blutungen, war ein Zeichen dafür, dass das Kind falsch lag, nicht mit dem schweren Kopf nach unten nämlich, sondern mit den Beinen. So drückte zu wenig Gewicht auf ihre Scham, als dass sich diese endlich öffnete. Zu spät, dachte sie. »Zu früh«, murmelte sie erneut, obwohl sie immer weniger daran glaubte, erst recht nicht, als der nächste Schwall Blut ihre Beine nässte. Caitlín strich ihr über die Stirn, indes Faolán stumm seine Harfe umklammerte. Gleich werden die Saiten reißen, dachte Róisín, aber sie rissen nicht. Auch sie war ja noch nicht zerrissen, sie konnte sich noch an Rún wenden, auf deren Schoß ihr Kopf mittlerweile ruhte. Zu spät, dachte sie. »Zu spät«, sagte sie nun auch. Und sie sagte noch mehr, bevor ihr Leib immer tauber wurde. »Geh zurück zur Siedlung, Rún. Hol mir ein Messer oder eine Sichel oder beides …

Es muss dort noch etwas anderes geben, das scharf ist. Nicht bloß die Zunge des Weibes.«

Rún hielt ihrem Blick eine Weile stand, nickte schließlich. Sie stand so hastig auf, dass Róisíns Kopf unsanft auf den Waldboden fiel.

»Aber …«, setzte Caitlín an.

Róisín hielt ihr Handgelenk fest, damit sie sie nicht mehr streicheln konnte. »Du musst mir genau zuhören«, erklärte Róisín. »Ich werde dir erklären, was du mit dem Messer tun wirst.« Erst jetzt ging ihr auf, dass Caitlín nicht mehr hustete, seit sie sie fast erwürgt hatte. Gut so, ihre Stimme hätte nicht genügend Kraft gehabt, sie zu übertönen. »Das Kind … Das Kind liegt falsch, deshalb haben die Wehen nachgelassen. Wenn es aber noch länger in meinem Bauch bleibt, wird es sterben. Also musst du meinen Bauch aufschneiden. Der Schnitt muss am unteren Teil des Schambeines beginnen, zum Nabel führen und etwa so lang wie deine Hand sein. Sobald er durchgeführt ist, musst du mit den Händen in den Einschnitt greifen und die Eingeweide beiseiteschieben. Besser wäre, du könntest dir die Hände vorher einölen, aber man kann nicht alles haben. Während du mich aufschneidest, muss ich auf dem Rücken liegen. Erst danach wälzt du mich auf die Seite.«

Caitlín blickte sie ungläubig an. »Ich kann dir doch nicht den Bauch aufschneiden!«, rief sie schrill.

Róisín stöhnte. »Ich habe mir einst selbst in die Wange geschnitten, um hässlich zu sein und meinen Vater von meiner Bettstatt fernzuhalten. Er hat mich begehrt, musst du wissen. Merkwürdig, dass das Begehren von Männern immer zu klaffenden Wunden führt … Erst das meines Vater, dann das von Ascall … Wobei nicht nur er mich, sondern auch ich ihn begehrt habe … und geliebt … so sehr geliebt …« Der Atem wurde ihr so knapp, als umfassten Hände ihre Kehle. »Sei's drum!«, stieß sie aus. »Du schneidest mir den Bauch auf und holst mein Kind heraus. Es wird leben. Es *muss* leben.«

»Ich kann dir doch nicht den Bauch aufschneiden«, wiederholte Caitlín. »Du würdest dich doch wehren! Und Rún ist nicht stark genug, um dich festzuhalten.«

Von ihrem Bruder sprach sie erst gar nicht, was Róisín ihr nicht verdenken konnte. Faolán saß wie erstarrt da, drückte seine Harfe an die Brust.

Róisín suchte Caitlíns Blick. »Und siehst du, deshalb habe ich in den letzten Wochen Pflanzen gesammelt. Es sind auch giftige dabei, und wenn ich sie erst mal geschluckt habe, werde ich einschlafen und nicht mehr aufwachen. Du musst den richtigen Zeitpunkt abwarten, da ich nichts mehr fühle, jedoch noch schwach atme. Das wird die größte Herausforderung sein, schaffst du das?«

Caitlín starrte sie schweigend an. In ihrem Blick stand etwas, das Róisín noch nie an ihr gesehen hatte. Trauer, die so tief ging, Entschlossenheit, die so groß war.

»Es tut mir leid, dass ich dich vorhin fast erwürgt hätte«, murmelte Róisín.

Caitlíns Augen wurden nass, aber sie zwinkerte die Tränen weg. »Na, wenn ich deinen Leib aufschneide, ist das wieder wettgemacht.«

»Du … Du musst noch mehr als das tun. Du musst das Kind unversehrt nach Dún Fionn bringen. Versprich mir das! Bitte versprich es mir!«

»Dún Fionn ist nicht der rechte Ort, um ein Kind großzuziehen.«

Róisín lachte heiser, vielleicht schrie sie auch, weil nun doch eine neue Wehe sie übermannte. Sie war schwächer als die vorhergehenden, dennoch lief unaufhörlich Blut aus ihrem Körper.

»In ganz Irland gibt es keinen rechten Ort, um ein Kind großzuziehen, die Menschen versuchen es trotzdem … Genau wie ich versucht habe zu überleben, obwohl ich ahnte, dass es keinen Sinn hat.«

»Und jetzt gibst du auf und willst einfach sterben?«

»Nein, ich will sterben, damit dieses Kind als Erstes meiner Kinder leben kann.«

Wieder sahen sie sich lange an, bis Róisíns Blick in Tränen verschwamm. Sie schämte sich ihrer nicht, genauso wenig wie Caitlín sich schämte, als ihr Tränen die Wangen hinunterrannen.

»Versprich mir, dass du alles tun wirst, damit mein Kind überlebt«, Róisín flüsterte nur mehr. Caitlín nickte nur. »Und huste nicht, wenn du mich aufschneidest«, sagte Róisín. »Nicht, dass du meinem Kind versehentlich einen Finger abschneidest.«

Caitlín wischte sich die Tränen ab. »Selbst wenn es so käme, hätte es danach ja immer noch neun – ich denke, das muss reichen.«

Sie klang so erstickt, als hätte Róisín sie einmal mehr zu erwürgen versucht, doch ehe neue Tränen flossen, kehrte Rún mit einem Messer zurück. Sie reichte es Caitlín, setzte sich wieder hinter Róisín, zog ihren Kopf wieder auf ihren Schoß. Und plötzlich gab sie Laute von sich, die noch heiserer als Caitlíns Stimme klangen. Rún war nicht länger stumm ... Sie sang, sang ein Lied ... Kein Lied von dreitausend mal dreitausend toten Normannen, ein Lied vom Meer.

Sie kann ja doch reden, dachte Róisín. »Wenn eine von euch Ascall trifft, sagt ihm, dass ich ihn geliebt habe ...«, flüsterte sie Rún und Caitlín zu.

Als sie später Bilsenkraut, Hahnenfuß und Seidelbast zu sich nahm, hörte Róisín Rún immer noch singen, sah auch Farben, obwohl sie damit gerechnet hatte, dass alles augenblicklich schwarz werden würde. Aber nein, da war der Himmel ... Da war das Meer, von dem Rún sang ... Das Meer im Westen Irlands, unendlich weit, reichte es doch bis ans Ende der Welt. Etliche Inseln ragten aus den dunklen Fluten, und Róisín besann sich der Geschichten, die sie von diesen Inseln gehört hatte. Es gäbe eine, hatte ihre Amme einst behauptet, auf der alle Frauen starben, eine andere wiederum, auf der überhaupt niemand starb, noch nicht einmal die Tiere, und schließlich eine weitere, auf der der heilige Brendan mit seinem Schiff gelandet war, wobei sich diese als Wal herausgestellt hatte. Von einer Insel hatte ihr nicht die Amme, aber Tuans Freund Fintan erzählt – Skellig Michael, die Klosterinsel, die der Erzengel Michael inmitten des Meeres hatte erstehen lassen. Spitz wie ein Kirchturm sah Róisín sie aus den Fluten ragen, der Gipfel schien die Wolken zu streicheln.

Sind die Wolken kalt oder warm?, fragte sich Róisín und beschloss, es herauszufinden. Sie nahm Stufe für Stufe, die die Mönche der Insel gebaut hatten, schief allesamt, voller Sprünge, mit Moos überzogen. Ein falscher Schritt nur, und sie würde in die Tiefe fallen … Aber warum sollte sie fallen, und warum sollten nur Mönche auf der Felseninsel leben dürfen? In Wahrheit, das wusste sie plötzlich, hatte nicht der Erzengel Michael, sondern die Inselgöttin Ériu sie aus dem Meer erstehen lassen.

Róisín schnaufte, als sie weiter nach oben stieg, das Atmen fiel ihr immer schwerer. Anstatt dem Himmel näher zu kommen, wurde sie jäh von Nebel eingehüllt, grauem und erstickendem Nebel. Sie konnte das Meer nicht mehr sehen, sie konnte Rúns Gesang nicht mehr hören. Panik überkam sie, und sie schrie sie aus sich heraus, hörte in der Ferne plötzlich auch Rún oder Caitlín oder sie beide schreien. Und dann herrschte Stille, und die dicken Nebelschwaden wurden zu dünnen Fetzen. Sie musste nur hauchen, und sie lösten sich von selbst auf, sie musste nur mehr wenige Schritte machen, und sie hatte den Gipfel erreicht.

Falls Ascall schon tot war, würde er dort auf sie warten.

Falls das Kind schon tot war, würde es dort auf sie warten.

Doch sie sah nur den Himmel, sie sah nur das Meer, sie war allein, und sie war erleichtert, unendlich erleichtert.

Ich liebe euch, flüsterte sie, tut, was ich getan habe. Lebt nicht, um zu töten. Tötet, um Leben zu schenken.

Sie stand auf der letzten Stufe, trat von dieser auf eine Wolke. Die Wolke war weiß, der Himmel indes war nicht mehr blau, er war rot. Erneut würde ein falscher Schritt genügen, und sie würde von der Wolke fallen und in das kalte Meer stürzen. Aber warum sollte sie fallen? Nichts an ihr hatte noch Gewicht, das sie in die Tiefe zog. In dem Augenblick, da sie langsam mit der Abendsonne verschmolz, konnte sie fliegen.

Caitlín

»Warum konnte denn nicht wenigstens eines sterben?«, fragte Caitlín und blickte auf die zwei blutverschmierten Fleischklumpen, die zwar beide nicht schrien, aber schwach atmeten.

Faolán zuckte mit den Schultern. Als sie das erste Kind aus Róisíns Leib gezogen hatte – einen Knaben –, hatte er ein Lied vom heiligen Columcille gesungen, dem man nachsagte, Gebärenden beizustehen. Caitlín fand, dass Columcille in diesem Fall gründlich versagt hatte, sagte das aber nicht laut, denn in dem Augenblick sah sie ein zweites Köpfchen. Während sie auch das Mädchen aus dem leblosen Leib zog, sang Faolán von den Elfen, deren süße Musik einen Speer stumpf machen konnte. Wer immer diesen gegen seine Stirn halte, werde niemals wieder Schmerz verspüren und niemals wieder Müdigkeit.

Was für eine schreckliche Vorstellung, dachte Caitlín.

Sie wollte müde sein, sie wollte schlafen, sie wollte vergessen – und vor allem wollte sie nicht die Verantwortung für diese beiden Kinder tragen.

Warum kann denn nicht wenigstens eines sterben?

Rún hielt den Knaben, sie das Mädchen, und am liebsten wäre sie so sitzen geblieben, bis beide verhungert waren.

»Wir … Wir müssen Róisín begraben«, sagte Faolán, machte aber keine Anstalten, die Harfe wegzulegen.

»Wir haben nichts zum Graben«, murmelte Caitlín, »es muss genügen, sie mit Holz und Moos zu bedecken.«

»Aber mit Holz und Moos können wir die Kinder nicht ernähren!«

Der Junge schmatzte.

»Nun ja«, sagte Caitlín. »Ich wüsste nicht, woher wir Milch

nehmen sollten. Es wäre das Gnädigste, sie einfach auf Róisín zu legen und ebenfalls mit Moos zu bedecken …«

Rún schüttelte empört den Kopf, funkelte sie aus grünen Augen an, und in Augenblicken wie diesen war Caitlín dankbar, dass sie stumm war. Faolán hingegen begann ein Lied von der heiligen Brigid zu singen, die man als Säugling zum vermeintlich toten Sohn einer Königin gelegt hatte, woraufhin dieser wieder erwacht war.

»Himmel!«, fluchte Caitlín, als auch das Mädchen zu schmatzen begann. »Seit wann singst du Lieder von Heiligen?«

»Nun, ich kann gern auch Lieder von Zwillingen singen, denen des Lir zum Beispiel. Zwei Mal wurden ihm Zwillinge geboren, was bedeutete, dass er insgesamt vier Kinder hatte. Die Mutter starb bei der zweiten Geburt, woraufhin die Stiefmutter die Kinder töten wollte.« Caitlín konnte das der Stiefmutter nicht wirklich verdenken. »Ein Druide hat die Kinder in Schwäne verwandelt, damit sie vor der Stiefmutter in Sicherheit waren«, fuhr Faolán fort. »Leider weiß ich nicht mehr so genau, wie die Geschichte der vier Kinder ausgeht, und ich kann mich nur mehr an zwei Namen erinnern. Finnola und Aedan.«

»Finnola und Aedan«, murmelte Caitlín und nickte entschlossen. »Nun, du hast den Kindern immerhin schon einen Namen gegeben, jetzt fehlt nur noch frische Milch.« Rún presste den Knaben ganz fest an ihren Leib, um ihn zu wärmen, und Caitlín tat es ihr unwillkürlich mit dem Mädchen gleich. Die Kinder gaben merkwürdige Laute von sich, die weniger dem Schreien von Neugeborenen als dem Rascheln von Blättern glichen. In gewisser Weise waren sie ja auch Kinder des Waldes, nicht nur Kinder dieses blutigen Leichnams, von dem sich Caitlín nun rasch abwandte, weswegen sie erst verspätet gewahrte, dass Rún mit dem Messer fuchtelte. »Selbst wenn ich damit einen Hasen jagen könnte«, sagte Caitlín seufzend an sie gewandt, »ich kann den Kindern doch kein Fleisch zu essen geben!«

Rún hörte nicht auf, mit dem Messer zu fuchteln, woraufhin sich Faolán einmischte: »Sie meint wohl, dass das Weib aus der Siedlung uns vielleicht die Ziege überlässt, nachdem sie Rún bereits das Messer gegeben hat.«

Caitlín begriff. »Nein, sie meint, dass wir jetzt ein Messer haben, um das Weib zu bedrohen und ihr die Ziege zu stehlen.«

Rún nickte zufrieden, indes Faolán sie entsetzt anblickte. »Die Frau hat uns das Messer freiwillig gegeben!«

»Schwäche und Dummheit werden nun mal immer bestraft! Aber gut, wenn du uns nicht helfen willst, können wir die Kinder auch an Róisíns toten Brüsten verhungern lassen.«

Faolán machte den Eindruck, als würde er sich mit der Zeit an diesen Gedanken gewöhnen können. Rún hingegen drückte Caitlín nun auch den Knaben in die Arme und stapfte mit dem Messer davon.

»Ob sie es wirklich schafft, der Frau die Ziege wegzunehmen?«, sinnierte Faolán. Caitlín zuckte mit den Schultern. »Und ob wir es wirklich schaffen, nach Dún Fionn zu gelangen?« Wieder zuckte Caitlín mit den Schultern, doch auch wenn sie sich gleichmütig gab, als sie die mächtige Burg jäh vor sich sah, packte sie die Furcht, und diese war kälter und schwärzer als der Moment, da sie Róisíns Leib aufgeschnitten hatte. »Du hast Angst vor Ascall«, stellte Faolán fest.

»Hab ich nicht.«

»Du hasst ihn.«

»Schon lange nicht mehr.«

»Aber …«

»Nichts aber! Wenn es Rún gelingt, die Ziege zu bekommen, werden wir nach Dún Fionn gehen, die Kinder an wen auch immer übergeben und danach sofort verschwinden. Ich trage das Mädchen, Rún den Jungen und du deine Harfe.«

»Und wer zieht die Ziege am Strick? Ziegen sind störrische Tiere.«

»Nun, dann ziehe ich die Ziege, und du trägst deine Harfe

und eines der Kinder. Je nachdem, was dir von beidem zu schwer wird, lässt du es liegen. Es ist deine Entscheidung, ich werde sie dir nicht zum Vorwurf machen. Übrigens musst du gleich beide Kinder halten, damit ich mich um Róisíns Leichnam kümmern kann.«

Faolán ließ die Harfe zwar nicht los, nahm Finnola und Aedan aber trotzdem an sich.

Caitlín kratzte Moos von einem Stein, doch das schabende Geräusch konnte die Laute der beiden Kleinen nicht übertönen. Nicht länger klangen sie wie ein Rascheln, sie klangen wie ein Wispern. Vielleicht stießen sie auch gar keine Laute aus, vielmehr taten dies die Wesen des Waldes, die Caitlín entweder lobten, weil sie ihr Versprechen an Róisín zu halten gedachte, oder sie dafür verspotteten.

Wie immer sie es angestellt hatte – Rún kehrte tatsächlich mit der Ziege zurück, doch sobald Caitlín versuchte, sie mit sich zu ziehen, richtete das Vieh seine Hörner auf sie.

»Ich fürchte, sie will nicht mit uns kommen«, sagte Faolán.

»Aber wir brauchen die Ziege!«, rief Caitlín verzweifelt, zog wieder am Strick.

»Wenn du sie erst mal erwürgt hast, wird sie keine Milch mehr geben.«

In diesem Augenblick hatte Caitlín nicht übel Lust, Faolán zu erwürgen, doch während sie ihn noch grimmig anstarrte, trat Rún vor und versuchte, die Ziege auf ihre Schultern zu wuchten. Natürlich gelang ihr das nicht – Rún war viel zu klein und schwach, die Ziege viel zu groß und schwer.

»Lass mich das machen«, erklärte Caitlín schroff, schubste Rún zur Seite und gab ihr nunmehr beide Kinder zu halten. Sie band mit dem Strick Vorder- und Hinterbeine des Viehs zusammen, das zwar kläglich zu meckern begann, es sich jedoch gefallen ließ, dass sie es auf die Schultern nahm. Schon nach sechs Schritten brach Caitlín der Schweiß aus.

»Das schaffst du nie und nimmer«, meinte Faolán.

Caitlín ignorierte ihn, nickte lediglich Rún zu, die ihrerseits entschlossen schien, notfalls auch beide Kinder zu schleppen. »Und ob ich das schaffe«, sagte sie stur. »Ich bringe die Kinder verdammt noch mal nach Dún Fionn und sorge dafür, dass sie auf dem Weg dorthin nicht verhungern.«

In der nächsten Zeit war Caitlín mehr als einmal versucht, der Ziege die Kehle durchzuschneiden – nicht nur, wenn ihr Rücken schmerzte, vor allem, wenn sie versuchten, das Vieh zu melken. Tat sie es selbst, bekam sie höchstens fünf Tropfen aus den Zitzen – Rún schaffte immerhin ein bisschen mehr. Es war zu wenig, um die Kinder satt zu machen, aber zu viel, als dass sie verhungerten. Nach wenigen Tagen waren sie so geschwächt, dass sie immer nur einige Atemzüge lang brüllten, ansonsten schliefen oder wimmerten sie.

Finnola und Aedan starben tatsächlich nicht – nicht so, wie Érius Insel zu sterben schien. Als Caitlín, Rún und Faolán den Wald hinter sich ließen, erst einen Fluss entlanggingen, dann eine breite Straße, stießen sie endlich wieder auf Dörfer, aber wohin sie auch kamen, der Krieg war vor ihnen da gewesen. Ob Iren die Normannen angegriffen hatte, Normannen die Iren oder die Iren gegeneinander kämpften, wussten sie nicht. Jedenfalls wurden sie meist von Fliegen willkommen geheißen, die über Leichen surrten – und eines Tages auch über einer toten Kuh.

»Himmel, warum haben sie das Vieh einfach liegen lassen?«, rief Caitlín.

Die tote Kuh glotzte sie an, indes Rún den aufgeblähten Leib aufschnitt, um zu prüfen, ob die Würmer sich bereits durch sämtliches Fleisch gefressen hatten. Faolán wandte sich voller Ekel ab und deutete auf eine Kirche, die – hinter ein paar hohen Eschen versteckt – etwas abseits von der Siedlung stand.

»Auch dort könnten wir etwas zu essen finden«, murmelte er.

Caitlín wollte schon einwenden, dass sie schwerlich Hostienschalen herunterwürgen könnten, da fiel ihr ein, dass in

Irland das Getreide oft in Kirchen gelagert wurde, konnten sich die Bauern doch sicher sein, dass es niemand von dort zu stehlen wagen würde, noch nicht einmal die Normannen.

Caitlín band die Ziege an eine der Eschen, während Faolán den kleinen Aedan ausreichend weit von der toten Kuh entfernt neben seine Schwester legte.

»Wenn wir nichts zu essen finden, können wir wenigstens in der Kirche schlafen«, bemerkte Caitlín. Sie betraten das Gotteshaus durch den Eingang auf der Westseite. Schnell gewöhnten sich ihre Augen an das trübe Licht, und Caitlín konnte mit einem Blick erkennen, dass die Kirche vollkommen leer war. Da waren keine Hostienschalen, keine Getreidesäcke, noch nicht einmal Bilder oder ein Kreuz. Und schlafen konnten sie hier wohl auch nicht, denn schon beim ersten Schritt stieg sie in etwas Spitzes. »Verdammt!«, fluchte sie. Dort, wo ihre Sohle das Loch aufwies, das in den letzten Wochen nicht gerade kleiner geworden war, hatte sich ein Dorn tief in ihre Haut gebohrt. Beim Versuch, ihn herauszuziehen, floss Blut, und erneut wandte sich Faolán mit Ekel in der Miene ab. »Du könntest mir ruhig helfen«, murrte sie. Faolán tat nichts dergleichen. »Ich weiß, du willst nicht, dass deine Bardenhände mit Blut befleckt werden, aber …«

Faolán blieb weiter stumm, deutete nun jedoch energisch auf den hintersten Winkel der Kirche, und jetzt gewahrte auch Caitlín, dass dort ein Mensch lag – zwar inmitten noch mehr dorniger Ranken, hingegen nicht von Fliegen umkreist. Er lebte noch, wenngleich seine Miene nicht gerade den Eindruck erweckte, als wäre er darüber glücklich.

»Die Dornen …«, presste er über die rissigen Lippen. »Die Dornen sind das Einzige, was sie uns gelassen haben.«

Caitlín schaffte es endlich, den Dorn aus ihrem Fuß zu ziehen, und ging auf Zehenspitzen auf den Mann zu. Unter der weiten Kutte bestand er nur mehr aus Haut und Knochen.

Sie beugte sich zu ihm hinunter. »Warum sind so viele dornige Ranken in dieser Kirche?«

Er keuchte schwer. »Der Bischof hat befohlen, sie zu verstreuen, bevor die Normannen kamen … Das Kreuz und die Bilder sollten hinter Dornen versteckt werden. Aber die Normannen tragen doch Schuhe aus Eisen, nicht aus Leder, also konnten die Dornen ihnen nichts anhaben … Sie haben alles genommen, haben alle getötet …«

»Dich nicht.«

»Ich habe mich in einem offenen Grab versteckt.«

»Und du hast es später wieder geschafft herauszukriechen.«

Er schüttelte den Kopf. »Die ganze Welt ist doch ein Grab … FitzAudelin, der neue Statthalter, hat mehrere Truppen in den Westen geschickt, nach Munster und nach Dál Fiatach … Einige stießen bis Tuam und Roscommon vor …«

»Das liegt in Connacht, und Ruari O'Connor hat doch Frieden mit König Henry geschlossen!«

»Aber nicht Frieden mit seinem Sohn. Murtagh O'Connor hat die Unruhen nach Strongbows Tod genutzt, um sich gegen seinen Vater zu erheben, und er hat normannische Truppen um Hilfe gebeten. Gemeinsam mit ihnen haben sie einen großen Teil des Landes verwüstet.«

Die ganze Welt ist ein Grab … nein, die ganze Welt ist verrückt geworden.

»Man bittet doch keinen Fuchs um Hilfe, wenn man dem benachbarten Bauern Hühner stehlen will«, murmelte sie.

»Ich weiß nur, dass weder Ruari O'Connors noch FitzAudelins Macht gefestigt ist …«

Der Priester sagte nichts mehr, keuchte bloß wieder, als Caitlín ihn auf ihren Schoß zog und wie die Zwillinge sanft wiegte. Bis eben waren seine Augen weit aufgerissen gewesen, nun schloss er sie.

»Jetzt wäre doch die Gelegenheit, ein Lied von einem Heiligen zu singen«, sagte sie zu Faolán.

Der hatte bis jetzt beim Eingang verharrt, kam nun aber vorsichtig näher. Anstatt zu singen, fragte er den Priester: »Wo genau sind wir hier? Wir … Wir müssen nach Dún Fionn … Es liegt nahe der Grenze von Connacht und Breifne.«

Die Augenlider des Mannes zuckten. Er öffnete zwar nicht diese, doch seine Lippen. »Dún Fionn …«, murmelte er, »ich habe davon gehört, bin aber niemals dort gewesen … Ich war nur beim Wasserfall von Glencar, der liegt nicht weit von der Burg entfernt. Er ist einer der höchsten Wasserfälle Irlands. Es heißt, dass man darunter die letzten Heiden von Breifne getauft hat … und ich kann mich noch erinnern, dass am Ufer Kirschbäume wuchsen. Nirgends gibt es Kirschen so rot und saftig wie diese … Ach, wenn ich bloß einmal noch eine solche Kirsche kosten könnte.«

»Schscht«, machte Caitlín, legte ihre Hand auf seine Lippen, und er saugte an ihrem Finger, so wie die Zwillinge es manchmal taten. »Wie kommen wir zum Wasserfall von Glencar? Oder waren die Normannen auch schon dort?«

»Ein halber Tagesmarsch … Richtung Norden. Und nein, in Breifne waren die Normannen noch nicht.«

Caitlín schloss wie er die Augen. Ein halber Tagesmarsch nur … Selbst mit der Ziege auf dem Rücken wären sie nicht länger als einen Tag unterwegs. Und dann waren sie am Ziel … Dann musste sie die Ziege nicht länger tragen und nicht die Verantwortung für die Kinder … Dann war sie wieder frei …

Der Priester war auch bald frei. Er starb auf Dornen gebettet, aber mit ihrem Finger im Mund, an dem er bis zuletzt wie ein Säugling nuckelte, weil er ihn offenbar für eine saftige rote Kirsche hielt.

Zwei Tage lang gingen sie gen Norden, ohne auf Vertrautes zu stoßen. Mit jedem Schritt zweifelte Caitlín mehr an den Worten des Sterbenden, doch ehe das Misstrauen endgültig jegliche Hoffnung ausmerzte, erblickte sie in der Ferne einen jener Felsen, für die das karge Breifne bekannt war und den man auch von Dún Fionn aus sehen konnte: Kahl und steil ragte er gen Himmel, als hätten die Riesen ein Stück von einem Berg abgebissen und es wieder ausgespuckt. Vielleicht war der Felsen auch nur der graue Knochen von einem solchen Riesen – zu hart, um jemals zu Staub zu zerfallen.

Caitlín stellte die Ziege ab, woraufhin diese prompt weglief.

»Du närrisches Tier!«, schimpfte sie, sobald sie sie wieder erwischt hatte. »So lange lässt du mich dich schleppen, und jetzt zeigst du plötzlich, dass du laufen kannst?«

Sie hatte nicht übel Lust, sie zu töten – wofür sie allerdings das Messer brauchen würde, das wiederum Rún bei sich trug. Caitlín drehte sich um, wartete ungeduldig auf die beiden anderen. Die verharrten plötzlich.

»Herrgott, beeilt euch!«

Faolán duckte sich unwillkürlich, Rún erstarrte. Erst jetzt gewahrte Caitlín, dass sich ihre Blicke nicht auf sie richteten, vielmehr auf etwas hinter ihrem Rücken. Sie fuhr herum, ließ vor Schreck die Ziege los. Dieses Mal konnte diese nicht davonlaufen, denn schon packte ein fremder Mann, der wie aus dem Nichts aufgetaucht war, sie am Strick, strich erst über ihre Hörner, dann über ihren Rücken, schließlich über ihr Euter. Langsam hob er den Blick, um Caitlín anzugrinsen – bösartiger noch, als je das Tier sie angeblitzt hatte, wenn es mit den Hörnern voran auf sie zugestürmt war.

Faolán schloss zu ihr auf und raunte ihr zu: »Er ist allein, zu zweit könnte man den Mann besiegen.«

»Wir sind zu dritt.«

»Nun, ich muss ja die Kinder halten.«

Caitlín warf ihm einen warnenden Blick zu, doch Faolán zuckte nur mit den Schultern und nahm Rún, die ebenfalls zu ihr getreten war, rasch den zweiten Säugling ab. Immerhin nickte diese ermutigend, und Caitlín ging auf den Mann zu, der nun das Euter der Ziege quetschte.

Du kannst dich noch so anstrengen, auch du wirst nicht viel mehr als ein paar Tropfen Milch herausbringen …

Trotz und Wut überwogen ihre Angst, gleichwohl diese

nicht durch ihre Stimme klangen, als sie flehte: »Bitte … Bitte, lasst uns das Tier …«

Der Mann grinste immer noch. Warum auch nicht? Er hatte ja nur Weiber vor sich, hielt er doch wohl auch Faolán mit seinen blonden Locken für ein solches. Er konnte nicht ahnen, dass Rún ein Messer hatte, nun fest den Knauf umgriff. Warum zog sie es nicht endlich? Und warum stach die Ziege dem Mann nicht mit ihren Hörnern die Augen aus? Doch die Ziege hielt still, Rún machte plötzlich kehrt und lief davon, ohne das Messer gezogen zu haben, und bevor Caitlín ihr folgen konnte, wurde sie ebenso wie Faolán plötzlich von einem Dutzend Männern eingekreist. Sie mussten sich im kniehohen Gras versteckt haben, zogen den Kreis um sie immer enger, grinsten bösartig wie ihr Anführer.

Faolán reichte ihr rasch den kleinen Aedan, um seine Harfe fest umklammern zu können, indes Caitlín längst einsah, dass sie weder das Instrument noch die Kinder gegen diese Übermacht würde schützen können.

»Meinetwegen«, sagte sie und versuchte, gelassen zu klingen. »Ihr könnt die Ziege behalten.« Sie wandte sich an den Anführer, sah erst jetzt kaum verheilte Wunden unter den Augen, ließ sich davon aber ebenso wenig zusetzen wie von seinem Grinsen. »Den Kindern solltet ihr hingegen nichts zuleide tun«, fuhr sie fort. »Es sind … Es sind … Ascall von Tooras Kinder.«

Hoffentlich habe ich die richtigen Worte gewählt. Und hoffentlich habe ich wenigstens Rún in Sicherheit bringen können …

Immerhin machte keiner der Männer Anstalten, ihr nachzulaufen, alle erstarrten, richteten ihre Blicke auf den Anführer. Sein Lächeln schwand nicht, allerdings packte er die Ziege an den Hörnern, drückte sie immer weiter nach unten, bis der Kopf des Tiers auf dem Boden lag und er seinen Fuß daraufstellen konnte. Das rosige Euter erzitterte.

»Und wer bist du?«, fragte er Caitlín.

Ein altes Weib, das für dich keinen Nutzen hat.

»Die Frau von Ascall von Toora«, sagte Faolán an ihrer Statt. Sie wusste nicht, ob er feige oder mutig, dumm oder klug wie nie war.

Das Grinsen wurde breiter. »Nur schade, dass wir keine Ritter des Roten Zweiges sind«, stieß er heiser aus. »Ich denke, diese würden ihr Leben geben, um euch zu beschützen.«

Caitlín klammerte sich an Aedan. »Ihr seid immerhin Iren«, erklärte sie.

»Nun und?« Der Mann stieg über die Ziege hinweg. »Nach Strongbows Tod haben sich die Iren zunächst gemeinsam gegen die Normannen erhoben, erst recht, als diese in den Westen vorrückten, einige sogar in den Norden. Aber die Iren sind kein Schwarm Bienen, der einer Königin folgt. Wespen sind es, die, wenn man in ihr Nest sticht, nicht nur auf den Feind losgehen, auch aufeinander. Mein Bruder Murtagh summte von allen am lautesten und stach am häufigsten zu. Er hasst die Normannen, unseren Vater hasst er allerdings noch mehr.«

Aus seiner Stimme war nicht recht herauszuhören, ob er ihn dafür verachtete oder bewunderte. Mittlerweile war er so nah an Caitlín herangetreten, dass sie seine Wunden genauer betrachten konnte. Sie schienen frisch zu sein, glichen roten Tränen, die ihm über die Wangen liefen. Vielleicht stammten sie von jenen Dornen, die die Normannen zertreten hatten, als sie auf Murtagh O'Connors Einladung hin über Connacht hergefallen waren, vielleicht von Ziegenhörnern, vielleicht von einem Dolch.

»Du bist also ein Sohn des Hochkönigs Ruari O'Connor«, stellte Caitlín fest.

Er nickte. »Connor Maenmaige. Nunmehr sein Ältester. Oh … Nicht dass du die falschen Schlüsse ziehst. Murtagh lebt noch, kann aber allenfalls noch Mönch werden, kein König mehr. Mein Vater hat seinen Aufstand niedergeschlagen, die Normannen vertrieben … und ihn blenden lassen.«

Caitlín kämpfte damit, ein Schaudern zu unterdrücken. »Du siehst aus, als hätte er es bei dir auch versucht.«

»Nein«, Connor Maenmaiges Hand schnellte vor, wenn auch nicht, um ihre Brüste zu kneten wie das Euter der Ziege, nur, um sie am Kinn zu packen und sie zu zwingen, ihn weiterhin anzustarren. »Ich habe mich dem Aufstand meines Bruders nicht angeschlossen, weswegen mir mein Vater diese Wunden nicht zugefügt hat, um mich zu strafen. Er wollte mich lediglich daran erinnern, was mir droht, wenn ich Murtaghs Beispiel folge.«

Seine Hand ließ ihr Kinn los, wanderte nun zu ihrem Nacken. Vielleicht wollte er sie auf den Boden drücken wie die Ziege, die immer noch steif dalag. Feiges Tier. Feiger Faolán. Sie war auch feige, sonst hätte sie nicht so flehentlich geklungen, als sie sagte: »Du stehst also treu zu deinem Vater … so wie Ascall von Toora es tut. Das macht euch zu Verbündeten.«

Unvermittelt ließ er sie los, wandte sich Faolán zu. »Ascall von Toora ist tot«, erklärte Connor Maenmaige kalt.

Caitlín schloss die Augen. Es würde schlimm genug sein, die Saiten der Harfe reißen zu hören, wenn Maenmaige sie Faolán entriss, sie auf seinem Kopf oder dem Finnolas zertrümmerte – sie wollte das nicht auch noch sehen müssen. Doch weder rissen Saiten, noch war Faoláns Schluchzen zu vernehmen. Stattdessen ertönte eine neue Stimme.

»Ascall von Toora ist nicht tot. Er wurde lediglich von den Normannen gefangen genommen. Wir aber werden ihn befreien.« Caitlín öffnete die Augen wieder, sah, dass Maenmaiges Männer von weiteren Kriegern eingekreist worden waren, die sich ebenso lautlos genähert hatten wie zuvor sie – und das nicht zu Fuß, sondern auf dem Rücken von Pferden, die erst jetzt leise wieherten. Auf einem Rappen, dessen Fell glänzte, saß Ailillán, Ascalls Bruder. Caitlín erkannte ihn sofort. Ob auch er sie erkannte, wusste sie nicht, denn sein Blick war starr auf Connor Maenmaige gerichtet. »Du kannst uns gern dabei unterstützen«, fügte er seinen Worten hinzu.

Connor Maenmaige ließ seinen Blick kreisen, schien die Männer zu zählen, auch ihre Waffen. Fast jeder hatte zwei –

der mit dem langen Haar, der neben Ailillán ritt, sogar drei, wenn man die Steinschleuder an seinem Gürtel zu Axt und Schwert hinzurechnete. Der Sohn des Hochkönigs hob seine Hand und hielt sie kurz steif in die Luft, ehe er kaum merklich winkte. Während das Gras unter den Schritten seiner Männer, die das Weite suchten, raschelte, blieb er stehen und beugte sich gemächlich über die Ziege, streichelte ein letztes Mal ihr Euter.

»Das schafft ihr gut allein«, murmelte er, »falls ihr Ascall nicht befreien könnt, könnt ihr natürlich jederzeit unter meiner Führung kämpfen. Als ich erfuhr, dass Ascall von Toora tot sein soll, bin ich sofort hierher aufgebrochen, um euch das vorzuschlagen.«

Caitlín, die bis jetzt nur Blicke für Ailillán und Connor gehabt hatte, betrachtete nun die anderen Männer. In mancher Miene stand regelrecht Ekel über dieses Ansinnen, andere stießen sich Rat suchend an, schienen sie sich doch nicht sicher zu sein, was sie davon halten sollten.

»Wie ich schon sagte«, wiederholte Ailillán. »Ascall ist nicht tot, er wird nach Dún Fionn zurückkehren, und dann werden die Ritter des Roten Zweiges zu alter Stärke zurückfinden. Man wird sie nicht sehen, man wird sie nicht hören, aber sie werden überall sein.«

Connor Maenmaige ließ die Ziege zwar endlich los, trat dafür aber auf jenen jungen Mann zu, der das Banner trug – ein Stück weißen Stoff, auf dem ein roter Zweig abgebildet war. Er tat so, als würde er sich davor verbeugen, doch sein eigentliches Ansinnen war wohl, Ailillán sein Hinterteil entgegenzustrecken. Kurz blieb der starr auf seinem Pferd sitzen, ließ nicht erkennen, ob er die Beleidigung überhaupt bemerkt hatte, doch als Maenmaige sich wieder aufrichtete, scheinbar seelenruhig davongehen wollte, sprang Ailillán blitzschnell vom Pferd und machte einen Schritt auf den anderen zu – nicht etwa, um ihn niederzuschlagen, wie alle dachten, nein, er stieg ihm lediglich auf den pelzverbrämten Umhang, sodass der ihm von den Schultern rutschte und auf den Boden fiel. Nun machte Maenmaige den Eindruck, als wollte er Ailillán niederschlagen. Er hob bereits die Faust, wurde sich ihm letzten Augenblick aber wohl bewusst, dass er sich nur noch mehr Spott, keinen Respekt einhandeln würde, und ließ sie wieder sinken. Erneut reckte er Ailillán sein Hinterteil entgegen, als er sich verbeugte, und dieses Mal sah Ailillán nicht schweigend zu, er hob seinen Fuß und trat den anderen, sodass der taumelte.

»Danke für deinen Besuch«, zischte Ailillán drohend, »und danke für dein Geschenk.« Er bückte sich, um den Umhang aufzuheben, ließ den Sohn des Hochkönigs dabei aber nicht aus den Augen – eine weise Entscheidung, glich Maenmaiges Gesichtsausdruck doch jetzt dem eines bösartigen Katers, der im Kampf schon ein Ohr verloren hatte und der nun mit sich rang, ob auch das zweite es wert war, seinem Zorn nachzugeben.

Caitlín wollte nicht abwarten, ob er sich für Rückzug oder Angriff entschied, sie wollte auch nicht abwarten, bis Aililláns Blick irgendwann auf sie fiel. Während alle anderen nicht einmal Luft zu holen schienen, stürzte sie auf Faolán zu, nahm ihm Finnola ab und hob beide Kinder dem jungen Mann mit dem Banner entgegen.

»Nimm sie!«, befahl sie knapp.

Sie musste den Befehl mehrmals wiederholen, ehe der Mann überhaupt auf sie aufmerksam wurde, aber endlich blickte er verstört auf sie herunter. »Ich muss doch das Banner tragen und dafür sorgen, dass es nicht schmutzig wird!«

Jedes Banner wird irgendwann schmutzig. Die Welt ist ein Grab, ein Dornenbett, ein Drecksloch …

»Steck dir das Banner ins Maul oder in den Arsch, das ist mir egal«, zischte sie. »Du nimmst die Kinder, und du sagst Ailillán, dass es Ascalls Kinder sind und dass sie Finnola und Aedan heißen. Róisín ist tot, die beiden hingegen leben – zumindest noch. Und damit es so bleibt, müsst ihr ihnen Ziegenmilch geben. Ich sage es euch gleich: Es ist nicht leicht, das Vieh zu melken.«

Sie drückte dem Mann die Kinder einfach in die Arme und rannte davon, ohne sich zu vergewissern, dass er sie nicht gleich wieder fallen ließ.

Sie war kaum ein Dutzend Schritte gekommen, als sie plötzlich Aililláns Ruf traf.

»Caitlín!«

Verdammt.

Die Ziege meckerte.

Verdammt, verdammt.

Die Kinder begannen lauter denn je zu weinen.

Verdammt, verdammt, verdammt.

Als sie sich zögernd umdrehte, war Maenmaige verschwunden, Aillillán ihr jedoch gefolgt. In seinen Händen hielt er immer noch den Umhang, und ob es dieser Anblick war oder der Aililláns, auf einmal musste sie daran denken, wie oft sie in den letzten Wochen gefroren hatte, wie dünn ihre Kleidung war, wie sehr sie einen Pelz wie diesen vermisste ... eine Umarmung nicht minder.

»Caitlín«, sagte er wieder, dieses Mal ganz leise und mit rauer Stimme. Er hob den Umhang, wollte ihn ihr um die Schultern legen.

Ehe das Fell sie kitzelte, fand sie die Fassung wieder. »Ja, denkst du wirklich, ich will mich an Maenmaiges Pelz wärmen?«, entfuhr es ihr. Sie konnte also doch etwas sagen, ohne dass ihr jähes Zittern ihre Worte zerhackte. Sie konnte sich sogar umdrehen und weiterlaufen, ohne dass ihre Füße ihr den Dienst versagten. Selbst die Tränen zu schlucken, die ihr in die Augen traten, gelang ihr, wiewohl die Kinder schrien und sich Aililláns Blick in ihren Rücken bohrte. Immerhin stand er noch an gleicher Stelle wie zuvor, als sie nach einer Weile innehielt. Wer ihr dagegen nachgehastet war und sie nun einholte, war Faolán. »Wir müssen Rún suchen!«, rief sie keuchend.

»Rún wäre auf Dún Fionn sicher und ich auch«, entgegnete er nicht minder keuchend. »Die Ritter des Roten Zweiges haben keinen Barden … und die Kinder keine Mutter. Warum läufst du davon? Wir könnten doch dortbleiben!«

»Ich werde nie wieder meinen Fuß auf die Burg Dún Fionn setzen!«

»Aber du hast es doch gehört! Ascall wurde von den Normannen gefangen genommen. Er ist so gut wie tot!«

Neue Tränen stiegen ihr in die Augen, und diese konnte sie nicht schlucken. »Ich meide Dún Fionn doch nicht seinetwegen«, stieß sie mühsam hervor.

Himmel, warum schrien die Kinder so laut? Warum stand Ailillán immer noch mit dem Pelz in der Hand da und starrte sie an?

Verdammt.

Verdammt, Verdammt.

»Ist es etwa seinetwegen?«, rief Faolán ihr nach. »Aililláns wegen?«

Caitlín nickte. »Ja.«

»Du hast vor Ascalls Bruder Angst?«

»Nein.«

»Hasst du ihn?«

»Nein.«

Ihre Brust schien zu zerplatzen, das Herz darin tat es leider nicht. Es schlug und schlug und schlug. Es schmerzte und schmerzte und schmerzte.

»Was ist es dann?«

»Ich liebe ihn … und das ist schlimmer als Furcht oder Hass.«

»Und er?«

»Er liebt mich auch … aber seinen Bruder liebt er noch mehr. Mir hat er seinerzeit die Liebe mit Küssen bewiesen … Ascall die Liebe mit Grausamkeiten. Ich nehme an, dass er in den letzten Jahren noch abscheulichere begangen hat, um mich zu vergessen.«

»Aber er hat dich nicht vergessen.«

Damit hatte Faolán zweifellos recht. Hätte Ailillán sie vergessen, er hätte ihren Namen nicht sanft wie in der Zeit gesagt, da Ascall sie nach Dún Fionn verschleppt hatte und Ailillán als Einziger freundlich zu ihr gewesen war, da Ascall von seinem König gezwungen worden war, sie zu heiraten, jedoch nicht er, sondern sein Bruder sein Herz für sie geöffnet hatte. Und er hätte nicht bemerkt, dass sie zitterte und sich nach Wärme ebenso sehnte wie nach einem Zuhause. Das konnte Ailillán ihr allerdings nicht bieten, nur den Pelz eines Mannes, der grausam war wie er.

»Lauf!«, befahl sie Faolán, rannte wieder los und blieb kein weiteres Mal mehr stehen. »Lauf!«

Tuan

»Tuan traurig?«, fragte Airdi und sah selbst aus, als würde er gleich zu weinen beginnen.

»Nein«, sagte Tuan schnell, holte mit dem Hammer aus und schlug fest auf das noch weiche Metall.

Airdi runzelte die Stirn und kniff das rechte Auge zusammen wie immer, wenn er nachdachte.

»Tuan Schmerzen?«

»Nein, nein, meine Wunden sind doch schon verheilt.«

Kurz hielt er inne, betrachtete die Narben auf seinen Händen – die einzigen, die er Airdi gezeigt hatte. Fintan kannte auch die an den Füßen, nur die unter seinem Herzen hatte niemand gesehen. Er hatte ja auch niemandem anvertraut, dass er Ascall verraten hatte.

»Warum bist du eigentlich hier in der Schmiede?«, fragte Tuan. »Du hast doch Angst vor dem Feuer.«

»Eithne befiehlt, Kinder tragen … aber Airdi Angst vor Geschrei … tut in Ohren weh …«

Das Hämmern tat ihm gewiss erst recht in den Ohren weh, weswegen Tuan kurz darauf verzichtete.

»Wenigstens leben die Kinder«, murmelte er. Er sprach aus, was alle sagten, während man über den Rest betroffen schwieg. Dass Ascall in Feindeshand und die Aussicht, ihn zu befreien, denkbar gering war, erst recht, da nun der Winter nahte. Dass Róisín bei der Geburt gestorben und jene Caitlín – offenbar Ascalls Ehefrau, die seit Jahren nicht mehr an seiner Seite lebte – gleich wieder geflohen war. »Wenigstens leben die Kinder«, wiederholte er, »es ist ein Wunder, dass Róisín zwei gleichzeitig in ihrem Leib getragen hat und beide die Geburt überlebt haben.«

Tuan wollte weiterhämmern, doch da blaffte Cascorach ihn an: »Wenn du noch länger so wild auf das Eisen einschlägst, wird es dünn wie eine Gabel. Aber die Ritter des Roten Zweiges wollen Feinde aufspießen, keinen Schweinebraten. Und falls das ein Messer werden soll, wird es am Ende dünn wie eine Sichel. Aber die Ritter des Roten Zweiges schneiden kein Getreide, sie hauen Köpfe ab. Mach eine Pause.«

Tuan presste die Lippen zusammen. »Ich muss doch nachholen, was ich versäumt habe … Ich war doch so lange fort … und danach zu schwach zum Arbeiten …«

»Seit dein Körper Narben trägt, scheint mir, du wolltest auch dem Eisen Wunden zufügen, anstatt es zu etwas zu machen, das anderen Wunden zufügt. Geh endlich, ehe ich die Geduld verliere!«

Nur weil Tuan spürte, wie Airdi neben ihm zu zittern begann, nickte er und verließ die heiße Schmiede.

»Airdi!«, schrie Ivarr, den Airdi zuvor an der Waffenkammer abgesetzt hatte. »Komm sofort her!«

Airdi warf Tuan einen fragenden Blick zu. »Tuan traurig?«, fragte er wieder.

»Nein.« Tuan rang sich ein Lächeln ab. »Geh nur …«

Er blickte sich um, sah, dass auch Fintan im Hof war und eben etwas vom Boden aufsammelte.

»Was ist denn das?«, fragte Tuan, als er näher trat.

Schon am Morgen hatte er mitbekommen, dass Fintan auf der Suche nach etwas Hartem war, worauf er als Bußübung knien könnte. Leider hatte er keine Nussschalen gefunden, und die Bohnen und Erbsen hatte man ihm wieder weggenommen, weil man diese noch essen konnte. Fintan hatte daraufhin überlegt, Eicheln und Kastanien im Wald zu sammeln, war aber zu dem Schluss gekommen, dass die mittlerweile längst von den Bäumen gefallen und von den Tieren des Waldes gefressen worden waren.

»Nun«, erklärte Fintan, »ich habe die Krieger gebeten, sich ihre Fingernägel abzuschneiden, die sind schließlich schön spitz und tun weh, wenn man darauf kniet. Nur Clach hat sich geweigert. Er meinte, er wolle seine Krallen so lange wachsen lassen, bis er den Feinden damit die Augen ausstechen könne.«

Fintan erschauderte vor Entsetzen, Tuan vor Ekel. Er blickte schnell weg, um die Fingernägel nicht eingehend betrachten zu müssen.

Erst kürzlich hatte Fintan dem heiligen Macarius von Alexandria nachgeeifert, der nur ein Kohlblatt pro Tag gegessen hatte. Allerdings hatte Fintan davon schreckliche Blähungen bekommen. »Die Ritter des Roten Zweiges – man sieht sie nicht, aber man hört sie ständig furzen, und sie stinken fürchterlich«, hatte Ivarr spöttisch gemeint, woraufhin Fintan beschlossen hatte, keinen Kohl mehr, sondern nur trockenes Brot zu essen.

»Willst du etwa für meine Schuld büßen?«, fragte Tuan leise. Fintan sah ihn fragend an. »Nun, ich habe Róisín nicht befreien können … Sie starb auch meinetwegen.«

»Sie starb, weil Gott es so wollte. Ich werde für sie beten.«

Róisín würde sich totlachen, wenn sie die Fingernägel sähe …

Tuan bekundete seine Skepsis allerdings nicht laut. In diesen Tagen war so vieles, was sie taten, sinnlos. Er hämmerte auf glühendes Eisen, ohne dass Waffen daraus wurden, Ailillán schmiedete Pläne, Ascall zu befreien, obwohl er wusste, dass sie zu nichts taugten. Und Enda hatte sich am Tag zuvor grundlos mit Pòg geprügelt, bis einer dem anderen beinahe einen Finger, dann eine Zehe abgebissen hätte. Schließlich hatte sich Eithne eingemischt und erklärt, dass sie richtig zornig werden würde, wenn irgendwer dem anderen auch noch den Schwanz abbisse, worauf sie sich endlich voneinander gelöst, gemeinsam getrunken und schließlich gemeinsam mit Eithne das Lager geteilt hatten.

Tuan wurde selbst jetzt noch rot, wenn er ihrer Lustschreie gedachte. Im Moment war aus dem winzigen Holzgebäude, in dessen Ofen man früher Getreide und Schafwolle getrocknet hatte und in dem Eithne schlief, Verwundete pflegte und

Kräuter trocknete, nur ein Meckern zu hören – gefolgt von einem Fluchen. Wahrscheinlich versuchte sie einmal mehr, die Ziege zu melken.

Tuan betrat die Hütte, in der er selbst wochenlang gelebt hatte, nachdem er sich halb tot zurück nach Dún Fionn geschleppt hatte. Das Meckern der Ziege verstummte, und Tuan erkannte, dass Eithne nicht wegen des Viehs geflucht hatte, sondern weil die Hinterteile der Kinder, die nackt vor ihr lagen, glühend rot waren.

»Du musst mir helfen!« Eithne schnaubte.

»Wobei soll ich dir denn helfen?«

»Das weiß ich nicht genau … Die Kinder sind jedenfalls ganz wund. Ich bräuchte eine Salbe, am besten wohl eine mit Erdrauch, aber ich habe keine Ahnung, wie der aussieht. Klee würde auch helfen, weil er Entzündungen lindert, aber er wächst jetzt nicht, und Schlüsselblumen ebenso wenig. Das bisschen Weihrauch, das Enda aus der Kirche gestohlen hat, ist längst verbraucht.« Tuan wusste, dass Eithne mit diesem Weihrauch seine Wunden behandelt hatte. Er wusste auch, dass Eithne Róisín mehr schlecht als recht ersetzen konnte und die Männer oft falsch behandelte. Als einer über Brennen beim Wasserlassen geklagt hatte, hatte sie ihm nicht die frische Rinde einer Pappel gegeben, sondern die Rinde von Weiden, was seine Potenz schwächte. Einen anderen, der mit Schürfwunden zu ihr gekommen war, hatte sie mit den Zweigen der Stechpalme behandelt, weil sie nicht wusste, dass nur deren Blätter hilfreich waren. Zuvor hatte sie die Zweige noch nicht mal von den Stacheln befreit. »Ein Wunder«, sagte Eithne jetzt stöhnend, »dass sie nicht schon wieder schreien.«

In der Tat lagen die Säuglinge friedlich nebeneinander und starrten ihn und Eithne aus großen Augen an. Tuan hatte einmal gehört, dass alle Kinder nach der Geburt blaue Augen hätten, doch die der beiden wirkten dunkel. Aedans Flaum hatte die Farbe von Ascalls Haar, rotblond, während der von Finnola an den dunkleren Ton, wie ihn auch die Blätter des

Ahornbaums hatten, erinnerte. Zumindest hatte Tuan immer vermutet, dass Róisíns Haar diese Farbe gehabt hätte, wenn es gründlich gewaschen worden wäre.

Jetzt kann sie es nie wieder waschen ... Jetzt hat ihr Haar endgültig allen Glanz verloren ...

»Ich habe gehört, dass eine Wunde heilt, wenn man Muttermilch darauf träufelt«, murmelte er, »du könntest es mit Ziegenmilch probieren.«

Eithne sah ihn verwundert an. »Nun ja«, murmelte sie, »ich will es zumindest versuchen. Halt die Ziege fest, wenn ich sie melke.«

Als er die Hände um die rauen Hörner legte, schmerzten seine Narben, aber zum ersten Mal seit Langem tat ihm das Herz nicht weh. Während Eithne ein paar Tropfen Milch aus den Zitzen presste und diese in ein kupfernes Gefäß liefen, starrten ihn die Kleinen unverwandt an.

»Ich träufle die Milch auf das Gesäß des Mädchens – du auf das des Knaben«, sagte sie, »ich ... ich fasse ihn dort besser nicht an.«

Tuan hob verwundert den Blick. »Du wickelst ihn ansonsten doch auch.«

»Aber ich versuche immer zu vermeiden, seine nackte Haut zu berühren.«

Tuans Erstaunen wuchs. »Warum denn?«, entfuhr es ihm, und er setzte in Gedanken hinzu: Du scheust dich doch auch nicht, nackte Männer zu berühren.

Doch anscheinend war es genau das, was in Eithne dieses ungewohnte Schamgefühl hervorrief. »Er ... er ist noch so unschuldig, so rein«, stammelte sie jäh, »irgendwie macht mir das Angst.«

Als Tuan den Kleinen nun mit der Milch einrieb, fühlte er keine Angst, jedoch einen süßen Schmerz. Und dieser wuchs, als Eithne ihm befahl, Aedan umherzutragen und ihn, wie sie es bei Finnola tat, sanft zu wiegen, damit er schneller einschlief.

Sie begnügte sich im Übrigen nicht damit, schnürte außerdem das Band auf, mit dem ihre Tunika über der Brust zugebunden war, sodass Finnolas Gesichtchen fast im Spalt zwischen ihren runden, prallen Brüsten zu verschwinden schien. Obwohl Tuan nicht wusste, was sie damit bezweckte, schob auch er seine Tunika hoch, damit Aedan seine nackte Haut berührte, und bemerkte zu spät, dass auf diese Weise die Narbe auf seiner Brust sichtbar wurde. Selbst in den Wochen, da Eithne ihn gepflegt hatte, hatte er ihr diese verheimlichen können.

»Mein Gott, wie er dich gequält haben muss!«, stieß sie hervor.

Tuan nickte stumm, während Aedan leise gluckste. Wie süßlich er roch, wie weich er war. Er selbst schien ganz weich zu werden, konnte nicht länger seine Lippen zusammenpressen, musste einfach bekennen: »Ich … Ich habe Ascall verraten. Ich war schwach, ich habe die Schmerzen nicht ertragen, ich hatte zu viel Angst vor neuen. Nur meinetwegen ist er in Gefangenschaft geraten, ist er vielleicht längst tot. Und selbst wenn nicht – er hätte Róisín retten können. Wenn sie die Kinder auf Dún Fionn geboren hätte, nicht irgendwo im Wald … Wenn sie nicht völlig entkräftet gewesen wäre … Oh, ich habe die beiden auf dem Gewissen. Ich habe die Eltern dieser armen Kinder getötet.«

Tränen stiegen ihm in die Augen, und wenn er sie nicht sogleich abgewischt hätte, wären sie auf Aedan geperlt.

Eithne ging auf und ab, wiegte Finnola, bis die Kleine einschlief, blieb irgendwann stehen. »Warum Männer immer prahlen müssen«, sagte sie müde. »Wenn sie ein Schwert tragen, behaupten sie, es sei das schärfste aller Schwerter. Wenn sie eine Frau rammeln, behaupten sie, sie hätten den größten aller Schwänze. Und wenn sie ein klein wenig Schuld auf sich geladen haben, machen sie gleich einen Mord daraus. Du hast deine Sache nur halb so schlecht gemacht, wie du denkst. Ich mache meine Sache wiederum nur halb so gut, wie ich sollte. Sei's drum. Wenn man genügend halbe Teile aneinanderstückelt, wird irgendwann etwas Ganzes daraus. Falls zumindest eines der beiden Kinder groß wird, bin ich zufrieden. Und falls ich am Ende meines Lebens genauso viele Menschen geheilt habe, wie ich versucht habe zu töten, bin ich das auch. Du hast gewiss keine Heldentat vollbracht, vielleicht sogar etwas Böses getan. Aber es war nicht böse genug, um es nicht wiedergutzumachen, indem du nämlich zu jammern aufhörst und mir weiter mit den Kindern hilfst.«

Mit der schlafenden Finnola im Arm setzte sie sich auf den Lehmboden und lehnte sich gegen die hölzerne Wand. Mittlerweile waren auch Aedans Augen zugefallen, und Tuan tat es ihr gleich. Seine eigenen Lider wurden schwer wie nie. In den letzten Wochen hatte er nur geschlafen, wenn ihn Fieber heimgesucht oder er bis zur Erschöpfung gearbeitet hatte. Jetzt konnte er nicht anders, als seinen Kopf auf Eithnes Schulter zu legen und die Augen zu schließen.

Als er erwachte, ruhte sein Kopf immer noch auf Eithnes Schulter, aber sie hatte ihm Aedan abgenommen, diesen auf ein Bett aus Reisig gelegt und Finnola dazu. Gleichwohl hatte sie ihre Tunika nicht zugebunden, diese stand sogar noch weiter offen als zuvor, sodass er die rosigen Spitzen ihrer Brüste sehen konnte. Er fuhr hoch, wollte den Kopf abwenden, aber sie legte ihm ihre Hand auf die Wangen, zwang ihn, sie weiter anzuschauen, zog die andere Hand zu ihren Brüsten. Sie waren so prall und warm, wie sie aussahen.

Tuan blieb steif sitzen. Erst als Eithne ihn plötzlich losließ und sich auf ihn hockte, die Hände über die Narbe auf seiner Brust fuhren, dann tiefer, bis sie erst seinen Nabel, dann sein Geschlecht fanden, stieß er sie weg.

»Was soll denn das?«, rief er verwirrt.

Eithne sah ihn verwundert an. »Bislang hat mich noch kein Mann auf Dún Fionn zurückgewiesen, nur Ailillán. Früher dachte ich, er hätte nie eine Frau geliebt, aber wann immer der Name dieser Caitlín fällt, strahlen seine Augen. Ich frage mich, warum sie vor ihm geflohen und er ihr nicht nachgelaufen ist. Wie auch immer …«

Sie brach ab, begann wieder, seinen Körper zu streicheln, nur dass es sich wie ein Kratzen anfühlte, und in ihren Augen stand ein Glanz, nur dass er keine Wärme schenkte, sondern ihn verbrannte … wie Feuer … wie flüssiges Gold.

Wieder stieß er sie zurück. »Tu das nicht!«

Eithne ließ ihre Hände sinken. »Warum denn nicht? Ich bin in allem mäßig, nur das hier kann ich richtig gut.«

Nun war er es, der sie an beiden Händen packte und sie zu sich zog, jedoch nicht, um sie zu streicheln, ihr lediglich die Tunika zuzubinden. Sie ließ ihn gewähren, versuchte ihn danach aber zu küssen. Rasch drehte er den Kopf zur Seite.

»Du … Du willst mich wirklich nicht«, sagte sie verblüfft.

»Mir würde es genügen, einfach nur neben dir zu liegen.«

Ein ungläubiges Lachen entrang sich ihrer Kehle, es klang ein wenig wie das Glucksen der Säuglinge. »Das hat noch keiner gewollt!«

»Ich will es.«

Wieder entfuhr Eithne ein Lachen, danach schmiegte sie sich tatsächlich an ihn. Als er auch seine eigene Tunika über der Brust zusammenziehen wollte, hinderte sie ihn daran und legte ihre Hand auf seine Narbe. Wenig später war sie eingeschlafen. Tuan vergrub sein Gesicht in Eithnes Locken, die ranzig nach Ziegenmilch, säuerlich nach Schweiß und modrig nach Walderde rochen. Er schlief nicht mehr.

Noch vor dem ersten Morgengrauen löste sich Tuan sanft von Eithne und trat in den Hof. Von der großen Halle kam ein Schnarchen, vom Stall ein Schnauben, nur im Gebäude neben der Schmiede herrschte Stille. In der Schmiede hätten ihm die roten Augen der Glut entgegengeblickt, hier spiegelten sich in kaltem Stahl nur seine eigenen Augen. Nicht schwarz wie sonst waren sie, sie waren grau … oder vielmehr silbrig wie das Licht des Mondes, das durch die Ritzen fiel. Er stand nicht prall und rund wie Eithnes Brüste am Himmel, sondern scharf wie eine Sichel.

Die Ritter des Roten Zweiges schneiden kein Getreide, sie hauen Köpfe ab.

Nun, auf des Mondes Klinge würde niemals Blut spritzen, auf die Waffen, die hier in dieser Kammer standen, schon. Beile und Messer waren es, Wurfspieße und Stoßlanzen, Langbögen und Schilde schließlich, diese zwar nur aus Holz, aber mit einem Buckel aus Eisen versehen. Und dann waren da Schwerter, viele Schwerter. Es dauerte eine Weile, bis Tuan das richtige erwählt hatte, galt es doch, darauf zu achten, dass es nicht zu lang und nicht zu kurz war, nicht zu leicht und nicht zu schwer. Nein, genau zu Größe und Gewicht eines Mannes musste es passen. Zweischneidig war es, biegsam und stets frisch poliert, damit das erste Rot, das es je befleckte, das Blut des Feindes war – nicht Rost.

Mit dem Schwert in den Händen trat Tuan zurück in den Hof. Hör nie auf, Angst vor dem Feuer zu haben, hatte einst sein Vater ihn belehrt, aber vergiss nie, wie schön das Gold glänzt, das darüber schmilzt.

Hör nie auf, Angst vor Schwertern zu haben, glaubte er jetzt Ascalls Stimme zu hören, und vergiss nie, wie hässlich der Tod ist, den du damit bringst.

Kein Schnauben, kein Schnarchen vernahm er nun, nur den eigenen Atem, den er stoßweise ausstieß, als er wie die nahende Morgendämmerung gegen die Nacht zu kämpfen begann. Nicht dass sie ein rechter Gegner war. Sooft er auch zustieß und so tat, als würde er mit der Spitze den Gesichtsschutz des Gegners durchstoßen oder mit der Klinge seinen Kopf spalten – sie wand und duckte sich, streckte sich kurz, um höhnisch um ihn herumzutanzen, und entfloh wieder, kaum dass er dem Locken folgte. Doch wenn er sie auch nicht traf – irgendwann begann die Nacht zu schwächeln und vor Anstrengung blass zu werden. Nicht länger waren die Ränder der Mondsichel scharf.

»Was tust du denn da?« Als er die Stimme vernahm, hätte er vor Schreck beinahe das Schwert fallen lassen, und dass er es nicht tat, war für ihn bereits ein Sieg. Der Mann, der auf ihn zutrat, hielt ihn hingegen nicht für einen Sieger, noch nicht einmal für einen Verlierer – vielmehr für einen, der es nicht würdig war, gegen ihn zu kämpfen. »Du bist hier, um Schwerter anzufertigen, nicht, um sie zu führen.«

Aililláns Gesicht war hagerer geworden, seit er ohne Ascall nach Dún Fionn zurückgekehrt war, und wirkte im ersten fahlen Licht des Tages obendrein grau. Er trat unbewaffnet auf Tuan zu – zumindest dachte der das, ehe er schmerzhaft erfahren musste, dass bei einem Mann, der von Kindheit an kämpfte, alles zur Waffe werden konnte. Schon hob Ailillán seinen rechten Fuß und stieß Tuan diesen in den Bauch. Schon fiel das Schwert auf die weiche Erde, und als Tuan es aufheben wollte, versetzte ihm Ailillán einen Faustschlag in den Adamsapfel, sodass Tuan fast die Sinne schwanden. Er hatte kaum Atem geschöpft, als ihn ein weiterer Schlag im Magen traf, und spätestens jetzt wäre ihm das Essen hochgekommen, wenn er am Tag zuvor etwas zu sich genommen hätte. Ailillán hatte immer noch nicht genug, hob die Faust erneut, wollte dieses Mal entweder seine Nase zertrümmern oder ihm ein Auge blau schlagen. Tuan jedoch wich nicht zurück, starrte ihn nur herausfordernd an.

Ailillán ließ die Faust sinken. »Warum wehrst du dich nicht?«, fragte er heiser.

Obwohl ihm ein neuerlicher Faustschlag erspart geblieben war, gab es nichts an seinem Körper, das nicht schmerzte. »Das wäre doch sinnlos«, murmelte Tuan. »Egal, was ich tue, du bist schneller, stärker, wendiger.«

»Und deshalb gibst du einfach auf, du Feigling?«

»Ich bin kein Feigling. Ich will lernen zu kämpfen, aber das tue ich nicht, wenn ich mich wehre … vielmehr wenn ich beobachte, wie du es machst.«

Er wappnete sich gegen neuen Schmerz, doch der blieb aus.

Ailillán trat zurück. »Auch Ascall hat gesagt, dass Schwäche manchmal ein Zeichen von Stärke ist«, sagte er leise. »Und dass man manchen Gegner nicht besiegen, gleichwohl von ihm lernen kann.« Unwillkürlich schnellte seine Hand wieder vor, aber nicht, um Tuan zu schlagen, sondern um sein Kinn zu umfassen und ihn argwöhnisch zu betrachten. Er schien ihn zum ersten Mal richtig wahrzunehmen. »Du willst also zu kämpfen lernen.«

Tuan hätte den Kopf geschüttelt, wenn er es denn gekonnt hätte, aber Aililláns Griff war zu fest. »Ich will nicht zu kämpfen lernen, nur mich zu wehren«, sagte er. »Ich werde die Normannen niemals angreifen. Wenn sie allerdings meine Gefährten bedrohen oder Ascalls und Róisíns Kinder, will ich sie vor ihnen beschützen.«

»Hm«, machte Ailillán, und Tuan war nicht sicher, ob sein Gesichtsausdruck nur nachdenklich oder verächtlich war. »Ich fürchte, das ist zu wenig.«

»Warum?«, gab Tuan zurück. »Es ist doch besser, etwas zu versuchen und es halb zu können, als gar nichts zu tun.«

Ailillán ließ ihn los. »Ich dachte, du wolltest ein Goldschmied sein und haderst deshalb schon damit, hier Waffen zu schmieden. Und jetzt willst du diese Waffen auf Menschen richten?«

»Alles kann doch zu einer Waffe werden, auch ein silberner Kelch oder eine goldene Kette. Ja, selbst mit dem Schönsten und Kostbarsten auf Erden kann man quälen und töten. Ich aber will unschuldige Menschen vor silbernen Kelchen und goldenen Ketten schützen – und silberne Kelche und goldene Ketten vor bösen Menschen. Und das will ich mit Eisen tun, das niemals einen anderen Zweck hatte, als Wunden zu schlagen.«

Ailillán dachte lange nach. Der Himmel färbte sich rötlich, sein Gesicht blieb grau. Am Ende machte er Anstalten, sich nach dem Schwert zu bücken, befahl stattdessen aber Tuan, es aufzuheben.

»Wir treffen uns jeden Tag hier, wenn der Morgen graut«, sagte er. Sobald Tuan die Klinge umfasste, fügte er hinzu: »William FitzAudelin, der neue Statthalter, ist ein Versager. Anstatt die Normannen zu einen, kämpft ein jeder von ihnen für sich allein. Bislang haben die Iren es ihnen leicht gemacht und sind aufeinander losgegangen, nicht auf den Feind. Aber das wird sich nun, da Ruari O'Connor den Aufstand seines Sohns Murtagh niedergeschlagen hat, ändern. Wir werden unsere Chance nutzen. Wir werden den Normannen das Leben schwer machen. Und wir können jeden Mann gebrauchen im Kampf für Irlands Freiheit ... und für die von Ascall.«

John

John hatte Angst vor Pferden, sein Bruder Young Henry hingegen nicht, also biss er die Zähne zusammen und bestieg den unheimlichen Hengst. John hatte Angst vor zu schnellem Galopp, Young Henry hingegen nicht, also gab er dem Tier die Sporen, sodass es in atemberaubendem Tempo auf das Ziel zustürmte.

Triff sie … Triff die Brust.

John hielt den Atem an, als er sich der strohgefüllten Stechpuppe näherte. Wenn er mit der Lanze zu früh zustach, würde er sie nicht treffen, wenn zu spät, würde ihn der Schwenkarm aus dem Sattel schleudern. Womöglich würde er in Pferdescheiße landen, die noch schmieriger als der Spott der Ritter war, die ihn beobachteten.

Warte, warte, warte … Jetzt!

Als er zustach, schloss er unwillkürlich die Augen. Die anderen Sinne waren umso wacher. Er fühlte, dass er die Puppe traf, hörte zugleich aber Holz splittern – das Holz seiner Lanze. Er öffnete die Augen wieder, sah, dass sie in der Mitte entzweigebrochen war, die Stechpuppe war unversehrt. Jemand hatte einen Mund und zwei Augen aufgemalt, jedoch keine Nase. Die Nüstern des Pferdes indes blähten sich, ein Ruck ging durch das Tier.

Nicht steigen … Es darf nicht steigen …

Das war der letzte Gedanke, ehe das Pferd vollends in Panik geriet, er sich vergebens an der Mähne festhielt, ins Bodenlose fiel.

Einen Augenblick lang regierten nur Schmerz und Stille. Dass der Schmerz irgendwann abebbte und er wieder atmen konnte, ohne das Gefühl zu haben, dass eine gebrochene

Rippe sein Herz durchbohrte, erfüllte ihn mit Erleichterung – dass die Stille indes von Lachen durchdrungen wurde, mit Scham. Und dann war da eine Hand, die ihn packte und hochzog, nicht die seines Bruders Henry, wie er erhofft hatte, sondern die des Ritters, den er von allen, die im Haushalt seines Vaters lebten, am meisten hasste.

Hugh de Lacy hatte so gar nichts mit seinem schönen blonden Bruder Henry gemein. Seine Haut war gegerbt, der Nacken gedrungen, die Augen lagen tief, und die Nasenlöcher waren so flachgedrückt, als wäre sein Riechorgan mehrmals gebrochen gewesen. Vom schlimmsten Unfall, den Hugh je erlitten hatte, kündete jedoch die Brandnarbe, die von seiner rechten Wange bis zum Kinn reichte. Aber unansehnlich oder nicht – Hugh de Lacy war ein ausgezeichneter Ritter mit muskulösen Armen und Beinen, geschickten Händen und genügend Verstand.

»Mit der Lanze hat etwas nicht gestimmt«, stieß John aus. »Dass sie einfach zerbrochen ist, war doch nicht mein Fehler!«

Das Lachen erstarb, Hugh ging in die Hocke, um ihm direkt ins Gesicht zu sehen, und das war noch demütigender als sein Spott. Wie sehr John damit haderte, dass er so viel kleiner und mickriger als Gleichaltrige war!

»Soso, du gibst also einem Stück Holz die Schuld an deinem Versagen.«

»Vielleicht war auch die Stechpuppe …«

»Soso, jetzt willst du gar den Strohsack dafür verantwortlich machen. Aber weißt du, ein echter Ritter kämpft nicht nur mit Eisen, er wird irgendwann selbst zu Eisen. Holz und Stroh können ihm nichts anhaben.« John konnte nicht anders, als aufdringlich auf die Brandnarbe zu starren, ein Beweis dafür, dass auch Hugh nicht aus Eisen war, doch der ignorierte seinen Blick, sagte nur: »Das nächste Mal machst du es besser.«

Allein beim Gedanken, erneut aufs Pferd steigen zu müssen, wurde John leichenblass. Er musste bereits alle Willenskräfte zusammennehmen, um nicht auf die Knie zu sinken.

Wahrscheinlich hätte er es kaum geschafft, aufrecht stehen zu bleiben, wenn nicht sein Bruder herbeigeeilt wäre.

»John!«, rief er. »Hast du dir wehgetan?«

Er wollte die Zähne zusammenbeißen, doch einer von diesen schien locker zu sitzen.

»Das wollen wir doch hoffen«, mischte sich Hugh de Lacy ein. »Jeder Ritter muss mindestens einmal gehört haben, wie seine Knochen krachen. Und mindestens einen Zahn verloren haben. Dein Bruder hat hingegen noch alle.«

John drückte die Zunge gegen den lockeren Zahn, hätte er Hugh diesen doch gern vor die Füße gespuckt. Aber der Zahn saß fester als gedacht, was bedeutete, dass er den Ritter anders beeindrucken musste. Just als Hugh sich abwandte, zog John das Holzschwert, das an seinem Gürtel hing. Bis jetzt hatte er damit nur gegen Pagen und Knappen gekämpft, nie gegen Ritter, vor denen er sich natürlich noch mehr fürchtete als vor der Stechpuppe. Auch jetzt hatte er Angst, sie schwoll gar zu einem riesigen Knoten im Hals an. Doch plötzlich zerplatzte dieser in einem lauten Schrei, und damit die Angst nicht wiederkam, schrie er einfach weiter, als er auf Hugh losging, schrie so durchdringend, wie nur die Plantagenets schreien konnten, von denen viele sagten, sie seien nicht von dieser Welt, und manche sogar, sie kämen aus der Hölle.

Aber in der Hölle war es heiß, und Hughs Rüstung war aus kaltem Stahl. Diesem Stahl konnte er mit seinem Holzschwert nichts anhaben. Hugh drehte sich um, schlug es ihm aus der Hand, drosch ihm auf die Brust. Wieder ging er zu Boden, schrie, schrie immer lauter, bis Henry ihn packte.

»Ruhig, John, ruhig! Du musst lernen, dich zu beherrschen! Sonst wirst du nie ein Turnier gewinnen!«

Die samtige Stimme seines Bruders Henry, mit der er manches Mal auch Geschichten erzählte oder Lieder sang, vermochte fast immer, den Dämon zu bannen. Jetzt übertönte sie sogar das Schnauben des Hengstes und das spöttische Lachen von Hugh. Als John sich allerdings fast schon erfolgreich eingeredet hatte, dass das Glück, einen solchen Bruder zu haben, größer war als das Pech, in dessen Haushalt zum Ritter ausgebildet zu werden, ertönte ein weiterer Schrei – wenn auch dieses Mal nicht aus Johns Kehle. Selbst Hugh de Lacy zuckte zusammen, und Young Henry verstummte augenblicklich.

John richtete sich mit schmerzenden Gliedern auf. Als er den Mann erkannte, der eben in den Boden stampfte, als wollte er ein Loch hineinhauen, befiel ihn kurz die Angst, dass er seinetwegen so tobte. Doch als der Mann den Jagdspeer zerbrach, den er in den Händen hielt, erkannte John, dass sich die Wut auf den Boten richtete, der vor ihm stand. Wieder ertönte das Geräusch von zersplitterndem Holz, das Schreien dagegen wurde leiser – nicht etwa, weil der Mann die Stimme drosselte, sondern weil ihm Schaum vor den Mund trat. Sein Gesicht färbte sich dunkelrot, die Augen quollen aus ihren Höhlen, und er begann, an dem kurzen Mantel zu zerren, den er trug. John hatte seinen Vater fast nie ohne diesen gesehen, desgleichen nicht ohne hohe Stiefel und Filzkappe. Die segelte gerade zu Boden, weil Henry Plantagenet so heftig zitterte – und da er eine so große Wampe hatte, überdies aufgedunsene Arme und Beine, gab es viel Fleisch, das zittern konnte.

John zitterte in Erwartung, dass sein Vater gleich vor Wut den Mantel zerreißen würde, selbst sein Bruder machte unwillkürlich einen Schritt zurück. Nur Hugh de Lacys Miene blieb ausdruckslos. »Anscheinend hat er Neuigkeiten aus Irland erfahren. Unsere Ritter mussten dort etliche Niederlagen einstecken.« Seine Stimme troff derart vor falschem Mitleid, dass John vermeinte, vor seinen Füßen müsste sich eine Lache groß wie eine Pfütze ausbreiten. »John de Courcy hat zwar Ulster eingenommen, wurde bei Fir Lí aber gefangen genommen«, fuhr Hugh fort, »Philip de Braose hat um Limerick gekämpft, doch nichts anderes erreicht, als dass König Domhnall O'Brian die Stadt ein zweites Mal anzünden ließ. Und Robert FitzStephen und Milo de Cogan wollten Land in der Nähe von Cork erobern, haben stattdessen aber unzählige Ritter und hätten beinahe das eigene Leben verloren. Mir scheint, William FitzAudelin hat auf ganzer Linie versagt.«

Er klang zufrieden, doch als König Henry sich etwas in den Mund stopfte – es war nicht recht zu erkennen, ob Teile seines Mantels oder Stroh aus einer zerstörten Stechpuppe –, zog Hugh es vor, den Hof zu verlassen, anstatt die Ritter in Irland mit noch mehr Häme zu übergießen.

»Ich mag ihn auch nicht«, murmelte Henry und starrte Hugh verdrossen nach.

Diese Worte und die Erinnerung daran, dass sein Bruder Hugh erst zwei Tage zuvor bei einem Turnier besiegt hatte, ließen John flüchtig lächeln. Doch seine Belustigung schwand alsbald. Henry tobte weiter, und sein Geschrei erfüllte ihn nicht nur mit Angst und mit Sehnsucht nach Stille, auch mit Neid.

»Warum muss ich mich beherrschen und er nicht?«, entfuhr es ihm.

Henry hockte sich zu ihm und lächelte schief. »Weil er der König ist, während du nie einer sein wirst. Du bist schließlich als der jüngste von vier Brüdern geboren worden.« Er richtete sich wieder auf. »Aber sei froh, dieses Amt ist eine Last.« So stattlich und breitschultrig wie er vor ihm stand, machte Henry nicht den Eindruck, als würde diese Last ihn sonderlich bedrücken, John nahm dennoch seine Hand und drückte sie. Schon im nächsten Augenblick war er dankbar, dass er sich an ihn klammern konnte. Als der König sich nämlich so weit beruhigt hatte, dass er das Stroh wieder ausspucken und fragen konnte, ob FitzAudelin, seit er Statthalter von Irland war, auch irgendetwas Nützliches geleistet hätte, hörte John erstmals die Stimme des Boten … eine Stimme, die er kannte … eine sanfte Stimme.

Der Mann war nicht einfach ein Bote, er war ein Ritter. Zumindest hielten ihn alle anderen dafür, John dagegen wusste, wer er in Wahrheit war.

Der Tod braucht Krieger, der Schmerz braucht Künstler.

Ach, was gäbe er darum, wenn er sich nur an diese Worte erinnern müsste, aber in seinem Kopf echoten auch andere Laute: das Lodern von Flammen, das Zischen von glühendem Eisen auf nackter Haut, erbärmliches Geschrei ... Was eine Lüge war ... Saint-Taurin fühlte ja keinen Schmerz ... Auch das Bedauern, das nun durch seine Stimme klang, war gewiss eine Lüge, in Wahrheit erfüllte ihn FitzAudelins Scheitern wohl mit gleicher Schadenfreude wie Hugh de Lacy.

»FitzAudelin hat gemeinsam mit Lorcan O'Toole, dem Bischof von Dublin, eine Kirche außerhalb von Dublin gegründet«, sagte er, »und er hat dafür gesorgt, dass die Reliquie Bachal Isa, das ist ein Stück jenes Stabes, den Christus stets mit sich trug, von Armagh nach Dublin gebracht wurde. Ansonsten, fürchte ich, kann er keine Verdienste vorweisen.«

Johns Vater sah so aus, als hätte er den Stab Christi ebenso bereitwillig zerbrochen wie seinen Jagdspeer. Da der allerdings kaputt war, verlegte er sich wieder aufs Schreien, Spucken, Stampfen, Reißen.

»Ich will sie alle hier in Oxford sehen«, brüllte er schließlich, »William FitzAudelin, Milo de Cogan und Robert FitzStephen!«

»Aber gewiss doch«, erklärte Amaury de Saint-Taurin, und wieder klang nur Bedauern durch seine Stimme, keine Schadenfreude. Allerdings lächelte er ... lächelte wie die Stechpuppe, deren Augen so leer wie seine eigenen waren. Der Blick dieser Augen verfolgte John regelmäßig bis in seine Träume, und obwohl er sich eben nicht auf ihn richtete, drückte er die Hand seines Bruders noch fester.

»Ist dir auch wohl, mein Bruder?«, fragte Henry besorgt. John brachte kein Wort hervor. »Vielleicht solltest du dich ein wenig ausruhen ... Und vielleicht war es doch keine gute Entscheidung, dass ich dich zum Ritter machen wollte. Gut möglich, dass du im Kloster in Fontevraud besser aufgehoben bist ... als Mönch.«

Kalte Wände ... grauer Stein, von dem nichts hallte als Gebete … Keine Schreie … Kein Hohngelächter … Keine Lügen …

Ehe er Henry eine Antwort geben konnte, verbeugte sich Amaury de Saint-Taurin vor dem König, schritt gemächlich über den Hof. Als er John und seinen Bruder erreicht hatte, verbeugte er sich auch vor ihnen. Sein Lächeln wurde breiter, und John senkte rasch den Blick, um es nicht sehen zu müssen. Was ihm nicht erspart blieb, war, die sanfte Stimme nun ganz nah an seinem Ohr zu hören – als Saint-Taurin nämlich zu ihm trat und ihm zuflüsterte: »Wenn du künftig gegen eine Strohpuppe kämpfst, versuch nicht, ihre Brust zu treffen, lieber die Augen.«

Bevor John fühlen konnte, ob Saint-Taurins Atem kalt oder warm war, war der schon weitergegangen und im Stall verschwunden. Henry runzelte verwirrt die Stirn.

»Ihr kennt euch?«

John rang nach Worten. Unmöglich konnte er seinem Bruder erklären, wo und wann er Saint-Taurin zum ersten Mal begegnet war. Unmöglich auch die Scham in Worte fassen, dass nicht nur Hugh de Lacy, sondern auch Saint-Taurin ihn vom Pferd hatte stürzen sehen, während die Stechpuppe unversehrt geblieben war.

»Du hast recht«, sagte er schließlich, fuhr mit der Zunge über den lockeren Zahn, schmeckte Blut. »Ich … Ich sollte in ein Kloster gehen. Aber ich kann erst mit Vater darüber reden, wenn er sich wieder beruhigt hat.«

Und er würde Oxford erst verlassen, wenn er das erste und einzige Mal eine Tat vollbracht hatte, die eines Ritters würdig war.

Als zwei Wochen später ein großes Festmahl auf der Burg von Oxford gehalten wurde, schwitzte fast jeder: Der König, weil er nie lange still saß und somit auch während des Essens stets aufsprang und herumlief. Seine Ritter, weil sie sich immer erheben mussten, sobald er es tat. Und vor allem die Abordnung aus Irland, der man die Angst ansehen konnte, anstelle eines Spanferkels über dem Feuer gebraten zu werden. Diesem Schicksal entgingen sie zwar, aber als sie versuchten, ihr Versagen so lange zu zerreden, bis ein Erfolg daraus wurde, gleich so, als müsste man zähes Fleisch nur endlos kochen, damit es zart und schmackhaft wurde, spuckte ihnen der König in dieses Süppchen.

Mit vollem Mund erklärte er, was nun zu geschehen habe. FitzAudelin würde künftig nur mehr für Wexford verantwortlich sein. Robert le Poer für Waterford. Robert FitzStephen sollte Desmond kriegen, Milo de Cogan Thomond.

»Aber wir haben doch versucht, diese Provinzen zu erobern, nur …«

»Dann versucht es weiterhin! Ihr müsst die Iren nicht besiegen. Es genügt mir schon, dass ihr euch nicht besiegen lasst.«

Die Ritter, die in Irland ihr Glück versucht hatten, starrten sich an. »Und wer … wer wird der neue Statthalter sein?«, stieß FitzAudelin hervor, der wohl als Erstes eingesehen hatte, dass man zähes Fleisch nur ausspucken oder schlucken, jedoch nicht kauen konnte.

Danach war es erstmals lange still, der König schwitzte nunmehr, weil er nachdachte, seine Ritter und Berater, weil sie Angst hatten, er könnte sie nach ihrer Meinung fragen und sie das Falsche sagen, FitzAudelin vor Scham.

Ich weiß, wie du dich fühlst, dachte John.

Er selbst schwitzte nicht – genauso wenig wie Amaury de Saint-Taurin, der ganz ruhig an der Tafel saß, nichts aß und nichts sagte. Als Henry sich schließlich von der Menge an Essen, das er in sich hineingestopft hatte, überwältigt auf den Stuhl plumpsen ließ und diese Entscheidung für vertagt erklärte, stand er unauffällig auf und zog sich zurück.

John vermutete, dass der andere die Latrinen aufsuchen musste, erhob sich ebenfalls lautlos und folgte ihm. Obwohl er keinen Bissen heruntergebracht hatte, rumorte es in seinem Magen schmerzhaft, doch er ließ sich nicht davon bezwingen, ging Saint-Taurin aufrechten Ganges nach in den Hof, beschleunigte dort den Schritt, zog sein Holzschwert. Erst als er den anderen fast eingeholt hatte, erkannte er, auf welches Gebäude der zulief – nicht etwa auf die Latrinen, die Waffenkammer oder einen Kerker, wo ein Unglücklicher auf ihn wartete, nein, auf die Kapelle. Auch dort wartete ein Gefolterter auf ihn – der Erlöser am Kreuz –, aber der spürte die Qualen schon längst nicht mehr.

Stein … Stein … Saint-Taurin sucht auch grauen Stein … Obwohl der doch mir gehört …

Der Gedanke nahm ihm alle Angst, fachte seine Empörung und seine Wut an … wenn auch keine blinde. Nein, blind sollte Saint-Taurin werden, er sollte die Augen verlieren, die die Stechpuppe noch hatte, und deshalb galt es den rechten Augenblick abzuwarten, um das Holzschwert zu heben, auf Saint-Taurin loszustürzen, auf sein Gesicht zu zielen. Stete Finsternis mochte nicht wehtun, erst recht nicht einem, der keinen Schmerz verspürte. Eine Qual war sie gleichwohl.

Für einen Augenblick schien es John, als könnte der Angriff gelingen. Saint-Taurin hatte gerade über die Schwelle des Gotteshauses treten wollen, als er ihn attackierte. Noch traf er zwar nicht sein Gesicht, nur die Schultern, doch das genügte, den Ritter stolpern zu lassen. Er ging in die Knie. Kurz wähnte sich John größer als er, kurz auch stärker, zumal Saint-Taurin sich immer noch nicht wehrte. Doch als er ein zweites Mal zuschlug, duckte sich der andere. Wieder traf John nicht das Gesicht, nur die Brust. Und diese Brust war gepanzert mit Eisen, und auf dem Eisen zersplitterte sein Holzschwert wie die Lanze. Wie er dieses Geräusch hasste! Wie er sich selbst hasste!

Nicht schon wieder, nicht schon wieder …

Und dann war er wieder schwächer als Saint-Taurin, dann war er wieder kleiner, winzig gar, denn Saint-Taurin warf ihn auf den Boden, presste ihm das Knie auf die Brust, führte einen Dolch an seine Kehle. Das kaputte Holzschwert entglitt Johns Hand.

»Du kannst mich nicht töten, ich bin der Sohn des Königs«, presste John mit einer Stimme, piepsig wie die einer Maus, hervor. Er hasste sich dafür noch mehr.

Saint-Taurin zog den Dolch nicht zurück, aber er lächelte. »Und du kannst mich nicht blenden … nicht mit einer unbrauchbaren Waffe wie dieser.« Erst jetzt gab er John frei, und obwohl er wusste, dass es sinnlos war, ballte John seine Faust, schlug nach ihm, traf ihn auch. Saint-Taurin keuchte noch nicht einmal. »Warum tust du das?«

In diesem Augenblick war sich John dessen selbst nicht sicher. Er fühlte sich so klamm an, als hätte er sich in die Hose gemacht, und um nicht darüber nachzudenken, ob dieser Verdacht stimmte, stieß er aus: »Falsch, falsch … Alle sind falsch … Hugh de Lacy tut so, als würde er mit den Rittern in Irland mitleiden, und du … du hast so getan, als würdest du in dem Folterkeller an Schmerzen leiden. Doch ihr leidet nicht, ihr spottet! Ihr lügt!«

Saint-Taurin hatte sich abgewendet und begann, die Splitter des Holzschwertes einzusammeln. »Sprich nur weiter«, forderte er John auf. »Wenn du die Menschen der Falschheit bezichtigst, hast du den wichtigsten vergessen.«

John rappelte sich auf. Seine Hosen waren doch noch trocken, seine Wangen jedoch wurden plötzlich feucht. Hätte er nicht alle Scham bereits verbraucht, er hätte sich nie verziehen, nun auch noch wie ein kleines Kind zu heulen.

»Wen … Wen meinst du?«

Saint-Taurin hob einen der Holzsplitter. »Mir möchtest du gern den Splitter ins Auge rammen und siehst den Balken vor deinem nicht? Mich klagst du der Lüge an und belügst dich selbst weitaus mehr.«

John konnte nichts sagen, nur auf den Splitter starren, den Saint-Taurin wieder auf den Boden warf. Er stieg darauf, als er sich in Richtung Kapelle wandte.

»Wen … Wen meinst du?«, wiederholte John.

Saint-Taurin verharrte, dachte nach. In der Ferne flackerten etliche Fackeln, doch ihr Lichtschein reichte nur bis zu seinen Füßen. Sein Gesicht schien wie Johns Seele mit der Finsternis zu verschmelzen.

»Wer hat dir dieses Schwert gegeben? Dieses und alle anderen, mit denen du hättest kämpfen sollen und die zu Bruch gegangen sind? Wer hat dir die Lanzen gegeben, mit denen du auf Stechpuppen zureitest und die allesamt sofort zersplittern? Wer lässt stets dein Pferd satteln und sorgt dafür, dass ein Stachel zwischen Leder und Tierleib steckt? Und wer wählt genau das Tier aus, das den Schmerz am wenigsten erträgt?«

John konnte den Schmerz auch nicht ertragen. Und anders als ein Pferd wusste er, dass weder Aufbäumen noch bockige Sprünge ihn vertreiben würden. Es half auch nichts, sich ganz starr zu machen, kaum zu atmen.

Ich bin allein, und ich habe Angst … Nein, ich bin nicht allein, da ist doch mein Bruder, und mein Bruder ist so freundlich zu mir. Er hat mich vor Ranulf de Glanville geschützt, er meint es gut mit mir. Er schlug mir vor, ein Mönch zu werden, falls ich als Ritter nicht tauge …

Saint-Taurin drehte sich langsam zu ihm um. »Ich verstehe es nicht«, sagte er. »Mir willst du die Augen ausstechen, obwohl ich dich seinerzeit zum Mann gemacht habe. Und deinen großen Bruder vergötterst du, obwohl er dich seit einem Jahr zum Narren hält?«

Nicht zum Narren, zum Mönch … zum Mönch, der für ihn betet … Was ist daran falsch?

»W … warum soll mich mein Bruder vom Hof vertreiben wollen?«, stammelte John.

Saint-Taurin lächelte mitleidig, und dieses Mitleid war – anders als das von Hugh – echt. »Nicht nur vom Hof, von seinem Land. Du magst nur der vierte Sohn von König Henry sein und er der Thronfolger, aber dein Vater ist ein gerechter Mann. Schon vor vielen Jahren hat er sein Reich geteilt. Nur England, die Normandie und Anjou gingen an Young Henry, Aquitanien hingegen an Richard, die Bretagne an Geoffrey. Das weißt du doch, oder?« John nickte wie betäubt. »Und du weißt auch, dass du damals leer ausgegangen bist? Dass man dich seitdem Ohneland nennt?« John nickte wieder. Ohneland ... Was scherte es ihn ... Er brauchte kein Land, er brauchte Stille und grauen Stein. Aber vom Stein hallten die Lügen wider, und er, der er nicht aus Stein war, wurde von ihrem Gift zerfressen. »Dein Vater war alles andere als erfreut darüber«, fuhr Saint-Taurin fort. »Er will Löwenjungen mit Löwenherzen, keinen Ohneland. Deshalb hat er dir ein paar Burgen vermacht, nicht ahnend, dass seine älteren Söhne dir nicht einmal den Knochen gönnen, von dem sie das Fleisch abzunagen gedenken. Auch deshalb haben sie sich vor einigen Jahren gegen deinen Vater erhoben ...«

John wusste von diesem Aufstand kaum mehr, als dass auch seine Mutter Eleonore daran beteiligt und die Einzige gewesen war, der der Vater nach dem Scheitern nicht verziehen hatte und die er seitdem gefangen hielt. John konnte sich nicht an seine Mutter erinnern, umso mehr an Young Henrys samtige Stimme, die so schön singen und Geschichten erzählen konnte, deren Echo jedoch plötzlich so klang, als würden Metallsplitter aneinandergerieben werden.

»Du bist ein Teufel!«, stieß John aus.

»Warum bist du denn auf mich zornig und nicht auf deinen Bruder?«

»Selbst wenn ich ihn hasse, ich hasse dich nicht weniger.«

John stampfte auf, begriff nun, was in seinem Vater vorging, wenn der die Fassung verlor. Brüllen wollte er wie dieser, etwas zertreten, etwas zerreißen, auf etwas spucken. Aber da packte Saint-Taurin ihn an den Schultern.

»Du kannst dich nicht an all deinen Feinden gleichzeitig rächen. Überlege stets, wen du am meisten hasst. Er ist dann deine Stechpuppe, die anderen machst du zu deinem Schwert ... Und zwar zu einem, das zu etwas taugt.«

»Und du willst ein solches Schwert sein?«, fragte John und kämpfte gegen seinen Griff an.

»Ich will dir lediglich einen Rat geben, nämlich, was du tun kannst, um deinen Bruder zu ärgern. Allerdings ist das nur möglich, wenn du endlich still stehst und dich nicht länger wehrst.«

John wollte immer noch brüllen, etwas zertreten, etwas zerreißen, jemanden anspucken, am liebsten sich selbst, weil er so leichtgläubig gewesen war. Dann begriff er, dass er sich am leichtesten ertrug, wenn er ganz steif dastand.

»Was soll ich tun?«, fragte er.

Während er Saint-Taurin lauschte, holte er tief Atem, ließ ihn wieder entweichen, sog erneut die kalte Abendluft ein und mit ihr die Finsternis. In ihm schien es jetzt so schwarz zu sein wie um ihn her. Vielleicht war es doch keine Qual, blind zu sein.

»Es ist natürlich allein deine Entscheidung, ob du meinen Rat befolgst«, schloss Saint-Taurin. Er ließ John los, betrat endgültig die Kapelle, kniete sich vor den Gefolterten am Kreuz, der seit über tausend Jahren verstummt war. Christus hatte sich von seinem Vater ebenso übertölpeln lassen wie er von seinem Bruder … Christus war zur Stechpuppe gemacht worden. »Willst du mit mir beten?«, fragte Saint-Taurin.

John schüttelte den Kopf. Er ging zurück in Richtung Burgfried, wenn auch nicht in den großen Saal.

John fand das Gemach des Vaters leer vor. Die einzigen Augen, die ihm entgegenstarrten, waren die der Schachfiguren aus Walrosselfenbein. Sie standen auf einem Tischchen oder lagen dort vielmehr, weil sein Vater sie wohl in einem Anfall von Wut vom Spielfeld gefegt hatte. Ihr Anblick verstärkte das Gefühl der Trostlosigkeit, das John empfand.

Ich bin ganz allein auf der Welt … und ich habe Angst …

Rasch trat er zu einem zweiten Tischchen, auf dem Unmengen an Schriften, Briefen und Gesetzestexten lagen. John entzifferte fremd klingende Namen, stammten doch etliche aus der Feder von Botschaftern ferner Länder – Norwegen,

Schweden, Navarra, Sizilien –, und las Texte, die in Latein oder Französisch verfasst waren, jenen Sprachen, die der König am liebsten sprach. Englisch hatte er nie gelernt. John entdeckte auch zwei Bücher, eines von Augustinus und eines von Plinius dem Älteren, und schlug sie auf. Der Geruch nach Staub, der dem Pergament entströmte, war ihm von Fontevraud vertraut, doch die Wörter zerliefen vor seinen Augen. Sie waren winzig wie Ameisen, sie konnten ihn nicht trösten, ihm nicht zu Gefährten werden, seine Seele nur kitzeln, nicht wärmen.

Anscheinend hatten sie auch den Vater nicht wärmen, ihn jedoch in seiner steten Rastlosigkeit bremsen können, denn plötzlich vernahm John vom hinteren Teil des Raumes her ein Seufzen. Er war ja doch nicht allein – König Henry saß mit einem Buch in den Händen auf einem Lehnstuhl.

John fühlte sich ertappt, doch als Henry ihn musterte, stand kein Tadel in der Miene, nur Müdigkeit … und Trauer. Es war nicht lange her, dass der König seine Geliebte Rosamunde Clifford verloren hatte, und obwohl John nicht ahnte, wie sich der Verlust einer Geliebten anfühlte, wie Einsamkeit schmeckte, wusste er, und diese schien wie eine dicke, dunkle Wolke auch über dem König zu hängen.

»Vater …«

Henry schlug das Buch zu. »Von all meinen Söhnen gleichst du deiner Mutter am wenigsten.« John wurde unbehaglich zumute. Es waren Gerüchte im Umlauf, dass Rosamundes Tod Henry nicht nur in Trauer, auch in Rage gestürzt hatte, dass es ihm nicht mehr genügte, Eleonore in Salisbury gefangen zu halten, er sich vielmehr um die Annullierung seiner Ehe bemühte. Mehrfach war ein päpstlicher Legat zu diesem Zwecke Gast bei Hofe gewesen. Was Henry bislang abhielt, den entscheidenden Schritt zu tun, Eleonore endgültig aus seinem Leben zu verjagen, waren wohl weniger Skrupel, als dass es die Angst war, Aquitanien zu verlieren. »Doch, es stimmt«, fügte Henry hinzu. »Young Henry, Geoffrey, Richard … sie haben entweder ihr blondes Haar oder ihren verdorbenen Charakter.

Du hingegen hast schwarzes Haar und eine lichte Seele.« Henry erhob sich ächzend, trat ganz langsam auf ihn zu. Die blutunterlaufenen Augen kündeten davon, dass er seit Langem zu wenig Schlaf fand. Kein Wunder, scheuchte er doch den Hofstaat meist noch im Finstern auf, um zur Jagd zu reiten. Unwillkürlich klammerte sich John an das Buch von Augustinus, was den König allerdings nicht davon abhielt, eine feiste Hand auf seine zu legen. Sie war verschwitzt, aber immerhin warm. »Liest du gern?«, fragte er, wartete die Antwort jedoch nicht ab. »Ich liebe Bücher. Ich habe mich manchmal gefragt, wie mein Leben als Mönch verlaufen wäre. Hätte ich die Wahl gehabt, ich wäre in der Abtei von Glastonbury in den Orden eingetreten. Es gibt Gerüchte, dass dort irgendwo König Artus seine letzte Ruhestätte gefunden hat – ich habe den Mönchen geraten, nach seinem Grab zu suchen. Wahrscheinlich wirst du dich nun fragen, ob ich selbst bereit gewesen wäre, eine Schaufel in die Hand zu nehmen und zu graben. Aber weißt du, als König mache ich genau das. Ich stehe ständig vor einem riesigen Berg Dreck, drohe, in ihm zu ersticken, und muss gleichwohl darin wühlen, um herauszufinden, welches gerade meine wichtigste Aufgabe ist. Dort Krieg führen, da Frieden schließen, hier Hof halten? Mich vor diesem Bischof verneigen und einen anderen schelten? Wenn du zu schnell zu tief gräbst, fällst du in dein eigenes Loch. Wenn du zu langsam und zu wenig tief gräbst, hinterlässt du deinem Nachfolger kein Königreich, nur einen riesigen Misthaufen. Nun gut. Du wirst meine Krone ja nicht erben …« Henrys Hand ließ seine los. Er fuhr ihm übers Haar, und kurz wusste John wieder, wie es sich anfühlte, nicht allein zu sein und keine Angst zu haben. »Und du?«, fragte Henry. »Willst du denn Mönch werden? Ich wollte dich eigentlich mit Isabella von Gloucester verloben, aber Verlobungen kann man auflösen … leichter als Ehen.« Sein Lachen klang wie ein Krächzen. John wich zurück, stieß unwillkürlich gegen das Tischchen mit Schachfiguren. Henrys Blick folgte ihm. »Bauern, Ritter, der König, die Königin, nur keine Mönche«, murmelte er. »Mönche kämpfen schließlich nicht um Sieg und Macht.«

Sie kämpfen auch nicht um Rache.

»Ich ... Ich will kein Mönch werden«, sagte John. »Ich ... Ich ...« Er zögerte, nahm unwillkürlich eine Schachfigur, umklammerte sie. »Ich ... Ich will Herr von Irland werden«, brachte er schließlich hervor.

Henry senkte den Blick, strich über das Buch von Augustinus. *De Civitate Dei* – der Staat Gottes. Im Kamin loderte ein Holzscheit auf, verglühte und zerfiel zu Asche, bis der König endlich wieder sprach. »Herr von Irland ... Dominus Hiberniae ...«, murmelte er.

John sah auf die Schachfigur, erkannte, dass er keinen Läufer und keinen Springer, keinen Bauern und keinen König genommen hatte, sondern einen der Türme. »Als du vor einigen Jahren dein Reich unter deinen Söhnen aufgeteilt hast, war ich noch zu klein, um bedacht zu werden«, sagte er. »Und du hattest Irland damals noch nicht erobert.«

Henry schien ihm gar nicht richtig zugehört zu haben. »Wie alt bist du, John?«

»Zehn ... Ich bin zehn Jahre alt. Ich weiß, ich bin zu jung, um selbst nach Irland aufzubrechen und die Insel für dich einzunehmen. Trotzdem kannst du mich zum Dominus Hiberniae machen, und wer immer der neue Statthalter wird, wird nicht nur dich, auch mich vertreten.«

Henry blickte hoch. »Was weißt du von der Insel?«

Nur das, was man mir einst in einem Folterkeller eingebläut hat, als die Luft schwer von Schweiß und Blut war und mir die Schreie eines Gequälten in den Ohren gehallt haben.

»Weißt du überhaupt, wie es dort aussieht?«, fügte Henry hinzu.

John schluckte. »Ich weiß noch nicht einmal, wie meine Mutter aussieht ... Ich weiß nur, dass ich dich nicht verraten werde, wie sie es getan hat ... oder wie meine Brüder, die sich einst gegen dich erhoben, es taten ...«

Und von denen einer auch mich verraten hat.

Henry trat zu ihm, begann alle Schachfiguren aufzustellen, nur den Turm nicht, den John immer noch umklammert hielt.

»Wer soll denn deiner Meinung nach der neue Statthalter werden? Amaury de Saint-Taurin?«

Du kannst nicht alle Feinde gleichzeitig bestrafen.

»Nicht er«, sagte John schnell. »Ich traue ihm nicht. Aber … aber wie wäre es mit Hugh … Hugh de Lacy?«

Henry sah ihn verblüfft an. »Hugh de Lacy? Hm. Das ist gewiss keine schlechte Wahl. Hugh hat mich seinerzeit nach Irland begleitet und war dort bereits Statthalter, ehe ich ihn in der Normandie brauchte. Nach allem, was ich gehört habe, hat er dich in den letzten Wochen jedoch hart rangenommen. Ich hätte erwartet, dass du ihn hasst.«

Nicht mehr als Saint-Taurin, der erwartet, dass ich mich für ihn einsetze. Nicht mehr als Young Henry, der erwartet, dass ich nie von mir aus eigenes Land einfordern werde.

»Manchmal muss man im Dreck seiner hässlichen Gefühle graben, bis die schönen hervorkommen«, erklärte John. »Großmut ist eine Tugend, die einen Herrscher auszeichnet, nicht wahr?«

Henry lächelte, und seine Augen wurden feucht. »Wie ich schon sagte, du hast eine lichte Seele.« Nein, seine Seele war nicht licht, seine Seele war grau wie der Turm in seiner Hand, grau wie dieser Raum, nachdem das letzte Holzscheit verbrannt war. Plötzlich trat Henry vor, zog ihn an sich, umarmte und küsste ihn auf die Wangen, wie er es sonst nur bei seinen engsten Freunden tat, nie bei seinen Söhnen. »Kein Mensch ist so einsam wie ein König«, murmelte er.

Damit er nicht in Erinnerungen an Rosamunde flüchten konnte, drückte John schnell sein Gesicht auf die Brust seines Vaters.

»Jetzt bin ich doch bei dir …«

Und du bist bei mir.

1180–1181

Ascall

Der Steinmetz Urard war einer der größten Menschen, die Ascall je gesehen hatte. Seine Schultern waren so breit, dass er mühelos ganze Baumstämme tragen konnte, und seine Unterschenkel waren mindestens so dick wie solche, doch er konnte sich auch ganz klein machen – wenn er sich nämlich bückte oder gar auf die Knie ging, um ein Detail seiner Konstruktionen zu betrachten. An diesem Tag musterte er ein Stück Holz, von dem sich bereits die Rinde schälte, weil es so lange im Feuchten gelegen hatte.

»Es wird nicht halten«, erklärte Urard mürrisch. »Gewiss, die Eiche ist ein nützlicher Baum. Koche ihre Rinde, und der Sud heilt dich vom Durchfall, gerbe dein Leder damit, und es wird weich wie Kinderhaut. Aber wenn man aus Eichenholz Palisaden baut, noch dazu auf schlammigem Boden, werden diese bald morsch werden. Wir bräuchten Erlenholz, das fault noch nicht einmal, wenn es im Meerwasser steht.«

Ascall blickte gleichgültig auf das Holz. Er konnte sich auch nicht vorstellen, dass Palisaden oder gar ein Wohnturm daraus auch nur den ersten Sturm überdauern würden, aber es war ihm lieber, Baumstämme zu schleppen als die deutlich schwereren Steine einer nahen Ruine, aus denen sie in den letzten Wochen gemeinsam mit Torf und Erde einen künstlichen Hügel errichtet hatten.

»Die Palisaden werden ohnehin nicht für lange Zeit stehen bleiben«, erklärte er, »die Ringmauer soll bald von einer Steinmauer ersetzt werden.«

Urard erhob sich ächzend und trat zu einer Holzpresse, mit der man im Wasserdampf weich gewordenem Holz die richtige Form verleihen konnte. »Selbst wenn das Holz etwas taugen würde … Damit sich die Palisade nicht zu einer Seite neigt, bräuchten wir einen *corr*, das ist ein Gerät, mit dem man schwere Teile in eine erhöhte Position ziehen kann.«

»Meinetwegen kann die Palisade sofort zusammenbrechen, wenn bloß ein paar Regentropfen sie benetzen«, knurrte Ascall. »Es ist nicht unsere Schuld, wenn sie uns kein gutes Holz geben.«

»Aber ich bin ein guter Arbeiter, und das bedeutet, ich mache meine Sache gut oder gar nicht!«

»Bist du nicht Steinmetz, kein Zimmermann?«

Manchmal schwärmte Urard während ihrer kargen Abendmahle davon, wie er einst eine Kirche errichtet und auf einer der Wände dem weißen Stein die Form einer Rebe gegeben hatte. So lebensecht hätte diese ausgesehen, dass man allein bei ihrem Anblick meinte, die Schale einer Weintraube würde einem zwischen den Lippen platzen und ihr süßes, saftiges Fruchtfleisch den Mund ausfüllen. Noch deutlicher als eine Weintraube schmeckte Ascall in diesen Momenten, wie sehr Urard seine Arbeit geliebt hatte, ja, sie immer noch liebte, obwohl er nicht mehr als freier Mann für irische Priester arbeitete, sondern als Gefangener für die Normannen.

»In Irland wird jeder Steinmetz zunächst als Zimmermann ausgebildet«, erklärte Urard. »Denn schließlich ist es unsere Aufgabe, alle Arten von Gebäuden zu bauen – mächtige Burgen ebenso wie kleine Vorratskammern. Bei beidem gilt es, unser ganzes Können, unsere ganze Sorgfalt aufzuwenden sowie für die jeweilige Aufgabe das richtige Material auszuwählen. Und Eichenholz taugt nun mal nicht für Palisaden!«

Urard bückte sich wieder – dieses Mal, um eine Messlatte aufzuheben. Ascall hatte keine Ahnung, wie man damit einen rechten Winkel bemaß. Das einzige Mal, da er sie in Händen gehalten hatte, hatte er überlegt, ob er sie als Waffe benutzen konnte. Hammer und Meißel hatte man ihm nie anvertraut, die Brechstange war ihm wieder weggenommen worden, nachdem er versucht hatte, einen normannischen Ritter damit zu erschlagen, mit Seilen durfte er nicht arbeiten, weil er versucht hatte, einen anderen damit zu erwürgen. Bei der letzten Burg hatte man ihm deshalb noch nicht einmal den Wetzstein gelassen, weswegen er mit bloßen Händen und Füßen die Muscheln für den Mörtel hatte zerstampfen müssen. Ein Stückchen von einer Muschel hatte sich dabei tief in die Haut gegraben, und die dicke Hautschicht, die sich darüber gebildet hatte, erinnerte ihn jeden Tag daran, wie lange er bereits Gefangener der Normannen war.

»He!« Die Stimme ließ ihn zusammenzucken. »Ihr sollt eine Palisade errichten, nicht im feuchten Gras herumsitzen.«

Urard stand ganz langsam auf, Ascall drehte sich ganz langsam um. Eine Horde Ritter lungerte um ein Feuer und schickte eben zwei Knappen zu ihnen – einer unbewaffnet, der andere mit einer Peitsche in der Hand, mit der sie ihre Pferde verdroschen und manchmal auch aufrührerische Iren. Allein bei ihrem Anblick vermeinte Ascall, die Haut auf seinem Rücken platzen zu fühlen, hatte die Peitsche dort doch nicht selten ihren blutigen Tanz vollführt.

»Ich faulenze nicht«, erklärte Urard, »aber das Holz ist morsch und der Boden feucht. Ihr wollt doch gewiss nicht, dass die Palisade am Ende so krumm wie euer Rückgrat wird, weil ihr ständig vor dem Feuer hockt, anstatt mit anzupacken.«

Der Knappe hob die Peitsche drohend, indes der andere spöttisch fragte: »Warum sollen wir euch helfen? Wer einen Esel hat, schleppt den Sack mit Mehl auch nicht selbst. Und wer dumme Iren hat, baut seine Burgen nicht selbst.«

»Nun«, hielt Urard dagegen, »aus schlechtem Holz Palisaden zu bauen wäre dasselbe wie euch in den Krieg zu schicken. Schon beim ersten Luftzug würdet ihr einknicken. Euer Statthalter weiß offenbar, wie morsch ihr seid.«

Die Peitsche schoss haarscharf an Urards Wange vorbei. Der zuckte nicht einmal mit der Wimper, während Ascall sich hastig bückte und einen Holzstamm hochwuchtete.

»Wir fangen sofort zu bauen an, vergebt meinem Freund.«

Urard ließ laut und vernehmlich seinen Atem entweichen, indes die Knappen Laute wie ein Esel machten. »So untaugliche Ritter können wir nicht sein. Immerhin ist es uns gelungen, aus dem gefährlichen Wolf Ascall von Toora ein zahmes Hündchen zu machen.«

Ein Ruck ging durch Urard, doch Ascall legte ihm beschwichtigend die Hand auf die Schulter. »Bis zum Abend steht mindestens die Hälfte der Palisade«, versprach er den Normannen.

Die Knappen wieherten so lange, bis sie das Lagerfeuer erreicht hatten. Als sie dort erzählten, wie Ascall von Toora auf den Anblick der Peitsche reagiert hatte, lachten auch die Ritter.

Urard riss sich von Ascall los, packte einen Holzstamm und rammte ihn mit bloßen Händen in die Erde.

»Du bist tatsächlich ein zahmes Hündchen!«, rief er vorwurfsvoll. »Du hebst noch nicht einmal das Bein, um sie dann und wann anzupissen!«

Ascall bückte sich, nahm einen Holzstamm, reichte ihn Urard. »Hugh de Lacy ist seit drei Jahren Statthalter, und bis jetzt schien er fest im Sattel zu sitzen«, sagte er leise. »Nun aber wendet sich das Blatt. Dass er weiter in den Westen vordrang, als es der Vertrag von Windsor vorsieht, lässt sich der Hochkönig nicht bieten. Immer häufiger plündert er seinerseits Gebiete im Osten. Ich bin sicher, dass ein Krieg bevorsteht, und ich will nicht sterben, bevor er überhaupt begonnen hat.«

Urard machte Anstalten, das Holz zu packen, doch stattdessen lagen seine Hände plötzlich um Ascalls Kehle. »Und mit einem wie dir soll ich gerade Palisaden bauen?« Sein Griff wurde fester, doch wiewohl ihm der Atem knapp wurde, wehrte sich Ascall nicht. »Es ist schäbig, wie sie uns behandeln«, fügte Urard grimmig hinzu. »Die Iren würden nie aus einem Kriegsgefangenen einen Sklaven machen. Du aber nimmst das einfach hin.«

Erst als er seine beiden Daumen tief in Ascalls Hals drückte, stieß der den Holzstamm in Urards Bauch. Der Steinmetz krümmte sich und ließ ihn los. Bis er sich wieder aufgerichtet hatte und versuchen konnte, seinen Widersacher erneut zu packen, hatte Ascall seine Tunika hochgezogen, sodass seine nackte Brust zu sehen war.

Urard erstarrte.

»Ich bin nicht aus morschem Holz, wie du mir unterstellst. Gib zu: Du hast noch keinen Baum gesehen, dessen Rinde so gefurcht ist wie mein Leib. Nicht alle Narben stammen von den letzten drei Jahren, etliche trage ich länger. Aber viele wurden mir in Gefangenschaft zugefügt – nach den drei Malen, da ich zu fliehen versuchte, nach den sieben Malen, da ich die Arbeit verweigerte, nach den fünf Malen, da ich jemanden zu töten versuchte, und erst recht, nachdem mir das ein Mal gelungen ist. Sei's drum. Wenn ein Baum tief verwurzelt ist, können ihm Wind und Wetter nichts anhaben, und wenn seine Rinde rau ist, holen sich andere eine blutige Stirn, wenn sie gegen seinen Stamm laufen, während er nicht wankt. Eines kann der Baum aber nicht verhindern – dass er im Herbst seine Blätter verliert und er bis zum Frühling warten muss, auf dass neue Triebe sprießen.« Urards Blick blieb bei einer sichelförmigen Narbe unter der rechten Brustwarze hängen. Mit dieser hatte sich ein Ritter für eine Bisswunde gerächt, die Ascall ihm zugefügt hatte. »Manchmal muss man sich gedulden«, sagte Ascall nachdrücklich. »Und manchmal ist es schon ein Sieg, wenn der Sturm nur die Blätter abreißt, nicht auch noch die Äste knickt.« Er zog seine Tunika wieder über den geschundenen Leib. »Es ist auch ein Sieg, dass ich noch beide Hände habe, dass man mir nicht mindestens eine Hand abgeschlagen hat.«

Urard runzelte die Stirn. »Sosehr ich sie zum Arbeiten brauche, ich würde auf meine Hände verzichten, wenn mir dadurch die Freiheit geschenkt würde.«

Freiheit.

Ascall wagte nicht, das Wort zu wiederholen. Es wäre wie süßen Wein zu trinken, nachdem man über Jahre nüchtern geblieben war. Die Sinne würden ihm schwinden, er würde torkeln.

»Wir müssen Geduld haben«, sagte er, »irgendwann wird uns der Hochkönig befreien. Und die Zeit bis dahin können wir nutzen, um … um von den Normannen zu lernen.«

Urard schien ihn am liebsten wieder packen zu wollen. »Was gibt es denn schon von ihnen zu lernen? Wie man schiefe Palisaden baut?«

»Nein, wie man Burgen aus Stein errichtet, und vor allem, warum man es tut.«

Der Steinmetz ließ seine Hände sinken. »Was meinst du?«

Ascall bückte sich nach einem weiteren Holzstamm. »Diese Burgen und Motten sind nicht einfach nur Orte, an denen man Unterschlupf vor Regen und Feinden sucht. Diese Burgen sind ein Zeichen dafür, dass den Normannen das Land gehört, gleich der Pisse eines Katers, der sein Revier markiert.«

»Mir reicht das Gerede von Eseln und Hunden. Von Katern will ich nicht auch noch hören.«

»Versteh doch! Bei uns in Irland zählt nur das eigene Blut, bei den Normannen zählt das eigene Land. Ein König hierzulande kann sich lediglich der Treue von einem sicher sein, mit dem er verwandt ist, von jedem anderen drohen ihm Auflehnung und Verrat. Der König der Normannen macht es hingegen geschickter. Er sichert sich den Gehorsam seiner Untertanen, indem er das Land in kleine Parzellen unterteilt und jedes Fleckchen an einen Ritter vergibt, der sich dort eine eigene Burg bauen kann. Um Burg und Land zu behalten, ist er verpflichtet, dann und wann für seinen König zu kämpfen, und wenn er mal nicht kämpfen will, zahlt er ihm Geld, damit der an seiner statt Söldner anwirbt.«

»Gib mir Holz und Stein, dann kann ich irgendetwas Vernünftiges daraus bauen. Aus deinen Worten entsteht nichts, was nicht gleich wieder zusammenfällt!«

»Wir Iren haben Kriege um Rinder ausgefochten, die Normannen lassen jedes Rind bereitwillig laufen, wenn ihnen die Wiese bleibt, auf der das Rind grast. Später bauen sie Burgen auf den Wiesen, und diese sind selbst dann noch Zeichen ihrer Macht, wenn die Rinder längst verendet sind.«

»Herrgott, jetzt schwafelst du auch noch von Rindern!«

Ascall lächelte schief. »Früher war ich davon überzeugt, dass wir die Normannen nie besiegen können. Jetzt aber denke ich, dass es uns durchaus gelingen könnte, wenn wir sie nicht nur bekämpfen, sondern sie auch beobachten und uns von ihnen abschauen, was sie so stark macht.«

»Du klingst, als würdest du sie bewundern.«

»Das tue ich, es hindert mich allerdings nicht daran, sie zu hassen … und mich nach Freiheit zu sehnen.«

Jetzt hatte er doch noch das verbotene Wort ausgesprochen, und es schmeckte wirklich wie Honigwein, nur dass der ihn nicht torkeln ließ, ihm vielmehr das Gefühl gab, kurz weder die Last des Holzes noch die Last des eigenen Körpers zu fühlen. Doch als er Urard das nächste Holzstück reichte, spürte er die Verhärtung in der Haut, wo ihm das Stück Muschel eingewachsen war, und er wurde sich wieder bewusst, dass seine Fesseln nicht durchschnitten waren, nur weil er sie einen gestohlenen Augenblick lang nicht spürte.

Es gab ein anderes Wort, das noch viel schwerer auszusprechen war als Freiheit. Genau genommen war es nicht einfach nur ein Wort, es war ein Name, nein, nicht einfach nur ein Name, es war eine Hoffnung.

Róisín.

Er wagte den Namen nur zu denken, wurde auch so davon berauscht, wenngleich er nicht süß wie süffiger Wein schmeckte, vielmehr einen bitteren Beigeschmack hatte. Lebte sie noch? War sie gefangen wie er? Hatte sie es zurück nach Dún Fionn geschafft, und wenn ja, zu welchem Preis?

Er wusste, wenn er ihren Namen sagte, müsste er auch viele

andere aussprechen – Ailillán, Tuan, Enda, Barra –, und auch an diesen würde seine Zunge wie sein Herz brechen. Also sagte er ihn nicht, obwohl er ihn stets in seinen Gedanken trug, so auch an diesem Abend, als er das Mahl herunterwürgte, einen Brei, der aus mehr Kieseln als Getreide bestand. Danach wartete er, bis Urard schnarchend eingeschlafen war und sich die Normannen wieder um ihr Feuer rotteten, indes die Gefangenen wie die Pferde an einem Holzpfahl angebunden auf dem kalten Boden kauern mussten. So fest der Strick auch gebunden war, Ascall konnte dennoch an seinem Gürtel nesteln, einen seiner geheimen Schätze hervorziehen – die Spitze eines Meißels, den er im Schlamm der Baustelle gefunden hatte. Es war das erste Werkzeug, das er nicht dafür benutzt hatte, einen Normannen hinterrücks anzufallen, desgleichen hatte er bei dem Stück Holz, das er wenig später gefunden hatte und seitdem ebenfalls bei sich trug, darauf verzichtet.

Ascall blickte sich um, ehe er zu schnitzen begann, dem Holz eine Form gab und damit gleichsam seinen Schmerz, seine Sehnsucht hineinlegte. Am Anfang hatte er nicht genau gewusst, was er schnitzen sollte – nun war deutlich zu sehen, dass das Holz mehr und mehr einem Wolf glich, einem Wolf, wie ihn Róisín einst im Wald getötet hatte, weil sie stark war. Der Wolf stand deshalb für die Hoffnung, sie möge auch stärker als die Normannen, stärker als der Tod sein, genau wie er.

»Ascall.«

Der Wolf hatte erst ein Ohr und ein Auge und noch keine Zähne, als die Stimme ihn zusammenzucken ließ. Urard schnarchte nicht länger, richtete sich auf. Offenbar hatte er schon früher wahrgenommen, was erst jetzt in Ascalls Sinne drang. Während der Mond zu abgemagert war, um Licht zu schenken, und die Sterne kaum größer als Mücken schienen, die sich in der Weite des Himmelszeltes verirrt hatten, schnitt sich das Licht einer Fackel in seine Augen. Viel zu spät versteckte er den Wolf.

»Was hast du da?«

Es war die Stimme des Knappen. Der wieder eine Peitsche in der Hand hatte oder immer noch. Vielleicht war sie mit seiner Haut verwachsen wie bei ihm das Muschelstück.

»Nichts«, sagte Ascall schnell.

»Es sieht nicht nach Nichts aus.«

Er wusste, dass es ein Fehler war und konnte doch nicht einfach nur vor dem Feind kauern … Nein, nicht vor dem Feind, vor einem dummen Jungen, der zeigen wollte, wie stark und mutig er war. Ascall sprang auf, und schon schnitt der Strick, mit dem er festgebunden war, tief in Hand- und Beingelenke. Er stöhnte auf, riss ärgerlich daran, der Knappe grinste.

»Ascall …«, sagte Urard wieder. Mitleidig, resigniert, auch ein bisschen schadenfroh.

Und mir wolltest du einreden, dass es einem tief wurzelnden Baum nichts anhaben kann, wenn der Wind ihn peitscht und er seine Blätter verliert?

Nun, Ascall hatte keine Wurzeln, er lag auf Feindesland, alles, an das er sich festklammern und aus dem er Kraft zehren konnte, war das Stück Holz, und genau das wollte der Knappe ihm eben entreißen. Ehe es ihm gelang, schleuderte Ascall es ihm ins Gesicht, traf sein Auge, lachte auf. Vielleicht hatte der Knappe jetzt nur mehr eins wie der Wolf. Schon kam zum Heulen des Jungen das Zischen der Peitsche, und Ascall lachte nicht mehr, versuchte, sich auch jegliches Geschrei zu verkneifen.

Während er auf ihn einschlug, trat der Knappe den Wolf, den Ascall unwillkürlich hatte fallen lassen, in den Waldboden. Die Spitze des Meißels aber hatte er noch in der Hand, und mit ihr durchschnitt er erst eine Fessel, dann die andere. Drei weitere Hiebe bekam er ab, doch der vierte Schlag verfehlte ihn, denn da war er schon aufgesprungen, hatte dem Knappen die Peitsche aus der Hand gerissen, legte sie ihm um den Hals und zog zu.

»Ascall!«

Dieses Mal klang Urard entsetzt. Erneut hatte er früher

bemerkt, was Ascall im Blutrausch entging – dass Ritter näher kamen, diese nicht nur Peitschen, auch Schwerter hielten. Ehe er sich nach ihnen umdrehen konnte, hatten sie ihn schon gepackt, zurückgezerrt, auf den Boden geworfen. Sie drückten sein Gesicht in die Erde, prompt schluckte er etliche Krumen.

Jetzt verliert der Baum nicht nur seine Blätter, jetzt werden nicht nur seine Äste geknickt, jetzt dringt die Säge tief in den Stamm ein.

Er wappnete sich gegen den Schmerz, aber fühlte ihn nicht, hörte nur eine Stimme, und die war noch schlimmer als jeglicher Schmerz. Sie schlug ihm nichts ab, schien ihn eher zu zertrümmern.

»Lasst ihn!« Unzählige Hände hatten ihn gehalten. Nun ließen sie ihn gleichzeitig los. Nach mindestens einem Krieger hätte er schlagen können, er vermochte es hingegen nicht, da doch jener Mann auf ihn zutrat, sich über ihn beugte. »Drei Jahre lang war ich nicht in Irland«, sagte er leise, »und all die Zeit wusste ich nicht, ob du noch lebst. Wie schön, dich wiederzusehen.« Was nutzte eine gefurchte Rinde, an der sich andere die Stirn blutig schlugen? Amaury de Saint-Taurin, so hieß es, fühlte doch keinen Schmerz. Seine Haut war dicker als jede Rinde, dicker selbst als jene Wölbung auf Ascalls Hand, wo das Muschelstück eingewachsen war. Ascall spuckte die Erde aus, und das gelang ihm. Er spuckte auch seinen Hass aus, der wurde allerdings nur größer, mächtiger, desgleichen die Erinnerung an jene Nacht, da er Róisín hatte befreien wollen, doch von Saint-Taurins Männern gefangen genommen worden war. »Steh auf«, befahl Saint-Taurin.

Er schaffte es, konnte sogar stehen bleiben, brauchte keine Wurzeln dafür, spuckte nunmehr Saint-Taurin ins Gesicht. Dass der lächelte, war das Letzte, was Ascall sah, ehe ihm ein Leinensack übers Gesicht gestülpt wurde.

Er wurde nicht gefesselt, aber auch nicht von dem Sack befreit, als man ihn bäuchlings auf ein Pferd wuchtete und ein wilder Ritt begann. Zunächst war der Boden trocken, später schlammig, wobei Ascall nicht sagen konnte, ob sie in der Nähe von Flüssen, Tümpeln oder dem Meer ritten. Er war zu kaum einem nüchternen Gedanken fähig, nur zu diesem: Er wird mich töten. Warum auch immer Saint-Taurin nach Irland zurückgekehrt war – er würde eine alte Rechnung begleichen, er würde den Anführer einer Bande, die den Normannen so zugesetzt und ihn seinerzeit in eine Tierfalle getrieben hatte, nicht leben lassen. Noch lag er allerdings auf dem Pferd und wurde nicht von dessen Hufen totgetrampelt, noch wurde er vom Schlamm nur vollgespritzt, nicht darin ertränkt, und irgendwann war er fähig, nicht nur über den eigenen Tod nachzusinnen, auch über die Frage, warum Amaury de Saint-Taurin sich ausgerechnet jetzt wieder auf Érius Insel zeigte.

Konnte es sein, dass Hugh de Lacy von den Angriffen des Hochkönigs derart geschwächt war, dass König Henry Verstärkung schickte? Und hatte Saint-Taurin ihn womöglich nur deshalb von der Motte weggeholt, weil Ruari ihn von dort hätte befreien können?

Oh, warum hatte er nicht verbissener mit der Spitze des Meißels gekämpft, vielleicht hätte er nur bis zum nächsten Waldstück laufen müssen, um in Sicherheit zu sein.

Als das Pferd angehalten wurde, waren sie nicht mehr im Wald. Der Boden war gepflastert, wenngleich Ascall, als man ihn vom Pferd zerrte, nicht auf harten Stein schlug, aber in weichen Pferdemist. Er wurde gepackt, über einen Hof gezogen, eine Treppe hinauf oder vielleicht hinunter … Er konnte seinen Sinnen nicht trauen, zu ausgedörrt war seine Kehle, zu benebelt sein Kopf.

Gewiss ging es in irgendein Loch, wo Amaury de Saint-Taurin seine Gefangenen folterte … aus ihnen die letzten Geheimnisse herausprügelte. Als ob er noch etwas wüsste, was von Wert war. In diesem Augenblick war er sich nicht einmal sicher, ob er seinen eigenen Namen aussprechen könnte. Ein anderer hämmerte ihm dagegen fortwährend durch den Sinn.

Róisín, Róisín, Róisín.

Es machte nichts, dass der Name bitter schmeckte oder er an der Hoffnung, die er verhieß, ersticken könnte. Mit diesem Namen auf den Lippen wollte er sterben, und wenn er davor gefoltert würde, würde er nicht seinen Schmerz, sondern nur diesen herausschreien.

Róisín, Róisín, Róisín.

Der Schmerz blieb aus, der Tod blieb aus, ihm wurde lediglich der Sack vom Kopf gezogen. Das Erste, was er sah, als er die Augen aufschlug, war das Licht einer Fackel, das Zweite eine rote Fibel, in der sich diese spiegelte, das Dritte ein graues Stück Leinen, das Amaury de Saint-Taurin ihm reichte.

Ascall starrte verwirrt darauf. »Was soll ich damit? Wenn du mich zum Schweigen bringen willst, musst du es mir selbst ins Maul stopfen.«

»Warum sollte ich dich denn zum Schweigen bringen wollen? Mit dir reden will ich, das ist alles. Und ich dachte, du möchtest dir zuvor vielleicht das Gesicht abwischen.«

Saint-Taurin ließ das Stück Leinen auf den Boden fallen, und gleichwohl Ascall sich hätte bücken können, war er nicht sicher, ob er hinterher die Kraft hätte, sich wieder zu erheben.

Also hob er nur den Blick, starrte nunmehr in Saint-Taurins schwarze Augen. »Ich weiß, du willst mir Schmerzen zufügen.«

Das Lachen, das ertönte, klang zischend wie die Flammen der Fackel. Obwohl sie beinahe sein Gesicht berührten, schien Saint-Taurin deren Wärme nicht zu spüren. »Wie kommst du nur darauf?«, fragte er verwundert.

»Du hast Tuan gequält!«

»Ein lieber Junge«, sagte Saint-Taurin mit einem neuerlichen Auflachen. »Aber das bist du nicht, das warst du nie. Und deshalb werde ich dir keine Schmerzen zufügen – vielmehr wünsche ich mir, dass du nie wieder welche erleidest. Und ich wünsche mir auch, dass du erkennst, wie sehr wir einander gleichen.«

Einander gleichen … Wie sollte das möglich sein? Wo doch

Saint-Taurin so glattes Haar hatte und er so struppiges, desgleichen ein glattes Gesicht und er ein bärtiges. Vor allem schien der andere genau zu wissen, was er tat, während Ascall nur wusste, was er nicht tun sollte. Allerdings konnte er nicht anders und hob die Faust, traf zumindest einmal Saint-Taurins Gesicht, ehe der ihn in den Bauch boxte, er auf die Knie ging.

Wie er schon vermutet hatte, kam er nicht wieder hoch.

Saint-Taurin beugte sich über ihn. »Glaubst du an Gott?«, fragte er unwillkürlich. Ascall war nicht sicher, ob er selbst oder der andere den Verstand verloren hatte. »Oh, ich glaube an ihn«, fuhr Saint-Taurin fort, »und ich glaube zudem, dass die Wahrheit uns frei macht. Jemand wie du kennt die Wahrheit seit Langem, und jemand wie du ist stark genug, diese Wahrheit zu ertragen.«

Ascall stützte sich schwer auf seinen Händen ab. »Welche Wahrheit?«, stieß er keuchend aus.

»Die Wahrheit über diese Welt und wie schön sie ist, wenn man denn bereit ist, die Schönheit zu sehen.« Saint-Taurin legte seine Hand auf Ascalls Schultern, schien diese eher tätscheln, denn packen zu wollen. Auch wenn Ascall nicht noch einmal seine Faust sprechen lassen konnte, zumindest gelang es ihm, den Kopf zurückzustoßen, um mit der Stirn Saint-Taurins Lippen zu treffen. Ein Blutstropfen, groß wie der rote Stein auf der Fibel, quoll über dessen Lippen. Saint-Taurin wollte ihn ablecken, erwischte ihn nicht, schon perlte er über das bleiche Kinn. Dennoch sagte er: »Dann und wann ist es erfrischend, vom eigenen Blut zu kosten.«

Ascall schüttelte den Kopf »Wir gleichen uns mitnichten. Du bist verrückt wie mein Vater, der die Grausamkeit liebte.«

»Ich liebe nicht die Grausamkeit, ich liebe die Wahrheit. Du dagegen liebst den Krieg, und die Wahrheit ist nie so nackt und schön wie im Krieg. Wir beide könnten Verbündete … Wir könnten gar Freunde sein.«

Nun packte er ihn doch noch, zerrte ihn hoch, zog ihn ganz dicht an die Fackel heran. Erst jetzt gewahrte Ascall die hölzerne Tür neben der Fackel. Sie quietschte, als Saint-Taurin sie öffnete, und Ascall schloss unwillkürlich die Augen, um nicht sehen zu müssen, was ihn erwartete. Allerdings – in die Nase stieg ihm nicht der Geruch von Angstschweiß, von glühendem Eisen, von verbrannter Haut, von versengtem Haar. In die Nase stieg ihm nur der Duft nach … saftigem Schweinebraten.

Er schlug die Augen wieder auf. Hinter der Tür befand sich kein Folterkeller, sondern eine festlich gedeckte Tafel.

Amaury

Es war ein schöner Raum. Das graue Gemäuer war mit bunten Wandteppichen behängt, auf den braunen Bänken lagen rote Kissen, die Kerzen steckten in silbernen Ständern. Seiner Mutter Adelais hätte dieser Raum gefallen, sie hatte teure Einrichtung ebenso geliebt wie edle Kleidung. Nur mit dem Mahl, Schweinebraten mit einer dicken, kross gebratenen Fettschicht, wäre sie nicht glücklich gewesen. Viel lieber hatte Adelais Mandelmilch getrunken, manchmal hatte sie auch darin gebadet, damit ihre Haut deren Farbe annähme.

Ascall von Toora blickte misstrauisch auf den Schweinebraten, er wollte sich noch nicht einmal setzen.

»Nun nimm doch!«, forderte Amaury ihn auf. »Ich weiß, dass du Hunger hast. Ich habe mir solche Mühe gegeben, ein Gericht aufzutischen, das den Iren schmeckt. Gebratenes Schwein gilt hierzulande doch als Köstlichkeit. Einst soll sogar ein Krieg ausgebrochen sein, weil ein Großkönig nur Rinderbraten serviert bekam, kein Schwein. Außerdem kann ich dir frische Milch, Bier, Met und natürlich Wein anbieten. Setz dich endlich!«

Er spürte nur zu genau, wie der andere mühsam die Gier bezwang, den ganzen Schweinebraten in sein Maul zu stopfen. Sich dagegen wehren, auf eines der roten Kissen zu sinken, das sich prompt mit Schlamm vollsog, konnte er nicht. Amaury setzte sich ihm gegenüber, schnitt ein großes Stück Fleisch vom Braten ab, legte es mit einer zweizinkigen Gabel auf das flache Brot vor Ascall. Blitzschnell griff Ascall zu – nicht nach dem Fleisch, nach der Gabel, doch ebenso blitzschnell zog Amaury diese zurück, sodass Ascall lediglich den Schweinebraten umklammerte. Kurz sah es aus, als würde er ihn Amaury ins Gesicht werfen, stattdessen biss er doch ab, ein Stück, noch eines. Sein Blick kreiste, er schien nach etwas Ausschau zu halten, das gleich der Gabel als Waffe dienen könnte.

»Wo ist Hugh de Lacy?«, fragte er schließlich, schluckte, biss wieder ein Stück ab. Er saß so gebückt, dass seine Lippen fast die Tischplatte berührten. Eigentlich hätte er gar keine Hände gebraucht, um das Stück Fleisch zu essen – so wenig wie ein Tier. »Hat der Hochkönig ihn etwa besiegt?«

Amaury lehnte sich zurück. »Ich fürchte, von den Gerüchten, die du auf den Burgen vernommen hast, ist nur die Hälfte wahr. Es stimmt, Ruari und Hugh haben sich in den letzten Jahren manches Scharmützel geliefert. Doch Ruari war am Ende immer unterlegen, was bedeutet, dass Hugh immer gewonnen hat. Letzterer ist folglich stark wie nie und zugleich schwach wie nie, was wiederum der Grund dafür ist, aus dem ich nach Irland zurückkehren durfte.«

Ascall kaute an einem besonders zähen Bissen, konnte diesen kaum schlucken und schien sich ebenso vergebens abzumühen, Amaurys Worte zu begreifen. Fragend blickte er ihn an, doch Amaury zögerte die Antwort etwas heraus, nahm einen Kelch, führte ihn an seine Lippen, trank jedoch nicht daraus.

»Hugh de Lacy hat alles richtig gemacht«, sagte er endlich, »er hat sich als bester Statthalter erwiesen, den Irland je hatte. Gewiss, er hat nicht ganz Meath eingenommen, jedoch große Teile, und die hat er in Parzellen geteilt und an Getreue vergeben, auf dass diese Burgen, zahlreich wie der Sand am Meer, errichten. Keiner seiner Weggefährten ist ihm in den Rücken gefallen und hat sich mehr Land genommen, als ihm zustand. Stattdessen folgte jeder seinem Rat, irische Bauern anzuwerben, damit sie es fruchtbringend bewirtschafteten.«

Ascall spuckte den zähen Bissen aus. »Du hast aber, wie es scheint, kein Land erhalten und keine Burg darauf errichtet.«

»Das stimmt« gab Amaury freimütig zu. »Das Land und

die Burg, die ich mein Eigen nenne, befinden sich nicht hier in Irland, sondern in der Normandie, in der Nähe von Évreux und jenem Kloster, das dem heiligen Taurin geweiht ist. Von diesem stammt mein Name. Das Land ist dort grün und hügelig wie hier um Dublin, jedoch ist es viel langweiliger, dort zu leben, greift der französische König Philippe doch ungleich seltener normannischen Besitz an als hierzulande Ruari O'Connor.«

»Das ist gewiss bedauerlich für einen, der den Krieg liebt.«

Sieh an, unter der Schlammkruste brennt noch ein ausreichend heißes Flämmchen, um zu spotten.

Nicht dass sich Ascalls Mund zu einem Lächeln verzog, er glänzte lediglich vom Schweinefett.

»Du irrst dich«, sagte Amaury, »du liebst den Krieg, ich liebe nur die Wahrheit. Aber lass uns später davon reden. Zunächst will ich bekräftigen: Hugh hat alles richtig gemacht, genauso wie John de Courcy. Vor über einem Jahr hat er Ulster endgültig unterworfen und auch dort jede Menge Burgen errichten lassen.«

Während Amaury sprach, hatte er ein weiteres Stück Schweinebraten abgesäbelt und auf das Brotstück vor Ascall gelegt, doch der zögerte weiterzufressen. »Und doch sagst du, Hugh ist schwach wie nie?«, fragte er.

Amaury presste den kalten Weinkelch an seine Lippen. »König Henry neidet ihm den Erfolg. Er hat seinen Sohn einst zum Dominus Hiberniae ernannt, will ihn irgendwann krönen lassen und muss sich nun mit dem Gerücht herumschlagen, dass Hugh sich selbst ein diamantenes Diadem anfertigen lässt und als König von Irland tragen will. Würde ein Ochse wie William FitzAudelin mit seinen schweren Hufen das Land zertreten, Henry würde ihn gewähren lassen. Doch dass das Getreide golden wächst wie nie, stößt ihm bitter auf. Als Ruari, was jämmerlich genug ist, sich bei Henry über Hughs Feindseligkeit beklagt hat, hat der mich deshalb hierhergeschickt, um ein Auge auf Hugh zu haben. Auch diese Aufgabe ist ohne

Zweifel jämmerlich, aber wenn man hungrig ist und Schweinebraten kriegt, frisst man ihn, selbst wenn ihn ein Mann serviert, den man verachtet, nicht wahr?«

Ascall zog eine Braue hoch. Sie wirkte schief, wobei Amaury nicht sagen konnte, ob das am Dreck lag, der ihm ins Gesicht gespritzt war, oder an der Narbe, die quer über seine Stirn verlief.

»Nun«, fuhr Amaury fort. »Hugh muss mich also hier dulden und mir überdies einen seiner berühmtesten Gefangenen überlassen. Aber das ist wohl sein geringstes Opfer – in den letzten Jahren hat er sich ja nicht sonderlich für dich interessiert.«

Ascall führte das zweite Stück Fleisch an den Mund, ließ es plötzlich wieder sinken. »Schmeckst du eigentlich Fleisch, wenn du es isst?«, fragte er unwillkürlich.

Amaury ließ den Weinkelch sinken. »Oh, ich kann Bitteres von Salzigem, Süßes von Saurem unterschieden. Aber eigentlich ist es mir gleich, was davon ich esse. Ich nehme an, du fragst, weil du von meiner Gabe weißt – dass ich nämlich keinen Schmerz fühle.«

»Ist es wirklich eine Gabe, oder ist es ein Fluch?«

Amaury lachte leise. »Meine Eltern haben es ganz sicher als Fluch betrachtet. Sie vermuteten, dass der Teufel mich geküsst hat, als ich auf die Welt gekrochen kam, und sein kalter Odem mir genommen hat, was immer einen Mensch zu einem Menschen macht. Diesen Kuss müsste man mich vergessen machen, haben sie beschlossen, die Dämonen müssten mir ausgetrieben werden.« Amaury erhob sich, trat von der Tafel weg, musterte flüchtig einen Wandbehang, auf dem ein Hirsch eben von Jagdhunden zerfleischt wurde. »Mein Vater hat stets beteuert, dass er mein Bestes wollte und dass er mich liebt. Er ließ Mönche kommen, die erst für meine Seele beteten und später, als dies nichts fruchtete, mir alle erdenklichen Martern zufügten, die sie aus den Heiligenlegenden kannten. Kaum ein Fleckchen meines Körpers sparten sie aus, einzig mein Gesicht verletzten sie nicht, sollte man mir doch später, wenn ich ein gewöhnlicher Mensch war, nicht ansehen, durch welche Prüfungen ich gegangen bin. Und mein Vater stand daneben, schien an meiner statt gepeinigt zu werden, stöhnte, ächzte, schrie. Immer wieder fragte er heiser: ›Spürst du endlich Schmerz?‹ Und ich sagte stets, nicht heiser, sondern laut und deutlich: ›Nein, ich fühle nichts.‹ Manchmal schlug er mich selbst, manchmal wies er seine Ritter an, es zu tun, einmal hetzte er seinen Hund auf mich. Er liebte seinen Hund, musst du wissen. Fast so groß wie ein Kalb war dieser, und wenn er bellte, klang es, als würde sich am Himmel ein Gewitter zusammenbrauen. Das Vieh wähnte sich stark und unbesiegbar, aber mir Schmerz zufügen, das schaffte es weder mit seinen Zähnen noch mit seinen Klauen. Wie wütend mein Vater da wurde. Er nahm einen Kelch wie diesen, warf ihn nach mir. Ich duckte mich, und statt meiner wurde der Hund getroffen und jaulte. ›Du hast ihm wehgetan!‹, rief ich entsetzt. Und da stand plötzlich ein Leuchten in meines Vaters Augen. Er dachte, wenn ich nicht die eigenen Schmerzen fühle, so doch jene von einem Wesen, das ich liebte. Dabei habe ich den Hund gar nicht geliebt, zumindest nicht so, wie mein Vater ihn liebte. Die Liebe hielt ihn übrigens nicht davon ab, auf ihn loszugehen und ihn zu treten. Er schlug ihm mit seinem Schwert eine Pfote ab und auch den Schwanz, rammte ihm den Knauf ins Maul, sodass etliche Zähne barsten, und jetzt klang das Bellen nicht mehr wie der Gewitterdonner, nein, es klang wie jener Laut, den die Sonne von sich geben würde, wenn sie abends blutig vom Himmelszelt rutscht, vorausgesetzt, sie hätte eine Stimme. Aber die hat sie ja nicht, sie kann nicht reden, sie kann nur warm sein. Wirklich stark ist dagegen, wer Kälte zu ertragen imstande ist, oder? Mein Vater war eiskalt, wie er da wütete, wie er dem Hund jene Martern zufügte, die ich von den Mönchen hatte erdulden müssen. Am Ende zog er ihm eigenhändig die Gedärme aus dem Leib, ich denke, da war das Vieh schon tot. Jedenfalls war von dieser stattlichen Bestie, vor der sich nicht nur Ratten, auch Ritter fürchteten, am Ende nur ein Haufen aus zerfetzter Haut und blutigen Klumpen geblieben. ›Und?‹, fragte mein Vater. ›Spürst du Schmerz?‹ Und ich sah auf die blutigen Gedärme und dachte nur: Das ist es also, was der Hund in Wahrheit ist. Ich fand es schön, weil es echt war. ›Nein‹, sagte ich, ›ich fühle nichts.‹ Da stürzte mein Vater aufheulend auf mich, doch er schlug mich nicht, hackte mir nicht die Hand ab, zog mir nicht die Gedärme aus dem Leib. Er sagte nur, dass ich wirklich des Teufels sei und des Teufels bleibe und dass er mich hassen würde. Auch das fand ich schön, weil es echt war. In diesem Augenblick, als er mir die Wahrheit sagte, habe ich erkannt, dass es doch etwas gibt, das mir wehtut, und das sind Lügen.«

Während er sprach, führte Amaury den Kelch mehrmals an die Lippen, trank jedoch weiterhin nicht daraus, und als er endete, ließ er ihn einfach fallen. Ein Scheppern ertönte.

»Es … Es ist ja gar kein Wein darin«, stellte Ascall verwirrt fest.

»Warum sollte denn Wein darin sein? Warum sollte ich meine Sinne benebeln wollen, wenn ich vor der Wahrheit doch nicht fliehen muss? Mein Vater hat mich gehasst … Na und? Noch das stärkste, stattlichste, mutigste Wesen kann man brechen, wenn man ihm genügend Gewalt zufügt. Na und? Du hast doch auch nichts getrunken, hast dir nur den Magen vollgeschlagen, weil du von der Gier übermannt wurdest. Ich werfe dir das nicht vor. Mich stört es nicht, dass Irlands gefürchtetster Krieger in Wahrheit nur ein dreckiger, stinkender, bärtiger Klotz aus hungerndem Fleisch ist, der sich kaum auf den eigenen Beinen halten kann.«

Kurz, ganz kurz hatte er den Fehler gemacht, Ascall aus den Augen zu lassen. Der wiederum machte nicht den Fehler, die Chance nicht zu nutzen. Schon hatte er die Gabel gepackt, schon hob er sie drohend.

Na, wirf sie doch auf mich. Mich stört es auch nicht, dass der gefürchtetste Folterknecht der Normannen in Wahrheit nur ein dürrer, vernarbter Klotz aus gefühllosem Fleisch ist, das blutet, wenn man es trifft, aber das nichts fühlt.

Doch Ascall warf die Gabel nicht auf ihn. Mit ganzer Kraft rammte er ihre Spitzen in die Tischplatte, um sich an ihrem Griff hochzuziehen. Mit geradem Rücken blieb er stehen, reckte das Kinn. Ob seine Knie, von der Tischplatte verborgen, zitterten, ließ sich nicht erkennen. Die Hand, die weiterhin den Griff der Gabel umklammerte, tat es jedenfalls nicht.

Amaury nickte anerkennend. »Na also«, sagte er erfreut, »du bleibst nicht liegen, wenn man dich tritt. Ich wusste doch, dass wir uns gleichen.«

»Das tun wir nicht!«

»Wirklich nicht? Hör lieber weiter zu, wenn ich dir von meiner Vergangenheit berichte. Danach können wir immer noch über unsere Zukunft schwatzen.« Amaury trat zurück zum Tisch, umrundete ihn, bis er unmittelbar neben Ascall stand. Erst jetzt gewahrte er, dass sie fast gleich groß waren. Und er gewahrte auch, dass die Hand an der Gabel doch kaum merklich bebte. »Meine Mutter war eine schöne Frau«, raunte er Ascall ins Ohr. »Das dachte sie zumindest, und in ihrer Jugend mag es auch gestimmt haben. Adelais hieß sie. Ihre Züge waren ebenmäßig, ihre Haut war glatt, doch schon in jungen Jahren schwoll jedes Mal, wenn sie sich grämte, eine Ader auf ihrer Stirn an. Im Laufe ihres Lebens wurde diese Ader immer dicker, desgleichen ihr Leib, und irgendwann war ihre Haut nicht mehr milchig weiß, obwohl sie ihr Gesicht jeden Tag mit Honig beträufelte, von Bienen gemacht, die von nichts anderem als dem Blütennektar der Madonnenlilie naschten. Du kennst diese Blume wahrscheinlich nicht, aber lass dir gesagt sein: Ihre Blütenblätter sind weißer und zarter, als die Haut eines Mädchens je sein könnte. Die Kreuzfahrer haben sie aus dem Heiligen Land mitgebracht, mittlerweile wächst sie auch in nördlichen Gefilden – ein Wunder, dass ein so zartes Ding dort überleben kann. Die Schönheit meiner Mutter jedenfalls überlebte nicht, wenngleich sie das nicht einsehen wollte. Sie wollte auch nicht einsehen, dass ich verloren war, sie zog mich häufig an sich, küsste mich auf die Stirn, auf die Wangen, selbst auf die Lippen. Sie liebte mich noch, als mein Vater mich längst hasste, ganz gleich, was ich tat. Mein Vater schickte mich, nachdem er seinen Hund getötet hatte, ins Kloster von Saint-Taurin, wo man mich, anstatt mir den Teufel auszutreiben, in Ruhe vor dem Gekreuzigten beten ließ. Meine Mutter jedoch holte mich, sobald mein Vater starb, zurück und sorgte dafür, dass ich zum Ritter ausgebildet würde, indes sie selbst den Besitz meines Vaters zu verwalten gedachte. Ich weiß nicht, wie ihr Iren es haltet, in unserem Reich kann tatsächlich auch eine Frau ein Lehen verwalten, vorausgesetzt, sie zahlt dem König eine große Summe dafür. Schade nur, dass meine Mutter das Geld nicht hatte. Sie bat den König um Aufschub, wieder und wieder, und in der Zwischenzeit rieb sie ihr Gesicht mit Honig ein, schminkte sich mit Safrankrokus, Immergrün und Gartennelke, sie zog mich an sich, küsste meine Stirn, die Wangen, auch den Mund. Und sie sagte mir immerzu, dass sie mich liebe, ob ich nun Schmerzen spüre oder nicht. Als die Ritter des Königs kamen, um das Geld einzutreiben, ließ sie das Burgtor verschließen, zog ihr schönstes Kleid an, legte einen Schleier mit Perlen verziert über ihr schon graues Haar, fühlte sich schön und sagte mir ein letztes Mal, dass sie mich liebe. Danach begann die Belagerung. Der Honig war das Erste, was zur Neige ging, das Schweinefleisch reichte etwas länger, am längsten lebten die Mäuse. Meine Mutter magerte ab, aber sie hörte nicht auf, sich hübsch zu machen und sich ihrer Schönheit zu rühmen. Sie fühlte sich auch an dem Tag schön, da zum ersten Mal der Rammbock das Tor traf und dieses knirschte. In ihrem schönsten Kleid trat sie schließlich den Belagerern entgegen, doch denen war ihr Kleid gleich. Was für eine hässliche Alte, dachten sie wohl und ließen ihr, um sie zu demütigen, das gleiche Schicksal angedeihen, das nicht lange vor Adelais eine andere normannische Adlige erdulden musste. Der hatte man das

Kleid zerrissen und sie mit nacktem Hintern von der Burgmauer springen lassen. Meiner Mutter zerriss man das Kleid an der Brust, und sie musste nicht von der Burgmauer springen, sondern von der Brücke. Als sie sich aus dem Burggraben hochkämpfte, war sie schlammverschmiert. Kein Fleckchen weißer Haut sah man, nur ihre blaue Ader, und aus ihrer Nase quollen Rotz und Blut. Sie weinte und zitterte. Ich streckte mein Hand aus, um ihr zu helfen, aber sie nahm sie nicht, sie nestelte nur an der Fibel, die sie trug. Sie spuckte darauf, damit wenigstens diese sauber war, und tatsächlich, der rote Stein, der in die Fibel eingearbeitet war, glänzte. An meiner Mutter indes haftete der Dreck, und ihre Seele war nackt wie nie. Als ich sie so betrachtete, da sagte ich: ›Wie schön du bist, Mutter.‹ Sie hob den Blick, spuckte nicht noch einmal auf die Fibel, küsste mich weder auf die Stirn noch auf die Wangen noch auf den Mund. Sie sagte nur: ›Du bist ein Kind des Teufels. Wie ich dich hasse.‹ Endlich sagte sie mir die Wahrheit, so wie es zuvor mein Vater tat. Ihm haben Blut und Gedärme des Köters die Wahrheit abgerungen, bei meiner Mutter waren es Dreck und Schande. All das mag in anderen, die sich nach Küssen sehnen, Grauen erwecken, doch ich hasse Küsse, ich hasse Lügen, ich halte Blut und Gedärme, Dreck und Schande für wahr und deshalb für schön.« Fortwährend hatte er in Ascalls Gesicht gestarrt, nun löste er erstmals den Blick von ihm. Er bückte sich, um den leeren Weinkelch aufzuheben, ihn zu füllen, ihn zu erheben, schließlich wirklich daraus zu trinken. »Auf die Schönheit!«, sagte er, nachdem er etliche der sauren Tropfen geschluckt hatte. »Auf die Wahrheit! Auf dich, auf uns, denn ja, wir gleichen uns. Wir wissen, dass die Welt ein Ort ist, an dem der Schmerz immer größer sein wird als die Lust. Dass der Glanz von Gold und die Süße des Honigs vergänglich sind, dass allein Blut und Dreck bleiben, dass man daraus jedoch die großartigsten Bilder malen kann, wenn man denn keine Angst davor hat. Ich hatte nie Angst, weil ich nie Schmerz fühlte, und du hast, nach allem, was ich über dich in Erfahrung bringen ließ, auch keine Angst, weil du gelernt hast, den Schmerz zu überwinden.«

Er trank noch mehr, setzte den Kelch ab, füllte ihn erneut und reichte ihn Ascall. Der ließ zwar die Gabel los, aber statt ihn zu nehmen, deutete er auf die Fibel, die Amaury trug.

»Du trägst den Schmuck deiner Mutter ... und er ist sauber.«

Amaury gab sich gleichgültig. »Ich muss Dreck und Blut nicht sehen, um zu wissen, dass wir Menschen aus nichts anderem bestehen.«

»Das wissen auch deine Ritter. Du wirbst um meine Freundschaft, obwohl du von rohen Seelen umgeben bist, für die das Weinen einer gequälten Frau wie Musik klingt und die edlen Wein nicht von ihrer Kotze unterscheiden können.«

Amaury stellte den Kelch vor Ascall ab. »Ich verstehe, worauf du hinauswillst. Nachdem meine Mutter unseren Besitz verlor, floh sie ins Kloster von Saint-Taurin, indes ich der Obhut eines Oheims anvertraut wurde. Er war Anführer einer Söldnerbande, die einen Aufstand in Limousin und Poitou niederschlug. Bald erkannte er, wie nützlich ich ihm war, denn die Gefangenen, die er mir anvertraute, starben immer erst, nachdem sie mir alle Geheimnisse verraten hatten. Einen echten Freund fand ich in all den Jahren gleichwohl nicht. Denn der Tod braucht Krieger, der Schmerz braucht ... Künstler. Und Krieger haben bloß ein dreckiges Schwert und einen noch dreckigeren Schwanz, nur Künstler haben eine dreckige Seele. Sieh doch nur: Von meiner dunklen Kleidung hebt sich die rote Fibel ganz deutlich ab, und von einer dunklen Seele hebt sich die Wahrheit dieser Welt ganz deutlich ab. In den Augen der Toren ist diese Wahrheit hässlich und die Welt erst recht. In den Augen der Künstler ist sie wunderschön. Und ein wunderschöner Ort, ein Ort, frei von Lügen, könnte diese Insel werden, wenn ich Statthalter der Normannen wäre und du Hochkönig der Iren.«

Ascall nahm den Kelch immer noch nicht. Anstatt endlich zu trinken, packte er die Gabel, zog sie aus der Tischplatte, hob sie wieder. Amaury hätte schwören können, dass er damit auf ihn einstechen würde, doch er zielte auf sein eigenes Fleisch … seine Hände nämlich. Er heulte auf, als sich die Zinken in sein Fleisch bohrten.

»W… wir gleichen uns nicht. Ich f… fühle noch Schmerz.«

Blut floss auf die Tischplatte. Was für ein Narr!

Amaurys Lächeln erstarb. »Ich weiß, wer du bist, Ascall von Toora. Ich habe mich über dich kundig gemacht, deine Vergangenheit erforscht. Du hast deinen Vater getötet, als du alt genug warst, dich gegen ihn aufzulehnen, und du hast deine Mutter getötet, zwar nicht eigenhändig, aber du hast zugelassen, dass sie sich nach deines Vaters Tod ins Schwert warf. Weißt du, ich beneide dich dafür. Ich habe nicht geschafft, meine Eltern zu ermorden, du schon. Weil du skrupellos bist, weil du eiskalt bist, weil du grausam bist.«

Wieder hob Ascall die Gabel, wieder stieß er sie sich ins Fleisch. »I… ich habe all das nicht für mich getan, sondern f… für meinen Bruder. Ich habe immer nur gekämpft, um … um ihn zu schützen … vor … vor meinem Vater, vor meiner Mutter, vor Feinden, vor … sich selbst.«

Amaury trat vor, riss ihm die Gabel aus der Hand, warf sie auf den Boden. Er packte die Hand, in die Ascall gestochen hatte, trieb seine spitzen Nägel in das blutende Fleisch. »Das redest du dir bloß ein. Aber mir kannst du die Wahrheit sagen, vor mir kannst du alle Masken ablegen! Wenn du dich mir nackt zeigst, werde ich deine Schönheit sehen, und du wirst meine sehen und keine Schmerzen mehr fühlen.«

Ascall versuchte, ihm die Hände zu entreißen, schaffte es jedoch nicht. Er stieß seinen Kopf nach ihm, verfehlte ihn. Was er nicht verfehlte, war die Tischplatte. Mehrfach ließ er sein Gesicht darauf krachen, bis es fettig vom Schweinebraten und rot von seinem Blut glänzte.

»Aber ich will den Schmerz fühlen!«, rief er. »Solange man den Schmerz fühlt, lebt auch die Hoffnung, er möge zu Ende gehen.«

»Lieber Himmel, Hoffnung! Die Bienen naschen vom Nektar der Madonnenlilie und hoffen, dass der Sommer ewig währt, die Madonnenlilien recken die Blüten in die Sonne und hoffen, dass sie ewig scheint. Die Bienen erfrieren aber, und die Blumen werden zertreten. Die Hoffnung ist doch nur ein dreckiges Kleid voller Flicken, unter dem man den nackten Körper versteckt. Und du musst dich nicht vor mir verstecken!« Wieder wollte Ascall mit seiner Stirn auf die Tischplatte einhämmern, doch dieses Mal hielt Amaury ihn fest, zerrte ihn zurück, rang ihn nieder. Er packte ihn am Nacken, schlug ihn nun selbst so fest auf das Holz, dass Blut aus seiner Nase lief, so wie einst aus der seiner Mutter Adelais, nachdem sie in den Burggraben gestoßen worden war. »Ergib dich, dann wirst du nicht mehr leiden.«

Amaury merkte erst, dass er gebrüllt hatte, als die Worte von den Wänden hallten. Nun war es Ascall, der schief lächelte. »Du … tust … mir … weh.«

Nun, Ascall tat ihm nicht minder weh. Was für eine Enttäuschung er war! In all den letzten Jahren, die Amaury in der Normandie verbracht hatte, hatte er sich eine Begegnung mit Irlands größtem Krieger ausgemalt, und nun erwies der sich als trotziges Kind!

Amaury schlug zu, schlug zu, wie sein Vater auf den Hund eingedroschen hatte, besinnungslos, voller Ohnmacht, voller Wut. Wieder und wieder krachte Ascalls Gesicht gegen die Tischplatte, und Ascall schrie, schrie, schrie, bis er abrupt verstummte. Was folgte, war nicht die satte Stille, in die hinein ein Gefolterter jene Worte flüstert, mit denen er seine Niederlage eingesteht. Nein, Ascall gab nicht auf, er war lediglich ohnmächtig geworden, hatte sich in jene Blindheit geflüchtet, hinter der sich all das armselige Menschenpack verschanzte, weil es die Wahrheit für eine Fratze hielt.

Amaury rüttelte an ihm, doch es half nicht, er begann auf ihn einzudreschen, doch Ascall rührte sich nicht.

»Herr!« Erst als die Stimme ihn traf, merkte er, wie erschöpft er war und wie besudelt – von Ascalls Dreck und Ascalls Blut.

»Herr!« Goll trat auf ihn zu. »Herr, lass mich das doch machen! Es ist doch meine Aufgabe, ihn zu brechen.«

Aber ich will ihn nicht brechen, ich will ihn ganz. Er soll keine Kreatur wie du werden, die man erst in Stücke schlagen muss, um sie zu etwas Nützlichem zusammenzusetzen.

»Ich fürchte, er wird den Schmerzen trotzen, die wir ihm zufügen«, murmelte Amaury.

Goll lachte, wie er immer lachte. Schäbig oder verzweifelt – je nachdem, wer es hörte.

Amaury hörte kurz gar nichts, war er doch zu sehr in Gedanken bei Hugh de Lacy. Der würde ihm nicht ewig Zeit lassen, Ascall für sich zu gewinnen. Er würde alles daransetzen, König Henry zu beschwichtigen, ihm seine Treue zu versichern, auch, dass ihm nie und nimmer einfallen würde, König eines eigenständigen Reiches zu werden und dieses Prinz John wegzunehmen, dass er vielmehr sein willfähriger Diener war, der Irland gut verwaltete.

»Herr?«, fragt Goll wieder.

»Er wird den Schmerzen trotzen, die wir ihm zufügen«, wiederholte Amaury. »Aber er wird die Schmerzen, die wir jenen bereiten, die ihm nahestehen, nicht ertragen. Er wird sich winden, er wird klagen, und irgendwann wird er so verzweifelt sein, dass er aus dem gleichen Kelch wie ich trinkt.«

Als er Ascall vom Tisch stieß, blieb der mit blutigem Gesicht auf ebenjenem Kelch, der schon lange zuvor auf den Boden gerollt war, liegen.

Rúdnat

»Himmel, was ist das nur für ein störrisches Tier?«, schimpfte Rúdnat.

Sie war die Einzige, die sich ärgerte, die anderen Huren fanden sichtlich Spaß daran, das Ferkel einzufangen. Dafür, dass es ein so winziges Tier mit so rosiger Haut war, konnte es ziemlich laut kreischen, weswegen Barabal es vor Schreck gleich wieder losließ, als sie es endlich gepackt hatte.

»Verdammt!«, fluchte Rúdnat. »Wenn ein Mann grunzt, erschrickst du doch auch nicht!«

Fine, nicht nur die schönste ihrer Huren, auch die eitelste, achtete während der Ferkeljagd argwöhnisch darauf, dass ihr perlenbesticktes Kleid nicht schmutzig wurde. Sie sah sie zweifelnd an. »Die Männer, die auf oder unter uns liegen, haben nicht sonderlich viel mit diesem süßen Ferkelchen gemein.«

Rúdnat machte nun selbst einen Schritt auf das Tierchen zu, und obwohl die Frauen die Gasse abgesperrt hatten und es sich nur mehr auf einem winzigen Fleckchen frei bewegen konnte, schlug es einen Haken wie ein Hase und entwischte ihr.

»Na«, mischte sich die alte Echna ein, »nach all den Jahren könnt ich schwören, dass noch im mächtigsten Krieger nur ein kleines Ferkel steckt. Ihre Statur mag sich tatsächlich nicht gleichen, doch der eine wie das andere wühlt gern mit dem Rüssel im Dreck.«

Fine reckte hoheitsvoll ihr Kinn. »Ich fürchte, mit Dreck kann ich nicht dienen.«

Echna kicherte, machte sie sich doch wie alle anderen gern darüber lustig, dass Fine nicht nur Wert auf Sauberkeit legte, auch darauf, sich alle Körperhaare einzeln auszuzupfen, sogar die zwischen den Beinen. Ehe Echna darauf zu sprechen kam, trat Liven mit ihren dunklen Augenlidern vor, griff beherzt zu und bekam das quietschende Ferkel zu fassen.

Sein Kreischen tat Rúdnat in den Ohren weh. »Es klingt, als würde man dich gleich aufspießen wollen«, sagte sie zu dem Tier. »Dabei sollst du mir doch nur einen kleinen Gefallen tun.«

Sie nickte Liven zu, woraufhin die in den Garten hinter dem Hurenhaus ging und das Ferkelchen dort laufen ließ. Zunächst machte es Anstalten, sich unter den tiefhängenden Ästen eines Birnbaums zu verstecken, begann dann aber, an einem alten Kohlblatt zu nagen.

»Wie ich schon sagte«, spottete Echna, die ihnen hinkend gefolgt war, »überall müssen sie ihren Rüssel reinstecken.«

Rúdnat musterte sie streng. »Du weißt, was du zu tun hast.«

»Ja, ja. Du hast mir ja oft genug eingebläut, dass du für deinen Plan ein Weib brauchst, das nicht wie eine Hure aussieht.«

»Ich sehe auch nicht wie eine Hure aus«, beeilte sich Fine stolz zu sagen.

»Genug jetzt!«, rief Rúdnat. »Ab ins Haus mit euch. Und du, Echna, gehst zurück auf die Straße.«

Während die Frauen sich murrend fügten und Echna ihre Position bezog, kletterte Rúdnat auf den Birnbaum. Von dort hatte sie sowohl das Ferkelchen als auch die Gasse im Blick und konnte sich im Schatten der Blätter überdies von der schweißtreibenden Jagd ausruhen.

Seit Tagen hatte sie nach dem richtigen Tier für ihren Plan gesucht. Sie hatte eine Katze mit Milch gefüttert, die ihr als Dank die Krallen gezeigt hatte, und sie hatte einen kranken Straßenköter gesundgepflegt, bis sie feststellen musste, dass er ihr Flöhe ins Haus brachte. Schließlich hatte ihnen ein Fischer, der gern bei Barabal lag, eine kleine Robbe angeboten, die sich an einer Harpune verletzt hatte. Die feuchten Augen, aus denen das winzige Tier sie angestarrt hatte, hatten Rúdnat zugleich an die unschuldigen eines Kindes und die weisen einer Alten erinnert. Sie hatte die Robbe mit Brot und Milch gefüttert und ihre Wunde verbunden, doch eines Morgens war das Tier tot gewesen, die Augen immer noch weit geöffnet, wenngleich sie nicht mehr unschuldig und weise blickten, nur leer. Rúdnat hatte geweint, wie sie seit Jahren nicht mehr geweint hatte.

»Warum nimmst du diese Mühe auf dich?«, hatte Liven gefragt. »Hugh de Lacy war in den letzten Jahren ein verlässlicher Freier, nicht mehr und nicht weniger. Du hast dich nie selbst mit ihm abgegeben, und ausgerechnet jetzt, da seine Macht bedroht ist, heckst du diesen Plan aus?«

»Amaury de Saint-Taurin ist zurück«, hatte Rúdnat knapp bekundet.

»Und an dem willst du dich rächen … Ich verstehe.«

Nein, Liven verstand gar nichts. Rúdnat ging es nicht um Rache, sie hatte sich noch nicht einmal an Nessa gerächt. Nachdem sie sie fast ertränkt hatte, hatte sich jene zunächst nicht zurück ins Hurenhaus gewagt. Einige Monate später hatte sie doch wieder an dessen Tür geklopft, zwar nicht, um nach Arbeit zu fragen, jedoch um Essen zu erbetteln, und seitdem überließ Rúdnat ihr regelmäßig die Abfälle.

Der Ast knirschte bedrohlich, als Rúdnat sich aufrichtete. Die Gasse war immer noch leer, aber in der Ferne waren Stimmen zu vernehmen – die Stimmen von Mädchen.

Hugh de Lacy, der Statthalter von Irland, der so oft ins Hurenhaus kam, hatte in den letzten Jahren nicht nur manche Schlacht gegen den Hochkönig verloren, auch seine Frau Rohese von Monmouth. Bevor diese kurz nach der Ankunft in Irland gestorben war, hatte sie ihm etliche Kinder, darunter drei Mädchen, geboren, die gern den Dubliner Markt besuchten, um dort Silberfibeln, Perlenketten, Goldringe und Haarnadeln zu kaufen. Begleitet wurden sie dabei von Isabel Tyrell, der Frau von Hugh de Lacys treuem Ritter Hugh

Tyrell, die stets die Nase rümpfte und erklärte, dass es nirgendwo so viel Dreck gebe wie in Irland. Beständig blickte sie auf den Weg und übersah darob, dass ein Mädchen zurückblieb.

Es war nicht Aegidia, die immer brav an Isabels Hand ging und nickte, wenn diese das Leben beklagte. Es war auch nicht Alice, die oft ein Lied pfiff. Nein, es war Elayne, die den Dreck gar nicht wahrnahm, lieber verträumt in den Himmel starrte, als wären dort nicht nur Wolken zu sehen, auch eine prächtige Burg, in der eine Prinzessin mit edlen Gewändern wohnte. Rúdnat hatte sie nur wenige Male beobachten müssen, um zu dem Schluss zu kommen, dass Elayne genau die Richtige für ihren Plan war.

Wie erwartet, enttäuschte sie sie auch an diesem Tag nicht. Mehr als ein Dutzend Schritte lagen zwischen ihr und Isabel, und so konnte Echna sich ihr unbemerkt in den Weg stellen und ihr zuraunen: »Willst du ein süßes Ferkelchen streicheln, kleines Mädchen? Niemand hat eine so glatte Haut, noch nicht einmal ein Säugling.«

Elayne blickte Echna an. Sah sie hoch droben am Himmel keine Wolken, sah sie vor sich nicht die Spuren, die das Leben im Gesicht einer Hure hinterließ. So freundlich, wie sie lächelte, hielt sie sie für eine liebe Frau.

»Ein Ferkelchen?«, fragte sie neugierig.

»Ja, komm doch nur, es ist bei uns im Garten.«

»Aber ich kann doch nicht …«

»Es ist ganz zahm.«

Und schon hatte Echna sie gepackt und in den Garten gezogen. Isabel drehte sich nicht um, und Elayne wehrte sich nicht lange, denn ihr Blick fiel auf das Tierchen, das mittlerweile das Kohlblatt verzehrt hatte und dort, wo sich der Abfall türmte, nach noch mehr Essbarem suchte. Die Kleine lachte verzückt auf.

»Ich habe noch nie so ein winziges Ferkelchen gesehen! Es wird doch nicht geschlachtet, oder?«

»Ich denke nicht. Dieses Ferkel wird irgendwann ein bösartiges Schwein sein, das kleine Kinder frisst.«

Echna lachte spöttisch, aber Elayne achtete gar nicht auf ihre Worte. Sie lief dem Ferkel nach, das einmal mehr Haken schlug. Quietschend stob es über Müllhaufen und die brachliegenden Gemüsebeete und endlich auf jene Ecke zu, in der Rúdnat das Vieh … oder genauer gesagt das Mädchen haben wollte. Gleichwohl dieses nicht zum Himmel starrte, war es doch blind für die Gefahr, die ihm drohte. Und anders als Isabel, die Gestank selbst dort witterte, wo keiner war, fiel Elayne der unangenehme Geruch, der aus der Ecke kam, nicht auf.

Rúdnat kletterte vom Birnbaum, gab Echna ein Zeichen, und die musste kaum mehr tun, als das Mädchen zwei, drei Schritte in die richtige Richtung zu drängen und ihr dann einen Stoß zu versetzen. Prompt fiel Elayne in jenes Loch, dessen hölzernen Deckel Rúdnat zuvor zur Seite geschoben hatte. Sie quiekte wie das Ferkelchen, als ihr bewusst wurde, was geschehen war.

Wieder nickte Rúdnat Echna zu, die schnell im Haus verschwand, nicht ohne noch einmal schadenfroh aufzulachen. Bis zur Hüfte stand das schreiende Mädchen in der Jauchegrube und kämpfte so verzweifelt darum herauszukommen, dass es ausrutschte und bis zum Hals unterging.

Ehe die zähe braune Scheiße über ihrem Kopf zusammenschlug, hatte sich Rúdnat an den Rand des Lochs gehockt und ihr die Hand entgegengestreckt.

»Halt dich fest, du armes Ding! Ich hol dich hier raus.« Das Mädchen war leicht wie eine Feder, und es war nicht sonderlich anstrengend, es bis zur Burg zu tragen. Größer war die Herausforderung, beruhigend auf die Kleine einzureden, anstatt ob des Gestanks zu würgen. »Ist schon gut, es ist nicht weiter schlimm, wir bekommen dich wieder sauber. Sobald wir dich gebadet haben, hast du vergessen, was passiert ist.«

Mittlerweile waren die durchdringenden Klagelaute des Mädchens in ein Wimmern übergegangen, und sobald sie den Hof betraten, verstummte selbst das. Rúdnat war nicht mehr hier gewesen, seit sie Nessa im Badezuber vorgefunden und dann beobachtet hatte, wie Amaury de Saint-Taurin dem geschundenen Ascall von Toora zu trinken gegeben hatte. Damals hatte sie sich geschworen, nicht für Rache zu kämpfen, sondern für Frieden – einen Schwur, den sie nun zu erfüllen gedachte.

Sie blickte sich um, nahm mit Erleichterung wahr, dass alle Ritter und Knappen ob des Gestanks Abstand hielten und von Hugh de Lacy nichts zu sehen war. Gut so, sie wollte ihm nicht begegnen, solange sie selbst mit Scheiße besudelt war und Elayne diese sogar in ihr rotes Haar schmierte, als sie ihre dünnen Ärmchen um sie legte.

Zu Rúdnats Erstaunen war ihr das nicht einmal unangenehm, im Gegenteil. So klamm der zitternde Körper auch war, dort, wo sie früher ein Herz gehabt hatte, wurde es warm, was bedeutete, dass sie vielleicht immer noch eines hatte.

Die Frau, die auf sie zugelaufen kam, noch ehe sie den Eingang erreichten, riss sie aus den Gedanken. »Mein Täubchen, mein Täubchen, was ist dir bloß zugestoßen?«

Rúdnat war auf diesen Moment, da sich entscheiden würde, ob ihr Plan aufging oder nicht, vorbereitet. »Ich habe sie aus der Jauchegrube gerettet«, sagte sie schnell. »Nimm sie lieber nicht. Ich trage sie nach oben, es genügt, wenn eine von uns beiden vor Dreck starrt. Sorg lieber dafür, dass warmes Wasser gebracht wird.«

Ob es daran lag, dass ihr rotes Haar zu schmutzig war, um sie als die Rote unter den Huren zu erkennen, oder dass die Magd sich mehr vor Scheiße ekelte als vor dieser – sie nickte, führte sie in ein Gemach, brachte wenig später zwei weitere Frauen, die einen Zuber mit Wasser füllten.

Auch nachdem er randvoll war, lockerte sich Elaynes Griff nicht. Rúdnat zog dem Mädchen sanft, aber bestimmt, das besudelte Kleid aus, stieg mit ihm auf dem Arm in den Badezuber und tauchte unter Wasser. Elayne stieß ein Seufzen aus, das erstmals nicht von Schrecken und Ekel kündete, nur von Erleichterung.

»Ich hab dir doch versprochen, dass alles gut wird«, sagte Rúdnat leise, ehe sie sich an die Magd wandte: »Bring Tücher und frische Kleidung, und leg ein paar Holzscheite nach.« Erst als die Flammen loderten, fügte sie hinzu: »Und am besten, du berichtest Hugh de Lacy, was geschehen ist.«

Die Magd schien froh zu sein, dem Raum zu entkommen. Rúdnat indes begann, die Kleine zu waschen.

Ich hab ja ganz vergessen, wie weich und glatt sich Kinderhaut anfühlt …

Nur das Kind, das sie lange vor Elayne gewaschen hatte – *ihr* Kind – hatte sie nicht vergessen. Deutlich wie nie stieg sein Bild vor ihr auf, und die Erinnerung blieb klar, obwohl sich das Wasser längst bräunlich gefärbt hatte. Rúdnat verkniff sich die Tränen, griff nach jenem Krug, in dem sich kein Wasser befand, sondern duftendes Öl. Sie ließ es erst dem Mädchen, dann sich selbst über das Haar fließen, und wieder seufzte Elayne wohlig, ja, schlug sogar die Augen auf, die sie die ganze Zeit zusammengekniffen hatte.

»Werde ich nun für immer hässlich sein?«, fragte sie. »Und für immer so stinken wie die Iren?«

Unter der braunen Schicht kamen blonde Locken zum Vorschein. Rúdnat goss noch mehr Öl darüber, außerdem Wasser.

»Nun, ich bin auch eine Irin, aber ich stinke nur, weil ich dich gerettet habe.«

Wieder schlang Elayne die Hände um ihren Hals. »Danke!«, rief sie und begann plötzlich zu weinen.

»Aber, aber«, behutsam strich Rúdnat über das feuchte Haar, »bald wirst du über dieses kleine Abenteuer lachen. Wenn deine Schwestern vom Markt kommen, haben sie nichts weiter als eine neue Fibel vorzuweisen. Du hingegen kannst berichten, wie du ein Ferkel fangen wolltest und in die Jauchegrube gefallen bist. Woran, denkst du, wirst du dich in einem Jahr erinnern können?«

»An so etwas Schreckliches will ich mich gar nicht erinnern.«

»Wenn du es nicht willst, dann musst du es auch nicht.«

Ach, du unschuldiges Ding, du dummes Ding … Als ob wir uns vor den Erinnerungen schützen könnten. Manche steigen uns bis zum Hals so stinkend wie Scheiße, manche duften wie das Öl … Doch gerade die schmerzen am meisten.

Rúdnat hob Elayne aus dem Badezuber, half ihr, sich in eines der Tücher zu wickeln, die die Magd bereitgelegt hatte, schlüpfte nun selbst aus ihrer Kleidung, ließ sich noch einmal tief ins Wasser sinken. Als sie gründlich ihr Haar gewaschen hatte, hing immer noch der Gestank im Raum, doch unter dem schweren Duft des Öls war er kaum mehr wahrnehmbar. Ihre nasse Kleidung warf sie einfach ins Feuer, woraufhin einige Flammen erloschen, andere bläulich zischten.

»In der Truhe bewahren wir Kleidung auf«, sagte Elayne, »aber ich fürchte, die Kleider für mich und meine Schwestern sind für dich zu klein.«

Rúdnat wrang sich das Haar aus und strich es nach hinten, machte aber keine Anstalten, sich abzutrocknen. Das Wasser perlte über die Spitzen ihrer Brüste, über den Bauch, verfing sich in ihrem Schamhaar. Früher hatte sie es oft rot wie ihr Haar gefärbt, seit sie selbst keine Männer mehr empfing, verzichtete sie darauf.

»Hauptsache, du hast etwas anzuziehen.«

Rúdnat trocknete das Mädchen ab, suchte ein Kleid aus der Truhe, um es ihm überzuziehen, begann sein Haar zu kämmen.

»Du … Du könntest dir zumindest einen Umhang von Aegidia um die Schultern legen«, sagte Elayne, die wieder wie ein Menschenkind aussah, nicht wie ein Ferkel, das seinen Rüssel zu tief in Dreck gesteckt hatte.

Rúdnat richtete sich auf. Fast alle Wassertropfen waren

getrocknet, doch als sie sachte den Kopf schüttelte, perlten vom feuchten Haupthaar neue. Sie fröstelte, als die Tür aufgerissen wurde und auf der Schwelle ein Mann erschien.

»Vater!«

Elayne stürzte auf ihn zu und klammerte sich an ihn, und während Hugh de Lacy seine Tochter halb erleichtert, halb misstrauisch musterte, hatte Rúdnat Zeit, ihn in Augenschein zu nehmen. Wenn er ins Hurenhaus gekommen war, hatte sie ihn immer nur aus der Ferne betrachtet und sich nie in den Streit ihrer Mädchen eingemischt, ob er nun hässlich war oder nicht. Sie hätte es selbst nicht sagen können. Gewiss, die Beine waren etwas zu kurz für die langen Arme, und in seinem Gesicht war nichts ebenmäßig – er hatte kaum ein Kinn, dafür eine breite Nase, und die Brandwunde, die über Stirn und rechte Schläfe verlief, machte es nicht besser. Allerdings war sein Haar gepflegt, sein Bart akkurat geschnitten, der Umhang, den er über die breiten Schultern geworfen hatte, ohne Flecken und mit einem edlen Fuchspelz verbrämt. Dass er nicht besonders ansehnlich war, hielt ihn nicht davon ab, das Beste aus sich zu machen, und an seine Aufgabe als Statthalter ging er offenbar mit gleicher Entschlossenheit: Nur weil er diese Insel nie ganz würde befrieden können, ließ er nicht auch noch das Fleckchen verwahrlosen, das unter seine Herrschaft fiel.

Rúdnat fand es ungerecht, dass Hugh Henrys Misstrauen ausgerechnet damit erregte, dass er Ruari O'Connors Truppen zurückschlug. Täte er es nicht, würde er als schwach gelten und erst recht den Zorn des Königs erwecken, so wie es Freier gab, die jede Liebkosung abwehrten, aber jaulten, wenn man sie auch nur ein bisschen härter anpackte.

Nun gut … Für Gerechtigkeit auf dieser Welt sollen andere sorgen.

»Mein Herr«, sagte Rúdnat leise und zog endlich seine Aufmerksamkeit auf sich.

Das Licht brach sich in den dicken Scheiben und ließ seine Narbe nicht rot wie einen Wurm, sondern grün wie eine Schlange wirken. »Wer bist du?«

Das würde ich auch gern wissen.

»Die Frau, die deine Tochter aus einer Jauchegrube gezogen hat.« Sein Blick richtete sich zunächst starr auf ihr Gesicht, kroch dann etwas tiefer, blieb an den Brustwarzen hängen, an ihrem Nabel, an ihrer Scham. Rúdnat schwang sachte die Hüften, als sie näher trat, sich nicht an ihn wandte, jedoch an die kleine Elayne. »Nach diesem Schrecken hast du dir eine Stärkung verdient. Geh in die Küche, frag, ob es Mandelkuchen gibt. Ich warte hier darauf, dass mir deine Magd neue Kleidung bringt.«

Elayne blieb unschlüssig stehen, aber ihr Hunger war wohl größer als ihre Neugier. Sie trollte sich, während Rúdnat Hugh langsam den Rücken zuwandte, erneut ihr Haar auswrang, sodass ein paar Tropfen über Rücken und Gesäß perlten. Sie wusste, ihre Haut war nicht mehr rosig und glatt wie einst, und schön war sie noch nicht einmal als junge Frau gewesen, aber sie hatte gelernt, leichtfüßig wie eine Katze zu gehen.

»Wer bist du?«, fragte er erneut, als hätte er ihre Antwort nicht vernommen.

»Das weißt du doch. Ich bin Rúdnat, die rote Hure.«

Sie trat vor ihn, stellte sich ins Licht, wodurch seine Narbe nun ganz dunkel schien, desgleichen sein Blick.

Na warte, ich sorge schon dafür, dass Gier auflodert.

»Es heißt, dich hat seit Langem schon kein Mann mehr genommen«, sagte er leise.

Rúdnat lächelte. »So ist es.«

Sie neigte sich etwas vor, sodass sie seinen Atem spüren konnte und er ihren. Als seiner nur mehr stoßweise kam, hob sie die Hand, begann an der Fibel zu nesteln, die seinen Umhang verschloss. Der seidige Stoff war glatt, aber kalt.

»Was … Was tust du?«

Wie gut sie diesen rauen Tonfall kannte.

»Ich brauche doch etwas zum Anziehen«, murmelte sie.

Schon zog sie den Umhang von seinen Schultern, legte ihn um die eigenen, ging zu der breiten Bettstatt, die im hinteren Teil des Raumes stand und auf der Hughs Töchter schliefen.

Als sie sich darauf niedergelassen hatte, schob sie den Umhang wieder vom nackten Körper und räkelte sich darauf.

Na, komm schon, Ferkelchen, siehst du nicht die knackigen Kohlblätter? Nun gut, eigentlich sind sie schon ein wenig verwelkt, aber fressen willst du sie gleichwohl, nicht wahr?

»Es heißt, dich hat seit Langem schon kein Mann mehr genommen«, wiederholte er kaum hörbar, ehe er auf sie zuging, um ihre Schenkel zu spreizen.

Noch ehe er ihre Knie packen konnte, kam Rúdnat ihm zuvor, zeigte ihm bereitwillig die rosige Scham. Er ließ seine Hände sinken, wenn auch nur kurz, dann beeilte er sich, an seinem Gürtel zu nesteln, die Tunika hochzuschieben. Rúdnat half ihm nicht dabei, sie stützte sich mit beiden Händen ab und sah ihm mit neckischem Grinsen zu.

Kaum hatte er sein Geschlecht aus den Hosen befreit, drang er in sie ein. Er scheute weder den Geruch von Öl noch den nach Scheiße, vergrub aufstöhnend sein Gesicht in ihrem feuchten Haar, stieß einmal zu, zweimal.

»Es heißt, dich hat seit Langem schon kein Mann mehr genommen«, sagte er ein drittes Mal, und dieses Mal klang es triumphierend.

Dummes Ferkelchen. Du denkst, du bist wendig wie ein Hase, aber am Ende fangen wir dich doch.

»Es ist ja nicht so, dass du mich nimmst«, sagte sie leise, »ich nehme dich.«

Und dann tat sie, was jede Hure lernen sollte, wenn sie nicht schön war oder nicht mehr jung, etwas, das sie in Zeiten gelernt hatte, da sie sich ihr Haar noch nicht rot gefärbt und die Mädchen für sich hatte schuften lassen. Sie spreizte ihre Beine noch weiter, sodass er tief wie nie in sie eindrang, doch ehe er sich zurückziehen konnte, legte sie ihre Beine um seine Oberschenkel und umklammerte diese fest. Sie tastete über seinen Rücken, fühlte auch dort eine Narbe, tastete tiefer, bis zu seiner Gesäßspalte. Das Erste, was sie spürte, war gekräuseltes Haar, und kurz musste sie an Fine denken und was für einen Spaß es machen würde, Hugh jedes Haar einzeln auszureißen. Aber um ihr Ziel zu erreichen, durfte sie ihm keine Schmerzen zufügen, vielmehr eine Lust, wie er sie nicht kannte. Mit den noch öligen Fingern stieß sie tief in seine Spalte. Beim ersten Mal verspannte er sich, beim zweiten Mal schrie er empört auf, beim dritten Mal stöhnte er wohlig. Er verdrehte die Augen, ehe er sie zusammenkniff und sich in ihr entleerte.

Na also, Ferkelchen.

Er ließ sie am nächsten Tag rufen, sie kam nicht, am übernächsten erschien er im Hurenhaus, aber sie ließ Liven ausrichten, sie färbe sich gerade ihr Haar. Am dritten Tag befahl er sie wieder auf die Burg. Rúdnat ließ ihm ausrichten, dass sie vielleicht am folgenden kommen werde.

»Warum lässt du ihn so lange warten?«, fragte Liven verständnislos.

»Aus demselben Grund, aus dem ich ihn nicht im Hurenhaus verführt habe und ihn hier auch nie empfangen werde. Er soll nicht die Dirne in mir sehen, sondern die selbstbewusste Dame.«

»Wie es auch sei … Um das Feuer heiß zu halten, gilt es manchmal hineinzublasen.« Liven steckte den Daumen in den Mund und begann aufreizend daran zu saugen.

Rúdnat lächelte müde. »Feuer, pah! Die Männer behaupten gern, dass Feuer durch ihre Adern lodert, als Zeichen von Manneskraft und Leidenschaft. Aber die Wahrheit ist, da fließt nur Blut, und wenn das Blut erkaltet, überkommt sie die Sehnsucht nach dem Herd, an dem eine Mutter hockt und ihre Wunden verarztet.«

Liven wieherte auf. »Du hast genauso wenig einen Herd

und eine mütterliche Umarmung zu bieten wie die Vornehmheit einer Dame!«

»Richtig. Ich bestimme allerdings, wen ich wann und wie umarme, und das macht einen Statthalter, der eigentlich alle Entscheidungen selbst trifft, verrückt.«

Trotz ihrer Worte beeilte sie sich, auf die Burg zu kommen. Dieses Mal betrat sie nicht das Schlafgemach seiner Töchter, sondern das von Hugh selbst. Es war ähnlich groß, ähnlich reinlich, nur dass hier keine Truhe stand, sondern ein mit Schriftstücken überhäufter Tisch. Rúdnat trug einen schweren, dicken Mantel, unter dem sie nicht nur ihren Körper, sondern auch ihr Haar verbarg, doch als Hugh, der hinter dem Tisch saß, sie fragend ansah, öffnete sie ihn und ließ ihn fallen. Sie war nackt darunter.

»Du hast gestern ja gar nicht dein Haar gefärbt«, sagte er vorwurfsvoll, »es ist genauso rot wie letztes Mal.«

»Dein Gesicht ist das auch. Worauf wartest du? Leg dich hin.«

Sie sprach so, wie Ritter mit ihren Pferden sprachen, wenn sie sie, weil sie nicht gehorchten, mit der Gerte züchtigten. Hugh stand langsam auf, trat zur Bettstatt, setzte sich und lehnte sich zurück, ohne sie aus den Augen zu lassen.

»Doch nicht so«, sagte Rúdnat.

»Aber …«

»Leg dich auf den Bauch!«

Sein Gesicht lief noch dunkler an, sein Grinsen war ebenso unsicher wie anzüglich. »Du bist ein schmutziges Mädchen.«

»Nein«, sagte Rúdnat, zerrte ihm die Hosen vom Hinterteil, nachdem er sich auf den Bauch gedreht hatte, und schlug laut klatschend darauf ein. »Ich bin kein Mädchen, ich bin eine Frau.«

Sie trieb ihn bis zur Erschöpfung und darüber hinaus. Als er endlich eingeschlafen war – er hatte zu oft gegrunzt, um nun noch Kraft zum Schnarchen zu haben –, erhob sie sich, legte sich wieder den Mantel um die Schultern, trat zum Tisch. Sie überflog die Schriften, fand aber nicht, was sie suchte, was wohl auch daran lag, dass sie nicht genau wusste, wonach sie suchte. Am Ende genügte ihr, dass es kein Schreiben von König Henry zu entziffern galt, in dem der Hugh nach England zurückbeorderte und Amaury de Saint-Taurin die Statthalterschaft übertrug.

»Es kommt nicht oft vor, dass ich im Beisein einer Frau einschlafe«, ertönte jäh Hughs Stimme.

Sie ließ den Mantel wieder fallen und setzte sich nackt auf den Tisch. »Ich nehme an, es kommt auch nicht oft vor, dass du dich mit einer Frau unterhältst.«

Er richtete sich auf, stützte seinen Kopf auf die Hand. »Über was sollten wir uns denn unterhalten?«

»Über das, was dir Sorgen macht.«

»Wer sagt dir, dass ich Sorgen habe?« Sein Lachen klang falsch.

Rúdnat blieb ernst. »Nun, ich mache mir Sorgen«, sagte sie leise. »Um Ascall von Toora nämlich. Es heißt, du hast ihn Amaury de Saint-Taurin überlassen …«

Sein Kopf schien ihm zu schwer zu werden, er ließ ihn aufs Kissen fallen, und sein Lachen klang nun enttäuscht. »Deshalb also bist du hier. Keines deiner Mädchen war je so dreist, mir offen ins Gesicht zu sagen, dass ich es nicht umsonst bekommen habe.«

»Keines meiner Mädchen hat dir je so viel Lust bereitet.«

»Und nun verlangst du, dass ich dich dafür bezahle?«

»Ich verlange nur, dass du mir dein Ohr leihst.«

»Und was machst du dann mit meinem Ohr?«

»Nicht annähernd so schöne Dinge wie mit deinem Arsch.« Sie trat zu ihm, setzte sich auf die Bettstatt, beugte sich über ihn. Ihr rotes Haar kitzelte seinen Bauch. Sie wusste, dass er wieder hart wurde, ohne dass sie ihm zwischen die Beine schauen musste. »Amaury de Saint-Taurin ist ein gefährlicher Mann«, fügte sie hinzu. »Er giert nach der Macht in Irland.«

»Und du denkst, das weiß ich nicht? Warum wohl habe ich ihm verboten, Dún Fionn einzunehmen, obwohl er mir letzte Woche einreden wollte, dass es für uns beide von Vorteil sei. In strategischer Lage befinde es sich, zwischen Connacht, dem Land des Hochkönigs, und Meath, das weitgehend unter meine Kontrolle fällt. Von Dún Fionn aus könne ich Ruari noch mehr zusetzen …«

»Was König Henry nicht gefallen würde.«

Hugh stöhnte unwillig. »Es gefällt mir besser, wenn du nicht redest, Mädchen.«

»Ich bin kein Mädchen, ich bin eine Frau«, wiederholte sie.

»Eine Hure … das bist du.«

»Nun, eine kluge Hure. Du könntest Ascall von Toora aus Amaurys Händen befreien, könntest ihn dazu bringen, dir seine Treue zu schwören, und ihn hinterher zurück nach Dún Fionn schicken, um das gewünschte Bollwerk zwischen Connacht und Meath zu bekommen. Auch auf diese Weise hättest du deine Macht bewiesen, jedoch ganz ohne das Schwert zu heben, weswegen König Henry nicht in Versuchung geraten würde, es dir aus der Hand zu schlagen.«

»Du denkst, es ist möglich, den gefürchtetsten Krieger Irlands dazu zu bringen, mir seine Treue zu schwören?«

»Es ist ja auch möglich, den Statthalter Irlands dazu zu bringen, einer Hure seinen nackten Arsch zu zeigen.«

Blitzschnell fuhr er hoch, packte sie am Hals. »Hüte deine Zunge, Mädchen!«

Sie fuhr sich mit dieser über die Lippen, obwohl ihr der Atem knapp wurde. »Dabei könnte ich so viele Dinge mit dieser Zunge anstellen.«

Sobald sein Griff sich lockerte, entzog sie sich ihm, bückte sich nach ihrem Mantel, legte ihn um.

»Habe ich dir erlaubt zu gehen?«

»Wenn ich dir diese Macht zustünde, würdest du dich nicht lange nach mir verzehren«, erwiderte sie. »Ich komme und gehe, wie es mir beliebt.«

Er grinste schief. »Meinetwegen, aber denk nicht, ich würde deinen Rat suchen und gar annehmen. Selbst die klügste Hure kann nicht mit einem klugen Statthalter mithalten. Ich werde nicht zulassen, dass Amaury Dún Fionn einnimmt und Ascall auf diese Weise bricht, ich werde jedoch auch nicht um Ascalls Treueschwur buhlen. Ich habe eine andere Möglichkeit gefunden, diese Burg in meine Gewalt zu bekommen.«

Rúdnat hoffte, dass er ihr die Neugier nicht so deutlich ansah wie sie ihm seine Gier. An diesem Tag würde jedenfalls weder das eine noch das andere befriedigt werden. Sie stülpte die graue Kapuze über ihr rotes Haar, verließ den Raum, blieb aber fest entschlossen, sich Hugh gefügig zu machen.

Tuan

»Ist es wahr? *Das* hast du wirklich gehört? Sag es noch mal!« Fintan zuckte unsicher mit den Schultern. Nach seinem Empfinden hatte er bereits mehr als genug gesagt, und als Tuan ihn weiter bedrängte, seine Frage wieder und wieder aufs Neue stellte, antwortete er nur in Zeichensprache – so wie viele Mönche es taten, die sich einem strengen Schweigegebot unterworfen hatten. Tuan konnte manche dieser Zeichen verstehen: Zwei Fäuste übereinander bekundeten, dass man nun zur Arbeit gehen werde, formte man mit Zeigefinger und Daumen ein Dreieck, so war damit ein Stück Brot gemeint, das der andere einem reichen sollte. Doch was er ihm jetzt mit diesem unsicheren Händeringen sagen wollte, verstand er nicht. Wie denn auch? Für das, was Fintan ihm eben anvertraut hatte, gab es kein Zeichen. »Nun rede!«, herrschte Tuan ihn ungeduldig an. Endlich gab Fintan nach, senkte zwar den Blick wie so oft, seit Tuan nicht mehr in der Schmiede arbeitete, lieber mit Ailillán den Schwerkampf exerzierte, aber wiederholte das Gesagte. »Wie kam es überhaupt dazu, dass du die beiden belauscht hast?«, fragte Tuan.

»Ailillán hat sich Enda im Stall anvertraut, und ich habe dort nach einem Sack gesucht …«

»Wofür brauchst du denn einen Sack?«

»Nun, ich dachte mir, dass ich einen solchen statt der Palmwedel benutzen könnte.«

Tuan musste eine Weile nachdenken, bis die Worte einen Sinn ergaben. Erst dann fiel ihm wieder ein, dass Fintan neuerdings dem heiligen Paul von Theben nacheiferte. Jener hatte lediglich ein kleines Stückchen Brot am Tag gegessen und sich nur mit Palmwedeln bedeckt. Die wuchsen in Irland leider nicht, weswegen Fintan versucht hatte, sich aus großen Farnen ein Kleid zu machen. Leider hatte ein einziger heftiger Windstoß genügt, ihn nackt in der Mitte des Hofes stehen zu lassen, und noch Tage später hatten die Krieger darüber gelacht, obwohl sie das selten taten, seit Ascall ein Gefangener der Normannen war.

Jetzt wollte er sich offenbar mit einem Sack bekleiden.

»Und Ailillán hat wirklich gesagt, dass …«

Ehe er den Satz beenden konnte, wurde er von Ivarr unterbrochen. »Wollen wir endlich weitermachen?«, rief der ihm von der gegenüberliegenden Seite des Hofes zu.

Wie immer trug Airdi ihn auf dem Rücken, während Ivarr zwei Speere in Händen hielt. Seit einigen Wochen brachte er Tuan bei, diese zu werfen.

»Später!«, rief Tuan Ivarr zu. »Ich muss …«

Ja, was musste er?

Auf jeden Fall mit jemandem über das Ungeheuerliche reden – wozu Fintan schon einmal nicht bereit war. Eben fuhr er sich mit seinen Fingern über die Lippen, ein Zeichen dafür, dass er sich nun endgültig dem Schweigegebot zu unterwerfen gedachte. Außerdem formte er mit seinen Armen ein Kreuz, so wie viele Mönche es taten – oft stundenlang und im Wettstreit, wer am längsten in dieser Haltung, dem *crosfigil*, ausharren konnte.

Tuan ignorierte Ivarr und trat stattdessen zu Eithne, die gerade damit kämpfte, sowohl einige Lämmer als auch Aedan und Finnola zu bändigen. Bei Tier- wie Menschenkind misslang ihr das kläglich.

Die Lämmer waren erst kürzlich von jenen Schafen geworfen worden, die die Ritter des Roten Zweiges erbeutet hatten. Als sie mit ihnen nach Dún Fionn zurückgekehrt waren, hatte keiner laut aussprechen wollen, dass es eine Schande war, nur mit Vieh heimzukommen, nicht mit toten Normannen, umso deutlicher erklärten die Männer dagegen, dass Schafehüten Weiberpflicht sei.

Eithne erfüllte diese Pflicht wie alle anderen Pflichten, die sie auf der Burg übernommen hatte, mehr schlecht als recht. Mindestens zwei Schafe waren beim Weiden auf der Wiese von einem Wolf erbeutet worden, und ein drittes war davongelaufen. Ein Wunder, dass zumindest die Lämmer noch vollzählig waren. Ging es nach Enda, bliebe es nicht lange dabei, denn erst am Tag zuvor hatte er verlangt, dass Eithne eines schlachten solle. Sie dagegen hatte nur erklärt, dass sie – wenn überhaupt – lediglich die Kinder zu schlachten bereit sei. Nicht dass sie Aedan und Finnola jemals ein Haar gekrümmt hätte. Tuan hatte nie gesehen, dass sie sie schlug oder an den Haaren riss. Allerdings bewahrte sie sie, seit sie das Laufen erlernt hatten, auch meist nicht rechtzeitig davor, auf die Burgmauer oder Bäume oder das Stalldach zu klettern, sodass mindestens einer der Zwillinge mit einer blutigen Blessur herumlief, die Eithne ignorierte.

»Eithne!«, rief Tuan.

»Willst du etwa das Lamm schlachten?«, fragte sie.

Eines der Tiere blökte herzerweichend, als ahnte es, dass sie von ihm sprach.

Tuan winkte sie zu sich. »Ich muss mit dir reden.«

Eithne machte keine Anstalten, näher zu kommen. Sie deutete auf Fintan, der immer noch ganz steif dastand. »Besser, ich wage mich nicht in seine Nähe. Jüngst hat er sich sogar geweigert, sich am selben Trog wie ich zu waschen, weil er meinte, die Lust sei eine Krankheit, an der man sich anstecken könne.«

Eithne sah nicht aus, als hätte sie sich in letzter Zeit oft gewaschen. In ihrem Haar, dicht und kraus wie eh und je, hatten sich Ästchen, Strohhalme und Krumen verfangen. Immerhin kämmte sie Finnola regelmäßig, aus deren einst dünnem Flaum längst kräftige, schulterlange Strähnen geworden waren – vom gleichen kräftigen Rotbraunton wie es das Haar ihrer Mutter gehabt hatte.

Durch Fintan ging ein Ruck. »Die großen Heiligen haben

nicht einmal im selben Fluss wie die Weiber gebadet!«, rief er empört.

Tuan fuhr herum. »Sag ihr, was du gehört hast!«, verlangte er.

Fintan schüttelte den Kopf. »Ich werde nicht mit einer Sünderin reden.«

»Nun«, spottete Eithne und kam nun doch mit schwingenden Hüften auf ihn zu, »ich zumindest habe mich noch nie mit Farnen bekleidet, um, sobald diese von meinem Körper geweht wurden, nackt vor dir zu stehen.«

Fintan lief glühend rot an, ging aber nicht auf Eithnes Häme ein. »Im alten Irland war es üblich, Sünderinnen zu verbrennen.«

»Nein«, widersprach sie, »man hat nicht Sünderinnen, nur Ehebrecherinnen verbrannt. Und ich breche nicht die Ehe, weil ich schließlich nicht verheiratet bin. Ich gehöre allen oder keinem.«

Eithne sah Finnola und Aedan nach, die einem Lämmchen hinterherrannten. Finnola nahm es schweigend hin, dass ihnen das Tier immer wieder entwischte, Aedan brüllte indes laut und ärgerlich. Ebenfalls wütend war nun auch Ivarr, der sich nie so nützlich und gebraucht fühlte wie in den Stunden, da er Tuan das Speerwerfen lehren konnte, doch Tuan ignorierte ihn und flüsterte stattdessen Eithne ins Ohr, was Fintan ihm berichtet hatte.

Als er fertig war, hatte sich der kleine Aedan beruhigt und Ivarr beschlossen, Airdi einmal mehr zu zeigen, wie man Ornamente in den Schaft des Speers schnitzte – wofür der Riesenjunge ein unerwartet großes Talent zeigte. Eithne indes riss die Augen auf.

»Ailillán hat das wirklich zu Enda gesagt?«, rief sie ungläubig.

Fintan konnte sich einmal mehr nicht beherrschen. »Ja, glaubst du, dass ich lüge? Nicht alle sind so verkommen wie du.«

Eithne streckte ihm die Zunge raus.

»Was sollen wir denn jetzt tun?«, mischte sich Tuan ein.

Fintan drehte ihnen den Rücken zu, Eithne hingegen trat entschlossen zu den Kindern. Sie hob Finnola hoch, obwohl die mit ihren knapp vier Jahren eigentlich zu schwer geworden war, als dass man sie noch lange tragen könnte, befahl Tuan, Aedan zu nehmen, und lief auf das Burgtor zu.

»Wo willst du sie denn hinbringen? Wir können doch nicht …«

»Ich will sie nirgendwohin bringen, ich will sie nur nicht allein lassen, während wir fort sind. Es … es gibt da noch jemanden, der unbedingt wissen sollte, was Fintan belauscht hat.«

Tuan sah sie fragend an. Er hatte keine Ahnung, wen Eithne meinte, war der Kreis der Ritter des Roten Zweiges in den letzten Jahren doch deutlich geschrumpft. Einige waren heimlich nach Connacht aufgebrochen, um dort Hochkönig Ruari oder dessen Sohn Connor Maenmaige zu dienen. Die wenigen Getreuen, die geblieben waren, etwa zwei Dutzend, lungerten entweder auf der Burg herum oder erbeuteten Schafe.

»Nun komm schon!«, rief Eithne, die eben das Burgtor durchschritt.

Sie achtete nicht darauf, dass die Lämmchen ihr folgten und sich rasch zerstreuten. Tuan verzichtete darauf, sie wieder einzufangen und zurückzubringen, er folgte ihr lieber durchs raschelnde, kniehohe Gras bis zum Wald.

Im ersten Jahr, da er seine Ausbildung zum Krieger begonnen hatte, hatte Tuan Dún Fionn kaum verlassen. Wenn er sich an diese Zeit erinnerte, fiel ihm kaum mehr ein, als dass immer mindestens ein Körperglied schmerzte, wenn er abends aufs Lager sank, und dass der Schmerz noch da war, wenn er sich lange vor Sonnenaufgang wieder erhob. Ailillán hatte ihn nur selten mit dem Schwert kämpfen, sondern ihn lieber Steine schleppen lassen – was in seinen Augen dazu diente, den Körper zu kräftigen, Tuans Meinung nach aber reine Schikane war. Für Schikane hielt er es auch, als Ailillán ihn nach dem ersten Jahr einmal fesselte und die Augen verband, aufs Pferd setzte, mit ihm stundenlang ritt und ihn dann irgendwo allein zurückließ. Wiewohl es ihm schnell gelang, sich von den Fesseln zu befreien und die Binde von den Augen zu ziehen – es hatte eine Woche gedauert, nach Dún Fionn zurückzukehren.

»Ich habe es doch schon einmal geschafft, mich durch das Land zu kämpfen und die Burg zu finden«, hatte er trotzig erklärt, obwohl er sich ansonsten nur ungern an die Wochen erinnerte, da er Saint-Taurin entkommen und sich schwer verletzt in den Westen gerettet hatte. »Warum musste ich es ein zweites Mal tun?«

»Beim ersten Mal hätte es Zufall sein können. Jetzt bin ich mir sicher, dass du dich tatsächlich gut orientieren kannst.« Bei einem anderen hätten diese Worte wie ein Lob geklungen, aus Aililláns Mund kommend, trieften sie vor Herablassung. Sofort fügte er denn auch hinzu: »Um ein echter Krieger zu sein, ist das natürlich zu wenig. Ein solcher muss töten können.«

»Ich will nicht töten, ich will kämpfen!«

»Wenn du glaubst, dass es dazwischen einen Unterschied gibt, dann hast du zu wenige Steine geschleppt.«

Tuan hatte ob dieser Worte erwartet, dass er auch im zweiten Jahr kaum anderes tun müsste, als sich unter schweren Lasten einen krummen Rücken zu holen. Doch Ailillán verwendete nun mehr Zeit darauf, ihn in die Kunst des Schwertkampfs einzuweisen, was wohl weniger daran lag, dass er in Tuan ein Talent schlummern wähnte, als dass er die eigene Zeit totschlagen wollte. Hatte er in den ersten Jahren noch häufig nach Ascall gesucht, überwog am Ende die Furcht, dass jemand in seiner Abwesenheit Dún Fionn einnehmen könnte – ob John de Courcy, der sich Ulster unterworfen hatte, oder Connor Maenmaige, den sein Vater Ruari im Kampf gegen die Normannen zu dringend brauchte, um ihm einmal mehr die Blendung anzudrohen. Ailillán verließ die Burg folglich kaum noch und Tuan auch nur, um den Speerwurf zu üben.

Als sie jetzt durch den Wald strichen, fühlte er sich ohne

diese Waffe wie nackt. Zwar trug er einen Dolch an seinem Gürtel, doch gemessen an Aedans Gewicht spürte er den kaum und hätte bei Gefahr auch keine Hand freigehabt, danach zu greifen.

»Sagst du mir jetzt endlich, wohin wir gehen?«, fragte er ungeduldig.

Eithne hielt erstmals inne. »Wenn du nicht einem Hündchen gleich immer nur Aililláns Fährte folgen würdest, hättest du längst gemerkt, dass ich mit den Kindern häufig Dún Fionn verlasse.«

»Ich lerne zu kämpfen, damit ich euch alle beschützen kann!«

Eithne musterte ihn eindringlich. »Tust du es gern?«, fragte sie.

Er war nicht sicher, ob sie über ihn spottete oder es ehrlich wissen wollte.

»Sorgst du gern für die Kinder?«, gab er zurück. »Pflegst du gern Wunden? Ich glaube nicht … Gleichwohl tust du es.«

»Nun, zumindest in den Nächten mache ich nur das, was ich will, während du die ganze Zeit über nur tust, was du musst, statt zu tun, was du liebst, wie einst als Goldschmied.«

»Goldschmuck ist in Zeiten des Krieges nutzlos.«

»Goldschmuck ist auch in Zeiten des Friedens nutzlos. Er kann weder wärmen noch satt machen. Aber nutzlose Dinge können uns Freude bereiten.«

Tuan fragte sich, ob es ihr wirklich eine Freude war, bei den vielen Männern zu liegen, oder ob es einen ähnlichen Zweck erfüllte, wie wenn er Steine schleppte. Hinterher war er zu betäubt, um über sein Leben nachzudenken.

»Wer sagt, dass es mir keine Freude bereitet, meine Pflicht zu tun?«, rief er. »Wer sagt, dass ich es für nicht minder schön halte, als Goldschmuck zu fertigen?«

Überdeutlich war der Zweifel aus seiner Stimme herauszuhören, und prompt sagte Eithne: »Als du Goldschmied werden wolltest, warst du mit ganzer Seele und ganzem Herzen dabei. Bist du das jetzt auch?«

»Meine Arme sind breit und muskulös wie nie. Du kannst also nicht leugnen, dass ich zumindest mit ganzer Kraft ...«

Er brach ab, als er ein Rascheln vernahm. Vorsichtshalber setzte er Aedan auf den Boden, und obwohl die Kinder ansonsten niemals still standen, klammerte sich der an seine Beine, anstatt wegzulaufen. Tuan griff nach seinem Dolch, doch es war nichts mehr zu hören und erst recht niemand im dichten Gebüsch zu sehen.

»Ha!«, lachte Eithne auf. »Und was willst du jetzt mit ganzer Kraft tun? Einen Schatten in Stücke hacken?«

Tuan legte einen Finger an die Lippen, wie es ansonsten nur Fintan tat, zog den Dolch, schlich auf das Gebüsch zu. »Da ist nicht nur ein Schatten«, flüsterte er. »Wir ... Wir werden beobachtet.«

Eithne lachte. »Natürlich werden wir das. Sie achtet immer darauf, wer sich ihrem Haus nähert, um gegen ungebetene Gäste gewappnet zu sein.«

Nun war es Tuan, der steif verharrte, während Aedan ein Glucksen ausstieß, sich von Eithne löste und zu laufen begann. Auch Finnola hastete auf das dornige Gestrüpp zu, doch als Tuan schon besorgt aufschreien wollte, gewahrte er, dass es niedergetrampelt war. Dann waren sie nur mehr wenige Schritte von der Frau entfernt, die sie auf der Lichtung dahinter erwartete. Im Licht, das durch die Baumkronen fiel, schimmerte ihr Haar weiß. Ob es das wirklich war oder der Eindruck täuschte, wusste Tuan nicht – nur dass er diese Frau noch nie gesehen hatte.

»Wer ... Wer ist denn das?«, entfuhr es ihm.

»Caitlín O'Bjólan«, erwiderte Eithne, und ehe Tuan in der Tiefe seines Gedächtnisses kramen konnte und ihm mehr einfiel, als dass Ascall mit einer Caitlín O'Bjólan verheiratet gewesen und diese – zumindest behauptete Ivarr das – von Ailillán geliebt worden war, fügte sie hinzu: »Oder warum, glaubst du, sind die Kinder in den letzten Jahren halbwegs gediehen? Allein meinetwegen gewiss nicht.«

So viele Fragen lagen Tuan auf den Lippen, aber er ahnte, dass weder Eithne noch Caitlín sie schon jetzt, da er ihnen tiefer in den Wald folgte, beantworten würden. Caitlín hatte Aedan an die Hand genommen und summte ein Lied, Eithne summte nicht, sie bückte sich dann und wann, um Kräuter zu pflücken.

»Keine Ahnung, wogegen und ob die helfen, ich kann es ja ausprobieren.«

Noch mehr als die Tatsache, dass Caitlín O'Bjólan hier im Wald lebte, verblüffte Tuan die Behausung, die sie wenig später erreichten. Sie war aus Bruchsteinen errichtet worden, etwas kleineren als jenen, die Ailillán ihn hatte schleppen lassen, aber dennoch so schweren, dass es eine schweißtreibende Arbeit gewesen sein musste, sie hierherzuschaffen und solcherart übereinanderzuwuchten, dass die Wände irgendwann in ein rundes Dach in der Form einer Bienenwabe übergingen.

»So etwas habe ich bislang nur in einem Kloster gesehen«, entfuhr es ihm.

»Nun ja«, sagte Eithne, »schließlich war es Fintan, der uns geholfen hat, das kleine Haus zu bauen. Er wusste ganz genau, wie man ein solches Dach anfertigt, ohne dass es gleich wieder in sich zusammenbricht. Hätte ich das allein machen müssen, mindestens eines der Kinder wäre von einem Stein erschlagen worden.«

»Fintan hat euch geholfen?«, rief Tuan fassungslos.

»Genau genommen hat er Caitlín geholfen … und das auch nur, wenn ich nicht in der Nähe war. Mich hält er ja für eine Sünderin, sie nicht.«

Erst jetzt nahm Tuan sich die Zeit, die ihm fremde Frau zu mustern. Ihr Haar war tatsächlich weiß und ihre Haut auch – ein Zeichen dafür, dass sie in den letzten Jahren kaum aus dem Schatten der Bäume getreten war. Der Körper wiederum war sehnig, aber nicht so dürr wie der eines Menschen, der über Jahre zu wenig zu essen bekommt. Das Blau ihrer Augen war durchdringend, und so liebevoll sie Aedan gemustert hatte, so hart wurde der Blick, als er zu Tuan schweifte.

»Was macht er hier?«

»Das erzähle ich dir, wenn wir hineingegangen sind«, erklärte Eithne und schritt auf den Eingang der Behausung zu. Er war so niedrig, dass gerade mal die Kinder aufrecht hindurchgehen konnten, die Erwachsenen mussten auf allen vieren kriechen. Über dem Eingang war ein Stück Leder befestigt, mit dem dieser in der Nacht wohl verschlossen wurde. Es war zusammengerollt, sodass Tageslicht ins Innere fiel. Tuan sah, dass auf dem Boden aus gestampfter Erde Teppiche lagen, ebenfalls aus Leder, außerdem mit Fellen bedeckte Reisigbündel. In der Mitte der kleinen Behausung waren einige Bruchsteine kreisrund übereinandergestapelt worden. Torf gloste darin, und auf einem metallenen Gitter darüber stand ein Kupferkessel. Tuan hatte eine Weile auf den Knien verharrt, erhob sich nun aber und stieß prompt gegen einige Bündel getrockneter Kräuter, die an Haken von der Decke hingen. Die Brösel, die auf ihn herunterrieselten, hüllten ihn mit ihrem durchdringenden Geruch ein.

»Ich verstehe immer noch nicht, warum Fintan …«, setzte er verwirrt an.

»Er ist offenbar der Meinung, dass eine Ehefrau in der Nähe ihres Mannes zu leben hat«, erklärte Eithne, »und deshalb hieß er es gut, dass Caitlín nach Dún Fionn zurückgekehrt ist. Da sie wiederum nicht auf der Burg inmitten von Männern leben kann, vor allem solchen, die gewohnt sind, Unzucht zu treiben, war es ihm ganz recht, dass sie es vorgezogen hat, sich im Wald zu verkriechen – einem Ort, den ja auch manch Heiliger als seine Heimat auserkoren hat.«

»Und warum hast du ihnen geholfen, diese Behausung zu bauen?«

»Nun, weil mir nicht der Sinn danach steht, die Verantwortung für die Bälger ganz allein zu tragen. Ich bin nun mal besser darin, Männer zu lieben als Kinder.«

Tuan hatte nicht den Eindruck, dass sie irgendeinen Mann, mit dem sie es getrieben hatte, liebte, aber das war nicht wichtig, zumal Caitlín ungeduldig mit den Lippen schnalzte und sich nunmehr direkt an ihn wandte.

»Warum bist du hier?«

»Und warum bist du zurückgekommen?«, fragte er. »Ich habe gehört, dass du seinerzeit vor Ailillán davongelaufen bist, nachdem du ihm die Kinder übergeben hast.«

Wieder schnalzte Caitlín mit der Zunge. »Ich fürchte, dafür kann ich dir keine Erklärung geben, die halbwegs vernünftig klingt. Dass ich mich an das Versprechen einer Sterbenden gebunden fühlte, zählt allein schon zum Verrücktesten, das ich je getan habe. Dass es mir am Ende nicht genügte, die Kinder einer Horde wilder Männer zu überlassen, ich vielmehr selbst für ihr Wohl sorgen wollte, ist erst recht wahnsinnig. Rún kann es dir übrigens auch nicht erklären, und das keineswegs, weil sie es ebenso für verrückt hält, sondern weil sie stumm ist.«

Sie deutete mit dem Kinn hinter sich, und erst jetzt sah Tuan im hintersten Winkel der Behausung eine weitere Frau, viel kleiner und zarter als Caitlín, mit pechschwarzem Haar und weit aufgerissenen grünen Augen. Selbst die vierjährige Finnola schien robuster zu sein als sie. Caitlín indes wirkte, wie sie sich da auf den Boden hockte, Aedan auf ihren Schoß zog und Finnola zu sich winkte, die prompt ihr Gesicht in ihre Halsbeuge schmiegte, nicht verrückt, vielmehr liebevoll.

»Vielleicht bin ich schlicht und einfach zurückgekehrt, weil ich mich einsam fühlte«, sagte Caitlín, und ihre Stimme klang nun so rau, als kratzte etwas an ihrer Seele. »Ich meine, Rún schweigt andauernd, mein Bruder singt andauernd – zumindest bei den Kindern konnte ich mir sicher sein, dass sie, wenn sie alt genug sind, mit mir reden würden.«

»Dein Bruder?«, fragte Tuan verwirrt.

»Himmel, wir haben genug Zeit verschwendet«, mischte sich Eithne ungeduldig ein. »Nun hör endlich auf, Fragen zu stellen, und berichte ihr lieber, was Ailillán zu tun bereit ist, um *seinen* Bruder zu retten.«

Caitlín wirkte jäh angespannt. »Er hat Nachricht von Ascall?«, fragte sie.

Was immer nun an ihrer Seele kratzte, es musste sehr spitz sein, denn ihre Stimme klang nicht rau, sie klang schrill. Rún riss die Augen noch weiter auf.

»Nicht von Ascall, aber von Hugh de Lacy, dem Statthalter von Irland«, sagte Tuan. Auch er setzte sich nun auf ein Stück Leder und lehnte sich an die Wand aus Bruchsteinen, ehe er berichtete, was Fintan belauscht hatte. Ailillán hatte Enda von einer Truppe normannischer Ritter erzählt, der er im Wald begegnet war, und dass er dem Drang, sie zu töten, so lange widerstanden hatte, bis sie hervorbringen konnten, warum sie dort waren – um ihnen nämlich ein Angebot zu machen. Hinterher konnte er sie erst recht nicht mehr töten, hätte er damit doch Ascalls Freiheit riskiert. »Ja, Ascall lebt«, fuhr Tuan fort, »wenngleich als Gefangener in Dublin. Von dort wird Hugh de Lacy ihn nach Toora zurückbringen lassen, allerdings nur, wenn Ailillán bereit ist, sich für seinen Bruder als Geisel auszuliefern. Ascall wird von seinen sichtbaren Fesseln befreit, aber durch die unsichtbaren Bande der Bruderliebe an den Willen der Normannen gebunden sein.«

»Ailillán will sich den Normannen ausliefern, damit sie Ascall freilassen?«, rief Caitlín.

Tuan konnte nicht bestimmen, ob die Angst in ihrer Stimme Ailillán, Ascall oder ihr selbst galt. »Nein«, er schüttelte mit düsterer Miene den Kopf. »Das haben ihm die Normannen zwar angetragen, aber Ailillán traut ihnen nicht, fürchtet er doch, dass alles eine List ist und die Ritter des Roten Zweiges am Ende ohne Anführer dastehen. Ihr Angebot abgelehnt hat er gleichwohl nicht, vielmehr beschlossen, einen Gegenvorschlag zu unterbreiten. Hugh de Lacy soll seine Geiseln haben, sogar zwei von ihnen, deren Leben und Wohlergehen Ascall nicht minder kostbar ist als das seines Bruders … auch wenn er im Moment nicht einmal weiß, dass es sie gibt. Ailillán … Ailillán will Ascall gegen Finnola und Aedan austauschen.«

Tuan senkte seinen Blick unwillkürlich, während er die letzten Worte aussprach, doch auch so glaubte er zu spüren, dass Caitlín noch bleicher wurde als zuvor und Rún ihre Augen noch weiter aufriss. Sie stieß einen erstickten Laut aus, der dem Fauchen einer Wildkatze glich. Tuan konnte sich vorstellen, dass sie trotz ihrer zarten Gestalt scharfe Krallen hatte. Was aber könnte sie damit schon gegen Ailillán ausrichten? Caitlín schien das auch nicht zu wissen, denn sie schwieg selbst dann noch, als Tuan den Kopf hob und sie fragend anstarrte.

Der erste Laut, der nach dem langen Schweigen erklang, war kein neuerliches Fauchen und kein Aufschrei, nein, es war ein wunderschönes Lied, das – begleitet von munterem Harfenspiel – von draußen her ertönte. Tuan zuckte zusammen, als ihn die Klänge streiften. Aus dem armseligen Steinhäuschen wurde plötzlich das Elfenreich, aus dem grauen Licht ein Regenbogen. Der Sänger entlockte dem Instrument so behutsam und gleichwohl gekonnt Töne wie einst sein Vater Broschen, Kelche und Reliquienschreine gefertigt hatte, und hatte der Gedanke an flüssiges Gold in den letzten Jahren nur Erinnerungen an grässliche Schmerzen beschworen, so wurde Tuan nun, da mit der Musik gleichsam Gold auf seine Seele tropfte, mit der tiefen Sehnsucht erfüllt, etwas zu tun, das er von Herzen liebte.

Allzu bald erstarb der Zauber, verstummte das Lied, und schon kam der Barde auf allen vieren, die Harfe zwischen Kinn und Brust geklemmt, in die Behausung gekrabbelt. Das Ächzen, das er dabei ausstieß, ließ nicht an Elfen denken, sondern an einen alten Mann.

»Faolán!«, riefen die Kinder wie aus einem Mund und stürmten auf ihn zu. »Erzählst du uns die Geschichte von Bischof Yvor, dessen größter Schatz, ein heiliges Buch, von Ratten gefressen wurde, woraufhin er alle Ratten von Irland vertrieb?«

Faoláns Blick verweilte kurz auf den Kindern, ging dann zu seiner Schwester, schweifte schließlich zu Tuan herüber.

Dass kein Erstaunen darin stand, war ein Zeichen dafür, dass er wohl schon seit einer Weile vor dem Eingang gehockt und sie belauscht hatte.

Und das Einzige, was ihm einfällt, ist zu singen …

Caitlín sprang auf. »In Wahrheit gibt es doch immer noch Ratten auf dieser Insel!«, rief sie böse. »Selbst die Menschen werden in diesen Tagen zu solchen! Die Kinder den Normannen ausliefern … Wie kann Ailillán das auch nur denken!«

Faolán sah Tuan immer noch unverwandt an. »Du bist also der Goldschmied.«

»Ich … Ich bin kein Goldschmied mehr … Ich bin ein Krieger, und ich habe mir geschworen, meine Gefährten zu verteidigen … die Kinder ebenso.«

Ob nur gegen die Normannen oder auch gegen den eigenen Onkel, sagte er nicht.

Faolán machte wieder Anstalten, die Harfe zu zupfen, ließ sie aber unter dem strengen Blick der Schwester rasch wieder sinken, indes Rún zu Caitlín trat und wie zuvor Finnola ihr Gesicht an deren Halsbeuge presste.

Eithne blickte nachdenklich in die Runde. »Eigentlich kann ich mir nicht vorstellen, dass Ailillán wirklich …«, setzte sie an.

Caitlín ließ sie den Satz nicht einmal zu Ende führen. »Ailillán würde für Ascall sterben, und er würde für ihn töten – wenn es sein müsste, sogar die Kinder oder mich. Ich wiederum weiß nicht, ob ich für die Kinder sterben würde und auch nicht, ob ich für sie zu töten bereit bin, aber verhindern, dass ihnen ein Leid geschieht, müssen wir gleichwohl.«

Rún nickte bekräftigend, während Faolán auf den Eingang deutete. »Kommt mit, Kinder!«, sagte er. »Lasst eure Tante ungestört einen Plan aushecken.«

Tuan war zugleich erleichtert und enttäuscht, als wenig später nur Gemurmel, kein neuer Gesang zu hören war. Darauf lauschend entging ihm, dass Caitlín ihn durchdringend anstarrte.

»Kann ich dir trauen?«, fragte sie barsch.

Tuan erwiderte ihren Blick. »Ich konnte Ascall nicht vor den Normannen retten und Róisín nicht vor einem frühen Tod, aber ihre Kinder werde ich retten, koste es, was es wolle.«

»Nun«, sagte Eithne schnell, »bei mir darf es nicht kosten, was es will. Meinen Körper hingegen konnten die Männer von Dún Fionn immer schon umsonst haben. Wenn es sein muss, werde ich Ailillán verführen, damit ihr die Kinder in Sicherheit bringen könnt.«

Tuan wusste, dass sie ihn schon mehrmals umgarnt hatte, es ihr jedoch nie gelungen war, seine Aufmerksamkeit auf sich zu ziehen. Eithne schien darob nicht an sich zu zweifeln, Caitlín umso mehr. Sie seufzte.

»Ich fürchte, ich muss den Schwur, Dún Fionn nie wieder zu betreten, brechen. Denn auch wenn Ailillán Ascall mehr liebt als mich … Wenn ihn jemand verführen kann, dann bin ich das.« Sie wandte sich an Tuan. »Und selbst wenn mir das Verführen nicht gelingt, werde ich dir ein wenig Zeit verschaffen können, um mit den Kindern Dún Fionn zu verlassen.«

»Warum fliehen wir nicht gleich jetzt mit ihnen?«, fragte Tuan. »Gewiss hat auf Dún Fionn noch niemand bemerkt, dass wir fort sind.«

»Aber bis zum Abend wird es auffallen, und Ailillán würde uns bald einholen. Es genügt nicht, nur die Kinder von Dún Fionn wegzubringen, wir müssen auch Pferde stehlen, auf denen Rún und Faolán mit den beiden fortreiten, während ich noch bei Ailillán bin.« Caitlín wiegte nachdenklich ihren Kopf. »Zwei sollten genügen.«

»Nein, wir brauchen ein drittes«, sagte Tuan schnell. »Damit ich dich später zu Rún, Faolán und den Kindern bringen kann.«

Was danach aus ihm werden sollte, ließ er offen.

Eithne kreuzte die Hände über der Brust. »Und was soll ich tun? Fintan sagen, dass hier bald ein Platz zum Beten frei wird?«

Sie klang etwas enttäuscht, als wäre alles nur ein Spiel, von dem sie ausgeschlossen war.

Caitlíns Blick schweifte durch das kleine Steinhaus, und ein neuerliches Seufzen strafte ihre vermeintliche Barschheit Lügen. »Ich hätte nicht gedacht, dass ich diesen Ort jemals als mein Zuhause betrachten würde, aber wir haben hier so viel erlebt«, murmelte sie. »Hier hat Finnola ihre ersten Schritte gemacht, und Aedan hätte sich beinahe seinen ersten Zahn ausgeschlagen. Hier hat er mich zum ersten Mal *muimme* genannt, Ziehmutter, und Finnola Faolán zum ersten Mal *aite*, Ziehvater. Hier hat Rún das erste Mal seit Jahren wieder gelächelt, und ich habe das erste Mal seit Jahren wieder gelacht.« Jetzt klang sie nicht so, als würde sie so schnell wieder lachen können. »Genug der Sentimentalitäten«, sagte sie dennoch entschieden und wandte sich an Eithne. »Ich brauche deine Hilfe durchaus, nämlich dabei, mein Haar zu färben, auf dass ich nicht wie eine Greisin vor Ailillán trete. Róisín hat von einem Mittel gesprochen, mit dem es wieder schwarz wird. Kennst du es vielleicht auch?«

Eithne zuckte mit den Schultern. »Wir können es versuchen. Aber wundere dich nicht, wenn sie gelb werden. Egal … Es würde dich in jedem Fall jünger machen. Und schöner.«

Tuan glaubte das nicht. Ganz gleich, mit welcher Haarfarbe Caitlín vor Ailillán treten würde – sie konnte nicht schöner sein als in diesem Augenblick, da sie so viel Entschlossenheit ausstrahlte, so viel Liebe zu den Kindern … und so viel Schmerz. Zum ersten Mal dachte er, dass Schmerz zu fühlen und ihm standzuhalten – ob er von Liebe oder flüssigem Gold verursacht wurde –, nicht schwächer machte, vielmehr stärker. Und dass die notwendige Pflicht zu tun – nicht weil man wollte, sondern weil man musste – den eigenen Taten nicht minder Glanz verlieh, als seinem ureigensten Talent zu folgen.

Caitlín

Ihr Haar war am Ende tatsächlich schwarz geworden, zumindest bis auf die paar Strähnen, die im Mondlicht silbern glänzten.

Welche Farbe ihre Seele hatte, wusste Caitlín nicht. Zu Róisín hatte sie einst gesagt, der Krieg habe sie geschwärzt, aber wenn sie es recht überlegte, war die Farbe des Krieges nicht schwarz. Das Schwarz gehörte der Nacht, und die Nacht war gnädig, verbarg sie doch alles Hässliche, Blutige und Grausame unter ihren weichen Flügeln. Der Krieg dagegen war das Gegenteil der Nacht, ein grelles Licht, das entblößte, wer die Menschen wirklich waren.

Sie stand in jener Hütte, in der sie früher oft Brot gebacken oder Schafwolle getrocknet hatte und wo später Eithne mit den Kindern geschlafen hatte, ehe sie mit ihnen in die Kammer hinter der Halle umgezogen war. Manche Erinnerung überkam Caitlín hier – vor allem an Ailillán und wie er ihr einst erklärt hatte, dass er seinen Bruder liebe und für ihn jede erdenkliche Grausamkeit zu tun bereit sei, selbst sie zu töten, und das mit einer Stimme und einer Miene, die von Verzweiflung zerkratzt wurden. Bei ihm bedurfte es keines grellen Blitzes, um zu erkennen, wer er war: ein Mann, dem der Vater einst die Seele in zwei Teile zerhackt hatte und den die Liebe nicht heilen konnte, der immer zerrissen bleiben und jenem Teil, der sanft, zärtlich und ihr ergeben war, immer weniger Macht schenken würde als dem anderen.

Damals hatte es nach von Pisse durchtränkter Schafwolle gestunken. Nun hing der Geruch von Kräutern in der Luft. Caitlín stieg über einige Büschel und entdeckte dort etwas, das härter und spitzer als die Kräuter war. Sie bückte sich, hob es auf, hielt es erst für ein Werkzeug, erkannte dann, als sie plötzlich der Schein einer Fackel traf, dass es ein Schiffchen war, das Cascorach mit flüssigem Eisen geformt und mit dem wohl die Kinder gespielt hatten.

Als was entblößt das grelle Licht des Krieges mich?, fragte sie sich, während sie sich langsam umdrehte. Bin ich eine Liebende, eine Mutter oder einfach nur eine Lügnerin?

Falls Letzteres stimmte, dann war sie eine schlechte. Als Ailillán die Hütte betrat und die Fackel sinken ließ, presste sie das Schiffchen jäh an ihre Brust und zeigte dadurch, wie teuer es ihr war. Einige quälende Atemzüge lang war sie überzeugt, dass sie sich damit verraten hatte und alle zurechtgelegten Worte somit sinnlos geworden waren. Doch dann gewahrte sie, dass Ailillán gar nicht auf das Schiffchen starrte, er starrte auf sie, verzweifelt, verwundet wie einst … und genauso resigniert.

»Eithne sagte mir, dass du hier bist.«

Sie ließ das Schiffchen fallen. Sie musste kein kaltes Eisen an sich pressen, um zu wissen, dass sie die Kinder liebte. Sie musste auch keine kalte Stimme aufsetzen, um zu leugnen, dass sie ihn liebte.

»Wir hätten glücklich sein können!«, stieß sie aus, und zumindest diese Worte waren keine Lügen.

»Caitlín …«, stieß er hervor. Und dann hastete er zu ihr, legte ihr den Umhang um die Schultern, und anders als bei ihrer letzten Begegnung gestattete sie es, wehrte sich auch nicht, als er sie umarmte, obwohl sie nicht sicher war, ob das ihr Zittern mäßigte oder es überhaupt erst bedingte. »Caitlín, warum …«

»Mein Bruder ist tot, meine Gefährtin ist tot, ich habe niemanden mehr. Ich wusste nicht, wohin ich gehen sollte, deshalb bin ich nach Dún Fionn zurückgekehrt.«

Jetzt log sie doch, wenngleich sie nicht sicher war, ob nicht auch ein Fünkchen Wahrheit dabei war. In gewisser Weise waren sie alle tot, auch sie, nur ein winziger Teil ihrer Seele erwachte zum Leben – jener, der hoffte, er würde die Kinder doch nicht ausliefern.

»Warum … Warum bist du damals bloß vor mir davongelaufen?«, sagte er heiser.

Sie trat auf das Schiff, und obwohl es nicht groß war, tat es weh. Die Hoffnung tat ja auch weh, obwohl sie nicht groß war.

»Du … *Du* bist doch damals vor *mir* davongelaufen«, murmelte sie. »Du hast mich seinerzeit bei der Siedlung am Fluss zurückgelassen, um deinem Bruder zu folgen, um ein Ritter des Roten Zweiges zu sein, um für Irlands Freiheit zu kämpfen.«

Er ließ sie los, und während ihr Zittern nachließ, begann sein Körper zu beben. »Ich konnte nicht anders.«

»Aber jetzt schickst du mich doch nicht fort, oder?«

»Ich hätte dich auch damals nicht fortgeschickt.«

Wieder trat sie auf das Schiffchen, und noch entschiedener trat sie auf die Hoffnung, bis nichts mehr von ihr blieb.

Er wird bei seiner Entscheidung bleiben. Er wird die Kinder dem Bruder opfern, so wie er mich geopfert hat.

Obwohl oder gerade weil er zitterte und sie erneut umarmte, wurde ihr das plötzlich zur Gewissheit. Und obwohl oder gerade weil ihr dies das Herz brach, folgte sie dem zurechtgelegten Plan. Sie hob die Hand, fuhr über seine Wange, stellte sich auf die Zehenspitzen, bis sie das Schiff nicht mehr fühlte, aber groß genug war, um ihn zu küssen. Seine Lippen schmeckten nach Ruß, als wären sie schwarz wie die Deckenbalken über dem Herdfeuer. Ehe sich ihre Zungen trafen, löste er sich abrupt von ihr.

»Wie hat Eithne dich überhaupt erkannt, als du vorhin um Einlass gebeten hast?«, fragte er.

Welche Dummheit zu glauben, sie könnte sich mühelos auf seinem weichen Pelz betten, obwohl der doch von einem Raubtier stammte, das immer auf der Hut war.

»Sie hat mich nicht erkannt. Ich habe ihr gesagt, wer ich bin und sie gebeten, dich zu holen …«

»Und sie hat dich einfach auf die Burg gelassen? Du hättest schließlich lügen und eine Fremde sein können!«

»Und was hätte diese Fremde tun können? Drei Dutzend irische Krieger im Schlaf töten?«

»Hier leben keine drei Dutzend Krieger mehr, höchstens zwei, und die, die geblieben sind, schlafen nie …«

Natürlich schlafen sie – zumindest, wenn Eithne sie wie jetzt gerade zur Erschöpfung treibt. Du bist es, der nie schläft, aber vielleicht bringe ich dich dazu, damit Tuan unbemerkt mit den Kindern und Pferden die Burg verlassen kann.

»Du … du glaubst mir doch, was ich gesagt habe?«, fragte sie.

»Dass du vor vier Jahren nicht fortgelaufen wärest, wenn ich dich nicht weitere drei Jahre zuvor im Stich gelassen hätte?«

»Nein, dass wir hätten glücklich sein können.« Allein der Gedanke an Glück ließ ihn noch heftiger erzittern als ihre Wärme. Kurz hatte sie Angst, zu weit gegangen zu sein, ihn damit nicht an sich gebunden, sondern in die Flucht getrieben zu haben. Doch anstatt die Hütte zu verlassen und wieder zum Wehrgang hochzusteigen, blieb er lange genug, damit sie hinzusetzen konnte: »Vielleicht können wir immer noch glücklich sein … Nicht für immer, aber so lange, bis Ascall zurückkehrt …«

Glaub nicht, dass du nur mir wehtun kannst, Hoffnung – ihn piesackst du gewiss noch schlimmer.

Doch als seine harte Miene im roten Licht der Fackel zerfloss, da rührte der Schmerz in seiner Miene und die Sehnsucht, mit der er sie an sich zog und sie wieder küsste, nicht von falscher Hoffnung, sondern von echter Liebe … und zwar nicht nur der zu ihr.

»Ich will es nicht tun«, brach es aus ihm hervor. »Ich weiß ja, dass ich für sie sorgen müsste. Sie … Sie sind mir doch auch ans Herz gewachsen. Aber mir bleibt keine andere Wahl.«

Sie wusste, was er meinte, gab sich dennoch ahnungslos. »Wovon redest du?«

»Das Kätzchen … Einst hat Ascall hier ein Kätzchen getötet.«

Wieder wusste sie, was er meinte, zeigte sich jedoch noch verwirrter. »Ailillán …«

»Er hat ein Kätzchen, das wir beide liebten, kurz und schmerzlos getötet, weil er Angst hatte, unser Vater würde es ansonsten endlos und grausam töten. Auch die Liebe füreinander haben Ascall und ich uns stets bewiesen, indem wir töteten, je kälter, je schneller, je herzloser, desto besser.«

»Ailillán …«

Wieder versuchte sie, ihn zu küssen, und sei es nur, damit er schwieg, damit sie ihn immer noch für das, was er mit den Kindern zu tun beabsichtigte, hassen konnte.

»Die Währung unserer Liebe war bislang der Tod«, fuhr er jedoch fort, »nur die Kinder werde ich nicht töten, ich werde sie zu Geiseln machen, obwohl nichts so grausam ist, wie eine Katze in einen Käfig zu sperren.« Er umarmte sie nicht nur, er umklammerte sie, und da wusste sie, dass er diese Kammer nicht verlassen würde, bis Tuan seine Aufgabe erledigt hatte, dass ihm das Bekenntnis, wie er litt, reißfestere Fesseln anlegte als bloßes Begehren. »Ich will es wirklich nicht tun«, wiederholte er, »aber ich muss es. Wüsste Ascall davon, er würde es mir nie gestatten. Er hat mich jedoch auch nicht gefragt, bevor er das Kätzchen tötete, er weiß ja noch nicht einmal, dass es diese Kinder gibt.«

»Ich verstehe dich«, murmelte sie, und er war zu sehr in seiner Reue gefangen, um sich über ihre Worte zu wundern, um zu bemerken, wie sie im Inneren die Schritte zählte, die Tuan brauchen würde, um mit den Pferden und den Kindern vom Stall zum Tor zu gelangen und von dort bis zum Wald, unterdessen Fintan Wache stand, um ihn notfalls warnen zu können. »Ja, ich verstehe dich.«

»Gewiss«, fuhr er fort, »er wird mich dafür verfluchen, mich verprügeln, er wird mich hassen. Er wird denken, dass ich es tat, weil ich die Kinder ebenso verachte wie Róisín. Aber ich habe Róisín ja gar nicht verachtet. Sie war eine der stärksten Frauen, die ich kannte – fast so stark wie du. Ich habe sie insgeheim dafür bewundert, dass sie Menschen heilen konnte, nicht nur quälen und töten wie ich, dass sie Ascall liebte und das Beste aus ihm herausholte, während ich mit meiner Liebe immer nur das Schlechteste bewirke. Ich wünschte, Róisín würde noch leben, ich wünschte, es bliebe mir erspart, die Kinder zu opfern. Aber ich habe keine Wahl.« In seinen Augen flackerte ein Feuer, von dem sie nicht wusste, ob es kalt oder warm brannte. »Ich ertrage es, wenn er mir nie vergibt. Ich ertrage es nur nicht länger, dass er ein Gefangener der Normannen ist.«

Viel lieber bleibst du der Sklave deiner dunklen Seele … nein, deiner Liebe zu deinem Bruder, die echt und tief, aber nicht minder dunkel ist …

»Schscht«, machte sie, erstickte die nächsten Worte, indem sie ihn küsste, nicht auf den Mund, auf die Wangen. Diese schmeckten nicht nach Ruß, sondern salzig, als hätte er geweint. Ihr selbst stiegen Tränen in die Augen, und sie schloss sie hastig, wurde ob der Dunkelheit, die sie darum umgab, hellhöriger. War da ein Pferdewiehern? Das Weinen von Kindern? Oder nur das Echo einer Stimme, die aus ihrem tiefsten Inneren kam und ihr empört vorhielt: Du kannst ihn doch nicht so hintergehen! Du kannst seine Ehrlichkeit nicht mit Lügen aufwiegen!

Auf dass sie diese Stimme nicht hören musste und er die Geräusche da draußen nicht hören konnte, beugte sie sich rasch vor und flüsterte ihm ins Ohr: »Der Krieg verlangt von uns allen Opfer, das weiß auch Ascall. Aber manchmal werden diese Opfer belohnt. Die Kinder musst du für ihn aufgeben, dafür bekommst du mich – zumindest für diese Nacht.«

Von draußen vernahm sie jetzt nichts mehr, auch das Klagen der eigenen Seele wurde vom hektischen Herzschlag übertönt – ihrem wie seinem. Ein Wunder, dass ihre Herzen ganz blieben, obwohl doch ihres von Berechnung und Begehren zerrissen wurde und seines von der Liebe zu ihr und der Liebe zu Ascall. Vielleicht war es just diese Gemeinsamkeit – dass ihre Sehnsucht nacheinander beschmutzt war von Schuld –, die aus den Scherben ihrer Gefühle ein festes Gefäß formte, das sich mit Lust und Hingabe füllen ließ. Seine Küsse schmeckten nicht länger wie Ruß, der vom Feuer blieb, sondern wie das Feuer selbst. Es verzehrte ihn und sie, brannte lodernd, machte ihr dennoch keine Angst. Das grelle Licht der Liebe hatte mit dem grellen Licht des Krieges gemein, dass es offenbarte, wer die Menschen waren, aber anders als dieses machte es auch stark, das Wissen zu ertragen.

Sie war eine Mutter, eine Liebende und eine Lügnerin, warum sollte sie sich für eines entscheiden, warum konnte sie nicht alles sein? Das Feuer fraß sich doch auch durch jede Art von Holz, durch Torf und Kohle. Nur am Stein leckte es lediglich.

Hier war jedoch nichts aus Stein. Nicht der Boden, auf den Ailillán seinen Umhang breitete, nicht die Pelzverbrämung, die sie im Nacken kitzelte, als sie daraufsank, nicht das kleine Schiff, das sich in ihren Rücken bohrte, just als sein Geschlecht in sie drang. Der Schmerz war ihr willkommen. In einer Welt, in der der Krieg so wehtat, war es schön zu wissen, dass Liebe und Hoffnung noch schmerzhafter waren. Nur ihr Verrat tat ihr für kurze Zeit nicht weh, denn als sie zu keuchen und zu stöhnen begann, schließlich aufschrie, da verriet sie weder sich selbst noch ihn, da log sie nicht, sondern sagte die Wahrheit: So sehr kann ich dich nicht hassen, verachten und fürchten, dass ich dich nicht auch begehre.

Just als das Lied ihrer Lust verklungen war, verlosch die Fackel. Er sank neben sie auf den Umhang und lächelte, während er einschlief. Sie hielt ihn fest umschlungen und weinte, während sie wachte.

Die Morgendämmerung kam langsam. In ihrem sanften Licht war Ailillán kein Krieger, kein Bruder, sondern ein unschuldiger lieber Knabe.

Aber sie hatte der Hoffnung misstraut, sie misstraute der

Dämmerung ebenso. Sie sollte sie auch nicht nutzen, um ihn zu betrachten, sie sollte sie nutzen, um zu fliehen. Der einzige unschuldige liebe Knabe, auf den es ankam, war Aedan, und um zu ihm und zu seiner Schwester zu gelangen, musste sie im Wald Tuan treffen, der mit dem dritten Pferd auf sie wartete. Rún und Faolán waren mit den anderen beiden schon vorgeritten.

Sie verließ die Hütte, ohne sich noch einmal umzudrehen, betrachtete die Hufspuren im Boden, als sie den Hof durchquerte. War es ein gutes oder schlechtes Zeichen, dass es so viele waren? Nun, ein gutes Zeichen war es, dass niemand zu sehen war, sie unbemerkt zum Stall gelangen konnte und alsbald den geheimen Ausgang erreichte, zu dem einst die Bauern Hafer für die Pferde gebracht hatten. Der Abhang dahinter war steil, und sie begann zu rutschen, stürzte, war zerschunden, als sie endlich gegen einen Baum stieß.

Gut so, dieser brennende Schmerz hatte nichts gemein mit dem süßen der Lust – und dem lief sie ebenso davon wie ihrem schlechten Gewissen, der Angst auch, die Burg zu spät verlassen zu haben. Als sie sich dem Steinhaus näherte, schien es allerdings zu früh zu sein, denn es waren weder das Pferd noch Tuan zu sehen. Nun gut, auch von den Kindern, Rún und Faolán fehlte jede Spur, was ein Zeichen dafür war, dass zumindest ein Teil ihres Plans – der wichtigste – aufgegangen war. Also würde sie sich keine Sorgen machen, würde auf Tuan warten und die Zeit nutzen, um alles einzupacken, was sie brauchten.

Noch ehe sie sich bückte, um durch den Eingang zu kriechen, ahnte sie, dass sich die Hoffnung einmal mehr als Verräterin erweisen würde. Und tatsächlich: Das Erste, was sie sah, als sie sich im Inneren wieder aufrichtete, waren die Taue, die sie an kalten Wintertagen aus Flachs und Reisig geflochten hatten, das zweite war ein Holzbrett, auf dem sie – wenn Eithne ihnen welches brachte – Fleisch weichklopfte, und diese Taue waren um Tuans Hände und Füße geschlungen, mit dem Holzbrett hatte jemand auf seinen Kopf geschlagen … Zumindest vermutete sie das ob der großen, blutenden Wunde. Kurz vermutete sie auch, er wäre nicht nur verletzt, sondern gar tot, aber als sie seinen Namen schrie, öffnete er die Augen.

Den Mund öffnete er auch, doch sagen konnte er gleichwohl nichts, denn jemand hatte ihm ein Stück Stoff zwischen Zunge und Gaumen gestopft.

»War … War das Enda?«, rief sie, als sie zu ihm stürzte. »Es muss Enda gewesen sein! Er steht am treuesten zu Ailillán, vielleicht hat er sich nicht von Eithne ablenken lassen.«

Sie zog diese dunkle Masse aus seinem Mund, erkannte, dass es gar kein Stoff war, es war ein schwarzes, verkohltes Stück Holz.

Glaub mir, ich weiß, wie bitter es schmeckt.

»Oder Barra?«, fragte sie, da Tuan noch immer nichts hervorbrachte. »Er steht am treuesten zu Ascall, vielleicht hat er sich nicht von Eithne ablenken lassen.«

»Nein«, Tuan hustete, schnappte nach Luft, stieß schließlich einen Namen aus. »Es war Ailillán …«

Aber ihn habe ich doch abgelenkt, wollte sie sagen, konnte es jedoch nicht mehr, denn eben ertönte hinter ihr ein Schaben. Der Knauf eines Schwertes fuhr an den steinernen Wänden entlang, als Ailillán wie sie zuvor auf allen vieren in die Behausung gekrochen kam und, so groß wie er war, den Kopf einziehen musste, als er aufstand.

»Wie konntest du vor mir dieses Haus erreichen?«, stieß sie aus. »Du … Du hast doch eben noch geschlafen!«

Er wich ihrem Blick aus. »Habe ich nicht.«

»Und du weißt, dass ich hier lebe? Hast es schon all die Jahre gewusst?«

»Habe ich.«

»Und du bist trotzdem nie in die Nähe gekommen?«

»Bin ich nicht.«

Seine Zunge musste aus dem gleichen Stein sein wie die

Wände, sonst würde er endlich mehr sagen. Auch seine Glieder waren wohl aus Stein, denn er kam nicht näher. Immerhin schaffte Tuan es endlich, klare Worte zu sagen.

»Rún … Faolán … Sie leben noch, aber wurden gefesselt wie ich … Enda … Die Kinder.«

Er hustete wieder, verschluckte sich, doch sie hatte genug gehört. Ihr Plan war gescheitert. Enda hatte Aedan und Finnola in seine Gewalt gebracht. Ailillán und er würden sie den Normannen übergeben.

Nun war sie es, die Ailillán nicht in die Augen schauen konnte. »Warum?«, stieß sie aus.

»Das habe ich dir doch erklärt …«

»Ich will nicht wissen, warum du die Kinder opferst, ich will wissen, warum du mich hier im Glauben hast leben lassen, du hättest keine Ahnung davon!«

Sein Kiefer mahlte. »Man sieht die Ritter des Roten Zweiges nicht, man hört sie nicht, aber sie sind überall. Selbst wenn das restliche Irland den Normannen gehören würde, die Kontrolle über den Wald um Dún Fionn gäbe ich niemals auf. Ich … Ich habe dich oft beobachtet.«

»Aber warum hast du dich mir nie gezeigt?«, fuhr sie ihn an.

Und er brüllte zurück: »Nun, weil du für die Kinder gesorgt hast. Weil es Ascalls Kinder sind und es ihnen doch gut gehen sollte! Weil ich Angst hatte, dich zu vertreiben, wenn ich mich in deine Nähe wagen würde!«

»Und jetzt hast du keine Angst, mich zu töten?«

»Warum sollte ich dich denn töten? Ich muss dich noch nicht einmal fesseln. Eigentlich hätte ich auch ihn nicht fesseln müssen«. Mit dem Kinn wies er auf Tuan. »Ein Tritt in den Arsch hat gereicht … Nicht in seinen, nein, in den des Pferdes. Ohne dieses Pferd werdet ihr mich und Enda nämlich niemals einholen. Ich bin nur hier, weil ich wollte, dass du alles von mir erfährst, statt von Tuan.«

Tuan hustete nicht mehr, sah sich nur verzweifelt nach etwas um, das als Waffe taugte. Vergeblich, sie besaßen doch nur

Dinge, mit denen man überleben, nicht aber töten konnte. Sei's drum. Mit einem Aufschrei stürzte sie auf Ailillán zu, drosch auf ihn ein.

Eine Weile ließ er sie gewähren, ehe er sie packte, festhielt. »Als Eithne dir sagte, ich sei nach Dún Fionn gekommen, wusstest du bereits, dass wir etwas planten«, stieß sie heiser aus. »Und als du die Hütte betratst, um mich zu treffen, hattest du Enda bereits losgeschickt, damit er Rún und Faolán überwältigt und die Kinder mit sich nimmt.« Er sagte nichts, nickte noch nicht einmal. Sie hätte ihm gern ins Gesicht gespuckt – wenn bloß ihr Mund nicht zu trocken gewesen wäre, um zu spucken. Zumindest konnte sie noch etwas sagen. »Du hast dich von mir belügen lassen, dich von mir küssen und lieben lassen, obwohl du die Wahrheit kanntest?«

»Wie hätte ich denn darauf verzichten können?«, brach es aus ihm hervor.

»Und wie soll ich auf die Kinder verzichten?«, schrie sie und fügte etwas hinzu, dessen sie sich am Tag zuvor noch nicht gewiss gewesen war: »Es sind doch meine Kinder! Ich liebe sie! Ich bin bereit, für sie zu sterben.«

»Und ich bin bereit, mit deinem Hass zu leben!«

Obwohl er sie losließ, schlug sie ihn nicht wieder, legte ihre Arme um den Körper, als wollte sie sich schützen. Ailillán wandte sich ab und bückte sich, um nach draußen zu kriechen und Enda zu folgen, mit dem er die Kinder zu den Normannen zu bringen gedachte.

Wäre Ascalls Name nicht gefallen, vielleicht wäre sie steif stehen geblieben, hätte nichts getan, hätte sich aus allem herausgehalten. Aber Ascall hatte sich damals auch nicht herausgehalten, er hatte das Kätzchen getötet, obwohl er es liebte, um es vor seinem Vater zu schützen. Also umklammerte sie nicht länger den eigenen Körper, sondern ihre Hand fuhr zu ihrem Gürtel, zog hervor, was sie in der vergangenen Nacht eingesteckt hatte: ein Messer. Sie hatte es Ailillán just in dem Augenblick entwendet, als er auf sie gesunken war.

Nur wenige Stunden zuvor hatte sie die Stelle zwischen seinen Schulterblättern erst gestreichelt, nun rammte sie ihm das Messer hinein. Nur wenige Stunden zuvor hatte er vor Lust geächzt, nun ächzte er vor Schmerz, sank wehrlos auf die Knie. Sie zog das Messer wieder heraus, umrundete ihn, stach noch einmal zu, dieses Mal in die Brust. In der Nacht hatte er es nicht geschafft, sie anzuschauen, nun ließ er den Blick nicht von ihr, erkannte offenbar die ganze Wahrheit: dass sie nicht nur nach Dún Fionn gekommen war, um ihn abzulenken. Dass sie ihm auch das Messer gestohlen hatte. Dass sie also nicht nur bereit war, für die Kinder zu sterben, sondern auch für sie tötete.

Kurz ließ sie den Knauf des Messers los, und er griff danach, um es herauszuziehen. Ehe er es konnte, rammte ihr Knie gegen sein Kinn, und das Kinn prallte gegen die Lippen, die sie in der letzten Nacht so oft geküsst hatte. Ailillán sank zurück, und dann lag sie schon auf ihm wie er kurz zuvor noch auf ihr. An seiner statt zog sie das Messer aus seiner Brust, stieß wieder und wieder zu, so wie er zugestoßen hatte, und er keuchte, und er stöhnte, nur jener spitze Schrei, in dem sich ihre Lust aufs Leben und ihre Angst vor dem Tod offenbart hatten, blieb aus.

»Ascall … Ascall hätte das wohl auch gemacht«, brachte er keuchend hervor, ehe er den letzten Atemzug tat.

Caitlín ließ das Messer fallen, sprang auf. »Wie konntest du mir das antun!«, klagte sie den Toten an, und jene Wut packte sie, die eben noch kalter Berechnung gewichen war. »Es war schon schlimm genug, dich zu lieben … Warum musste ich dich auch noch töten?«

Eine Weile blieb sie reglos vor Ailillán hocken. Sie fühlte sich selbst tot, vielleicht war sie es auch, wurde vom Schleier von Andernwelt, wie die Kelten das Jenseits nannten, eingehüllt, durch den nichts dringen konnte. Irgendwann hörte sie zumindest Tuans Stimme.

»Caitlín! Das Messer!«

Sie starrte verwirrt auf die Waffe. »Aber … Aber er ist doch schon tot.«

»Gewiss … Doch meine Fesseln … Enda … Die Kinder …« Wie betäubt nahm sie das Messer, trat zu Tuan, durchschnitt eines der Flachstaue. Dann entriss Tuan ihr die Waffe, befreite sich vom Rest. »Wir müssen sie verfolgen!«, stieß er aus.

Er wollte hinausstürzen, doch sie hielt ihn zurück. »Nicht!«, rief sie. »Wenn wir Enda gegenübertreten, haben wir niemals eine Chance!«

»Aber die Kinder …«

Caitlín sank neben dem toten Ailillán auf die Knie. In den weit aufgerissenen Augen stand kein Vorwurf, eher etwas, was sie für Liebe hätte halten können, wäre sie in diesem Augenblick nicht blind für Liebe gewesen.

»Du hast doch gehört, was er gesagt hat«, murmelte sie, »er wollte Enda folgen, und da er das nun nicht mehr tun kann, wird Enda zurückkehren. Er wird dieses Steinhaus betreten und das wie wir anderen auch – auf allen vieren nämlich.«

Sie fügte nichts hinzu, wies lediglich mit dem Kinn auf Aililláns Schwert, das noch an seinem Gürtel hing.

»Du willst Enda töten?«, fragte Tuan erschaudernd.

»Ich fürchte, ich schaffe es nicht ohne dich«, sagte sie. »Das Schwert ist zu schwer, ich allein kann es nicht führen.«

Er erbleichte. »Ich habe noch nie jemanden getötet.«

Sie zuckte mit den Schultern. »Ich bis heute auch noch nicht.« Eine Weile starrten sie sich schweigend an, bis Tuan sich endlich bückte und Aililláns Schwert an sich nahm. Am Tag zuvor noch war sie nicht sicher gewesen, ob sie dem jungen Mann vertrauen konnte. Jetzt wusste sie zumindest, dass er ein Kämpfer war. »Du hast doch gesagt, dass du bereit bist, alles für Ascalls und Róisíns Kinder zu tun«, murmelte sie.

»Ja«, sagte er leise und umklammerte den Knauf, »ja.«

»Wir müssen auch überlegen, wie es danach weitergeht«, erklärte sie.

»Wir müssen fliehen … mit Rún … Faolán …«

Sie schüttelte den Kopf. »Die Kinder sind nur auf Dún Fionn in Sicherheit.«

»Aber die Ritter des Roten Zweiges … Wenn sie herausfinden, dass du Ailillán getötet hast, dass wir Enda getötet haben … So es denn überhaupt gelingt …«

»Es muss gelingen!«, wütete sie und stampfte auf. »Und es *wird* gelingen! Die Ritter des Roten Zweiges dürfen nie erfahren, was hier geschehen ist, und ich habe schon einen Einfall, wie wir das verhindern.«

»Caitlín …«

Sie ertrug Tuans zweifelnden Blick nicht. Und noch weniger ertrug sie Aililláns toten. Sie beugte sich hinunter, schloss seine Augen, berührte dabei seine Brauen, die so dicht wuchsen, dass sie fast zusammenstießen. Ihr ging auf, dass sie diese Brauen nie berührt hatte, nie festgestellt, wie weich sie waren, fast so weich wie die Pelzverbrämung seines Umhangs, wobei diese genau betrachtet nun blutbesudelt war. Die Tränen, die über ihre Wangen perlten, brauchten lange, bis sie ihre Lippen benetzten. Sie tastete nach Tuans Hand, drückte sie.

»Eins nach dem anderen«, murmelte sie erstickt, »eins nach dem anderen.«

Ascall

Sein Leben bestand aus Schmerz und Schlaf, wobei der Schlaf am meisten schmerzte. Denn mit ihm kamen die Träume, und am häufigsten träumte er von Ailillán.

Einmal träumte er von einem Tag, als sie noch Kinder gewesen waren und Ailillán das Lächeln noch nicht verlernt hatte. »Komm«, sagte er im Traum, »ich muss dir etwas zeigen.«

Ascall war erleichtert, dass Ailillán so fröhlich war. Seit der verrückte, grausame Vater von seinem Kriegszug nach Dún Fionn zurückgekehrt war, gab es nicht viele Anlässe, guter Dinge zu sein. Er selbst war immer auf der Hut, nicht nur vor dem Vater, auch vor der Sehnsucht, es würde alles wieder besser werden. Aber Ultan von Toora hatte zu viele Sklaven getötet und geschlagen, um diesem Glauben nachzuhängen, ohne selbst verrückt zu werden. Ailillán lockte ihn quer über den Hof, wo knöcheltiefe Pfützen standen. Als Ascall sich in einer spiegelte, war deutlich die Schramme auf seiner Stirn zu sehen, die er seit dem Vortag trug. Ailillán hatte seine Schüssel nicht leeren wollen, woraufhin ihm der Vater auf die Hände gedroschen hatte. Und als Ascall versucht hatte, an seiner statt den Inhalt herunterzuwürgen, hatte Ultan ihn am Nacken gepackt und sein Gesicht auf die Tischplatte geknallt. Es tat immer noch weh, aber Ascall ignorierte den Schmerz. Viel wichtiger war, was Ailillán ihm zeigen wollte, nicht in dem Raum, in dem Brot gebacken wurde und wo sie einst das Kätzchen gefunden hatten, das Ascall hatte töten müssen, sondern im Stall.

Einige Tage zuvor war hier ein Fohlen auf die Welt gekommen, noch feucht vom Mutterleib und mit glänzenden Augen. Gleichwohl seine Beine gebebt hatten, hatte es keine Angst gehabt, die ersten unsicheren Schritte zu wagen.

Warum hatte es eigentlich keine Angst?, fragte sich Ascall jetzt. Und warum hatte Ailillán, der sich doch stets vor allem fürchtet, heute keine Angst? Warum lächelte er?

Er selbst fühlte die Angst klamm an sich hochkriechen, als Ailillán ihn in die hinterste Ecke des Stalles zog. In der Luft hing nicht der Geruch von Pferdeäpfeln, sondern der gleiche wie am vergangenen Abend, als ihm das Blut von der Stirn in die Augen gelaufen war. Seine Mutter hatte gekichert, wie sie immer kicherte, wenn Ultan die Kinder schlug, nicht sie. Und plötzlich hörte er auch Ailillán kichern.

Ascall kicherte nicht. »Nein!«, schrie er.

Das Fohlen stand nicht auf zitternden Beinen, es würde nie wieder stehen. Mit durchschnittener Kehle lag es im gelblichen Stroh. »Nein!«

Welch unsinniges Wort. Es hatte doch keine Macht. Und wenn er es noch so oft sagte oder gar schrie, damit konnte man die Welt nicht aus den Angeln heben. Die Welt war so behäbig, die Welt war so mitleidlos, sie ließ sich nicht von seinen Tränen rühren. Doch obwohl er es nun nicht mehr schrie, höhlte ihn dieses Nein ganz und gar aus.

Er brauche eine Weile, um zu gewahren, dass Ailillán aufgehört hatte zu kichern, dass er stattdessen stolz verkündete: »Ich selbst habe das Fohlen getötet.«

Ascall packte ihn. Da Ailillán klein und schmächtig war, war es ein Leichtes, ihn auf den Stallboden zu stoßen. »Bist du verrückt geworden?«

»Was hast du denn? Du hast das Kätzchen doch auch getötet«, gab Ailillán zurück.

Ascall erschrak, fragte sich, woher Ailillán das wusste. Er hatte es doch verheimlichen wollen. Hatte Ailillán schützen wollen vor der Grausamkeit seines Vaters … vor der Grausamkeit seines Bruders …

Nur vor der Grausamkeit, die in Ailillán selbst wohnte, konnte er ihn nicht schützen.

Als Ailillán sich aufrappelte, kicherte er wieder.

»Ailillán!«, rief Ascall entsetzt und gab ihm eine Ohrfeige.

Endlich kicherte der Bruder nicht mehr, aber er weinte auch nicht. »Du musst töten, was du liebst«, sagte er ganz ruhig, »dann hast du keine Angst.«

Ascall hatte keine Ahnung, ob diese Worte dem kleinen Bruder selbst eingefallen waren oder ob er sie irgendwo aufgeschnappt hatte. Als sie erwachsen waren und er sie sich selbst wieder und wieder sagte, konnte er sich nicht daran erinnern, dass er sie damals im Stall zum ersten Mal gehört hatte. Erst jetzt, da er davon geträumt hatte, wusste er es wieder. Er konnte sich auch wieder daran erinnern, wie Ultan den Stall betreten hatte, wie sich der Mann, der leichtfertig Sklaven getötet und Kinder verdroschen hatte, über das tote Fohlen gegrämt hatte.

»Wer war das?«, hatte er gebrüllt, und Ascall war vorgetreten, um zu bekennen: »Ich habe es getan, aus Rache, weil du mich gestern geschlagen hat …«

Nicht nur eine Schramme hatte er dieses Mal abbekommen, sondern ein Dutzend, doch was immer in ihm zerbrochen war, es war nicht genug, um Aililláns Rat zu folgen und zu töten, was er liebte. Am meisten liebte er doch Ailillán, und ihn konnte er nicht töten wie das Kätzchen, ihn musste er vor seinem Vater und sich selbst beschützen.

Er wand sich im Halbschlaf, spürte nicht länger fauliges Stroh unter den Füßen, aber Stricke an seinen Händen. Da war nicht mehr Aililláns Lachen zu hören, sondern ein Lachen noch blecherner als das seines Bruders, und das Blut, nach dem es roch, war nicht das eines Fohlens, es war sein eigenes. Krampfhaft hielt Ascall die Augen geschlossen, doch vor der Erinnerung, wo er war und in wessen Hände er gefallen war, konnte er sich ebenso wenig davonstehlen wie vor der an das tote Fohlen.

Du musste töten, was du liebst, dann hast du keine Angst, hatte Ailillán einst zu ihm gesagt.

Und wenn du gar die Liebe tötest, dann hast du keine Schmerzen, war wohl Amaury de Saint-Taurins Überzeugung.

Ascall schlug die Augen auf. Wie immer war die Welt hinter einem roten Schleier verborgen, nur Amaurys Augen waren schwarz. Mit einem Ausdruck von Neugier waren sie auf ihn gerichtet.

Ascall versuchte den Kopf zu heben, aber konnte es nicht. Er war nicht nur an Händen und Beinen gefesselt, auch um den Hals befand sich ein Strick. Wenn er zu fest daran zog, erwürgte er sich.

»Du … Du Verfluchter!«, stieß Ascall aus.

Er wusste nicht mehr, wie lange er schon in diesem Folterkeller gequält wurde, ob erst seit Tagen oder seit Wochen, er wusste auch nicht, was genau Saint-Taurin damit bezweckte, er wusste nur, dass er ihn hasste. Er spuckte Saint-Taurin an, und da Goll ihm am Abend zuvor einen Zahn ausgeschlagen hatte, traf den anderen mehr Blut als Speichel.

Saint-Taurins schwarze Augen waren unverwandt auf ihn gerichtet, während er sich die Wangen abwischte. »Warum quälst du dich bloß so?«, fragte er.

Ascall hatte keinen Speichel mehr, um auf ihn zu spucken, noch nicht einmal Blut. Seine Lippen fühlten sich taub an. »Du lässt doch mich quälen!«

»Nur, weil du es immer noch nicht begreifst. Du hast Angst, dass du wie dein Vater bist, den du getötet hast. Du hast Angst, dass du wie dein Bruder bist, den du kaum je aus den Augen zu lassen gewagt hast. Aber du musst keine Angst haben. Du bist stärker als sie, großartiger als sie, grausamer als sie … Das Tier, das in dir wohnt, ist noch wilder, noch blutrünstiger. Lass es frei, es ist so schön.«

»Ich bin nicht grausam um der Grausamkeit willen!«

»Dann sei grausam um der Schönheit willen!«

»Jemandem Schmerzen zuzufügen ist nicht schön.«

»Wäre es hingegen nicht schön, keine mehr zu empfinden?«

Die Stimme war so weich, die Hände, die über sein Gesicht

streichelten, waren es auch. Kurz ließ es nach – das Pochen, wo der Zahn fehlte, wo sein Finger gebrochen war, wo glühende Eisen tiefe Wunden geschlagen hatten. Noch nicht einmal die Stricke konnte er fühlen. Er schien nicht mehr gefesselt, er schien nicht mehr machtlos.

Auch dem Vater war er irgendwann nicht mehr hilflos ausgeliefert gewesen. Er hatte ihn getötet, und als Ailillán ihn mit dessen Leichnam gefunden hatte, hatte er gekichert wie beim Anblick des toten Fohlens. Vielleicht hatten sie beide gekichert.

Du musst töten, was du hasst, dann hast du keine Angst.

Ascall schloss die Augen, öffnete sie wieder, der rote Schleier war jetzt so dick, dass er nicht länger Amaurys schwarze Augen sehen konnte. Er glaubte, in die farblosen des Vaters zu blicken, in denen nicht der übliche Irrsinn stand, stattdessen Bewunderung.

»Lass das Tier frei, es ist so schön.« Ascall ahnte, wenn er den Mund öffnete, würde er knurren, und wenn ein Tier knurrte, tat es das nicht, weil es hasste oder liebte, sondern weil es hungrig war. Er fürchtete den Hunger nicht, er fürchtete den Schmerz nicht. Warum sollte er den ausgefallenen Zahn noch spüren, wenn er doch spitze Zähne im Mund hatte, warum den gebrochenen Finger, wenn er doch Krallen hatte, warum sollte ihn die Brandwunde quälen, wenn doch längst dickes Fell darübergewachsen war. Ja, Tiere hassten und liebten nicht, sie vergaßen den Schmerz, den sie einmal gefühlt haben, weil sie keine Angst vor neuem hatten. »Du bist der Wolf«, kam von weither die Stimme. »Du bist der Krieg. Du bist wunderschön.«

Immer noch war da der rote Schleier. Ascall wollte ihn wegreißen, und als er es versuchte, erkannte er, dass er doch noch eine Menschenhand hatte, keine Klauen. Schmerz spürte er gleichwohl nicht, zumindest blieb er für wenige Augenblicke davon verschont. Dann schon bohrte er mit dem gebrochenen Finger in der Brandwunde auf seiner Brust, und der Schmerz kam zurück, die Erinnerung kam zurück, nicht nur an das tote Fohlen, den verrückten Vater, auch an Róisín. Der Schmerz wuchs, die Angst wuchs, die Liebe wuchs, und die Liebe war schön, Róisín war schön, Róisín hatte es einst geschafft, einen Wolf zu töten.

Anstatt zu knurren, nannte er ihren Namen, wieder und immer wieder, und die Welt war nicht mehr rot wie Blut, sie war von jenem Bronzeton wie ihr Haar, und das Haar kitzelte ihn selbst dann noch, als Saint-Taurin zuschlug. Vielleicht war es auch Goll.

»Schade«, sagte Saint-Taurin einmal mehr, bevor Schlag um Schlag folgte. »Schade, dass du dich selbst so quälst.«

Eine Stimme drang in die Dunkelheit. »Warum brichst du nicht? Am Ende brechen doch alle.« Ascall haderte damit, dass es nicht dunkel blieb und nicht still, dass er nicht die Fähigkeit des Zauberers Cú Roí hatte, der seine Seele außerhalb des Körpers versteckt hatte halten können. Nein, seine Seele war noch da, geschunden oder nicht, sein Körper war noch da, geschunden oder nicht. Ascall versuchte, die Augen zu öffnen, und zumindest bei einem gelang es ihm auch. Golls Gesicht kroch ganz dicht an seines heran. »Warum brichst du nicht?«, fragte er wieder, sah ihn nahezu ratlos an.

Ascall fuhr sich mit der Zunge über die Lippen. Dass er das konnte, obwohl beides taub war, gab ihm Mut, auch zu sprechen. »Warum dienst du ausgerechnet ihm? Du bist doch Ire!«

Ein Lachen erklang, das Ascall noch mehr Schmerzen bereitete als ein Faustschlag. Endlich riss es ab. »Was soll denn das heißen, ein Ire zu sein?«

»Das soll heißen, dass du Stolz hast, Ehre …«

»Ha!« Die Belustigung wich Ärger, das Gesicht, das sonst so verschlagen wirkte, war nackt wie nie. »Stolz! Ehre! Du wirst bald nicht mal mehr eine Nase haben.«

Als er einen Dolch hob, konnte Ascall nicht verhindern, gequält aufzuschreien. Einst hatte man hierzulande einem Sklaven einen Nasenflügel abgeschnitten, wenn er floh, und den zweiten, wenn er es erneut versuchte. Mühsam fand er seine Fassung wieder.

»Tu es doch!«, stieß er hervor. »Dann muss ich deinen Gestank nicht mehr ertragen. Meine Ehre und meinen Stolz werde ich dagegen immer noch haben.«

Goll ließ den Dolch sinken, sein Gelächter klang nun wie ein Schluchzen. »Aber die Iren haben doch keine Ehre.«

»Das hat Saint-Taurin dir eingeredet!«

»Um zu zerbrechen, musste ich nicht erst in seine Hände fallen.«

Goll umklammerte den Knauf des Dolches, sogar die Klinge, als wollte er lieber sich selbst die Finger abschneiden als Ascall die Nase.

»Erzähl es mir«, sagte Ascall, »erzähl mir, was dir passiert ist!«

Nicht dass er das wirklich wissen wollte. Aber Goll reden zu hören war besser, als sein Lachen zu ertragen, das Lachen zu hören allerdings noch besser, als sich von ihm die Nase abschneiden zu lassen.

»Wem immer ich meine Treue schwor, der starb«, sagte Goll. »Zuerst Tigernán von Breifne, dann Domhnall O'Farrell.«

Domhnall war der König von Conmaícne, und dass Ascall sich an den Namen noch erinnerte, erfüllte ihn mit Erleichterung. Das Tier in ihm kannte ihn schließlich nicht.

»Tigernán wurde von den Normannen getötet und Domhnall auch, und dennoch dientest du einem von ihnen?«, fragte Ascall.

»Nun, ein anderer Domhnall, Domhnall Cavanagh, Diarmaits Bastardsohn wurde nicht von den Normannen, sondern von den O'Nolans geschlachtet.«

»Ihm also hast du als Nächstes gedient. Aber er wurde nicht zuletzt getötet, weil er wie sein Vater auf der Seite der Normannen kämpfte, folglich ein Verräter war.«

»Hier sind doch alle Verräter. Hier tötet jeder jeden, sobald es irgendeinen Nutzen bringt. Das allein ist der Grund, aus dem die Normannen kommen konnten und aus dem sie bleiben werden. Es gibt doch gar keine Iren, weder mit noch ohne Ehre. Es gibt Männer aus Connacht, aus Breifne, aus Munster, aus Ulster und wie die Provinzen heißen. Und die Männer aus Connacht töten lieber die Männer aus Munster statt der Normannen. Und die Männer aus Ulster töten lieber die Männer aus Meath statt der Normannen.«

Goll spuckte beim Reden, was Ascall daran erinnerte, wie ausgedörrt sein eigener Mund war. Heiser sagte er: »Ich will es ja nicht leugnen, dass die irischen Könige untereinander zerstritten sind, dass ihre Schwäche die Normannen so stark gemacht hat. Aber warum dienst du Saint-Taurin?«

Golls Miene glich nun der eines trotzigen Kindes. Er umklammerte den Dolch wie ein solches sein kleines Holzpferd, wenn ihm das jemand wegzunehmen drohte.

»Saint-Taurin hat mir als Erster und Einziger die Wahrheit gesagt.«

»Und was ist die Wahrheit?« Erstaunlich, dass er noch schreien konnte. »Dass die Welt ein Schlachtfeld ist und nur die Grausamen und Verrückten überleben?«

Goll schüttelte heftig den Kopf. »Ich fiel in Saint-Taurins Hände, als ich gerade dabei war, Domhnall Cavanagh zu begraben. Er wolle alle Geheimnisse wissen, die dieser mit in die kalte Erde genommen habe, hat Saint-Taurin gesagt, und als ich mich weigerte, auch nur ein Wort zu sprechen, erklärte er ganz ruhig: ›Dann werde ich dir Schmerzen zufügen, bis du es tust.‹ Und siehst du, das hat kein irischer König zuvor zu mir gesagt. Einen großen Krieger haben sie mich genannt, während Saint-Taurin mir gleich zu verstehen gegeben hat, ich sei ein elendiger Wurm.«

Aber die Gnade, dich ganz zu zertreten, hat er dir nicht gewährt.

»Nun«, sagte Ascall ruhiger, »mag sein, dass er dir die Wahrheit gesagt hat, mich aber hat er belogen. Ich sei kein Wurm, hat er mir gesagt, sondern ein Wolf. Und er hat mir nicht damit gedroht, mir Schmerzen zuzufügen, er hat mir versprochen, dass ich nie wieder welche fühlen muss.«

Goll ließ den Dolch fallen. »Das ist doch keine Lüge!«, blaffte er. »Wenn du nicht so stur wärest, wüsstest du längst, dass man irgendwann keine Schmerzen mehr spürt. Dass man irgendwann die Welt so sieht, wie sie ist, nicht wie sie sein soll. Und dass man sich selbst so sieht, wie man ist, nicht wie man sein will.«

Goll bückte sich nach dem Dolch und fuchtelte damit vor Ascalls Gesicht herum, sodass der erneut Angst hatte. Dieses Mal davor, der andere würde ihm das noch heile Auge ausstechen.

Aber noch konnte er sehen, noch konnte er sagen: »Ich jedoch sehe dich, wie du sein *könntest*. Vielleicht bist du kein Ire mit Ehre … hingegen der Mann, der mich befreit.«

Goll heulte auf, und in seinen Augen stand ein eigentümlicher Glanz. »Genau das tue ich doch! Ich befreie dich!«

Und schon senkte er den Dolch, schon fuhr die Klinge in sein Fleisch. Nein, er schnitt ihm nicht die Nase ab und stach ihm nicht die Augen aus, er schnitt tief in die empfindliche Haut zwischen seinen Brustwarzen. Als Ascall spürte, welche Form die Schnitte bildeten, lachte er auf.

Vielleicht hatten sie ja recht, Goll, sein Vater, Saint-Taurin. Vielleicht war die einzige Freiheit, auf die es ankam, nicht mehr vor Schmerzen zu brüllen, sondern lachen zu müssen. Und vielleicht errang man diese Freiheit nur, wenn man in der Quelle des legendären Dian Cecht badete. Die toten Krieger, die in diese geworfen wurden, stiegen auf ihren eigenen Beinen wieder heraus, waren dann zwar keine lebendigen Menschen mehr, die fühlten, tanzten, lachten, aber immer noch Krieger, die kämpften, quälten, töteten.

Ehe er entschied, ob ihn diese Quelle als Segen oder als Fluch deuchte, schien er in ihr zu ertrinken.

Später zerrte Goll ihn in den Hof, band ihn an zwei Holzstümpfen fest, zwischen denen er wie der Gekreuzigte leibhaftig hing. Jeder konnte nun das Zeichen sehen, das der andere ihm auf die Brust geritzt hatte – ein roter Ast war es, nein, ein rotes Zweiglein. Wäre es aus Holz, nicht aus Blut, es würde schon bei der ersten Böe brechen. So aber hielt es dem Wind stand, hielt auch dem Gelächter stand, das von allen Seiten ertönte, hielt selbst dem Regen stand, der nicht schnell genug auf ihn einprasselte, um das Blut wegzuwaschen. Ascall hob den Kopf, senkte ihn wieder, ertrank erneut in Dian Cechts Quelle, doch es scherte ihn nicht.

Er war zu müde, sich zu wehren, zu müde zu lieben, zu müde, sich auf den Beinen zu halten. Als er sich fallen ließ, schnitten die Stricke schmerzhaft in seine Handgelenke. Irgendwann würde er auch zu müde sein, den Schmerz zu fühlen.

Saint-Taurin hatte sich geirrt. Nicht die Wahrheit befreite vom Schmerz, nur die Erschöpfung, die Gleichgültigkeit, der Tod.

Doch es war nicht der Tod, der plötzlich zu ihm trat, über sein Gesicht strich, auf ihn einredete, wahrscheinlich war es Saint-Taurin.

»Ich fühle nichts … Ich fühle gar nichts mehr«, stieß Ascall keuchend hervor.

Er wartete auf triumphierendes Gelächter, es blieb aus. Und als er die Augen aufschlug, zumindest das eine, das nicht zugeschwollen war, blickte er nicht in schwarze Löcher einer noch schwärzeren Seele, er sah rotes Haar, das vom Regen durchnässt war, er sah Lippen, die sich zu einem mitleidigen Lächeln verzogen, er hörte eine Stimme, die sagte: »Ich befreie dich.«

Du musst mich nicht befreien, ich habe doch keine Schmerzen mehr, wollte er sagen, aber als der erste Strick durchschnitten wurde, kehrten sie zurück, erst recht, als er auch den zweiten los war, auf die Knie sackte, mit dem Oberkörper in den

Schlamm fiel. Er ertrank darin jedoch ebenso wenig wie in Dian Cechts Quelle, denn die rothaarige Frau zog ihn rechtzeitig auf ihren Schoß. Ihr Haar kitzelte ihn so, wie das von Róisín ihn in seinen Träumen gekitzelt hatte. Es tat weh und gut zugleich.

»Ascall von Toora …«, setzte sie an. Auch seinen Namen zu hören tat weh und gut zugleich.

»Was tust du da, Weib?«, schrie plötzlich jemand. »Er ist mein Gefangener!«

Saint-Taurins Stimme ließ etwas in ihm verkrampfen. Ascall bäumte sich auf, rutschte vom Schoß der Frau wieder in den Schlamm. Ein zweites Mal zog ihn die Frau mit den roten Haaren hoch, aber es war nicht sie, die Amaury widersprach.

»Nein, er ist mein Gefangener«, sage der Mann, der hinter ihr stand.

Ihr Haar war, nunmehr vollgesogen vom Schlamm, nicht länger rot, es war grau, und wieder tat es weh und gut zugleich, sie dieses Mal, zu spüren. Ascall wusste nicht, wer die Frau war, aber bevor ihm die Sinne schwanden, ging ihm auf, dass der Mann hinter ihr, der ihn vor Saint-Taurin gerettet hatte, Hugh de Lacy war.

Rúdnat

»Ist er tot?«, fragte Elayne. Rúdnat war nicht sicher, ob sie entsetzt oder sensationslüstern klang. Eigentlich passte Letzteres nicht zu dem scheuen, verträumten Mädchen, eher zu Isabel Tyrell, deren Schreie die ganze Burg erfüllt hatten, als Rúdnat den verletzten Ascall in eines der Gemächer hatte schaffen lassen. Außerdem hatte sie drei Kreuzzeichen geschlagen, wenngleich sie damit Hugh de Lacys Befehl, Rúdnat gewähren zu lassen, nicht außer Kraft setzen konnte. Am Ende hatte Isabel es ja noch nicht einmal geschafft, Elayne von dem Zimmer fernzuhalten. »Ist er tot?«, fragte diese wieder.

»Nein«, Rúdnat deutete auf die Brust des Verletzten, die sich sachte hob und wieder senkte. »Er atmet doch noch.«

Elayne runzelte die Stirn. »Aber er hört einfach nicht auf zu bluten«, sagte sie und deutete auf die Wunde auf Ascalls Brust.

Diese glich keinem roten Zweig mehr, eher einem Rosenbusch, an dem immer wieder neue Blüten sprossen.

»Krieger wie er ertragen das.« Der Atem klang rasselnd wie der eines Alten, nicht wie der eines Kriegers, trotzdem schwieg Elayne. »Du solltest nicht hier sein«, fuhr Rúdnat fort und sprach damit jene Worte, mit denen sie Elayne stets aufs Neue vom Hurenhaus fortschickte. Dorthin verirrte sie sich fast jeden zweiten Nachmittag auf der Suche nach dem süßen Ferkel und auf der Suche nach der Frau, die sie aus der Jauchegrube gezogen und danach gewaschen hatte. Sie fühlte sich ihr seitdem inniglich verbunden. Warum das so war, konnte Rúdnat nicht sagen. Gleichwohl rührte sie etwas an dem Mädchen, vor allem, wenn es vertrauensselig seine Arme um sie schlang und sie daran erinnerte, dass sie in ihrem Leben von viel mehr Menschen berührt worden war als nur von gierigen Männern.

Am Ende überwogen die schmerzlichen Erinnerungen aber immer die schönen, und sie machte sich los. »Du solltest nicht hier sein«, wiederholte sie, als Elayne sich nicht rührte. »Wenn er erwacht, könnte er gefährlich werden.«

»Aber er ist doch verwundet!«

»Die verwundeten Tiere sind jene, die am brutalsten sein können.« Endlich fügte sich Elayne und verließ seufzend den Raum. Eine andere machte es sich dagegen auf einem der Lehnstühle bequem. Rúdnat hatte Liven zu Hilfe gerufen, weil die von all ihren Huren am meisten von Kräutern verstand, doch als sie fragte, wie sie den Blutfluss stillen sollte, zuckte Liven nur mit den Schultern. »Herrgott, du kennst dich doch mit Pflanzen aus.«

»Mit solchen, mit denen man Haare färben und das Gesicht schminken kann, durchaus. Aber wie man Blut stillt, weiß ich nicht. Hm … Ich würde es mit Wein versuchen.«

»Soll ich den Wein auf die Wunde träufeln?«

»Nein, in den Mund. Wenn er Glück hat, schläft er so tief ein, dass er erst in Andernwelt wieder erwacht.«

Rúdnat warf ihr einen bösen Blick zu. »Ich will nicht, dass er stirbt!«

»Und er will wahrscheinlich nicht, dass er lebt – zumindest nicht in diesem Zustand.«

Liven legte ihre Füße auf einen kleinen, runden Tisch, während Rúdnat die Blessuren betrachtete. Schon als sie damals dem gefolterten Ascall zu trinken gegeben hatte, hatte sie vermeint, dass kein Fleckchen seiner Haut unversehrt geblieben wäre. Erst heute erfuhr sie, wie ein durch und durch zerstörter Mensch wirklich aussah.

»Vielleicht sollten wir Fine rufen«, schlug Liven vor.

»Ist sie in der Heilkunst bewandert?«

»Nein, aber erst unlängst haben wir Wetten abgeschlossen, wem es gelingt, einen der betrunkenen, laut schnarchenden Ritter erst hart und dann wach zu machen. Ihr ist es als Einziger gelungen.« Rúdnat begann schweigend, die Wunde auf

Ascalls Brust abzutupfen. Danach glich sie immer noch einem Rosenstrauch, wenn auch einem verwelkten. »Wenn du Fine holst, rate ich dir allerdings, seine Hände mit Stricken an den Bettpfosten festzubinden«, fuhr Liven vor. »Wie du schon sagtest, verwundete Tiere sind die gefährlichsten, und ich habe keine Lust, seine Krallen zu spüren.«

»Du lässt mich mit ihm allein?«, fragte Rúdnat.

Liven erhob sich. »Mir reicht es, besoffene Ritter zu bändigen, es müssen nicht auch noch die gefolterten sein.«

Es wurde still im Raum, nachdem Liven gegangen war. Obwohl sich Ascalls Brust immer noch hob und senkte, war der rasselnde Atem nicht mehr zu hören. Nachdem Rúdnat die Wunde auf der Brust gründlich gereinigt hatte, tupfte sie sein geschwollenes Auge mit kalten Leinentüchern ab. Aus einem Ohr schien Blut zu kommen, doch als sie auch das abwischte, stellte sich heraus, dass nur das Ohrläppchen eingerissen war. Auf die Brandwunde auf der rechten Schulter träufelte sie etwas Lilienöl, hatte ihr doch Hugh erzählt, dass er einst seine Narbe damit behandelt hatte.

Ach, Hugh …

Er würde ihr nicht ewig Zeit lassen, aus diesem blutigen Stück Fleisch wieder einen Menschen zu machen. Sie hatte Wochen gebraucht, um ihn überhaupt dazu zu bringen, ihn aus Amaurys Fängen zu befreien – und dass er sich am Ende dazu hatte überreden lassen, hatte mehr damit zu tun, dass er Amaury seine Macht beweisen wollte, als dass sie welche über ihn gewonnen hatte.

Sie beugte sich über Ascall. »Nun komm schon«, sagte sie, »wach auf! Ich brauche dich … Irland braucht dich.«

Welch dumme Worte. Die Insel war doch stumm wie er und mit genauso vielen Wunden geschlagen, nur dass diese nicht bluteten. Just als sie aber beschloss, die alte Echna zu holen, auf dass sie sich seiner annähme, ertönte wieder das Rasseln, ja ging nach einer Weile sogar in ein Stöhnen über, das dann abrupt abriss. Ascall fuhr hoch. Wenn Rúdnat nicht zurückgewichen wäre, ihre Köpfe wären schmerzhaft zusammengeprallt. Ascall konnte zwar nur eines seiner Augen öffnen, doch in dieses allein zu blicken machte ihr – glasig vor Wahn, wie es war – genügend Angst. Rúdnat bereute es, Livens Rat nicht befolgt und ihn festgebunden zu haben. Doch als sie sich nach einer Waffe umsah, einem Krug oder einer Platte, fiel sein Kopf zurück aufs Kissen.

»Wer bist du?«, fragte er nur.

Ich bin Irland. Geschändet und zerstört, aber nicht willens zu sterben.

»Eine Hure«, sagte sie, nicht sicher, ob er sie verstanden hatte.

Sein Blick glitt unruhig durch den Raum. Wieder stand Wahn darin, ein wenig Furcht, doch plötzlich auch … Spott. »Eine Hure«, wiederholte er, und seine Mundwinkel zuckten. »Saint-Taurin denkt sich absonderliche Methoden aus, um mich zu quälen. Glaubt er, mich mit Lust eher brechen zu können als mit Schmerz?«

Auch ohne Waffe in der Hand trat Rúdnat wieder näher an die Bettstatt heran, ließ sich auf deren Kante nieder. »Ich handle nicht in Saint-Taurins Auftrag. Ich habe dich vielmehr von ihm befreit … oder zumindest dafür gesorgt, dass Hugh de Lacy es tat. Du kannst ihm wirklich dankbar sein. Bedenke das, wenn du später mit ihm sprichst.«

»Ich soll mit Hugh de Lacy sprechen?«

Sie sagte nichts, nahm nur wieder das Leinentuch, begann erneut, die Wunden zu reinigen. Er verzog seine Miene nicht – nur an den Schweißperlen, die sich auf der bleichen Stirn bildeten, erkannte sie, dass ihm jede noch so sachte Berührung zusetzte. Schließlich wischte sie ihm auch den Schweiß ab.

»Lass das«, knurrte er.

Sie ließ die Hand sinken. »Ich habe dir etwas gebracht«, sagte sie leise und deutete auf das Bündel, das auf einem Schemel vor dem Kamin lag. Es dauerte eine Weile, bis er sich so weit aufgerichtet hatte, dass er dorthin blicken konnte. Alsbald sank er wieder zurück aufs Kissen. »Was soll ich mit frischer Kleidung?«

»Ich fürchte, lange bleibt sie nicht frisch, du wirst sie mit deinem Blut besudeln. Gleichwohl willst du gewiss nicht nackt vor Hugh de Lacy treten wollen … oder nackt vor ihm liegen.«

Was immer er getragen hatte, ehe er in Amaurys Folterkeller gequält worden war – es waren nur mehr Fetzen davon übrig, die nicht halten würden, würden sie nicht an Ascalls verschwitzter, blutbesudelter Haut haften.

Rúdnat trat zu dem Bündel, bückte sich danach. »Da ist eine Hose«, begann sie aufzuzählen. »Keine enge, wie man sie hierzulande trägt, sondern weit und an den Knien gebauscht. Nun ja, sie muss dir ja nicht gefallen. Diese Tunika hier hat dem Zwerg, der sie früher trug, bis zur Mitte der Oberschenkel gereicht. Bei dir wird sie gerade mal die Hüfte bedecken, was soll's. Einen Ledergürtel habe ich auch, außerdem einen Umhang. Dass er aus ziemlich grober Wolle ist, stört dich doch nicht, oder? Und hier sind Schuhe aus Ziegenleder, die ein Freier unter dem Bett einer meiner Huren vergessen hat. Dummer Kerl. Wie kann man sich nur vom Liebesspiel so berauschen lassen, dass man hinterher mit nackten, blutenden Füßen durch die Welt läuft?«

Zuvor hatte er sich beherrscht, um ihr seine Schmerzen nicht zu zeigen, jetzt runzelte er die Stirn. »Was soll ich mit frischer Kleidung?«, fragte er wieder.

»Wie ich schon sagte, du kannst doch nicht nackt vor …«

»Das ist nicht die Kleidung eines Kriegers.«

Auch wenn er noch so herrisch seine Stimme erheben wollte, er konnte nicht verhindern, dass er jedes zweite Wort nur lallte.

Sie ließ das Stoffbündel fallen, trat zu ihm, sah ihm forsch in das eine offene Auge. »Gewiss, einst warst du ein Krieger und ich noch keine Hure, aber diese Zeiten sind vorbei.«

Er hielt ihrem Blick stand. »Was willst du überhaupt von mir?«

»Zunächst nur, dass du dich ankleidest und mit der Schere, die ich dir geben werde, dein Haar und deinen Bart schneidest. Und dass du weder davor noch danach dich oder mich mit der Schere tötest.«

So weit wie jetzt hatte er sich noch nie aufgerichtet. Die Beine aus dem Bett zu heben, schaffte er jedoch nicht. »Ich kann mich nicht erinnern, wann ich zuletzt gegessen habe. Und etwas anderes trank als Regenwasser. Érius Tränen sorgen für mehr Durst, als dass sie ihn stillen.«

Rúdnat seufzte halb voller Verdruss, halb erleichtert. Ascall von Toora mochte ein störrisches Maultier sein, das selbst bestimmte, wohin es seine Hufe setzte, aber immerhin schritt es voran, anstatt stehen zu bleiben. Sie trat zur Tür, rief nach der Magd, die ihnen, wenn sie bei Hugh war, stets den teuersten Wein mit den kostbarsten Gewürzen – Zimt und Nelken – brachte.

»Heute tut es Met«, erklärte sie der Frau, »und bring etwas zu essen.«

»Fleisch?«, fragte die Magd.

»Nein, lieber Reis, der in Mandelmilch weichgekocht wurde. Das ist das Einzige, was er essen kann.«

Die Magd nickte, doch Ascall sah das anders. »Das ist nicht das Essen von Kriegern«, erklärte er, nachdem die Magd gegangen war.

Gern hätte sie wiederholt, dass er kein Krieger mehr war, stattdessen blaffte sie ihn an: »Krieger fressen doch notfalls auch Scheiße, also zier dich nicht!«

Er schwieg, den Blick starr auf das Bündel Kleidung gerichtet. Er bat sie jedoch nicht, es ihr zu reichen, wiederholte nach einer Weile nur seine Frage: »Was willst du von mir?«

Rúdnat konnte nicht anders, als zu lachen. »Was ich will?«, rief sie. »Was ich wirklich und von Herzen *will*? Oh, das Leben zurückdrehen und wieder in jener Zeit leben, da noch kein Normanne seinen Fuß auf die Insel gesetzt hat. Einer Zeit, als ich noch die Frau eines reichen Landbesitzers war, respektiert und angesehen, und Sklavinnen für mich die harte Arbeit verrichteten. Aber was wir *wollen,* ist nicht die entscheidende Frage, pah! Viel wichtiger ist es zu überlegen, was wir bekommen können.«

Wieder bildeten sich Schweißperlen auf seiner Stirn. Ihr entging nicht, dass seine Hand vor Anstrengung zitterte, und dass die Finger der anderen, auf die er sich aufstützte, unnatürlich gekrümmt waren.

»Und was können wir bekommen?«, fragte er leise.

»Hugh de Lacy«, gab sie zurück. »Genau genommen ist der schon Statthalter, aber Amaury de Saint-Taurin will ihn loswerden und an seine Stelle treten, und das müssen wir verhindern. Weißt du, wir haben nicht die Wahl zwischen Freiheit oder Gefangenschaft, wir haben noch nicht mal die Wahl zwischen Fleisch oder Reis. Für uns heißt es: Friss den Reis oder verhungere. Akzeptiere Hugh de Lacy als Statthalter von Irland, oder du bekommst Saint-Taurin. Und deshalb musst du Hugh, der von allen Seiten in Bedrängnis geraten ist, helfen.«

Ascall schnaubte. »Ich habe ihm in den letzten Jahren etliche Burgen gebaut … Damit habe ich ihm genug geholfen.«

»Du hast keine Burgen gebaut, du hast nur Steine geschleppt. Wenn es darum geht, Frieden zu schaffen, musst du die Steine auch zu Mauern übereinanderwuchten, auf dass kein Wind durch die Ritzen pfeift.«

»Frieden?« Er spuckte das Wort aus wie einen faulen Zahn.

Rúdnat nickte resigniert. »Ein zu großes Wort, ich gebe es zu. Eigentlich könnte ich mich schon damit begnügen, wenn etwas weniger Schlachten ausgefochten und etwas weniger Blut vergossen würde, und das noch nicht einmal meinetwegen, sondern um der Menschen willen, die ich liebe und für die ich alles tun würde, selbst wenn sie nicht mehr bei mir leben.«

Die letzten Worte sprach sie so leise, dass er sie wohl nicht mehr hören konnte. Sie war auch nicht sicher, ob er sie verstanden hätte, ja, ob er überhaupt wusste, was Liebe war. Nun, jedenfalls wusste er, wie sich Schmerzen und Hilflosigkeit anfühlten. Er kämpfte gegen beides an, fiel aber zurück aufs Bett.

»Ich verstehe … Du bist eine Normannenhure … Und willst auch mich zur Normannenhure machen …«

Sie zuckte mit den Schultern. »Mehr kann ich dir nicht bieten. Bevor du verächtlich über Huren sprichst, solltest du allerdings wissen: Es gibt solche, die unter den Männern liegen, und solche, die auf ihnen reiten.« Sein Gesicht verzerrte sich, er stöhnte wieder. »Na ja«, sagte sie, »zum Reiten scheinst du erst mal nicht zu taugen. Mir würde schon genügen, wenn du dich Hugh gegenüber als willfährig erweisen und ihm nicht mit jedem Wort und jeder Geste zu verstehen geben würdest, dass du ihn bei erstbester Gelegenheit töten wirst.«

Es war gegen Abend, als Hugh de Lacy im Gemach erschien. Bis dahin hatte Ascall es geschafft, in die Tunika zu schlüpfen, zum Tisch zu wanken und zumindest die Hälfte des Reisbreis zu essen, den die Magd gebracht hatte. So erbärmlich geduckt wie er dort kauerte, schien er sich seiner Schwäche zu schämen, doch Rúdnat hatte kein Mitleid. Scham mochte bitter schmecken, aber man starb nicht daran – viel tödlicher war der Hass mit seiner scharfen Klinge.

Hass war nicht in Ascalls Blick zu lesen, als Hugh eintrat, denn er hielt diesen gesenkt. Hugh ließ sich gleichfalls nicht dazu herab, in Ascalls Richtung zu lugen, geschweige denn Gefühle zu zeigen.

»Du hast gesagt, du würdest seine Wunden versorgen«, fuhr er Rúdnat an, »du hast nicht gesagt, dass du das im Gemach meines Sohnes zu tun gedenkst.«

»Walther schläft dort, wo alle Knappen schlafen, bei den Rittern in der Halle. Der hingegen«, sie wies mit dem Kinn auf Ascall, »schläft gerade nicht, weshalb du mit ihm reden kannst.«

Es war eine Herausforderung, den Männern mahnende Blicke zuzuwerfen und ihnen solcherart stumm zu verstehen zu geben: Ich habe euch schwach gesehen, mimt mir jetzt also nicht die Starken!

Bei beiden erreichte sie nicht viel damit. Ascall begann wieder ungerührt, Reisbrei zu löffeln, Hugh fragte betont gleichgültig: »Warum sollte ich mit ihm reden?«

»Warum hat König Henry Irland nie ganz erobert, sondern zugelassen, dass es in irische und normannische Gebiete eingeteilt wird?«, gab Rúdnat zurück und beantwortete sich die Frage selbst, ehe Hugh etwas sagen konnte: »Weil er auf diese Weise verhindern konnte, dass Irlands Statthalter zu mächtig wurde – mächtig wie der König eines eigenständigen Reiches. Wärest du ein solcher, wärest du seinen Launen nicht ausgeliefert, müsstest nicht ständig zittern, ob du in Irland bleiben darfst, und wenn ja, mit wie viel Macht.«

»Der Einzige, der hier zittert, ist der hier!«, unterbrach Hugh sie wütend.

Also hatte er doch noch einen Blick auf Ascall geworfen, wahrgenommen, dass der Löffel, den dieser gerade zum Mund führte, bebte. Ascall ließ den Löffel fallen, verschränkte die Arme über der Brust, saß nun ganz reglos da.

»Er kann dir zu einem Bündnis mit Ruari O'Connor verhelfen«, sagte Rúdnat. »Wird dieser zu stark, wirft Henry dir Schwäche vor. Besiegst du ihn zu oft, wittert er hinter deiner Stärke Verrat. Wenn ihr aber Frieden schließt, wird Henry schweigen.«

Oft genug hatte sie ihre Hand auf sensible Körperstellen gelegt, um zu wissen, wo sie nun seine Seele zwicken musste, damit er halb vor Lust, halb vor Schmerz erschauderte. Labsal für die verletzte Eitelkeit war das eine, mit dem sie ihn locken konnte. Futter für seinen Hunger nach Macht war das andere. Natürlich durfte sie bei alldem seinen Stolz nicht außer Acht lassen, der ihm verbat, ihre Ratschläge leichtfertig anzunehmen.

Prompt rief er zornig: »Du bist ja verrückt!«

»Verrückt ist Amaury de Saint-Taurin, und doch hat er lange

vor dir begriffen, dass ihm ein Bündnis mit Ascall zum Nutzen gereichen würde!«

Hugh schüttelte den Kopf. »Er wollte ihn quälen, bis er stirbt.«

»Nein, er wollte ihn quälen, bis seine Seele stirbt – mit dem Rest hätte er durchaus noch etwas angefangen.«

»Ist denn noch genug Verstand übrig geblieben?« Hugh schlug mit der Faust auf den Tisch.

Ascall zuckte jedoch nicht zusammen. Er ergriff nur wieder den Löffel, nicht, um ihn in die Schüssel zu tauchen, sondern um damit auf die Tischplatte zu schlagen, als gälte es den Worten, die schließlich aus seinem Mund krochen, einen Rhythmus vorzugeben. »Ich weiß nicht, wie es die Normannen halten, in Irland jedenfalls reden die Männer miteinander, ohne dass eine Frau für sie übersetzt.«

Hugh schien so gereizt, dass Rúdnat erwartete, er würde dem anderen gleich den Löffel entreißen und damit auf das noch heile Auge schlagen. Statt das zu tun, ließ er sich Ascall gegenüber auf einen Stuhl fallen.

Rúdnat unterdrückte einen Seufzer der Erleichterung – wusste sie doch, dass es zu früh war, sich eines Sieges zu erfreuen, zumal sich die beiden feindselig musterten.

»Es wär mir neu, dass die Iren miteinander reden«, sagte Hugh. »Ich weiß von ihnen nur, dass sie sich gegenseitig abschlachten, wann immer sie die Möglichkeit dazu haben. Mir soll es recht sein. Gerade erst war es mir ein Spaß, dabei zuzusehen, wie zwei Sippen um einen Fetzen in Westmeath kämpften.«

»Wenn du bei den Kämpfen nur zusiehst, bist vielleicht du die Frau, nicht sie.« Ascall deutete mit seinem Kinn auf Rúdnat.

Hughs Narbe begann zu pochen wie in den Augenblicken höchster Lust. Dennoch beherrschte er sich. »Ich gebe es zu, ich kämpfe nicht immer. Aber die Iren sind Menschen, die einander verraten. Sie stehen treu zur eigenen Sippe, doch die ist klein. Wer nicht dazugehört, dem halten sie so lange die Treue wie der Hase der Häsin. Sobald er sich in der einen entleert hat, springt er zur nächsten. Wäre euer Königreich ein Kleid, Ériu liefe in Fetzen herum, weil immer wieder jemand anderer ein Loch in den Stoff reißt.«

Wenn Ascall eine Narbe gehabt hätte, sie hätte wohl auch gepocht, aber noch waren alle Wunden frisch. Die an der Brust blutete nun wieder stärker, wie an dem dunklen Fleck auf der Tunika zu sehen war – gleichwohl beugte er sich vor.

»Ich stand immer treu zum Hochkönig.«

»Mag sein, dass du ihm dann und wann einen Faden gereicht hast, um das Kleid zu flicken, seine Nadel ist allerdings nicht spitz genug. Ruari O'Connor hat es weder geschafft, die Iren unter sich zu vereinen, noch im letzten Winkel seines Landes zu herrschen und es zu verwalten. Viele irische Bauern leben glücklich im Schatten unserer Burgen, weil sie sich darauf verlassen können, dass wir Recht und Ordnung schaffen.«

»Ich bin kein Bauer.«

»Nein, du bist ein Mann, den sein Hochkönig im Stich gelassen hat. Als ich die Grenze von Meath bis zum Shannon ausweitete, hat er geknurrt und seine Boten zu König Henry geschickt, die sich in seinem Namen beschwerten. Als du in unsere Gefangenschaft geraten bist, hat er noch nicht mal wie ein Hündchen gewinselt. Er hat nie für deine Freiheit gekämpft.«

»Würde dein König für deine Freiheit kämpfen, wenn die Iren dich gefangen nähmen?«

Ein Lächeln zupfte an Hughs Mundwinkeln, doch seine Lippen wurden schmal. »Nein«, gab er enttäuscht zu. »Mir ist bewusst, dass ich mich nicht auf König Henry verlassen kann, dass ich Verbündete brauche. So wie einst Strongbow, der übrigens nie ohne irische Truppen gekämpft hat.«

Ascall erwiderte das lustlose Lächeln. »Strongbow war mit Aoife verheiratet, weswegen ihn viele Iren als Freund, gar als Bruder sahen. Aber ich denke, du hast mich nicht vor Saint-

Taurin gerettet, weil du um mich werben willst. Und wenn du es auf sie abgesehen hast«, er wollte mit dem Löffel auf Rúdnat deuten, konnte den Arm jedoch nur so weit heben, dass der die Bienenwachskerze auf dem Tisch berührte, »dann wird dir das nichts nützen, denn sie ist keine irische Prinzessin, sie ist eine irische Hure.«

Hughs Lächeln wurde kalt. »Du müsstest dich nicht in mein Bett legen, um ein Bündnis mit mir einzugehen, du müsstest nur auf die Bibel den Lehnseid sprechen, so wie Diarmait MacMurchada es einst für Henry getan hat.«

»Und dann würdest du mir trauen? Hast du nicht eben gesagt, dass alle Iren Verräter sind?«

»Immerhin bin ich ohne meine Leibwache vor dich getreten.«

»Weil du wusstest, dass ich dir nichts anhaben kann.«

Ascalls Hände begannen nun zu zittern, allerdings nicht, weil ihn die Schwäche vollends übermannte, wie Rúdnat kurz fürchtete, sondern um die Schüssel zu nehmen und sie auf Hugh zu werfen. Obwohl der sich duckte, wurde sein Umhang mit gekochtem Reis bekleckert.

Rúdnat zuckte zusammen. Hugh mochte keine Waffe tragen, doch es wäre ein Leichtes, Ascall mit bloßen Händen zu töten – in dem jämmerlichen Zustand, in dem dieser sich befand.

Hugh machte allerdings keine Anstalten, ihn zu töten, er schlug ihn noch nicht einmal, erhob sich nur.

»Der Reis ist doch schon ausgekühlt«, sagte er verächtlich, »du kannst mir also keine neue Brandwunde zufügen. Und meine alte schmerzt längst nicht mehr. Deine Wunden werden dagegen nicht heilen, wenn du wieder Steine schleppst.«

Während er noch sprach, ließ er seinen Umhang zu Boden fallen. Er stieg darüber hinweg, als er den Raum verließ, Rúdnat stieg darauf, als sie ihm folgte.

»Es ist eine Verschwendung, ihn Burgen bauen zu lassen!«, rief sie Hugh nach.

Er blieb noch nicht einmal stehen. »Es wäre eine Verschwendung, ihn von Saint-Taurin töten zu lassen – das ist das Einzige, worin wir übereinstimmen. Und jetzt kein Wort mehr, sonst komme ich noch auf die Idee, dass es auch Verschwendung ist, Zeit mit dir zu verbringen und dir zuzuhören.«

Die Narbe pochte wieder.

Und ob du noch Schmerzen spürst. Zumindest kannst du dich an die Schmerzen von einst erinnern.

Trotz seiner Drohung konnte sie den Mund nicht halten. »Wenn du ihm für den Treueeid Dún Fionn versprochen hättest, dann hätte er nicht den Reis nach dir geworfen, und du hättest einen mächtigen irischen Verbündeten!«

»Ich will aber keinen mächtigen irischen Verbündeten, ich will einen möglichst machtlosen. Und ich werde ihn nicht mit einem Treueeid an mich binden, sondern mit einer Geisel. Wenn er in den nächsten Wochen nicht von einem Stein zerquetscht wird, wird er bald seinen Bruder zu sehen bekommen – gefesselt und auf den Knien rutschend. Und dann ist Ascall das winselnde Hündchen, nicht nur sein Hochkönig.«

»Ascalls Bruder?«, fragte Rúdnat fassungslos.

Sie wusste, dass Hugh in den letzten Wochen irgendeinen Plan verfolgt hatte, sie hatte nur nie herausbekommen, welchen.

Er nickte, blieb jetzt doch stehen, drehte sich zu ihr um. »Vor einigen Wochen habe ich eine Truppe nach Breifne geschickt, mit dem Angebot, Ascall gegen eine Geisel freizulassen. Es war richtig von dir, mir zu raten, Amaury sein Spielzeug wegzunehmen, aber auch in meinen Händen wird Ascall nur das sein, nicht mehr. Ich sehe keinen Sinn darin, mit ihm zu reden.«

So grimmig wie er sie musterte, sah er wohl nicht einmal Sinn darin, weiter mit *ihr* zu reden, und sie erkannte, dass jedes Wort, das sie noch sagen könnte, eines zu viel sein würde.

Tuan

Caitlín und er schafften es nicht, Enda den Kopf abzuschlagen, den Hals hingegen durchtrennten sie zur Hälfte, kaum dass er in das Steinhaus kroch, und das genügte, ihn umzubringen. Der Blutschwall traf Caitlín wie ihn, doch sie schrie erst auf, als sie nach draußen robbte, dort die Kinder sah. Sie zog sie an sich, und Tuan sank neben Enda auf den lehmigen Boden. Unter der blauen Farbe, mit der er sich immer einrieb, schien seine Haut ganz weiß zu sein – jene Stellen ausgenommen, die mit Blut besudelt waren.

»Es war feige von uns, dich auf diese Weise zu töten«, murmelte er. »Aber es war auch feige von Ailillán, die Kinder anstelle eines erwachsenen Mannes ausliefern zu wollen. Und es war feige von dir, hierher zurückzukehren, anstatt selbst zu entscheiden, was du nun tun würdest.«

Was immer er mit diesen Worten bezweckte – sie verfehlten ihre Wirkung. Der Tote konnte ihm nicht vergeben, er vergab sich auch nicht. Ein Stein mochte so viel wiegen wie eine Goldmünze, aber das bedeutete nicht, dass er auch ihren Wert besaß – Stein blieb Stein. Und dass Ailillán und Enda schändlich gehandelt hatten, machte seine Tat nicht besser – Mord blieb Mord.

In den nächsten Stunden konnte er allerdings nicht darüber nachdenken. Es gab unendlich viel zu tun, bis die Kinder wirklich in Sicherheit waren.

Sie fanden Rún und Faolán rasch und befreiten sie, da Enda sie nur ein kleines Stück von der Hütte entfernt an einen Baum gebunden hatte. Viel länger dauerte es, auf die Spur der Normannen zu stoßen, denen Ailillán die Kinder auszuliefern gedacht hatte. Einen ganzen Tag durchkämmte Tuan vergebens den Wald, alsbald mit Eithnes Unterstützung, die Dún Fionn verlassen und berichtet hatte, dass man sich dort bereits fragte, wo Enda und Ailillán wohl steckten und warum zeitgleich mit ihnen auch Ascalls Zwillinge verschwunden waren.

»Noch ziehen sie nicht die richtigen Schlüsse«, schloss Eithne, »noch lassen sie nicht die Fäuste spielen, um ihr Unbehagen zu vertreiben. Aber wenn wir nicht bald zurückkehren und eine Erklärung liefern, wird ein Tumult ausbrechen.«

»Nun, mit leeren Händen und Aililláns und Endas Blut an der Kleidung können wir ganz sicher nicht zurückkehren«, hielt Caitlín dagegen und erzählte Eithne von jenem Plan, den sie vorher schon Tuan einzutrichtern versucht hatte. Nicht dass er ihn dieses Mal voll und ganz verstand. Wie Endas Hals schien auch seiner zur Hälfte durchschnitten – denn nur ein Teil aller Worte kamen bei ihm an. Doch nach den Normannen Ausschau halten, konnte er auch ohne nachzudenken, und schließlich stieß Eithne in der Nähe des Wasserfalls auf Spuren. Wenig später sahen sie die Truppe um ein Feuer sitzen.

»Es sind sechs«, erklärte er Caitlín. »Wir können unmöglich alle töten.«

»Einer würde schon genügen«, sagte Caitlín.

»Die anderen fünf werden doch nicht seelenruhig dabei zuschauen!«

»Lasst uns warten, bis sich einer entfernt, weil er sich erleichtern muss.«

Dafür also habe ich in den letzten Jahren zu kämpfen gelernt, dachte Tuan insgeheim bitter. Dass ich einem den Kopf abschlage, während er durch eine niedrige Tür kriecht, und einem anderen, während er gegen einen Baum pisst …

Nicht dass er sich so nah an die Truppe herangewagt hätte, um einem von ihnen tatsächlich den Kopf abzuschlagen. Nein, er würde mit dem Speer kämpfen, den Eithne aus Dún Fionn mitgebracht hatte. Stundenlang umklammerte er ihn, auf die richtige Gelegenheit wartend, ihn zu werfen, und dass Rún,

Caitlín und Eithne ihn dabei nicht aus den Augen ließen, war wenig ermutigend. Wenigstens schlief Faolán mit den Kindern im Schatten eines Baumes.

Wir hätten sie in der Hütte zurücklassen sollen, dachte er, ehe ihm wieder einfiel, dass in der Hütte zwei Tote lagen und sie gar keine andere Wahl hatten, als zusammenzubleiben. Die Normannen blieben leider auch zusammen, begannen – als der Morgen mit spitzer Nadel violette Fäden in das schwarze Tuch der Nacht stickte – sich lautstark darüber auszutauschen, was es wohl zu bedeuten hatte, dass Ailillán nicht auftauchte. Eine Weile herrschte Uneinigkeit, ob sie warten oder gehen sollten, schließlich stampfte der Anführer jeden Widerspruch nieder wie die mageren Flämmchen des nächtlichen Feuers. Schon bestiegen sie ihre Pferde – nur einer band seines noch nicht los, er verschwand im Gebüsch dahinter.

»Das ist deine Chance«, rief Eithne aufgeregt.

Die Chance, einen weiteren Menschen zu töten, meinte sie, die Chance, einen weiteren Menschen am Leben zu lassen, dachte er und warf.

»Habe ich ihn getroffen?«, fragte Tuan.

Eithne stellte sich auf die Zehenspitzen. »Ich fürchte, nicht«, sagte sie verdrossen.

Er kniff vermeintlich enttäuscht die Lippen zusammen, dachte aber insgeheim: Gott sei Dank. Unerträglich wäre ihm gewesen, zum zweiten Mal zum Mörder zu werden, während der Leichnam seines ersten Opfers kaum erkaltet war.

Er war sich nicht sicher, ob er mit Absicht oder aus Unvermögen nur den Helm getroffen hatte – desgleichen sich die Normannen nicht sicher waren, ob sie, als der Knappe laut schreiend zu ihnen zurückstürmte, nur noch den Helm holen sollten oder auch die Köpfe derer, die sie angegriffen hatten. Am Ende überwog die Furcht, dass Ailillán ihnen eine Falle gestellt hatte und nicht ein Einzelner hinter den Bäumen lauerte, sondern ein ganzes Heer.

Caitlín und Rún waren erleichtert, als sie davonritten, er

selbst war erleichtert, als er den kegelförmigen Eisenhelm mit dem Nasenschutz betrachtete. Er war nicht sehr groß, was bedeutete, dass der Knappe kaum der Kindheit entwachsen war.

Ich habe ihn nicht getötet … Gott sei Dank, Gott sei Dank, Gott sei Dank.

»Wir könnten ihn den Männern auf Dún Fionn zeigen«, sagte Eithne.

Caitlín kniff die Augen zusammen. »Und du denkst, sie glauben dann, Tuan hätte den Mann, der ihn trug, getötet?«

»Wir könnten den Helm mit Blut beschmieren«, schlug Eithne vor.

»Hm …«, machte Caitlín, nahm den Helm und wischte mit dem Saum ihres Kleides darüber, doch Endas und Aililláns Blut waren bereits getrocknet, sodass es keine Spuren mehr hinterließ.

»Es sieht eher so aus, als wäre der Helm rostig geworden, nicht, als hätte man ihn von einem abgeschlagenen Kopf gezogen«, mischte sich Faolán ein.

Sobald sich die Truppe entfernt hatte, hatte er sich mit den Kindern aus dem Gebüsch gewagt, wenngleich er noch im Schatten der Bäume verharrte und sowohl Aedan als auch Finnola umarmt hielt.

Caitlín warf ihm einen vernichtenden Blick zu. »Hast du einen besseren Einfall?«

Faolán zuckte mit den Schultern, aber Eithne schlug vor: »Mir ist es gelungen, dein Haar schwarz zu färben. Ich könnte vielleicht auch ein Rot zustande bekommen.«

»Es genügt nicht, dass der Helm rot ist«, sagte Caitlín. »Wir brauchen einen Beweis dafür, dass Enda, Ailillán und Tuan einen wüsten Kampf mit den Normannen ausgefochten haben, weil diese die Kinder entführen wollten. Und dass am Ende zwar Enda und Ailillán unter den Schwertern der Feinde fielen, es Tuan jedoch gelang, zumindest einen ihrer Mörder zu töten, die anderen in die Flucht zu schlagen und solcherart die Kinder zu retten.«

»Aber sie werden den Leichnam des Mörders sehen wollen!«, sagte Faolán zweifelnd.

»Dann behaupten wir, dass er im See versunken ist, mitsamt dem Bein, das Tuan einem anderen abgeschlagen hat!«

Das wird ja immer verrückter, dachte Tuan.

Faolán hingegen schien von der Geschichte durchaus angetan zu sein. »Ich könnte ein Lied dichten.«

»Über ein abgeschlagenes Bein?«, fragte Eithne spöttisch.

»Nein«, rief Caitlín ungeduldig. »Über ein halbes Dutzend Normannen, nein, über ein ganzes Dutzend, dem es nicht gelungen ist, Ascalls Kinder zu rauben, weil Tuan sich ihnen tapfer entgegengestellt hat.«

»Und du glaubst, dass die Ritter des Roten Zweiges Tuan deshalb als neuen Anführer anerkennen?«

Der Zweifel klang nicht nur durch Faoláns Stimme, er zeichnete sich auch auf Caitlíns Miene ab. Gleichwohl nickte sie entschlossen und sagte: »Es genügt schon, wenn der neue Anführer uns wohlgesinnt ist und uns glaubt.«

»Dass er *dir* glaubt«, sagte Eithne schnell, »denn am besten ist wohl, wenn du, Ascalls Frau, beteuerst, dass die Normannen heimlich angegriffen haben … und Tuan sich als kaltblütiger Krieger erwiesen hat.«

Sie lachte bei ihren letzten Worten, obwohl Tuan nicht fand, dass es einen Anlass zum Lachen gab – weder wenn ihre Worte wahr gewesen wären, noch wenn sie falsch gewesen wären. Genau genommen waren sie wahr und falsch, denn als Krieger hatte er sich Enda gegenüber durchaus erwiesen, kaltes Blut rann hingegen nicht durch seine Adern. Im Gegenteil, ihm wurde heiß, als er erst mit einem Stück Holz, dann mit einem Stein auf den Helm einzudreschen begann, bis der völlig zerbeult war.

»Denkst du nicht, das ist ein wenig übertrieben?«, fragte Eithne, als sie sein Werk betrachtete.

»Nein«, sagte Caitlín, »den Männern wird das gefallen. Sie werden denken, dass Tuans Hände aus Eisen sind.«

Erst jetzt bemerkte Tuan, dass sich Rún die Ohren zuhielt. Sie mochte stumm sein – die Geräusche, die von Gewalt und Tod kündeten, schien sie allerdings durchdringender wahrzunehmen als er, Rún und Caitlín. Er hob entschuldigend die Schultern, aber sie sah es nicht. Sei's drum. Hände aus Eisen zu haben war nicht so erstrebenswert wie Hände aus Gold, das Wichtigste war, dass er mit diesen Händen noch etwas Nützliches vollbringen konnte, und sei es nur, einen Helm zu zerbeulen.

Sie kehrten mit den drei Pferden, die Tuan gemeinsam mit den Kindern heimlich von der Burg fortgebracht hatte, nach Dún Fionn zurück. Auf dem einen lag der tote Ailillán, auf dem anderen der tote Enda, auf dem dritten saß Tuan selbst, den zerbeulten Helm in der Hand. Die anderen folgten ihm zu Fuß: Caitlín trug Aedan, Rún trug Finnola, Faolán trug seine Harfe. Eithne hatte als Einzige nichts zu tragen, aber genug damit zu kämpfen, ihr Grinsen zu verbergen. Als sie aufgebrochen waren, hatte sie gemeint, sie hoffe, dass Enda unterwegs nicht der Kopf abfiele, und danach hatte sie laut und durchdringend gelacht. Tuan war so erbost gewesen, dass er sie heftig geschüttelt hatte. »Du hast so viele Nächte bei ihm gelegen, und sein Tod bedeutet dir nichts?«, hatte er gerufen. Da war ihr Lachen abgerissen, stattdessen hatten Tränen in ihren Augen geglänzt, und er hatte sich rasch abgewandt, weil er wusste, dass er nicht weitermachen konnte, wenn sie weinte, wenn sie zitterte, wenn er sie noch länger berührte.

Nun, da sie auf Dún Fionn zuritten, zuckten ihre Mundwinkel wieder, und obwohl er es hartnäckig zu ignorieren versuchte, musste er ihrer Worte gedenken und wünschte sich insgeheim, Endas Kopf möge tatsächlich abfallen. Das dumpfe Geräusch wäre erträglicher gewesen als die Stille, die sie einhüllte. Von allen Seiten kamen Krieger, blieben erstarrt stehen. Auch Fintan eilte herbei, schlug ein Kreuzzeichen, gefolgt von

Airdi, der beim Anblick der Toten auf den Boden sackte, seinen Kopf zwischen den Knien vergrub, sich hin und her zu wiegen begann.

Und ich kann ihm nicht helfen …

Er konnte noch nicht einmal die Stille ertragen, und rief deshalb laut: »Die Ritter des Roten Zweiges, man sieht sie nicht, man hört sie nicht, aber sie sind überall, um ihre Feinde zu töten.«

Und schon begann er, sich auf die Brust zu schlagen, wie es Ascall und Ailillán getan hatten, als sie seinerzeit mit toten Gefährten auf die Burg zurückgekehrt waren.

Damals waren alle Krieger ihrem Beispiel gefolgt, nun tat das niemand. Einzig Barra mit seinen langen Haaren, die er erst wieder schneiden wollte, wenn Irland frei war, löste sich aus der Starre, trat zu den Pferden. Erst zog er Aillilláns Kopf an den Haaren hoch, um ihm ins Gesicht zu schauen, dann Endas Kopf.

Wenn er jetzt abfällt, lache ich wie Eithne … oder ich weine wie sie.

Doch der Einzige, der lachte, war Ivarr. Als Airdi zuvor auf den Boden gesunken war, war er von dessen Rücken gerutscht. Nun versuchte er sich an dem Speer, den er immer bei sich trug, hochzuziehen, und dass ihm das nicht gelang, schien ihn genauso zu belustigen wie die Tatsache, dass er, obwohl gelähmt, länger lebte als die beiden stattlichen Krieger.

Barra indes trat zutiefst verstört zurück, während die Lippen von Ógán, dem jüngsten der Männer, dem es oblag, das Banner zu tragen, zu zittern begannen.

»Wer?«, brüllten Pòg, Madadh und Clach wie aus einem Mund. »Wer?«

So leicht es Tuan zuvor gefallen war, die Stimme zu erheben, so unmöglich war es ihm jetzt fortzufahren. Doch da trat Caitlín vor, nahm ihm den Helm aus der Hand, schleuderte ihn Barra vor die Füße – zumindest wollte sie das. Da der Boden so uneben war, blieb er nicht einfach liegen, sondern rollte an dem betenden Fintan vorbei, an Airdi, bis zu den nackten Beinen des Schmiedes Cascorach, der den zerstörten Helm – immerhin wohl das Werk eines Meisters, wie er einer war – neugierig musterte.

»Tuan hat Ailillán und Enda bereits gerächt«, erklärte Caitlín entschlossen. »Der Normanne, der die beiden heimtückisch angegriffen hat, ist tot.«

Tuan hatte keine Ahnung, warum sie vom ursprünglichen Plan abwich, nicht von einem Dutzend Ritter sprach, auch nicht von einem Bein, das im See versunken war.

Eithne indes stellte sich neben Caitlín und nickte bekräftigend. Ihr Grinsen war verschwunden. »Tuan hat sich als ganz und gar ehrenvoller Krieger erwiesen, der Aililláns und Endas Mörder zum Zweikampf aufforderte, obwohl der ein Schwert hatte und er selbst nur Dolch und Speer. Gleichwohl ist es ihm gelungen, den anderen zu besiegen, ihm die Kehle durchzuschneiden und ihn den Wasserfall von Glencar hinunterzustoßen.«

Wie es ihm auch noch gelungen war, dem Toten den Helm vom Kopf zu ziehen und warum dieser so zerbeult war, fragte gottlob niemand.

»Pah!«, rief Ivarr hämisch. »Was glaubt ihr, wie viele ich getötet habe, obwohl sie alle ein Schwert hatten und ich nur einen Speer!«

Pòg musterte ihn verächtlich. »Den Letzten, den du getötet hast, haben die Würmer längst gefressen, weswegen du schon mal nicht zum neuen Anführer taugst.«

Ivarrs Miene wurde verdrossen, und mit seinem haarlosen Kopf glich er nun selbst einem Wurm.

Ehe er etwas sagen konnte, rief Caitlín: »Richtig! Ein Gelähmter kann die Ritter des Roten Zweiges nicht anführen.«

Pòg blickte sie an. »Wer bist du überhaupt?«, rief er und musterte sie feindselig.

Obwohl sich der Junge an ihr festklammerte, spielte er wohl mit dem Gedanken, ihr Aedan zu entreißen.

Nun mischte sich Ógán ein. »Das ist die Frau, die mir damals einfach die Kinder in die Arme gedrückt hat und davongelaufen ist.«

Ein Raunen erhob sich, Caitlíns Name wurde genannt. Ehe darauf auch Beschimpfungen folgten, hatte Caitlín Aedan an Eithne weitergereicht und trat auf Ógán zu.

»Die Frau, die davonläuft? Von wegen! Du hast noch nicht mal laufen können, als ich bereits Herrin von Dún Fionn war.« Tuan war nicht sicher, wie alt Caitlín war und wie alt Ógán, nur überzeugt, dass die Kluft an Jahren nicht so groß war, wie sie alle glauben machte. Gleichwohl wich Ógán verlegen zurück, sodass Caitlín fortfahren konnte. »Ich bin Ascall von Tooras *cétmuinter,* seine Erstfrau, deren Rang nach unserem Gesetz wiederum dem eines *tanaiste* gleicht, einem Nachfolger. Oder gibt es hier jemanden, der anderes behaupten will?« Das Raunen erstarb. »Und ich bin die Ziehmutter seiner Kinder, die seit Jahren für sie sorgt und auch in Zukunft diejenige ist, die das am besten kann. Oder gibt es jemanden, der anderes behaupten will?«

In der Stille, die folgte, ließ sich laut und deutlich Ivarrs Stimme vernehmen: »Und sagst du uns nun auch, welche Rolle du in Aililláns Leben eingenommen hast?«

Caitlín trat auf den Gelähmten zu, blieb breitbeinig vor ihm stehen. Sie wirkte größer als sonst, Ivarr noch kleiner.

»Aililllán und Enda sind tot. Man sieht sie nicht, man hört sie nicht, sie sind nirgendwo. Ich rede hier und heute nur über Lebende, nicht über Tote. Und die Lebenden tun wiederum gut daran, nicht über mich zu richten, sondern einen würdigen Anführer zu wählen.«

»Mir fällt aber keiner ein, der dazu taugt«, murmelte Ivarr.

»Einer, der seine Beine nur zum Sitzen gebraucht, hat ohnehin keine Stimme«, rief Clach wutentbrannt, »will er sich nun für oder gegen jemanden aussprechen.«

Fintan, der bis jetzt inständig gebetet hatte, hob den Kopf. »Die einzige Stimme, die zählt, ist die von Gott.«

Clach fuhr zu ihm herum. »Gott sieht man nicht, man hört ihn nicht. Was schert es mich, dass er überall ist? Einer, der seine Hände nur zum Beten gebraucht, hat übrigens auch keine Stimme.« Sein Blick suchte Caitlín. »Genauso wenig wie ein Weib.«

Sie hielt seinem Blick ungerührt stand. »Ich will auch nicht bestimmen, wer euer neuer Anführer wird. Ich will nur vorschlagen, euch ein Festmahl zu bereiten, damit ihr mit vollen Mägen darüber entscheiden könnt.«

Barra stampfte auf den Boden. »Man kämpft am besten hungrig, und man entscheidet am besten hungrig.«

»Ach was«, warf Ógán ein. »An Hunger werden wir noch lange genug leiden. Wer sind wir denn ohne Ascall, ohne seinen Bruder? Wir sollten keinen neuen Anführer wählen, sondern uns Connor Maenmaige anschließen.«

»Connor Maenmaige!« Pòg rief den Namen nicht einfach nur, er spuckte ihn aus. »Der kann doch froh sein, dass er nach dem Aufstand seines Bruders Murtagh anders als dieser noch zwei gesunde Augen hat!«

»Nun, würde sich Maenmaige selbst gegen Ruari erheben, wäre am Ende wohl der Vater blind«, hielt Ógán dagegen.

»Du willst dich also einem Verräter anschließen?«

»Nein, einem Mann, der einst bei einer Schlacht um Waterford mehr Normannen massakriert hat als jeder Einzelne von uns. Ich will nicht enden wie diese beiden da!«

Er deutete auf die Toten, und alle starrten nun auf sie, voller Furcht, voller Unbehagen, voller Misstrauen.

»Alle gemeinsam haben wir mehr Normannen getötet als Connor Maenmaige«, rief Clach. »Und deshalb werden wir gemeinsam entscheiden und gemeinsam handeln.«

Das Gemurmel erstarb, und ehe es wieder anschwoll, daraus gar ein zorniges Zischen werden konnte, ertönte ein Knacken. Caitlín hatte einen Zweig von dem Haufen Brennholz genommen, der an der Mauer des Langhauses aufgestapelt war, und ihn entzweigebrochen, nahm nun einen zweiten, auch einen dritten. Tuan verstand nicht, was sie bezweckte – so ungläubig, wie jeder sie anstarrte, verstand es niemand.

»Wehe, du vergreifst dich auch noch an meinem Speer«, sagte Ivarr spöttisch, indes Ógán mürrisch fragte: »Ist es etwa das, was du von den Rittern des Roten Zweiges hältst?«

Caitlín nahm das nächste Stück Holz, ließ es aber sinken, ehe sie es brach. »Es ist Sitte, Holz zu brechen, wenn jemand stirbt, damit die Geister daraus keine Bahre fertigen und ihn rauben können. Und es ist Sitte, gemeinsam mit dem Toten ein letztes Gastmahl zu feiern. Ihr mögt hungrig in den Krieg ziehen und hungrig Entscheidungen treffen, aber um Ailillán und Enda zu ehren, werdet ihr euch jetzt satt essen.«

Ob es nun an ihren bestimmt gesprochenen Worten oder an der grellen Mittagssonne lag – die Männer zerstreuten sich, ohne aufeinander loszugehen. Doch wie Tuan schien sich auch Caitlín darüber im Klaren zu sein, dass sie nur einen kurzen Aufschub gewonnen hatten. Ihre Miene blieb angespannt, desgleichen die von Fintan, obwohl der nun wieder betete. Airdi hingegen sah aus, als würde er gleich zu weinen beginnen, doch anstatt ihn zu trösten, wie er es so gern getan hätte, half Tuan Barra, den toten Enda vom Pferd zu ziehen.

»Dass sein Kopf immer noch dran ist, ist doch ein gutes Zeichen«, flüsterte Eithne ihm zu, und sie grinste wieder. »Und dass wir auch noch unseren Kopf auf den Schultern tragen, erst recht.«

Tuan fiel keine Entgegnung ein. »Nun komm und hilf mir beim Kochen«, rief Caitlín ungeduldig, und gleichwohl Eithne die Augen verdrehte, fügte sie sich.

Wie immer es Caitlín auch angestellt hatte, die Tafel bog sich unter den Speisen. Gewiss, der Eintopf aus Lauch, Sellerie und Schaffleisch schmeckte so, als wäre er mit Regenwasser verdünnt worden, der Quark war sauer, die Haselnüsse waren hart wie Kieselsteine, und was den Schinken anbelangte, so schien er von einem sehr betagten Schwein zu stammen, das mindestens drei Tode gestorben war. Gleichwohl war es Caitlín gelungen, die Speisen auf so vielen Zinnplatten und Kupferschüsseln anzurichten, dass sie den Eindruck vermittelten, es gäbe von allem zu viel, nicht zu wenig.

Leider gab es auch zu viele Krieger, die sich von einem vollen Magen allein nicht zufrieden stellen ließen. Aus dem wohligen Schmatzen wurde alsbald ein Raunen, aus dem Raunen ein Murren, und dazu gesellte sich ein Ton, als würden Steine aneinandergerieben, und das nicht, weil mancher die harten Haselnüsse zu zermalmen versuchte, sondern weil Pòg einen Beutel hochhob, in dem sich tatsächlich Steine befanden, weiße und grau gesprenkelte, sowie einige Kohlestücke.

»Was willst du damit?«, fragte Clach, dessen Name ja auch »Stein« bedeutete, der aber jämmerlich wie nie wirkte.

»Wenn einst in Irland ein Mensch ein Verbrechen begangen hatte, musste er in einen solchen Beutel greifen«, erklärte Pòg. »Zog er einen weißen Stein, bekundete das seine Unschuld, war es ein gesprenkelter, so hatte er sich zwar schuldig gemacht, jedoch nicht mit Absicht, ergriff er die Kohle, galt das als Zeichen dafür, dass seine Seele schwarz wie diese war.«

Tuan durchzuckte es heiß.

Er weiß es, er weiß, dass wir alle gelogen, dass Caitlín und ich Enda und Ailillán getötet haben …

Doch als sich nun auch Madadh einmischte und fragte, worauf Pòg hinauswolle, erklärte der, dass die Steine nicht über ein Verbrechen entscheiden sollten, jedoch darüber, wer Aililláns Nachfolger sein solle.

»Wer die meisten weißen Steine zieht, wird unser Anführer sein. Zumindest so lange, bis Ascall zurückkehrt oder Aedan groß genug ist, um seinen Vater zu beerben.«

Alle runzelten die Stirn – am tiefsten waren die Falten bei Barra. »Du willst diese Entscheidung dem Zufall überlassen?«

»Nein, dem Willen der alten Götter. Du weißt so gut wie ich, dass jedes Mitglied seiner Familie hierzulande einen Großkönig beerben kann, und wenn es keine Blutsverwandten mehr gibt, ist jeder Krieger befugt, seine Macht für sich zu beanspruchen.«

»Aber diese Macht bekommt er nicht, weil er zufällig den richtigen Stein zieht, sondern weil er sich als der Stärkste erweist, nämlich im Zweikampf.«

Die anderen trommelten zustimmend auf den Tisch.

»Alle, die in diesen Zweikämpfen fallen, werden hinterher fehlen«, sagte Tuan schnell, überrascht, dass seine Stimme so fest klang – zumindest fest genug, die Blicke auf sich zu ziehen.

»Und Stärke beweist man nicht nur, indem man jemanden tötet«, mischte sich auch Caitlín ein, »ein wirklich guter König ist nicht der, der seine Gegner erschlägt, dagegen einer, der seine Getreuen bezahlen kann ... mit dem *tuarastal.*«

Das *tuarastal* konnte Land sein, wie Tuan wusste, manchmal waren es auch Rinder, Schafe, Geld und Schmuck, ja, selbst Sklaven. Jedenfalls akzeptierte der, der dieses Geschenk annahm, jenen, der es ihm übergab, als seinen Herrn.

»Sollen wir etwa auf Schafsjagd gehen, auf dass der, der hinterher die meiste Wolle und die meisten Lämmer verschenken kann, zu unserem Anführer wird?«, fragte Madadh empört.

»Warum jagen wir nicht gleich Normannen?«, rief Clach.

Die Aussicht, dass alle Krieger gleichzeitig Dún Fionn verließen und nur wenige von ihnen unversehrt zurückkämen, war verführerisch. Weit weniger gefiel Tuan der Gedanke, dass in der Zwischenzeit eine Horde Normannen Dún Fionn heimsuchen könnte.

»Ja, soll denn unser Anführer werden, wer am Ende die meisten zerbeulten Helme gesammelt hat?«, rief Ógán. »Das ist doch lächerlich! Ich für meinen Teil brauche kein Land, keine Schafe, keine Sklavinnen. Eithne kann ohnehin jeder haben.«

»Du schon mal nicht mehr, wenn du so sprichst!«, rief Eithne schrill dazwischen.

Ógán achtete nicht auf sie. »Was ich brauche, ist ein Anführer, für den es sich zu kämpfen lohnt … und zu sterben. Und der es verdient, unter dem Banner des Roten Zweiges zu reiten.« Mit diesen Worten erhob er sich und hielt jenes Banner hoch in die Luft. Wieder wurde zustimmend getrommelt, doch dieses Geräusch erstarb augenblicklich, als Ógán hinzufügte: »Und deshalb gehe ich nach Connacht und schließe mich Connor Maenmaige an.«

Tuan schloss unwillkürlich die Augen. Das Letzte, was er sah, war, dass Barra mit wütendem Gebrüll und geballten Fäusten auf Ógán losging, doch die erwarteten Kampfgeräusche blieben aus. Als Tuan die Augen wieder öffnete, sah er, dass sich vier, nein, fünf Männer vor Ógán gestellt hatten, um ihn zu schützen. Vielleicht wollten sie auch nicht ihn, nur das Banner schützen – fest stand, dass selbst ein Riese wie Barra mit dieser Übermacht nicht fertig wurde.

Wieder brüllte er auf, doch ehe er zu seinem Schwert greifen konnte, sagte Caitlín laut und vernehmlich: »Das ist doch ein guter Plan! Wer sich Connor Maenmaige anschließen will, soll unbehelligt gehen. Wer lieber Ascall die Treue halten will, bleibt. Denn wer das Banner der Ritter des Roten Zweiges wie ein Fähnlein in den Wind hält, ist hier fehl am Platz, während der, der selbst dem schärfsten Sturm zu trotzen vermag, auf Dún Fionn genau richtig ist.«

Ógáns Gesicht lief glühend rot an. »Manchmal ist es nicht feige, es ist klug, vor dem Sturm den Kopf einzuziehen. Das schärfste Schwert kann diesem nämlich keine Wunden zufügen. Nicht unverwundbar ist dagegen Ascall. Wir wissen nicht, ob er noch lebt, wir wissen nicht, ob er noch kämpfen kann. Und ich will meine Tage nicht damit verbringen, wie das Mönchlein dafür zu beten.«

»Ich habe nie für Ascalls Leben gebetet, wenn überhaupt, dann nur für das Heil seiner Seele!«, warf Fintan ein.

Ógán fuhr zu ihm herum, und das Banner erzitterte, doch nicht er antwortete auf des Mönches Worte. Pògs Faust krachte auf den Tisch. »Die Mönche schweigen jetzt, die Weiber schweigen, und die Männer, die noch nie getötet haben«, sein Blick fuhr zu Ógán, woraufhin der noch röter anlief, »nun, die schweigen auch.«

Die Stille, die über der Halle hing, war zäh wie der Schinken und faulig wie der Eintopf. Tuan konnte sich nicht vorstellen, dass irgendetwas Gutes daraus hervorgehen würde, und auch Caitlín wirkte angespannt wie nie. Unwillkürlich zog sie Rún zu sich, die ihrerseits mit beiden Armen die Kinder umklammerte, und Eithne beeilte sich, sich zu den Frauen zu gesellen.

»Und was dürfen jene Männer sagen, bei denen es schon eine Weile her ist, dass sie getötet haben?«, ließ sich Ivarrs spöttische Stimme vernehmen.

Barras Blick schweifte zu ihm hinüber. »Die schweigen ebenso«, sagte er, »sie stellen sich jedoch, sofern sie keine lahmen Beine haben, auf die Seite derer, denen sie sich anschließen werden. Wer sich zu Ógán gesellt, wird noch heute mit ihm nach Connacht aufbrechen. Wer sich hinter mir aufreiht, hält hingegen Ascall die Treue und ist ein wahrer Ritter des Roten Zweiges.«

Raunen erfüllte den Raum. Ein jeder stieß den engsten Gefährten an, um zu erkunden, was der dachte, und schon stellten sich zwei hinter Ógán. Der Platz hinter Barra war noch frei, doch als Caitlín ihm energisch zunickte, gesellte sich Tuan rasch zum Krieger mit dem hüftlangen Haar, den Blick beharrlich auf die dicken, verfilzten Strähnen gerichtet. Gottlob musste er nicht lange allein hier verweilen, schon schlossen sich ihm Clach und Pòg an, während Madadh, eigentlich der Dritte im Bunde, sich für Ógán entschied. Als fünf weitere Madadhs Beispiel folgten, nickte der so befriedigt, dass er dabei unwillkürlich das Banner senkte, doch auch Barras Selbstbewusstsein stieg, als ein halbes Dutzend sich für ihn erklärte. Schon schritt er auf Ógán zu.

»Aber das Banner lässt du hier!«, fuhr er ihn an und riss es ihm aus der Hand. Nun teilte sich auch der Rest auf, und dass die Mehrheit davon zu Barra stieß, ließ Ógáns Kampfgeist schwinden. So sehnsüchtig wie er auf das Banner blickte, fühlte er sich ohne dieses nackt, doch er kämpfte nicht darum.

»Lass es ihm! Wir brauchen kein Banner, um zu kämpfen, wir brauchen nur unsere Schwerter«, erklärte Madadh. Er war der Erste, der sich abwandte und hinausstapfte, Ógán folgte ihm schnell.

Ganz steif stand Barra da, reckte das Banner hoch in die Luft. Erst als der letzte Abtrünnige die Halle verlassen hatte, stampfte er auf den Boden und rief trotzig: »Wir sind die Ritter des Roten Zweiges. Wir sind die Geister der Vergangenheit, die das alte Irland lebendig halten. Man sieht uns nicht, man hört uns nicht, aber wir sind überall, um unsere Feinde zu töten.«

Nein, die Ritter des Roten Zweiges sind nicht überall, dachte Tuan plötzlich, es sind viel zu wenige, um überall zu sein. Sie können von Glück reden, dass sie überhaupt noch hier auf Dún Fionn ausharren dürfen und dass die Feinde sie nicht töten.

Doch während er sich unbehaglich wie nie fühlte, schien Caitlín zufrieden damit zu sein, wie sich die Dinge entwickelten. Rasch befahl sie Rún und Eithne, noch mehr Speisen aufzutragen, und zu Tuans Erstaunen sahen diese weitaus köstlicher aus als die bereits verzehrten. Die Äpfel waren außen rot und innen saftig, das Ochsenfleisch außen kross und innen zart, und in das Schmatzen mischte sich Faoláns Stimme, der bislang geschwiegen hatte, nun aber ein Lied auf die tapferen Ritter sang. Kurz wurde die Halle nicht nur von den sanften Klängen erfüllt, auch von Hoffnung. Ein dünner Zweig mochte sein, woran die verbleibende Schar hing, doch gebrochen wie einst Ivarrs Leib war dieser nicht. Und selbst Ivarr war stark genug, sich von Airdi die besten Fleischstücke bringen zu lassen.

»Wir … Wir müssen sie begraben«, hörte Tuan Caitlíns Stimme plötzlich leise an seinem Ohr.

Im ersten Moment dachte er, sie meinte die Hoffnung, doch Faoláns Musik erklang ja immer noch, und Caitlín deutete auf Enda und Ailillán, die im Stroh hinter den Bänken lagen, wo für gewöhnlich die Krieger schliefen.

Tuan nickte rasch, wenngleich er sich fragte, wie tief das Loch sein musste, um nicht nur die beiden zu verscharren, sondern auch die Schuld, die auf seinen Schultern lastete. Und ob er diese Schuld abtragen konnte, indem er sich weiterhin im Schwertkampf und Speerwurf übte, um die Seinen zu schützen.

Ascall

Es dauerte lange, bis seine Wunden zu bluten aufhörten. Es dauerte noch länger, bis er aus dem grauen Loch befreit wurde, in das er nach der Unterredung mit Hugh geworfen worden war. Das Loch war kalt, aber zumindest leer, und das genügte ihm, es zu ertragen. Hauptsache keine Messer, keine Zangen, kein Feuer, kein Goll. Hauptsache kein Amaury de Saint-Taurin.

Wann immer sich die Tür öffnete, wappnete er sich vor seinem Anblick, doch jedes Mal kam nur der Wärter und warf ihm ein Stück Brot zu, schimmlig und hart. Es gelang ihm nicht, es auseinanderzubrechen, waren die Finger der einen Hand doch immer noch merkwürdig gefühllos. Also lutschte er daran, bis es weich genug war, um etwas davon abzubeißen. Das tat höllisch an den Zähnen weh, aber irgendwann gelang es ihm, das Ächzen zu unterdrücken, und das war ihm fürs Erste genug – richtig satt musste er von dem Brot nicht auch noch werden.

Die Stunden vergingen. Oder die Tage und Wochen, es war ihm einerlei. Es war ihm auch einerlei, ob seine Seele, gebrochen und gefühllos wie seine Finger, wieder heilte, und ob er, als man ihn schließlich aus dem grauen Loch holte, ein verrückter oder nur ein erbärmlicher Mann war. Erbärmlich war es jedenfalls, wie er sich vor der Sonne duckte, obwohl die nur milchig weiß am Himmel stand. Was brauchte Goll da seine Zange, sein Messer, sein Feuer, wenn ihm schon diese Strahlen so sehr zusetzten?

Aber da war kein Goll, da war auch kein Saint-Taurin, da war nur ein fremder Ritter, der ihm erklärte, dass Hugh ihn wieder Burgen bauen ließ und er ihn in dessen Auftrag dorthin bringen werde. Genau genommen erklärte er das nicht ihm, sondern dem Wärter, das änderte jedoch nichts daran, dass man ihn aufrecht auf dem Pferd sitzen ließ, anstatt ihn wie einen Mehlsack darüberzuwerfen. Einzig seine Hände wurden gefesselt.

Bis Ascall die Augen offen halten konnte, ohne dass sie tränten, hatten sie Dublin bereits verlassen. Der Wind heulte über eine baumlose Weite. Kein schroffer Fels streckte ihm seine Faust entgegen, da waren nur Grashalme, grün, dick und scharf, die sich ohne Gegenwehr beugten. Ihr Knistern klang wunderschön, ihr Geruch war durchdringend. Ascall hatte immer gewusst, wie Wälder rochen – den Duft von Wiesen sog er zum ersten Mal so hungrig, so sehnsüchtig ein, auch so dankbar.

Ich habe noch eine Nase, um Gras zu riechen, ich habe noch Ohren, um Mücken surren zu hören, ich habe noch Augen, um die Felder zu sehen und die Bauern, die sie mit Mist düngen.

Und er hatte – das erkannte er in diesem Moment ebenso – noch ein Herz, um sich nach Róisín zu verzehren und nach einem Stück Holz, um etwas für sie zu schnitzen, er hatte die Hoffnung, dass in seinen Händen wieder genug Kraft dafür wohnte, und vielleicht würde es ihm sogar gelingen, Steine zu schleppen, am besten an Urards Seite.

Das Lied des Windes wurde leiser, die Stimmen der Männer wurden lauter. Erst jetzt nahm Ascall wahr, dass er nicht nur von einem oder zweien begleitet wurde, sondern von mehreren, und dass mindestens einer ein mürrisches Gesicht zog – kein Wunder, ritten sie doch nicht auf kraftstrotzenden Rössern, dafür auf alten, müden Zeltern, denen bald Schaum vor dem Maul stand. Drei der Männer schienen Ritter zu sein, doch sie trugen keine Rüstung, nur Kettenhemden. Der vierte trug einen Köcher auf dem Rücken, was ihn als Bogenschützen auswies, die letzten beiden waren, so dünn wie der Bartflaum spross, noch Knappen.

Sechs, zählte Ascall. Und nur drei von ihnen sind Männer …

Früher hätte er sie mühelos besiegen können. Jetzt war er sich dessen nicht so sicher.

Er wusste ja noch nicht einmal, ob sie in Richtung Süden zu den Wicklow Bergen oder in Richtung Norden in die weiten Ebenen von Meath ritten. Dunst stieg vom Boden auf, verhüllte Felder und Bauern, und anstatt ihn fortzublasen, fauchte der Wind nur trotzig, ja, verstummte gar, als die ersten Regentropfen auf sie fielen. Zuerst waren sie winzig wie Speicheltröpfchen eines Alten, dann wurden dicke Tränen daraus, wie nur der Himmel über Érius Insel sie weinen konnte.

Einer der Männer fluchte, ein anderer lachte. »Man merkt, dass du Franzose bist – die Franzmänner hassen die Kälte und fürchten die Nässe.«

»Wenn du mich noch einmal Franzose heißt, du Verfluchter, wirst du die Hitze und Trockenheit der Hölle kennenlernen.«

»Ich fürchte, in der Hölle sieht's aus wie hier.«

»Aber dort hinten wohnt nicht der Teufel.« Der Mann wies in die Ferne, und nun erkannte auch Ascall eine Bauernansiedlung.

»Ich habe bereits zwei rostige Kettenhemden«, grummelte der Mann, »das dritte soll noch glänzen, wenn die Sonne wieder scheint. Wir kehren dort ein.«

Sein Gaul wieherte müde, als er ihn antrieb, und als Ascall auf das räudige Fell und den Schaum vor dem Maul blickte, dachte er an Rúdnats Worte.

Wir können unter ihnen liegen … oder auf ihnen reiten.

Doch er wollte keine Normannenhure sein, er wollte nicht auf einer solchen reiten, sondern den Normannen davonreiten. Vielleicht war er nicht stark genug, sie zu besiegen – vor ihnen fliehen, das konnte er dagegen allemal. Jedenfalls würde er es in den nächsten Stunden versuchen.

Noch ehe sie die Ansiedlung erreichten, zerplatzten die Wolken am Himmel regelrecht. Durch den Wasserschleier betrachtet, schien die Welt aus nichts Festem zu bestehen. Die Findlingsmauern, die angehäuft worden waren, um das Jungvieh vom Weglaufen abzuhalten, zerflossen ebenso wie die weißen Steine, die die Grenzen des Besitzes markierten. Die Eschen, die am Rande der Felder wuchsen, ließen unter der Last des Wassers die Äste hängen, und selbst die Holzblöcke, die einen Zaun um den Garten bildeten, schienen sich unter dem grauen Himmel zu ducken.

Wer forsch das Kinn gereckt hielt und sich vom Wetter nicht unterkriegen ließ, war dagegen die Bäuerin, die ihnen entgegenkam und fragte, wer sie waren und was sie wollten. Unbehagen klang in ihrer Stimme mit, aber keine Angst, ein wenig Misstrauen, aber keine Feindseligkeit.

Jener Mann, der um sein Kettenhemd bangte, stieß einen neuerlichen Fluch aus, ehe er erklärte: »Wieder trocken werden, das wollen wir.«

»Dann trifft es sich gut, dass mein Mann jüngst die Löcher im Strohdach ausgebessert hat. Kommt herein.«

Die Männer wären ihr auch ins Haus gefolgt, wenn sie keine Einladung ausgesprochen hätte, dass sie das so selbstbewusst tat, verfehlte seine Wirkung jedoch nicht. Schon vor dem Zaun sprangen die Männer von den Pferden, um sie hier anzubinden, anstatt zuzulassen, dass sie den Garten zertrampelten. Als sie auf das Bauernhaus zuschritten, ließen sie der Bäuerin sogar den Vortritt.

Der Bogenschütze zerrte Ascall mit sich. »Habt ihr einen Schweinestall, wo wir den da einsperren können?«, fragte er.

Ascall frohlockte, obwohl er wusste, dass der Anführer der Schar nie so dumm sein würde, ihn aus den Augen zu lassen. Doch nicht er widersprach, es war die Bäuerin. »Bei uns auf dem Hof ist's Sitte, dass Menschen bei Menschen hocken und Schweine sich mit Schweinen suhlen. Bring mich lieber nicht auf die Idee, dass manche Menschen Schweinen und manche Schweine Menschen gleichen. Sonst könnte es passieren, dass ich den Eintopf, der über dem Feuer köchelt, meiner Sau vorsetze, dir aber die alten Kohlblätter, die ich für sie vorbereitet habe. Und vielleicht spucke ich vorher auch noch drauf.«

Sie sprach nicht hasserfüllt, eher belustigt, so wie ein Alter, der alles von der Welt weiß, ein dummes Kind tadelt. Der Bogenschütze setzte prompt zu einer grimmigen Entgegnung an, doch der Anführer fiel ihm ins Wort.

»Der Gefangene bleibt bei uns«, befahl er knapp.

Während er das Haus betrat, musterte Ascall die Bäuerin genauer. Ihr Haar war von einem Tuch verborgen, sodass er nicht sehen konnte, ob es schon grau war. Die Hände waren jedenfalls rot und schwielig von jahrelanger, harter Arbeit, und auch im Gesicht hatten Strapazen und Hunger Spuren hinterlassen. Allerdings schien nur ihre Haut gefurcht zu sein, nicht die Seele. In ihrem Blick stand etwas, das Ascall schon lange nicht mehr gesehen hatte – Mut, der mehr war als bloß kleinlicher Trotz, Wärme, die nicht nur vom glosenden Herdfeuer, sondern vom Licht ihrer Seele genährt wurde. Obwohl ein großer, zotteliger Mantel, der ihr bis zum Knie reichte, den Leib verbarg, kam ihm plötzlich das Bild von festen, großen Brüsten in den Sinn, die mehr als nur ein Kind genährt hatten.

Im Haus achtete er allerdings nicht länger auf sie, sog vielmehr jedes Detail in sich auf. Die runden Wände waren aus Flechtwerk errichtet, Fenster gab es keine, nur ein Loch über der Feuerstelle in der Mitte des Raumes. Das Licht, das von dort hereinfloss, genügte, um einen Tisch zu erkennen und niedrige Hocker. Leder war darüber gespannt … oder die Haut von Seehunden. Während zwei der Männer darauf Platz nahmen, stieß ihn ein dritter grob in die Ecke, wo in großen Gefäßen Getreide aufbewahrt wurde und in Krügen Milch und Met. Ein junges Mädchen rührte in einem Topf, der über dem Feuer hing, erhob sich aber, sobald die Normannen das Haus betraten, desgleichen erhob sich ein älterer Mann, der eben noch auf der Bettstatt gelegen hatte. Zwei jüngere

Männer indes hörten nicht auf, etwas zu flicken – vielleicht nur Kleidung, vielleicht Netze.

Die Bäuerin wandte sich an einen der beiden. »Hilf ihm auf!«, befahl sie.

Bis Ascall begriff, dass er gemeint war, hatte der junge Mann – offenbar der Sohn der Bäuerin – ihn hochgezogen.

»Was zum Teufel …«, setzte der Anführer an.

Die Bäuerin trotzte ungerührt seinem Blick. »Ich will euch unsere Namen sagen«, erklärte sie, »und dabei soll keiner in der Ecke liegen. Ich bin Eirnín, und das ist mein Mann Gobán. Meine Söhne heißen Tómmán und Torna, meine Tochter wird Feme gerufen. Wir sind irische Bauern, nennen vier Morgen Land unser eigen, sieben Kühe, ebenfalls sieben Schweine, einen Bullen. Und wie heißt ihr?«

Der Anführer war beschäftigt, die Regentropfen von seinem Kettenhemd zu schütteln. An seiner statt erklärte ein Knappe vorlaut: »Wir sind Normannen, und das ist ein Gefangener, mehr braucht ihr nicht zu wissen.«

»Ich *will* es aber wissen. So wie ihr Eintopf essen wollt, in den ich nicht gespuckt habe.«

Na, ob es klug ist, zum zweiten Mal damit zu drohen? Die Männer sind doch schon mürrisch gestimmt, weil der Himmel in einem fort auf sie spuckt.

Der, der den Anführer als Franzosen verspottet hatte, machte prompt einen drohenden Schritt auf Eirnín zu. »Im Eintopf wird gleich deine Zunge schwimmen.«

»Mein Blut schmeckt noch saurer als mein Speichel. Wie heißt ihr?«

Um seinem Blick zu trotzen, musste sie sich auf die Zehenspitzen stellen, dabei öffnete sich ihr Umhang, und unter dem Kleid, das sie darunter trug, zeichneten sich tatsächlich große, feste Brüste ab. Doch auch wenn sie noch so weich sein mochten – etwas in der Frau schien aus Eisen zu sein, so wie ihr Name »Eisen« bedeutete. Während ihr Mann verängstigt schien, die Tochter unsicher und die Söhne verlegen von einem Fuß auf den anderen traten, starrte Eirnín die Männer so lange an, bis sie ihre Namen nuschelten. Zuletzt ging ihr Blick zu ihm.

»Und wer bist du?«

Das, was Amaury de Saint-Taurin übrig ließ …

Es beschämte ihn, dass ihm dessen Namen vor dem eigenen in den Sinn kam, doch immerhin schaffte er es, fest zu sagen: »Ascall von Toora.«

Und als Eirnín nickte, war er nicht länger beschämt, sondern gerührt, weil er noch seinen Namen wusste und ein anderer ihn wissen wollte.

»Nun setzt euch an den Tisch, und denkt dran: Wir essen wie Menschen, nicht wie Schweine. Das heißt, wir grunzen nicht, wir waschen uns vor dem Mahl die Hände, wir brechen das Brot mit den Händen, anstatt vom ganzen Laib abzubeißen. Und deshalb werdet ihr den Gefangenen von seinen Fesseln befreien.«

»Denk nicht mal dran!«, begehrte der Anführer auf.

»Sieh sie doch an. Die Hanfstricke sind so durchweicht, dass es kein Messer braucht, nur spitzen Stein, um sie zu durchschneiden. Später kannst du von mir Taue aus Wal- und Seehundhaut haben, die sollten besser halten.«

Ascall fluchte insgeheim, hatte er doch längst bemerkt, wie locker die Fesseln saßen und gehofft, daraus einen Vorteil zu ziehen. Ob es ihm auch ein Vorteil sein könnte, sich ganz in der Nähe des Meeres aufzuhalten, wie er ihren Worten entnahm, wusste er noch nicht.

Der Bogenschütze befreite ihn von den Fesseln, doch da kein Hocker mehr frei war, musste er auf dem nackten Boden knien. Immerhin war das Stück Brot, das Eirnín ihm reichte – grob geschrotetes Schwarzbrot –, so groß wie das der anderen, und sie füllte auch seine Holzschüssel randvoll mit Eintopf aus Erbsen und Bohnen, Kohl, Pastinaken und Karotten. Außerdem gab es dünne, aufgerollte Fladen, die sie mit Blaubeeren, Brombeeren und Preiselbeeren, Hagebutten und Apfelstücken gefüllt hatte, und die süßer schmeckten als alles, was er in den letzten Jahren gegessen hatte. Der Eintopf wiederum schmeckte nach Meer, und da kein Stück Fisch darin schwamm, vermutete Ascall, dass sie ihn mit Seegras gewürzt hatte. Wie nah das Meer war, bewies überdies das Seerobbenfell, das Gobán trug, und das Paar Stiefel, ebenfalls aus jenem Material, gleich daneben. Sie waren vorne spitz, wenn auch nicht spitz genug, um als Waffe zu dienen ... Das wäre hingegen das Messer, mit dem die Binsen geschnitten worden waren. Zwar bedeckten solche nicht den Boden, aber Brombeeren wuchsen am besten, wenn man im Winter Binsen darüber breitete, und die wiederum waren zu hart, um sie mit den Händen auszureißen.

Wo war das Messer? Jedenfalls nicht an Eirníns Gürtel, nicht an Gobáns und Femes, Tómmáns und Tornas ...

»Genug gegessen!«, rief einer der Normannen und versetzte ihm einen Stoß, sodass er wieder in die Ecke neben eines der Getreidefässer fiel.

Ein Zweig, der sich aus der Wand gelöst hatte, stach in seinen Rücken – vielleicht würde ihm der als Waffe reichen, vorausgesetzt, er brach nicht gleich. Ehe er den Zweig allerdings aus der Wand ziehen konnte, trat Eirnín zu ihm und reichte ihm einen mit Milch gefüllten Holzbecher.

»Nimm! Du hast noch nichts getrunken.«

Mich dürstet nach Freiheit, nicht nach saurer Milch.

Bekunden tat er aber nur seinen Dank, nahm den Becher, schlürfte daraus.

Eirnín blieb vor ihm hocken. »Warum?«, fragte sie schlicht.

»Warum was?«

»Warum willst du fliehen?« Er zuckte zusammen, beinahe wäre ihm der Becher entglitten. »Du hältst nach einer Waffe Ausschau, und ich nehme an, dass du dir damit nicht bloß dein Haar abschneiden willst«, stellte sie fest. Irgendwie schaffte sie es, selbstbewusst zu klingen, obwohl sie flüsterte.

Ihm fiel es deutlich schwerer, seine Stimme im Zaum zu

halten, als er ihr entgegenhielt: »Ja, denkst du, ich habe Spaß daran, Burgen zu bauen?«

Sie zuckte mit den Schultern. »Es gibt schändlichere Arbeiten. Und da du, um Steine zu schleppen, Kraft brauchst, werden sie dich nicht verhungern lassen.«

Sein Ärger wich Erstaunen. Er hatte zuvor doch seinen Namen genannt, unmöglich, dass eine Irin nicht wusste, wer Ascall von Toora war.

»Ein Ire mit Stolz und Verstand dient den Normannen nicht freiwillig«, presste er grimmig hervor.

Sie zuckte mit den Schultern. »Vom Stolz weiß ich nur, dass er ein ziemlich harter Brocken ist. Und wenn man von dem lebt, was der Boden hergibt, sind schwere Brocken, die auf der weichen Erde liegen, ziemlich lästig.«

»Lieber bin ich ein harter Brocken als besagte Erde, wenn diese von Normannen gepflügt wird.«

»Nun, jedenfalls haben die Normannen sehr gute Pflüge. Sie bestehen aus mehr Eisen als hierzulande, haben schärfere Pflugmesser, gefederte Räder. Nicht nur das Pflügen ist leichter geworden, seit sie hier sind. Es gibt bessere Mühlen, bessere Webstühle, bessere Spinnräder, bessere Brennöfen. Und was die Erde anbelangt, so verstehen die Normannen weitaus mehr von ihr als wir Iren. Von ihnen haben wir gelernt, nicht immer gleiches Getreide anzubauen, sondern ein Jahr Hafer, ein Jahr Weizen und ein Jahr Gerste, um das Feld danach ein weiteres Jahr ruhen zu lassen. Damit haben wir den Ertrag verdreifacht. Und du willst vor ihnen ... davonlaufen?« Hätte er die Milch, anstatt sie zu trinken, auf den Boden gegossen – Eirnín hätte ihn nicht verständnisloser anstarren können. Er trank in großen Schlucken, nicht nur, um den Durst zu stillen, auch, um im ersten Ärger nicht auf sie loszugehen, sich vielmehr zu verinnerlichen, dass sie letztlich das Gleiche sagte wie er einst zu Urard: Man könnte von den Normannen vieles lernen. »Sie haben uns übrigens noch mehr beigebracht«, fuhr sie unbeirrt fort. »Dass es besser ist, mehr Schafe als Rinder zu halten, dass man im Herbst Wiesen schneidet, um im Winter genügend Futter für die Tiere zu haben, dass man Ställe errichten soll, auf dass diese nicht erfrieren.«

Ascall stellte den leeren Becher auf den Boden. »Vorhin hast du gesagt, es sei hier Sitte, dass Menschen bei Menschen und Schweine bei Schweinen hocken. Normannen und Iren aber sollen miteinander leben?«

»Warum wohl habe ich dich wie die anderen bewirtet, warum habe ich dich nicht zum Schwein gemacht? Schlichtweg, weil genug zu essen da ist. Und das ist nicht allein unser Verdienst, auch ihrer.«

Vage erinnerte sich Ascall an Hugh de Lacys Worte, wonach manch ein Bauer sich sehr gern auf normannischem Gebiet niedergelassen hatte. »Es mag genug zu essen da sein … an Freiheit fehlt es jedoch.«

Das Lachen, das sie ausstieß, klang tief und brummend. »Wir Bauern waren niemals frei, wir waren stets den Königen und ihren Launen ausgeliefert.«

»Ich bin kein Bauer, ich bin Krieger!«

»Ich verstehe. Dann zählst du ja zu jenen, die sich gern die Freiheit genommen haben, uns die Rinder zu stehlen und die Felder zu zertrampeln. Ich denke, ich kann froh sein, dass du mit Fesseln dieses Haus betreten hast und es wieder mit welchen verlassen wirst.«

Sie wollte aufstehen, doch Ascall beugte sich vor, hielt sie fest, sah sie eindringlich an: »Ich glaube wie du, dass wir von den Normannen lernen können. Aber um sie zu besiegen.«

Wieder dieses tiefe Lachen. »Und siehst du, es gibt da eine Sache, die haben mir nicht die Normannen beigebracht, das Leben hat es getan. Siegen heißt, dass man zwar nicht gegen den Feind, jedoch jede Menge Zeit verliert … Zeit, die man für etwas Nützlicheres gebrauchen kann. Zeit, um seine Kinder großzuziehen, um Gemüse anzubauen, um Felder zu beackern und die schweren Brocken wegzuschaffen, die dort liegen.«

Solche Brocken, fiel ihm wieder ein, mussten oft zerkleinert werden, ehe man sie wegtragen konnte, und das tat man mit einem dafür eigens gemachten Hammer. Er beugte sich noch weiter vor, hielt sie noch fester, nicht nur, um sie aufzuhalten, sondern um zur Wand neben der Eingangstür zu lugen. Dort hing zwar nicht besagter Hammer, immerhin aber eine Sense. So klein wie sie war, schnitt man mit ihr höchstens Rispengras, kein Getreide, was nicht hieß, dass man damit nicht töten könnte. Wenn ihm das bei den ersten beiden sehr schnell gelänge und er auch noch einen Dritten niedermetzelte, ehe der Widerstand der Restlichen erwachte, musste er nur mit dreien fertig werden. Und wenn er sich als Erstes die Ritter vornahm, blieben nur die Bogenschützen und die Knappen und …

Ascall stutzte. Es befanden sich ja gar nicht mehr alle Normannen in der Hütte. Während er mit Eirnín geschwatzt hatte, waren drei hinausgetreten, wohl um zu sehen, ob der Regen nachgelassen hatte, vielleicht auch, um sich zu erleichtern.

Er könnte einen der drei Verbliebenen bitten, ihn auch zu diesem Zweck hinauszuführen und ihn dabei töten. Oder er könnte versuchen, sie hier und jetzt zu attackieren, wie sie da noch über ihre Suppenschüssel gebeugt hockten. Es würde ihm doch gelingen, oder? Und Eirnín und ihre Familie würden doch nicht laut schreien und die anderen alarmieren?

Seine Gedanken rissen abrupt ab, als von draußen plötzlich ein Schrei ertönte. Er ließ nicht nur ihn, auch Eirnín zusammenzucken, denn es war keiner der Männer, der brüllte, es war die junge Feme, die wie sie die Hütte verlassen hatte und nun ebenso verzweifelt wie zornig schrie.

»Lasst mich!«

Als sie es zum dritten Mal wiederholte, klang es nur mehr panisch – ein Zeichen dafür, dass sie mit dem schrillen Geschrei nichts ausrichten konnte und die Normannen sich nicht mit einem Rülpsen für das Mahl bedankten, sondern einen weiteren Gang einforderten.

Als Eirnín aufsprang, packte Ascall sie wieder. »Kann es

sein, dass sie lieber unsere Mädchen beackern, als uns zu zeigen, wie man unserem Boden den größten Ertrag abringt?«

Eirnín riss sich los, eilte zur Tür, sah, was auch Ascall sah, als er ihr nachstürzte, ehe die Normannen ihn aufhalten konnten. Nicht der Anführer hatte Feme gepackt, es war der Bogenschütze. Eben umfasste er ihre Brüste und kniff sie, bis sie quiekte, und Eirnín quiekte auch, als sie hilflos zusehen musste, wie die Tochter misshandelt wurde.

Ascall entging nicht, dass sie sich nach einer Waffe umblickte, aber er war schneller, riss schon die Sense vom Haken, schlug dennoch nicht gedankenlos zu. Wenn er damit auf den Bogenschützen losging, würde der Anführer, der neben der Hütte stand, sich ihm in den Weg stellen. Wenn er diesen angriff, würde der sein Schwert gezogen haben, bis er ihn erreichte. Und selbst wenn er beide bezwang – dort hinten stand noch der Knappe. Nein, er musste die Sense werfen, wie einst seinen Dolch, musste den Anführer zielgenau treffen, die Zeit, die der Bogenschütze brauchte, bis er das Mädchen von sich gestoßen hätte, nutzen, um ihm einen Faustschlag auf den Adamsapfel zu versetzen, und die Sense wieder aufheben, um sie in die Brust des Knappen zu rammen.

Nicht dass er sich sicher war, ob er das mit seiner verletzten Hand schaffen würde. Die Sense zu heben gelang ihm aber allemal. Ehe er sie allerdings auch werfen konnte, umfasste jemand sein Handgelenk, riss ihn zurück. Und obwohl er die Sense zunächst noch umklammert hielt – als er, kaum hatte er einen Schlag auf die Schläfe erhalten, auf den Boden sank, konnte er nicht verhindern, sie fallen zu lassen.

Wen hatte er bloß übersehen? Die anderen waren doch noch im Haus. Der Anführer stand vor ihm, der eine Knappe dort hinten bei den Pferden, der Bogenschütze hielt immer noch das Mädchen … nur Eirnín war ihm ins Freie gefolgt, ihre Söhne … und richtig, auch ihr Mann Gobán. Der hatte doch so alt gewirkt, so kränklich, seine Hände waren voller Schwielen und verkrüppelt. Und doch wohnte in ihnen ebenso viel

Kraft wie in seinen Beinen. Als Ascall sich wieder aufrappeln wollte, stieß Gobán ihm sein Knie auf die Brust, und als er zurücksank, stellte er seinen Fuß auf ihn.

»Bist du irre geworden?«, keuchte Ascall. »Willst du zusehen, wie man deine Tochter schändet? Willst du dich nicht rächen, dass man euch so für das Mahl dankt?«

Während er sprach, tastete er im Schlamm, fühlte erst nur Weiches, Feuchtes, dann etwas Scharfes, die Klinge der Sense. Just als Gobán den Fuß von seiner Brust nehmen wollte, erhob er sie, führte sie an seine Kehle. Der alte Bauer wich nicht zurück, gab lediglich den Söhnen, die augenblicklich einschreiten wollten, ein Zeichen, sich zurückzuhalten.

»Nein«, sagte er, »ich will keine Rache, ich will, dass Recht geschieht. Aber dafür brauchen wir einen wie dich nicht.«

Ascall wusste später nicht, wie lange er unter Gobán gelegen hatte. Er wusste noch nicht einmal, warum ihm die Sense wieder entglitt – weil der andere sie ihm aus der Hand stieß oder weil er sie selbst fallen ließ. Als hinter ihm ein weiterer Schrei ertönte, bäumte er sich gegen Gobáns Fuß auf, befreite sich kurz von diesem, konnte sich nun immerhin auf den Bauch drehen und sehen, dass die Sense neben einer Pfütze lag. Doch ehe er sie erreichte, stellte Gobán seinen Fuß auf seinen Hals, und jetzt erst gewahrte er, dass der Boden vibrierte … unter Schritten … nein, unter den Hufen von Pferden. Endlich gab Gobán ihn frei, und als er sich wieder aufrichtete, hatten ein halbes Dutzend Reiter den Hof erreicht.

Ascall sah nur schwarze Punkte vor seinen Augen tanzen, Eirnín aber trat auf einen der Männer zu und rief empört: »Ihr habt versprochen, dass wir hier sicher leben können!«

»Und dieses Versprechen halte ich.« Das Bild vor Ascalls Augen klärte sich. Er erkannte Hugh de Lacy sofort, brauchte aber länger, um zu begreifen, dass der Knappe, der ihn begleitete und an den sich Hugh nun wandte, dessen Sohn Walther war. »Hör gut zu, Sohn«, sagte er mit lauter Stimme, »und vergiss nie, was du hier und heute erlebst.« Ascall war nicht sicher, ob diese Worte wirklich nur für Walther, nicht auch für ihn bestimmt waren. Jedenfalls folgte sein Blick wachsam Hugh, der nun den Bogenschützen anstierte. Sobald sich die Reiter genähert hatten, hatte dieser Feme sofort losgelassen, doch das bewahrte ihn nicht davor, dass zwei Ritter de Lacys ihn nun ergriffen und auf den Boden stießen. Anders als das Gesicht von Ascall landete seines tief im Schlamm. Er kämpfte sich wieder hoch, spuckte, aber nun sprang Hugh de Lacy vom Pferd, drückte ihn erneut in den Dreck. »In Irland, das musst du wissen, mein Sohn«, fuhr er fort und schien seinerseits die Worte auszuspucken, »sind es nicht die Könige, die Recht sprechen. Es sind Gesetzeskundige, die unter dem Schutz ihres Königs stehen. Leider wird ihnen dieser Schutz nicht immer gewährt. Die Könige kämpfen meist gegeneinander, statt für Gerechtigkeit zu sorgen, die Jahre, da die Insel unter einem Hochkönig geeint war, kannst du an einer Hand abzählen. Darauf zu setzen, dass ein Unhold bestraft wird, ist hierzulande also das Gleiche, wie darauf zu hoffen, dass die Sonne scheint. Die, die hier Recht sprechen sollten, bleiben häufiger stumm, als ihre Stimme zu erheben, und es regnet fast immer.« Endlich lockerte er seinen Griff, und japsend kämpfte sich der Bogenschütze hoch. Eine Weile ruhte Hugh de Lacys Blick verächtlich auf dessen schlammverschmutztem Gesicht, dann ging er zurück zu Walther, der seinen Kopf senkte, schien dabei flüchtig Ascall zu streifen. »In König Henrys Reich«, fuhr Hugh fort, »ist es so, dass das Gesetz nicht dem König zu dienen hat, nein, der König dient dem Gesetz. Dies ist seine erste, seine wichtigste Aufgabe, und weil es eine große, ja, eine gewaltige Aufgabe ist, bekommt er vielerlei Hilfe – von seinem Justiziar und von den Bischöfen, von seinen Baronen, Schwurgerichten und Assisen, und nicht zuletzt von den Sheriffs, die in den einzelnen Grafschaften für Recht und Ordnung sorgen.« Hugh trat zu seinem Sohn, klopfte ihm auf die Schulter – vielleicht schlug er ihn auch –, erst danach wandte er sich an Eirnín und Gobán. »Ich stehe zu meinem Versprechen. Ich will nicht, dass irische Bauern zwischen die Fronten geraten. Ein friedliches Leben sollen sie führen dürfen und fruchtbares Land bewirtschaften. Und sie stehen unter gleichem Recht wie die Normannen – einem Recht, das Strafen vorsieht, wenn sie sich auflehnen, und das sie schützt, wenn sie sich dem König unterwerfen.« Eirnín stand ganz steif da, während Gobán die schluchzende Feme an sich zog, ihr beruhigend über das Haar strich. »Glaubt mir«, fügte Hugh hinzu, indes zwei Ritter wieder den Bogenschützen packten, »er wird seine Strafe bekommen.«

Nachdem Femes Schluchzen verstummt war, herrschte eine Weile Stille, bis Eirnín schließlich sagte: »Ich kann noch mehr Eintopf machen. Es ist auch noch etwas Brot da.«

Hugh nickte nur, doch anstatt Eirnín in die Hütte zu folgen, trat er zu Ascall. Der sah ihn nicht an. Sehnsüchtig starrte er auf die Sense, die nicht weit von ihm auf dem Boden lag, aber er machte keine Anstalten, sie aufzuheben. Mittlerweile hatte er Hughs Ritter gezählt und eingesehen, dass er diese Übermacht auch mit einer Waffe nicht würde bezwingen können.

»Bist du etwa durch halb Meath geritten, um irischen Eintopf zu essen?«, fragte er verächtlich. »Es schwimmt noch nicht einmal Fleisch darin.«

»Wenn das Fleisch zäh ist, beißt man sich doch nur die Zähne aus. Ich bin deinetwegen durch halb Meath geritten und frage mich nun, ob ich mir auch an dir die Zähne ausbeißen werde.«

Ascall hatte nicht übel Lust, den Mund zu öffnen und dem anderen die Lücken zu zeigen, die Golls viele Faustschläge hinterlassen hatten. Aber er war nicht sicher, ob er seinen Kiefer, der mindestens einmal ausgerenkt worden war, überhaupt weit genug öffnen konnte. Um Hugh die Zähne zu zeigen oder die, die fehlten, genügte es außerdem zu lachen. Er tat es lange und spöttisch.

»Willst du mir etwa beim Burgenbauen zuschauen?«

»Nein, ich will noch Statthalter von Irland sein, wenn die Burg fertig ist.«

»Und was hat der Hochkönig jetzt schon wieder getan, um das zu verhindern? Dich besiegt oder gegen dich verloren? Beides gefällt deinem König nicht, wie ich weiß.«

Hugh leugnete es nicht, senkte nur kurz den Blick, und Ascall kam nicht umhin, an Eirníns Worte zu denken, wonach siegen hieß, dass man zwar nicht gegen den Feind, aber jede Menge Zeit verlor.

Gleiches schien Hugh durch den Kopf zu gehen, denn leise gestand er ein: »Ich denke, ich muss wohl die dritte Möglichkeit erwählen – Frieden zu schließen.«

Ascalls Lachen erstarb. »Mit mir?«

Hughs Narbe zuckte wie seine Mundwinkel. »So wichtig bist du nicht«, sagte er rasch, doch der Spott in seiner Stimme wurde von Nüchternheit bezähmt, als er zu reden fortfuhr: »Ich hatte gehofft, Dún Fionn in meine Gewalt zu bekommen, als Bollwerk gegen den Westen. Doch alle Pläne, die Burg zu erobern, sind gescheitert, und ich rechne nicht damit, dass du mir freiwillig die Treue schwörst. Vielleicht ist es deshalb die bessere Taktik, mich keines Bollwerks zu bemächtigen, sondern lieber alle, die zwischen mir und Ruari O'Connor stehen, niederzureißen. Dabei könntest du mir wiederum von größerem Nutzen sein, als wenn du andernorts Steine aufeinanderstapelst.« Ascall verstand kein Wort, aber zögerte, dies zuzugeben. Nach de Lacys Plänen von gestern zu fragen hätte bedeutet, die Furcht um die Seinen einzugestehen. Nach den Plänen von heute zu fragen hätte seine völlige Unwissenheit offenbart. »Bei unserem letzten Gespräch hast du mich auf eine Idee gebracht«, fuhr Hugh fort. »Und um auch Ruari von dieser Idee zu überzeugen, brauche ich dich.«

Ohne noch mehr zu sagen, wandte sich Hugh ab und betrat die Hütte, indes der Bogenschütze mit jenen Tauen gefesselt wurde, die eigentlich für Ascall bestimmt gewesen waren. Ascall war nicht sicher, dass man den Mann tatsächlich bestrafen würde. Gut möglich, dass Hugh ihn hinter dem nächsten Hügel wieder laufen ließ. Gut möglich auch, dass er alles selbst sorgsam eingefädelt hatte, um sich als Wahrer des Rechts und als Beschützer der Bauern zu gebärden und ihn für sich einzunehmen. Das Misstrauen verbiss sich in Ascalls Gedanken wie die Kälte in seinen Gliedern. Erst jetzt gewahrte er, dass er über und über schlammverschmiert war und es wieder zu nieseln begann. Mit Hugh am Herdfeuer sitzen, seine Gedanken ergründen und den Drang bekämpfen, anstelle einer Schüssel Reis die Schüssel Eintopf nach ihm werfen, wollte er gleichwohl nicht. Er biss sich auf die Lippen, um das Zittern zu unterdrücken, freute sich, dass er zumindest dafür noch genügend Zähne hatte, zitterte alsbald noch stärker.

»Nimm den hier!« Eirnín war wieder ins Freie getreten und reichte ihm ihren zotteligen Mantel. »Mir scheint, du kannst ihn gebrauchen. Hab übrigens Dank, dass du Feme beschützen wolltest.«

»Dein eigener Mann hat mich davon abgehalten!«

»Er wusste, dass wir uns auf Hugh verlassen können. Aber dass wir deine Hilfe nicht brauchten, macht es nicht weniger großmütig, dass du dazu bereit warst.«

Auch Hugh brauchte seine Hilfe, und Trotz und Schadenfreude, die ihn darob überkamen, waren nicht annähernd so groß wie die Verwirrung, dass er es nicht sofort ausschloss, ihm diese tatsächlich zu gewähren.

Als er den Mantel nicht nehmen wollte, hängte Eirnín ihm diesen einfach um. Er schauderte ob der Berührung, die Erinnerungen an Golls Schläge weckte. Und er schauderte noch mehr, als er sich fragte, ob er irgendwann Bauern und Krieger, Freunde und Feinde, Iren und Normannen nicht mehr würde auseinanderhalten können.

Amaury

Es war Dezember, als Amaury die Burg von Dublin wieder betrat.

Im Sommer hatte Hugh de Lacy ihn von dort verbannt, auch wenn er es nicht so bezeichnete, ihn vielmehr mit freundlichem Lächeln darum gebeten hatte, ihn beim Bau von Burgen im Norden von Meath zu unterstützen. Amaury hatte auch gelächelt, die Hilfe zugesagt und war tatsächlich in den Norden geritten, wenn auch viel weiter als nur bis nach Meath. Nein, diese Provinz hatte er hinter sich gelassen, um nach Ulster zu gelangen, wo John de Courcy mittlerweile ohne nennenswerten Widerstand regierte und – so zumindest Amaurys Hoffnung – zur Eroberung weiterer Gebiete ansetzen würde. Courcy hatte ihn mit jenem Lächeln empfangen, mit dem Hugh ihn weggeschickt hatte, freundlich und verlogen. Anstatt mit ihm über Eroberungen zu reden, hatte er lediglich gefragt, ob er den Bau der Burg von Carrickfergus überwachen könne. Nun, da Frieden herrschte, wollte er dort seinen Hauptsitz errichten.

Auch wenn ihn das zunächst mürrisch stimmte, aber dass Courcy von Frieden sprach, weckte in Amaury Zuversicht. Frieden bedeutete einem Ritter dasselbe wie eine Jungfrau: Er wollte sie im reinen Zustand, um sie umso gründlicher zu beschmutzen. Wenn er sich als geduldig erwies, würde es in Ulster oder in den Nachbarprovinzen über kurz oder lang zu neuen Schlachten kommen, und er könnte Courcy den Vorschlag unterbreiten, den Hugh bislang immer von sich gewiesen hatte – nämlich nach Breifne zu marschieren und Dún Fionn einzunehmen, einem strategisch wichtigen Punkt gleich der Mitte eines Spinnennetzes, mit dessen klebrigen Fäden man die Iren endgültig in Fesseln legen konnte.

Als John de Courcy aber irgendwann tatsächlich genug hatte, sich in Carrickfergus den Arsch breitzusitzen, er eine Truppe Männer um sich versammelte und Amaury einlud, ihn zu begleiten, zog es ihn nicht in den Westen, sondern in den Osten, und er brach nicht auf, um Krieg zu führen, vielmehr um einen Frieden zu feiern, der nicht nur rein wie eine Jungfrau, sondern obendrein mit dem Blut einer solchen besiegelt wurde.

Als Amaury Dublin verlassen hatte, hatten nur Isabel Tyrell und Hugh de Lacys Töchter elegante Kleider getragen – als er heute zurückkehrte, schimmerten allerorts Seide und Brokate aus blassem Blau oder durchdringendem Rot, golddurchwirkt und am Hals hochgeschlossen, mit glockenförmigen Ärmeln.

Hatten damals das Grölen und Prahlen und Keuchen von Rittern den Raum erfüllt, die zu viel gegessen und zu viel getrunken hatten, aber dennoch nicht müde genug waren, um schwer wie ein Stein auf den Binsen zu schnarchen, erfüllten nun die Klänge von Fiedeln, der Lyra und dem Tamburin den Raum. Nun ja, das Vieh des Affenbändigers, das eben zu dieser Musik tanzen sollte, glich einem besoffenen Krieger, da es sich steif wie ein solcher bewegte. Doch es kreischte wie ein Weib, als der Affenbändiger es dazu bewegen wollte, wenn schon nicht zu tanzen, so denn aus Spaß einer Dame die goldene Kette zu stehlen.

Der Honigkuchen, mit dem das Tier bestochen werden sollte, war nicht das einzige süße Gericht. Bei Amaurys letztem Aufenthalt war verbranntes Fleisch serviert worden, vorzugsweise von Tieren, die fett am Boden hockten, Schweinen oder Ochsen. An diesem Tag war vor allem Fleisch von Tieren aufgetischt worden, die fliegen konnten – Schwan und Kranich, Fasan und Pfau, und es war nicht schwarz verkrustet, sondern rosig wie das Gesicht von Rose O'Connor, der Tochter des Hochkönigs, die ganz vorne neben Hugh de Lacy saß. Auf vielen Platten und in Schüsseln fand man ähnliche Farbenpracht vor wie bei den Kleidern der Damen – das Gelb von Zitronen, das helle Rot von Orangen, das dunkle Rot von Rosenwasser. Selbst das, was von Natur aus keine Farben hatte, Mandeln und Reis, war mit Safran gefärbt worden, und das ebenfalls weiße Brot wurde in einen Saft aus Honigrohr und Granatäpfel getaucht, der so süß duftete wie der mit Zimt, Muskat und Kardamom gewürzte Wein.

Und wenn ihr noch so köstliche Speisen auftischt, dachte Amaury bitter, das Bündnis zwischen Hugh de Lacy und Hochkönig Ruari O'Connor schmeckt vielen nicht.

Ruari O'Connor hatte gegenüber von Hugh Platz genommen und zumindest Connor Maenmaige, Roses Bruder, der neben ihm saß, sah aus, als hätte er nur an einem rohen Stück Fleisch gekaut, das, statt satt zu machen, wie ein Klumpen im Magen lag. Und auch in Amaurys Magen schien ein solcher Klumpen anzuschwellen, obwohl er noch nicht einmal was gegessen hatte, nur jenen Geruch nach Rosenzucker, den man gemeinsam mit Holz im Kamin verbrannte, einsog.

De Lacys treuer Ritter Hugh Tyrell dagegen machte einen zufriedenen Eindruck. Selbst Raymond le Gros, der Hugh de Lacy immer gehasst hatte, weil er nach ihm nach Irland gekommen, aber vor ihm vom König mit Macht beschenkt worden war, schien mit gutem Appetit zu essen. Richtig, de Lacy hatte ihm kürzlich einige Ländereien anvertraut, ebenso wie Robert FitzStephen, Milo de Cogan und Meilyr FitzHenry. Hugh selbst wiederum wirkte sehr stolz auf seinen Plan, die Tochter des Hochkönigs zu heiraten und damit ein Friedensbündnis zu besiegeln.

Amaury wollte gerade einen Schritt auf ihn zumachen, als jemand sich von der Tafel erhob und sich ihm in den Weg stellte. Er musterte die Gestalt nur flüchtig, sah er doch ein Kettenhemd blitzen, und das war ihm Beweis genug, dass der andere ein normannischer Ritter war. Doch als er sich an ihm vorbeidrängen wollte, ertönte eine vertraute Stimme.

»Wollen wir nicht auf Hughs und Roses Hochzeit trinken?« Amaury erstarrte. Das Kettenhemd des Mannes mochte dem der Normannen gleichen – das rotblonde Haupthaar wuchs länger, als diese es trugen. Vergeblich suchte Amaury nach Wunden, suchte nach Narben, suchte nach etwas, das die Anstrengung verriet, sich gerade zu halten und das Kinn zu recken. Doch es schien Ascall von Toora nicht viel zu kosten, aufrecht vor ihn zu treten. Seine Finger waren etwas verkrümmt, aber nicht die ganze Hand. Auf der rechten Wange muteten die Kerben tiefer an, fehlte auf dieser Seite doch mancher Zahn, die vorderen blitzten jedoch weiß, als Ascall lächelte. Der rote Zweig auf der Brust war unter dem Kettenhemd nicht zu sehen, und die Narben auf Stirn und Schläfe waren weiß, nicht rot wie die auf Connor Maenmaiges Wangen. Ansonsten war dieser Leib weitgehend unversehrt ... schien auch diese Seele es zu sein. »Lass uns auf die Hochzeit trinken«, wiederholte Ascall, hob den Kelch dicht vor Amaurys Gesicht, und als der erbleichend zurückwich, spottete er: »Was denn, was denn? Rot ist doch deine Lieblingsfarbe. Mit rotem Wein wolltest du doch einst auf die Verbindung trinken, die Wahrheit und Krieg miteinander eingehen. Aber weißt du«, Ascall trank nun selbst einen Schluck, »die Wahrheit ist eine hässliche Braut und der Krieg ein buckliger Bräutigam. Ein weitaus schöneres Paar erscheinen mir Hugh de Lacy und Rose O'Connor zu sein, denn das Kind, das sie zeugen werden, ist nicht Grausamkeit, es ist Frieden. Ruari muss nicht mehr in Meath einfallen, um sich bedeutsam zu fühlen, und Hugh de Lacy ihn nicht mehr zurückschlagen, um Stärke zu beweisen. Nein, die beiden werden nun das Abkommen von Windsor ehren, und König Henry wird keinen Anlass finden, Hugh zu entmachten und dich an seine Stelle zu setzen.«

Amaury sah kurz nicht ihn, den Mann mit wieder unversehrtem Körper und wieder geheilter Seele, sah sich stattdessen selbst durch Ascalls Augen, einen Mann, an dem Niederlagen und das Scheitern hafteten.

»Du selbst hast Hugh also vorgeschlagen, eine Tochter des Hochkönigs zu heiraten«, brachte er mühsam hervor.

Ascall trank wieder einen Schluck. »Das wäre zu viel der

Ehre. Diesen Einfall hatte Hugh schon selbst. Es gab ja manches Beispiel, dem er folgen konnte – dem von Strongbow, der einst Aoife von Leinster heiratete, und dem von John de Courcy, der kürzlich den Bund mit Affreca eingegangen ist, der Tochter des Königs der Isle of Man, auf dass der ihm von der nahen Insel nicht mit Raubzügen drohen kann.« Jene Eheschließung hatte Amaury mit eigenen Augen bezeugt, doch er konnte sich nicht an Affrecas Gesicht erinnern. Viel deutlicher stand ihm das von Aoife vor Augen, die, wie es hieß, für ihren Sohn den Besitz in Pembroke verwaltete. Irgendwie war es ihr gelungen, König Henry davon zu überzeugen, dass sie die Sache gut machte, während es ihm noch nicht einmal gelungen war, dem König einzuflüstern, dass Hugh de Lacy die Sache schlecht machte. »Mich«, fuhr Ascall fort, »hat Hugh lediglich gebraucht, um Ruari von diesem Bündnis zu überzeugen. Und das war nicht einmal sonderlich schwer, als Hugh ihm Truppen versprach, um die Grenze im Südwesten gegen Domhnall O'Brian zu sichern.«

»Ihr Iren werdet die Normannen niemals vertreiben!«, entfuhr es Amaury wütend. »Ihr seid zu sehr damit beschäftigt, euch gegenseitig zu bekriegen.«

»Hugh dagegen wird dich vertreiben, weil er nun nicht mehr damit beschäftigt ist, Ruari O'Connor zu bekämpfen«, gab Ascall ruhig zurück. »Auf den ersten Blick fällt es schwer, das zu glauben, aber die beiden gleichen sich. Es sind keine Hitzköpfe, die sich von Leidenschaft beherrschen lassen, sondern die nüchtern zu überlegen imstande sind, was ihnen den größten Vorteil bringt und was davon man allein mit der Macht des Wortes, nicht mit der des Schwertes erreicht. Mir scheint, die zwei könnten sogar Freunde sein.«

Und mit diesen Worten drückte er ihm etwas in die Hand. Amaury dachte zunächst, er wolle ihm den Kelch aufnötigen und war fest gewillt, dessen Inhalt dem anderen ins Gesicht zu schütten, dann musste er erkennen, dass es lediglich ... Honigkuchen war.

»Falls du nicht mit mir trinken willst … vielleicht willst du ja etwas essen.«

Amaury unterdrückte den Drang, Ascall mit dem Honigkuchen zu bewerfen. Er schmiss ihn noch nicht einmal auf den Affen, den man gerade mit einer Fackel in die Ecke trieb, weil er sich beharrlich weigerte, ein Kunststück aufzuführen.

»Hugh und Ruari mag diese Hochzeit nutzen«, murmelte er. »Dir nicht. Du bist immer noch ein Gefangener.«

»Aber ich bin nicht *dein* Gefangener. Und Dún Fionn ist sicher, das hat mir de Lacy versprochen. Er hat mir sogar zugesagt, einen Boten dorthin zu schicken, um zu erkunden, wer von meiner Sippe noch lebt. Vielleicht habe ich am Ende keinen Honigkuchen bekommen, nur ein Stück hartes, schimmliges Brot wie einst im Kerker. Solange du am Kuchen würgst, wird es mir jedoch schmecken.«

Mit diesen Worten ließ er ihn stehen, indes der Affe vor Furcht kreischte. Vielleicht hatte er verlernt, sich zu fürchten und kreischte vor Spott. Die Stimmen aller schienen plötzlich spöttisch zu klingen, selbst die von Goll, der nun zu ihm trat und verwirrt fragte, was all das zu bedeuten habe.

Wohin soll ich ihm den Honigkuchen stopfen?, fragte sich Amaury. Ins Maul oder in den Arsch?

Er tat nichts dergleichen. Er sagte nur ruhig: »Behalte Connor Maenmaige im Auge. Wenn du die Gelegenheit findest, allein mit ihm zu reden, nutze sie. Vielleicht … Vielleicht lässt er sich von einem Bündnis mit mir überzeugen. Ich habe gehört, dass einige Ritter des Roten Zweiges zu ihm übergelaufen sind. Gut möglich, dass es ihn auch nach deren Burg Dún Fionn gelüstet.«

»Warum sprichst du nicht selbst mit ihm?«

»Weil er alle Normannen hasst, du aber ein Ire bist. Er wird dich in Ruhe zu Ende reden lassen.«

Dessen war er sich nicht sicher, so wie Goll sich nicht sicher zu sein schien, ob er wirklich noch ein Ire, ob er überhaupt ein

Mensch war. Dennoch nickte er, während Amaury, des Rosenduftes überdrüssig, aus der Halle floh.

Den Rosenduft wurde er los, die Blumen schienen ihn indes zu verfolgen. Zwar glich die Frau, die ihm in der Nähe der Stallungen begegnete, nicht einer Rose, ihre bläulichen Lippen ließen ihn aber an ein verblühtes Veilchen denken.

»Amaury …«

Sobald sie seinen Namen aussprach, verflog die Freude, einem Wesen zu begegnen, dessen Laune noch schlechter war als seine. Und dann lächelte sie ihn auch noch an, so wie Ascall gelächelt hatte.

Ich diene der Wahrheit, und die Wahrheit lächelt man nicht an, man lacht sie nicht aus, selbst um sie zu weinen wäre schon zu viel der Lüge, denn Tränen sind heiß, und auf dieser Welt ist es kalt.

Zumindest das hatte dieses Mädchen begriffen, denn es zitterte erbärmlich, trug es doch nur Fetzen am Leib. »Erkennst du mich denn nicht wieder?«

Nein, er erkannte sie nicht. Zwei Arten von Menschen gab es, solche, die im kalten Feuer der Wahrheit schmolzen, und solche, die gestählt daraus hervorgingen. Erstere vergaß er immer.

»Nessa … Ich bin Nessa …«, stammelte sie. »Früher hast du mich manchmal rufen lassen … Ich durfte ein Bad nehmen, bekam etwas Süßes zu essen. Nie wieder hat mich ein Mann so gut behandelt wie du. Ich kann von Glück reden, dass mich der Stallknecht dann und wann bei den Pferden schlafen lässt.«

Nach diesen Pferden roch sie, und in ihrem Haar hingen Strohhalme, doch trotzdem war er es nun, der lächelte, ob er der Wahrheit damit diente oder nicht.

»Du willst, dass ein Mann freundlich zu dir ist? Willst du wieder ein Bad, wieder etwas Süßes?«, fragte er. »Oh, das kannst du haben.«

Ihre Zähne klapperten noch stärker, die Augen weiteten

sich erfreut, erst recht, als er den Honigkuchen hochhielt, den er immer noch in der Hand hielt.

»Das würde dir schmecken, nicht wahr? Danach gierst du mit jeder Faser deines Leibes. Du bist so hungrig, und das würde dich satt machen.«

»Ich danke dir, du bist so …«

Du bist so gut, wollte sie sagen, aber das war eine Lüge.

Ehe sie den Honigkuchen nehmen konnte, trat er einen Schritt zurück, und als sie ihm folgte, machte er einen weiteren. Schon lockte er sie auf diese Weise über den Hof, hinaus auf die Straße, und sie glich mit den tropfenden Lefzen dem Jagdhund des Vaters, den der einst getötet hatte, damit Amaury endlich Schmerz fühlte. Aber er konnte ja keinen Schmerz fühlen … Warum sollte er jetzt Enttäuschung darüber fühlen, dass keiner seiner Pläne aufgegangen war?

»Ich habe keinen Freund«, murmelte er, »ich habe keine Macht, ich bin dennoch stark genug, das zu ertragen. Wirst du am Ende den Honigkuchen haben? Und wirst du stark genug sein zu ertragen, wenn du ihn nicht bekommst?«

»Amaury …«

Immer weiter lockte er sie über Straßen, die jetzt im Winter schlammig waren. Der Dreck spritzte ihnen bis zu den Knien. Blicke trafen sie, belustigt wie jene, die sich auf den Affenbändiger und sein Vieh gerichtet hatten.

»Zuletzt schien der Affe zu tanzen«, sagte Amaury, »doch in Wahrheit hat er nur das Feuer gefürchtet. Wie dumm, davor Angst zu haben. Wie dumm, dass Ascall, anstatt der größte Krieger aller Zeiten zu werden, am Ende nur ein Kuppler ist. Aber vielleicht hat es sein Gutes, dass heute nicht nur Lügen platzen, auch manche Träume, denn oft erweist sich das, was man nicht hat, als kostbarster Besitz. Ich spüre keine Schmerzen und kann doch anderen welche geben. Ich habe keine Macht und kann doch anderen welche nehmen. Meine Zeit wird irgendwann kommen.«

»Amaury!« Und weiter ging es durch enge Gassen, wo ansonsten Händler ihre Waren anpriesen, deren Holzbuden an diesem Tag verschlossen waren. Immer wieder hielt er ihr den Honigkuchen hin, immer wieder zog er ihn zurück, bevor sie ihn zu fassen bekam. Sie erreichten das Ufer, wo sich einst der Sklavenmarkt befunden hatte. Die Fesseln, mit denen die Unglücklichen gebunden gewesen waren, waren längst verrottet. »Amaury, bitte … ich hab doch solchen Hunger …«

Die Liffey schimmerte grau. Amaury deutete auf den breiten Fluss. »Das ist die Farbe des Friedens, nicht etwa das Rosa auf den Wangen der Braut. Und wenn Ritter diese hätten tragen wollen, dann wären sie doch gleich Mönche geworden, nicht wahr? Nein, Ritter wollen, dass ihre Rüstungen rot glänzen, und deshalb wird sich dieser Fluss noch rot färben, das verspreche ich dir. Meine Zeit wird irgendwann kommen.«

Der Affe war es leid zu tanzen. »Bitte, Amaury …«, flehte Nessa wieder, versteifte sich aber und machte keinen Schritt mehr.

»Nun zier dich nicht«, herrschte er sie an, »am Ende überwiegt die Gier, am Ende wird Ascall das Ungeheuer, das in ihm schlummert, freilassen. Und wenn man diesem Ungeheuer mit Feuer droht, dann tanzt es nicht, es beißt zu. So viele Zähne hat Goll ihm gar nicht ausschlagen können, als dass er das verlernt hätte. Du wiederum würdest gern in den Honigkuchen beißen, nicht wahr?« Einmal mehr hielt er ihn ihr vors Gesicht, einmal mehr riss er ihn wieder weg. Sie lief ihm bis zum Ufer des Flusses nach, das man einst mit umgedrehten Schiffskörpern bedeckt hatte, auf dass die grauen Fluten nicht an der Stadt lecken konnten. Ihr Holz war längst morsch geworden, und an einem nasskalten Tag wie diesem war es sogar glitschig. Ein Schritt noch, ein zweiter, dann würde sie den Honigkuchen bekommen … oder eben nicht. »Deine Zeit, kleine Nessa, kommt jedoch nie. Weder stählt dich das kalte Feuer noch stählt dich das kalte Wasser. Dein Bad sollst du trotzdem kriegen.«

Schon versetzte er ihr einen Stoß, und als sie in die dunklen

Fluten fiel, glich ihre Miene der seiner Mutter, die, nachdem sie im Burggraben versunken war, sich nicht länger hatte vormachen können, eine Lady zu sein, und wenn sie noch so schönen Schmuck trug. Die glänzendsten Perlen, die sie jemals getragen hatte, hatten doch aus den Worten bestanden, die sie zu ihm sprach, als sie sich aus dem Morast hochgekämpft hatte: *Wie ich dich hasse.*

Ob Nessa sich wieder aus dem Fluss hochkämpfen würde, wusste er nicht, und ob sie ihn hasste oder nicht, war ihm gleich. Ihr Hass glich keinen glänzenden Perlen, nur Muscheln, die arme Leute um den Hals trugen und die zerbrachen, wenn man darauf trat. Nein, er hatte kein Bedürfnis, ihr beim Ertrinken zuzusehen. Er wollte den Honigkuchen nicht noch länger in der Hand halten. Am liebsten hätte er ihn ihr in den Fluss nachgeworfen, doch ehe er es tun konnte, traf ihn eine Stimme.

»Seit wann ertränkst du Katzen, anstatt Hunde zu erschlagen?«

Amaury drehte sich langsam um.

Ich erschlage Hunde nicht. Ich ziehe ihnen jede Kralle einzeln aus, auf dass sie ihren Feinden die Zähne noch spitzer ins Fleisch stoßen.

Vor ihm stand allerdings kein Hund, keine Katze, nur ein Hornochse, der alles, was man ihm sagte, entweder gar nicht oder zu spät verstand, wobei es in diesem Augenblick Amaury selbst war, der nicht verstand, warum der andere sich hier in Dublin aufhielt.

»William FitzAudelin«, nannte er seinen Namen.

An der Hochzeitstafel hatte er ihn nicht gesehen – ob in den Jahren zuvor, konnte er sich nicht erinnern. Er wusste nur, dass Henry ihn zwar seinerzeit auf dem Konzil von Oxford entmachtet hatte, um Prinz John zum Dominus Hiberniae und Hugh de Lacy zum neuen Statthalter zu machen, ihm jedoch nicht sämtlichen Landes auf der Insel beraubt hatte. In der Nähe von Wexford konnte er noch ein paar Morgen sein Eigen nennen, und dorthin hatte er sich zurückgezogen, um den verletzten Stolz zu pflegen und die Ungerechtigkeit der Welt zu beklagen.

Dass er für das Amt des Statthalters nicht getaugt hatte, hielt er für üble Verleumdung, obwohl es die Wahrheit war. Dass Amaury sein Freund war, hielt er hingegen für die Wahrheit, obwohl der ihn bei König Henry übel verleumdet hatte. Was für ein Spaß es wäre, ihn darüber aufzuklären, ihn gar in den Fluss zu stoßen wie Nessa. Allerdings war ein Ochse so viel schwerer als ein verblühtes Veilchen. Warum sich die Mühe machen? Es war ja anstrengend genug, das Lächeln zu deuten, das FitzAudelins Gesicht verzog.

»Wusst' ich's doch, dass man dich nicht in der Halle findet«, sagte dieser eben. »Es heißt, dass du Wärme scheust.«

»Du hast mich gesucht?«

»Das nicht, aber es trifft sich gut, dass ich dir hier begegne. So können wir uns gemeinsam die Zeit vertreiben, während ich der Dinge harre. Ich denke, um den Strick zuzuziehen, der um Hughs Hals liegt, werde ich die Hochzeitsnacht abwarten. Schließlich ist es am schlimmsten, ins kalte Wasser zu fallen, wenn man aus dem warmen Brautbett gerissen wird, oder?«

Amaury begriff kein Wort, nur dass der Ochse in diesem Augenblick klüger war als er.

»Wovon redest du?«, fuhr er ihn an. FitzAudelin lächelte. »Und woher kommst du?«, fügte er hinzu. »Aus Wexford?«

Dieses Mal bekam er eine Antwort. »Nein, aus der Normandie«, rief FitzAudelin triumphierend.

Eine Ahnung stieg in Amaury hoch, wurde so langsam Gewissheit, wie Nessa eben über die Schiffsrümpfe hochgekrochen kam. Immer wieder rutschte sie zurück.

»Was hast du in der Normandie gemacht?«

»Viel wichtiger ist doch, was ich hier machen werde«, erklärte FitzAudelin vielsagend.

»Du … Du warst bei König Henry«, vermutete Amaury. »Du hast bei ihm gegen Hugh intrigiert.«

»Aber, aber!« FitzAudelin hob abwehrend die Hände. »Das

traust du mir zu? Ich habe nichts weiter getan, als dem König von dieser Hochzeit zu berichten. Und ihn vorsichtig darauf aufmerksam zu machen, was sie bedeuten könnte.«

Nessa hatte beinahe das Ufer erreicht, glitt wieder aus. Amaury indes wähnte sich näher am Ziel denn je.

»Du bist hier, um Hugh eine Botschaft von Henry zu überbringen, nicht wahr? Nun sag schon, welche!«

FitzAudelin lächelte. »Gemach, gemach. Du wirst es früh genug erfahren und dich freuen, so wie es Hugh früh genug erfahren und verzweifeln wird. Soll er sich doch eine Nacht lang am Duft seiner kleinen Rose laben. Wir dagegen sollten das Kätzchen aus den Fluten retten.«

William stieg auf ein halbwegs stabiles Stück Holz, streckte Nessa die Hand entgegen. Sie nahm sie nicht, woraufhin er sich einfach vorbeugte und sie an den Haaren hochzog. Sie schrie auf vor Schmerz, stöhnte selbst dann noch, als sie längst auf festem Boden stand und er die Haare wieder losließ. Zitternd sank sie auf die Knie. Ob sie sich wieder erhob, sah Amaury nicht mehr, denn da war er William FitzAudelin schon in die schmale Gasse gefolgt, um zu erfahren, mit welcher Botschaft für Hugh de Lacy er aus der Normandie zurückgekommen war.

Amaury fand Goll erst lange nach Mitternacht, und das auch nur, weil er zuvor die Pferdeknechte hatte klagen hören, dass die Gäule sich wie irr benähmen und nicht aufhören wollten zu schnauben, zu wiehern und mit den Hufen zu scharren. Goll lag inmitten der Pferde. Er hatte wenig Gemeinsamkeiten mit einem Menschen, glich eher einem Bündel Heu, das man zusammenschnürte und auf einen Packesel lud. Ein Strick war ihm um den Nacken gebunden worden, der andere um die Kniekehlen, ein weiterer um Knöchel und Handgelenke. Kein Wunder, dass die Pferde verstört waren.

»Töte mich, Herr«, stieß Goll aus. Amaury redete beschwichtigend auf die Tiere ein und streichelte sie, ehe er sich an den

Pferdeleibern vorbeizwängte. Ihm entging nicht, dass Goll ordentlich verprügelt worden war, ehe man ihn gefesselt hatte. Sobald er die Fesseln durchschnitten hatte, sah er, dass Connor Maenmaiges Männer sich nicht damit begnügt hatten, seine Hose zu zerreißen, nein, sie hatten ihm tief ins Fleisch der Oberschenkel geschnitten. Die roten, nässenden Wunden endeten nur knapp vor seinen Hoden. Amaury warf einen leeren Leinensack auf Goll, um seine Blöße zu bedecken. »Töte mich, Herr.«

»Warum soll ich dich denn töten? Connor Maenmaige hat dich nicht entmannt … lediglich gewarnt.«

Goll streckte sich vorsichtig. Bei jeder Bewegung stand ihm der Schmerz ins Gesicht geschrieben – und die Angst, dass sich doch noch Fesseln ins Fleisch schnitten.

»Er … Er hat ein Bündnis ausgeschlagen«, stieß er aus. »Für einen Verräter hielt er mich … Ich … Ich habe versagt … Töte mich.«

Amaury zerrte ihn hoch, die Pferde schnaubten.

»Die Zeit für ein Bündnis mit Connor Maenmaige wird irgendwann kommen. Die Zeit, da ich triumphieren werde, kommt dagegen schon jetzt.«

Goll öffnete die Augen so weit, wie er konnte. »Du wirst mich nicht töten, noch nicht mal schlagen?« Er klang bedauernd.

»Nein«, sagte Amaury und stopfte ihm den Honigkuchen in den Mund.

Dann berichtete er von FitzAudelins Neuigkeiten.

Rúdnat

»Schläfst du?«, drang eine Stimme durch die Dunkelheit.

Rúdnat richtete sich auf. »Natürlich nicht«, log sie. Vielleicht log sie auch gar nicht und sagte die Wahrheit. Am letzten Abend hatte sie so viel getrunken, dass sich Träume nicht länger von der Wirklichkeit unterschieden ließen.

Das Hurenhaus war zum Bersten voll gewesen – mit Rittern, aber auch mit englischen Mönchen aus Cumbria, die John de Courcy nach Ulster hatte kommen lassen, um mit ihrer Hilfe die irischen Klöster zu reformieren. Etliche von ihnen hatten ihn nach Dublin begleitet, um die Eheschließung von Rose O'Connor und Hugh de Lacy zu bezeugen und diese später im Hurenhaus zu feiern. »Ist sie so schön, wie man sagt?«, hatte Fine eifersüchtig gefragt, nachdem sie einem der Mönche auf den Schoß geklettert war. »Die Braut, meine ich. Sie soll nicht nur wie eine Rose heißen, sondern, wie eine Rose duften, weil sie sich stets mit Rosenwasser wäscht.«

Vorwurfsvoll hatte sie dabei Rúdnat angesehen, die ihr dieses verwehrte, weil es zu kostspielig war, doch ob Fine nun nach Rosen roch oder saurem Schweiß, der Mönch versenkte sein Gesicht zwischen ihren Brüsten und begann immer hemmungsloser zu keuchen. Als sie später auf ihm ritt, wiederholte Fine ihre Frage, doch eine Antwort bekam sie immer noch nicht. Auf dem Höhepunkt der Lust begann der Mönch lateinische Choräle zu singen.

»Das klingt ja wie in der Kirche«, hatte Liven gemeint, in die Hände geklatscht und vorgeschlagen, sie könnten in der Halle die Hochzeit nachspielen, wobei Barabal und ein anderer Mönch Braut und Bräutigam wären. Was sie eigentlich meinte, war nicht die Hochzeit, sondern, die Hochzeitsnacht.

Barabal jedenfalls ging bereitwillig auf den Vorschlag ein und spielte das scheue Mädchen, das sich erst zierte, wehrte und dabei weinte, das schließlich aber von einem einzigen Stoß in den Himmel der Lüste getragen wurde. Zu viel mehr als diesem einen war der Mönch auch nicht fähig, ehe er erschöpft über ihr zusammensank – gottlob schweigend und nicht ebenso einen lateinischen Choral singend.

»Auf das Brautpaar!«, hatte Rúdnat gerufen und den Kelch erhoben. »Auf den Frieden!«

Sosehr sie die lüsternen Mönche verachten mochte, so verdrießlich sie Fines stetes Nachbohren stimmte, ob Rose O'Connor schöner sei als sie – der Wein schmeckte in ihrem Mund süßer als Rosenwasser. Denn sie war es, die in den letzten Monaten abwechselnd Hugh und Ascall beschworen hatte, an einem gemeinsamen Ziel zu arbeiten, die dieses ungleiche Brautpaar zusammengeführt und damit den Frieden gestiftet hatte.

Als sie nun erwachte, schmeckte allerdings nichts mehr süß, und der Druck auf den Schläfen war unangenehm.

»Was … Was ist passiert?«, fragte sie, sobald sie erkannte, dass Liven sich über sie beugte.

»Du musst mitkommen«, sagte Liven und zog an ihrem Arm.

Aus dem Druck auf den Schläfen wurde Schmerz. Immerhin sah sie etwas klarer, nachdem sie sich die geschwollenen Augen gerieben hatte.

»Sind noch mehr Mönche gekommen, die Hochzeit feiern wollen?«

»Die Mönche schlafen … Das echte Brautpaar, wie es scheint, nicht.«

Rúdnat verstand kein Wort, erhob sie sich gleichwohl und fuhr sich, als sie Liven nach unten folgte, durch ihr verklebtes rotes Haar.

Viel Zeit blieb nicht. Schon kam ihr eine Frau entgegen und rief: »Beeil dich!«

Rúdnat konnte sich nicht erinnern, ob sie diese Frau je gesehen hatte. Dass sie Normannisch sprach, verriet jedenfalls, dass sie nicht zu den Weibern gehörte, die regelmäßig an die Tür des Hurenhauses klopften und um Arbeit baten.

»Das Mädchen ... Das arme Mädchen ...«, klagte die Frau.

Der Schreck, der Rúdnat durchzuckte, machte sie hellwach. »Sprichst du von Elayne?«, fragte sie.

Hughs Tochter zog es immer noch oft ins Hurenhaus. Rúdnat schickte sie stets aufs Neue weg – allerdings immer erst, nachdem sie sich vom neuesten Tratsch auf der Burg hatte berichten lassen.

Die Frau schüttelte den Kopf. »Ich spreche von Rose O'Connor, König Ruaris Tochter ...«

»Schickt dich etwa Hugh de Lacy?«

»Nein, Isabel Tyrell.«

Die Sache wurde ja immer verworrener! Isabel Tyrell, die für Hughs Töchter sorgte, hatte ihr gegenüber nie anderes als Verachtung gezeigt.

»Isabel Tyrell hat dir befohlen, mich zu holen?«, fragte Rúdnat verwirrt.

»Ja, du musst sofort mit auf die Burg ... Lady Isabel weiß sich nicht zu helfen ... Die arme Rose ...«

Rúdnat hätte das Weib am liebsten an den Schultern gepackt und gerüttelt, auf dass es sich endlich verständlich ausdrückte. Allerdings schlotterten diese unaufhörlich. Bis die Fremde ihre Worte in ganze Sätze würde kleiden können, wäre sie längst auf der Burg, um sich selbst ein Bild zu machen.

Rúdnat nahm sich gerade noch Zeit, sich einen Umhang über die Schultern zu legen, aber auch der schützte nicht vorm Nachtwind, dessen Schärfe vom nahen Winter kündete. Die Luft in den Gängen der Burg indes war schwer vom Weindunst und dem Rauch der Fackeln. Rúdnat musste über ein paar Betrunkene steigen, bis sie jene Treppe erreichte, die hoch zu Hughs Gemach führte, und sie hatte noch nicht deren Ende erreicht, als Isabel ihr von oben entgegenkam.

»So etwas …So etwas habe ich noch nie gesehen«, stammelte sie. »Ich … Ich dachte, du weißt vielleicht, was in diesem Fall zu tun ist …«

Isabel konnte sich zwar nicht überwinden, Rúdnat ins Gesicht zu schauen, aber dass sie überhaupt mit ihr redete, war ein Zeichen höchster Not. Erst als sie den Gang betrat, in den die Treppe mündete, erkannte Rúdnat, dass das taubengraue Kleid der Lady von Blutflecken übersät war.

»Gütiger Gott«, stieß Rúdnat aus.

»Ich habe solche Angst, dass sie verblutet …«

Hugh hatte offenbar dieselbe Angst. Erst jetzt sah Rúdnat ihn auf der Schwelle des Brautgemachs stehen, seine Blöße mit einem Umhang bedeckt, sein Gesicht verzerrt von Entsetzen und Ekel. Rúdnat drängte sich an ihm vorbei, um einen Blick auf die Bettstatt zu werfen, auf der einst Strongbow gestorben war, sie später mit Hugh gehurt hatte und in dieser Nacht eine Ehe vollzogen worden war.

Und das gründlich, dachte Rúdnat.

Sie war zu abgebrüht, um Ekel und Entsetzen zu fühlen, aber das Mitleid, das sie überkam, war echt und tief. Fine hat recht, ging es ihr durch den Kopf, die Braut heißt nicht nur wie eine Rose … sie ist eine Rose … Aber eine Rose mit zarten Blütenblättern, die beim kleinsten Kratzer reißen.

Zwischen den Beinen des Mädchens hatte sich eine Blutlache ausgebreitet, die bei einer Gebärenden kaum größer hätte sein können, und es schluchzte herzerweichend.

»Ich … Ich …«, stammelte Hugh heiser. »Ich habe doch nichts Schlimmes gemacht … Ich habe mich bemüht, nicht zu grob zu sein.«

Rúdnat entdeckte auch auf seinem Umhang Blutspuren, ein Tropfen war ihm gar ins Gesicht gespritzt, das leichenblass wie nie war. Sie glaubte ihm. Hugh war kein zärtlicher Mann, aber auch kein grausamer. Und sein Geschlecht war eigentlich nicht groß genug, um solchen Schaden anzurichten, noch nicht einmal bei einer Jungfrau.

Deren Schluchzen klang immer rauer.

»Ich kümmere mich um sie«, sagte Rúdnat leise, schob Hugh kurzerhand über die Schwelle und schloss die Tür. Vom Gang her war Gemurmel zu hören, doch niemand verlangte Einlass.

Rúdnat lehnte sich an die Tür, fragte sich, ob sie nicht viel zu viel versprochen hatte. Was sollte sie jetzt auch noch tun? Den neuen Mädchen gab sie Schweineschmalz, bevor die ersten Freier sie nahmen, danach hatte sie sich nie um eines kümmern müssen. Sie wusste nicht, wie man Blut stillte, sie wusste noch nicht einmal, wie man Tränen stillte. Echna und Liven waren gut im Trösten – sie nicht … Sie war womöglich nicht einmal gut darin, Frieden zu stiften. Süß wie der Wein hatte der Stolz geschmeckt, den sie empfunden hatte, als sie Hugh auf die Idee gebracht hatte, Rose zu heiraten, und Ascall so weit, ihn dabei zu unterstützen. Doch schal, ja bitter war die Einsicht, dass sie sich eines Verdienstes rühmte, für das eine andere den Preis zu zahlen hatte.

Das ist also dein Frieden. Am Anfang hast du dafür ein Mädchen in Scheiße gestoßen, und jetzt badet eines in seinem Blut …

Rúdnat löste sich von der Tür, trat auf die Bettstatt zu. »Ach, Mädchen«, sagte sie und seufzte.

Obwohl sie es nicht für möglich gehalten hätte, war die Blutlache noch größer geworden. Nicht nur Laken und Decken hatten sich vollgesogen, selbst das Kissen. Doch als Rúdnat behutsam die Hand auf Roses Schulter legte und beruhigend auf sie einsprach, da gewahrte sie, dass es keine Tränen zu trocknen gab. Unwillkürlich riss Rose die Hände vom Gesicht. Ihre Haut war weiß wie Wolfsgras, die Augen jedoch nicht rot. Sie schluchzte nicht herzerweichend, nein, sie lachte … und das mit ihrem ganzen Körper. Es gab nichts, was nicht bebte: die Augenlider, der Mund, die Hände, der Körper.

»Es … Es war zu viel«, brachte sie auf Irisch hervor, »es war einfach zu viel.« Anstelle von Talglichtern wurde der Raum von Öllampen erhellt, und obwohl ihr Licht nicht so heftig

zuckte wie der Leib des jungen Mädchens, sprenkelten doch Schatten sein Gesicht, schienen es zur Fratze einer Wahnsinnigen zu verzerren. Erst als Rúdnat eine Lampe nahm, sie ganz dicht an Roses Gesicht hielt, erkannte sie, dass sie nicht wahnsinnig war, nur heillos überfordert. Und schön war sie auch … wunderschön. Die Lippen waren herzförmig und rot, die Züge wie aus Elfenbein gemeißelt, das goldene Haar gelockt. Wie konnte Connacht, jene Provinz, die nur aus Seen und Bergen bestand, kaum aus flachem Land, ein Geschöpf hervorbringen, an dem alles weich und glatt war, nur nicht das Gekicher?
»Es war einfach zu viel«, wiederholte Rose.

»Zu viel was?«, frage Rúdnat.

»Zu viel … Blut.«

Rúdnat ließ sich an der Bettkante nieder, zog vorsichtig das nasse Kleidchen vom zarten Körper. Auch das Haar zwischen den Beinen war golden, zumindest dort, wo es nicht blutverschmiert war. Und auch die Haut auf den Schenkeln war weiß wie Wollgras, zumindest dort, wohin kein Blut gelaufen war. Dazwischen lag etwas, das an eine leere Lederflasche denken ließ, aus der sämtlicher Wein geronnen war, nur dass es viel dünner war als eine solche, und fast durchsichtig. Durchsichtig schienen auch Roses Augen zu sein, geradewegs zu ihrer Seele konnte Rúdnat schauen, dort Angst wittern, Verzweiflung, Belustigung, Verwirrung.

»Es ist nicht dein Blut«, stellte Rúdnat fest.

Rose schüttelte den Kopf. »Nein, es ist Schweineblut. Meine einstige Amme hat mir vorgeschlagen, dass ich es verwende. Es … Es würde ganz echt aussehen, meinte sie. Aber ich fürchte, ich habe zu viel Blut genommen, viel zu viel …«

Dann begann das Mädchen doch noch zu weinen – als es nämlich unvermittelt sein Gesicht auf Rúdnats Brust legte und mit den Händen ihre Schultern umklammerte. Und plötzlich erwies sich Rúdnat doch gut im Trösten.

»Schscht«, machte sie leise, strich Rose über den Rücken, fühlte gleiche Rührung und Wärme in sich aufsteigen wie in der Stunde, da sie Elayne gebadet hatte. Wie bei Hughs Tochter ließ auch Roses Zittern nach, nachdem sie sie lange genug gestreichelt hatte.

»Du … Du bist keine Jungfrau mehr«, stellte Rúdnat leise fest. »Und das wolltest du vor Hugh verbergen …«

Rose ließ sie abrupt los, ihre Tränen versiegten, die Verzweiflung wich Panik. »Du verrätst mich doch nicht? Du bist doch Irin wie ich?«

Rúdnat sagte nichts, nahm nur das gerunzelte, durchsichtige Stück Haut an sich. »Das ist Schweinedarm, nicht?«, fragte sie. »Man spannt ihn manchmal vors Fenster, damit nur Licht hereinkommt, keine Kälte. Du hast ihn mit Blut gefüllt, ihn zugebunden und dir zwischen die Beine geschoben.«

»Du verrätst mich doch nicht?«, wiederholte Rose.

»Wer?«, gab Rúdnat zurück. »Wer?«

Jene Atemzüge lang, da Rose von weiteren Schluchzern gebeutelt wurde, hoffte sie, sie möge sagen: Ich habe vor der Eheschließung mit Hugh bei dem Mann gelegen, den ich liebte …

Doch Rose sprach nicht von Liebe, sie sagte nur einen Namen: »Connor Maenmaige.«

»Dein Bruder?«

»Mein Halbbruder … Mein Vater hatte mehrere Frauen …«

Wie grell das Licht auf die kalte Wahrheit fiel. Rúdnat umklammerte den Schweinedarm kurz, ehe sie aufstand, damit zum Kamin trat, ihn in die Flammen warf. Sie war nicht sicher, ob er verbrennen würde, doch nachdem das Feuer laut zischend aufloderte, war nichts mehr davon zu sehen.

Ein Zischen drang auch durch ihre Stimme, als sie sagte: »Dein Bruder hat dich also mit Gewalt genommen, um zu zeigen, was er von seines Vaters Bündnis mit dem verhassten Statthalter der Normannen hält?«

Rose wischte sich verstohlen über das Gesicht. Da auch an ihren Händen Blut haftete, blieben rote Schlieren zurück.

Rúdnat trat zurück zu ihr, umklammerte nunmehr ihre Schultern. »Weiß dein Vater davon?«

»Selbst wenn …«, murmelte Rose. »Connor Maenmaige trägt auf jeder Wange eine Narbe, weil er es einst guthieß, dass mein anderer Bruder Murtagh sich gegen meinen Vater erhob. Aber ich glaube nicht, dass meine Jungfräulichkeit den Wert seiner Augen hat. Bevor er ihm auch nur eines nimmt, stellt sich mein Vater lieber selbst blind.«

Genauso blind, wie ich mich gestellt habe, als ich mich eifrig bemühte, Hugh von diesem Bündnis zu überzeugen.

Sie hatte nicht sehen wollen, dass der Altar des Friedens so blutig sein konnte wie der Krieg, hatte sich eingeredet, dafür zu sorgen, dass Ériu etwas Ruhe fand. Aber würde die Inselgöttin einen menschlichen Leib annehmen, wäre sie keine kraftstrotzende Frau mit fruchtbarem Schoß, sondern ein Mädchen wie Rose, schön und zart und sanft und immer die Verliererin, weil sie sich nie die Frage stellte, ob sie geschändet wurde, nur, von wem zuerst – dem rohen Normannen oder dem rohen Iren.

»Du verrätst mich doch nicht?«, fragte Rose ein drittes Mal, löste sich von ihrem Griff, sah sie flehentlich an.

»Natürlich nicht«, sage Rúdnat heiser. »Komm, lass mich dir helfen.«

Sie half erst Rose hoch, zog dann die Leinentücher ab, knüllte sie zusammen, bis keine Blutflecken mehr zu sehen waren. Sie holte die Felle und Kissen, die auf den Bänken lagen, breitete sie aus. Dann trat sie auf Rose zu, führte sie dicht an den Kamin heran, zog ihr in der Hitze des Feuers das Leinenkleidchen über den Kopf. Nicht länger war nur ihre Scham entblößt, auch die Brüste waren es. Sie wiesen weder Spuren von Blut auf noch von Hughs oder Connor Maenmaiges Händen, doch diese hatten sie sicher begrapscht, glaubten Männer ihres Schlags doch, dass ihnen die Brüste der Frauen – fest und wohlgeformt – genauso gehörten wie die Insel.

Rúdnat wusste, wie sich diese besitzergreifenden Berührungen anfühlten. Wie sie an Leib und Seele schmerzten. Wie verletzlich sie zunächst machten, wie hart später, wie verbittert zuletzt. Wobei sie in diesem Augenblick weder Verbitterung noch Härte in sich spürte, nur unbändige Sehnsucht, mit Zärtlichkeit und Liebkosung wiedergutzumachen, was andere, ob aus Bösartigkeit oder Ignoranz, angerichtet hatten. Ehe sie überhaupt begriff, was sie tat, beugte sich Rúdnat vor und hauchte einen Kuss auf jede der Brustwarzen, sodass sich die Spitzen leicht verhärteten. Etwas in ihr platzte, als wäre auch ihr Herz eine Schweinsblase – nur, ob es mit falschem oder echtem Blut gefüllt war, wusste sie nicht.

»Was … Was tust du denn da?«

Rose errötete, Rúdnat auch. »Ich weiß es nicht … Ich … Ich wollte nur irgendetwas anderes machen, als bloß das Blut von dir zu waschen …«

Noch hatte sie das nicht getan, aber sie holte es nach. Sie fand kein Wasser im Gemach, jedoch einen Krug Milch, und sie tauchte ein Stück Leinen ein, fuhr mit diesem über Roses Bauch, ihren Nabel, bis hin zur Scham, wo sie jede verborgene Falte säuberte, bis endlich alle Spuren beseitigt waren.

Eine Gänsehaut lief über Roses Arme, die Spitzen ihrer Brüste waren noch härter geworden, aber sie zitterte nicht, stand ganz ruhig da, auch dann noch, als Rúdnat ihren Umhang abnahm und ihn um ihren Körper legte.

»Ich werde Hugh bitten, dich in den kommenden Nächten in Ruhe zu lassen. Und ich werde ihm erklären, dass einige wenige Frauen beim ersten Mal heftig bluten, jedoch nicht mehr beim zweiten Mal.«

»Hab Dank …« Die Stimme klang verstörend leise. So würde es wohl klingen, wenn Rosen zu singen versuchten … oder Ériu. »Ich kann mich nicht erinnern, dass jemals einer so gut zu mir gewesen ist wie du.«

Plötzlich begann Rose wieder zu lachen und wieder zu weinen. Vielleicht war das Lachen ein Zeichen von Erleichterung, den Bruder los zu sein, und das Weinen ein Zeichen von Schmerz, weil sie ihre Familie verloren hatte und fortan unter Fremden würde leben müssen. Vielleicht war es auch umgekehrt, und sie lachte in Vorfreude über die Einsamkeit und weinte ob der Erinnerung an Connor Maenmaige. Jedenfalls wusste Rúdnat nur allzu gut, welches Grauen und welche Trauer Erinnerungen bewirken konnten, und um deren schalen Geschmack zu vertreiben, auch, um sich selbst und dem unschuldigen Mädchen zu zeigen, dass es im Leben viel Süßeres zu kosten gab, küsste sie Rose wieder unwillkürlich – dieses Mal statt auf die Brustspitzen auf den Mund. Erneut schien etwas in Rúdnat zu platzen, ihr Herz oder ihre Seele, und es zählte nicht mehr, ob sich falsches oder echtes Blut darin befand. Echt war die Sehnsucht, dem Mädchen zu sagen: Es wird alles gut, zumindest bleibe ich gut zu dir. Ich will dafür sorgen, dass du erblühst, anstatt zertreten zu werden.

Aber sie tat es nicht. Die Schweinsblase war so dünn, das Licht, das auf die kalte Wahrheit fiel, so hell. Sie würde das Mädchen nicht vor neuem Schmerz schützen können – und wenn sie sich selbst davor bewahren wollte, musste sie das Fenster zu ihrer Seele schließen. Nicht länger zärtlich, sondern grob drängte sie Rose zur Bettstatt, stieß sie dort auf die Felle, so wie Connor und Hugh sie wohl gestoßen hatten, löste sich rasch von ihr und floh, ehe sie der Versuchung erlag, sie noch einmal zu küssen.

Isabel hatte sich zurückgezogen, Hugh wartete im Gang. Er war wieder bekleidet, aber immer noch leichenblass.

Nun tu doch nicht so, als reute es dich, Ériu bluten zu lassen …

Allerdings hatte Hugh sie ja nicht bluten lassen, weder die Insel noch Rose. Steinerne Burgen hatte er gebaut, in denen Roses und seine Kinder würden leben können.

Sie trat auf ihn zu, er sah sie nicht, sie stampfte auf, er hörte sie nicht.

»Seit wann bist du blind für mich?«, fragte sie.

Nun, er hatte ihr nicht in die Augen geschaut, wenn er ihr seinen nackten Arsch entgegengestreckt hatte – warum sollte er es tun, wenn sie ihm berichtete, dass Rose nicht verbluten, dass sie bald gefügig unter ihm liegen würde.

Ehe sie damit beginnen konnte, stieß er hervor: »Lorcan ist tot.« Mit vielen Namen hatte sie gerechnet, mit dem von Connor Maenmaige, mit dem von Ruari, mit dem von Ascall. Nicht mit dem des Bischofs von Dublin, der es in den letzten Jahren geschafft hatte, mit den normannischen Invasoren zu leben, ohne von den Iren gehasst zu werden. Sie brauchte eine Weile, bis ihr zu diesem Namen ein Gesicht einfiel und dass dieses Gesicht am Morgen nicht in der Kathedrale von Dublin zu sehen gewesen war. Nicht Lorcan O'Toole, nein, Tommaltach C'Connor, der Bischof von Elphin, hatte die Eheschließung von Rose und Hugh vorgenommen. »Lorcan ist tot«, wiederholte er.

»Na und?«, schnaubte sie. »Er war doch alt. Und ich trauere nicht einmal um Bischöfe, die jung sterben. Warum tust du es?«

»Ich trauere nicht! Ich habe Angst!«

Seit wann machten tote Bischöfe mehr Angst als blutende Bräute? »Hat er dich etwa mit seinem letzten Atemzug verflucht?«, fragte sie spöttisch.

»Nein«, erklärte er. »Aber er hat es auch nicht mehr geschafft, mit König Henry zu reden.« Hugh atmete tief ein. »Lorcan ist doch in die Normandie gereist ... Er sollte dem König eine Botschaft überbringen ... von mir und Ruari ... Sollte bekräftigen, dass wir das Bündnis nicht gegen, sondern für ihn geschlossen haben, dass wir den Vertrag von Windsor ehren werden. Er als guter Hochkönig, ich als guter Statthalter ... Doch nun ist es zu spät. Alles war umsonst ...«

Er hatte wieder begonnen, auf und ab zu gehen, doch seine Knie bebten wie seine Zunge. Weder brachte er gerade Schritte zusammen noch ganze Sätze. Die Wortfetzen genügten Rúdnat immerhin, um sich einen Teil zusammenreimen zu können.

»Du meinst ...«, setzte sie an.

»Ruari hat sogar einen seiner Söhne mit an Henrys Hof gesandt, als Geisel und somit als Zeichen dafür, dass er uns Normannen vertrauen kann.«

»Hätte es nicht Connor Maenmaige sein können?«, entfuhr es Rúdnat. Der Kopfschmerz kam zurück, die Müdigkeit auch.

Hugh verharrte. »Alles war umsonst«, wiederholte er.

»Aber warum? Du hast Rose geheiratet, damit du weder von Ruari angegriffen wirst, noch er sich bei Henry beschwert, wenn du zurückschlägst. Der König hat nun keinen Vorwand mehr, dich abzusetzen. Was zählt es, ob Bischof Lorcan lebt oder nicht?«

»Versteh doch! Lorcan konnte Henry nicht mehr erklären, warum ich Rose heiraten wollte. Und deshalb hat es ein anderer getan. William FitzAudelin. Genauer gesagt hat er es ihm nicht erklärt, er hat Gift in des Königs Ohren geträufelt, und zwar so viel, dass jener nun glaubt, dieses Bündnis wäre nicht Zeichen für Gehorsam, sondern eines für Verrat.« FitzAudelin und Gift? Ochsen kämpften doch mit ihren Hufen, nicht mit ihrem Stachel. »Jahrelang hat Henry Strongbow übel genommen, dass er Aoife von Leinster ohne seine Zustimmung geheiratet hat«, fuhr Hugh fort, sprach nun so gehetzt, wie er atmete. »Ich weiß nicht, wie viele Burgen er in der Normandie belagern und einnehmen musste, auf dass der König ihm wieder verziehen hat. Mich dagegen wird er wohl keine Burgen belagern, mich wird er in einem Kerker verrotten lassen.«

Erst jetzt begriff Rúdnat. »Er hat dich nach England gerufen?«

Hugh nickte. »FitzAudelin hat mir soeben seine Botschaft überbracht«, sagte er verzweifelt, »ich soll mich persönlich vor König Henry rechtfertigen.«

»Und wen setzt er an deiner statt als Statthalter ein?«, entfuhr es Rúdnat entsetzt. »Doch nicht Amaury de Saint-Taurin!«

Hugh ließ den Kopf sinken. »Ihn hat FitzAudelin nicht erwähnt. Ich nehme an, Henry wird einen Mann schicken, der noch nie einen Fuß nach Irland gesetzt hat, der folglich nicht droht, aus der Insel ein eigenständiges Königreich zu machen …« Seine Stimme erkaltete, je länger er sprach. Ihm schien wieder einzufallen, dass er nur mit einer Hure redete, und so wie er nach Momenten der Lust bereute, zu viel entblößt zu haben, so verschloss sich auch jetzt seine Miene. »Hab ein Auge auf Rose, sie ist Irin«, sagte er lediglich, ehe er sich abwandte.

Das Bild des blonden, bleichen, blutüberströmten Mädchens verschwamm. Rúdnat konnte sich nicht mehr erinnern, wie Roses Lachen und Weinen geschmeckt hatten.

»Und wer hat ein Auge auf Ascall?«, entfuhr es ihr.

Hughs Narbe begann zu pochen. Rúdnat vernahm ein tiefes Seufzen.

»Ich habe ihm versprochen, ihn vor Saint-Taurin zu schützen, und daran halte ich mich«, sagte er. »Hugh Tyrell wird ihn nach Trim bringen. Zudem habe ich ihm versprochen, einen Boten zu entsenden, auf dass dieser auskundschaftet, wie es um Dún Fionn steht. Auch dieses Versprechen halte ich. Aber ich kann Dún Fionn und die Menschen, die dort leben, nicht länger beschützen. Saint-Taurin hat die Burg schon vor Monaten einnehmen wollen, jetzt wird er es nachholen.« Hugh schwieg kurz, ehe er düster hinzufügte: »Den Winter wird er noch abwarten, im Frühling wird er jedoch losschlagen. Ich denke nicht, dass ich bis dahin wieder zurück in Irland bin.«

Tuan

Grell brannte die Sonne auf ihn herunter. Tuan schwitzte aus jeder Pore, alle Glieder schmerzten, dennoch war er sehr stolz auf sich.

»Nun ja«, sagte Barra und schwang die Streitaxt, als gälte es, unsichtbare Köpfe abzuschlagen, »es gibt welche, die noch ungeschickter sind als du …«

Tuan wusste, dass dies das größte Lob war, das man aus dem Mund des Kriegers vernehmen konnte.

»Vom Rumstehen ist mir allerdings kalt geworden«, fügte Barra verdrossen hinzu, »ich werde jagen gehen, um noch etwas Vernünftiges mit dem Tag anzufangen.«

Wie konnte einem heute nur kalt werden, es war doch Frühling! Und Barra hatte nicht herumgestanden, er hatte gezeigt, wie man eine Streitaxt so geschickt durch die Luft schleuderte, dass man dem Gegner den Daumen, den kleinen Finger oder gar die ganze Hand abschlagen konnte. Nicht dass Tuan das schaffen würde. Wenn er aufs linke Bein eines Gegners zielen würde, könnte er schon froh sein, wenn er das rechte traf. Immerhin hatte er aber die meisten Holzscheite getroffen, die Barra in der Mitte des Hofes aufgestellt hatte.

Sobald Barra von dannen gestapft war, ließ Tuan sich mit einem Ächzen auf den Boden sacken und lehnte sich an die Wand des Langhauses. Sehr lange blieb er nicht allein im Hof, denn zu viele sehnten sich nach der Sonne. Bald leistete ihm Faolán, der Barde, Gesellschaft, der ausnahmsweise kein Lied anstimmte, stattdessen aus Schweinedarm neue Saiten für seine Harfe drehte, da am Vortag eine gerissen war. Was niemals riss, war der Faden, mit dem Rún webte. Schon den ganzen Winter über hatte sie Stoffe gefertigt, und vom Frühlingswind beflügelt, schien das Webschiffchen noch flinker durch die Kettfäden zu schießen. Schon seit einigen Tagen stellte sie den Webstuhl ins Freie, anstatt sich in der Hütte zu verstecken, in der früher Handarbeiten getätigt worden waren, später Krieger gewohnt hatten und sich nun, da so viele von ihnen Dún Fionn verlassen hatten, Rúns Reich befand.

Wenn die Kinder nicht gerade Faolán zuhörten, wie er sang oder Geschichten erzählte, fand man sie häufig in Rúns Nähe. Caitlín meinte zwar, dass Finnola mit ihren bald fünf Jahren alt genug sei, um Haushaltspflichten zu erlernen, aber sie nahm es hin, dass die Kleine lieber Fäden um das Webschiffchen wickelte, anstatt ihr beim Kochen zu helfen. Aedan wiederum sei alt genug, um reiten und kämpfen zu lernen, aber Caitlín begnügte sich damit, dass er mit Webschiffchen große Schlachten nachspielte. Jetzt tat er nicht einmal das, nein, er spielte mit Tierknochen, und er lachte dabei, wie sie alle lachten, weil endlich Frühling war – die einen laut, die anderen verstohlen, manche, wie Rún, nur mit den Augen, nicht mit den Mündern, Faolán wiederum mit seiner Harfe, kaum dass sie wieder alle Saiten hatte.

Der Winter ist vorbei, und wir alle haben ihn überlebt!

Einzig Fintan, der inmitten der Mauern von Dún Fionn ein ähnliches bienenwabenförmiges Steinhaus wie das im Wald errichtet hatte, um hier dem Gebet und der Askese zu frönen, weshalb er es seine Zelle nannte, war sichtlich abgemagert – wobei er selbst daran schuld war, weil er die wenigen Speisen, die man ihm anbot, meist ablehnte. Als Tuan ihn jetzt erspähte, trug er immerhin einen Krug Milch mit sich, doch anstatt daraus zu trinken, hockte er sich in die Mitte des Hofes, stellte den Krug vor sich ab und murmelte, darauf starrend, ein lautloses Gebet.

Trotz der schmerzenden Glieder erhob sich Tuan mit leisem Ächzen und trat zu ihm. »Was tust du da?«

Er wiederholte die Frage drei Mal, ohne eine Antwort zu bekommen. Erst als er Fintan anstupste, blickte der hoch, griff sich an die Ohren und zog zwei Wachskügelchen daraus hervor.

»Jetzt höre ich dich.«

»Warum verstopfst du denn deine Ohren?«

Fintan deutete auf Faolán. »Um seiner Musik zu entgehen. Der heilige Brendan trug auch immer Wachskugeln in den Ohren, denn wann immer irdische Musik ertönt, schwingt doch stets ein leiser Ton von Elfenzauber mit. Unmöglich kommt sie darob den himmlischen Harmonien nahe, und ich will mich nicht an einer Schönheit laben, solange sie mir nicht in Fülle geschenkt wird wie einst in Gottes Angesicht.«

Was für ein Unsinn, etwas im Übermaß zu fordern, wenn es doch auch vom Knappen meist nicht genug gibt, dachte Tuan. »Hast du mir nicht einmal erzählt, dass der heilige Patrick sich an Musik erfreut hätte?«, fragte er indes. Fintan ging nicht darauf ein, murmelte nur wieder ein Gebet über der Milch. »Was tust du da?«, fragte Tuan zum nunmehr vierten Mal.

»Nun, ich bete dafür, dass die Milch sauer wird.«

»Na, dafür musst du nicht beten, sondern sie nur lange genug in der Sonne stehen lassen.«

»Wenn ich bete, geschieht es schneller.«

»Und warum willst du, dass die Milch sauer wird?«

»Weil wir auch im Kloster immer nur saure Milch getrunken haben, niemals frische und süße. Für die Butter hat dasselbe gegolten – sie musste schon gelb sein, ehe wir sie aufs Brot strichen. Und da heute Sonntag und das Fasten verboten ist, ich also etwas essen und trinken muss, soll es eben etwas sein, das verdorben ist.«

Ivarr musste gar nicht erst in der prallen Sonne sitzen, um eine sauertöpfische Miene aufzusetzen. Airdi hatte ihn zum Holzstoß neben dem Langhaus getragen, und von dort warf er nun seinen Speer, der genau zwischen Fintan und dem Tonkrug stecken blieb.

»He!«, rief Fintan empört. »Am Sonntag ist es auch verboten, zu den Waffen zu greifen!«

Na, was für ein Glück, dass ihm vorhin entgangen ist, wie Barra und ich mit der Streitaxt übten.

Fintan war allerdings ohnehin der Meinung, genug geredet zu haben. Während Airdi kam, um den Speer zu holen, erhob er sich mit zwar schlackernder Kleidung, aber nicht mehr ganz so bläulichen Lippen, wie er sie noch im Winter gehabt hatte, und schritt hoheitsvoll auf seine Mönchszelle zu.

»He!«, spottete Ivarr. »Du hast deine Milch vergessen.«

Fintan reagierte nicht und zog den Kopf ein, um in das kleine Haus zu kriechen. Sein Hinterteil ragte noch ins Freie, als er zu schreien begann. »Beim heiligen Búithe von Mainistir! Beim heiligen Anede von Aran! Beim heiligen Iarlaithe von Tuam!«

»Ach herrje«, Faolán seufzte, »wir haben so viele Heilige. Wenn er vorhat, sie alle aufzuzählen, schreit er noch bis zum Abend. Kann mir jemand die Wachskügelchen bringen?«

Aus dem Barden und dem Mönch, dessen war sich Tuan nach dem Winter sicher, würden keine Freunde mehr werden, doch immerhin begegneten sie einander höflich. Fintan und Eithne dagegen waren nicht freundlich zueinander. Eben zog der Mönch die junge Frau aus seiner Zelle, wo diese offenbar geschlafen hatte. »Beim heiligen Finnian von Clonard! Beim heiligen Ciarán von Clonmacnoise! Beim heiligen Comgall von Bangor!«

»Gott sei Dank«, sagte Faolán, »er zählt nur die Klostergründer auf. Meines Wissens fehlt nur mehr Brendan von Confert, dann ist dieses Geschrei ausgestanden.«

Doch Fintan hatte noch mehr Namen im Sinn. »David und Salomon haben hinlänglich bewiesen, wohin die Leidenschaft führt – der eine ist vom Glauben abgefallen, der andere wurde zum Mörder. Wie kannst du es wagen, meine Zelle zu betreten, du dumme Frau?«

»Jetzt schrei doch nicht so«, sagte Eithne, riss sich von ihm los und rieb sich die Augen. »Ich wollte mich doch nur ein wenig ausruhen.«

»Warum schläfst du nicht in der Nacht wie alle Menschen?«

»Du schläfst dann doch auch nie.«

»Weil ich bete, nicht, weil ich hure!«

»Womit du eine schlechte Wahl getroffen hast, denn dein Gott ist stumm, während mir der fahrende Händler aus Dublin, mit dem ich die letzte Nacht verbracht habe, jede Menge Neuigkeiten erzählt hat.«

Eithne gähnte, ohne sich die Hand vor den Mund zu halten, strich sich dann über ihr Kleid. Es sah neu aus, wenngleich Tuan nicht wusste, ob Rún es gewebt hatte oder ob es ihr der fahrende Händler geschenkt hatte.

»Und was waren das für Neuigkeiten?«, fragte Tuan.

Eithne drehte sich langsam um und lächelte ihn aufreizend an. In besonders kalten Winternächten, wenn sie sich lieber unter Fellen verkroch, als ihre Schenkel zu entblößen, hatte sie manchmal an seiner Seite in der Langhalle geschlafen, und wann immer sie ihren Lockenkopf an seine Brust schmiegte, hatte sie so gar nichts mit jener Frau gemein, die ungeniert unter Männern stöhnte und alle, die darüber rot wurden, auslachte.

»Hugh de Lacy ist immer noch in England«, berichtete sie. »Weiß der Teufel, wie lange König Henry ihn buckeln lässt, ob er ihm jemals wieder erlaubt, aufzustehen und gar nach Irland zurückzukehren. An seiner statt üben John de Lacy, ein entfernter Verwandter von Hugh de Lacy, und Richard de Pec die Macht in den normannischen Gebieten aus. Anscheinend tun sie aber nichts anderes als das, was auch Hugh schon getan hat – mit Irinnen huren und Burgen bauen.«

»Wenn sie klug sind«, mischte sich Ivarr ein, »widmen sie sich diesen Aufgaben in umgekehrter Reihenfolge, schenken nämlich den Burgen mehr Aufmerksamkeit als den Weibern.«

»Seit wann wollen wir denn, dass Normannen klug sind?«, fragte Eithne.

»Dann gibst du also zu, dass es dumm ist, mit Frauen zu huren?«, triumphierte Fintan. »Dich jedenfalls hat es nicht klüger gemacht, bei diesem Händler zu liegen. Dass Hugh nach seiner Hochzeit mit Rose O'Connor nach England gerufen wurde, wussten wir bereits, von Ascall hingegen hast du nichts erfahren.«

Eithne wandte sich gleichgültig der Hütte zu, vor der Rún webte. »Stimmt, von Ascall hat er nichts gehört. Ich schlafe jetzt weiter.«

»Schlafen, von wegen!«, ertönte Caitlíns Stimme. Sie hatte das Langhaus eben mit frischen Binsen ausgelegt und hielt noch welche in der Armen, als sie ins Freie trat. »Nimm dir lieber ein Beispiel an Rún, deren Hände niemals still stehen.«

Eithne zuckte mit den Schultern. »Anstatt fleißig zu sein wie sie, bin ich lieber stumm wie sie. Zumindest werde ich mich vor dir nicht rechtfertigen. Du bist nicht meine Herrin, und ich bin nicht deine Sklavin.«

»Nein, aber wir haben den Winter nur überlebt, weil jeder seinen Beitrag geleistet hat.«

»Der Winter ist doch nun vorbei.«

Eithne wandte sich wieder ab, hielt das Vorhaben, stumm zu bleiben, aber nicht lange durch. Schon im nächsten Augenblick entfuhr ihr ein Schrei, und sie starrte unverwandt zum Tor der Burg, das eben geöffnet wurde. Als Tuan ihrem Blick folgte, fröstelte er unwillkürlich.

Blut … Da war so viel Blut … Es tropfte von Clach, nein, von dem Leib, den der über seinen Schultern trug.

Eithnes Schrei verklang, und in der lähmenden Stille, die sich ausbreitete, war das Schlurfen von Clachs Schritten noch lauter zu hören. Kurz war Tuan überzeugt, dass er Barra zur Jagd begleitet hatte und ein Wildschwein schleppte. Dann erkannte er, dass dieses blutende Etwas, das er trug, kein Tier, sondern ein Mensch war … und dass der noch lebte.

Eigentlich erkannte Tuan es nicht sofort. Das tat er erst, als Clach den Verwundeten fallen ließ und der ein Stöhnen von sich gab. Es war nicht lange zu hören, gingen dann doch schon die Stimmen wild durcheinander.

Wer er sei, wollte Caitlín wissen. Ein Normanne, wie man an seinem Kettenhemd erkennen könne, meinte Ivarr. Ob er ihn im Wald gefunden habe, fragte Faolán, worauf Ivarr sich wieder einmischte und vorwurfsvoll sagte: »Wenn es so ist, warum hast du ihn dann nicht gleich getötet?«

Eithne sagte nichts, trat näher, tastete den Körper des Verletzten ab. »Ich habe kürzlich ein Kraut gefunden, dessen Wirkung ich nicht kenne«, erklärte sie, »ich könnte es an ihm ausprobieren.«

»Ich will aber nicht, dass er verreckt, ehe er uns sagt, warum er sich hier herumtreibt«, sagte Clach und rüttelte an den Schultern des Mannes. »Wer bist du? Was hast du hier verloren?« Tuan brauchte eine Weile, um zu begreifen, dass nicht Clach oder Pòg, der diesem soeben durchs Tor gefolgt kam, dem Mann die vielen Wunden zugefügt hatten. Sie, so entnahm er ihren knappen Worten, hatten lediglich das Pferd aufgehalten, das mit ihm durchgegangen war und versucht hatte, ihn abzuwerfen. Er war mit einem Fuß am Steigbügel hängen geblieben, eine Weile über Wurzeln und Steine mitgeschleift worden. Nicht dass sie ihm weitere Blessuren ersparen wollten. Anstatt ihn bloß zu rütteln, fuhr Clach mit seinem Finger in eine der Wunden. »Wer bist du?«, wiederholte er. »Was hast du hier verloren?«

Aus dem Stöhnen wurde ein Schrei, und selbst als er in ein Wimmern übergegangen war, hallte er in Tuan nach ... wie das Echo eines Schreis, den er selbst einst ausgestoßen hatte, als er von Saint-Taurin gequält worden war.

»Lass ihn!«, rief er.

Clach hörte nicht auf ihn, Pòg warf ihm nur einen misstrauischen Blick zu, und ehe Tuan seinen Befehl wiederholen konnte, trat Caitlín vor.

»Nein«, sagte sie leise, »sie tun das Richtige.« Über den Winter war ihr dunkel gefärbtes Haar wieder weiß nachgewachsen, und sie war noch hagerer geworden. Dennoch dachte Tuan bei ihrem Anblick immer, dass sie eine schöne Frau war, wie sie da unermüdlich um das Überleben der Kinder kämpfte, niemals still stand, immer schuftete, auf dass Finnola und Aedan zu essen und es warm hatten. Doch hier und heute war ihr Blick nicht schön, er war hart, kalt. »Falls wieder ein normannisches Heer Richtung Westen vorrückt, müssen wir das wissen.«

»Warum sollten die Normannen in den Westen vorrücken?«, hielt Tuan dagegen. »Ruari hat seine Tochter mit Hugh de Lacy verheiratet, um das zu verhindern.«

»Aber Hugh de Lacy ist fort, und die, die ihn vertreten, fühlen sich Ruari womöglich nicht verpflichtet – genauso wenig wie Connor Maenmaige. Falls Gefahr droht, will ich vorbereitet sein.«

Clach konnte mit seinen Fingern nichts bewirken und zog deshalb seinen Dolch. In den letzten Wochen hatte er mit diesem oft Binsen für Caitlín geschnitten und beklagt, dass er stumpf geworden war. Doch um dem Verletzten weitere Wunden zuzufügen, reichte es.

»Wer bist du? Was hast du hier verloren?«

Und wieder dieses Geschrei … Und wieder dieses Gefühl, die eigene Haut würde platzen … unter dem heißen Gold, das auf ihn tropfte …

Fintan war aus seiner Zelle gekommen, aber betete nur, Eithne verharrte vor der Webkammer, aber zuckte nur mit den Schultern. Die Kinder begannen zu weinen, aber Faolán zog sie schnell mit sich in Richtung Stall und begann zu singen – vom guten Gott Dagda, der mit seinem Ross über den Himmel ritt und stets einen Zauberkessel mit sich trug, der ihn mit allem Notwendigen versorgte.

Zumindest Aedan konnte Faolán ablenken. »Der Himmel ist heute so rein, warum können wir Dagda nicht sehen?«, fragte der Knabe.

Weil die Erde so schmutzig ist und die Götter sich lieber verstecken.

Das sagte Tuan jedoch nicht. Er brachte noch nicht einmal

einen Einwand hervor, als Ivarr fragte: »Braucht ihr meinen Speer?« Selbst als Clach damit auf den Verletzten eindrosch, bis dieser nicht mehr schrie wie ein Mensch, sondern brüllte wie ein Tier, und Rún zu weben aufhörte und das Webschiffchen so fest umklammerte, dass es wohl gleich zerbrechen würde, blieb er starr stehen.

Doch plötzlich heulte Airdi auf, so laut wie einst, als Limerick gebrannt hatte oder als Ailillán ihn beinahe ins Feuer gestoßen hätte.

»Weh, weh, tut so weh!«

Und da konnte Tuan nicht länger zusehen. Während Airdi noch mehr gellende Schreie ausstieß, ein scheußliches Echo jener, die der Verletzte von sich gab, stürzte er auf Clach zu, entriss ihm Ivarrs Speer, stellte sich – diesen drohend erhoben – zwischen ihn und den Verwundeten.

»Lass ihn sofort in Ruhe!«

Clach wich unwillkürlich zurück – anders als der wütende Pòg, der einen Satz auf ihn zumachte. Ehe er auch nur versuchen konnte, Tuan den Speer wegzunehmen, hatte der seine Spitze an seine Kehle geführt.

Pòg erstarrte. »Das wagst du nicht, Bürschchen.«

»Und ihr wagt es nicht, eigenmächtig zu entscheiden, was mit dem Mann geschieht. Barra ist unser Anführer. Barra befiehlt.«

Airdi schrie immer noch, der Verwundete nicht. Lass ihn tot sein, betete Tuan – ob zu Gott oder Dagda, wusste er nicht. Lass ihn tot sein, dann haben die Qualen ein Ende. Für ihn. Für Airdi. Für mich.

Aber der Mann atmete noch, die Erinnerungen an das, was Saint-Taurin ihm angetan hatte, würden ihn immer quälen, und was immer er gewonnen hatte, mehr als ein Aufschub war es nicht.

»Glaubst du ernsthaft, Barra will seine Wunden heilen, anstatt ihn aus diesen Wunden bluten zu lassen?«, blaffte Pòg.

Nein, Tuan glaubte das keinen Augenblick, spürte außerdem, wie die Hand, mit der er den Speer umklammerte, zu schwitzen begann. Nachgeben konnte er gleichwohl nicht … nicht Clach und Pòg, nicht den Erinnerungen an Saint-Taurins Blick, an das Gold, dieses heiße Gold. Er spürte seine Narben jeden Tag. Er schien nun auch die Wunden des Normannen zu spüren.

»Barra ist unser Anführer. Barra befiehlt«, beharrte er.

Stille senkte sich über den Hof – selbst Airdi beruhigte sich langsam. Tuan sah, wie Pòg die Fäuste ballte, und er hielt den Speer fest in der Hand. Falls er mir entgleitet, dachte er, wird Pòg mich totschlagen.

Doch der Speer fiel nicht auf den Boden, Caitlín nahm ihn ihm nur behutsam weg, um sich sogleich schützend zwischen ihn und Pòg zu stellen. »Tuan hat recht, Barra befiehlt. Wir warten auf seine Rückkehr.«

Was immer sie bewogen hatte, ihre Meinung zu ändern – Airdis Schreien, Finnolas Weinen oder die Einsicht, dass sie sich selbst zum gefährlichsten Feind wurden, wenn sie nicht geeint waren –, als Caitlín verlangte, dass man den Verwundeten in die Webkammer schaffte, fügten sich Pòg und Clach ohne Widerrede, desgleichen sie sich ihr im Winter gefügt hatten, wenn sie ihnen verboten hatte, sich das Ungeziefer in der Halle aus Bart und Haar zu pulen.

Tuans Hand erzitterte, obwohl er den Speer nicht mehr hielt.

»Kann man denn nirgendwo in Ruhe schlafen?«, murrte Eithne, als Pòg und Clach den Verwundeten in die Webkammer zerrten. Rún indes ließ wieder das Schiffchen durch die Kettfäden sausen, und Faolán begann, von Gott Dagda zu singen.

Mit bebenden Knien trat Tuan zu Airdi, ließ sich neben ihn auf den Boden fallen. »Hab keine Angst, der Mann muss keine Schmerzen mehr erdulden, es wird alles gut.«

Er wusste nicht, welche Lüge schwerer wog. Schmerzen von offenen Wunden ließen nicht nach, nur weil keine neuen hinzukamen. Und nichts war gut, solange sie nicht wussten, wer der Mann war, was er hier wollte und ob sich unter dem Himmel, der nicht rein war, wie Aedan gesagt hatte, nur nackt, irgendwo ein Unheil zusammenbraute.

Der Tag ergraute, ohne dass Barra zurückkehrte, und als aus dem Grau ein Schwarz wurde, schafften sie den verletzten Normannen von der Webkammer in jene Kammer, in der einst Ailillán geschlafen hatte. Sie war nicht Teil des Langhauses, sie befand sich in jenem Stück der Mauer, aus der einst ein Stein gebrochen war und in der seitdem ein mit etwas Holz abgedecktes Loch klaffte. Caitlín hatte es befohlen, weil in der Webkammer nicht nur Eithne, sondern auch Rún schlief und die in der Nähe eines Mannes keine Ruhe finden würde, war jedoch selbst nicht mit zur Kammer gekommen, weil dort zu vieles an Ailillán erinnerte – die edlen Felle, die den Boden bedeckten, die Broschen und Fibeln, die sich in einer Truhe befanden. Clach schob alle Felle beiseite, damit der Verwundete auf nacktem, kaltem Boden liegen musste.

»Bring die Felle doch Caitlín!«, schlug Tuan vor. »Sie kann daraus Kleidung für die Kinder machen.«

Eine Weile machte Clach ein Gesicht, als würde er ihm am liebsten erst die Felle ins Gesicht werfen, dann mit der Faust auf ihn eindreschen, doch am Ende sah er es wie Pòg als eine zu mindere Aufgabe an, neben einem verwundeten Normannen zu hocken, und er ließ Tuan allein mit ihm.

Tuan hatte jenen Krug Milch, dessen Inhalt Fintan hatte sauer werden lassen, an sich genommen und führte diesen an die Lippen des Verwundeten. Wenigstens den Durst wollte er ihm ersparen, wenn er ihn vor den Schmerzen schon nicht bewahren konnte. Der Normanne röchelte, stöhnte, trank dann aber doch durstig.

»Wer bist du?«, stellte Tuan jene Frage, auf die Clach keine Antwort bekommen hatte. Tatsächlich ließ sich mit Milch – egal, ob süßer oder saurer – so viel mehr erreichen als mit Schlägen.

»Guy FitzMartin …«, presste der Mann über die Lippen. »Ich bin … nicht gekommen, um zu kämpfen, nur um auszukundschaften … Früher … Früher stand ich Aoife von Leinster zu Diensten … Jetzt hat … Hugh de Lacy … mich beauftragt …«

Zwischen jedem Wort, das er hervorbrachte, machte er einen weiteren Schluck – zumindest so lange, bis Tuan den Krug zurückzog.

»Das ist eine Lüge!«, rief er empört. »Jeder weiß, dass Hugh de Lacy nicht länger in Irland weilt.«

Guy FitzMartin hob seinen Kopf. Rote Striemen – das Werk von Baumwurzeln, nicht das einer Peitsche – zogen sich über sein Gesicht, doch seine Augen waren unversehrt geblieben. Sie starrten Tuan unverwandt an, und was er darin lesen konnte, war Aufrichtigkeit.

»Hugh hat mich … schon im letzten Winter beauftragt, noch vor der Hochzeit mit Rose … Er hat es Ascall von Toora versprochen … Ohne ihn wäre das Bündnis mit Ruari nie zustande gekommen …«

Tuan ließ den Krug fallen. Die wenigen Tropfen, die sich noch darin befunden hatten, versickerten im dunklen Boden. Auch FitzMartins Worte schienen in der Schwärze zu versickern, ehe sie seinen Geist erreichten.

»Was … Was redest du da?«

Guy FitzMartin hatte sich mit beiden Händen aufgestützt, versuchte nun, eine zum Schwur zu erheben, sackte zwar zurück, aber erklärte dennoch eindringlich: »Ascall von Toora … er hat in Hughs Auftrag mit dem Hochkönig verhandelt. Hugh hat mir befohlen … Er hat mir befohlen herauszufinden, ob Ascalls Frau noch lebt. Und das tut sie … Ich habe sie gesehen … Ich habe auch die Kinder gesehen … Den Jungen … Das Mädchen …«

Wieder erfasste Tuan allenfalls die Hälfte der Worte. »A… Ascall lebt?«, stammelte er.

»Und harrt meiner Botschaft. Glaub mir … Ich … Ich wollte

euch nichts Böses … Hugh hingegen wollte Ascall etwas Gutes … Er soll doch wissen, dass seine Frau noch lebt, dass er gar Kinder hat.«

Erst jetzt ging Tuan auf, dass FitzMartin Caitlín fälschlicherweise für Róisín hielt, und er wollte ihn berichtigen. Doch dann dachte er, dass nichts gewonnen war, wenn Ascall im fernen Dublin die Hoffnung verlor … Genauso wenig wie etwas gewonnen war, wenn dieser Mann, nur ein Bote, kein Feind, sein Leben verlor.

»Dein Anführer, wer immer es ist, wird mich nicht am Leben lassen, das weißt du«, sagte FitzMartin leise und hob mit schmerzverzerrtem Gesicht flehentlich die Hände.

»Ich kann doch nicht …«, setzte Tuan an.

»Und er wird mich langsam töten.«

»Ich kann doch nicht …«, wiederholte Tuan.

»Wenn du mich schon nicht freilassen kannst, so töte mich wenigstens kurz und schmerzlos.«

Das geschundene Gesicht wurde zum Spiegel einer ängstlichen Seele. Tuan schmeckte FitzMartins Angst, er roch sie, er fühlte sie. Und er wusste ja auch selbst: Der Tod war nicht das Schlimmste, es waren die Schmerzen, und Barra würde in der Tat kein Erbarmen zeigen. Selbst wenn FitzMartin ihm erzählte, dass Ascall noch lebte, er würde ihm nicht einfach glauben, er würde ihn foltern.

FitzMartin zuckte schon jetzt zusammen, obwohl niemand auf ihn einschlug. »Bitte, ich …«

»Still!«, fiel Tuan ihm hart ins Wort. »Wenn … Wenn ich dich freilasse, dann muss es so aussehen, als hättest du mich überwältigt.« Zweifellos würde ihm das Spott einbringen, Verachtung, vielleicht sogar Faustschläge, aber nicht jenen Hass, der sich auf Verräter richtete.

»Was soll ich tun?«, fragte FitzMartin.

Tuan dachte nach, bückte sich schließlich, um einen Stein aus der Wand zu ziehen. Er war nicht sehr groß, aber er würde seinen Zweck erfüllen.

Ehe er ihn FitzMartin reichte und ihm seinen Plan erklärte – dass er ihm nämlich einen Schlag auf den Hinterkopf versetzen müsse, nachdem er ihm das Tor geöffnet hatte –, packte er den anderen am Kragen.

»Sag Ascall, dass wir ihn brauchen! Wir brauchen ihn mehr denn je. Die Ritter des Roten Zweiges gibt es nicht mehr. Wir sind nur die Ästchen, nein, die Blättchen, die daran baumeln und die der Wind jederzeit abreißen kann. Sag ihm, dass seine Kinder Finnola und Aedan heißen, nach einer alten Legende, und dass ihr Leben bedroht ist wie das der Zwillinge in der Geschichte. Sie brauchen ihn … wir brauchen ihn …«

Vor allem ich brauche ihn, um mir zu beweisen, dass sich dieser Verrat lohnt.

Dann erst gab er ihm den Stein. »Komm mit … Ich öffne das Tor, und dann schlag schnell zu, damit ich keine Schmerzen haben muss.«

Natürlich wusste er, dass das unmöglich war. Es gab den Tod nicht ohne Schmerzen, noch nicht einmal die Ohnmacht. Als Guy FitzMartin wenig später den Stein nach ihm warf, vermeinte er, dass der Kopf ihm zerplatzte. Und so lange, wie es dauerte, bis jener Blitz, der ihn durchzuckte, in viele kleine Funken zerfiel, hätte er am liebsten gebrüllt. Doch er biss sich auf die Lippen, um FitzMartin nicht zu verraten, weswegen das Letzte, was er schmeckte, bevor er das Bewusstsein verlor, sein eigenes Blut war.

Das Erste, was er roch, als er das Bewusstsein wiedererlangte, war fremdes Blut.

Es mussten viele Stunden vergangen sein, als er die Augen aufschlug, denn die Sonne war bereits aufs Himmelszelt geklettert. Erneut schien ihn ein Blitz zu treffen, nur dass der nicht in Funken zerstob, sondern gleich einer Streitaxt seinen Schädel spaltete. Eine Weile lag er nur stöhnend da, dann konnte er immerhin seine Hände heben und sich die Augen reiben, bis schwarze Punkte davor tanzten. Jeder einzelne schmerzte, aber immerhin nur mehr wie Nadelstiche, und die konnte er ertragen. Endlich gelang es ihm, sich aufzurichten. Obwohl das Sonnenlicht ihm nicht mehr so schlimm zusetzte – der Lärm tat es umso mehr. Da war Geschrei … Da war ein lautes Weinen … Da waren Schlachtrufe. Er sprang auf, fühlte, dass der Boden bebte, sackte wieder hin, erkannte, dass nicht der Boden bebte, jedoch er. Der Lärm indes wurde lauter. Er kämpfte sich wieder hoch, sah Männer durcheinanderlaufen, Clach und Pòg darunter.

Wenn einer der beiden mich seine Faust spüren lässt, weil ich den Gefangenen habe entkommen lassen, überlebe ich das nicht.

Doch niemand hatte Muße, ihn zu schlagen – was nicht gleich hieß, dass er den Tag trotzdem überleben würde. Anstelle einer Faust wurde er beinahe von dem Pfeil getroffen, der dicht an seinem Kopf vorbeischoss.

»Was … Was ist denn los?«

»Wir werden angegriffen! Von Amaury de Saint-Taurins Truppe!«, brüllte Clach.

Tuan schüttelte verzweifelt den Kopf. Es konnte nicht wahr sein … Es durfte nicht wahr sein. Er war immer noch ohnmächtig und träumte, vielleicht war er auch tot, und Andernwelt war kein besserer Ort als diese Welt, wie die Druiden versprachen, sondern ein schlimmerer.

»Barra!«, stieß er aus. »Ist Barra zurück?«

»Ja«, sagte Clach und deutete auf etwas, das nicht weit von Tuan entfernt auf dem Boden lag, stürmte dann aber schon in jene Richtung, aus der noch mehr Pfeile kamen. Tuan duckte sich, schloss die Augen, öffnete sie wieder, betrachtete das, auf das Clach gewiesen hatte. Erst hielt er es für einen Stein, dann erkannte er Haare … Barras lange Haare, die der erst wieder hatte abschneiden wollen, wenn Irland frei war. Jemand hatte ihm den Kopf vom Körper gehauen und diesen Kopf über die Burgmauer geworfen, ehe ein Pfeilregen gefolgt war. Noch war das Tor geschlossen, aber schon trommelten Fäuste … Steine dagegen.

»Barra …«

Es war wahr. Amaury de Saint-Taurin griff an. Er hatte sich von Guy FitzMartin berichten lassen, dass der Anführer der Ritter des Roten Zweiges allein im Wald jagte, wie viele Männer auf der Burg zurückgeblieben, wo sie positioniert waren.

Auch ohne dieses Wissen könnte Saint-Taurin Dún Fionn wohl mühelos einnehmen, aber mit Guy FitzMartins Hilfe, nein, mit seiner, Tuans, würde ihm das deutlich leichter und schneller gelingen.

Ich habe das Richtige getan, aber es hat sich als das Falsche erwiesen …

Die Erkenntnis traf ihn wie jener Faustschlag, den Clach und Pòg ihm erspart hatten. Er ging dennoch nicht wieder auf die Knie, er blickte sich um, um sich ein Bild von der Lage zu machen, ließ sich nicht von der Sonne blenden.

Beim ersten Schritt tat ihm alles weh, der zweite fiel ihm leichter, beim dritten schmeckte er wieder Blut – nicht das eigene, weil er sich wieder auf die Lippen biss, sondern das von Barra, das auf ihn gespritzt war, als man den Kopf über die Burgmauer geworfen hatte.

Tuan schluckte es.

Gib mir deine Kraft, Barra, gib mir deinen Mut. Denn ich bin nicht nur ein Mann, der das Richtige tun will, ich bin ein Krieger, der zu kämpfen gelernt hat.

Caitlín

Caitlín färbte ihr Haar nicht länger, umso lieber aber die Stoffe, die Rún anfertigte. Zum Überleben genügte es, dass sie warm waren. Um sich auch am Überleben zu erfreuen, mussten sie bunt sein. Aus der Rinde von Holundersträuchern, Erle und Eiche machte sie ein Blau, und aus der *bui mór,* der Pflanze, die Färber-Wau genannt wurde und viel billiger als Safran war, ein Gelb. Nun gut, wenn sie in dieses das Vlies von Schafen tauchte, färbte es sich eher bräunlich, aber wenn sie das Leder damit einrieb – Rún hatte die Haut einer alten Kuh in Asche, Apfelbaumrinde und Urin gelegt –, glänzte es beinahe golden.

Vor dem Schlafgehen war Caitlín eingefallen, dass man eine ähnliche goldene Farbe auch aus Alant gewinnen konnte, dem britannischen Kraut, dessen Blüten die Druiden einst kurz vor einem Gewitter gepflückt hatten, und sie hatte entschieden, bald nach Tagesanbruch im Wald danach zu suchen, ob nun ein Gewitter drohte oder nicht. Doch just als sie am nächsten Morgen die Burg verlassen wollte, ließ etwas sie zusammenzucken, das bedrohlicher als jedes Donnergrollen klang. Und als Barras Kopf über die Mauer geworfen wurde, Hufgetrappel zu hören war und auf die Männer auf dem Wehrgang ein Pfeilregen niederging, musste sie an die alte Sage denken, wonach Breifnes Bergwelt aus Würfeln bestand, mit denen Riesen einst gespielt hatten. Gleiche Riesen schienen nun zu tanzen, und wo sie hintraten, blieben keine Berge, nur gähnend leere Löcher.

Allerdings, es gab keine Riesen, es gab nur Feinde, die wie aus dem Nichts kamen … oder nein, nicht aus dem Nichts: Wenn sie den Normannen gefoltert hätten, hätten sie wohl von dem drohenden Angriff erfahren. Doch Tuan hatte das nicht zugelassen, und als Dank hatte der Normanne Tuan den Schädel zertrümmert, zumindest sah es aus der Ferne so aus. Als er sich vom Lärm hochgeschreckt erhob, gewahrte sie, dass nicht sein Schädel zertrümmert worden war – umso mehr aber ihre Welt. Schon fiel einer der Männer vom Wehrgang in die Tiefe, ob bereits tot oder noch lebend, was zählte es? Mit verrenkten Gliedern blieb er nicht weit von Barras Kopf entfernt liegen.

»Finnola! Aedan!« Sie blickte sich um, sah nur Männer, keine Kinder, sah nur graue Gesichter und rotes Blut, kein gelb gefärbtes Kleidchen. »Finnola! Aedan!«

Jemand packte sie, es war Rún, und ihre Augen schienen auch grau zu sein, nicht mehr grün. Sie zog sie mit zum Langhaus, wo Faolán mit den Zwillingen auf einer der Bänke hockten. Im einen Arm hielt er die Harfe, im anderen die beiden.

Kalt klebte Caitlín der Angstschweiß im Nacken, als sie auf die Kinder zustürzte, sie an sich zog. Das Zischen der Pfeile war hier drinnen nicht zu hören, umso lauter aber Geschrei und das Knirschen von Holz, als etwas Großes, Schweres gegen das Tor donnerte. Jenen Laut vernahm sie nicht nur mit den Ohren, ihr ganzer Körper spürte ihn.

Rún schob den Riegel vor die Tür.

»Es wird nicht halten«, sagte Caitlín, meinte die Tür vom Langhaus, meinte erst recht das Tor. Rún hörte nicht auf sie. Sie stürzte auf eine der Bänke, um sie vor die Tür zu wuchten, verscheuchte Faolán und die Kinder von der anderen, auf dass auch diese zum Teil einer unüberwindlichen Mauer würde. Diese Bank war allerdings am Boden festgenagelt. »Es wird nicht halten«, sagte Caitlín wieder, aber Rún erwies sich als ebenso taub wie stumm.

Wie sollte Rún sie auch hören können, wenn das Knirschen doch so laut war, wie sollte sie Rún trösten und ihr die Angst nehmen, die sie in hektische Betriebsamkeit stürzte, sie selbst indes lähmte. Und wieder das Krachen und plötzlich auch eine Stimme.

»Gib mir den Speer, nun mach schon!« So jämmerlich, wie er heulte, konnte Caitlín sich nicht vorstellen, dass Airdi Ivarrs Befehl auszuführen imstande war, doch wenig später ertönte Ivarrs Gelächter – ein Beweis dafür, dass er seinen Speer über die Mauer geschleudert und damit wohl jemanden getroffen hatte. Auch Cascorach, der Riese von einem Schmied, lachte, und es klang, als würde er zwei Hämmer aneinanderschlagen. »Ich bringe sie um, ich werde alle umbringen!«

Tuan lachte nicht. Ganz nüchtern befahl er: »Pòg, Clach, zum Tor! Wenn es nachgibt, werden wir sie niedermetzeln.«

Er weiß auch, dass es nicht standhalten wird, aber er hat noch nicht verstanden, dass es viel zu viele sind, die sich Einlass verschaffen wollen, dass wir verloren sind …

Ein Trommeln an der Tür ließ sie zusammenzucken, aber noch war es kein Feind, es war Eithne. »Die Ritter – sie tragen Amaury de Saint-Taurins Wappen …«

Und noch heftiger schlug sie an die Tür, übertönte kurz die Stöße des Rammbocks.

Caitlín hastete zur Tür, wollte die Bank zur Seite und den Riegel zurückschieben, um Eithne hereinzulassen, doch Rún stellte sich ihr entgegen, hielt sie fest. Ihre Nägel bohrten sich in Caitlíns Unterarm, die Furcht, die in ihren Augen stand, war gewaltig. Rún musste kein Wort sagen, damit Caitlín begriff.

Damals am Fluss sind wir halb toten Flüchtenden unterlegen gewesen … Unmöglich können wir uns normannischen Rittern entgegenstellen!

So erbärmlich Eithne auch schrie, Rún zerrte sie zurück, packte auch Finnola, um sie mit sich zu ziehen, zum anderen Ende der Halle, wo sich die Verbindungstür zur Schlafkammer befand. Auf der Bettstatt lagen jene Felle und Lederstücke, die Pòg aus Aililláns einstiger Kammer hierhergeschafft und mit denen Caitlín nur die Kinder, nicht sich selbst zugedeckt hatte – ob aus Trotz oder aus Reue, das wusste sie nicht. Nur auf ein Fell hatte sie ihr Gesicht gebettet und jene Tränen geweint, die bei Tageslicht niemals flossen.

Faolán war ihnen mit Aedan an der Hand gefolgt. »Was sollen wir tun, was sollen wir bloß tun?«

Finnola weinte wie am Tag zuvor, als Clach den Normannen gefoltert hatte, Aedan war stumm und bleich wie Rún. Caitlín wusste nicht, was von beidem schwerer zu ertragen war.

»Wir … Wir müssen fliehen. Durch den geheimen Gang am Ende des Stalles.« Caitlín schrie nicht mehr, sie sprach mit jener kalten Stimme, mit der sie einst den Plan ausgeheckt hatte, Ailillán zu überlisten und die Kinder zu retten.

Rún ließ sie los, nickte erleichtert.

»Und wenn die Normannen die Burg eingekreist haben?«, rief Faolán.

»Solange das Tor nicht nachgibt, werden sie sich alle dort zusammenrotten. Es ist nur ein kleines Stück bis zum Wald, im Schatten der Bäume können wir uns verstecken.«

Ihre Stimme klang noch kälter. Da war keine Zuversicht, keine Hoffnung, aber lieber wollte sie ohne Hoffnung zu fliehen versuchen, als ohne Hoffnung aufs Sterben warten.

Sie hob Aedan auf ihren Rücken, während Rún Finnolas Hand ergriff. Faolán war, die Harfe an seine Brust gepresst, der Letzte, der die Schlafkammer verließ.

Bis zum Stall waren es etwa zwei Dutzend Schritte, aus Angst vor einem Pfeilregen wagte Caitlín es jedoch nicht einmal, den ersten zu tun. Das Zischen blieb aus, das Knirschen nicht. An mehreren Stellen war das Holz des Tores bereits gesplittert, und dass sie das sehen konnte, war ein Zeichen dafür, dass es nicht mehr lange dauern würde.

»Los!«, rief Caitlín.

Aedan begann zu zappeln. Noch nicht einmal drei Schritte hatte sie hinter sich gebracht, als sie bereits stolperte.

»Will selbst gehen!«, forderte er. »Will selbst kämpfen.«

»Wenn du diesen Tag überlebst, darfst du kämpfen lernen, aber jetzt hältst du ruhig«, erwiderte Caitlín, kniff ihm ins Bein, gewahrte erleichtert, dass Aedan den Widerstand aufgab.

Noch erleichterter stellte sie fest, dass Rún schon bei der

Stalltür war, doch als auch sie selbst diese fast erreicht hatte, gab das Tor nach. Sie hörte es … fühlte es … und als sie sich umdrehte, sah sie, wie ein Balken Clach unter sich begrub, wie der sich wieder erheben wollte, wie ein normannischer Ritter draufstieg, ihn in die feuchte Erde drückte. Vielleicht war es Amaury de Saint-Taurin, vielleicht wartete dieser aber auch in der Ferne, bis jede Gegenwehr erlahmte.

Ihre Beine lahmten auch, und sie war nicht sicher, ob sie ewig so verharrt hätte, wenn Aedan nicht wieder ungeduldig zu strampeln begonnen hätte. Er rutschte von ihrem Rücken, zog an ihrer Hand.

»Beeil dich!«, brüllte Faolán. Sie hastete weiter, drehte sich aber immer wieder um, zählte fünf normannische Ritter … und fünf irische Krieger. Erstere stürmten in Richtung Stall, Zweitere lagen reglos auf dem Boden … »Beeil dich!«

Wieder ein Zischen – nicht von Pfeilen, von Ivarrs zweitem Speer. Dieses Mal sah Caitlín mit eigenen Augen, dass er sein Ziel getroffen hatte, nur ein Lachen hörte sie nicht, vielleicht war sie taub geworden … Desgleichen sie blind wurde, kaum dass sie den Stall betrat. Zumindest vernahm sie das Schnauben der Rösser, das Meckern der Ziege. Richtig, dieses störrische Tier … Konnte es nicht einem der Angreifer seine Hörner ins Gemächt stoßen?

Aber zwei Hörner waren zu wenig für die vielen Männer, die da draußen kämpften, niedermetzelten, sich dem Stall näherten, sie wahrscheinlich längst gesehen hatten und ihnen deshalb folgen würden.

Caitlín stieß Aedan unsanft in Rúns Richtung. »Flieh mit den Kindern, ich lenke die Normannen ab!«

Sie konnte nicht sehen, ob Rún mit den Zwillingen das Loch erreichte, ob es ihr gelang, mit den beiden hindurchzukriechen. Dass weder Aedan noch Finnola kreischten, zurückkamen und sich an sie klammerten, wertete sie zumindest als ein gutes Zeichen. Es erfüllte sie mit Erleichterung … und mit Schmerz, namenlosem Schmerz.

Ob ich jemals wieder ihre Hände spüre, die sich an meine klammern? Ihren Atem, wenn sie schlafen und ich mich über sie beuge, um sie auf die Stirn zu küssen?

Sie konnte noch nicht einmal das Sonnenlicht spüren, als sie nach draußen stürzte, nur einen heftigen Schmerz, als eine Faust auf ihre Brust schlug, ihr schier den Atem raubte.

Nein, die Normannen hatten den Stall noch nicht erreicht, sie waren auf halber Strecke aufgehalten worden. Statt ihrer hatte Faolán zugedroschen, drängte sie nun zurück in den Stall, drückte ihr die Harfe in die Arme.

»Nimm sie und lauf!«, stieß er aus.

»Aber … aber …«

Er musste noch einmal auf ihre Brust dreschen, bis sie verstand, dass er wie sie bereit war, sich für Rún und die Kinder zu opfern.

»*Du* willst sie ablenken?«, rief sie ungläubig. »Du denkst doch immer nur an dich!«

Die blonden Locken des Bruders waren klebrig vom Schweiß. »Und deshalb bin ich der Falsche. Ich kann die Kinder nicht großziehen. Das musst du machen. Pass auf meine Harfe auf.«

Was soll ich mit der Harfe machen, wenn ich auf ihr nicht spielen kann?

Sie konnte diese Worte nicht mehr sagen, nur denken, denn schon schloss Faolán die Tür hinter ihr.

»Schieb den Riegel vor«, befahl er.

Caitlín konnte nicht einfach davonlaufen. Sie presste ihr Gesicht an eine Ritze der Stallwand, sah, wie Faolán dreien der Ritter entgegenlief, auf dass sie gar nicht erst auf die Idee kamen, dass hinter ihm noch interessantere Beute zu machen sein könnte. Sie rechnete damit, dass er sich kampflos ergeben würde und dass die Männer ihn sofort erschlügen. Doch dann sah sie, dass Faolán sich nach etwas bückte, nach dem Toten, der dort lag … nein, nicht nach dem Toten, nach dem Schwert, das er trug … nein, nicht nach dem Schwert, das war zu schwer für ihn, nur nach dem Schild. Nun, wenn aus einem selbstsüchtigen Barden ein aufopferungsvoller Bruder und Ziehonkel wurde, wurde vielleicht aus einem Schild eine Waffe.

Als die drei Männer ihn einkreisten, donnerte Faolán den Schild jedenfalls sehr geschickt mal auf den einen, mal auf den anderen und versuchte, sie dort zu treffen, wo sie am verwundbarsten waren – unter dem Kinn. Richtig … Irgendwann hatte er ein Lied über einen irischen Helden gesungen, der seine Feinde mit der Kante seines Schildes getötet hatte. Dieser Schild musste allerdings mit Metall verstärkt gewesen sein, während der von Faolán aus Holz war … Und Holz splitterte so schnell, das hatte sie doch eben am Tor gesehen.

Sie sah noch, wie er unter den Schild fiel, wie Clach unter den Holzbalken gefallen war, sie sah nicht mehr, ob zumindest einer der beiden sich wieder aufrichtete, sah vielmehr nun wieder Eithne, die längst begriffen hatte, dass es nutzlos war, sich an der Tür des Langhauses die Hände blutig zu trommeln, stattdessen auf den Stall zulief.

Noch bevor sie ihn erreichte, folgte Caitlín Faoláns Befehl und schob den Riegel vor. Er würde nicht halten, wenn sich Ritter gegen das Tor warfen, aber unter Eithnes Faustschlägen würde das Holz nicht nachgeben, und wenn die normannischen Ritter sie verfolgten, würden sie erst auf Eithne eindreschen, dann erst auf die Stalltür.

»Es … Es tut mir leid«, stammelte Caitlín. »Es tut mir so leid …«

Sie hörte die eigene Stimme nicht, denn Eithnes Schreien war lauter. Es verfolgte sie, als sie sich endlich abwandte, durch den Stall lief, an der schweren Luft zu ersticken glaubte. Das Wiehern der Rösser klang anklagend.

Es tut mir leid, aber ich kann doch nicht anders. Wenn es nur um mein Leben ginge, ich würde es opfern … Aber es geht um Rún, die schon so viel mitgemacht hat. Es geht um die Kinder, die so etwas nie mitmachen sollen … Ich kann dir nicht helfen, Eithne …

Ein anderer dagegen konnte es oder wollte es zumindest. Just als sie die Tür erreichte, die in den geheimen Gang führte, vernahm Caitlín Fintans Stimme.

»Eithne! Eithne, komm zu mir! Bring dich in Sicherheit!«

Ausgerechnet er, der sie so oft als Sünderin verdammt hatte, bot ihr sein Steinhaus als Zuflucht an!

Wie gut von ihm. Wie dumm von ihm. Selbst die Wände aus Steinen würden den Tritten der Ritter nicht standhalten.

Als Caitlín den geheimen Gang betreten wollte, wäre sie beinahe über die Ziege gestolpert, die gleichfalls dahin geflohen war. Sie packte sie an den Hörnern, zog sie mit sich in das schwarze Loch, zog sie durch dieses ins Freie, verlor dort das Gleichgewicht, ließ aber, selbst als sie über den Hang rutschte, die Hörner nicht los. Als sie endlich mit von Schneidegras zerkratztem Gesicht liegen blieb, meckerte die Ziege. Wie von weither war Finnolas Weinen zu hören. Caitlín rappelte sich auf, sah in der Ferne ein gelbes Lederkleidchen, lief auf Finnola, Aedan und Rún zu. Die Ziege folgte ihr.

Wenn du mich mit den Hörnern stößt, töte ich dich, dachte Caitlín, während sie erst Finnola umarmte, dann Aedan. Doch das Tier war folgsam wie nie, sie mussten es noch nicht einmal zwingen, mit ihnen in den Wald zu laufen.

Amaury

Dass sie sich nicht kampflos ergaben, erfüllte Amaury mit der gleichen Verachtung wie der Anblick einer Fliege, die im Wasser zuckte. Am Ende würde sie ja doch ersaufen, sich dagegen zu wehren war nicht heldenhaft und mutig, es war dumm. Dumm war es auch, das Tor mit aller Macht verteidigen zu wollen, obwohl doch immer mehr normannische Ritter durch dieses in den Burghof strömten. Aber die Fliege zuckte und zuckte, manche der Iren erwiesen sich gar als Wespen, trafen einige seiner Männer tödlich mit Speer und Streitaxt. Selbst schuld. Amaury war klug genug, seinen Schild nie sinken zu lassen, stets nach allen Richtungen Ausschau zu halten, sich dagegen zu wappnen, dass die Verteidiger von Dún Fionn nicht nur aus einem Wespennest gekrochen kamen, sondern aus mehreren. Er selbst erschlug keine Fliegen und Wespen, er überließ seinen Männern diese lästige Pflicht.

Einer von ihnen war ein gewisser Gasbert, der – als der Widerstand erstarb und der Schlachtlärm leiser wurde – stolz verkündete: »Das waren alle. Viele waren es nicht. Die meisten haben sich längst Connor Maenmaige angeschlossen.«

Ach, wäre es nicht ein Spaß, wenn Connor Maenmaige nunmehr sie angreifen würde?

Aber Connor Maenmaige hatte noch nicht einmal Goll kastriert, der nun ebenfalls zu ihm trat und stolz erklärte: »Dún Fionn gehört dir, Herr!«

Er lächelte beglückt, war er doch noch dümmer als eine Fliege. Die Fliege wusste immerhin, dass sie vom Stein nicht satt wurde, nur vom Honigtöpfchen. Gut, dass da nicht nur Stein war. Dort hinten kreischte ein Mann wie ein Weib, als er von etlichen Rittern verdroschen wurde. Einige schienen sich in das steinerne Gebilde, das die Form einer Bienenwabe hatte, geflüchtet zu haben. Und plötzlich ging – aus Richtung Schmiede kommend – auch noch ein Pfeilregen auf sie herab. Amaury duckte sich rechtzeitig, ebenso Goll, doch Gasbert, der gerade erst seinen Eisenhandschuh ausgezogen hatte, um triumphierend die Faust zu ballen, wurde mitten in der Hand getroffen. Kaum krümmte er sich brüllend, blieb ein zweiter Pfeil zwischen Harnisch und Gesichtsschutz stecken. Wie eine Fontäne schoss Blut hervor, verkam aber alsbald zum dünnen Rinnsal, desgleichen der rasselnde Atem alsbald in die Stille des Todes überging.

Erst jetzt erkannte Amaury, dass Gasbert nicht von einem Pfeil, sondern von einem Speer getroffen worden war, in dessen Schaft Ornamente geschnitzt waren. Welch eine Verschwendung von Lebenszeit. Richtig schön war es doch nur, wenn man statt in Holz in Menschenfleisch schnitzte.

»Die Wände der Schmiede sind aus morschem Holz«, brüllte Goll. »Es genügt, ein, zwei Mal dagegenzutreten – dann stürzen sie ein.«

Amaury schüttelte den Kopf, hielt seinen Schild nun wieder etwas höher. »Man greift Ratten nicht an, man räuchert sie aus. Und wenn sie vor dem Rauch fliehen, packt man sie am Schwanz und schüttelt sie.«

Dann brach entweder ihr Genick oder man hatte seinen Spaß daran, wenn sie verzweifelt versuchten, einem in die Hand zu beißen. Nicht dass das weniger dumm war als das Zappeln von Fliegen.

Die Ratten von Dún Fionn, so stellte sich heraus, waren erstaunlich bösartig. Als die Ritter mit Fackeln in den Händen auf die Schmiede zuliefen, wurden sie von dort nicht nur mit Speeren und Pfeilen beworfen, einen Normannen traf gar ein Hammer. Der Ritter ließ aufheulend die Fackel fallen, die prompt zu erlöschen drohte, und als ein Knappe sich bückte, um sie wieder aufzuheben, krachte ein Amboss gegen seinen Helm. Es war wohl weniger der Schmerz als das Entsetzen darüber, dass jemand ein derart schweres Teil durch die Luft werfen konnte, das den Knappen fliehen ließ.

Wie erbärmlich, dachte Amaury verächtlich und hatte nicht übel Lust, den Knappen am Schwanz zu packen und zu schütteln. Stattdessen nickte er jedoch nur Goll zu, und sein dummer Folterknecht tat ausnahmsweise etwas Kluges. Er nahm die Fackel und schleuderte sie, als wäre auch sie ein Speer, direkt auf das Dach der Schmiede, und da das Dach aus Stroh war und das Stroh an einem heißen Tag wie diesem trocken war, loderten prompt Flammen auf. Ein Gequieke erklang, das weniger an eine Ratte, sondern vielmehr an ein Spanferkel denken ließ, gefolgt von einer verzweifelten Stimme.

»Nein, Airdi, nein!«

Schon die Stimme kam Amaury vage bekannt vor. Erst recht war ihm das Gesicht des Mannes vertraut, der nun aus der Schmiede stürzte. Nicht als Erstes im Übrigen – er folgte einem abnormen Menschen, dessen Leib die Größe eines Ritters, aber die Form eines Säuglings hatte, und der wie ein Kind heulte.

»Airdi Angst vor Feuer, Airdi Angst vor Feuer!«

Nun gut, es gab auch Ritter, die nicht in ganzen Sätzen sprachen …

Airdi, so hieß er wohl, lief auf jenen Knappen zu, der zuvor vom Amboss geflohen war. Der wollte jetzt anscheinend beweisen, dass er kein Feigling war, stürzte sich deshalb auf den Koloss und brachte ihn zu Fall. Ob er liegen blieb, sah Amaury nicht mehr, denn eben ging der Mann, der Airdi gefolgt war, auf ihn los.

Tuan der Goldschmied, der ein Schwert aus Eisen hielt, und zwar so wie Krieger ihre Waffen hielten, nicht Schmiede ihre Hämmer.

Und ich dachte schon, heute würde ein langweiliger Tag werden.

Der erste Schlag, dem Amaury ausweichen musste, fiel zielsicherer als erwartet aus. Eine Fliege war er schon mal nicht, so viel stand fest. Und selbst falls er sich nur als Schmetterling entpuppte, war es einer, dessen Flügel ein wunderschönes

Muster aus Rottönen hatten … oder aus jenem Gold, mit dem er den Knaben, der mittlerweile zum Mann geworden war, seinerzeit gefoltert hatte.

Amaury zog sein Schwert. »Der hier gehört mir!«, zischte er, als auch andere Ritter auf Tuan losgehen wollten.

»Lasst Airdi in Ruhe!«, schrie Tuan, versuchte mit dem zweiten Schwerthieb nicht Amaury zu treffen, sondern den Knappen, der den Koloss bezwungen hatte.

Amaury stellte sich dazwischen, und schon klirrten ihre Schwerter zum ersten Mal aufeinander. Tüchtig, tüchtig. Tuan fuchtelte nicht mit dem Schwert, er flatterte nicht mit den Flügeln, er wusste genau, was er tat. Sein nächster Hieb fiel noch zorniger aus, Amaury taumelte.

Dich nenne ich nicht mehr Goldschmied.

Ehe Tuan ein drittes Mal sein Schwert erheben konnte, stieß Amaury erstmals zu, anstatt nur zu parieren. Nicht dass er alle Kraft hineinlegte, er wollte den Kampf nicht vorschnell beenden. Doch als Tuan sich wendig duckte, eine Drehung machte, als gälte es zu tanzen, am Ende sein Schwert fast Amaurys Nacken getroffen hätte, da wusste er, dass der Kampf auch dann nicht vorbei wäre, wenn er das wünschte. Ihre Blicke trafen sich, Tuans Augen waren stahlgrau.

Dich nenne ich nicht mehr Schmetterling.

Die nächsten Hiebe, die er entweder austeilte oder parierte, beides jedenfalls mit immer größerer Anstrengung, zählte Amaury nicht mehr. Die Schwerter, die anfangs nur geschäkert hatten, küssten sich schließlich, verbissen sich ineinander, der Kampf, der anfangs noch ein Spiel gewesen war, wurde unerbittlicher, gnadenloser, härter. Irgendwann glaubte Amaury das Schwert nicht mehr zu fühlen, irgendwann nicht einmal mehr die Hände. Er lächelte.

Wir kämpfen, wir tanzen, wir berauschen uns am Wein, den der Krieg keltert und der nie besser schmeckt als im Schatten des Todes.

Doch wer zu viel Wein trank, dem wurde irgendwann der Kopf schwer, wer zu lange tanzte, dem wurde schwindelig.

Und auf den Boden zu stürzen war selbst für einen wie ihn, den der Aufprall nicht schmerzte, nicht schön. Verspätet ging ihm auf, dass Tuan nicht länger das Schwert geschwungen, sondern das Bein gehoben und ihm das Knie in den Bauch gerammt hatte und er deshalb gefallen war. Das Schwert entglitt ihm, Schlamm drang in sein Kettenhemd. Er fühlte nicht, ob sich auch die Kleidung darunter vollsog, fühlte nur, dass sich Tuan auf ihn warf, allein mit seinem Gewicht dafür sorgte, dass er liegen blieb, wieder das Schwert hob und damit auf seine Brust zielte.

Aus dem Krieger wurde doch wieder ein Schmetterling, schön, aber nutzlos.

Es war für Amaury ein Leichtes, das zu tun, was er als Söldner in Aquitanien gelernt hatte. Anstatt auch nur zu versuchen, Tuans Schwert auszuweichen, zog er seine Beine an, stemmte mit aller Macht seine Hüften hoch, sorgte dafür, dass Tuan nach vorne kippte, er zwar nicht von ihm herunterfiel, jedoch das Schwert seine Brust verfehlte und nur die nackte Erde traf. Und nun musste Amaury ihm nur mehr mit der Faust in den Magen schlagen, um ihn endgültig von sich zu schütteln, konnte sich dann aufrappeln, den anderen am Nacken packen, dessen Gesicht in den Schlamm drücken. Tuan schluckte, spuckte, röchelte, erst als die gequälten Laute erstarben, zog Amaury ihn hoch.

Kurz hing der andere ganz schlaff in seinen Armen, doch als Amaury ihn zwang, aufrecht zu stehen, um zu sehen, was in der Zwischenzeit passiert war, ging ein Ruck durch seine Gestalt. Tuan wehrte sich mit dem gleichen Hass, mit dem er zuvor gekämpft hatte, doch ohne sein Schwert war dieser Kampf nicht gefährlich, schon gar nicht tödlich, nur nutzlos wie rot gemusterte … gold gemusterte Flügel. Amaury verbog ihm beide Arme, bis er schrie – oder schreien wollte. Er hatte zu viel Schlamm geschluckt, um etwas anderes hervorzubringen als heisere Laute. Sie vermochten die Worte, die Amaury ihm ins Ohr raunte, nicht zu übertönen: »Staub bist du, Staub wirst du, Staub frisst du. Zumindest, wenn du ein gewöhnlicher Mensch bleibst.«

»Du Verfluchter!«, presste Tuan über seine Lippen.

Was er hinzufügte, war nicht zu hören. Viel zu laut schrie der Fleischkoloss, der nunmehr von zwei Knappen auf den Boden gezwungen wurde, während ihm ein dritter eine Fackel vors Gesicht hielt und Goll mit einem heiß glühenden Hammer auf ihn eindrosch.

»Airdi Angst vor Feuer! Airdi Angst vor Feuer!«

»Nur dumme Menschen haben Angst vor Feuer«, sagte Amaury verächtlich.

»Unsinn«, Tuan keuchte. »Kluge Menschen haben erst recht Angst!«

»Nein, kluge Menschen *werden* zum Feuer, dann können sie nämlich nicht zu Asche zerfallen und erst recht nicht zu Staub. Das Feuer ist doch so schön.«

Kurz wurde Tuan wieder ganz schlaff in seinen Händen, ehe er sich erneut wehrte – nicht länger nur mit Hass, auch mit Verzweiflung. Obwohl Verzweiflung ebenso wenig stark machte wie Staub satt.

Der Knappe versengte Airdis Haupthaar, doch der beißende Gestank kam nicht nur von dort. Die Schmiede brannte mittlerweile lichterloh, und selbst die Letzten, die sich dort verschanzt hatten, waren zur Flucht gezwungen. Ein Mann, fast so groß wie der Fleischkoloss, kam herausgestürzt und schwang eine Zange. Ein weiterer hockte auf seinem Rücken und schwang einen Speer.

»Lasst Airdi in Ruhe!«, schrie der mit dem Speer, warf, traf einen der Knappen.

Dieser starb zeitgleich mit seinem Mörder. Beim Knappen kam das Blut aus dem Mund, beim Gelähmten kam es, sobald ihm ein Ritter den Kopf abgeschlagen hatte, aus dem Rumpf.

Der Riese mit dem Hammer ließ den Toten fallen. »Lasst Airdi in Ruhe!«, schrie auch er, schlug mit dem Hammer um sich, traf mindestens zwei, aber keinen tödlich, wurde selbst von einem Schwert getroffen, starb ebenfalls noch nicht. Das tat er erst mit lautem Gebrüll, als jener Ritter, der den Gelähmten getötet hatte, ihm das Schwert in den Rücken rammte.

Das Brüllen riss ab. Amaury stellte ganz leise fest: »Wie dumm, für einen Menschen zu sterben, wenn er das Feuer fürchtet.«

»Lasst Airdi in Ruhe!«, flehte nun auch Tuan.

Sein Leib, durch den während des Kampfes noch hitziges Blut geströmt war, schien erkaltet.

Amaury zerrte ihn von der brennenden Schmiede fort. Nicht länger war nur das Schreien des Kolosses zu hören, nein, auch das von jenem weibischen Mann mit blonden Locken, der immerzu beteuerte, er sei ein Barde. Welch nutzlose Zunft. Musik war wie Luft, und Luft konnte niemanden verbrennen wie Feuer, niemanden erschlagen wie Holz, niemanden ertränken wie Wasser. Die Ritter hatten im Übrigen nichts dergleichen mit ihm vor. Sie schafften lieber jenen Amboss und jenen Hammer herbei, die der Schmied geschleudert hatte, und indes einer der Männer die rechte Hand des Barden auf den Amboss zwang, schlug ein andrer mit dem Hammer darauf, sodass jeder Knochen einzeln brach und mit ihm die Stimme des Barden.

Du wirst nie wieder in den Lüften fliegen.

Tuan würde das offenbar auch nicht, denn seine Gegenwehr erstarb endgültig. »Nein … nein!«

»Verschwende keine Zeit, ins Feuer zu spucken. Das Gold fürchtet sich doch auch nicht vor den Flammen, es frohlockt, weil diese ihm seine endgültige Form geben.«

Er zerrte Tuan weiter, erreichte mit ihm nunmehr die Bienenwabe aus Stein. Keine Biene, noch nicht einmal eine Fliege kam herausgestürzt, als die Ritter begannen, Stein um Stein aus der Mauer zu schlagen. Es war ein Mönch, gefolgt von einem Weib.

»Mach dir keine Sorgen um mich, Fintan«, sagte das Weib, »sie können mir ja doch nichts tun.«

Mit gerecktem Kinn trat sie den Männern entgegen. Noch hielten diese Steine in den Händen, ließen sie aber fallen, um ihre Brüste zu begrapschen. Die Frau schrie nicht, die Männer keuchten nicht, nur der Mönch konnte seinen Mund nicht halten.

»Tut ihr nichts, ihr dürft ihr nichts tun! Beim heiligen Búithe von Mainistir, lasst ab von ihr! Beim heiligen Anede von Aran! Beim heiligen Iarlaithe von Tuam!«

Einer der Ritter hatte den Stein noch nicht fallen lassen. Auf des Mönches Kopf hämmerte er jetzt damit ein, einmal, zweimal. Noch hielt der sich aufrecht.

»Beim heiligen Finnian von Clonard! Beim heiligen Ciarán von Clonmacnoise! Beim heiligen Comgall von Bangor!«

Es gab ja so viele Heilige, es gab auch so viele Steine. Einer traf den Mönch jetzt an der Brust, ein anderer den Bauch. Der Mönch betete nicht mehr zu den Heiligen, hob nur die Hände, nicht, um sich zu schützen, sondern um ein Kreuz zu formen. Das tat er sogar noch, als er auf die Knie fiel, aber dann gab die Bienenwabe endgültig nach, begrub das Kreuz unter sich, begrub den Mönch unter sich … Desgleichen wurde die junge Frau unter Rittern begraben. Vom Mönch kam kein Laut, als er starb, sie dagegen lachte, als sie geschändet wurde.

»Na, macht schon, nehmt mich! Ich will es doch auch. Verschafft mir Lust, wofür sonst seid ihr da? Denkt aber nicht, ihr könntet mir Schmerzen zufügen! Es tut mir nicht weh, hört ihr? Es tut mir nicht weh!«

Dumpf hatte es geklungen, als die Steine den Mönch getroffen hatten, deutlich lauter war das Reißen ihrer Kleidung.

»Nein … nein …«, stammelte Tuan.

Nunmehr nackt lag die Frau unter den Rittern. »Na endlich! Stoß schon zu! Ich fühle keine Schmerzen! Es gefällt mir! Es ist schön!«

So angewidert sich Amaury von dem nackten Leib abgewendet hatte, so breit wurde sein Lächeln nun. »Mir scheint, sie hat es verstanden. Wer zum Feuer wird, den kann das

Feuer nicht verbrennen.« Der Barde hatte es nicht verstanden. Als ihm der letzte Knochen seiner Hand zertrümmert wurde, heulte er wie ein kleines Kind. »Hörst du, wie schön er singt?«, flüsterte Amaury in Tuans Ohr. »So schön hat er sein Leben lang noch nie gesungen, desgleichen nie so wahr. Vor der Wahrheit muss man sich weder hinter Musik noch hinter Gebet noch hinter Lustschreien verstecken. Die Wahrheit reißt alles nieder, die Wahrheit brennt alles nieder, nichts ist so stark und so zornig und so grausam wie sie.«

Obwohl er Tuans Hände losgelassen hatte, ihn nun am Schopf packte, auf dass er ihn ansehen konnte, während er auf ihn einredete, wehrte sich der andere nicht.

»Warum tötest du mich nicht einfach?«, fragte er heiser.

»Warum soll ich dich denn töten wollen?«, fragte Amaury. »Ich bin dir doch dankbar.« Und wieder zog er ihn mit sich, nicht zu Menschen, die gequält oder getötet wurden, sondern zu jenem Mann, der eben durchs Tor schritt. »Ich bin dir dankbar, dass du ihn hast leben lassen, mehr noch, ihm zur Flucht verholfen hast, sonst hätte er mir nicht sagen können, wie viele Männer auf der Burg leben, wo ihr Anführer steckt, von wo Gefahr drohen könnte …«

Guy FitzMartin hatte ob seiner Blessuren nicht selbst kämpfen können, doch er vermochte sich immerhin auf den Beinen zu halten. Tuan hingegen wäre wohl gefallen, wenn Amaury ihn nicht festgehalten hätte. Indes die Schreie des Kolosses, der Frau, des Barden verstummten, brüllte Tuan laut wie nie. Sein Hass entflammte wieder, aber dieses Mal richtete er sich offenbar nicht gegen ihn, Amaury, er richtete sich gegen sich selbst. Und während die Schmiede endgültig in sich zusammenstürzte, fühlte Amaury, wie auch die Seele des Jungen zersplitterte.

Gut so. Du brauchst deine Seele nicht, übergib sie dem Feuer, werde das Feuer.

»Ich bin dir dankbar«, wiederholte Amaury, um ihm noch mehr zuzusetzen. »Und deshalb lasse ich dich leben, dich und den Koloss und das Mädchen und den Barden … und all die anderen Männer, so sie denn noch nicht geschlachtet wurden. Ja, ich lasse euch leben, ich lasse euch sogar laufen, so euch eure Beine noch tragen. Denn wisse: Als du vorhin gekämpft hast, da warst du nicht einfach nur ein Krieger, nein, du warst der Krieg selbst. Und der Krieg und die Wahrheit sind keine Feinde. Im Gegenteil. Wir beide … wir beide könnten Verbündete, gar Freunde sein.«

Amaury ließ Tuan los, sah, dass er sich tatsächlich aufrecht hielt. Er zerfiel nicht zu Asche, er fraß keinen Staub. Er starrte ihn an, und seine schwarzen Augen glänzten, als er ihn anspuckte.

»Du Verfluchter …«

Amaury fuhr zu seiner Wange, wischte sich darüber. »Dummer Junge. Ich habe dir doch gesagt, dass es nutzlos ist, ins Feuer zu spucken.«

Er war enttäuscht, als er sah, wie der andere vor ihm davonlief. Er war sich allerdings sicher, dass er sich eines Tages als zugänglicher erweisen würde.

Tuan

Tuan war nicht sicher, ob er noch lebte.

Er war nicht sicher, ob überhaupt noch jemand lebte.

Jedenfalls begegnete er niemandem, als er durch den Wald streifte, er fand noch nicht einmal zu den Gräbern der toten Krieger. Nur auf ein Bächlein stieß er, doch es war ein zu dünnes Rinnsal, um darin sein Spiegelbild zu erkennen, festzustellen, ob er noch ein Mensch war oder nur ein Wiedergänger. Er verharrte nicht lange, ging weiter, und irgendwann, vielleicht nach Stunden, vielleicht nach Tagen – wer nicht zwischen Tod und Leben unterscheiden kann, kann auch Tag und Nacht nicht auseinanderhalten – vernahm er Laute.

Es klang wie Hohngelächter, aber gut möglich, dass er sich irrte – vorstellbar, dass es in Wahrheit lieblicher Gesang war oder verzweifeltes Geschrei. Als er näher kam, erkannte er, dass es nichts davon war, nur das Meckern einer Ziege, die ihn aus ihren gelben Augen anstarrte und den Kopf schief legte. Mochte er auch sein eigenes Spiegelbild nicht erkennen, das Vieh sah ihn noch, was bewies, dass er kein Geist war. Er hob den Blick, entdeckte hinter der Ziege das Haus, das Caitlín und Faolán einst mit Fintans Hilfe errichtet hatten.

Fintan war tot, die Ziege aber lebte. Caitlín auch. Ebenso Rún und die Kinder. Sie starrten ihn an, riefen sogar seinen Namen, was bewies, dass er nicht einfach irgendein Mensch war, der das Grauen überlebt hatte, sondern immer noch Tuan. Doch schon schlug Caitlín ihre Hände vor der Kinder Münder.

»Nicht so laut! Ich habe euch doch gesagt, ihr müsst leise sein!« Sie hastete zu Tuan. »Hat dich irgendjemand verfolgt?«

Der gefährlichste Feind, den es gibt, ist doch der eigene Schatten.

Als Tuan sich wie betäubt umsah, sah er hingegen keinen Schatten, nur von Sonnenlicht gesprenkelten Waldboden.

Und als er wieder nach vorne blickte, sah er, dass nicht nur die Frauen und die Kinder überlebt hatten, da waren auch Pòg und Clach. Tuan riss die Augen auf, wusste nicht, was ihn absonderlicher deuchte – dass Saint-Taurin tatsächlich sein Versprechen gehalten hatte, alle noch Lebenden gehen zu lassen, oder dass die beiden Krieger zu den noch Lebenden zählten. Nun, vielleicht lebten sie nicht mehr lange, denn ihre Leiber waren über und über verwundet. Rún beugte sich gerade über den einen, tupfte etwas auf das nässende Fleisch.

»Das ist Saft von Äpfeln und geriebenem Sauerampfer«, sagte Caitlín. »Mehr haben wir nicht gefunden, aber es verhindert, dass die Wunden eitern, und man kann beides auch essen.«

Jetzt erst spürte er, wie hungrig er war. Und wie erschöpft. Der Boden wankte … oder vielmehr er, der nun hinfiel.

»Tuan! Bist du auch verwundet worden?«

Die Stimme ging in ein Rauschen über. Ehe er gänzlich taub wurde, hörte er noch einmal das Meckern, nur ein Meckern, kein Hohngelächter, keinen Gesang, kein Geschrei.

Als er zum ersten Mal erwachte, blickte er in ein Gesicht, aber erkannte es nicht, ehe ihm die Augen wieder zufielen.

Als er zum zweiten Mal erwachte, starrte er an die Decke des Steinhauses.

Das von Fintan war zerstört worden … Fintan selbst war getötet worden … Drei Arten von Martyrium gebe es, hatte der Mönch oft gesagt, das weiße, das grüne, das rote. Beim ersten verzichte man auf allen Besitz, beim zweiten faste man und schlafe selten, beim dritten gebe man sein Leben hin.

Das rote Martyrium sei das schönste, hatte Fintan immer gesagt.

Rot ist meine Lieblingsfarbe, hatte Amaury de Saint-Taurin gesagt.

Rot ist das Feuer, dachte Tuan.

Er begann wild um sich zu schlagen, aber traf nur Luft … und die Luft war doch kein Feind, die Luft war nutzlos. Musik war auch nutzlos, dennoch sang dort draußen vor dem Steinhaus jemand … Oder nein, er klagte, lachte, schrie vor Schmerzen.

Tuan wälzte sich auf den Bauch, kroch ins Freie, sah Faolán dort hocken, sein Gesicht zerknittert wie die Rinde der Bäume und grau wie jene, die von Pilzen befallen worden waren. Rún versuchte, seine Wunden zu pflegen, aber er stieß sie zurück. Recht so. Von Sauerampfer und Apfelsaft wurde man nicht satt, und erst recht heilte eine gebrochene Hand davon nicht. Sie sah noch nicht einmal mehr wie eine Hand aus, war nur ein geschwollener Fleischklumpen – ein roter Fleischklumpen.

War er schön oder hässlich? Tuan wusste es nicht.

Caitlín schlug ihre Hände nicht vor den Mund des Bruders, um ihn zum Schweigen zu bringen, sie starrte nur hilflos auf ihn hinunter.

Eine andere schrie nicht, sie stöhnte nur. Die Locken von Faolán waren grau wie sein Gesicht, die Locken von Eithne waren schwarz ob des gestockten Blutes. Vermutete Tuan zunächst, das Blut käme aus einer Kopfwunde, sah er dann, dass ihre Lippen geplatzt waren. Wahrscheinlich hatte sie zu oft behauptet, man könne ihr keine Schmerzen zufügen, nur Lust, sodass die Normannen ihr das Gegenteil hatten beweisen wollen. Erfolgreich waren sie damit nicht gewesen. Immer wieder sagte sie: »Es tut nicht weh … Es tut nicht weh …«

Tat es weh, sie so zu sehen, oder war es wunderschön? Tuan wusste es nicht.

Er konnte sich nicht überwinden, zu ihr zu treten – Finnola hingegen schon. Sie ließ sich neben Eithne auf den Boden sinken, und Eithne senkte ihren Lockenkopf auf des Mädchens Schoß, und dann weinte sie, weinte goldene Tränen, nein, das war eine Täuschung … Tränen waren nicht aus Gold … Tränen waren nur salzig.

Aedan indes ging zu Faolán, zupfte ihn, als der nicht reagierte, an der Hand, die nicht zerschmettert war, reichte ihm die Harfe. Die Harfe war auch noch ganz – zumindest ehe Faolán sie nahm und auf den Waldboden schleuderte. Die Saiten rissen, das Holz zersplitterte.

»Lass mich in Frieden!«, brüllte Faolán. »Ich werde nie wieder die Harfe spielen!«

»Airdi«, sagte Tuan, als er aufhörte zu toben, »was ist mit Airdi?« Er lauschte, aber da war kein Laut mehr zu hören. Alle senkten ihren Blick, nur die Ziege nicht. Mit ihren gelben Augen starrte sie ihn an – vielleicht waren es auch goldene, weinen konnte das Tier jedenfalls nicht. »Ist er … Ist er tot?«, fragte Tuan.

»Als er zu uns stieß und ohnmächtig wurde, dachte ich das«, sagte Caitlín leise. »Aber nein, er lebt noch, nur scheint's, er hat seine Sprache verloren wie Rún …«

Wimmern war das Einzige, was Airdi noch konnte. Er saß im Schatten eines Baumes, die Augen groß und nass wie die vielen Brandwunden. So viele klafften dicht nebeneinander, die meisten winzig klein, als hätte man mit dem Hammer eines Goldschmieds Löcher gestanzt, auf dass die Haut rosig hindurchschimmerte. An Airdi war nichts rosig, seine Lippen waren blau.

Waren sie schön oder hässlich? Tuan wusste es nicht.

Er ertrug es nicht, ihn zu mustern, wandte sich stattdessen wieder Caitlín zu. »Was soll bloß aus den Rittern des Roten Zweiges werden?«, fragte er.

»Diese erbärmliche Schar kann doch niemand mehr Ritter nennen.«

»Egal, wer wir sind. Was tun wir jetzt?«

Caitlín hob hilflos die Hände. »Wir können nicht hierbleiben, solange Saint-Taurin mit seiner Truppe auf Dún Fionn weilt. Am besten, wir fliehen in Richtung Connacht.«

»Zu Connor Maenmaige?«

»Nein, zu dem Fluss, der Connacht und Breifne trennt. Zumindest konnten wir seinerzeit eine Weile dort gut leben …

vielleicht gelingt es wieder. Aber erst müssen alle Wunden heilen.«

Sie werden niemals heilen, dachte Tuan, dennoch half er Caitlín, Pflanzen zu sammeln. Selbst Eithne beteiligte sich an der Suche, nachdem sie ihre Locken im Bach gewaschen hatte und diese wieder braun waren.

Sie fanden Kreuzkraut, Käsepappel und Läusekraut, Glockenblumen und Klee, außerdem die Blätter des Huflattichs. Mit diesen konnte man zwar keine Wunden heilen, aber sie taugten als Zunder. Einen Feuerstein wiederum trug Caitlín noch an ihrem Gürtel.

Als sie ein Feuer machten, schrie Airdi wieder auf.

»Er hat seine Stimme doch nicht verloren«, stellte Caitlín nüchtern fest.

Und seine Angst vor Feuer auch nicht, dachte Tuan. Dabei muss er doch keine Angst haben … Er muss nur zum Feuer werden. Sieht er nicht, wie schön es ist?

Die Gedanken zischten wie die Flammen, rasch unterdrückte er sie.

Als später alle schliefen, wachte er beim Feuer. Faolán schien von Albträumen gepeinigt zu werden, die Kinder auch. Und während sie Faolán nicht helfen konnten, nahmen Rún und Caitlín Finnola und Aedan in ihre Mitte und pressten sie so fest an sich, dass noch nicht einmal der Schatten der Träume auf ein freies Fleckchen Erde fallen konnte.

Als der Morgen graute, verstummte Airdis stetes Wimmern, stattdessen schrie Eithne auf. Sie träumte nicht, saß mit weit aufgerissenen Augen auf der Schlafstatt, starrte zum Eingang der Hütte.

Tuan folgte träge ihrem Blick.

Warum schreit sie denn so, es ist doch nur ein Mann, ein fremder Mann. Sie hat nie geschrien, wenn sie unter Männern lag, nur gekeucht …

Er selbst schrie nicht, beugte sich nur vor, um ein noch

brennendes Holzscheit aus der Feuerstelle zu ziehen, um stumm dem fremden Mann zu drohen: Wage nicht, mich anzugreifen, ich kämpfe mit dem Feuer, ich *bin* das Feuer.

Doch ehe er das Holzscheit auf den Mann schleudern konnte, erkannte er, dass es kein Normanne war und auch kein Fremder. Ógán war es, der Bannerträger, der einst mit Madadh und vielen anderen entschieden hatte, Dún Fionn zu verlassen und sich Connor Maenmaige anzuschließen.

Tuan ließ das Holzscheit sinken, Ógán sah erbärmlich aus. Nicht nur, dass er magerer war als früher, er war regelrecht knöchrig – sein Gesicht war voller Blessuren und kaum verheilter Narben.

War er hässlich oder schön? Tuan wusste es nicht.

»Was … Was tust du hier?«, stieß Caitlín aus, die ebenfalls hochgeschreckt war, an Rúns Schultern rüttelte, damit auch sie erwachte.

»Wolltest du nicht mit Connor Maenmaige kämpfen?«, fragte Tuan.

Nach Ógán krochen noch mehr Männer in die Hütte, starrten ins Feuer. Die Flammen spiegelten sich in ihren leeren Augen, die Wärme schien sie nicht zu erreichen.

»Connacht ist ein Schlachtfeld«, murmelte Ógán. »Ruari hat gedacht, das Bündnis mit Hugh de Lacy würde ihn stärken, doch weil der nach England berufen wurde und niemand weiß, ob er zurückkehren wird, ist ein Krieg ausgebrochen.«

»Connor Maenmaige hat sich gegen seinen Vater erhoben?«

»Nicht nur er. Alle großen Familien liegen im Streit miteinander. Die einen wollen mehr Macht, andere Rache für vergangene Untaten. Die Kämpfe haben selbst Breifne erreicht …«

Eithne hatte sich die Hand vor den Mund geschlagen, um nicht noch einmal zu schreien. Jetzt zog sie sie zurück, sagte ganz nüchtern: »Deshalb konnte Saint-Taurin also Dún Fionn angreifen. Er wusste, dass keine Gegenwehr zu erwarten stand …«

Ógán nickte. »John de Courcy hat die Kämpfe auch genutzt.

Er hat sich mit manch irischer Familie verbündet, um Ulster zu erweitern. Wo … Wo ist das Banner der Ritter des Roten Zweiges? Hat Barra es?«

Caitlín schwieg lange. »Das Banner ist verloren. Und Barra ist tot.«

Sie sagte es nicht laut, dachte aber wohl Gleiches wie am Tag zuvor. Die Ritter des Roten Zweiges gibt es nicht mehr, nur einen erbärmlichen Haufen verwundeter, vertriebener, verlorener Menschen.

Ógán sackte auf die Knie. »Ich wollte gegen Normannen kämpfen, nicht gegen Iren, und erst recht nicht gegen den Hochkönig. Deshalb konnte ich nicht bei Connor Maenmaige bleiben, und deshalb sterbe ich nun fast vor Hunger. Habt ihr etwas, das ihr mit uns teilen könnt?«

»Wir haben nur Apfelsaft und Sauerampfer«, murmelte Caitlín und rührte sich nicht.

Rún indes erhob sich, nahm eine Schüssel, trat damit zur Ziege mit den gelben Augen, die mit ihnen in der Hütte geschlafen hatte. Sie meckerte leise, als Rún ein paar Tropfen aus dem schlaffen Euter presste und damit zu Ógán ging.

Caitlín hielt sie fest, ehe sie ihn erreichte. »Als wir einst unser Essen mit Flüchtenden teilten, erhielten wir keinen Dank, im Gegenteil. Wir mussten einen hohen Preis zahlen, einen viel zu hohen, vor allem du. Und trotzdem willst du ihm etwas geben? Einem Mann, der uns seinerzeit im Stich gelassen hat?«

Wäre es schön oder hässlich, wenn Caitlín Rún die Schüssel aus der Hand risse, wenn sie damit Ógán erschlüge, wenn er selbst wieder das Holzscheit nähme und es auf ihn schleuderte? Tuan wusste es nicht.

Die Holzscheite glosten ohnehin nur noch, und Caitlín nahm Rún die Schüssel nicht weg. Schweigend starrte das stumme Mädchen sie an, und etwas lag in ihrem Blick, das wohl nur Caitlín deuten konnte. Schließlich ließ sie sie los, trat kleinlaut zurück, indes Rún Ógán die Schüssel brachte. Da er keine Kraft mehr in den Händen zu haben schien, hielt sie sie selbst an seine Lippen, ließ ihn trinken.

»Ich … Ich schaue mir deine Wunden an«, sage Caitlín, und ehe sie es tat, bückte sie sich, um schmale Streifen von ihrem Kleid zu reißen, auf dass sie die Wunden damit verbinden konnte.

Das Kleid war schmutzig, aber es war auch schön, das wusste Tuan plötzlich ganz bestimmt. Es war ebenso schön, dass sie trotz allem, was geschehen war, teilten, dass Eithne sich erhob und fragte, was sie tun könne, dass Airdi nicht mehr wimmerte, endlich tief und fest schlief. Und es war schön, dass er, Tuan, noch weinen konnte und sich in dem Augenblick, da die Tränen heiß über seine Wangen perlten, endlich gewiss war, dass er wirklich noch lebte – und die anderen auch.

Anstatt den großen Fluss im Westen zu erreichen, von dem Caitlín erzählt hatte, blieben sie in Sümpfen stecken, und Gleiches galt für die Zeit, die nicht zu fließen schien, sondern in öligen Tümpeln unterging.

Niemand sprach über das, was hinter ihnen lag und noch kommen mochte. Caitlín pflückte Brennnesseln, um Suppe zu kochen, Rún Schlehen, damit die Suppe nach etwas schmeckte. Eithne machte sich auf die Suche nach Beeren, kam aber mit zwei Schafen zurück, die sie in der Nähe hatte grasen sehen. Ihr Mähen war lästiger als das Meckern der Ziege, in der Nacht durfte jedoch immer abwechselnd einer von ihnen an ein Schaf gekuschelt schlafen, um sich zu wärmen, während Finnola und Aedan stets beim anderen lagen. Finnola war auch tagsüber kaum von ihrem Schäfchen zu trennen, streichelte es, fütterte es und zupfte ihm Moos und Ästchen aus dem Fell. Tuan schlief nie beim Schaf, immer nur bei Airdi, damit er bei ihm war, wenn dunkle Träume ihn aufschrecken ließen. Nach ein paar Nächten glaubte er, dass die Abstände dazwischen größer wurden, doch seine Wunden nässten immer noch, und den Anblick von Feuer ertrug Airdi weiterhin nicht.

Clach und Pòg, die anfangs nur hinken konnten, waren meist zu müde, um dieses nachts zu bewachen – das tat Tuan, der von allen am schlechtesten schlief. Nur einmal übermannte auch ihn die Erschöpfung, und als er erwachte, war das Feuer erloschen. Er richtete sich auf, stocherte mit einem Ästchen in der Asche, doch sie blieb grau und kalt, weswegen er aufstand, um sich auf die Suche nach ein paar Sonnenstrahlen zu machen. Sie fielen durch das Geäst, und bis sie den Boden erreichten, waren sie tausend Mal vom Schatten der Bäume gebrochen worden. Eschen, Eiben und Eichen wuchsen hier dicht beieinander, nur nicht auf einer kleinen Lichtung, die von Farnblättern übersät war. Der Morgentau funkelte auf ihnen, nur in ihm funkelte nichts.

Tuan entdeckte Faolán, der an einen umgeknickten Baum gelehnt saß und den immer noch geschwollenen roten Klumpen, der einst seine feingliedrige Hand gewesen war und so schnell die Harfe hatte spielen können, ins zaghafte Licht hielt.

»Weißt du, welches das letzte Lied war, das ich gesungen habe?«, fragte er. Tuan schüttelt den Kopf. »Ich habe von Tungdal gesungen, einem Mönch, dessen Seele einst den Körper verließ, um das Jenseits zu durchwandern. Im Himmel traf er zwei Könige, die zu Lebzeiten erbitterte Feinde gewesen, nun aber friedlich vereint waren.«

Ein Gedanke huschte durch Tuans Geist, so schwarz wie verräterisch.

Wir könnten Freunde werden …

Er schüttelte den Kopf, vertrieb ihn wie die Mücke, die diesen umsurrte, setzte sich zu Faolán. »Das ist doch eine wunderschöne Geschichte.«

»Ich habe oft vom Krieg gesungen, am liebsten sang ich hingegen vom Frieden.«

»Nun«, murmelte Tuan und versuchte, nicht zu aufdringlich auf den roten Klumpen zu starren. »Du kannst vielleicht nie wieder Harfe spielen, aber, aber singen kannst du immer noch …«

Weil wir noch leben, weil Ascall und Róisíns Kinder noch leben.

Doch Faolán schüttelte den Kopf. »Wenn du wüsstest, was ich für die Musik geopfert habe …« Seine Gedanken schienen abzuschweifen, zurückzugehen zu Zeiten, als Tuan ihn noch nicht gekannt hatte, als er weit mehr als nur ein Barde und Caitlíns Bruder gewesen war. »Einst … Einst habe ich eine Frau geliebt«, setzte Faolán unwillkürlich an. »Fast so sehr wie die Musik … oder vielleicht sogar noch mehr. Musik ist etwas, das man nicht festhalten kann, ja, nicht festhalten *darf*, man erzeugt sie, um sie zu verschenken. Diese Frau jedoch, diese Frau habe ich in manchen Nächten festgehalten, und wenn sie lustvoll stöhnte, klang es noch schöner als meine Lieder.«

Tuan senkte verlegen seinen Blick. Eithnes Stöhnen war ihm nie wie Musik erschienen, wobei es erträglicher gewesen war als jetzt ihr stetes Schweigen.

»Wer war diese Frau?«, fragte er.

»Eigentlich hätte ich sie nicht lieben dürfen, denn sie war die Frau meines Bruders. Doch dann ist der gestorben, die Normannen kamen, und wir sind nach Dublin geflohen, um dort unseren Sohn aufzuziehen.«

»Du hattest einen Sohn?«

»Er war nicht mein Sohn, sondern der meines Bruders, er war auch nicht ihr Sohn, sondern der einer Sklavin. Diese lebte auch bei uns, und zu dritt haben wir dafür gesorgt, dass der Junge immer wohlgenährt war, selbst in Zeiten, da die Stadt belagert wurde – erst von den Normannen, später, nachdem diese sie eingenommen hatten, von den Iren. Ich habe Seegras vom Stein gekratzt und mir jeden Bissen vom Mund abgespart.«

»Und dann?«, fragte Tuan neugierig, als Faolán nicht fortfuhr.

Der Barde seufzte. »Meine Musik hatte in dieser Zeit keinen Nutzen – niemand wollte mich für meine Lieder bezahlen, sie noch nicht einmal hören. Aber meine Liebe war nicht nutzlos. Ich liebkoste meine Geliebte jede Nacht, ließ sie ihre

Sorgen vergessen, machte sie glücklich ... Das dachte ich zumindest.« Faolán ließ seine verkrüppelte Hand sinken, hob die gesunde ins Sonnenlicht, betrachtete auch sie, als gehörte sie nicht länger zu ihm. »Aber das Seegras, das ich von den Wänden kratzte, genügte nicht mehr, um den Jungen satt zu machen, und so wurden sie und die einstige Sklavin zu Huren, um unseren Sohn zu ernähren.«

»Und dafür hast du sie verachtet?«

»Nein, ich habe mich selbst verachtet, weil ich ihr dieses Los nicht ersparen konnte, ich nur ein Barde bin und Musik nicht satt macht.«

»Später bist du doch mit Caitlín durchs Land gezogen, um für die Normannen zu spielen und solcherart ein Essen und ein Dach über den Kopf zu bekommen.«

»Was bedeutet, dass auch ich eine Hure geworden bin ... Ach Gott, ich war ein solcher Narr! Ich dachte, meine Musik könnte schmutzig werden, wenn ich einen Körper, der unter Normannen lag, berührte. Dabei war sie eine so starke Frau, die Normannen konnten sie nicht brechen ... Anders als mich ... Mich haben sie verstümmelt ... Mich haben sie zerstört ... Mir haben sie meine Musik genommen.«

Tuan beugte sich vor, streichelte über den roten Klumpen, ganz sachte, um dem anderen keine Schmerzen zu bereiten. Er konnte gleichwohl nicht verhindern, dass sich Faoláns Gesicht verzog.

»Deine rechte Hand wirst du nicht mehr gebrauchen können«, sagte Tuan leise, »aber du hast immerhin noch eine zweite.«

Eine Weile saßen sie schweigend nebeneinander, dann entzog Faolán ihm die Hand wieder. »Ich gebe dir einen Rat«, sagte er. »Wenn du die Liebe findest, dann lass sie nicht los wie ich, halt sie fest und bring ihr alle Opfer. Häng nicht dem unsinnigen Traum nach, dass der Lauf der Welt, so man denn ihre Schönheit besingt, irgendwann diesem Takt folgt, nicht dem, den die klirrenden Schwerter vorgeben.«

Tuan unterdrückte ein Seufzen. »Du hast dich für deine Schwester geopfert, damit die Kinder eine Mutter haben. Das heißt, dass du die Liebe dieses Mal vor die Musik gestellt hast. Das Klirren von Schwertern mag lauter klingen als Finnolas und Aedans Herzschlag, das bedeutet dennoch nicht, dass er nicht mehr zu hören ist.«

Faolán erhob sich, sein Gesicht war nicht länger schmerzvoll verzogen, eher trotzig. »Irgendwann werde ich daraus Trost ziehen. Im Augenblick weiß ich nur, dass ich nie wieder die Harfe spielen, nie wieder singen werde.«

Beinahe war er schon im Schatten der Bäume verschwunden, als Tuan ihm nachrief: »Wie hieß die Frau, die du liebtest?«

Faolán blieb stehen, drehte sich nicht wieder zu ihm um, sagte nur leise: »Éilís …«

Ganz gleich, was er behauptet hatte, aus seinem Mund klang der Name wie Musik.

Als sie die Hoffnung fast schon aufgegeben hatten, fanden sie den Fluss und die Siedlung, in der Caitlín und Rún einst gelebt hatten. Es war nichts weiter von ihr übrig geblieben als morsche Holzbalken, aber wo immer die Kämpfe um Connacht tobten – die Spuren, die sie hier hinterlassen hatten, waren kaum mehr zu sehen, und deshalb machten sie sich daran, aus den Trümmern neue Hütten zu bauen. Tuan war froh, wenn sich Splitter tief in seine Haut bohrten und er nicht länger der Einzige war, der keine Schmerzen hatte. Allerdings klagte auch Eithne nie über welche. Einmal nahm er all seinen Mut zusammen und fragte sie, wie es ihr ergehe, und ihr Blick tat weh wie ein weiterer Splitter, der sich in sein Fleisch trieb. »Wie soll es mir schon gehen? Ich habe so viele Männer zwischen meinen Beinen gehabt, glaubst du, auf ein paar mehr kommt es an?«

Von Connacht flohen immer wieder Menschen vor dem Krieg. Jedes Mal, wenn sie sie um Essen anflehten, tauschten

Caitlín und Rún einen langen Blick, und jedes Mal beschlossen sie, das Wenige, was sie hatten, zu teilen. Die Hilfesuchenden dankten es mit einem Lächeln, so auch die Frau, die ihren Hund in einem Tragetuch vor ihrer Brust trug, als wäre er ihr Kind.

»Er hat mich jahrelang beschützt, hat gebellt und geknurrt, wann immer mir jemand zu nahe kam. Doch jetzt ist er alt geworden, kann nicht mehr laufen und kein Fleisch mehr beißen. Also trage ich ihn und kaue ihm das Essen vor.«

»Wir haben ohnehin kein Fleisch, nur Gemüse, und das ist weich«, sagte Caitlín.

»Auf dem Weg hierher haben wir so viel Gras gefressen, dass ich dachte, aus uns würden noch Kühe werden. Aber ich bin immer noch ein Mensch, obwohl man's mir nicht ansieht, und das hier ist immer noch ein Hund, obwohl man's ihm nicht ansieht.«

Sie stellte den Hund auf den Boden – ohne Zweifel das dürrste und hässlichste Wesen, das Tuan je gesehen hatte. Das Gesicht war vernarbt, das Fell war räudig, die Knochen stachen spitz darunter hervor, doch als der Hund seine Herrin ansah, standen Liebe und Vertrauen in seinen feucht glänzenden Augen. Nachdem die Frau ein paar Bissen Eintopf gegessen hatte, begann sie zu weinen, und nachdem ihr der Hund das Gesicht abgeleckt hatte, begann sie zu lachen. Und Finnola, die immer Angst vor Hunden gehabt hatte, diesen aber zu streicheln wagte, lachte plötzlich auch, lachte zum ersten Mal seit Wochen, und auf einmal lachten sie alle, Caitlín und Aedan, Clach und Pòg, sogar Faolán und Tuan.

Nur Eithne lachte nicht, sie wandte sich ab und lief davon.

Tuan folgte ihr am schlammigen Flussufer entlang, über von Ranken überwucherte Pfade und unter den tief hängenden Ästen der Trauerweiden hindurch. Irgendwann erreichte Eithne eine Stelle, wo nur spitze weiße Steine lagen, verharrte dort, stampfte dann plötzlich auf, auf dass sich die spitzen Steine möglichst tief in ihre Fußsohle bohrten. Und das war ihr nicht genug. Sie legte sich auf den Rücken, begann sich zu wälzen wie ein Schwein im Schlamm, zog sich gar nackt aus, um noch weniger geschützt zu sein.

Tuan wollte sich abwenden, aber er verpasste den richtigen Augenblick, und als sie ihren Blick hob und ihn bemerkte, war es zu spät, um zu fliehen.

»Es tut mir leid …«, sagte er mit hochrotem Gesicht.

»Was? Dass du mich nackt siehst?«

Er senkte den Blick. »Es tut mir leid, was dir geschehen ist …«

»Es ist mir doch nichts geschehen!«, rief sie starrköpfig. »Die Männer konnten mir doch nichts antun. Wie ich schon sagte, auf ein paar mehr kommt es nicht an!« Und immer noch wälzte sie sich auf den weißen Steinen, ihr Rücken musste mittlerweile bluten. »Nein!«, schrie sie. »Sie haben mir nicht wehgetan … Sie konnten mir nicht wehtun … Ach, wenn es ein bisschen wehgetan hätte – wenn es wenigstens jetzt wehtun würde.«

»Eithne, hör auf!«

Er hastete zu ihr, zog sie hoch, tatsächlich, ihr Rücken war von blutigen Schürfwunden übersät.

»Wenn es wenigstens jetzt wehtun würde«, wiederholte sie. Fassungslos starrte er sie an. Wie konnte sie ausgerechnet das Fehlen von Schmerzen beklagen, wenn diese doch das Einzige waren, was sie überreich hatten! Ehe er etwas sagen konnte, fuhr sie jedoch leise zu sprechen fort: »Meine Mutter war so stolz darauf, keine Schmerzen zu haben. Ihre *derbfine,* ihre Sippe, war einflussreich, sie lebte an der Grenze zwischen Connacht und Munster. Mal war sie verbündet mit den O'Connors, mal mit den O'Brians, manchmal traf sie die Entscheidung darüber freiwillig, manchmal nicht. Du weißt, wie man in Irland ein Bündnis bekräftigt: Man heiratet, so wie Hugh de Lacy Ruaris Tochter Rose geheiratet hat. Aber nicht jede Frau tut das freiwillig, es mag sein, dass noch nicht einmal ihre Familie einverstanden ist, dass die Tochter vielmehr entführt und geschändet wird und man ihre Ehre nur wiederherstellt, indem man der Ehe zustimmt.«

»Und das ist deiner Mutter zugestoßen?«

Sie zuckte nur mit den Schultern. »Sie war nicht einmal die Erstfrau meines Vaters, auch nicht die Zweitfrau, nein, seine Drittfrau. Wenn ein anderer Mann sie ihm geraubt und auch geschändet hätte – er hätte keinen Ehrenpreis zahlen müssen, denn die dritte Frau ist gar nichts wert und die zweite nur die Hälfte von der ersten.«

»Aber deine Mutter wurde von keinem anderen Mann geraubt … Sie musste an der Seite deines Vaters leben … und hat unter ihm gelitten«, stellte Tuan fest.

Eithne leckte sich über die verkrusteten Lippen. Erst jetzt merkte er, dass er sie unwillkürlich an den Handgelenken gepackt hielt, damit sie sich nicht wieder auf den Steinen wälzte. Er konnte gar nicht anders, als ihren nackten Leib zu betrachten, die weiße Haut, die festen Brüste.

»Man … Man sieht mir nicht an, was mir geschehen ist«, murmelte sie, als sie seinem Blick folgte. »Meiner Mutter sah man es auch nicht an. Wusstest du, dass das brehonische Recht einem Mann gestattet, seine Frauen zu schlagen, allerdings so, dass keine sichtbaren Wunden und Narben bleiben?«

»Was genau hat dein Vater deiner Mutter angetan?«

»Ich weiß es nicht. Sie hat sich nicht gestattet, unter ihm zu leiden. Sie war eine starke, stolze Frau. Von ihr habe ich gelernt, dass dir ein Mann das, was du ihm freiwillig gibst, nicht nehmen kann. Er kann dich nicht schänden, solange du Lust empfindest.«

Plötzlich sank ihr Kopf auf seine Brust, und plötzlich sank er auf die weißen Steine.

»Deine Mutter … und auch du, ihr entscheidet also selbst, was euch schmerzt und was nicht.«

»Und siehst du«, sie lachte bitter, »ich kann diese Entscheidung nicht mehr treffen. Ich habe mich so lange dazu gezwungen, Lust statt Schmerz zu fühlen, dass ich jetzt keinen

Schmerz mehr spüren kann, selbst wenn ich es wollte. Meine Mutter dachte, man hätte gewonnen, wenn nichts mehr wehtut. Ich aber denke mir, man ist verloren, wenn nichts mehr wehtut. Ich … Ich will nicht verlieren. Ich will etwas fühlen.«

»Eithne …«, setzte Tuan heiser an. Sie tat, was sie schon in jener Nacht getan hatte: Sie begann, an seiner Kleidung zu nesteln, die nackte Haut davon zu befreien. Und er tat, was er auch schon damals getan hatte: Er hielt sie fest, wehrte sich. »Hör auf!«

»Bitte! Mach, dass ich etwas fühle, tu mir weh. Es … Es ist nicht schlimm, Schmerz zu empfinden … Schmerz zu empfinden ist schön …«

Amaury de Saint-Taurin würde das wohl auch behaupten. »Nein …«, sagte er, auf einmal ganz schwach. Sein Griff erschlaffte, sein Geschlecht nicht. Schon hatte sie es gefunden, umfasste es, drückte es, und er fühlte Schmerz, fühlte Lust, fühlte keinen Unterschied zwischen beidem. »Nein, Schmerz zu empfinden ist … ist nicht schön«, stammelte er, doch da presste sie ihren Mund schon auf seinen, und der Kuss war ohne Zweifel schön. Sie spreizte ihre Beine, zog ihn auf sich. Er hatte einen warmen Schoß erwartet, doch warm waren nur ihre Tränen. Ihr Innerstes fühlte sich an wie die weißen Steine. Sie schrie auf, wie sie nie geschrien hatte, wenn sie unter Männern lag. »Schmerz zu empfinden ist nicht schön …«, sagte er wieder.

Sie machte ruckartige Bewegungen, und plötzlich fühlte sie sich nicht länger wie die weißen Steine an und er sich nicht länger hilflos.

Werde das Feuer, dann musst du keine Angst haben, zu Asche zu zerfallen.

Und er wurde das Feuer, und dieses Feuer fraß sich durch seine Erinnerungen und durch ihre, fraß sich durch sein Leid und durch ihres, fraß sich durch seine Seele und durch ihre. Was immer er zerrissen wähnte – Bande schlangen sich um ihn und Eithne, als ob sie sich nie wieder voneinander lösen dürften.

»Schmerz zu empfinden ist nicht schön«, keuchte er am Höhepunkt seiner Lust.

»Nein«, sagte sie am Höhepunkt ihres Schmerzes, »aber er erinnert uns daran, wer wir sind. Menschen nämlich, die lachen und weinen können.« Und sie weinte und lachte, und er weinte und lachte auch, und als er auf sie niedersank und sie festhielt, wollte er sie nie wieder loslassen. »Die Steine«, murmelte sie, »ich liege so hart …«

Er richtete sich auf, sah zwischen ihren Schenkeln seinen Samen und ihr Blut. Sie wollte es wegwischen, aber es gelang ihr nicht, die roten Spuren nahmen eine sonderbare Form an … die einer Glockenblume … oder eines Kleeblatts …

Rot ist meine Lieblingsfarbe …

Tuan schloss die Augen, und als er sie wieder öffnete, war Eithne bereits in ihr Kleid geschlüpft. Der Wind zerrte daran, sie fröstelte, doch als sie ihre Lippen auf seine presste, waren diese noch warm.

Rot ist auch meine Lieblingsfarbe, aber nicht, weil Blut rot ist, weil ihre Lippen es sind. Ich will sie küssen, wenn sie lacht, ich will sie küssen, wenn sie weint, ich will dafür sorgen, dass sie beides tut, dass sie beides kann.

»Ich …«, setzte sie an, »ich … ich will nicht allein sein.«

»Du bist nicht allein«, erwiderte er, »wir sind nicht allein … Wir sind eine große Familie, und wir werden überleben.«

Rúdnat

»Wie viele meiner Geschwister wohl noch leben?« Rose stand an einem Fenster aus dickem Glas, hinter dem die Welt auch bei hellem Licht verschwommen wirkte und das mit Eisblumen beschlagen war. Sie wuchsen nur selten in Irland, genauso wie Ériu sich lieber in ein grünes oder schlammig braunes Tuch hüllte, fast nie in ein weißes. Doch nun schneite es seit Tagen, und weiß war auch Roses Gesicht, von dem sich umso deutlicher die dunklen Adern auf der Stirn und die herzförmigen roten Lippen abzeichneten. Sie sah aus, als würde sie frieren, während Rúdnat bei ihrem Anblick, schön und verletzlich zugleich, immer warm wurde. »Wie viele meiner Geschwister wohl noch leben?«, wiederholte Rose.

So verschwommen der Blick durchs Fenster ausfiel, so vage blieben die Nachrichten, die nach Dublin drangen. Sie genügten, um zu wissen, dass im Westen Irlands die Schneedecke nicht glatt und weiß war, sondern von den Spuren des Krieges verwüstet, dass der Winter dort, wenn überhaupt, rote Blumen malte.

»Du hast sehr viele Geschwister, nicht wahr?«, fragte Rúdnat.

Seit der Hochzeitsnacht hatten sie nicht mehr über Connor Maenmaige gesprochen und was er ihr angetan hatte, noch nicht einmal über Hugh, der schon so lange in England weilte. Ob er als Verräter in einem Kerker dahindarbte oder als Gast bei Hofe weilte, wussten sie nicht, nur, dass Rose ohne ihn an ihrer Seite den Normannen als barbarische Irin galt, während sie für die Iren eine Normannenhure war.

Genau wie ich, dachte Rúdnat oft, obwohl sie mit Rose nichts gemein hatte. Sie war nie eine Rose gewesen, und trotzdem oder gerade deshalb zog es sie wieder und wieder zu dieser zarten blonden Frau.

»Ich habe sechzehn Geschwister, von denen ich weiß«, murmelte Rose. »Zwölf von ihnen sind erwachsen geworden, dass viele auch alt werden, bezweifle ich.«

»Selbst wenn in Connacht der Bürgerkrieg tobt, wenn Saint-Taurin von Breifne und John de Courcy von Ulster aus Truppen schickt. Ich bin mir sicher, dass nicht alle tot sind.«

Die Worte waren als Trost gedacht. So wie Rose die Lippen verzog, hielt sie sie eher für Spott. »Nein, gewiss nicht alle … aber die falschen.«

Rose starrte sie aus ihren blauen Augen an, die kalt, wie sie plötzlich wurden, den Eisblumen glichen. »Meine liebste Schwester hieß Maire. Vor einigen Jahren, sie hatte gerade geheiratet, entzweite eine alte Fehde ihren Mann und eine andere angesehene irische Familie. Als er heimtückisch angegriffen wurde, lag er mit Maire im Ehebett. Sie erschlugen ihn, sie erschlugen sie. Mir scheint, auf unserer Familie liegt ein Fluch, der die Frauen in ihrem Ehebett verbluten lässt.«

»Du bist nicht verblutet. Das Blut, das geflossen ist, war nicht einmal dein eigenes …«

Rasch machte Rose ein paar Schritte auf sie zu, ergriff ihre Hände, schmiegte sich an sie, so wie in jener Nacht. »Das bleibt doch unser Geheimnis!«

»Natürlich bleibt es das …« Rúdnat löste sich von ihr. Wenn sie die Eisblume beschützen wollte, durfte sie sie nicht umarmen und damit zum Schmelzen bringen. Sie ertrug es ja noch nicht einmal, selbst zu schmelzen. »Gab es auch einen Bruder, den du liebtest?«, fragte sie schnell. »Gewiss sind nicht alle so bösartig wie Connor Maenmaige.«

Der Name trieb Rose zurück zum Fenster. Sie starrte wieder hinaus, als sie murmelte: »Mein Halbbruder Connor O'Dermot, ein Bastard meines Vaters, ist ein feiner Mann. Aber ich weiß nicht, ob ich ihn liebe. Ich weiß nicht einmal, was Liebe ist. Weißt du es?«

Ich weiß noch nicht einmal, ob Eisblumen duften, wenn sie schmelzen.

Während Rúdnat nach Worten rang, wurde die Tür geöffnet. Elayne und ihrer Schwester Alice war es irgendwie gelungen, Isabel Tyrell zu entwischen. Die wollte nicht, dass die Mädchen Zeit mit ihrer Stiefmutter verbrachten, doch Elayne und Alice – anders als ihre hochmütige Schwester Aegidia – waren neugierig auf Rose und suchten immer wieder ihre Nähe, um ungläubig festzustellen, dass sich eine Irin auf den ersten Blick gar nicht von einer normannischen Lady unterschied.

War Rose mit Rúdnat allein, wirkte sie alt. Ließ sie sich von Elayne und Alice zeigen, wie die Normannen tanzten, wurde sie zum Kind.

An diesem Tag schien Rose die Mädchen gar nicht zu bemerken. »Also«, fragte sie, »weißt du, was Liebe ist? Hast du jemals jemanden geliebt?«

Obwohl sie leise gesprochen hatte, war die Frage doch laut genug für die Ohren von Mädchen, die – in Schweigen und Langeweile gefangen – jeden Tag davon träumten, dass das Leben mehr zu bieten hatte, als in einer kalten Burg zu hocken und auf die ungewisse Rückkehr ihres Vaters zu hoffen.

»Hast du?«, fragte Elayne, und ihr Blick huschte von Rose zu Rúdnat.

»Hast du?«, wiederholte Alice. Sie starrte Rúdnat unverhohlen an. Viel Geduld, ihrer Antwort zu harren, hatte sie jedoch nicht. Schon sagte sie: »Nun, ich wünsche jedenfalls dir, Elayne, dass du Richard de Beauffo lieben wirst – und er dich.«

»Oh, das hoffe ich auch«, sagte Elayne mit gleichem Gesichtsausdruck wie an dem Tag, da sie vergebens einem Ferkel nachgelaufen war.

»Vorausgesetzt natürlich, de Beauffo wird dich noch heiraten«, fügte Alice mit scharfem Unterton hinzu. »Wenn du als Tochter eines Verräters giltst, wird seine Familie ihm das nicht gestatten.«

Und wieder in die Jauchegrube gefallen.

»Vater ist kein Verräter!«, begehrte Elayne auf.

»Das entscheidet der König, nicht du.«

»Aber der König hat Richards und meiner Verlobung bereits zugestimmt.«

»Der König ist wankelmütig«, sagte Alice, klang aber nicht mehr schadenfroh, sondern voller Sorge. Wenn Elayne keinen standesgemäßen Ehemann ergattern würde, sah es um ihr eigenes Los erst recht düster aus.

»Genug jetzt«, mischte sich Rúdnat ein. »Ihr seid noch viel zu jung, um zu heiraten … Und zu jung, um über die Liebe zu sprechen.«

»Und bist du zu alt dafür?«, ließ sich wieder Roses Stimme vernehmen.

Für die Liebe ist man doch nie zu alt, nie zu klug, nie zu hart, dachte Rúdnat, doch das sagte sie nicht. »Ihr seid gekommen, um zu tanzen, nicht, um zu schwatzen.«

»Nein«, sagte Elayne schnell, »wir sind gekommen, um Musik zu machen.«

Und da erst sah Rúdnat, was sie mitgebracht hatte – ein Timpan nämlich, jenes Instrument mit acht Saiten, auf dem man auf zweierlei Arten spielen konnte, entweder indem man mit einem Bogen über die Saiten fuhr oder indem man mit Stöcken daraufschlug. Das Timpan wurde bei festlichen Anlässen ebenso gespielt wie in den Stunden, da die Mädchen Goldstickereien anfertigten, und sowohl Alice als auch Elayne hatten es von klein auf gelernt. Nicht dass ihre Töne weniger geschmeidig klangen als die, die Musiker erzeugen konnten, solche nämlich, die in der Brust schmerzten und starre Mienen erweichen konnten. Doch ihnen zu lauschen war für Rúdnat gleichwohl unerträglich.

»Ich lasse euch allein«, erklärte sie und hastete hinaus.

Sie wappnete sich davor, dass die Klänge sie noch eine Weile verfolgen würden, doch stattdessen ertönte nur eine Stimme – die von Rose, kräftiger als zuvor.

»Rúdnat!« Sie erinnerte sich nicht daran, dass die andere sie je bei ihrem Namen gerufen hatte. »Hast du jemals jemanden geliebt?«, fragte Rose wieder.

Rúdnat verharrte, drehte sich langsam um. Das Licht der Kerzen aus Talg flackerte milde.

Am Ende macht es ja doch keinen Unterschied, ob wir aus Eis oder Wachs sind – es zerrinnt doch beides. Warum sich kalt und hart geben, wenn man vor einem hübschen, zarten Mädchen steht, das nicht von dieser Welt zu sein scheint, was heißt, dass es nicht nur diese Welt gibt, sondern auch eine andere. Warum ihm nicht die Wahrheit sagen über die Vergangenheit und den Mann, der viel schönere Musik gemacht hat als die Mädchen auf dem Timpan – der in gewisser Weise die Musik war.

Aber seinen Namen zu nennen hätte bedeutet, auch den eigenen sagen zu müssen.

»Nein«, sagte sie, »nein, Rúdnat hat nie jemanden geliebt.«

Die Schneedecke im Hof war rissig geworden, unter Fußspuren schimmerte grau der Stein und gelb das zertretene, halb verfaulte Stroh. Ascall hatte mehrere Runden gedreht, doch ihm schien davon nicht warm geworden zu sein, der Blick, der auf Rúdnat fiel, war wie erfroren.

In den letzten Monaten hatte sie ihn nicht oft gesehen, aber sie ahnte, was ihn dazu trieb, sinnlose Kreise zu ziehen. Seit nunmehr einem Jahr wartete er auf Nachricht von jenem Boten, den noch Hugh de Lacy selbst ausgesandt hatte, um mehr über Ascalls Sippe und deren Wohlergehen zu erfahren. Ob dieser Bote Dún Fionn je erreicht hatte, wussten sie nicht. Sie wussten nur, dass Amaury de Saint-Taurin im Frühjahr die Burg eingenommen hatte.

Rúdnat musterte ihn, fragte sich, was für ihn schlimmer war – mit der Sehnsucht nach einem Leben zu leben, das er einst geführt hatte und womöglich nie wiederbekommen würde, oder ganz ohne sie.

Nun, mit Spott konnte sie diese Sehnsucht nicht abtöten,

weder die eigene noch seine, nur Sprünge hineinschlagen und hoffen, dass das, was dahinter zum Vorschein kam, höchstens grau wie der Stein und gelb wie verfaultes Stroh, jedenfalls nicht lebendig und stark war.

»Du bist ganz allein hier im Hof?«, lästerte sie. »Hat man denn keine Angst, du könntest fliehen?«

Ascall hatte kurz innegehalten, setzte nun wieder Schritt vor Schritt. »Richard de Pec sorgt schon dafür, dass jemand ein Auge auf mich hat. Im Stall steht gewiss ein Knappe und beobachtet mich ... Oder er beobachtet die Pferde, von denen ich eines bräuchte, auf dass ich überhaupt fliehen könnte.«

Rúdnat rieb sich die Hände. Richard de Pec war gemeinsam mit John de Lacy von König Henry beauftragt worden, Hugh als Statthalter zu vertreten. Mit den beiden hatte er zwei Männer gewählt, die einen schlichten Geist, aber ein gutes Herz hatten, was Henry nützte, weil sie nicht so machthungrig waren, seinem Reich zu schaden, und was auch Ériu nützte, weil sie nicht so grausam waren, ihrer Insel zu schaden.

»Nun, du bist klug genug, um keinen Fluchtversuch zu wagen«, sagte Rúdnat. »Was nicht heißt, dass du nicht irgendeinen Plan ausheckst.«

»Nur den, so viel wie möglich von den Normannen zu lernen, um sie dereinst zu besiegen.«

»Ach, und ich dachte, nicht du lernst von den Normannen, dagegen die Bauern von dir«, sagte Rúdnat. »Immerhin hast du John de Lacy und Richard de Pec in den letzten Monaten oft begleitet und den irischen Bauern geraten, sich in den Schatten der neuen Burgen niederzulassen und dort das Land zu bewirtschaften.«

Dass nicht sie, jedoch die irischen Bauern ihm vertrauten, war wohl auch der Grund, aus dem Richard de Pec und John de Lacy Ascall hier unbehelligt seine Runden drehen ließen, anstatt ihn in Fesseln zu legen und in einem dunklen Loch verrotten zu lassen.

Ascall blieb wieder stehen. Eine Falte furchte seine Stirn,

bewies, wie zerrissen er sich fühlte, mal als Verräter an seinem Volk nämlich, mal als dessen Beschützer.

»Ich tue das für die Bauern, nicht für die Normannen«, sagte er heiser.

Rúdnat hob abwehrend die vom Frost starren Hände. »Vor mir musst du dich nicht rechtfertigen. Du hast mich einst als Normannenhure beschimpft, ich werde dich nie so nennen.«

Ein schmales Lächeln verzog Ascalls Lippen, erreichte seinen Blick aber nicht und ließ schon gar nicht die Falte auf der Stirn verschwinden.

»Wie ergeht es denn dir, nun, da Hugh fort ist?«, fragte er.

Dass jemand nach ihrem Wohlergehen fragte – ob aus Höflichkeit oder Interesse, war einerlei –, nahm ihrem Spott jegliche Würze. Nur mehr verbittert klang sie, als sie erwiderte: »Glaub mir, für eine wie mich gibt's nie zu wenige wollüstige Normannen, um jemals über schlechte Geschäfte zu klagen, für jemanden wie dich gibt es indes nie zu wenige kampfbereite Normannen, um dich jemals des Sieges über sie zu rühmen.«

»Was bedeutet, dass du ewig ihre Hure bleibst und ich ewig ihr Gefangener.«

»Du hättest immerhin die Möglichkeit, ihnen die Treue zu schwören, dann bist du nicht länger ihr Gefangener, sondern ihr Verbündeter. Von einer Hure hingegen erwartet man keine echten Treueschwüre, nur verlogene Liebesschwüre.«

»Mein Treueschwur wäre mindestens so verlogen.«

Bei mir kommt es darauf an, wem ich ihn ins Ohr flüstere, dachte sie. Liebe und Lüge sind keine natürlichen Schwestern, nur notgedrungene Verbündete im Krieg, wenn man sich keine starken Gefühle erlauben will. Aber irgendwann könnte vielleicht Frieden herrschen und die Liebe wahr sein …

Sie wusste nicht, ob die Sehnsucht danach mehr schmerzte als die Kälte. Letztere wollte sie zumindest nicht länger ertragen, und ohne ein weiteres Wort zu sagen oder seine Antwort abzuwarten, ließ sie Ascall stehen und beeilte sich, zurück ins Hurenhaus zu kommen.

Selbst als sie sich dort über dem Kamin die Hände aufgewärmt hatte, blieb ihre Seele klamm. Mit Rose Zeit zu verbringen war, als würde man zu viel süßes Mandelbrot essen, und mit Ascall Zeit zu verbringen war, als würde man zu viel sauren Wein trinken. Mit beidem verdarb man sich den Magen, und beides verschlimmerte die Gier nach hartem Brot und klarem Wasser.

Nicht dass davon im Hurenhaus viel zu bekommen war. Die Tafel war mit Köstlichkeiten gedeckt – geröstetem Kapaun und in Senfsauce gekochtem Aal –, auf dass sich die vielen Freier für das Liebesspiel oder nach diesem stärken konnten. Das Klirren und Scheppern, das von oben kam, klang allerdings nicht so, als würden an diesem Tag alle das Liebesspiel überleben.

»Was treiben sie denn da?«, fragte Rúdnat.

Die alte Echna lachte. Sie saß neben dem Kamin, und auf ihrem Schoß ruhte der Kopf eines Ritters, den sie eben von Ungeziefer befreite. Mit Genuss zerquetschte Echna Wanzen und Läuse mit ihren bloßen Fingern, und mit Sensationslust berichtete sie: »Ailbhe und Neve sind dort oben mit einem Ritter von John de Courcy zugange, dem es in Ulster langweilig wurde, weil es dort kaum mehr zu Aufständen kommt. Sie spielen die Schlacht von Fir Lí nach.«

»Bei der Schlacht waren doch die Normannen unterlegen.«

»Deshalb spielt der Ritter ja auch einen barbarischen Iren.«

Zu dem Klirren und Geschepper kamen die Schreie eines Wesens, das einer absonderlichen Kreuzung von Hirsch und Schwein zu gleichen schien und das, wie das Quietschen mehrerer Türen verriet, die Huren durch das ganze Haus jagte. Rúdnat unterdrückte ein Seufzen.

»Ich hoffe, er lässt Ailbhe und Neve am Leben.«

»Er hat mir versprochen, sie nur zu seinen Geiseln zu machen.«

»In Irland werden Geiseln oft geblendet.«

»Nun, aber die Normannen begnügen sich damit, sie zu schänden.«

Es knackte, als Echna ein weiteres Ungeziefer zerquetschte, indes der Ritter auf ihrem Schoß eingeschlafen war. Immerhin wurde nun auch das Getöse über ihnen leiser, zumindest leise genug, als dass man Barabals Stimme hören konnte, die gerade einen Knappen glauben machte, sein Schwanz sei der größte, den sie je gesehen habe. Liven dagegen hatte keinen Freier, denn eben betrat sie die Halle, um sich die Augen frisch anzumalen, war doch die schwarze Farbe etwas verwischt. Bis sie damit fertig war, hatte sich der Knappe über Barabal hergemacht. Er stieß Laute aus, die klangen, als würde eine Missgeburt von Schwein und Hirsch Choräle singen, wie es ansonsten nur die Mönche aus Cumbria taten. Der Ritter, der unbedingt einen barbarischen Iren in der Schlacht von Fir Lí spielen wollte, piepste nur wie ein Spatz.

»Ich … Ich gehe mir die Haare färben«, verkündete Rúdnat und stieg nach oben in ihre Dachkammer.

Dass der Lärm nunmehr von unten, nicht von oben kam, machte es etwas leichter, ihn zu ertragen. Es schien, als würde sie nun nur mit den Füßen im Morast feststecken, nicht auch mit dem Kopf darin untergehen. Erst recht wollte sie ihren Kopf nicht in Farbe tauchen, wie sie angekündigt hatte, und so begnügte sie sich damit, die Strähnen zu kämmen.

Sie hatte kaum den Filz aus der ersten gelöst, als ein Klopfen ertönte. Wie merkwürdig. Für gewöhnlich verirrten sich die Freier nicht nach oben. Und für gewöhnlich klopften sie nicht, wenn sie es taten.

Aber jener Laut ertönte wieder, und als Rúdnat die Tür öffnete, stand vor ihr kein Freier, auch nicht Liven oder Echna. Es war Rose, auf deren Gesicht Schneeflocken schmolzen, was bedeutete, dass es draußen heftig schneite.

»Was … Was hast du hier verloren?«, entfuhr es Rúdnat barsch. »Du solltest doch nie hierherkommen!« Rose atmete zu heftig, als dass sie etwas sagen konnte. »Und ich habe dir vorhin doch deine Frage beantwortet ... Rúdnat hat nie geliebt.« Immer noch atmete Rose heftig. Sie war röter denn je im Gesicht, und das goldene Haar glänzte, weil auch darauf Schneeflocken gefallen und geschmolzen waren. »Falls du wiederum vermutest, dass ich irgendwann nicht Rúdnat geheißen, sondern einen anderen Namen getragen habe, stimmt das«, fuhr sie noch barscher fort. »Dieses Haus war nicht immer ein Hurenhaus. Früher wurde hier mit feinen Stoffen und weniger feinen Waffen gehandelt. Aber das ändert nichts daran, dass dies kein Ort ist, an dem du verweilen solltest.« Von unten kam ein Grunzen. Elayne würde vielleicht denken, es stammte von einem süßen Ferkel. Rose hingegen wusste, dass Schweine kräftig bluten konnten, seit sie Hugh vorgemacht hatte, ihre Hochzeitsnacht als Jungfrau zu erleben. Sie sagte immer noch kein Wort, sie zuckte noch nicht einmal zusammen, als Rúdnat sie anherrschte: »Nun, geh zurück zu deinem Timpan. Das können dich nur Hughs Töchter zu spielen lehren, nicht ich.«

Endlich fand Rose ihre Sprache wieder. »Aber du kannst mich lehren, Hugh eine gute Gemahlin zu sein.« Sie atmete tief durch. »Eben ... eben kam ein Bote. Hugh wird nach Irland zurückkehren. Ich weiß nicht, warum König Henry ihn nicht länger für einen Verräter hält. Vielleicht tut er das ja noch, weswegen er Hugh nicht allein zurückschickt, sondern mit einem gewissen Robert von Shrewsbury. Gleichwohl hat Henry eingesehen, dass er auf Hugh nicht verzichten kann. Er ist nun wieder Statthalter von Irland.« Die Röte schwand von ihren Wangen, zurück blieb ein blasses Mädchen, das kurz auflachte. Doch so wie das Grunzen unter ihr kein Beweis von Liebe war, war das Lachen kein Beweis für Belustigung. Im nächsten Augenblick sah Rose schon aus, als würde sie weinen, wobei die vermeintlichen Tränen vielleicht nur die geschmolzenen Schneeflocken waren. »Also, was sonst soll ich tun, um meinem Mann Lust zu bereiten, wie es von einer guten Ehefrau verlangt wird?«

Rúdnat brachte kein Wort hervor.

Hugh ist zurück … Das ist gut für Irland, für den Frieden, für Ascall … Vielleicht wird er Saint-Taurin Dún Fionn wegnehmen, und selbst wenn nicht, wird er verhindern, dass der seine Macht im Westen weiter ausbaut …

Sie kämmte sich wieder, aber der Kamm blieb in den verfilzten Strähnen stecken.

Hugh ist zurück, das ist schlecht … für eine zarte Blume wie Rose, die, selbst wenn sie nicht blutet, doch unter ihm verwelken wird.

Rose trat auf sie zu, umfasste ihr Handgelenk, sodass Rúdnat den Kamm fallen ließ. »Also, sag es mir, zeig es mir … Was soll ich tun?«

Auf dem Rücken liegen, die Schenkel spreizen, keinen Mucks von dir geben und überleben, das sollst du tun, das sollte Ériu tun. Liebkost zu werden, vor Lust erbeben, erblühen in satten Farben und leben in Fülle – das hättest du verdient, das hätte Ériu verdient.

Rúdnat schluckte. »Ich kann dir nicht zeigen, was du tun sollst«, sagte sie beklommen. »Ich kann dir nur zeigen, was dein Mann tun sollte.« Und unwillkürlich beugte sie sich vor, küsste Rose auf den Mund wie einst in der Hochzeitsnacht, erneut getrieben von der Sehnsucht nach dem Reinen und schönen Guten. Dieses Mal strich sie mit ihrer Zunge fordernd über weiche Lippen, bis sie sie öffneten, stieß tiefer vor, wenn auch sanft und vorsichtig, bis ihre Zungen sich trafen. Als Rúdnat sich von ihr löste, war Rose errötet – und sie selbst auch. »So sollte dich dein Mann küssen«, murmelte Rúdnat, beugte sich wieder vor, küsste sie erneut auf die Lippen, glitt tiefer, über das Kinn, die Halsbeuge, bis sie jene empfindliche Mulde zwischen Hals und Brust erreicht hatte. Rose bog den Nacken zurück, merkte zu spät, dass Rúdnat schon die Schnüre aufgeknotet hatte, mit denen ihr Kleid an der Seite zusammengehalten wurde, sie mit nacktem Oberkörper vor ihr stand. Die Brustwarzen härteten sich in der kalten Luft, und erst recht, als Rúdnats Zunge kreisend darüberfuhr, schließlich auch ihre Hände. »So sollte dich dein Mann liebkosen«, murmelte Rúdnat. Sie legte ihre Hände an Roses Hüften, kniete sich hin, umspielte mit ihrer Zunge den Bauchnabel. Sie spürte, wie Roses Knie erbebten, und damit sie sich besser aufrecht halten konnte, presste sie sie an die Wand. Sie zog ihr das Kleid von den Hüften, streichelte über die goldenen Locken ihrer Scham, die heute nicht von Schweineblut verklebt waren. Eine Weile konnte Rúdnat sie nur heftig atmend betrachten, sehen, wie sie feucht wurden – nicht von geschmolzenem Schnee, denn nichts, was dieser Körper hervorbrachte, war ja kalt –, dann erst küsste sie die zarten, rosigen Blätter. Die Laute, die Rose ausstieß, waren so viel leiser als der Lärm, der von unten kam, und um sie zu erzeugen, bedurfte es so viel weniger als der hungrigen Stöße lüsterner Ritter, die am Ende ja doch nur verschwitzt waren, nicht richtig satt. Nein, es bedurfte lediglich sanfter, vorsichtiger Berührungen, unter denen Blütenblätter nicht rissen. Nur etwas in Roses Innerem schien zu zerreißen, denn plötzlich stöhnte sie auf und seufzte lauter, als sie jemals zuvor geseufzt hatte. Ihre Knie gaben nach, sie sank auf Rúdnat. »So sollte dir dein Mann Lust verschaffen«, murmelte diese und hielt sie fest.

Rose fand lange keinen Atem, als wäre sie zu schnell gerannt. Zum ersten Mal, seit sich ihre Lippen getroffen hatten, trafen sich auch ihre Blicke.

»Ich fürchte nur, all das wird Hugh nicht bei mir tun«, sagte Rose leise und zog ihr Kleid hoch. Schon bedeckte der Stoff die noch feucht glänzende Scham. Ihre Brüste blieben ein wenig länger nackt, aber alsbald half Rúdnat ihr, die Bänder ihres Kleides wieder zuzuschnüren. Roses Mund war leicht geöffnet, doch Rúdnat gab der Versuchung, sie noch einmal zu küssen, nicht nach. »Bei dir hingegen hat all das ein Mann getan?«, fügte Rose fragend hinzu.

Rúdnat nickte. »Ja, ich habe einst geliebt, ja, ich bin einst geliebt worden. Ich weiß nicht, was das größere Wunder ist, ich weiß nur, dass Wunder keinen Bestand haben. Mein Liebster war ein Barde, der meisterhaft singen und die Harfe spielen konnte, und wenn er auf mir spielte, konnte auch ich Töne von mir geben, die schöner waren als jedes Lied.«

»Was ist geschehen?«

Rúdnat bückte sich, um den Kamm aufzuheben, den sie zuvor hatte fallen lassen. Sie kämmte jedoch nicht ihre, sondern Roses Haare. »Wir lebten zusammen in Dublin – er, ich und eine ehemalige Sklavin, deren Sohn mir wie ein eigenes Kind war. Wir lebten und dachten, es könnte ein Leben voller Musik und Freude und Lachen sein. Dann kamen die Normannen, aus dem Leben wurde ein Überleben, und du weißt doch selbst, welche Opfer man bringt, wenn man überleben will. Du hast Connor Maenmaige ertragen, weil er dich sonst wohl getötet hätte. Hast es hinterher niemandem gesagt, weil sonst dein Vater ihn oder dich oder euch beide getötet hätte. Hast in deinen wunden Schoß eine Blase mit Schweineblut geschoben.«

»Und du bist zur Hure geworden.«

Rúdnat nickte. »Die Lustschreie, die ich fortan von mir gab, weil meine Freier sie hören wollten, klangen nicht wie Lieder. Doch mein Barde wollte nun mal nichts anderes hören als Musik und ertrug es nicht, dass er weder mich noch unseren Sohn mit dieser ernähren konnte. Und deshalb ist er …«

Sie brach ab. Welche Worte gab es schon für diesen spitzen Schmerz, der dann und wann ihr Innerstes durchzuckte.

Er ist fort. Ich bin allein.

»Und dein Sohn?«

Rúdnat zuckte mit den Schultern. »Seine Mutter war irgendwann zu krank, um eine Hure zu sein. Eine Weile lebten sie in der Nähe von Dublin, doch dann wurde es zu gefährlich hier. Ich habe sie fortgeschickt, um sie zu schützen und bin zurückgeblieben, um mich zu schützen, weil es so wehtut, zugleich Mutter und Hure zu sein. Ich wollte nicht, dass er mich je als solche sieht. Ich wollte nicht, dass er je das Hurenhaus betritt. Ich wünschte, du hättest es auch nicht getan.«

»Ich bin froh, dass ich zu dir gekommen bin. Niemand war je so gut zu mir wie du.«

Rúdnat kämmte das goldene Haar.

Ich war nicht gut zu dir, ich habe dafür gesorgt, dass du auf dem Altar des Friedens geopfert wirst.

Aber das konnte sie Rose nicht sagen, das durfte Rose niemals wissen, sie sollte glauben, was Rúdnat in diesem Augenblick von sich selbst glauben wollte – dass sie keine listige und durchtriebene, sondern eine liebevolle und selbstlose Frau war.

»Sagst du mir deinen wahren Namen?« Rúdnat schwieg. »Kann ich wiederkommen?«

Sie schaffte es nicht, beide Fragen unbeantwortet zu lassen.

»Éilís«, murmelte sie unwillkürlich. »Éilís.« Diese Éilís wollte sie wieder sein, selbst jetzt, da Hugh zurückkehrte. Er würde tagsüber seine Burgen bauen und nachts Rose nehmen, Ascall würde tagsüber den Lehnseid verweigern und sich des Nachts nach einer Nachricht aus der Heimat sehnen. Und sie selbst würde Tag und Nacht dafür sorgen, dass genügend Freier ins Hurenhaus kamen, sich aber hin und wieder kurze Augenblicke stehlen, um Eisblumen zum Schmelzen zu bringen. Rose öffnete den Mund. »Nicht«, sagte Rúdnat, »sprich meinen wahren Namen nicht aus, ich könnte es nicht ertragen.« Rose nickte stumm. »Aber … Aber du kannst wiederkommen. Hugh wird sich nehmen, was er will. Ich werde dir indes geben, was du brauchst.«

1183

John

Die Schachfiguren lagen verstreut auf dem Brett. Als John sie schlaftrunken betrachtete, wusste er nicht mehr, ob sein Vater sie in Rage umgeworfen hatte oder ob dessen behäbiger Leib zufällig dagegengestoßen war. Es fiel ihm auch erst nach einer Weile ein, warum sein Rücken schmerzte.

Richtig, er hatte nicht auf einer weichen Bettstatt geschlafen, sondern auf Fellen und Ledern, die auf dem harten Boden lagen, und er war statt von steinernen Wänden von einem Zelt umgeben. Durch die Ritzen fiel graues Morgenlicht, das selbst die Schachfiguren müde wirken ließ, vor allem das Ross, das ihn mit seinen übergroßen Zähnen sonst spöttisch anzugrinsen schien. John rieb sich die Augen, trat an den Tisch, erinnerte sich, dass er am Abend zuvor die Partie gewonnen hatte – was selbstverständlich nicht hieß, dass sein Vater sie verloren hatte.

»Ich habe dich siegen lassen«, hatte Henry erklärt, als John den entscheidenden Zug gemacht hatte. »Ich habe dich siegen lassen, weil ich dich von all meinen Söhnen am meisten liebe.«

Nun, in diesen Tagen liebte König Henry zumindest zwei seiner älteren Söhne nicht nur weniger als ihn, er hasste sie sogar. Young Henry und Geoffrey befanden sich in einem offenen Aufstand gegen den Vater, weswegen er seit Wochen Limoges belagerte, das Zentrum des Widerstandes. Er hatte John dorthin beordert, auf dass er lernte, wie man eine Stadt einnahm und eine Revolte niederschlug, und obwohl beides bislang nicht gelungen war, konnten sie wenigstens gemeinsam Schach spielen, und Henry konnte ihm, seinem Jüngsten, wieder und wieder beteuern, dass er ein guter Vater war. Er bekämpfte seine Söhne schließlich nur, weil er keine andere

Wahl hatte, das bedeutete nicht, dass ihm das Herz dabei nicht brach.

Die Schachfiguren konnte man nicht zerbrechen, sie waren aus Elfenbein und blieben selbst dann ganz, wenn Henry mit seiner Faust darauf eindrosch. Wobei er das am vorherigen Abend ja nicht gemacht hatte … Er hatte ihn gewinnen lassen, weil er ihn liebte, er hatte von Johns künftigem Reich gesprochen.

»König des Westens, das sollst du sein«, hatte Henry ihm erklärt. »Schon jetzt bist du Dominus Hiberniae, und irgendwann wirst du Hugh de Lacy endgültig in die Schranken weisen, auch wenn wir ihn jetzt noch brauchen, auf dass Irland nicht an die Iren zurückfällt. Gloucester wird ebenfalls zu deinem Reich gehören, sobald du die Tochter des dortigen Earls geheiratet hast, und Cornwall bekommst du obendrein.«

Ehe sie eine zweite Partie begonnen hatten, hatte Henry gegähnt. Beim König musste alles schnell gehen. Wenn er hungrig war, wollte er sofort essen, wenn er entschied, zur Jagd zu reiten, musste das Pferd augenblicklich gesattelt werden, und wenn ihn Müdigkeit übermannte, legte er sich auf der Stelle nieder.

Eine Weile hatte John den schlafenden Vater betrachtet – ein überaus seltener Anblick –, ehe er sich selbst zur Ruhe gebettet hatte. Ob Henry auch ihn betrachtet hatte, als er lange vor ihm erwacht war, wusste John nicht, nur, dass sein Vater ihn zurückgelassen hatte.

Er schlüpfte in sein Kettenhemd, legte einen Umhang um und zog die Zeltplane zur Seite, um nach draußen zu lugen.

Das Licht mochte immer noch grau sein und die Sonne milchig weiß – das Land rund um Limoges stand jedoch in einem satten Grün. Mancherorts war es von Flüssen und dunklen Teichen durchzogen, von Hochmooren, Kalkrasen und Wäldern, so dicht, dass man sich darin hoffnungslos verirrte, doch ansonsten wuchsen kniehoch das Gras und bunte Blumen. Geißblatt und der gelbe Dornginster waren es im Frühling, zu Beginn des Sommers kam wilder Lavendel hinzu, und zum Herbst hin würden Heiderosen das Land sachte erröten lassen. Die Blumen wiegten sich im Wind, das Grast flüsterte. Es klang verschwörerisch, verheißungsvoll, während die lauten Befehle äußerst gereizt durchs Lager des Königs hallten.

Das Zelt des Königs befand sich auf einem kleinen Hügel, womit sein Rang bekundet wurde, er zugleich aber als stetes Ärgernis die Stadtmauern von Limoges vor Augen hatte. Von allen Seiten war die Stadt mittlerweile eingekesselt, und es war nur eine Frage der Zeit, wann Rammböcke und Katapulte zum Einsatz kamen. Vielleicht war es schon an diesem Tag so weit, denn die Männer, die ansonsten träge in der Nähe der Kochstelle lungerten, Wäscherinnen neckten und Spielleuten zusahen, wie diese mit Bällen jonglierten, waren ungewohnt geschäftig. Pferde wurden gesattelt, Schwerter poliert, und Pagen halfen Rittern, ihre Helme aufzusetzen.

Doch wenn König Henry wirklich einen Angriff plante, wo steckte er dann bloß? Und warum war nicht nur vom König nichts zu sehen, sondern auch von keinem seiner getreuesten Ritter?

Er würde doch nicht ohne mich aufbrechen … Er würde mich doch nicht allein lassen … Schon gar nicht jetzt, da Young Henry und Geoffrey ihn verraten haben, er so oft darüber geklagt, manchmal sogar geweint hat.

Endlich sah er ein vertrautes Gesicht, wenn auch nicht das eines Ritters, der zur Familie des Königs zählte, nur einen Trossknecht. John stellte sich ihm in den Weg, ärgerte sich insgeheim, dass er um einen Kopf kleiner war – obwohl mittlerweile siebzehn Jahre alt, hatte er immer noch die Statur eines Kindes –, und packte ihn umso energischer.

»He du! Wo ist der König?«

Ein verwunderter Blick traf ihn. Wahrscheinlich verglich ihn der Trossknecht mit den anderen Söhnen des Königs und fragte sich, warum ausgerechnet er so mickrig geraten war.

Nun, meine Seele ist nicht mickrig. Ich stehe treu zu meinem Vater.

»Wo ist der König?«, wiederholte er forsch.

»Der Prinz … Young Henry …«, stammelte der Trossknecht.

»Will er sich etwa mit meinem Bruder treffen?«, entfuhr es John.

Er klang nicht länger herrisch, sondern fassungslos. Sein Vater hatte in den letzten Monaten mehrmals versucht, mit den aufrührerischen Söhnen zu verhandeln, doch als er Young Henry das letzte Mal nachgeritten war, hatte ihn nicht dieser, sondern ein Pfeilregen erwartet. Henry war so erbost gewesen, dass er geschworen hatte, dem Erstgeborenen gegenüber nie wieder Gnade zu zeigen.

»Young Henry … Er … Er ist schwer erkrankt«, stammelte der Trossknecht.

Das Erste, was John fühlte, war Erleichterung. Er hatte sich nicht in seinem Vater geirrt. So beständig seine Liebe zu ihm war, so unwiderruflich war der Entschluss, Young Henry diese Liebe zu entziehen und ihn als Verräter zu betrachten. Doch als der Trossknecht betrübt den Kopf senkte, ging ihm die eigentliche Bedeutung seiner Worte auf.

»Er … Er ist krank?«, entfuhr es ihm.

Young Henry konnte nicht krank sein. Für seinen Charakter mochte er ihn verachten, seine Stärke hatte er zu respektieren. Aufgrund dieser Stärke hatte es seinen Bruder Henry zutiefst gekränkt, dass Richard, der Zweitgeborene des Königs und Herrscher von Aquitanien, sich geweigert hatte, dem Thronfolger zu huldigen. Aufgrund dieser Stärke hatte Young Henry sich mit Aufständischen von Aquitanien verbündet, um Richard eine Lehre zu erteilen. Aufgrund dieser Stärke hatte er sich dem Vater widersetzt, dem die Streitigkeiten unter den Söhnen ein Dorn im Auge waren und der außerdem fand, dass nur er allein über Richard zu richten hatte. Anstatt sich ihm zu unterwerfen, hatte Young Henry Geoffrey, den dritten Sohn des Königs, überredet, gemeinsam mit ihm das Poitou zu plündern. Von Limoges aus waren sie wie Heuschrecken über das Land eingefallen, und als Henry Limoges belagert hatte, auf dass sie von dort keinen neuen Proviant und keine neuen Truppen beziehen konnten, hatten die beiden noch mehr Orte heimgesucht.

Plünderungen waren grausam, was bedeutete, dass Young Henry ein grausamer Mensch war, kein schwacher, kein kranker.

Der Trossknecht aber nickte. »Es ist die Ruhr, sagen die einen. Es ist der Fluch des heiligen Martial, sagen die anderen. Young Henry hat eine ihm geweihte Abtei geplündert, um seine Söldner zu bezahlen, und wenig später ist er bei Uzerche zusammengebrochen. Jetzt liegt er auf der Burg von Martel danieder. Gut möglich, dass er sterben wird …«

John ließ den anderen los. Er fühlte, wie ihm sämtliches Blut aus dem Gesicht entwich, wie seine Lippen taub wurden. Er konnte nichts sagen, konnte nicht protestieren!

Erst als der Trossknecht davonschleichen wollte, rief er ihm nach: »Warte! Ist mein Vater etwa zu Young Henry aufgebrochen?«

Der Trossknecht zuckte sichtlich unbehaglich mit den Schultern. »Ich weiß nur, dass Young Henry einen Bischof zum König geschickt und der ihm seine Bitte um Vergebung überbracht hat. Der König war jedoch zu misstrauisch, um sofort zu seinem kranken Sohn zu reiten. Er hat dem Bischof lediglich einen Ring mitgegeben, den dieser Young Henry übergeben soll, und ist dann mit seinen Getreuen zur Jagd geritten, um sich zu zerstreuen.«

War das ein Zeichen dafür, dass er Young Henry liebte, nicht so wie John, aber ausreichend, um ihm zu vergeben? John wusste es nicht, er wusste erst recht nicht, ob auch er selbst das konnte, nur dass er in dieser Stunde bei seinem Vater sein wollte.

»Sattle mir ein Pferd!«, herrschte er den Trossknecht an.

»Aber Ihr könnt doch nicht allein losreiten!«

»Sattle mir ein Pferd!«, wiederholte John mit einem Blick, der so eisig war, dass er seine Wirkung nicht verfehlte.

Nicht dass ihm bei dem Gedanken, allein aufzubrechen, nicht mulmig wurde. Er kämpfte zwar längst nicht mehr mit einem Holzschwert, sondern mit einem richtigen, aber damit hatte er bislang nur Stechpuppen entzweigehauen, keine Menschen. Und was, wenn es von der Stadtmauer von Limoges Pfeile regnen würde?

Je länger er wartete, desto unschlüssiger wurde er, doch als er schon überlegte, sich wieder im Zelt zu verkriechen, traf ihn eine Stimme. »Prinz John.«

Der Mann, der selbstbewusst auf ihn zutrat, trug ähnliche Kleidung wie der Trossknecht – eine graue Tunika und einen Umhang, jedoch kein Kettenhemd, und die festen Stiefel wirkten nur wegen der Schlammschicht so dick, nicht, weil sie aus Eisen waren.

»Du wünschst?«

»Euer Vater schickt mich … Ich soll Euch zu ihm bringen.«

John atmete hörbar aus, weil er so erleichtert war. »Ich warte nur auf mein Pferd.«

»Welchen Gaul man Euch auch bringen mag, mein Prinz, gewiss kann er nicht mit dem Schlachtross mithalten, das Euer Vater mir für Euch mitgegeben hat.«

Die Worte hoben Johns Laune noch mehr. Sein Vater hatte ihn nicht einfach vergessen, er wollte ihn bei sich haben, wollte gewiss seinen Rat hören, ob er zu Young Henry aufbrechen sollte oder nicht. Nun gut, das Ross, zu dem der Mann ihn wenig später brachte, erinnerte an die spöttisch grinsende Schachfigur – es hatte kaum Lippen, dafür umso größere Zähne. Doch dass es schwarz wie sein Haar war, deutete er als gutes Zeichen, desgleichen dass es ihm ohne Hilfe gelang aufzusteigen. Das beobachtete im Übrigen nicht nur der junge Mann, auch die drei Ritter, die ihn gemeinsam mit dem Pferd am Ende des Lagers erwarteten, taten es. Sie begrüßten ihn nicht und antworteten auf Johns Frage, wo genau sein Vater sich aufhalte, nur, indem sie mit dem Kinn in eine bestimmte Richtung wiesen. Vielleicht wagten sie es nicht, mit ihm zu reden, beherrschten hierzulande doch nur wenige das feine Französisch, das auch der König sprach. Viele klangen so, als hätten sie Steine statt Zungen in den Mündern.

Als sie nach einer Weile auf einen Wald zugaloppierten, musste John wieder an die Geschichten denken, wonach die Wälder undurchdringlich waren und man sich leicht verirren konnte, doch ehe sie die ersten Bäume erreichten, nahmen sie eine Abzweigung, ritten einen Fluss entlang, der einst zwar eine tiefe Schneise ins Land geschlagen hatte, nun aber zu einem Rinnsal geworden war. Inmitten der Steilhänge wirkte dieses so lächerlich wie ein junger Mann in zu großer Kleidung. John war dagegen nicht die Kleidung, jedoch das Pferd zu groß … und zu eigenwillig. Es folgte einfach nicht seinen Befehlen, begann anstatt auf dem nun schmaler werdenden Weg zu laufen, in Richtung des dornigen Gebüsches zu traben. Dummes Tier, dachte John, ärgerte sich, erkannte dann aber, dass das Pferd den Befehlen der Ritter folgte und dass auch die vom Weg abgekommen waren. Dumme Ritter, dachte John und ängstigte sich.

»Wo ist mein Vater?«, fragte er wieder, bekam erneut keine Antwort. Er suchte nach dem Mann, der ihn gebeten hatte mitzukommen, sah ihn nicht, sah auch nicht länger die Mauern von Limoges oder das Lager, sah nur, warum die Männer ihn in Richtung des dornigen Gebüsches trieben. Es wuchs vor einem Steilhang, in dessen Schatten man vor Blicken geschützt war. Seine Hand fuhr zu seinem Gürtel, aber er hatte sein Schwert nicht mitgenommen. »Sagt sofort, wo mein Vater ist!«, rief er.

Und plötzlich schien auch seine Zunge zu Stein geworden, noch nicht einmal den säuerlichen Geschmack der Angst konnte er schlucken. Lange musste er ihn nicht ertragen. Als er sich wieder umdrehte, sah er, dass einer der Ritter seine Hand hob und dass diese Hand in einem Handschuh aus Eisen steckte.

»Vergebt Prinz, es muss sein.«

Sie konnten ja doch reden, sogar in einer Sprache, die er verstand. Er verstand bloß nicht mehr, was diese Worte genau zu bedeuten hatten, denn ehe er ihren Sinn ergründen konnte, traf ihn der Eisenhandschuh, und er versank in Schwärze.

»Unser Bruder ist tot.«

John schlug die Augen auf, sah alles nur in Schemen. Tot … tot … tot, echote es in ihm, vielleicht war er selbst tot, durch einen Schleier auf ewig von der Welt getrennt, gezwungen, allem zuzusehen, aber unfähig, etwas zu verändern. Allerdings konnte er noch etwas tun, nämlich seine Hand heben, die Beule am Hinterkopf ertasten, dem Schmerz standhalten. Das war eine zu große Anstrengung, als auch noch den Worten zu lauschen, die jenem ersten Satz folgten.

Irgendwann verklangen sie, etwas Kaltes wurde auf seine Lippen gepresst. Er zuckte zurück, hielt er es doch für ein Schwert, doch dann packte ihn eine Hand am Hinterkopf, sodass er nicht länger ausweichen konnte. Es war ein Kelch, gefüllt mit einem jener dunklen, schweren Weine, wie man sie in Aquitanien gern trank. Als er ein paar Schlucke genommen hatte, riss der Schleier, und er wusste nicht nur, wer der Mann war, der nun wieder den Kelch zurückzog, er erkannte sich in ihm wieder.

So würde er eines Tages auch aussehen – er würde kein groß gewachsener, doch ein stämmiger Ritter sein, mit schwarzem Haar, das sich der andere kurz geschoren hatte, damit nicht auffiel, wie schütter es bereits war.

»Geoffrey …«

Der Name seines Bruders kam ihm vor dem eigenen in den Sinn, auch vor dem Young Henrys. Gleichwohl begriff er nun die Worte, die Geoffrey da erneut sagte.

»Unser Bruder ist tot …«

Nicht tot … Nicht tot … Nur hinter einem grauen Schleier gefangen und von diesem auf ewig von der Welt getrennt, gezwungen, allem zuzusehen, aber unfähig, etwas zu verändern …

John erhob sich mit einem Aufschrei, schlug Geoffrey den Kelch aus der Hand. »Du hast mich entführen lassen! Hast mich als Geisel genommen, um unseren Vater unter Druck zu setzen! Du bist ein Verräter wie Young Henry, du warst es immer schon. Jeder weiß, dass du ein Freund des Franzosenkönigs bist!«

Mit jedem Wort wurde seine Stimme kräftiger, aber laut genug, um Geoffreys Worte zu übertönen, war sie nicht. Auch seine Faustschläge wurden kräftiger, aber stark genug, um Geoffrey zu Fall zu bringen oder ihn wenigstens von sich zu stoßen, waren sie nicht.

Geoffrey umarmte ihn. »Beruhige dich … So beruhige dich doch! Auch unseren Vater hat die Trauer besinnungslos gemacht, du musst deshalb einen klaren Kopf bewahren, du musst ganz genau zuhören, was ich dir zu sagen habe.«

John sackte zurück auf den Boden, der mit Leder und Fellen bedeckt war, was bedeutete, dass sie sich in einem Zelt ähnlich jenem, in dem er geschlafen hatte, aufhielten, nur dass hier keine Schachfiguren standen. Gut möglich natürlich, dass er selbst die Schachfigur war, die Geoffrey auf dem Spielfeld des Lebens dorthin zu schieben gedachte, wo er sie haben wollte.

»Du bist ein Verräter!«, zischte John wieder.

»Jetzt hör mir doch endlich einmal zu.« John schloss die Augen, sah kein Rot, kein Grau, nur Schwarz. Gut so. »Unser Bruder ist tot«, ertönte wie von weither Geoffreys Stimme. »Doch keine Sorge, er hatte einen guten Tod … Er hatte noch Zeit, all seine Sünden zu beichten, konnte sich nur mit unserem Vater nicht mehr versöhnen. Immerhin hat er den Ring, den dieser ihm hat zukommen lassen, getragen, hat ihn geküsst und dabei geweint. Vater hat auch geweint, als er von seinem Tod erfuhr. Ob unsere Mutter weinen wird, weiß ich nicht, sie liebt ja nur Richard. Aus seinem Tod Nutzen ziehen wird sie gleichwohl.«

Sie liebt ja nur Richard, so wie Vater nur mich liebt … Aber warum weint er dann über Henrys Tod?

»Vielleicht wird sich Vater mit ihr versöhnen«, fuhr Geoffrey fort, »und das wird Richards Position stärken. Um uns gegen ihn zu behaupten, müssen wir uns zusammentun.«

John öffnete die Augen erneut, glaubte einmal mehr in das eigene Spiegelbild zu sehen, nur dass Geoffrey nun nicht mehr der Mann war, der er dereinst sein würde, nein, er war ein Mann, der er niemals werden wollte.

»Du hast mich entführen lassen, und jetzt willst du mich dazu überreden, mich mit dir zu verbünden? Oh, ich bin kein Verräter, kein Franzosenfreund, keine Heuschrecke, die das Land plündert … Ich bin ein edler Ritter!«

Die Miene wurde säuerlich, obwohl Geoffrey nicht aus dem Weinkelch getrunken hatte. »Ein edler Ritter willst du sein wie Richard? Du weißt, dass er größer als wir beide ist, dass er die gleichen goldenen Locken wie unser Bruder Henry hat, nicht unser schwarzes Haar. Seine Größe und seine goldenen Locken konnten Henry jedoch nicht vor dem Tod bewahren, und Richard wiederum fühlt sich am lebendigsten, wenn er von Blut besudelt wird, er nämlich eine Schneise durch die Feinde mäht. Henry hat Turniere geliebt – Richard liebt nur den Krieg. Genau das macht ihn so gefährlich für uns.«

»Du liebst den Krieg doch auch, sonst hättest du dich nicht mit Young Henry verbündet und dich gemeinsam mit ihm gegen unseren Vater aufgelehnt.«

»Ich habe mich gegen Richard aufgelehnt, weil ich immer wusste, dass blonde Locken aus einem Mann keinen edlen Ritter machen. Dafür braucht man ein goldenes Herz, aber das hat Richard nicht. Er hat noch nicht einmal ein Löwenherz, obwohl man ihm das nachsagt, sondern das einer Schlange. Weißt du, dass es Schlangen gibt, die ein ganzes Pferd fressen können, ohne dass ihnen davon der Bauch platzt? Richard wiederum will ein ganzes Reich haben und hat keine Angst, dass ihm dieser Bissen im Halse stecken bleibt. Aquitanien ist schon seit Langem seins, nun, da er Thronfolger ist, wird er auch England, die Normandie und das Anjou bekommen, und ich kann mir nicht vorstellen, dass er das eine gegen das andere tauscht. Er will alles haben, vielleicht wird er mir sogar die Bretagne streitig machen.«

John erhob sich ein zweites Mal, missachtete das Schädelbrummen. »Nun, ich habe Irland … und Irland wird Richard nicht wollen. Der heilige Patrick hat alle Schlangen von dort vertrieben.«

»Nur die giftigen«, sagte Geoffrey. »Und was willst du denn mit Irland, wenn du Aquitanien haben kannst? Aquitanien ist so viel reicher … und so viel wärmer.«

»Hast du nicht eben gesagt, dass Richard Aquitanien nicht aufgeben wird?«

»Die Schlange platzt nicht, wenn sie ein ganzes Pferd gefressen hat, aber sie wird so träge, dass man ihr einen Teil des Schwanzes abschlagen kann. Falls Richard nicht nur Henrys Länder bekommen, sondern überdies Aquitanien behalten will, wird das unseren Vater so sehr wurmen wie mich.«

»Würmer können nicht gegen Schlangen kämpfen.«

»Hauptsache, du bist keiner. Irland, pah! Was willst du denn mit einer Insel jenseits eines Meeres, in dem die Fische so viel mehr Gräten und so viel weniger saftiges Fleisch haben als die in den hiesigen Flüssen? Vater hält nicht viel von dir, wenn er in dir nur den Dominus Hiberniae sieht.«

»Vater liebt mich!«, schrie John.

Geoffrey lächelte rätselhaft. »Wenn das so ist, wird er dir Aquitanien gönnen, auch wenn das bedeutet, dass er gegen Richard kämpfen muss, den er eben noch gegen Henry und mich unterstützt hat. Ich werde wiederum Vater zu Hilfe eilen, denn weißt du, wir Plantagenets, wir sind alle keine Löwen, wir sind Schlangen, die sich blitzschnell winden können und deren Schuppen, je nachdem aus welcher Richtung die Sonnenstrahlen auf sie fallen, in immer anderen Farben schimmern.«

Und wieder sank John zu Boden. Seine Gedanken waren ganz sicher nicht wendig wie eine Schlange, eher behäbig wie ein Maulesel.

Aquitanien statt Irland …

Nun, eigentlich war es ihm egal, ob ihm Irland oder Aquitanien gehörte. Er wollte nur keine Angst haben, er wollte nur nicht allein sein.

Geoffrey beugte sich erneut über ihn, sein Atem war warm, sein Lächeln war es auch. »Weißt du, dass du mir von allen Brüdern am meisten gleichst?«

»Etwas unterscheidet uns«, widersprach John. »Ich habe mich nie gegen unseren Vater aufgelehnt.«

Geoffrey reichte ihm wieder den Weinkelch. »Dann bist du ja der Richtige, um unseren Vater davon zu überzeugen, wie sehr mich mein Verhalten der letzten Monate reut und dass Henrys Tod eine Warnung für mich war. Ich werde seine Vergebung suchen, werde vor ihm auf die Knie fallen. Nur vor Richard werde ich mich nicht verbeugen. Wenn du klug bist, tust du es auch nicht, und wenn Vater klug ist, wird er es nicht von uns verlangen. Er wird beim Kampf um Aquitanien auf unserer Seite stehen.«

Ascall

»Young Henry ist tot«, sagte Hugh de Lacy. Ascall sah ihn fragend an, als würde er den Namen zum ersten Mal hören. »Der Sohn von König Henry«, fügte Hugh hinzu. »Sein Thronfolger.«

Ascall wusste das natürlich. »Na und?«, bemerkte er gleichgültig.

»Seine Brüder streiten nun um die Macht in Aquitanien, um Irland schert sich niemand. Das ist gut für uns.«

»Nein, das ist gut für *dich.*«

Hugh lächelte auf die ihm eigentümliche Art. Nur ein Mundwinkel verzog sich, ein wenig auch die Narbe, während die Augen ausdruckslos blieben. »Können wir uns darauf einigen, dass es gut für Irland ist?«

»Gut für jenen Teil Irlands, der von Normannen besetzt ist?«, gab Ascall gedehnt zurück.

»Himmel, warum bist du so stur?«

»Ich bin nicht dein Freund, noch nicht einmal dein Verbündeter. Ich bin dein Gefangener, und wenn ich bei den irischen Bauern Fürsprache für dich einlege, tue ich es ihret- und nicht deinetwegen.«

Ascall wollte seinem Pferd die Sporen geben und losreiten, doch Hugh beugte sich vor und packte seinen Arm. »Aber Steinbrücken wie die dort vorne, eine der ersten dieser Art, die es je in Irland gab, weil die Iren, wenn überhaupt, nur Holzbrücken errichten konnten, die nutzen dir und mir und den Bauern.«

Ascall folgte seinem Blick auf den Fluss, der das flache grüne Land durchzog. Wilde Schwäne, Gänse und Reiher stakten am Ufer auf und ab, ein paar Vögel stoben hoch, als würden sie ihre Blicke spüren. Als Ascall die Brücke musterte, war da zunächst nur Erleichterung, dass er selbst nicht zu jenen gehört hatte, die den grauen Stein hierher hatten schleppen müssen. Dann überkam ihn auch das, was in den letzten Jahren zum vertrauten Gefühl geworden war: tiefe Bewunderung.

Wie stellen sie es nur an, dass die Steine nicht sofort wieder zusammenbrechen?

Zeigen wollte er diese Bewunderung nicht. »Pah«, rief er abfällig. »Ich kenne hierzulande fast jede Furt. Wenn ich es wollte, ich könnte sämtliche Flüsse auch ohne eure Brücken überqueren. Dein Pferd hingegen ersöffe wohl dabei – und du mit ihm.«

Hugh strich über die geflochtene Mähne seines Hengstes. »Auch mein Pferd hat manchen Fluss überwunden.«

»Warum hast du dann ein zweites dabei?«

Ascall deutete hinter sich. Nicht nur normannische Ritter folgten ihnen, auch mehrere Pferde ohne Reiter. In der Schlacht hatten die Normannen manchmal fünf, sechs Pferde für jeden Ritter dabei, auf dass er schnell ein neues Tier hatte, falls das alte verwundet oder getötet wurde. Wenn sie über Land ritten, sorgte zumindest eines notfalls für Ersatz.

»Nun«, sagte Hugh, »dir habe ich nur ein Pferd gegeben, aber immerhin trägt es einen Sattel.«

Wenn Ascall ehrlich war, erfüllte ihn dieser Sattel mit ähnlich großer Bewunderung wie der Anblick der Brücken. In Irland ritt man entweder ohne Sattel oder nur auf einem Stück Leinen, das mit Leder verstärkt war. Bei den Normannen wurde der Sattel indes aus leichtem Holz geformt, das mit Leder bezogen und an der Vorderseite etwas erhöht war, sodass man sich beim Aufsteigen hochziehen und beim Absteigen daran festhalten konnte. Vor allem waren an jedem Sattel Steigbügel befestigt, die dem Ritter, wenn er denn eine Lanze auf ein Ziel richtete, mehr Stoßkraft verliehen.

Eine Lanze hätte Hugh ihm nie anvertraut, doch er hatte ihm ein Pferd geschenkt, und dieses war das schnellste, auf dem Ascall je geritten war. Es stammte aus Spanien, was bedeutete, dass es weder mit irischen noch mit normannischen Befehlen vertraut war, doch es schien stets zu fühlen, was Ascall wollte. Wie jetzt, da er endlich loszureiten trachtete, musste er noch nicht einmal mit den Oberschenkeln Druck ausüben, und schon begann es zu traben, verfiel wenig später in einen rasanten Galopp, erreichte jene Geschwindigkeit, die all die beschämenden Erinnerungen an Ritte auf Mauleseln und Zeltern – etwas Besseres hatten ihm Richard de Pec und John de Lacy niemals gegeben – vertrieb.

Trotz des Tempos holte Hugh ihn ein, noch ehe er die Brücke erreicht hatte.

»Gib es doch zu«, rief er, »wir haben bessere Sättel, bessere Steigbügel, bessere Waffen. Deshalb konnten wir euch auch besiegen.«

»Ihr habt uns nicht besiegt, ihr habt uns nur einen Teil von Érius Insel gestohlen. Und die Iren brauchen keine Steigbügel. Wenn ein König bei uns ein Pferd besteigt, bückt sich ein Untergebener und lässt ihn auf seinem Rücken aufsteigen. Auf diese Weise beweist der König seine Macht und der Untergebene seine Treue.«

»Und siehst du, ich würde nicht von dir verlangen, dich zu bücken, ich würde auch nicht auf deinen Rücken steigen. Ich wäre zufrieden, wenn du mir deine Treue schwören würdest. Du müsstest sie mir nicht auch noch beweisen, indem du dich vor mir erniedrigst.«

Ascalls Gesicht versteinerte. Seit Hugh zwei Jahre zuvor aus England zurückgekehrt war, wo er König Henry überzeugen konnte, dass er Ruaris Tochter nicht ob seines Hungers nach Macht, sondern ob seiner Sehnsucht nach Frieden geheiratet hatte, hatte er ihn immer wieder dazu bringen wollen, den Lehnseid für Dún Fionn zu leisten. Und da Hugh dabei nicht selten Saint-Taurin erwähnte, der die Burg weiterhin hielt, war es ihm tatsächlich gelungen, Sprünge in Ascalls Stolz zu hauen. Doch sie waren nicht groß genug, um dahinter die nackte

Angst um seine Liebsten zu sehen und wie groß die Versuchung oft war, dieser Angst nachzugeben.

»Die Bauern hier nennen dich Tigern Gall Érenn, den Herrn der Fremden von Irland«, sagte Ascall mit rauer Stimme. »Damit bekunden sie den gleichen Respekt, den dir auch deine Landsleute entgegenbringen. Was brauchst du da noch meinen Lehnseid?«

»Im Westen herrscht immer noch ständig Aufruhr.«

Das war Ascall nicht verborgen geblieben. Meath war weitgehend befriedet, sodass Hugh dort nicht nur neue Burgen hatte errichten können, auch kleine Städte, und in Oriel – jener Provinz zwischen Ulster und Meath – hatte er wenigstens über Orte wie Drogheda und Dundalk die Kontrolle. Milo de Cogans und Robert FitzStephens Versuch, Ländereien in Cork und Kerry, dem Südwesten der Insel, zu erobern, waren indes schmählich gescheitert. Die beiden hatten kein Land gewonnen und noch nicht mal ihr Leben behalten, waren vielmehr grausam abgeschlachtet worden.

»Mach mich nicht glauben, du hättest um Milo de Cogan und FitzStephen geweint«, sagte Ascall kühl.

»Du hingegen weinst gewiss manchmal, wenn du darüber nachsinnst, ob Saint-Taurin die Bewohner von Dún Fionn nur gefoltert oder auch gemeuchelt hat.«

Und wieder ein Sprung in seinem Herzen. Dieses Mal schimmerte nackter Schmerz hindurch, wie er ihn ansonsten nur des Nachts überkam. In diesen einsamen Stunden schnitzte er meist, nun hatte er kein Messer zur Hand, um seine Sorgen einem Stück Holz einzuverleiben. Stattdessen führte er sein Pferd ganz dicht an das von Hugh heran und packte ihn so heftig, dass in der Ferne wieder Vögel hochstoben.

»Wag es nicht, über mich zu spotten!«

Während ihrer ersten Begegnungen hatte Hugh immer für genügend Distanz gesorgt. Nun ließ er sich nicht verunsichern, gab den Rittern, die ihre Schwerter ziehen wollten, vielmehr ein Zeichen, sich zurückzuhalten. »Ich spotte nicht, ich biete dir wieder und wieder an, dir Dún Fionn zurückzugeben. Wenn du den Preis einer Ware nicht bezahlen kannst, gib nicht dem Händler die Schuld – vor allem, wenn der ein gerechter Mann und kein Wucherer ist.«

Ascall ließ ihn widerwillig los. Er hätte Hugh nie als gerecht bezeichnet, konnte ihm aber auch nicht das Gegenteil anlasten. In den letzten drei Jahren hatte er ihn gut genug kennengelernt, um zu wissen, dass er zwar stets auf den eigenen Nutzen bedacht war, hingegen nicht darauf, anderen größtmöglichen Schaden zuzufügen. Er erfreute sich der Macht, fand dennoch keine Freude daran, sie anderen zu nehmen. Und wenn er seine Frau oder Érius Insel betrachtete, schien er zwar blind für ihre Zartheit, ihre Schönheit, aber vielleicht hatte er gerade deshalb keine Lust, die eine zu schlagen und die andere zu knechten. Beide behandelte er mit Respekt, solange sie ihn als Herrn akzeptierten – und von Ascall verlangte er noch nicht einmal das.

»Was macht dir eigentlich so große Sorge, dass du erneut um meine Treue wirbst?«, fragte Ascall.

Ohne etwas zu sagen, ritt Hugh auf die Steinbrücke zu. Sein Pferd war das erste, das sie überquerte, Ascalls das zweite. Bei jedem Schritt wähnte er Stein knirschen zu hören, die Konstruktion hielt dagegen, und bald versanken die Hufe der Tiere im sumpfigen Boden, der sie am anderen Ufer erwartete.

»Connor Maenmaige«, sagte Hugh endlich.

Seinen Namen zu denken war für Ascall fast so bitter, wie den von Saint-Taurin auszusprechen. Saint-Taurin hatte etliche Ritter des Roten Zweiges getötet, zu Connor Maenmaige waren wiederum, wie die Gerüchte bekundeten, etliche übergelaufen. Dennoch gab sich Ascall gleichgültig.

»Was hat er denn getan?«, fragte er.

»Wenn es stimmt, was man sich erzählt, hat er seinen Vater endlich davon überzeugt, dass er zu alt zum Regieren ist, sich lieber in ein Kloster zurückziehen und ihm, seinem Sohn, die Hochkönigswürde überlassen sollte.«

Ascall sog scharf den Atem ein. Jemanden von etwas überzeugen hieß in Connor Maenmaiges Welt, jemandem den Tod oder zumindest die Blendung anzudrohen.

»Er ... Er hat seinen Vater entmachtet?«, entfuhr es ihm.

»Mich sorgt nicht nur, was er vermutlich getan hat, sondern was er noch tun wird«, fuhr Hugh fort. »Ruari O'Connor war ein Hochkönig, der mindestens so lange über eine Schlacht nachgedacht hat, wie er später in dieser das Schwert führte. Er wurde nicht für den Krieg geboren, während Connor Maenmaige *vom* Krieg geboren zu sein scheint. Wohin auch immer er seinen Schritt setzt, welkt das Gras, und ich fürchte, das wird hier in Meath bald ebenso geschehen.«

»Bevor er Meath erreicht, muss er durch Breifne. Saint-Taurin und er haben sich verdient.«

»Aber hat diese Insel die beiden verdient? Männer, die lieber zerstören als bauen? Nicht vielmehr zwei wie uns, die Steine schleppen können?«

»Du hast noch nie einen Stein auf einen anderen gewuchtet!«

»Du in den letzten Jahren auch nicht. Aber es gilt an Dingen zu bauen, die man nicht sehen kann und die dennoch Bestand haben.«

Ein Name kam ihm in den Sinn ... Ein Gesicht ... Ernsthafte Worte.

Nicht nur Schmuck kann aus Gold bestehen, sogar Taten können es ... Es gibt auch unsichtbare Schönheit, und die ist nicht minder kostbar ...

Was war nur aus Tuan geworden? Lebte er noch? Glaubte er noch an die Schönheit?

»Nimm dir doch ein Beispiel an MacGiolla Padraic, den König von Osraige, einer Provinz im Südosten«, fuhr Hugh fort. »Auch er hat erbitterten Widerstand gegen die Normannen geleistet. Aber als er einsah, dass er gegen uns nur verlieren konnte, hat er König Henry seine Treue geschworen und diesen Eid bislang nicht gebrochen. Er hat erkannt, dass nur mit uns, nicht gegen uns der Frieden in seiner Provinz zu wahren ist. Und er hat erkannt, dass er von uns lernen kann.«

Ich lerne auch von euch. Aber um euch zu besiegen.

Für gewöhnlich glaubte Ascall an das, was er sich wieder und wieder sagte, doch als Hugh ihn eben erwartungsvoll ansah und ihm durch den Kopf ging, dass sie niemals Freunde werden würden, aber immerhin dieselben Männer als Feinde betrachteten, war die Versuchung groß, nachzugeben. Ehe er irgendetwas sagen konnte, ehe er auch nur auf die Idee kam, vor Hugh und den eigenen Gedanken zu fliehen, zischte allerdings etwas an seinem Kopf vorbei, und es war keine der blaugrau gefiederten Feldtauben, auf die die Iren so gern Jagd machten, es war ein Pfeil. Der Pfeil traf einen der Knappen, die eben über die Brücke ritten. Zwar streifte er nur dessen Hals und blieb nicht stecken, aber der junge Mann schreckte so zusammen, dass er vom Pferd und ins Wasser fiel. Ein anderer schrie auf, nicht etwa vor Angst, der Knappe könnte ertrinken, sondern weil ein zweiter Pfeil ihn in den Arm getroffen hatte. Er fiel ebenfalls vom Pferd, wenn auch nicht ins Wasser, nur ins Schilfrohr und die Bachkresse, die am Flussbett wuchsen. Und schon zischten weitere Pfeile an ihren Köpfen vorbei.

»Zurück über die Brücke!«, brüllte Hugh und versuchte verzweifelt, seinen Hengst zu bändigen.

Drei Mal stieg er, ehe er in die Richtung galoppierte, die Hugh ihm vorgab.

Ascall folgte ihm nicht, sondern blickte sich hektisch um. Kein Pfeil regnete mehr auf sie, keine mit Äxten und Keulen bewaffnete Armee stürmte aus dem Wald, ein Zeichen dafür, dass die Angreifer wussten, dass sie den Feind nur überraschen, nicht wirklich besiegen konnten, und somit jener Taktik folgten, die sich die Ritter des Roten Zweiges zu eigen gemacht hatten: unsichtbar zu bleiben und lediglich Nadelstiche auszuteilen.

Immerhin zwei Männer hatten die Nadelstiche zu Fall gebracht, und während Hugh und einer seiner Ritter versuchten, den Knappen aus dem Fluss zu ziehen, ein dritter sich um jenen kümmerte, der sich im Schilf krümmte, hatte kurz keiner Augen für ihn.

Flieh!, rief ein Stimme in ihm.

Bleib!, rief eine andere.

Das Pferd schien seinen Zwiespalt zu spüren, blieb starr stehen, und als Ascall ihm zornig die Fersen in die Flanken schlug, war der rechte Augenblick verpasst. Schon kam von der anderen Seite des Flusses Verstärkung geritten – eine Truppe, kaum größer als die ihre, aber bewaffnet und unverletzt.

Hugh, der eben ein Stück Leinen auf den blutenden Hals des Knappen gepresst hatte, richtete sich auf. Dem Ritter im Schilf, der sich gerade den Pfeil eigenhändig aus dem Arm gezogen hatte, gelang das auch.

»Verfluchte Bande! Sie haben uns aus dem Hinterhalt angegriffen!«, brüllte er.

Schon erreichte sie die andere Truppe, und der Anführer sprang vom Pferd. »Es waren Männer auch Connacht«, berichtete er atemlos, »und sie haben euch nicht angegriffen, sie haben euch nur abgelenkt. Wen sie wirklich niedermachen wollen, sind die Bauern hierzulande. Sie wollen sie bestrafen, weil sie den Normannen dienen, und zugleich dafür sorgen, dass andere nicht ihrem Beispiel folgen.«

Der verletzte Knappe hustete und schnaufte. Immerhin stand er wieder auf seinen Beinen, was bedeutete, dass er überleben würde – ganz anders als viele Bauern … Bauern, die Ascall kannte, Bauern, mit denen er oft gesprochen hatte, Bauern wie Eirnín, Gobán und ihre drei Kinder, die ganz in der Nähe lebten.

Hilf ihnen!, rief eine Stimme in ihm.

Misch dich nicht ein!, rief eine andere.

Dieses Mal war eindeutig, welcher Befehl der lautere war. Er tauschte einen letzten Blick mit Hugh, und bevor der wieder auf sein Pferd steigen konnte, begann das von Ascall schon zu galoppieren.

Zu spät … Zu spät … Er kam gewiss zu spät.

Hinter dem Hügel musste sich die Ansiedlung befinden, doch da waren nur ein Waldstück und ein weiterer Hügel. Und hinter diesem war auch nichts zu sehen, nur in weiter Ferne eine Rauchsäule. Ein Zeichen dafür, dass dort jemand in einer Behausung mit Feuerstelle lebte, oder wurde dort eine solche niedergebrannt?

Ascall hörte kein Knistern von Flammen, auch kein Schreien, nur das Getrappel von Hufen, als der Anführer der anderen Truppe zu ihm aufschloss.

»Er hat sich mit den O'Melaghlins verbündet«, rief er Ascall zu. Wofür immer er ihn hielt – für einen Gefangenen, mit dem es sich nicht zu reden lohnte, jedenfalls nicht.

»Stimmt es, dass Connor Maenmaige in Connacht die Macht ergriffen hat?«, fragte Ascall.

Der andere nickte. »So ist es. Und er hat keine Zeit verloren, in Meath einzufallen …«

Was bedeutete, das Breifne und Dún Fionn kein Bollwerk waren, wie Hugh immer behauptet hatte. Oder dass Saint-Taurin nichts dagegen hatte, wenn Maenmaige ein paar Burgen in Meath zerstörte. Die O'Melaghlins hatten das wohl erst recht nicht. Sie waren eine mächtige Sippe, jedoch untereinander stets zerstritten, weswegen sie mal für, mal gegen die Normannen kämpfen. Früher hätte Ascall sie Verräter genannt, nun war er sich nicht sicher, ob nicht vielmehr er der Verräter war, weil er nach einer Bauernfamilie Ausschau hielt, nicht nach den Truppen der O'Melaghlins und des Connor Maenmaige, um sich ihnen anzuschließen.

Wieder ritt er einen Hügel hoch, wieder war von dort oben nichts zu sehen als grünes Land.

»Woher weißt du von alldem?«, rief er dem Ritter zu.

»Ich komme von Ulster … Mein Weg hat sich zufällig mit dem von Maenmaiges Männern gekreuzt, aber anstatt mich und meine Männer auf offenem Feld anzugreifen, haben sie sich in den Wäldern verschanzt. Im Grunde sind sie feige.«

Nicht feige genug, um eine Bauernfamilie abzuschlachten.

Ascall ritt nun zu schnell, um noch etwas zu sagen, ließ den Ritter hinter sich. Der nächste Hügel, das nächste Waldstück … Doch nein, da waren nicht nur Bäume und Wiesen, da war endlich Eirníns und Gobáns Ansiedlung. Er atmete ein, atmete wieder aus, aus der Ferne betrachtet hatte sich nichts verändert.

In den letzten Jahren waren Hugh und er manchmal bei ihnen eingekehrt, wussten sie doch, dass sie hier immer warme Suppe erwartete. Ob auch jetzt eine über dem Herdfeuer köchelte, verriet die Rauchsäule, die in den fahlen Himmel stieg, allerdings nicht. Immerhin brannte kein Gebäude und war auch keines auf andere Weise zerstört worden, und als er weiterritt, sah Ascall weder ein kopfloses Huhn noch einen aufgeschlitzten Getreidesack … oder gar einen aufgeschlitzten Menschen. Einen lebendigen Menschen sah er allerdings auch nicht, noch nicht einmal ein lebendiges Huhn.

»Eirnín! Gobán!«, brüllte er. Niemand antwortete, nur ein dumpfes Geräusch ertönte, als wäre etwas Schweres umgefallen. Ascall zuckte zusammen, fuhr herum. Nein, da war kein Mensch auf die Knie gesackt, da war nur die offene Tür eines Grubenhauses zugefallen. Ascall sprang vom Pferd, sah sich nach einer Waffe um. Der Boden war weich, doch er war nicht der Erste, der knöcheltief darin versank. Da waren Spuren im Schlamm – von unzähligen Füßen, obwohl nur eine Familie hier lebte, und von unzähligen Pferdehufen, obwohl Eirnín und Gobán doch keine Pferde besaßen. »Eirnín! Gobán!«, rief er erneut die Bauersleute, dann auch die Namen der Kinder. »Tómmán, Torna, Feme!«

Was für ein Narr er war, so verzweifelt zu schreien. Wenn sie allesamt tot waren, würden sie ihn nicht mehr hören, umso besser jedoch die Feinde, die hier womöglich irgendwo lauerten … Nein, keine Feinde … Iren aus dem Westen … Wie er einer war.

Forsch trat er auf das Grubenhaus zu, riss die Tür auf. Kein

Mensch versteckte sich hier, nur der Geruch von gepökeltem Fleisch drang ihm in die Nase. Ehe es in einer Salzlacke eingelegt worden war, musste dieses Fleisch in Stücke geschnitten worden sein, was bedeutete, dass sich hier gewiss noch ein Messer befand, und sobald sich seine Augen an das trübe Licht gewöhnten, sah er tatsächlich eines an einem Haken hängen und gleich daneben einen Spaten, mit dem Torf gestochen wurde. Er nahm beides an sich, wog es prüfend. Das Messer könnte er auf die Feinde … Nein, auf die Iren aus dem Westen schleudern, wobei er damit nur einen treffen würde, und da er so lange nicht mehr geübt hatte, vielleicht nicht einmal das. Mit dem Spaten konnte er wiederum mehrmals zustechen, doch der war zu stumpf, um tödlich zu sein. Am besten, er band das Messer um den Spaten, um damit gegen die Feinde … gegen die Iren aus dem Westen … gegen Männer, die die Normannen angegriffen hatten … Nein, gegen Männer, die die Bauernfamilie, die den Normannen diente, angreifen wollten, die …

Ach, sei's drum.

Am Ende war er es, der fast einen der Bauern getötet hätte. Sobald er das Messer an dem Torfspaten befestigt hatte, stürmte er nach draußen und wäre beinahe in Gobán hineingelaufen, der mit einer Getreidesichel um sich schlug. Haarscharf fuhr deren Klinge an Ascalls Kehle vorbei, ehe der Bauer ihn erkannte. Haarscharf verfehlte Gobán das Messer, ehe Ascall ihn erkannte.

Des Bauern Augen waren leer, das Gesicht schien noch zerknitterter als sonst. Immerhin, da waren keine Wunden … Da war kein Blut, nur Schlamm, der bis zu seinen Hüften hochgespritzt war.

»Ascall …«

»Sind sie noch hier?«, fragte er atemlos. »Maenmaiges Männer und die O'Melaghlins? Haben sie euch bedroht?« Aus Gobáns Kehle kam kein Laut, doch vom Haus her vernahm Ascall ein bitterliches Schluchzen. Es war Feme, die weinte –

noch lauter und verzweifelter als seinerzeit, da der normannische Bogenschütze sie angegriffen hatte. »Eirnín!«, rief Ascall. »Was ist mit Eirnín? Haben sie ihr ein Leid zugefügt?« Als sich Gobáns leerer Blick auf ihn richtete, war er sich kurz sicher, dass die Bäuerin tot war, dass sie nie wieder Suppe kochen würde und dass er von etwas anderem nie wieder satt werden könnte. Doch ehe er den schrecklichen Verdacht aussprechen konnte, erschien Eirnín auf der Schwelle des Hauses und zog die Tochter an sich. Anders als diese weinte sie nicht, aber ihr Gesicht war grau vor Gram, und da erst ahnte Ascall, dass die Angreifer es auf die Söhne abgesehen hatten – auf die jungen, kräftigen Männer, deren zupackende Hände fehlen würden … »Torna! Tómmán!«, brüllte er. Nun, zumindest einer war noch da, der auf seinen Namen hörte. Torna kam ins Freie geschlichen, den Kopf so tief gesenkt, dass Ascall nicht erkennen konnte, ob die feuchten Flecke auf seiner Tunika von Rotz und Tränen oder von Blut rührten. »Wo ist Tómmán?«, fragte er tonlos.

»Sie … Sie haben ihn mitgenommen«, stammelte Gobán, und jetzt begann auch Eirnín zu weinen, leiser als die Tochter, aber nicht minder verzweifelt.

Obwohl sie noch lebte, würde sie wohl keine Suppe mehr kochen, zumindest nicht, solange Tómmán gefangen war.

Ascall hielt seine Waffe fest umklammert, als er sich umdrehte, sah, dass mittlerweile auch Hugh de Lacy und die Ritter die kleine Ansiedlung erreicht hatten. »Sie haben den Bauernsohn entführt«, rief er ihnen entgegen, »womöglich, um die Familie zu zwingen, sich gegen euch aufzulehnen. Wir müssen sie verfolgen … Wir müssen ihn befreien!«

Ascall wartete Hughs Zustimmung nicht ab, ehe er auf sein spanisches Pferd stieg. Weder gehorchte es seinem stummen Befehl loszureiten, noch reagierte es, als er ihm ungeduldig die Fersen in die Flanken stieß. Verspätet gewahrte er, dass es sich nicht rührte, weil Hugh es an den Zügeln festhielt.

»Es ist zu spät«, sagte er leise. »Wir werden sie nicht mehr einholen. Und selbst wenn wir es könnten … Wir wissen nicht, wie viele es sind.«

Ascall blickte ihn ebenso ungläubig wie ärgerlich an. »Du hast versprochen, dass die Bauern hier in Sicherheit sind! Wir können sie nicht im Stich lassen!«

Hugh ging nicht darauf ein. »Ich habe dir auch etwas versprochen, als du dich damals bereit erklärt hast, in meinem Namen mit Ruari zu verhandeln. Weißt du es noch?« Ascall wusste nur, dass sie keine Zeit mehr verlieren durften. Zornig wollte er Hugh die Zügel aus der Hand schlagen, doch der ließ nicht locker, packte mit der anderen Hand vielmehr Ascall und zog ihn so dicht an sich heran, dass er fast vom Pferd gerutscht wäre. »Ich rede von dem Boten, den ich nach Dún Fionn geschickt habe, der auskundschaften sollte, ob dein Bruder noch lebt … und deine Liebste …«

Kurz verstand Ascall kein Wort. Jene Tage, da er unruhig Kreise im Hof gezogen und auf eine Nachricht von diesem Boten gewartet hatte, schienen unendlich fern zu sein, während die Männer, die Tómmán entführt hatten, noch nah waren.

»Wir müssen sie verfolgen … Wir müssen Tómmán befreien … Wir müssen … Wir müssen … Mein Bruder … Meine Liebste … Redest du von Róisín?«

In den letzten Monaten hatte er ihren Namen nur in seinen Träumen ausgesprochen, und auch jetzt schien er zu träumen, als Hugh ihn losließ, jenem Ritter zunickte, der die andere Truppe angeführt und gemeinsam mit Ascall als Erster die Bauern erreicht hatte.

»Er war es, den ich damals in den Westen geschickt habe«, sagte Hugh. »Guy FitzMartin.«

Nein, es war kein Traum. Träume, so hieß es, verrieten doch die Wahrheit, aber das, was Hugh da sagte, war eine Lüge, es musste eine Lüge sein!

»Er hat mir eben gesagt, er komme aus Ulster!«, schrie Ascall wütend.

»Von dort komme ich tatsächlich«, mischte sich FitzMartin

ein, »doch ich habe dort nicht die letzten zwei Jahre verbracht. Ich habe auf Dún Fionn gelebt, nachdem ich die Burg damals fast zur gleichen Zeit wie Saint-Taurins Truppen erreicht habe. Ich habe miterlebt, wie er sie eingenommen hat, und hinterher hat er von mir verlangt, ihm zu dienen. Er konnte jeden Ritter gebrauchen, und er wollte wohl auch nicht, dass du die Wahrheit erfährst.«

Wahrheit … Wahrheit … Saint-Taurin diente doch der Wahrheit … Warum sollte er sie vertuschen wollen? Die Wahrheit war in seinen Augen doch etwas Schönes, zumindest die Wahrheit, an die er glaubte, die Wahrheit von Blut und Tod …

»Ist Róisín …«, setzte er an, wagte es aber nicht, den Satz zu Ende zu führen.

Anstelle von FitzMartin antwortete Hugh: »Saint-Taurin lebt auf Dún Fionn recht abgeschottet. Der König von Breifne duldet ihn dort, Ruari O'Connor auch. Doch nun, da Connor Maenmaige die Macht ergriffen und zugleich jedes Bündnis mit Saint-Taurin abgelehnt hat, hat er John de Courcy um Verstärkung gebeten. FitzMartin zählte zu den Männern, die er nach Ulster schickte, und anstatt später wieder nach Dún Fionn zurückzukehren, ist dieser danach in Richtung Osten aufgebrochen.«

Nicht länger kämpfte Ascall darum, Hugh die Zügel zu entreißen. Er sprang vom Pferd, stürzte auf FitzMartin los, zog ihn an seinem rechten Bein vom Tier, packte ihn, sobald er auf den Boden fiel, am Nacken.

»Róisín …«

Er hatte den Namen schreien wollen, um dem anderen Angst zu machen, konnte ihn am Ende aber nur flüstern, weil er selbst so große Angst hatte.

»Diesen Namen habe ich nicht gehört, als ich auf Dún Fionn war«, murmelte FitzMartin. »Ich habe allerdings eine Frau gesehen, von der alle sagten, sie sei deine Frau, und zwei Kinder, von der alle sagten, sie seien deine Kinder. Als Saint-Taurin angriff, ist ihnen die Flucht gelungen. Ich kann nicht schwören, dass sie noch leben, zumindest habe ich auch nicht das Gegenteil gehört.«

»Kinder?«, presste Ascall heiser hervor.

FitzMartin nickte. »Zwillinge … Ein Junge und ein Mädchen … Sie heißen Aedan und Finnola. Als ich sie damals sah, waren sie vier oder fünf Jahre alt, jetzt müssten sie sieben sein, wenn sie denn noch …«

Die nächsten Worte gingen in ein Rauschen über. Ascall hörte noch nicht einmal den dumpfen Aufprall, als ihm der Torfspaten, an dem ein Messer gebunden war, entglitt. Wie dumm von ihm … Er brauchte doch eine Waffe, um die Bauern zu beschützen, um Róisín zu beschützen, um seine Kinder zu beschützen …

Sie lebt. Sie hat Zwillinge bekommen. Finnola und Aedan.

Hugh war ebenfalls vom Pferd gestiegen, beugte sich über ihn. »Wenn du mir die Treue schwörst, bekommst du Dún Fionn zurück«, sagte er eindringlich.

Ascall griff nach dem Torfspaten, umklammerte ihn, aber weder konnte er diesen auf- noch sich selbst erheben. »So hast du dir das also ausgedacht«, knurrte er. »Du zwingst mich nicht länger auf die Knie, indem du mich Steine schleppen lässt, sondern indem du mir rührselige Geschichten erzählst.«

»Ich lasse dich seit Jahren keine Steine mehr schleppen. Du musst auch nicht vor mir knien, wenn du mir die Treue schwörst. Noch nicht einmal einen Krummstab, ein Evangeliar oder eine Reliquie musst du dabei berühren. Es genügt, wenn du mir die Hand gibst.«

Aber Ascall hatte keine Hand mehr frei, er hielt ja wieder den Torfspaten, mit beiden Händen nun, schaffte es doch endlich, sich aufzurichten, ging mit der Waffe auf Hugh los.

»Dir Treue schwören, pah!«, schrie er und führte die Klinge des Messers an des anderen Kehle. »Gerade habe ich gesehen, was mit Menschen passiert, die dir die Treue schwören! Sie müssen zusehen, wie Feinde ihre Söhne entführen, sie werden von dir im Stich gelassen!«

Die Klinge bohrte sich nicht tief in Hughs Fleisch, aber tief genug, dass zwei, drei Blutstropfen über seinen Adamsapfel perlten und dass Ascalls Gier erwachte.

Ich könnte ihn töten, dachte er. Was schert es mich, dass ich hinterher auch sterben werde … Was schert es mich, dass ich eben noch Iren habe töten wollen. Was immer ich von ihnen gelernt habe, ich tat es, um sie dereinst zu besiegen! Jetzt könnte ich zumindest ihn besiegen, könnte mich dafür rächen, dass er mich belügt, dass er mir falsche Hoffnungen macht.

Sie lebt. Sie hat Zwillinge bekommen. Finnola und Aedan.

Ehe er Hugh die Kehle aufschlitzen konnte, ehe der um sein Leben flehte, ehe die anderen Ritter eingriffen, ihn packen, wegzerren, niederringen konnten, trat Eirnín zu ihm. Gobán hatte ihn damals gewaltsam zu Fall bringen müssen, um ihn aufzuhalten, Eirnín legte nur sachte ihre Hand auf seine Schulter, um die seine zum Zittern zu bringen.

»Du hast etwas falsch verstanden«, murmelte sie. »Ich weine nicht um Tómmán, weil Maenmaiges Männer ihn entführt haben. Ich weine um ihn, weil er freiwillig mit ihnen gegangen ist.«

Ascall fuhr herum. Die Frau, deren Name doch »Eisen« bedeutete und die ihm unverwüstlich wie dieses erschienen war, wirkte verzagt wie nie. »Tómmán hat sich von ihnen einreden lassen, dass es besser ist, im Krieg zu sterben, als in Frieden hier zu leben«, fuhr Eirnín fort. »Connor Maenmaige bestraft uns nicht, er wirbt Bauern an, auf dass sie ihm in den Westen folgen und das Land hier brachliegen lassen. Ich weiß nicht, was genau er plant, ob es ihm bloß darum geht, die letzten Getreuen seines Vaters aus Connacht zu vertreiben oder die Normannen von Érius Insel. Ich weiß nur, dass wir jemanden wie dich brauchen, einen, der zwischen Connacht und Meath steht, einen, der zwischen Connor Maenmaige und uns steht.«

Und wieder entglitt ihm der Torfspaten, wieder bückte er sich danach, wieder kam er nicht hoch.

Sie lebt. Sie hat Zwillinge bekommen. Finnola und Aedan.

Er sprach Róisíns Namen laut aus, er sprach Aedans und Finnolas Namen laut aus. Und da erst konnte er es glauben, da erst wurde er von Freude erfüllt, nein, er wurde nicht von Freude erfüllt, sie zerriss ihn tief in seinem Innersten, ließ ihn hemmungslos weinen. Was scherte es ihn, dass die Normannen es sahen und womöglich über ihn, der da auf allen vieren kauerte und schluchzte, lachten?

Eirnín war neben ihm auf die Knie gesunken, zog seinen Kopf an ihre Brust. »Hilf uns«, sagte sie. »Hilf uns.«

»Wie … Wie sollte ich euch denn helfen? Ich bin der Krieg. Ich habe nie etwas anderes gelernt, als zu kämpfen.«

»Dann kämpf für den Frieden!«

»Was immer ich von den Normannen lernte, ich wollte es nutzen, um sie zu besiegen!«

»Nutz es lieber, um mit ihnen zu leben.«

Nun war sie es, die schluchzte, seine Tränen dagegen versiegten. Nicht länger lag sein Gesicht auf ihrer Brust, sondern ihres auf seiner.

Sie lebt. Sie hat Zwillinge bekommen. Finnola und Aedan.

Ascall blickte zu Hugh hoch, wischte seine Tränen ebenso wenig ab wie dieser die Blutstropfen auf seiner Kehle. Und als Hugh ihm die Hand entgegenstreckte, ließ er sich von ihm aufhelfen.

Tuan

»Hier musst du das Holz zusammenbinden, Airdi, siehst du?«

Airdis Hände waren eigentlich zu groß, um einen Knoten zu schlingen, erst recht bei einem Strick aus hartem Schilfgras, doch er machte sich so konzentriert daran, dass es ihm tatsächlich gelang.

»Schrank steht!«, rief Airdi stolz. »Schrank steht!«

Nun gut, wie lange das der Fall sein würde, war eine andere Frage. Die Böden des Wandschranks bestanden lediglich aus Haselnusszweigen, was bedeutete, dass man nichts Schweres darin aufbewahren konnte. Und an die Wände ihrer Hütten – aus Astwerk errichtet, mit Lehm verschmiert und mit Torf und Grassoden gedeckt – würde man ihn auch nicht anlehnen können, denn diese waren genauso schief wie der Schrank. Aber vielleicht gelang es Tuan, ihn an der Wand zu befestigen, damit sie künftig Kräuter darin trocknen könnten.

»Das hast du gut gemacht«, lobte Tuan.

Airdis Lächeln war schief wie der Schrank und schief wie ihr Leben, dennoch war es ein Lächeln.

»Airdi mehr Holz holen«, erklärte er und ging stolz seines Weges.

Tuan sah ihm zufrieden nach. Von den Brandblasen waren Narben geblieben, und in den Nächten wurde Airdi häufig von Träumen gepeinigt, schrie dann und ließ sich, wenn überhaupt, nur von Tuan beruhigen. Doch wenn man ihn in Stunden wie diesen beobachtete, hielt man ihn für einen glücklichen Menschen.

Tuan machte sich daran, Buchenäste zu bearbeiten. Seit sie in der Siedlung am Fluss lebten, hatte Tuan nicht wieder mit Stahl gearbeitet, nur mit Holz, doch erstaunlicherweise gefiel ihm das so sehr, dass er sogar darüber hinwegschauen konnte, kein Werkzeug zu besitzen. Er hatte keinen richtigen Eisenhammer, nur einen großen Stein, in dessen Loch er ein Stück Holz gesteckt hatte, auch kein richtiges Messer, nur eine Schere, mit der man hierzulande Schafe schor. Doch mit beidem gelang es ihm, hölzerne Gefäße anzufertigen, die tief genug waren, um eine Handvoll Wasser aufzunehmen, außerdem Hocker, auf denen sie sitzen konnten, und eine Truhe, in der Eithne Schafgarben und Zimbelkraut aufbewahrte.

Eben drang ihr Lachen zu ihm. Gemeinsam mit Aedan, der bald das siebente Lebensjahr vollenden würde, machte sie am Flussufer Jagd auf Kraniche. Aedan war wohl mehr an deren Fleisch gelegen, ihr genügten die Federn, um sich diese – genauso wie es Caitlín manchmal tat – ins Haar zu flechten.

Tuan blickte sich suchend um. »Wo ist Trian?«, rief er besorgt.

Seit Eithnes und sein kleiner Sohn laufen gelernt hatte, wurde er ständig von dem Bild verfolgt, wie der Kleine reglos im Fluss trieb.

Eithne antwortete nicht, machte stattdessen einen Satz auf einen Kranich zu, der prompt seine Flügel ausbreitete und davonflog, während sie fluchend ins Leere griff. Erst dann drehte sie sich zu Tuan um.

»Finnola hat doch ein Auge auf ihn.«

»Finnola ist selbst noch ein Kind.«

»Finnola ist fürsorglicher als ich. Mach dir nicht ständig Sorgen.«

Als ob man Sorgen abschütteln könnte wie du das kalte Wasser …

Tuan erinnerte sich kaum mehr an Zeiten, da ihn nicht fortwährend Ängste geplagt hatten. Wie er um Eithne gebangt hatte, als sich damals, kurz vor dem ersten Winter hier, herausgestellt hatte, dass sie ein Kind erwartete! Wie er sich wieder und wieder die Frage gestellt hatte, ob ihr Leib stark genug sein würde, das Kleine zu gebären, ja, ob ihre Seele es war! Seine eigene Seele wurde ja bereits von der Frage zermürbt, ob es wirklich sein Kind war oder nicht doch das von einem der Normannen, die sie geschändet hatten.

»Es ist deines«, hatte Eithne erklärt, als ihr Leib sich zu wölben begann. »Schließlich habe ich erst, nachdem wir von Dún Fionn vertrieben wurden, aufgehört, jenen Kräutersud zu trinken, der eine Schwangerschaft verhindert.«

Tuan wusste nichts von Schwangerschaften und Kräutersuden, aber hatte ihr unbedingt glauben wollen.

»Es ist deines«, hatte sie an jenem Frühlingstag bekräftigt, da das Kind geboren worden war, das Grün der Triebe die Augen gestreichelt hatte und die Hoffnung, dass alles gut war und gut sein würde, so leichtgefallen war. Obwohl sie die Wintermonate über nie genug zu essen gehabt hatten, war Eithne kräftig genug gewesen, um nach nur einem halben Tag Wehen das Kind zu gebären, und dieses Kind war kräftig genug gewesen, um laut und empört zu schreien. »So schreien nur durch und durch irische Kinder«, hatte Eithne gesagt.

Tuan hatte ihr geglaubt, hatte es zumindest von ganzem Herzen versucht, nur in Augenblicken wie diesen, da Eithne sich an einen weiteren Kranich heranpirschte, anstatt nach Trian Ausschau zu halten, fragte er sich, ob sie, die sich so oft mit halbherzigen Versuchen zufriedengab, wirklich die ganze Wahrheit ausgesprochen hatte, ob nicht vielmehr ein entscheidender Satzteil fehlte.

Es ist deines, zumindest hoffe und wünsche ich mir das. Aber sicher bin ich mir nicht.

Allerdings war auch er sich nicht sicher gewesen, nämlich ob sie alle überleben würden, und doch hatten sie es bis zum heutigen Tag geschafft, wurden die Mahlzeiten langsam ausgiebiger, die dürren Gestalten runder. Er sollte sich mit der halben Wahrheit zufriedengeben, solange Trian trotzig schrie oder glückselig gluckste, solange Eithne nur auf Kraniche fluchte, nicht auf ihr Leben, solange sie in den Nächten eng an ihn – und zwar nur an ihn – geschmiegt auf ihrem Reisigbett lag. Und nun entdeckte er Trian auch wohlbehalten mit

Finnola in dem kleinen Gemüsegarten, in dem die beiden gemeinsam mit Rún und Caitlín Bohnen, Lauch und Kohl angebaut hatten. Genau genommen half nur Finnola, während Trian – nunmehr gut ein Jahr alt – mit der Rassel spielte, die Tuan aus einem ausgehöhlten Holzstab und getrockneten Erbsen angefertigt hatte.

»Wir sollten die Erbsen nicht dafür verschwenden«, hatte Caitlín streng gesagt, aber Tuans Blick hatte sie verstummen lassen, desgleichen Rúns Blick Caitlín stets verstummen ließ, wann immer diese darüber klagte, dass sie den Flüchtenden aus Connacht zu viel zu essen gaben.

Tuan wandte sich gerade wieder seinem Buchenast zu, als ein Schrei ertönte. »Verdammt, verdammt, verdammt!«

Tuan steckte Schere und Steinhammer an den Gürtel und trat zu Faolán, der nur wenige Schritte von ihm entfernt versuchte, eine Vorratskammer zu errichten. Anders als Airdi konnte er ob seiner verkrüppelten Hand kein Holz mit einem Strick zusammenbinden – nur mit der gesunden Stein auf Stein schichten, doch diese Wand war nun zum wiederholten Male in sich zusammengefallen.

»Soll ich dir helfen?«

Tuan wusste, dass Faolán es hasste, wenn man ihm Hilfe anbot, aber er konnte nicht anders. Faolán hasste es auch, wenn andere verstohlen seine Hand musterten, die nahezu doppelt so groß wie die andere und unförmig war, auch das konnte Tuan nicht verhindern.

»Lass mir das Gefühl, wenigstens irgendetwas zu schaffen, wenn ich schon keine Musik mehr machen kann«, stieß der einstige Barde gequält hervor.

Tuan ließ sich neben dem Steinhaufen auf den Boden sinken. »Auch wenn du nicht mehr die Harfe spielen kannst, du … du könntest immer noch singen, immer noch Geschichten erzählen, wie ich dir schon einmal sagte. Die Kinder betteln fast jeden Tag darum.«

Faolán schob trotzig seine Unterlippe vor. »Der heilige

Brendan hat stets zwei kleine Wachskugeln bei sich getragen, um sie, sobald er Musik vernahm, sofort in seine Ohren zu stopfen.«

»Ich weiß«, sagte Tuan, »Fintan hat das einst auch getan.« Wie immer erwachte Wehmut, wenn er an den Mönch dachte, der für Eithne sein Leben geopfert hatte.

»Aber weißt du auch, warum Brendan keine Musik hören wollte?«, fragte Faolán. »Er hat eines Tages einen Vogel singen hören, den der heilige Michael selbst auf die Welt geschickt hat. Genau genommen hat der Vogel nicht gesungen, hat nur mit dem Schnabel seine Flügel geputzt – und das klang so schön, dass Brendan danach nie wieder einen anderen Ton hören wollte. Oh, ich verstehe ihn nur zu gut. Um schöne Musik zu machen wie der Vogel, muss man fliegen können, als man mir meine Hand nahm, hat man mir jedoch gleichsam die Flügel gestutzt.«

Tuan deutete mit seinem Kinn auf Eithne und Aedan. Immer noch war es den beiden nicht gelungen, einen Kranich zu erwischen, doch Federn hatten die Vögel gleichwohl gelassen. Etliche trieben im Wasser, und Eithne fischte eine heraus, um sie sich in den Zopf zu stecken. »Wir haben alle keine Flügel mehr, aber noch Federn«, sagte er leise. »Wir schlafen in schiefen Häusern, aber das ist besser, als es unter freiem Himmel zu tun. Wir sind nie ganz satt, aber das ist erträglicher, als ganz hungrig zu sein. Wir leben, wir haben uns.«

»Und du willst mir wirklich sagen, dass dir das genug ist? Dass du dich nicht mehr nach dem Schönen sehnst?«

»Wir leben, wir haben uns«, beharrte Tuan, »und das ist schön. Ich bin kein Narr, ich weiß, dass morgen alles zu Ende gehen kann. Allerdings geht auch das schönste Lied irgendwann zu Ende. Du kannst keinen Ton festhalten, nur hoffen, dass er auf deiner Seele eine Spur hinterlässt.«

»Eine Spur oder eine Narbe?«, fragte Faolán zweifelnd.

»Wenn die Seele gestreichelt wird, trägt sie doch keine Wunden davon!«

Faolán begann wieder, Steine aufeinanderzuschichten. »Das sagst du so leicht. Ich frage mich dagegen, ob Schönheit überhaupt echt ist, wenn sie nicht wehtut. Ich habe mit meiner Musik die Menschen zum Weinen gebracht, doch um meine missgebildete Hand habe ich nie weinen können … So wenig, wie ich je um Éilís geweint habe, die Frau, die ich einst liebte. Von allem ist das am schlimmsten.«

Tuan erhob sich hastig. Wie immer, wenn er mit Faolán sprach, fühlte er, wie dessen Bitterkeit auf ihn überzuschwappen drohte, auch seine Zweifel. Nicht nur, dass der Barde keine Musik mehr machte, er schien jegliche andere durch Misstöne stören zu wollen, dafür zu sorgen, dass Eithnes und Aedans Lachen, Caitlíns und Finnolas Stimmen oder das Geräusch von Trians Rassel wie das Echo gerissener Harfensaiten klangen.

Energisch bearbeitete Tuan weiter das Holz und bemerkte erst, dass er ihm keine Form gab, es lediglich zerstörte, als es schon zu spät war. Was immer dieses Gebilde hätte werden sollen – dieses halb zersplitterte Überbleibsel würde nicht einmal eine Handvoll Wasser aufnehmen können.

Nur ein paar Tränen, aber Tränen haben wir ja keine mehr …

Er schüttelte sich, als könnte er Faoláns Worte von sich abperlen lassen wie Eithne das Wasser, aber sie klangen wieder und wieder in ihm nach, bis er das Holzstück fallen ließ, sich umdrehte, weglief. Er gestand sich nicht ein, dass er vor Faolán und vor den eigenen Dämonen floh, sagte sich lediglich, dass er im Wald neues Holz holen wollte.

Der Wald, dicht, feucht und dunkel, glich jenem um Dún Fionn. Wer ihn kannte, dem wurde er zum Freund: Er bewahrte vor scharfem Wind ebenso wie vor den Blicken unsichtbarer Feinde. Doch wer sich nicht einzelne Bäume merkte und sich an ihnen orientierte – wie er jetzt an der dicken Eiche dort hinten, von einem Blitz gespalten und seitdem in zwei Richtungen wachsend –, an dem rächte sich das undurchdringliche

Dickicht. Mehr als einmal hatte sich Tuan verlaufen, und auch wenn das lange nicht mehr geschehen war, den Gedanken freien Lauf zu lassen war hier gefährlich.

Also versuchte Tuan nichts zu denken, setzte beharrlich Schritt vor Schritt, kam gut voran, hielt dennoch plötzlich inne. Nichts zu denken bedeutete nicht, auch nichts zu hören.

Da war ein Knacken, wenn auch in weiter Ferne und eigentlich nicht besonders beunruhigend. Obwohl er sich nirgendwo so allein fühlte wie im Wald, kreischte hier doch immer ein Kauz, bauten Vögel ihr Nest, folgten Füchse einer Spur. Er verharrte angespannt, zumal das Knacken lauter und von einem Raunen begleitet wurde. War es die Stimme des Windes? Das Echo der eigenen trotzigen Gedanken? Aber er dachte ja an gar nichts, und da war kein Trotz mehr in ihm, nur diese kalte Hand der Angst, die ihm über den Rücken strich, sachte und dennoch beklemmend. Er umklammerte die Schere mit der einen Hand, den Hammer mit der anderen, hastete auf die gespaltene Eiche zu, duckte sich an jener Stelle, wo der Blitz sie getroffen hatte. So grell er den Himmel einst durchschnitten hatte, so schwarz war das, was er hinterlassen hatte.

Wenn du selbst zum Feuer wirst, musst du nicht fürchten, als Asche zu enden, kam eine Stimme aus seinem Innersten hervorgekrochen.

Still, ermahnte er sich, duckte sich tiefer, hielt den Atem an, war kurz tot und schwarz wie der Baum.

Allerdings musste er nach einer Weile weiteratmen, musste den Kopf heben, musste erneut eine Stimme vernehmen, dieses Mal nicht die von Saint-Taurin und doch nicht minder beängstigend.

»Sollen wir wirklich weiterreiten? Die Grenze zu Connacht ist nah.«

Tuan umklammerte unwillkürlich den Stamm, als eine andere Stimme antwortete: »Ich will Connacht nicht betreten, nur zu jener Siedlung am Fluss gelangen, wo, wie es heißt, die letzten verbliebenen Ritter des Roten Zweiges leben. Ich möchte sie wieder um mich scharen, so wie Madadh, auf den wir vor zwei Tagen gestoßen sind.«

Madadh … Madadh … richtig … der Gefährte von Clach und Pòg … Der Verräter, der sich einst hinter Ógán gestellt hatte, der allerdings mehr Glück als der einstige Bannerträger gehabt haben musste und nicht hungrig und zerschunden an ihr Feuer zurückgekehrt war.

Seine Stimme ließ sich nicht vernehmen, aber Tuan starrte alsbald in sein Gesicht, starrte auch in die Gesichter der anderen Reiter, die nun den schmalen Pfad vor der Eiche erreichten, erkannte sie und erkannte sie nicht. War das wirklich Ascall von Toora? War das wirklich Guy FitzMartin? Und war er wirklich noch Tuan? Jener Tuan, der zu Ascall gesagt hatte, dass Gräber schön seien, jener Tuan, der Guy FitzMartin freigelassen hatte, weil er das Richtige tun wollte?

Nun, da vorne ritt tatsächlich Ascall von Toora, und ja, ihm folgten Guy FitzMartin und – neben Madadh – noch mindestens ein halbes Dutzend Männer. Aber er war nicht mehr Tuan der Goldschmied, er hatte den größten Fehler seines Lebens begangen, als er Guy FitzMartin freiließ. Niemals hätte er sich von ihm einen Stein auf den Schädel schlagen lassen dürfen, hätte ihm vielmehr den eigenen Schädel zertrümmern müssen. Jetzt würde er das nachholen, obwohl er keinen großen Stein hatte, nur den kleinen Hammer und immerhin die Schere.

Ich muss eben schnell wie ein Blitz sein, dann bin ich genauso zerstörerisch wie dieser.

»Und wo genau soll diese Siedlung sein?«, fragte FitzMartin.

»Gleich beim Fluss, wie ich schon sagte«, erwiderte Ascall. »Wenn wir am Ufer entlangreiten, werden wir sie über kurz oder lang finden. Die letzten Ritter des Roten Zweiges … und Róisín.«

Seine Stimme brach, als er ihren Namen sagte. Die von FitzMartin, als er Ascall etwas erwiderte, hörte Tuan schon gar nicht mehr. Er fragte sich auch nicht, warum die beiden Seite an Seite durch den Wald ritten. Er fragte sich noch nicht einmal, wie er möglichst schnell und lautlos auf den höchsten Ast der Eiche klettern konnte, er tat es einfach. Der Ast war morsch, gab bald nach, sei's drum, er wäre ohnehin gesprungen. Der Schrei, den er dabei ausstieß, klang wie ein Donnern, zumindest in seinen Ohren. Seine Augen wurden indes blind. Er sah nichts, fühlte nur, wie er nicht auf Guy FitzMartin landete, sondern auf dem Waldboden neben dessen Pferd, wie er dennoch sein Ziel erreichte, weil das Pferd wiehernd stieg und der andere von seinem Rücken fiel, wie er ihn an den Beinen packte, kaum dass er sich ächzend erheben wollte. Der Schrei, den er jetzt ausstieß, klang nicht mehr wie ein Donnern, nur wie ein Zischen. Gut so.

Werde das Feuer, werde der Blitz, spalte, verbrenne, zerstöre.

Als er vom Ast fiel, war ihm die Schere entglitten, den Hammer aber hielt er noch, umklammerte ihn nun fester, ließ ihn auf FitzMartin niedersausen. Er traf nur Erde, feuchte, dunkle Erde, wie viele Tiere hier wohl verwest waren? Nun, eines zu wenig, so viel stand fest. Mit der freien Hand packte er FitzMartin an der Kehle, presste den Hinterkopf auf den Boden, hob wieder den Hammer. Dieses Mal würde er ihn nicht verfehlen. Dieses Mal würde er ihm die Stirn zerschmettern, dann die Nase, das Kinn, die Zähne.

Ich mache es wieder gut. Ich räche Fintan und Ivarr und all die anderen. Ich räche Airdi und Pòg und Clach und Eithne. Nein, Eithne muss ich nicht rächen. Die Männer haben ihr keine Schmerzen zugefügt. Trian ist nicht das Kind von Normannen. Trian ist mein Sohn.

Er schlug zu, das glaubte er zumindest, hielt das dumpfe Geräusch für den Beweis dafür, dass der Hammer die Stirn getroffen hatte. Allerdings war das nicht mit zerstörerischer Wucht geschehen. Der Hammer hatte nicht FitzMartins Stirn zertrümmert, blieb nur auf dieser liegen, nachdem irgendjemand ihn, Tuan, gepackt, ihn zurückgezerrt hatte. Nicht dass Guy FitzMartin deshalb wieder aufstehen konnte. Er versuchte es zwar, aber Tuan stellte ihm einen Fuß auf die Brust, mit dem anderen trat er seinen Angreifer. Eigentlich unmöglich, dass er beides gleichzeitig konnte. Allerdings war er ja der Blitz. Ein Blitz brauchte keinen festen Stand, ein Blitz brauchte nur ein Opfer, in das er fahren konnte. Warum war Guy FitzMartin nicht schwarz und tot, warum nicht sein Angreifer?

»Tuan! Tuan, was tust du nur?«

Es war nicht mehr sein Name. Der, der diesen Namen getragen hatte, war ein schwächlicher Bursche gewesen, den Ascall von Toora mühelos zu Fall hatte bringen können. Jetzt gelang ihm das nicht so leicht. Tuan hob seine Hand, ballte sie zur Faust, schlug Ascall ins Gesicht. Der zuckte zurück, hielt ihn aber immer noch fest, und als Tuan sich gegen seinen Griff wehrte, rammte er ihm sein Knie in den Bauch.

»Tuan, ich will dir nicht wehtun …« Er spürte Ascalls warmen Atem an seinem Ohr, spürte vor allem Wut und Ohnmacht, als er sich krümmte.

Aber ich will wehtun, und zwar dir, FitzMartin, und aller Welt. Ich will mich rächen, ich will Trians Vater sein, ich will …

Seine Hände wurden taub, seine Beine erschienen ihm lahm, nur den Kopf konnte er noch als Waffe gebrauchen. Mit ganzer Kraft schlug er seine Stirn gegen Ascalls Kinn, und endlich lockerte sich dessen Griff. Leider war mittlerweile auch FitzMartin auf die Beine gekommen, den Hammer in der Hand.

Nun schlag schon zu, ging es Tuan durch den Kopf. Entweder ich töte dich, oder du tötest mich, es gibt nichts dazwischen.

Doch weder starb er noch der andere. Ein Faustschlag traf ihn, dann lag Tuan schon auf dem Boden, und Ascall hockte über ihm, mit einem geprellten Kinn und etlichen anderen Blessuren, wobei die schon viel älter als der heutige Tag waren.

»Tuan … Tuan … Du lebst!«

Es fühlte sich nicht so an. »Verräter … Verräter …«, presste er hervor.

Ascall schlug ihn wieder, zumindest glaubte er das. Erst

nach einer Weile ging ihm auf, dass er ihm in Wahrheit nur über die Wangen streichelte.

»Tuan, du lebst …«

Zu Faolán hatte er eben gesagt, dass man einem Menschen durch Streicheln keine Wunde zufügen konnte, aber er hatte sich geirrt, denn Ascalls Berührung schmerzte durchaus.

»Verräter«, stieß er wieder hervor. »FitzMartin ist ein Verräter … Er hat mich belogen, hat behauptet, ein Bote von Hugh de Lacy zu sein. Ich habe ihn freigelassen, doch er gehörte zu Saint-Taurins Truppe … Nur seinetwegen konnte Saint-Taurin Dún Fionn einnehmen.«

Ascall hörte auf, ihn zu streicheln »Er hat dich nicht belogen, er war wirklich Hugh de Lacys Bote.«

»Und Saint-Taurin hätte Dún Fionn so oder so eingenommen«, mischte sich FitzMartin ein. »Gewiss, ich habe ihm gesagt, wie viele Männer sich auf der Burg befanden und wo sie positioniert waren, aber doch nur, weil er mich dazu zwang. Du kannst dir gewiss denken, wie.«

Tuan konnte gar nichts denken, auch nichts sagen.

»Ich habe Hugh den Treueeid geschworen«, fuhr Ascall fort, »Dún Fionn ist nun wieder mein. Ich werde Saint-Taurin von dort vertreiben, nein, *wir* werden das tun. Was für ein Glück, dass ich dich gefunden habe, dass ich Madadh gefunden habe, dass wir heimkehren werden, endlich heimkehren.«

Ascall nahm seine Hände von Tuans Gesicht, und der vermeinte wieder atmen zu können. Nur zum Denken, gar zum Reden war er weiterhin nicht fähig. Aus Ascalls Worten würde ja doch nie ein ganzer Satz werden, so wie der vom Blitz geteilte Baum nie wieder zusammenwachsen würde. Es gab kein Zuhause mehr. Dún Fionn war ein Grab, das Grab von Fintan, Ivarr, Barra, Cascorach und all den anderen.

Tuan stand auf oder wurde vielmehr hochgezogen, nicht von Ascall, nicht von FitzMartin, sondern von Madadh. »Es war ein Fehler, damals fortzugehen, ein Fehler auch, Connor Maenmaige zu dienen, aber jetzt ist Ascall wieder zurück.«

»Und zurückgekommen bin ich nur seinetwegen«, erklärte Ascall nachdrücklich und deutete auf FitzMartin. »Wenn er mir nicht die Botschaft überbracht hätte, dass meine Frau noch lebt und ich zwei Kinder habe, ich wäre nicht hier. Als du ihm damals das Leben gerettet hast, hast du gleichsam mich gerettet.«

Tuans Leib fühlte sich mit einem Mal so schwer an, als wäre er niemals ein Blitz gewesen, immer nur der schwarze Baum. An diesem lehnte er jetzt, lehnte so lange, bis er dachte, er könnte sich nie wieder davon lösen.

»Róisín«, fragte Ascall da plötzlich, »wo ist Róisín?«

Nun gelang es Tuan doch, vom Baum wegzutreten, auf den eigenen Beinen zu stehen.

Róisín ist tot, nichts ist von ihr geblieben.

Doch er sagte nur: »Ich … Ich bringe dich zu ihr.«

Caitlín

Als Ascall zurückkehrte, brauten Caitlín und Aibhlinn gerade Bier. Eigentlich war es kein Bier, nur eine braune Brühe, die Aibhlinn so bezeichnete, und eigentlich half Caitlín nicht, sie schaute nur misstrauisch zu, wie die andere es herstellte. Aibhlinn war eine junge Frau, die aus Connacht geflohen war und seit einiger Zeit mit Ógán eine Hütte teilte.

»Wirklich!«, rief sie nun überzeugt. »Wenn man Getreidekörner mit Wasser vermischt und lange genug kocht, wird Malz daraus.«

Caitlín runzelte die Stirn. »Und du bist wirklich sicher, dass man das trinken kann?«, fragte sie. Sie mochte Aibhlinn, hatte sich diese doch bislang als sehr tüchtig erwiesen, wenn es darum ging, die Ziege zu melken oder aus Milch und wildem Knoblauch Quark zuzubereiten. Außerdem war es ihr erst in der vergangenen Woche gelungen, aus Sumpfblättern und Vogelbeeren ein Gesöff zu brauen, das die, die ausreichend davon berauscht waren, sogar Wein nannten. Caitlín konnte sich dagegen nicht vorstellen, dass irgendjemand zu dieser Brühe Bier sagen würde. »Es riecht so modrig …«, murmelte sie.

»Das liegt nur am Wasser aus dem Fluss. Es hat schließlich einen Grund, dass wir zum Brotbacken lieber Milch nehmen.«

»Auch mit dem Getreide hätten wir besser Brot backen oder einen Brei machen sollen«, sagte Caitlín seufzend.

»Nun koste es erst mal!«

Caitlín zögerte, das Gefäß an die Lippen zu führen, und als sie es schließlich doch tat, fiel es ihr schwer, einen Schluck daraus zu nehmen. Vielleicht, dachte sie, beschränke ich mich zuerst darauf, kurz die Zungenspitze einzutauchen. Falls der winzige Tropfen gut schmeckte, konnte sie immer noch …

»Ascall lebt! Ascall ist zurück!«

Das Gefäß fiel auf den Boden, das braune Gesöff versickerte.

»O nein!«, rief Aibhlinn entsetzt.

Genau das ging Caitlín durch den Kopf, auch wenn sie selbst keinen Ton hervorbrachte. Ihr Mund war zu trocken, sie hätte das Bier doch trinken sollen.

O nein, nein, nein …

Sie fuhr herum, versuchte auszumachen, wer da geschrien hatte, ob es vielleicht einer war, der zu viel Wein aus Sumpfblättern und Vogelbeeren getrunken hatte. Doch es war Pòg, der auf sie zugelaufen kam, erklärte, dass sie im Wald Ascall getroffen hätten und jener auf dem Weg hierher sei, und Pòg machte einen ziemlich nüchternen Eindruck. Rún hingegen wirkte ängstlich, als sie mit weit aufgerissenen Augen zu Caitlín trat, stumm die Frage stellte: Was hat das zu bedeuten? Für uns? Für dich?

Aibhlinn sank auf den Boden, versuchte verzweifelt, ein paar Tropfen Bier zu retten, schaufelte jedoch nur Erdkrumen ins hölzerne Gefäß. »O nein! Das gute Bier!«

Es war nicht gut …

Caitlín merkte erst, dass sie Aibhlinn hatte stehenlassen und zu ihrer Hütte gerannt war, als Rún sie am Ärmel zupfte. Wieder stand eine Frage allzu deutlich in ihrem Blick: Willst du dich etwa hier vor ihm verstecken?

Caitlín trat ein, nahm einen aus Weiden geflochtenen Korb und füllte ihn mit allem, was ihr in die Hände fiel. Zumindest einen Großteil davon konnte man essen. Käse, Nüsse, getrocknete Äpfel. Ein wenig Labkraut, mit dem sie ihre Kleidung hellrot färbte. Der kleine lederne Schlauch, in dem sich noch Reste von Milch befanden. Es war zu wenig, um Durst zu löschen … Aibhlinn sollte die Ziege noch einmal melken … Aber Aibhlinn würde die Siedlung nicht verlassen, solange Ógán hier lebte, und Ógán würde die Siedlung nicht verlassen, solange Ascall hier war. Warum aber sollte sie selbst gehen, wenn sie Ascall doch nicht mehr hasste, zumindest nicht so wie einst, als er sie entführt hatte und dann gezwungen worden war, sie zu heiraten …

Sie verharrte kurz, packte dennoch weiter, füllte den Korb nun mit Brennholz.

»Was … Was ist passiert?«

Finnola steckte ihren Kopf in die Hütte, blickte sie wie Rún fragend an … Nein, nicht wie Rún. Rún hatte vor allen Männern Angst, Finnola nur vor denen, die ihren Schafen etwas zuleide tun könnten.

»Wo ist dein Bruder?«, rief Caitlín. »Ruf ihn herbei! Wir … Wir werden in der Hütte warten.«

»Worauf warten?«, fragte Finnola verständnislos.

Caitlín wusste es selbst nicht genau. Sie wusste nur, dass sie nicht ihrer ersten Regung folgen und einfach fliehen durfte. Nicht ohne die Kinder und erst recht nicht mit ihnen.

Sie drückte Rún den Korb in die Hand. »Geh den Fluss entlang, bis du an die Stelle kommst, wo die vielen Trauerweiden wachsen. Versteck dich unter einer und warte. Vielleicht hole ich dich später zurück, vielleicht brechen wir von dort auf. Mir ist nur wichtig, dass ich später die Wahl habe, zu gehen oder zu bleiben.«

Rún war gerade davongegangen, als Finnola Aedan in die Hütte brachte. Finnola wirkte immer noch verwirrt, Aedan ärgerlich, weil er nicht in der Hütte hocken wollte, viel lieber mit dem Holzspeer üben. Tuan hatte ihn geschnitzt, und Airdi zeigte ihm oft, wie Ivarr einst diese Waffe geworfen hatte. Nicht dass Airdi oder Aedan jemals ihr Ziel trafen.

»Setz dich in die Ecke und schweig!«, fuhr Caitlín ihn an.

Ihre Stimme klang erstickt, ihr Mund war wie ausgetrocknet. Sie lugte nach draußen, sah nirgendwo Ascall, nur Ógán, der aufgeregt auf Aibhlinn zustürzte und ihr etwas erzählte. In den Händen hielt er das Banner der Ritter des Roten Zweiges – nicht jenes, unter dem einst Ascall in Scharmützel gezogen war, sondern das, welches Caitlín selbst ein Jahr zuvor auf seinen Wunsch hin genäht und bestickt hatte und dessen Zweig wie eine Blume aussah.

»Kommen … Kommen etwa die Normannen?«, fragte Finnola ängstlich.

Caitlín fuhr herum, zog den Ledervorhang über die Luke.

»Natürlich nicht«, sagte sie schnell und suchte die kleinen Holzwürfel, die Tuan für die Kinder angefertigt hatte und mit denen diese gern spielten. Auch jetzt begannen sie zu würfeln, indes Caitlín die kleine hölzerne Schachtel öffnete, in der sich eine Holznadel befand. Mit dieser konnte sie nicht so gut nähen wie früher mit Nadeln aus Bronze oder Knochen, aber sie genügte, um damit Kleidung anzufertigen … Bunte Kleidung. Es war ihr so wichtig, dass es in ihrem Leben Farben gab.

Während sie in der Hütte hockte und wartete, schienen alle Farben zu verlöschen, selbst die Erinnerungen wurden grau. Da gab es kein Ereignis, das leuchtend hervorragte, kein Gefühl, das nicht wie Asche schmeckte.

Ein Stich, ein Stich, noch ein Stich … Ich kann immer noch fliehen, nein, ich kann immer noch *gehen* … Es wäre ja keine Flucht, ich bin nicht seine Ehefrau, zumindest nicht mehr.

Bei ihrer letzten Begegnung nicht weit von hier, hatten sie sich schließlich voneinander losgesagt, auf dass sie frei von ihm und Ascall frei für Róisín sein konnte.

Stich um Stich um Stich. Mehrmals stach sie sich mit der Nadel in den Finger, aber diese war nicht spitz genug, um diesen zum Bluten zu bringen.

Er kann mir nichts antun. Warum sollte er es auch wollen?

Stich um Stich um … Sie hörte Schritte, dann wurde der Ledervorhang beiseitegeklappt, jemand stürmte in die Hütte, verharrte. Stich um Stich um … Nein, sie stach nicht in den Stoff, auch nicht in ihren Finger … In sein Herz schien sie zu stechen, ob sie es wollte oder nicht. Denn als sein Blick auf sie fiel, als er sie erkannte, nicht schnell, nein, nur zögerlich, stand blankes Entsetzen darin.

Nun ja, so schön wie früher bin ich mit meinem weißen Haar nicht mehr, vor mir zu erschrecken brauchst du gleichwohl nicht!

Schließlich waren ihm die letzten Jahre noch deutlicher anzusehen als ihr. Ascall war zwar immer schon einer gewesen, der selten das Kinn gereckt und den Rücken gestrafft hatte, der meist geduckt durch die Welt gegangen war, einem Raubtier gleich, das zum Sprung ansetzte, doch nun stand er gekrümmt da, und alles in seinem Gesicht schien schief wie die Wände der Hütte. Die Nase war wohl mindestens einmal gebrochen worden, die Kerbe in der einen Wange ließ vermuten, dass dort mindestens ein Zahn fehlte. Die Augen … nun, die Augen waren gleich groß, aber über einem befand sich eine Narbe, die sie noch nicht kannte. In den Augen wiederum stand nicht länger nur Entsetzen, sondern auch Fassungslosigkeit.

»Du …?«, stieß er aus. Sie war nicht sicher, wovor genau sie sich gewappnet hatte. Er hingegen war offenbar mit einer bestimmten Erwartung in die Hütte gestürmt, einer Erwartung, die nun enttäuscht wurde. »Róisín …«, brachte er kaum hörbar hervor, mit einer Stimme heiser vor Schmerz. Caitlín erhob sich, das Stück Stoff, an dem sie genäht hatte, in der einen Hand, die Nadel in der anderen. Sie wollte ihm sagen, dass Róisín tot war, gewahrte dann allerdings, dass sie das gar nicht mehr musste. So heftig wie der Schmerz in seiner Miene tobte, ahnte er es längst. Und selbst wenn nicht, hätte sie es ihm nicht mehr sagen können, denn das Erste, was der Schmerz ihm zu tun befahl, war, mit beiden Händen auf sie loszugehen, sie an den Schultern zu packen, sie zu rütteln. »Warum bist du hier?«, brüllte er. »Warum du?«

Und dann fuhren die Hände höher, umklammerten ihren Hals, und ihr Mund wäre selbst dann trocken geworden, wenn sie ganze Kelche von Bier und Wein geleert hätte. Sie konnte ihm nicht ins Gesicht spucken, noch nicht einmal richtig atmen konnte sie. Das Einzige, was sie schaffte, war, die Nadel zu erheben, damit auf ihn einzustechen, das Ohrläppchen zu erwischen. Obwohl die Nadel so stumpf war, heulte er auf, ließ ihre Hand los, griff sich ans Ohr.

»Bist du verrückt geworden?«, schrie sie. »Es ist doch nicht meine Schuld, dass Róisín starb. Es ist hingegen mein Verdienst, dass ihre … eure … unsere Kinder leben. Dass ich wiederum deinen Bruder getötet habe, hat er verdient. Und selbst wenn nicht, hättest du kein Recht, mich dafür zu erwürgen. Schließlich hast du einst auch meinen Bruder getötet.«

Sie hob die Nadel, fuchtelte damit herum, wusste, dass sie nie in ihrem Leben einen so lächerlichen Anblick geboten hatte. Ascall schien die Nadel jedoch nicht zu sehen, ja, noch nicht einmal sie. Zu erschüttert war er, dass er hier und heute nicht nur vom Tod seiner Geliebten zu erfahren hatte.

»Ailillán … Ailillán ist tot?«, stammelte er.

Himmel, warum musste *sie* ihm all das sagen, warum hatten es nicht Tuan, Ógán, Clach oder Pòg getan?

»Ja«, erwiderte sie bitter, »Ailillán ist tot, ich selbst habe ihm ein Messer in die Brust gerammt. Was hätte ich denn sonst tun sollen, um die Kinder zu retten? Er wollte sie den Normannen als Geiseln ausliefern!«

Er starrte sie aus den leeren Augen eines Einfältigen an. Weder schien er zu verstehen, was sie sagte, noch zu fühlen, was die Worte bedeuteten.

»Ailillán … Messer … Geiseln«, echote er.

Er wollte seine Hände heben – vielleicht, um einen trockenen Schrei zu ersticken, vielleicht, um aufsteigende Tränen abzuwischen, vielleicht, um sich die Ohren zuzuhalten, um nicht noch mehr zu erfahren. Er schaffte es nicht, schien sich noch nicht einmal aufrecht halten zu können.

»Es tut mir leid«, sagte sie leise. »Auch von den anderen sind so viele tot … Barra … Ivarr … Fintan … Cascorach …«

Ob die Nadel, mit der sie eben zugestochen hatte, stumpf war oder nicht, sein Ohrläppchen blutete. Ein Tropfen lief ihm über den Hals, doch immer noch konnte er die Hand nicht heben, um wenigstens diesen wegzuwischen. Selbst den Kopf ließ er nun sinken. Nicht dass sie darob ihre Angst vor ihm verlor, überzeugt sein konnte, er würde nicht wieder versuchen, sie zu erwürgen. Sie hastete zu den Kindern, um sie zu packen, hochzuziehen. Aedan gehorchte ihr sofort, Finnola indes versteifte.

»Wer … Wer ist das?«, raunte sie.

Euer Vater, der so verrückt wie euer Großvater geworden ist …

Allerdings hatte sie ihnen kaum etwas von Ascall und nie etwas von Ultan erzählt.

»Nun kommt schon!«, befahl sie. Finnola gab ihr endlich die Hand, doch jetzt war es Aedan, der sich wehrte, hatte er doch den Würfel fallen lassen und wollte er sich bücken, um ihn aufzuheben. »Nun kommt!«, entfuhr es ihr schrill.

Als Aedan weiterhin gegen ihren Griff kämpfte, hob sie selbst den Würfel auf. Für die Nadel, ihre lächerliche Waffe, war nun keine Hand mehr frei, aber es galt ohnehin keinen Angriff mehr abzuwehren. Als Caitlín die Kinder aus der Hütte zerren wollte, gewahrte sie, dass Ascall auf die Knie gesackt war und die Hände um den eigenen Körper geschlungen hatte. Ein wenig glich er jetzt Airdi, der sich in Augenblicken höchster Not in gleicher Haltung hin und her wiegte, um sich zu beruhigen. Auch die Laute, die über Ascalls Lippen traten, glichen jenen, die Airdi nächtens ausstieß, wenn er dunkle Träume aus sich herausschreien wollte, die Stimme jedoch viel zu leise für seine große Angst war. Ascalls Stimme war zu leise für seine große Trauer – die Trauer um den Bruder, die Trauer um die Männer, vor allem aber die Trauer um die Geliebte.

»Róisín … Róisín …«

Der Name war wiederum zu groß für die Hütte. Er füllte sie nicht nur ganz und gar aus, drang überdies nach draußen, echote wohl selbst oben im Himmel. Ob Róisín dort war und seine Stimme hörte, wusste Caitlín nicht. Sie wusste nur, dass sie nicht mehr einfach gehen konnte.

»Wer … Wer ist dieser Mann?«, fragte Finnola wieder.

Euer Vater, der eure Mutter so sehr geliebt hat …

Sagen konnte sie es nicht. Sie zog die Kinder an den schiefen Wänden vorbei zum Eingang, ging dort selbst auf die Knie, raunte ihnen zu: »Ihr müsst zu Rún gehen und ihr sagen, dass sie zurückkommen soll. Sie wartet unter einer der Trauerweiden. Ihr wisst schon, welche ich meine.«

Aedan und Finnola starrten sie verwirrt an. Irgendwann senkte Finnola den Kopf, während Aedan vorsichtig in Ascalls Richtung lugte. Immer noch wiegte sich dieser vor und zurück, immer noch war er gefangen in einem Albtraum, der das Leben war, immer noch sagte er wieder und wieder einen Namen, der in den Ohren der Kinder fremd klang, in Caitlín hingegen plötzlich eine so starke Erinnerung weckte. Ganz deutlich konnte sie jenes rotbraune Haar vor sich sehen, das rotbraune Haar, das dem Finnolas glich, das ihr Gesicht gekitzelt hatte, als Róisín sie damals fast erwürgt hätte, genauso wie heute Ascall ... Die beiden hatten wahrlich gut zusammengepasst ...

»Also, tut, was ich euch sagte«, wandte sie sich wieder an die Kinder, und endlich trollten sich die beiden.

Caitlín sank auf ihre Fersen, hielt solcherart genug Abstand zu Ascall, ließ ihn nicht aus den Augen. Doch er griff sie nicht wieder an, umklammerte nur den eigenen Leib.

Irgendwann formten seine Lippen nur mehr Róisíns Namen, anstatt ihn heiser auszustoßen. Irgendwann bahnte sich eine Träne ihren Weg über seine gefurchten Wangen. Und irgendwann weinte auch Caitlín zum ersten Mal seit Jahren. Vielleicht um Ascall und Róisín, vielleicht um Ailillán und sie, vielleicht um sie alle zusammen.

Das Licht wurde weicher, selbst die Schatten wirkten nicht schwarz, sondern bronzen. Caitlín hatte keine Ahnung, wie viel Zeit genau vergangen war – so wie damals, als sie neben Aililláns Leichnam gehockt und dieser langsam erkaltet war. Ascall erschien ihr nicht minder starr und leblos, doch plötzlich richtete er sich auf, blickte sie an.

»Wo?«, fragte er nur.

So wenig Sinn die Frage ergab, glaubte sie sie doch zu verstehen. »Komm mit.«

Als sie hinaustraten, war das Abendlicht bereits violett. Vor der Hütte hatte sich ein Grüppchen Krieger versammelt, doch sie missachtete die stummen Fragen, die nur in den Mienen standen, ebenso wie die, die laut ausgesprochen wurden, drängte sich nicht nur an den Männern vorbei, auch an Aibhlinn, die irgendetwas von Bier faselte, und dann hatten sie die kleine Ansiedlung schon hinter sich gelassen.

Wenig später erreichten sie das Fleckchen, wo die Trauerweiden wuchsen und wohin sie zuvor Rún geschickt hatte. Rún und die Kinder hatten sich wohl im Garten versteckt, die Trauerweiden schienen tiefer als sonst ihre Äste hängen zu lassen. Ihre Spitzen versanken im Wasser, und der Fluss zog daran, vermochte jedoch nicht, sie abzureißen.

Ob es den Trauerweiden wehtut, dass ständig an ihnen gezerrt wird? Oder ob es ihnen ein Trost ist, dass, obgleich sie selbst fest verwurzelt sind, der Fluss stets in Bewegung ist, folglich immer alles weiter, immer alles vorbeigeht?

Sie setzte sich auf einen Stein zwischen zwei Bäumen, auf den noch kein Schatten fiel.

»Wir waren mitten im Wald, als Róisín Wehen bekam«, begann sie leise zu sprechen. »Mit den letzten Worten, die sie von sich gab, sagte sie mir, dass sie dich liebt und dass ich es dir sagen soll. Wir konnten ihren Leichnam nicht mitnehmen, wir hatten ja die Kinder zu schleppen, und um ihn zu begraben, fehlten uns Werkzeuge und Kraft. Also haben wir ihn nur mit Moos und Blättern bedeckt.« Es lag ihr auf den Lippen hinzuzufügen, dass Róisíns Leib nicht die Kraft gehabt hatte, die Kinder auf die Welt zu pressen, sie sie vielmehr aus ihrem Leib hatte schneiden müssen. Aber dann kam sie zu dem Schluss, dass ihm dieses Wissen ja doch nichts nutzte.

Sie schwieg, hob ihren Blick, musterte ihn zum ersten Mal, seit sie die Hütte verlassen hatten. Im violetten Abendlicht waren noch mehr Narben, noch mehr Furchen, war noch mehr Dreck an Haaren und Bart zu sehen, wenngleich beides nicht so lang war, wie man an einem Gefangenen vermuten mochte. Die Kleidung wies dagegen kaum Flicken auf, das Leder glänzte ebenso wie das Metall, das dieses an entscheidenden Stellen – Knie, Ellbogen und Schultern – verstärkte, doch wenn auch nicht das, so verriet doch die erschöpfte Haltung den langen Ritt, der hinter Ascall lag.

Und jeden Schritt hat er in der Hoffnung getan, Róisín wiederzusehen …

»Ailillán«, fuhr sie fort, »Ailillán war wie gesagt bereit, die Kinder für dich zu opfern. Ich … Ich wollte ihn nicht töten. Ich musste es schlichtweg tun.« Sie atmete tief durch, entschied auch hier, die blutigen Einzelheiten auszusparen, Ascall niemals zu sagen, dass sie dem Bruder nicht nur einmal den Dolch in den Leib gerammt hatte, nein, so viele Male, und dass sie nicht nur ihn, auch Enda auf dem Gewissen hatte. »Ihn haben wir in der Nähe von Dún Fionn begraben, wo alle anderen gefallenen Ritter des Roten Zweiges liegen«, fuhr sie fort. »Ich weiß nicht, was aus den Gräbern geworden ist, ob Saint-Taurin sie verwüstet hat oder nicht. Jedenfalls komme ich manchmal hierher und stelle mir vor, wir hätten die beiden hier begraben und nicht irgendwo zurückgelassen.«

Sie war aufgestanden, zur Seite getreten. Viel fester Boden war da nicht zwischen Trauerweiden und Stein, aber doch genug, damit Ascall wieder auf die Knie sinken konnte. In der Hütte hatte er einem gefällten Baum geglichen, nun glich er einem Mönch, der dem Allheiligsten seinen Respekt bekundete. Vorsichtig hob er die Hand, fuhr damit über den Stein, als wäre der ein lebendiges Wesen, das sein Streicheln spürte, beugte sich gar vor, bis sein Gesicht den Stein berührte. Ob er ihn küsste oder einfach nur sein Gesicht verbarg, sah sie nicht.

Seine Schultern bebten, die Stimme jedoch kaum, als er plötzlich sagte: »Danke, dass du mir alles erzählt hast. Aber von nun an werden wir nie wieder über die Toten reden.«

Der Himmel wurde fahl, sein Gesicht war es auch, als er sich erhob.

»Unsinn«, entfuhr es ihr unwillkürlich. »Es war ein Fehler, den Kindern bislang kaum etwas von dir zu erzählen, von ihrer leiblichen Mutter, auch von Ailillán. Man schüttelt die Erinnerungen nicht einfach ab, nur wenn man über sie schweigt.«

Er wandte sich ihr zu, glich nun ein wenig dem Ascall, den sie gekannt hatte – einem Mann, dessen Blick nie ruhig stand, der vielmehr immer kreiste, als drohte ständig aus irgendeiner Richtung ein neuer Feind auf ihn loszugehen.

Gehetzt begann er zu reden: »Einst habe ich versucht, meinem Bruder beizubringen, dass man nur tötet, wenn man es muss, nicht, weil man es will, kann oder soll, und dass Ailillán das nie begriffen hat, ändert nichts daran, dass ich recht habe. Am besten, man erinnert sich auch nur an die Toten, wenn man es muss.«

»Unsinn«, wiederholte Caitlín, »ich *will* mich erinnern.«

»Weil du es sollst?«

»Nein, weil ich es kann. Weil ich stark genug dafür bin, und du bist es doch auch.«

Ruhelos schweifte sein Blick durch die Welt, blieb nirgendwo hängen. Wo denn auch. Alles wurde immer grauer, schwärzer, nur der Mond stand groß, rund und weiß am Himmel, und der Stein stahl sich etwas von seinem Glanz.

»Sind wir auch stark genug, die Wahrheit zu ertragen?«, fragte er leise.

»Welche Wahrheit?«

»Dass das Leben schrecklich ist«, stieß er hervor.

»Gewiss ist es das«, gab sie zurück, »aber nicht nur.«

Er schien ihre Worte nicht zu hören. »Saint-Taurin hat behauptet, die Wahrheit mache frei von Schmerz.«

»Gewiss macht sie das«, sagte sie, »doch nicht ganz.«

Jetzt ruhte sein Blick endlich auf ihr. Er war ihr fremd und nah zugleich. »Ich … Ich bin nicht frei«, stammelte er.

»Das ist gut.«

Und wieder schlang er seine Arme um den Leib, weil er sich nur an sich selbst festhalten konnte, um nicht ins Nichts zu fallen. Und wieder stieß er jenen Ton aus, der an ein waidwundes Tier erinnerte. Und wieder sprach er den Namen der Frau aus, die er geliebt hatte, die er noch liebte, die er immer lieben würde.

»Róisín … Róisín …«

Anders als zuvor hatte sie keine Angst mehr, er würde sie erwürgen. Sie trat zu ihm und legte vorsichtig ihre Hand auf seine Schulter.

Der Mond wurde heller, die Welt dunkler.

»Wir sollten zurückgehen«, sagte sie.

Sie hatten die Trauerweiden kaum hinter sich gelassen, als er abrupt stehen blieb, ihr etwas reichte. Es war ein Messer.

»Was soll ich damit?«, fragte sie. »Dein Bart ist nicht lang genug, als dass es sich lohnte, ihn zu schneiden. Und die Kinder werden auch Angst vor dir haben, wenn du keine Waffen trägst.«

»Aber du sollst keine Angst haben. Wenn ich dich wieder angreife, sollst du dich mit etwas anderem verteidigen können als mit einer Holznadel …«

Seine Lippen blieben schmal, durch seine Stimme tönte hingegen ein Lächeln, flüchtig nur, doch echt.

»Warum solltest du mich noch einmal angreifen? Warum den Kindern die einzige Mutter nehmen, die sie haben?«

Er zuckte mit den Schultern. »Nicht, wenn ich wach bin, aber vielleicht, wenn ich schlafe und träume. Ich muss doch schlafen, damit ich genügend Kraft habe, mit den Männern zu reden, ihnen alles zu erklären … Morgen …«

»Dann lass uns endlich gehen«, sagte sie und drängte sich an ihm vorbei, anstatt das Messer zu nehmen.

»Warte«, sagte er, steckte das Messer wieder ein. »Erzähl mir alles von den Kindern!«

Der Weg bis zu den Hütten war nicht lang genug, um ihm alles zu erzählen. Also beschränkte sie sich auf weniges – dass

Finnola Schafe liebte, gern nähte und gärtnerte, dass sie am liebsten Gelb trug und sich vor den Normannen fürchtete, genau wie Aedan, wobei der sich eher die Zunge abbeißen würde, als das zuzugeben. Dass der Junge seit geraumer Zeit mit einem Holzschwert zu kämpfen übte und dass er manchmal mit Airdi den Holzspeer, den Tuan ihnen geschnitzt hatte, auf alle möglichen Ziele abwarf – sie hatte noch nicht herausgefunden, wer von den beiden dabei ungeschickter war. Aedan, so erzählte sie, sei es egal, ob seine Kleidung gelb oder rot war. Sauber und ohne Flicken war sie jedenfalls nie.

Ascall blieb wieder stehen. »Meine Mutter Almaith wusste rein gar nichts von Ailillán und mir«, sagte er leise, »sie hat ihre ganze Kraft darauf verschwendet, unserem Vater zu gefallen.«

»Nun, einer Sache kannst du dir sicher sein«, erwiderte sie trocken. »Ich verschwende niemals Kraft, schon gar nicht, um jemandem zu gefallen.«

Als sie zurückkehrten, wurden sie von den Kriegern erwartet und erneut mit Fragen bestürmt. Caitlín schwieg, und Ascall beschied sie knapp, dass er am kommenden Morgen zu ihnen allen sprechen werde. Die Kinder schliefen bereits in der Hütte, und Rún kauerte bei ihnen, doch als sie Ascall eintreten sah, sprang sie auf und floh. Caitlín seufzte, als sie daran dachte, wie lang und mühsam der Weg sein würde – für Ascall aus seiner Trauer, für Rún und die Kinder aus der Angst.

Sie selbst hatte zu ihrem Erstaunen keine Angst. Als er sich hinlegte – in größtmöglichem Abstand zu den Kindern, die er überdies kaum zu betrachten wagte –, reichte er ihr wieder das Messer, aber sie nahm es nicht.

»Mach die Augen zu«, sagte sie nur schroff.

Wann immer er sich einst auf sie gelegt hatte, hatte er das von ihr gefordert. Sie hatte nicht immer gehorcht – er hingegen tat es sofort, wenngleich sie nicht wusste, ob er wirklich einschlief. Vielleicht versuchte er dunklen Träumen zu entgehen, vielleicht ahnte er auch, dass keiner so schlimm war wie das Erwachen aus dem Traum, Róisín hier wiederzusehen.

Ascall

Laute Stimmen weckten ihn, und unwillkürlich tastete er nach seiner Waffe. Ehe er sie fühlte, fiel ihm ein, dass er Caitlín sein Messer hatte geben wollen. Er fuhr hoch, sah sich um, erkannte, dass sie noch schlief – im Sitzen und über ein Stück Stoff gebeugt.

Sein Messer erblickte er dagegen nirgendwo, erblickte nur die Kinder, die in diesem Augenblick auch zu einer Waffe wurden – einer, die sich geradewegs auf sein Herz richtete. Was konnte bei ihrem Anblick in ihm heil bleiben? Wie konnte er bei ihrem Anblick vergessen, was er verloren hatte?

Róisín.

Róisín ist tot.

Róisín starb, weil sie ihr Leben für diese Kinder geopfert hat.

Ailillán.

Ailillán ist auch tot.

Ailillán starb, weil er diese Kinder für mich opfern wollte.

Das Mädchen schlief noch wie Caitlín, der Junge war wach.

»Wer bist du?«, fragte er. Gestern hatte er kaum mehr von den beiden wahrgenommen, als dass Finnola das rotbraune Haar ihrer Mutter hatte. Nun stellte er fest, dass Aedan weniger Róisín als vielmehr Ailillán glich, jedenfalls dem Knaben, der dieser einst gewesen war, bevor ihr Vater aus dem Krieg zurückgekehrt war, vorsichtig, ängstlich, aber zu stolz, um das zuzugeben.

»Wer bist du?«, wiederholte Aedan.

Ascall sank zurück.

Ailillán … ich hätte ihn beschützen müssen … Nein, ich hätte ihn töten müssen, auf dass Caitlín nicht mehr dazu gezwungen gewesen wäre, es zu tun …

»Ascall«, stieß er heiser aus, »ich bin Ascall ... Ascall ... von Toora ...«

Das Wichtigste, nämlich dass er sein Vater war, sparte er aus. Väter waren grausam und gefährlich. Und dass er einst Irlands gefürchtetster Krieger gewesen war, sagte er auch nicht.

»Woher hast du diese Narbe?«, fragte Aedan.

Unwillkürlich fuhr Ascalls Hand zu seiner Brust. Er hatte nicht bemerkt, dass sein Wams etwas verrutscht war, Teile des Roten Zweiges zu sehen waren, den Goll ihm eingebrannt hatte. Manchmal schmerzte die Narbe. Nun, da er sie betrachtete, schmerzte vor allem die Erinnerung an Róisíns Narbe. Sie selbst hatte sich seinerzeit eine tiefe Wunde auf der Wange zugefügt, damit ihr Vater sie in Ruhe ließ.

Gut, dass es bei uns anders ist, dass der Vater die Narbe trägt, nicht das Kind ...

Laut sagte er das nicht. Er schaffte es noch nicht einmal, Aedan noch länger anzuschauen, zumindest nicht jetzt, da er doch alle Kräfte brauchte, um sich den Menschen da draußen vor der Hütte zu stellen, den Streit zu schlichten, der – wie die immer zornigeren Stimmen verrieten – ausgebrochen war.

Als er nach draußen trat, sah er, dass sich zwei Parteien gebildet hatten. Pòg und Clach, Madadh und Ógán standen auf der einen Seite, FitzMartin und das Dutzend normannischer Ritter, das sie beide hierherbegleitet hatte, auf der anderen. Während des langen Rittes hatten sie nie Misstrauen bekundet, doch als sie nun die irischen Krieger musterten, stand es umso deutlicher in ihren Gesichtern geschrieben.

Über den Boden krochen kniehoch die Nebelschwaden, doch dass man das Land, auf dem sie standen, nicht sehen konnte, war für die Männer kein Grund, es nicht für sich einzufordern.

»Ihr Normannen habt hier gar nichts verloren!«, zischte Pòg. »Verschwindet, sonst werden wir euch Beine machen.«

FitzMartin schwieg, indes ein anderer sich nicht zurückhalten konnte. »Ihr wollt uns vertreiben? Wie viele eurer Könige haben denn Hilfe bei den Normannen gesucht, wenn es galt, einen von ihresgleichen zu bekämpfen?«

»Keinem solchen König würden wir jemals dienen!«, erwiderte Ógán, und obwohl Ascall ihn seit Jahren nicht gesehen hatte, konnte er kaum Unterschiede zu dem Jungen von einst erkennen, der das Banner der Ritter des Roten Zweiges nicht einfach nur trug, sondern sich halb trotzig, halb ängstlich daran festklammerte. »Und euch dienen wir erst recht nicht!«

»Verschwindet!«, wiederholte Pòg, und auch Clach stimmte zu. »Verschwindet!«

FitzMartin hob beschwichtigend die Hand, doch sein Ritter bemerkte dies gar nicht erst. »Und wenn wir es nicht tun? Wollt ihr uns dann etwa mit eurem bösen Blick vertreiben? Ha! Jede alte Hexe beherrscht ihn besser.«

Pòg stampfte auf. »An Weibern wollt ihr uns also messen, obwohl ihr selbst welche seid? Wie nennt man denn Normannen, die sich einem Iren unterwerfen? Oder stimmt es etwa nicht, dass Ascall euer Trüppchen anführt?«

»Wir sind nicht Ascall gefolgt, sondern ihm!«, erklärte der Ritter böse und wies mit seinem Kinn auf FitzMartin, der einmal mehr die Hand hob, womit er allerdings viel deutlicher Unbehagen als Macht bekundete.

»Nach allem, was Tuan sagt, ist der ein Verräter!«, erklärte Ógán.

Erst jetzt ging Ascall auf, dass Tuan im Kreis der Männer fehlte. Das letzte Mal hatte er ihn gesehen, als er ihn zur Hütte gebracht und ihn in dem Glauben gelassen hatte, in dieser erwarte ihn Róisín. Weil er aus Mitleid nicht anders konnte? Weil er aus Wut nicht anders wollte?

Sei's drum. Jetzt war nicht die Zeit, das zu ergründen.

»Schluss jetzt!«, rief er in den nebligen Morgen.

Die Blicke flogen zu ihm. Die der Normannen waren immer noch misstrauisch, die der Iren nun auch. Forsch schritt Madadh auf ihn zu. »Als sich unsere Wege kreuzten und ich mich dir erneut angeschlossen habe, hast du versprochen, dass wir wieder auf Dún Fionn leben würden. Aber Dún Fionn können wir doch sicher auch ohne ihre Hilfe einnehmen!«

»Das will ich sehen!«, höhnte der normannische Ritter. »Wenn es so einfach wäre, warum habt ihr es nicht längst versucht?«

Madadh machte einen drohenden Schritt auf den Ritter zu, doch der wich nicht zurück, baute sich vielmehr stolz vor ihm auf. Die strikte Grenze zwischen den Parteien verlor sich, als nun auch die anderen Männer aufeinander losgingen. Wie soll diese Grenze auch jemals halten?, dachte Ascall. Auf dieser Insel wurde doch so schnell ein jeder zum Feind. Vielleicht konnte aber auch ein jeder zum Freund werden – vorausgesetzt, es gelang ihm, eine Prügelei zu verhindern.

»Schluss jetzt!«, rief er wieder und trat hastig zwischen Madadh und den normannischen Ritter. Da er nicht beide gleichzeitig im Auge behalten konnte, begnügte er sich damit, Madadh durchdringend anzustarren. »Ja, ich habe versprochen, dass wir wieder auf Dún Fionn leben werden. Ich habe hingegen nichts davon gesagt, dass wir die Burg gewaltsam einnehmen werden.«

Madadh schwieg ebenso verwirrt wie Clach und Pòg. Ein anderer, der sich bislang rausgehalten hatte, trat dafür näher, hob seine Hände. Die eine Hand war so unförmig und vernarbt, dass sie kein Schwert mehr halten konnte. Die andere so feingliedrig, dass sie wohl nie ein Schwert gehalten hatte. Krieger oder nicht – der Mann sprach mit der Verachtung, die ein solcher für einen Feigling fühlte.

»Du willst Dún Fionn nicht einnehmen?«, fragte er. »Ja, denkst du, Saint-Taurin wird es dir freiwillig überlassen?«

Ascall hielt seinem Blick stand. »Nicht mir«, sagte er, »aber Hugh de Lacy, dem Statthalter Irlands, dessen Macht gefestigter denn je ist, nun, da der älteste Sohn von König Henry tot ist und dieser dafür zu sorgen hat, dass sich seine noch lebenden nicht zerfleischen.«

Ohne Zweifel war das eine große Aufgabe für Englands

König. Ascall war sich nicht einmal sicher, ob ihm gelingen würde, dass diese Männer hier sich nicht zerfleischten ... oder gar ihn.

»Ich sehe nirgendwo Hugh de Lacy!«, brüllte Pòg. »Und wenn er hier stünde, würde ich danach trachten, ihm den Kopf abzuschlagen.«

»Pah!«, rief der normannische Ritter. »Du würdest ja noch nicht mal meinen Nacken treffen.«

Pòg stampfte auf, Clach hob indes sein Schwert – das einzige, das die Männer besaßen, was nicht bedeutete, dass man mit diesem einen nicht viel Schaden anrichten konnte. Und er hatte nicht einmal sein Messer bei sich ... Wo war es bloß? Caitlín hatte es verweigert ... Caitlín, nicht Róisín ...

Ascalls Gedanken erwiesen sich als wankelmütig, drohten, sich ganz und gar in Erinnerungen, in Trauer, in Hader zu verlieren. Sein Körper aber wusste, was er zu tun hatte. Blitzschnell bückte er sich, hob ein Stück Holz auf, warf es einem Speer gleich auf Clach. Wo genau er ihn traf, sah er nicht – jedenfalls schrie Clach auf und wankte, und Ascall nutzte diesen Moment, um dem anderen mit dem Fuß das Schwert aus der Hand zu treten.

Er bückte sich nicht danach, stellte jedoch den Fuß darauf und knurrte: »Wag es nicht, das Schwert wieder aufzuheben.«

Clachs Augen wirkten glasig, während in Pògs Blick ein Feuer loderte.

»Ich habe Hugh de Lacy den Lehnseid für Dún Fionn geschworen«, fuhr Ascall fort. »FitzMartin wird deshalb von Saint-Taurin in Hugh de Lacys Namen fordern, mir Dún Fionn zu übergeben.« Das Holz, das Ascall auf Clach geworfen hatte, knirschte, als der darauf trat. Einige hielten die Luft an, andere ließen sie mit empörtem Schnauben entweichen, Ógán sah aus, als würde er gleich weinen. Ascall ließ den Blick schweifen, sah jedem irischen Krieger durchdringend in die Augen. »Auch Ruari O'Connor hat seinerzeit mit König Henry Frieden geschlossen«, fügte er etwas leiser hinzu, »er … er hat ihm ebenfalls den Lehnseid geschworen.«

Wieder Momente der Stille, grau und zäh wie der Nebel.

»Na und?«, brüllte Pòg. »Ruari O'Connor hockt im Kloster von Cong, weil er von seinem Sohn vertrieben wurde! Willst du dort mit ihm beten? Vielleicht für Barras Seele, für Ivarrs, für Fintans, für Cascorachs? Sie rächen willst du ja offenbar nicht.«

»Ruari O'Connor hockt im Kloster, weil er sich als zu schwach erwiesen hat. Und schwach bin ich nicht«, entgegnete Ascall. »Ich wäre durchaus stark genug, um Rache zu üben. Ich bin aber auch stark genug, um das zu tun, was weitaus schwerer ist, weitaus härter, weitaus entbehrungsreicher.« Er ließ wieder den Blick schweifen, sah, dass Ógán seine Tränen geschluckt hatte, dass seine Kiefer mahlten. »Die größte Prüfung für einen Krieger ist nicht der Kampf, es ist der Frieden.«

Hätte er in der Sprache der Elfen gesprochen – seine Männer hätten ihn kaum weniger verstanden. Madadh, Pòg und Clach schrien gleichzeitig auf, Ógán stampfte wütend auf, der Mann mit der verkrüppelten Hand begann lauthals zu lachen. Seine blonden Locken hatten nichts mit Caitlíns Haar gemein, aber seine Augen waren blau wie ihre. Es musste Faolán O'Bjólan sein, ihr Bruder, dem er schon einmal begegnet war – damals, als er mit ihrem anderen Bruder Riacán einen Zweikampf ausgefochten und ihn getötet hatte, woraufhin einer von dessen Kriegern beinahe ihn selbst umgebracht hatte.

So viel Tod. So wenig Leben.

Ascall trat von dem Schwert zurück, wandte sich an Faolán. »Warum lachst du? Du bist doch ein Barde! Du hast gewiss Lieder vom Frieden gesungen!«

Faoláns Gesicht verzerrte sich. »Wäre ich ein Barde, ich hätte noch meine Harfe. Und wärest du ein Krieger, der Anführer der Ritter des Roten Zweiges gar, du hättest noch deine Kampfeslust. Oh, es stimmt, ich habe jahrelang vom Frieden gesungen. Doch es war nutzlos, und wenn du jetzt von

Frieden schwafeln willst, kann ich dir gleich versichern: Es ergibt noch weniger Sinn.«

Ascall nahm aus den Augenwinkeln wahr, dass sich ein paar Frauen zu den Männern gesellten. Einige waren ihm fremd, aber er erkannte Eithne wieder, die ein Kind auf dem Arm hielt, und Rún, seine einstige Sklavin, die er rundlicher, kräftiger in Erinnerung hatte. Caitlín sah müde aus, und kurz fühlte er sich erschöpft wie sie, doch anstatt der Trägheit nachzugeben, auch dem Überdruss, der in ihm hochstieg, zerrte er an seinem Wams, bis alle sehen konnten, was auch Aedan schon gesehen hatte: den Roten Zweig auf weißer Haut.

»Niemand spricht mir ab, dass ich die Ritter des Roten Zweiges anführe! Ich trage ihr Zeichen auf meiner Brust, ich trage ihr Zeichen auch auf meiner Seele. Denn in den Stunden, Tagen, Wochen, da diese Wunde heilte, immer wieder aufplatzte, endlich vernarbte, hat sich meine Seele nach nichts anderem verzehrt, als euch wieder um mich zu sammeln. Meine Narbe tut immer noch weh, und nicht minder schmerzt es, dass nicht alle von euch leben. Kämpfen will ich gleichwohl mit euch, und wenn ihr denkt, dass der Kampf für den Frieden eines wahren Helden nicht würdig ist, will ich euch vom Gegenteil überzeugen, will euch auch erklären, warum ich Hugh de Lacy meine Treue geschworen habe.« Er fuhr sich an die Narbe, strich darüber. »Eben sagte ich, die Narbe tue immer noch weh, aber das ist nur die halbe Wahrheit. An manchen Stellen ist die Haut zu dick geworden, um noch etwas zu fühlen, und das ist fast noch schwerer zu ertragen als die Schmerzen, passt es doch nicht zu einem Roten Zweig. Warum glaubt ihr, haben sich die Ritter Cú Chulainns einst diesen Namen gegeben? Warum haben sie sich nicht die Ritter des Roten Schwertes oder des Roten Hammers oder des Roten Steins genannt? Ich will es euch sagen! Ein Zweig wächst an einem Ast, und ein Ast wächst an einem Baum, und dieser Baum wurzelt tief in der Erde, fruchtbarer, feuchter Erde, Érius Haut. Selbst im Winter, wenn er sich kahl dem bleichen Himmel entgegenstreckt, wohnt in einem solchen Baum die Macht, neue grüne Triebe, neues Leben hervorzubringen. Wenn ich sage, ich will für Frieden kämpfen, dann sage ich, dass ich gleichsam für das Leben kämpfen und dass ich dieses Leben spüren will, auch wenn es wehtut. Gewiss, wir können uns Wunde um Wunde zufügen, sodass wir am Ende nur mehr aus gefühllosen Narben bestehen. Wir können aber auch Bäume pflanzen. Es bedarf viel Kraft und viel Mut, ein Schwert zu heben, es bedarf jedoch genauso viel Kraft und Mut, es wieder zu senken.«

Als er verstummte, hatte sich der Nebel gelichtet, das Licht des jungen Tages war hingegen noch fahl. Die Gesichter waren das auch, doch in ihnen nicht nur Feindseligkeit zu lesen, vielmehr Verwirrung, war ihm schon ein kleiner Sieg.

Nicht dass dieser Triumph lange währte. »Welch schöne Worte«, höhnte Faolán, »glaub mir, früher hätte ich daraus ein Lied gedichtet, und wer es gehört hätte, hätte vor Rührung geweint. Mittlerweile weiß ich, was auf schöne Worte und noch schönere Lieder folgt. Gelächter. Bösartiges, spöttisches, seelenloses Gelächter. Und wie soll man denn auch nicht über dein Ansinnen lachen? Überall herrscht Krieg, und du willst ihn gewinnen, indem du dein Schwert senkst?«

Ascall schüttelte den Kopf. »Ich will den Krieg nicht gewinnen, ich will ihn nur nicht verlieren. Wenn ein Fluss aus seinen Ufern steigt, weil es zu lange geregnet hat und dein Haus mit sich zu reißen droht, was tust du dann? Etwa hineinspucken? Nein, du baust aus allem Holz, das du finden kannst, aus Steinen und Getreidesäcken einen Damm. Und genau das will ich auch tun. Die Ritter des Roten Zweiges … Dún Fionn … sie sollen ein Schutzwall sein, ein Bollwerk.«

Aus dem Geraune der Krieger glaubte er herauszuhören, dass er nicht vergeblich auf sie einredete. Faoláns Grinsen drohte indes die Wirkung seiner Worte zunichtezumachen. »Aber wenn du sämtliche Getreidesäcke für den Damm verschwendest, was willst du dann hinterher essen?«

Kurz fühlte sich Ascall wieder unendlich müde, doch durch Caitlíns Gestalt ging ein Ruck. »Man ersäuft schneller, als dass man verhungert«, warf sie ein. »Stehst du nicht bis zum Hals im Fluss, kannst du dir überlegen, wie du Beute machst.«

»Ach, Tiere dürfen wir noch erlegen, nur keine Normannen mehr?«, fragte Clach, und seine Stimme klang fast so höhnisch wie Faoláns.

Wenn es so weitergeht, werde ich nie Herzen gewinnen, ging es Ascall durch den Kopf, aber dann fiel ihm ein, dass er ja nicht gewinnen wollte, es ihm vielmehr genügte, nicht zu verlieren.

»Ihr könnt Normannen töten, vorausgesetzt, sie greifen uns an«, sagte er. »Ihr könnt auch Saint-Taurin töten, vorausgesetzt, er weigert sich, Hughs Befehl zu befolgen und Dún Fionn aufzugeben. Wir werden den Kampf dennoch nicht suchen!«

»Das müssen wir auch gar nicht!«, setzte Faolán schrill entgegen. »Denn gekämpft wird überall. Was hingegen den Frieden betrifft … oh, man sieht ihn nicht, man hört ihn nicht, und er ist nirgendwo.«

»Halt doch endlich dein Maul, Bruder!«, rief Caitlín.

Verdrossen presste Faolán die Lippen zusammen, hatte ein Befehl der Schwester doch offenbar mehr Macht als alles, was ein Ascall von Toora ihm zu sagen hatte, das Raunen der Krieger allerdings wurde wieder lauter, zorniger. Nein, Worte allein würden nicht genügen. Und dass sie ihm vertrauten, auch nicht. Sie mussten ihn fürchten, so wie sein Bruder Ailillán ihn immer gefürchtet hatte.

Ascall verharrte schweigend, ließ zu, dass das Raunen anschwoll, dass die Mienen empörter wurden, ließ auch zu, dass Clach und Ógán wie auf einen stummen Befehl hin plötzlich auf ihn zugingen, das Schwert an sich bringen wollten. Ascall wartete, bis sie ganz nah an ihn herantraten, doch als sie sich bückten, kam er ihnen zuvor. Blitzschnell rammte er Clach den Knauf des Schwertes ins Gesicht, während er seinen Ellbogen in Ógáns Bauch stieß. Sobald sie sich krümmten, schlug er beiden auf ihre Nacken, und sobald sie lagen, kniete er sich auf den einen, den anderen packte er am Hinterkopf.

»Wer bin ich?«, brüllte er. Sie antworteten nicht, woraufhin er ihre Gesichter tief in die Erde drückte.

»Wer bin ich?«, brüllte er wieder.

»Ascall …«, brachte Ógán hustend hervor.

»Wer bin ich?«

Clach spuckte Erde. »Ascall …«

»Wer bin ich?« Nachdem er erneut ihre Gesichter in den Dreck gedrückt hatte, war das von Ógán rot, das von Clach bläulich angelaufen.

»Ascall von Toora, der gefürchtetste Krieger von Irland.«

Er ließ die beiden kurz los, erlaubte ihnen, sich aufzurappeln. Sobald sie knieten, packte er sie am Nacken wie zwei Kätzchen.

»Wer bin ich?«, fragte er nunmehr ganz leise.

»Unser Anführer.«

Er ließ sie los, stand auf, doch als Clach und Ógán es ihm gleichtun wollten, stieß er sie ein letztes Mal in die Erde und ließ drohend das Schwert über ihren Köpfen kreisen.

»Wer mich für einen Verräter hält, weil ich Hugh de Lacy den Lehnseid geschworen habe, kann heute noch fliehen, morgen aber wird er sterben. Wer meinem Befehl nicht zu gehorchen gedenkt – und der lautet, wir versuchen, Saint-Taurin ohne Blutvergießen von Dún Fionn zu vertreiben –, kann heute noch fliehen, morgen aber wird er sterben. Wer denkt, er könnte mich im Zweifelsfall zuerst töten, der möge es versuchen. Doch überlegt es euch gut. Ich habe viele Jahre bei den Normannen überlebt, und ich habe genug von ihnen gelernt, um mit euch erbärmlicher Schar fertig zu werden. Habt ihr mich verstanden?«

Er sah nicht, dass die Männer nickten, er fühlte es nur. Clach und Ógán blieben noch eine Weile reglos liegen, ehe sie sich erneut aufzurappeln wagten. Eine junge Frau huschte herbei und half Ógán. Clach wurde von Pòg und Madadh hochgezogen. Die normannischen Ritter lachten leise, doch als FitzMartin ihnen drohende Blicke zuwarf, schwiegen sie – desgleichen Faolán, solange Caitlín ihn streng anstarrte. Erst jetzt gewahrte er, dass sie die Kinder an den Händen hielt, dass sich Finnola hinter Caitlín versteckte, Aedan ihn indes bewundernd ansah. Ehe er entschied, ob er mit den Kindern reden oder besser Abstand wahren sollte, entdeckte er in der Menge ein Gesicht, das er bisher noch nicht gesehen hatte – genauer gesagt zwei: Airdi, der nicht weit von Faolán entfernt auf dem Boden hockte und wimmerte, und Tuan, der sich über ihn beugte und beruhigend auf ihn einredete. Als Ascall näher trat, wurde das Wimmern leiser und Tuans Blick, eben noch voller Mitleid und Sorge, ausdruckslos.

»Bist du immer noch Schmied?«, fragte Ascall.

Eine Weile sah Tuan ihn nur schweigend an. »Wir haben kein Eisen«, beschied er ihn, »ich bin jetzt Zimmermann.«

Ascalls Blick glitt über seine Gestalt, nahm die muskulösen Oberarme wahr – solche, die man nicht nur vom Holzhacken bekam. Er wartete darauf, dass Tuan noch mehr sagte – warum er ihn am Vortag im Glauben gelassen hatte, Róisín lebte noch und was er von alldem hielt, was an diesem Morgen geschah. Doch Tuan schwieg, beugte sich irgendwann wieder zu Airdi hinunter, und Ascall entschied, ihn vorerst in Ruhe zu lassen.

Als er zurück zu den anderen trat, begnügte sich Finnola nicht länger damit, sich hinter Caitlín zu verstecken, sie flüchtete, gefolgt von Rún, in den Garten. Aedan musterte ihn indes immer noch voller Bewunderung.

»Stimmt es?«, fragte er aufgeregt. »Du bist Irlands gefürchtetster Krieger und der Anführer der Ritter des Roten Zweiges?«

Ascall ging vor ihm auf die Knie, sodass sie etwa gleich groß waren und er ihm in die Augen schauen konnte. Sein Sohn hatte doch nicht so viele Ähnlichkeiten mit Ailillán wie beim ersten Anblick gedacht … Er glich ebenso Róisín, aber auch Ultan von Toora und seiner Mutter Almaith. Aus ihrer aller Blut war er und doch ein neuer Mensch. Und deshalb konnte er ein Wort, das ihm bis jetzt so schwer über die Lippen gekommen war, ganz neu aussprechen.

»Du und deine Schwester, ihr müsst keine Angst vor mir haben«, sagte er leise. »Ich bin euer Vater.«

Amaury

Amaury trat ins erste Sonnenlicht des Tages. Es war schüchtern an diesem Morgen, errötete nicht nur, verbarg sich überdies hinter Wolken, so grau und schwer, als ob sie gleich vom Himmel rutschen wollten.

Und wenn ihr's tätet, ihr habt ja doch kein Gewicht, um jemanden unter euch zu begraben …

FitzMartin hatte auch kein Gewicht, das glaubte er nur, wie er da mitten im Hof von Dún Fionn stolz auf dem Pferd saß. Amaury lud ihn mit einer Geste ein abzusteigen, doch FitzMartin blieb steif sitzen.

»Ich bin nur gekommen, um zu sehen, ob du meine Befehle befolgst.«

Amaury lächelte freundlich.

Deine Befehle, von wegen. Es waren Hughs Befehle.

Schon am Abend zuvor war FitzMartin auf Dún Fionn erschienen, hatte erklärt, dass Hugh de Lacys Macht nach dem Tod des jungen Henry und ob des Kampfes seines Bruders John um Aquitanien gefestigt wie nie sei, dass er ihn, Saint-Taurin, zurück nach Dublin beordere und Dún Fionn an Ascall übergebe, der Hugh den Lehnseid geleistet habe, und dass Amaury und seine Truppe eine Nacht Zeit hätten, um sich für den Aufbruch zu rüsten.

Amaurys Lächeln wurde soeben breiter. »Meine Truppe und ich werden selbstverständlich die Burg verlassen, wie ich es dir gestern versprochen habe«, sagte er. »Ich übergebe dir Dún Fionn in allerbestem Zustand.«

FitzMartin rümpfte die Nase, war ihm doch der grässliche Gestank, der über ihnen hing, nicht entgangen. Amaurys Männer hatten sich in der vergangenen Nacht nicht nur für den

Aufbruch gerüstet, sie hatten eines der Pferde, das zu alt war, als dass man es noch reiten konnte und zu mager, als dass man sein Fleisch hätte von den müden Knochen kratzen können, getötet und im Brunnen versenkt. Just als sie ihm die Kehle durchschnitten hatten, hatte es zu scheißen begonnen, woraufhin sie den Mist in der ganzen Halle verteilt hatten. Nicht dass ihnen das genug war – sie hatten obendrein ihre Hosen geöffnet und draufgepisst. Die Tür, die ins Langhaus führte, hatten sie zertrümmert – und ebenso waren sie mit dem Backhaus verfahren, der Schmiede, den Vorratskammern. Während alle anderen mit ihrem Zerstörungswerk innegehalten hatten, als sich FitzMartin näherte, konnte Goll nicht aufhören, möglichst viel kaputt zu machen. Eben stach er mit seinem Messer auf die Felle ein, auf denen sie nächtens geschlafen hatten, als wären es noch lebendige Tiere.

»Goll!«, rief Amaury. »Hör auf damit!« Er wandte sich entschuldigend an FitzMartin. »Vergib meinem Diener … Er ist dumm und barbarisch. Schließlich ist er Ire … Oh, vergib auch mir für diese vorlauten Worte, ich habe kurz ganz vergessen, dass du mit den Iren gemeinsame Sache machst.«

FitzMartin kniff die Lippen zusammen, beherrschte sich aber. In den Mienen der anderen Ritter stand viel deutlicher Empörung, doch zu Amaurys Bedauern fügten sie sich FitzMartins Befehl, nun Ascall und die Seinen zu holen.

Goll stapfte indes mit mürrischem Gesicht auf Amaury zu. »Ich verstehe immer noch nicht, warum du Dún Fionn aufgibst, Herr«, sagte er. »Wenn Hugh die Burg haben will, soll er sie doch selbst besetzen.«

Amaury musterte ihn flüchtig. Golls Gesicht war ebenso aufgedunsen wie sein Leib, hatte er in den letzten zwei Jahren doch viel zu lange auf der faulen Haut gelegen, anstatt andere zu häuten.

»Was soll ich tun?«, fragte Amaury gedehnt. »Sie mit Pferdemist bewerfen?«

Goll hielt das tatsächlich für einen guten Einfall. Er bückte sich prompt, als einige Männer durchs Burgtor geritten kamen, bei ihnen Frauen und Kinder, die zu Fuß gingen, doch Amaury hielt ihn davon ab.

»Mit diesem erbärmlichen Häufchen würden wir doch mühelos fertig werden!«, rief Goll zornig. »Wir … Wir könnten sie alle töten. FitzMartin ist ein Feigling, er wird nicht für sie kämpfen, und ich bin sicher, seine Ritter stellen sich auf unsere Seite, wenn erst mal sein Kopf rollt.«

Der Boden im Hof war voller Spuren, die Füße und Hufe im Matsch hinterlassen hatten, hier würde kein Kopf rollen.

»Sie töten?«, fragte Amaury gedehnt. »Wo denkst du hin? Ein toter Ascall nützt mir nichts, ein lebender umso mehr. Eigentlich habe ich ihn genau dort, wo ich ihn haben will für das, was kommt.«

»Für das, was kommt?«, fragte Goll.

»Dachtest du denn, mein Plan sei, auf Dún Fionn zu versauern? Ich wollte niemals diese Burg, ich wollte immer nur Irland.«

»Und wie willst du Irland bekommen, wenn man dir nicht einmal Dún Fionn lässt?«

Indem ich tue, was du nicht kannst … Warten.

Er sprach seine Gedanken nicht aus, sagte nur: »Halt einfach den Mund und lass mich den Rittern des Roten Ästchens einen schönen Empfang bereiten.«

Das Pferd von Ascall war ein recht stattliches mit glänzendem Fell, begann aber unruhig zu tänzeln, sobald es den Geruch des Kadavers im Brunnen wahrnahm. Die Gäule, auf denen die irischen Krieger ritten – zwei von ihnen mussten sich sogar ein Pferd teilen –, rochen ihn gewiss auch, waren jedoch zu schwach, um zu steigen. Wer indes die Nase rümpfte und wie die Weiber zu Fuß ging, war dieser Fleischberg – groß wie ein Ritter, einfältig wie ein Kind –, desgleichen ein blondgelockter Schwächling, dessen eine Hand doppelt so groß wie die andere schien, und ein Weib mit schlohweißem Haar. Dann war da ein Mädchen, das ein anderes an der Hand hielt …

Nein, eigentlich war es eine junge Frau. Aber wie sollte man das schon erkennen, so geduckt wie sie daherschlich?

Deutlich mutiger war der Junge, der Amaury mit seinem Holzschwert drohte. Und da ging eine weitere Frau, die einen sehr kleinen Knaben auf dem Arm hielt. Amaury wusste nicht, ob es seine Mutter war. Das verfilzte Haar hing ihr so tief ins Gesicht, dass er nicht einmal mit Gewissheit sagen konnte, ob sie eine Frau war. An ihrer Seite ging jedenfalls ein junger Mann, dessen Namen Amaury sich wie den von Ascall ewig merken würde, hatte er sie doch beide gefoltert. Tuan, der Goldschmied.

Oh, vielleicht würde es doch noch ein schöner Tag werden. Schließlich hatten es auch die Wolken nicht lange durchgehalten, ihre Fäuste zu ballen, sie lösten sich gerade in dünne Fäden auf. Und die Sonne glühte nicht länger rot vor Scham oder Ärger, sie glich dem bleichen Mond.

Wollen wir doch mal sehen, was wir mit deiner Scham und deinem Ärger anstellen können, kleiner Schmied.

Als Ascalls Pferd mit geblähten Nüstern auf ihn zugetrabt kam, breitete Amaury wie zuvor seine Arme aus. »Ascall von Toora! Sei herzlich willkommen! Wie gern würde ich dir ein Gastmahl bereiten, um deine Heimkehr zu feiern. Lass mich sehen, was ich dir anbieten kann. Vielleicht frisches Wasser aus dem Brunnen? Ich fürchte nur, es schmeckt nach Pferdeblut. Oder die Reste vom gestrigen Abendmahl? Ich fürchte nur, die schmecken nach Pferdescheiße.« Golls Lachen klang wie ein Schnauben. Ascalls Mund wurde schmal. »Hm«, machte Amaury, »womit könnte ich dich sonst erfreuen?«

»Mir fiele etwas ein«, knurrte Ascall. »Wie wär's mit dem Anblick deines Rückens, wenn du fortreitest?«

Goll heulte empört auf, bückte sich wieder, dieses Mal nicht nach einem Pferdeapfel, sondern nach einem jener Steine, die vom Haus des Mönches übrig geblieben waren. Ehe er ihn auf Ascall werfen konnte, packte Amaury ihn an der Hand, nahm ihm den Stein weg.

»Sattle mein Pferd, führ es vor die Burg und warte dort auf mich. Ich werde der Letzte von uns sein, der Dún Fionn verlässt.« Dann wandte er sich wieder Ascall zu. »Eine Weile musst du wohl noch mit dem Anblick meines Gesichts vorliebnehmen.«

Er ließ Ascall ebenso wenig aus den Augen wie dieser ihn, während sich Amaurys Truppe mürrisch und fluchend zum Aufbruch rüstete, die Männer nach und nach Dún Fionn verließen, die meisten nicht, ohne noch einmal auf den Boden zu spucken. Es dauerte lange, sodass die Sonne immer heißer auf sie herunterbrannte. Ascall blieb bewegungslos, nur seine Hand, mit der er die Zügel umfasste, zitterte ein wenig wie damals, als er sich an der Gabel festgehalten hatte, um nicht umzukippen. Als die Sonne den Zenit erreichte, senkte er doch noch den Kopf – jedoch nicht, weil er ihr grelles Licht nicht mehr ertrug, sondern um auf Amaurys rote Fibel zu deuten.

»Gut, dass du deinen Schmuck nicht vergessen hast. Ansonsten hätte ich ihn dir nachwerfen müssen.«

Nun senkte auch Amaury den Kopf, und als er ihn wieder hob, war das erbärmliche Häufchen, das Ascall begleitete, näher getreten. Anstelle von Ascall war es das Weib mit dem schlohweißen Haar, das ihn durchdringend anstarrte. Welch ein Spaß es wäre, ihr Haar um Haar auszureißen, bis es rot nachwüchse …

Ein noch größerer Spaß war es allerdings, nun Tuans Blick zu suchen. Noch wich der ihm aus, aber er konnte nicht verhindern, dass Amaury zu ihm trat.

»Das letzte Mal, als wir uns hier begegnet sind, hast du gegen mich gekämpft«, zischte Amaury ihm ins Ohr.

Tuan hob langsam den Kopf. Seine Augen waren leer wie der Himmel. »Dieses Mal muss ich gar nicht erst mein Schwert erheben. Du verlierst trotzdem«, sagte er leise.

Amaury lachte leise in sich hinein. »Ich verliere aber nicht gegen dich, ich verliere auch nicht gegen Ascall, ich verliere gegen Hugh de Lacy. Dass ich von meinesgleichen geschlagen werde, mag mir ein Trost sein, für dich ist es dagegen kein Triumph.«

Amaury hielt seinen Blick unbeirrt auf Tuan gerichtet, gewahrte darob zu spät, dass die Frau mit dem wirren Haar und dem kleinen Knaben auf dem Arm wütend vortrat.

»Hau endlich ab, du Bastard!«, zischte sie, indes das Kind zu flennen begann und sich unter ihrem Griff wand.

Jetzt fiel ihm wieder ein, wann er sie das letzte Mal gesehen hatte. »Mich nennst du Bastard?«, fragte er gedehnt. »Führst du nicht selbst einen an der Hand? Meine Männer haben ihn dir gemacht, oder?«

Auf das Feuer, das in Tuan brannte, war Verlass. Ein kalter Atemzug genügte, und schon entflammte es bläulich. Mit beiden Händen ging er auf ihn los, und in jeder Hand hielt er eine Waffe – einen Hammer in der einen, eine Schere in der anderen.

Wie lächerlich. Damit bändigt man einen störrischen Widder, doch nicht mich.

Amaury ließ zu, dass der Hammer ihn auf der Schulter traf und die Schere ihm in die Hand schnitt, dann packte er Tuan am Nacken, drückte ihn zwar nicht tief genug hinunter, als dass er Erde fressen musste, jedoch ausreichend, auf dass es lächerlich aussah, wie er mit den Beinen strampelte.

Dir zeig ich, wer da geschoren werden muss …

»Lass ihn sofort los!«, brüllte Ascall.

Auch die anderen Krieger heulten empört auf, die Kinder greinten. Amaury tat so, als würde er Tuan tatsächlich loslassen, aber kaum hatte der sich aufgerichtet, wurde sein Griff wieder fester, und er zog ihn so dicht an sich heran, dass sein Gesicht fast auf seiner Brust zu liegen kam. Obwohl Tuan sich wehrte, kam er nicht umhin, Amaury zuzuhören.

»Wusstest du eigentlich, dass es Guy FitzMartin war, der einst Róisín entführt hat?«, fragte Amaury leise. »Ich denke nicht, dass er es dir damals gesagt hat, wahrscheinlich ahnt es noch nicht einmal Ascall. Und doch: Es war tatsächlich er, den Aoife damit beauftragt hat. Nur seinetwegen geriet erst Róisín in die Hände der Normannen, dann du, zuletzt Ascall. Und weil du so leichtgläubig bist und viel zu freundlich für die Welt, hast du ihn als Dank dafür freigelassen. Gewiss, auch ohne seine Hilfe hätte ich seinerzeit Dún Fionn eingenommen, hätte deine Freunde töten, verstümmeln, schänden lassen. Aber das glückte mir nur, weil Ascall nicht hier war, und Ascall war nicht hier, weil du ihn unter der Folter verraten hast … Und ich konnte dich nur foltern, weil du Róisín befreien wolltest, und Róisín musste nur befreit werden, weil …«

Er brach ab, schwieg vielsagend. Längst hielt er Tuan nicht mehr fest, und doch stand der wie erstarrt vor ihm, rührte sich auch nicht, als Amaury ihm auf die Schultern klopfte, ihm die Wange tätschelte. Als Amaury ihm allerdings den Stein reichte, den er zuvor Goll abgenommen hatte, da wehrte Tuan diesen nicht ab, sondern nahm ihn, umklammerte ihn. Gut so. Amaury wandte sich ab, ging davon, sah so zwar nicht, was hinter seinem Rücken vorging, hörte es allerdings umso deutlicher, ja fühlte es. Da war ein Ächzen, als Tuan weit ausholte. Da war Ascalls Stimme: »Tu es nicht!«

Der Narr dachte doch tatsächlich, Tuan wolle den Stein auf ihn, Amaury, werfen. Dabei konnte Tuan ihn ohne Groll gehen lassen. Er haderte damit, dass FitzMartin bleiben würde. Just als Amaury das Tor erreichte, schleuderte Tuan den Stein auf seinen Feind. Amaury drehte sich ganz langsam um, FitzMartin indes war schon vom Pferd gefallen. Er lag auf dem Boden, und Tuan hockte auf ihm, um mit dem Stein wieder und wieder auf sein Gesicht einzudreschen. Drei Mal gelang es ihm, da ging Ascall dazwischen. Doch auch von dem ließ Tuan sich nicht abhalten. Er boxte ihm den Ellbogen in den Bauch, hatte darob zumindest eine Hand frei, um FitzMartins Gesicht noch weiter zu zertrümmern. Längst musste dessen Nase gebrochen, mussten ihm sämtliche Zähne ausgeschlagen worden sein, längst war aus Lippen und Augen eine blutige Masse geworden.

Tuans Augen waren wie tot, als es Ascalls Kriegern endlich gelang, ihn von FitzMartin fortzuzerren. Seine Gegenwehr ließ erst nach, als man ihm in den Bauch schlug, er sich krümmte. Ascall schien sich auch zu krümmen … oder nein, er kniete sich neben FitzMartin, packte ihn an den Schultern, rüttelte an ihm. Vergebens. Aus dem eben noch atmenden Körper war längst ein lebloser geworden.

Ihr könnt ihn wie das tote Pferd im Brunnen versenken, das Wasser ist ohnehin verdorben.

»Bist du verrückt geworden?«, schrie Ascall heiser. »Hast du nicht gehört, was ich gestern gesagt habe? Dass ich kein Blutvergießen will, wenn wir Saint-Taurin aus Dún Fionn vertreiben? Dass jeder, der sich meinem Befehl widersetzt, stirbt?«

Ascalls Pferd tänzelte nervös, in der Ferne lachte Goll, Tuan richtete sich wieder auf. »FitzMartin gehört nicht zu Saint-Taurins Männern.«

»Und du denkst, das macht einen Unterschied?«

Ascall stürzte auf ihn zu, packte ihn, rüttelte auch ihn. Tuan reagierte so wenig wie der Tote. »Nein«, sagte er ruhig, »eigentlich denke ich, es macht keinen Unterschied. Ich denke, alle Normannen sind unsere Feinde. Ich denke, wir sollten sie alle töten.«

Ascall ließ seine Hände sinken. Wie langweilig. Wenigstens eine Weile hätte er so tun können, als würde er ihn erwürgen. Stattdessen nickte er seinen Kriegern zu, auf dass sie Tuan freigaben, trat zurück zu dem Toten, zerrte an seinem Umhang und warf ihn über FitzMartins blutiges Gesicht, als könnte er einen solchen Anblick nicht ertragen.

Auch Tuans Anblick schien er nicht zu ertragen, denn er schritt rastlos im Kreis, rang nach Worten, brachte schließlich drohend hervor: »Wenn du noch einmal auf einen wehrlosen Mann losgehst und ihn umbringst, wirst du die Burg verlassen und niemals wiederkehren!«

Das Pferd beruhigte sich, Golls Lachen erstarb. Wahrscheinlich ging ihm dasselbe durch den Kopf wie Amaury: Das war alles? Nicht noch mehr Geschrei, nicht noch mehr Blut, nicht noch mehr Tod?

Nun, auf eine andere konnte man sich mehr verlassen als auf Irlands gefürchtetsten Ritter. Das Weib mit den wirren Locken und dem Bastard an der Hand schrie plötzlich: »Aber ich will, dass er schon heute geht! Was, wenn er das nächste Mal einen Stein auf mein Kind wirft?«

Oh, diese irischen Frauen waren aus anderem Holz geschnitzt als seine Mutter. Adelais' Schönheit war erlogen, ihre Stärke aber echt. Irische Frauen knickten nicht so leicht ein, nicht so wie Tuan, der zu dem Weib herumfuhr, es fassungslos anstarrte.

»Aber Eithne, wie ... Wie kannst du so etwas sagen?«, brachte er entsetzt über die Lippen.

»Und wie kannst du so etwas tun?« Die Frau kreischte nun, welch lieblicher Klang. »Du hast das Gesicht eines Mannes zu Brei geschlagen, nur weil er Normanne ist! Und ich soll dir jemals wieder vertrauen? Trian jemals wieder in deine Nähe lassen?«

»Trian?«, fragte Tuan verständnislos. »Trian ist doch kein Normanne. Du hast mir doch geschworen, dass er mein Sohn ist, du warst dir ganz sicher, dass ...«

Sie leckte sich nervös über die Lippen. »Ich habe es dir nicht geschworen, ich habe es nur gesagt. Und ich war mir ganz und gar nicht sicher, ich habe es nur immer gehofft. Falls ich falschliege, wirst du ihn dann auch töten?« Das Weib mit dem schlohweißen Haar war auf sie zugetreten, Gottlob nicht, um sie zu beschwichtigen, nur, um ihr das flennende Kind aus der Hand zu nehmen und weit genug wegzuführen, sodass der Streit nicht länger von lästigem Greinen übertönt wurde. Leider gab es im Augenblick nicht viel zu übertönen. Schweigen hatte sich ausgebreitet, und je länger sich Tuan und die Frau anstarrten, desto weniger Hass stand in seinem Gesicht, nur verzweifelte Liebe, während in ihrem kein Zorn mehr stand, nur Fassungslosigkeit. »Ich … Ich kann doch nicht zulassen, dass du ihm wehtust«, stammelte sie.

»Aber dass ich dir wehtue, das wolltest du einst schon«, hielt er ihr trotzig entgegen. »Wer wenn nicht du hat mir beigebracht, dass Schmerzen schön sind?«

Na, eigentlich weißt du das von mir …

»Und jetzt erkennst du plötzlich, dass sie doch hässlich sind?«

Die Lockige deutete auf den Toten. »Du hast ihm nicht einfach nur Schmerzen zugefügt, du hast ihn umgebracht.«

Derart verwirrt wie Tuan dreinblickte, schien ihm das erst jetzt vollends aufzugehen, gleichwohl klang er nicht beschämt oder schuldbewusst, nur weiterhin trotzig, als er fragte: »Und deshalb schickst du mich fort?«

Wieder dieses Schweigen. Das Weib senkte den Blick, anstatt die Forderung zu wiederholen.

Nun los, mach schon.

Aber sie sagte nichts, schluchzte nur auf, lief davon. Die anderen Weiber folgten ihr, wer genau, war Amaury egal, viel wichtiger war ihm zu sehen, was Tuan jetzt tat. Immer tiefer hing sein Kopf, indes er mit der Entscheidung rang, ob er nun bleiben durfte oder gehen musste.

»Tuan«, ließ sich Ascalls Stimme vernehmen. »Tuan! Es ist nicht so, dass ich dich nicht verstehe. Es ist nur …«

Halt dein Maul, dachte Amaury ärgerlich, und das tat Ascall tatsächlich, doch nicht, weil er, Amaury, einschritt, sondern weil plötzlich jemand aufheulte. Es war der Fleischkloß, der nun auf die Knie sank, die Arme um den Leib schlang, sich vor und zurück wiegte. Tuan zuckte zusammen, lief zu ihm, wollte ihn umarmen, doch das Heulen wurde nur noch lauter, der Fleischkloß wich zurück.

»Aber Airdi …«

Das Geschrei ging in ein Wimmern über, noch tiefer duckte er sich unter Tuans Hand. »Airdi Angst vor Feuer … Airdi Angst vor Feuer …«

»Aber Airdi!«, rief Tuan erneut verzweifelt. »Nirgends brennt ein Feuer!«

Der Kloß ließ sich nicht beruhigen, schlug nunmehr um sich, als Tuan ihn zu umarmen versuchte. »Airdi Angst vor Feuer … Airdi Angst vor Feuer … Airdi Angst vor Feuer …«

Und jetzt endlich begriff Tuan, dass er selbst das Feuer war und dass Airdi ihn fürchtete. Entsetzen breitete sich in seiner Miene aus, größeres als an dem Tag, da vor seinen Augen seine Gefährten geschlachtet oder gequält worden waren. Tuan versuchte nicht länger, Airdi zu umarmen, trat Schritt um Schritt zurück, erst ganz langsam, wie erstarrt, dann schneller.

Amaury wusste, dass er nicht vor Ascall floh, nicht vor dem Weib, nicht vor dem Kind, nicht vor Airdi, er floh vor sich selbst. Und er wusste ebenso, dass ihm das niemals gelingen würde, weil man sich selbst nicht loswerden konnte, auch wenn man es wollte.

Noch vor Tuan verließ er die Burg. »Komm«, sagte er zu Goll, sobald er ihn erreichte. »Es ist Zeit zu gehen.«

Er ritt so schnell, dass Goll Mühe hatte, zu ihm aufzuschließen. Er schaffte es erst, als sie nicht nur Dún Fionn hinter sich gelassen hatten, auch den Wasserfall von Glencar und jene zerklüfteten Berge, die aussahen, als hätte einst ein Riese einen runden Hügel entzweigehauen.

»Reiten wir nach Dublin?«, fragte Goll.

Amaury schüttelte den Kopf.

»Aber wohin …«

»Wir kehren nach England zurück«, fiel Amaury ihm ins Wort. Goll war zu erstaunt, um weiterzubohren, weshalb Amaury freimütig erklärte: »Soll Ascall doch glauben, dass ihm Dún Fionn gehört und Irland Hugh. Sollen sie sich ihre Bäuche doch mit dieser Lüge vollschlagen. Irgendwann werden sie bemerkten, dass volle Bäuche träge machen und Lügen den Geschmack verderben, weswegen die Wahrheit über diese Welt ihnen so bitter schmecken wird wie allen Dummköpfen.«

Goll begriff es immer noch nicht. »Du … Du gibst einfach auf?«, fragte er fassungslos.

Amaury schüttelte den Kopf. »Ich gebe nicht einfach auf. Ich warte.«

»Aber worauf denn?«

Ihm verging die Lust, mit Goll zu reden. »Tuan ist heute erwachsen geworden«, sagte er lediglich. »Prinz John wird es irgendwann in den nächsten Jahren sein.«

Bis dahin würde der Prinz wohl gelernt haben, nicht nur ein Holzschwert, sondern auch ein richtiges Schwert zu führen. Bis dahin würde er erfahren haben, dass nicht nur sein Bruder Henry ihn schamlos für seine Zwecke benutzt hatte, sondern dass auch sein Bruder Geoffrey das tat. Und bis dahin würde er vielleicht sogar zu der Erkenntnis gelangt sein, dass allein zu sein nicht Schrecken verhieß, sondern wahre Macht.

Gut möglich natürlich, dass er das nie erkennen würde. Gut möglich auch, dass ihm, Amaury, selbst diese Einsicht fremd war, denn die Enttäuschung darüber, Ascall weder gebrochen noch wieder heil gemacht zu haben, schmeckte immer noch gallig. Allerdings konnte er damit leben, ihn verloren zu haben, solange er sich an dem Triumph labte, dass auch Tuan ein Verlorener war.

Tuan

Er rannte und rannte. Er floh und floh. Erst als sein Herz schmerzhaft gegen den Brustkorb hämmerte und sich zu atmen anfühlte, als würde er Scherben schlucken, wurden seine Schritte langsamer. Zum ersten Mal drehte er sich um, doch es verfolgten ihn weder Ascall noch Saint-Taurin, nur Erinnerungen, die wie seine Fußsohlen brannten.

Wie soll ich Trian jemals wieder in deine Nähe lassen?

Airdi Angst vor Feuer …

Und dann war da noch Ascall, der gar nichts gesagt, ihn nur voller Mitleid angesehen hatte.

Wieder rannte Tuan, bis die Zunge an seinem Gaumen klebte, rannte, bis das Licht grau wurde, rannte, bis er beinahe in ein Bächlein gefallen wäre. Er beugte sich darüber, löschte seinen Durst, löschte jedoch nicht das Feuer in ihm – ein Feuer, vor dem er Airdi einst in Limerick doch gerettet hatte … Zumindest hatten das die anderen geglaubt. In Wahrheit war der Schlüssel, den er angefertigt hatte, nutzlos gewesen. Und als nutzlos hatte sich auch sein Schwert erwiesen, als Saint-Taurin damals Dún Fionn eingenommen hatte.

Wie soll ich Trian jemals wieder in deine Nähe lassen?

Airdi Angst vor Feuer …

Obwohl er keinen Durst mehr hatte, trank er weiter. Irgendwann war ihm so übel, dass er Wasser und Schleim erbrach. Er erhob sich, wankte ein Stück, sank dann auf die Knie und bettete sein Gesicht auf weichem Moos. Ich will mich nur kurz ausruhen, sagte er sich, ehe er die Augen schloss.

Als er sie wieder öffnete, war das Moos nicht mehr grün, es war schwarz. Die Sonne, die fett und gelb am Himmel gestanden hatte, als er von Dún Fionn weggelaufen war, hing schon im Spinnennetz der Dämmerung fest, die ihr die letzte Kraft aussaugte.

Erbleiche nur, ich brauche dein Licht nicht, ich bin das Feuer.

Aber er wollte doch gar kein Feuer sein, er wollte Airdi nicht Angst machen, auch nicht Eithne und Trian … Er wollte nur nicht frieren und tat es trotzdem. Klamm klebte die Kleidung am zitternden Leib, als er weiterging, zumindest weitergehen wollte. Bevor er seinen Fuß, den er bereits gehoben hatte, wieder auf den Waldboden setzte, hörte er Stimmen. Nicht die von Saint-Taurin, nicht die von Ascall, die von Fremden. Instinktiv ertastete seine Hand den Gürtel, an dem er seinen Hammer trug. Als die Stimmen näher kamen, konnte er auch einzelne Worte verstehen.

»Das ist kein Reh. Und ich habe mich so auf einen saftigen Braten gefreut.«

Auf die enttäuschten Worte folgte das spöttische Lachen eines anderen. »Na, dann brate doch den Jungen!«

»An dem hängt aber nicht viel Fleisch, und das wenige ist gewiss zäh.«

Nein, es ist verbrannt …

Tuan drehte sich ganz langsam um. Die beiden Männer, die nicht nur über ihn sprachen, ihn überdies aufdringlich musterten, standen am anderen Ufer des Bächleins. Nicht mehr grünlich plätscherte es, es war grau wie die Steine auf seinem Grund. Ob die Männer alt oder jung waren, schön oder hässlich konnte er in diesem Moment nicht sagen, nur dass sie roh wirkten, stark, gefährlich.

Er umklammerte den Schaft des Hammers. »Wer … Wer seid ihr?«

»Ach«, sagte der, dessen Wangen aufgedunsen und rot waren. »Das Reh spricht ja.«

»Du Dummkopf«, sagte der andere, dessen Wangen gelblich und eingefallen waren. »Rehe geben keinen Ton von sich.«

»Rehe haben auch keine Namen, aber seinen würde ich gern wissen.« Er wandte sich wieder an Tuan. »Wer bist du?«

Ich bin das Feuer.

Was für eine Lüge.

»Ich bin ein Ritter des Roten Zweiges«, brachte er heiser hervor.

Der Rotwangige lachte, doch es klang nicht spöttisch, eher grollend. »Soso«, sagte er und umfasste den Knauf seines Schwertes. »Soso«, wiederholte er, »ein Ritter des Roten Zweiges willst du sein. Und wenn ich dir das nicht glaube? Wenn du nur das Ritterchen eines roten Blattes bist, das vom Baum gefallen ist, das sich nun im Wind dreht und wendet, nicht, weil das Blatt es so will, sondern weil der Wind es ihm befiehlt? Und ist es überhaupt noch ein rotes Blatt, nicht eher ein fahles gelbliches, das irgendwann auf dem Boden verfaulen wird?«

Der Bach wirkte nun, während einem der letzten Atemzüge des schwindenden Tages, wie das Moos schwarz. Nicht mehr lange, dann würde die Finsternis das verbleibende Licht schlucken – auch die Männer und ihn. Er könnte wieder rennen, er könnte wieder fliehen. Doch anstatt sich abzuwenden, setzte Tuan seinen Fuß in den Bach. Als er vom Wasser getrunken hatte, war ihm gar nicht aufgegangen, wie kalt es war. Er unterdrückte ein Schaudern, trat auch mit dem zweiten Fuß ins Wasser. Noch ein Schritt, dann hatte er schon das andere Ufer erreicht, stand unmittelbar vor den Männern, starrte ihnen in die Gesichter, beide nunmehr farblos.

»Du nennst die Ritter des Roten Zweiges wankelmütig?«, fragte Tuan leise.

Der, der ihn Reh genannt hatte, rümpfte die Nase. »Ich nenne Ascall von Toora wankelmütig. Über Jahre hat er Krieg gegen die Normannen geführt, doch jetzt spricht alle Welt davon, dass er vor ihnen buckelt. Und anstatt ihm einen Tritt in den Arsch zu versetzen, verkriechen sich seine Männer darin, um es schön warm zu haben. Fast ein halbes Dutzend haben wir in den letzten Tagen an ihn verloren.«

Tuan hatte es schon geahnt, jetzt wusste er es. »Ihr kämpft für Connor Maenmaige«, stellte er fest.

Ihrer beider Rücken strafften sich. »Für jemanden wie dich ist er nicht Connor Maenmaige, er ist der König von Connacht, ja, der Hochkönig von Irland.«

»Und wer hat ihn dazu gemacht?«, fragte Tuan zweifelnd.

In alten Zeiten war der Hochkönig in Tara gewählt worden. Und obwohl jener Ort als verflucht galt, seit dort ein König seinen Rivalen erschlagen hatte und die Mächtigen Irlands nirgendwo sonst zusammenkamen, um einen der ihren als Hochkönig zu wählen – es galt nur einer als solcher, wenn er nicht nur von sich selbst so genannt wurde.

Die Männer machten einen drohenden Schritt auf ihn zu. Wäre Tuan auch nur ein Jota zurückgewichen, er wäre in den Bach gefallen, aber er blieb steif stehen.

»Connor Maenmaige ist kein Blatt, das man vom Baum reißen, und auch kein Ast, den man knicken kann«, sagte einer der Krieger. »Er selbst ist der Wind, ja, er ist der Sturm.«

Und der Sturm facht das Feuer an. Vorausgesetzt, der Sturm ist nicht zu stark und das Feuer nicht zu schwach.

»Und wenn ich mit dem Sturm heulen will?«, entfuhr es ihm.

»Du?«

Der Mann hob die Faust, schlug ihm auf die Brust, und nun wich er doch zurück, wenn auch nur mit dem Oberkörper. Seine Beine hielten das Gleichgewicht, seine Hand fuhr wieder zum Hammer, zog ihn aus dem Gürtel, drosch zu. Er sah nicht, wo genau er den Mann traf, fühlte nur, dass es eine weiche Stelle gewesen war. Der Mann heulte vor Schmerz.

Sein Gefährte heulte vor Lachen. Als der andere sein Schwert ziehen wollte, fiel er ihm in den Arm. »Tu dem Jungen nichts zuleide. Connor Maenmaige wird seine Freude an ihm haben.« Er wandte sich an Tuan. »Du willst also für Connor Maenmaige kämpfen?«, fragte er.

»Nein«, sagte Tuan, »nein, ich will gegen die Normannen kämpfen, bis auch der letzte von ihnen von der Insel vertrieben wurde.«

Im Sonnenlicht war die Iris des anderen vielleicht blau oder grünlich. Jetzt wirkte sie schwarz wie die Pupille. Erneut traf ein Stoß seine Brust, doch er war nicht fest genug, um ihn zu Boden gehen zu lassen.

»Das Reh gefällt mir«, sagte der Krieger.

Der andere spuckte aus. »Und wenn das Reh ein wild gewordener Eber ist?«

»Dann gefällt es mir noch besser … Ich glaube, Connor Maenmaige wird auch zufrieden sein.«

Vorsichtig setzten sie Schritt vor Schritt, um nicht in einem der gefährlichen Sümpfe zu versinken. Während der Boden unter seinen Füßen fest blieb, stieg in Tuans Seele der Morast immer höher.

Was habe ich nur getan? Werde ich Eithne wiedersehen … Werde ich Trian wiedersehen? Ist er überhaupt mein Sohn? Und wenn er's nicht wäre, ich würde ihn ja trotzdem lieben … Airdi ist auch nicht mein Sohn, und ich liebe ihn … Ich bin für ihn verantwortlich, ich habe ihn enttäuscht, nein, noch schlimmer: Ich habe ihm Angst gemacht.

Weiter ging es, bis sie den Fluss erreichten, den er kannte, jedoch an anderer Stelle überquerten als dort, wo er bis zum frühen Morgen dieses Tages noch gelebt, wo er einst Eithne geliebt hatte … Nein, wo er ihr Schmerzen bereitet hatte. Das war anscheinend alles, was er konnte: Schmerzen und Angst bringen.

Das Wasser stieg ihm bis zu den Hüften und noch höher, schaffte es jedoch nicht, ihn mitzureißen, denn schon hielt er sich an einer Wurzel am anderen Ufer fest. All die Zweifel, die an ihm hochkrochen, schafften es nicht, ihn endgültig in die Verzweiflung zu stürzen, denn schon klammerte er sich am Glauben fest, dass er Airdi, Eithne und Trian nicht einfach im Stich ließ, ihnen vielmehr etwas Gutes tat, indem er sie von sich befreite.

Bis sie ihr Ziel erreichten, war es der Nacht gelungen, sämtliche Sterne am Himmel zu schlucken. Nun war ihr Bauch allerdings zu voll, um auch den rötlichen Schein des Lagerfeuers zu verzehren. Mehr als ein Dutzend Zelte waren darum errichtet. Tuan hatte erwartet, Connor Maenmaige auf einer der Burgen Connachts anzutreffen, vermutete nun allerdings, dass er durch das Land zog und jeglichen Widerstand, der sich von Anhängern seines Vaters regte, niederschlug. Noch war von ihm und den anderen Kriegern nichts zu sehen, nur ein gellendes Schreien zu vernehmen, das abrupt die Stille zerriss und gleich wieder verstummte. Dann folgte ein Stöhnen.

Die anderen beiden – sie hießen Boath und Midhir, wie er mittlerweile wusste – waren unwillkürlich zusammengezuckt, Tuan jedoch nicht. Nichts konnte so schlimm sein wie Airdis verzweifeltes Klagen …

Angst vor Feuer … Angst vor Feuer …

Selbst als wieder Gebrüll ertönte, alsbald aber zu einem Wimmern verkam, verharrte er steif.

»Ich hole Maenmaige«, sagte der rotgesichtige Midhir zu Tuan.

Während er mit Boath stehen blieb, erhob sich nunmehr zum dritten Mal Gekreisch, so lang und durchdringend, dass er die Schritte, die sich wenig später näherten, nicht hörte, lediglich plötzlich spürte, dass ihn etwas im Nacken kitzelte. Als er herumfuhr, fiel sein Blick erst auf rötlichen Pelz, dann auf rötliches Haupthaar, zuletzt auf rötliche Narben. Diese zeichneten die Wangen eines Mannes, dessen Umhang an eine Wildkatze erinnerte.

Ungeachtet dessen, was die Männer ihm eingebläut hatten – dass er den anderen nicht mit seinem Namen, sondern als König ansprechen sollte –, stellte Tuan ruhig fest: »Connor Maenmaige.«

Er blieb ruhig stehen, indes der andere sich etwas vorneigte. Ein Windstoß plusterte das Fell der Wildkatze auf, ließ die Schultern breiter wirken, als sie waren.

»Midhir sagte mir, du seiest ein Ritter des Roten Zweiges«, sagte Connor Maenmaige spöttisch, »einer der Ritter, die man nicht hört und nicht sieht, weil sie sich feige auf Dún Fionn verkriechen.«

Tuan hielt dem stechenden Blick stand. Die Augen waren schräg wie die einer Katze, vielleicht ein Grund dafür, dass er sich deren Fell auserkoren hatte.

»Ich verkrieche mich nicht. Ich bin hier.«

»Ich habe gehört, du willst mir dienen.«

»Nein«, sagte Tuan, »ich will Normannen töten.«

»Hm«, machte Connachts neuer König, »das ist fast, aber nicht ganz dasselbe.« Er umkreiste Tuan mit geschmeidigen Schritten, den Kopf immer noch leicht geduckt. »Du musst dich hier und jetzt entscheiden. Unterwirf dich mir mit Haut und Haar oder …«

»Oder was?«, fragte Tuan forsch, als der andere den Satz nicht zu Ende brachte.

»Ich fürchte, nach dem Oder kommt nichts, das du überleben würdest.«

Wieder kitzelte ihn das Fell. Vielleicht war es auch nur Connor Maenmaiges Atem.

Während sie miteinander sprachen, waren die Schreie abgerissen, nun ertönten neue. Connor Maenmaige legte den Kopf noch schiefer. »Männer meines Vaters«, erklärte er. »Sie wollten ihm nicht ins Kloster folgen, lieber bis zu ihrem Tod für ihn kämpfen. Aber den Tod werden sie hier nicht finden … nur die schwärzeste Nacht.«

Tuan begriff. »Du lässt sie blenden?«, fragte er.

Am Tag zuvor noch hätte ihn allein die Vorstellung entsetzt, jetzt konnte er die Schreie ertragen, ohne sich die Hände auf die Ohren zu legen.

Airdi Angst vor Feuer …

»Willst du meinen Männern dabei helfen?«, fragte Connor Maenmaige, und seine Augen wurden schmal.

»Nein«, sagte Tuan ruhig, »nein, das will ich nicht.« Connor verharrte, durch Midhir indes ging ein Ruck. Anscheinend hatte er nur darauf gewartet, sich für den Schlag mit dem Hammer zu rächen. Schon zog er das Schwert, aber ehe er es auf Tuan richten konnte, sagte der: »Es ist eine Strafe, die Schönheit der Welt nicht mehr sehen zu dürfen. Es ist allerdings eine noch größere Strafe, die Hässlichkeit der Welt sehen zu müssen.«

Die Schreie wurden wieder leiser. Mit den Gequälten schien die Nacht den Atem anzuhalten, und als sie ihn entweichen ließ, war jener grau.

»Oho!« Im ersten Licht des Tages wirkten Connor Maenmaiges Narben nicht mehr rot, sondern bläulich. »Das ist weise gesprochen! Vielleicht sollte ich dem letzten der Männer die Augen lassen und stattdessen die Hände nehmen.«

Er machte keine Anstalten, sich abzuwenden und entsprechenden Befehl zu erteilen. Auch Midhir befahl er nicht, das Schwert sinken zu lassen, was der gleichwohl tat.

Tuan sank auf die Knie. »Ich diene dir«, sagte er leise, und er dachte: Es ist dumm, nicht weise, zwischen dem Schönen und Hässlichen zu unterscheiden. Es ist ja doch alles eins.

Rúdnat

Die Haare des Neugeborenen waren so rot wie sein zerknautschtes Gesicht, aber Rúdnat sagte, dass sie bald ausgehen würden und die, die nachwüchsen, blond wie die der Mutter sein könnten.

Das Kind, dessen Kopf zwischen den nackten Brüsten der Mutter lag, quäkte empört, weil es die Warzen nicht fand, und Rúdnat erklärte, dass es schon bald lernen würde, wie sich sein Hunger stillen ließ.

Ich hoffe, dass die Kraft, die das Kleine darob gewinnt, nicht der Mutter geraubt wird.

Immerhin war Rose stark genug gewesen, ein gesundes Kind zu gebären, sogar einen Sohn, obwohl Isabel Tyrell offen daran gezweifelt und Hughs Töchtern schreckliche Angst gemacht hatte, während sie draußen auf die Geburt gewartet und zur heiligen Margarete gebetet hatten. Einzig Rúdnat hatte in all den Stunden an Roses Bettstatt ausgeharrt, trat von dort jedoch zurück, als die anderen den Raum betraten.

»Wie wird er heißen?«, fragte Elayne.

»William … William Gorm«, sagte Rose stolz, obwohl das Lächeln, das sie Rúdnat zuwarf, ein wehmütiges war.

Das Kind würde zum normannischen Ritter erzogen werden und niemals allein nur Rose gehören, Rose wiederum würde, als Gattin eines normannischen Ritters, niemals allein nur Rúdnat gehören. Auch in den letzten Stunden, da sie ihr hilflos hatte zusehen müssen, wie sie sich durch Wehe um Wehe quälte, hatte sie das einmal mehr eingesehen. Der Schmerz hatte Rose ganz und gar in Besitz genommen und sie zum Schreien gebracht, indes Rúdnat ihr in den wenigen gestohlenen Stunden, die sie allein mit der jungen Frau verbrachte, stets nur ein leises Stöhnen zu entlocken vermochte.

Erst wollte Elayne den kleinen William Gorm halten, dann Aegidia. In ihrer beider Arme brüllte er.

»Ihr riecht eben nicht wie seine Mutter«, erklärte Rúdnat und dachte still: Eigentlich kann ein winziges Kind, obendrein ein männliches, kaum wissen, wie eine Rose riecht.

Der Neid auf William Gorm, der in ihr hochstieg, schien so lächerlich wie zuvor der Neid auf den Schmerz, aber sie fühlte ihn trotzdem. Auch Roses Blick, der immer noch auf ihr ruhte, konnte sie nicht davon befreien, und als sie sich obendrein den Menschen, die nun ins Gemach kamen, zuwandte, war endgültig der Zeitpunkt gekommen zu gehen.

Die Luft in der Halle war stickig, die Gesichter der Männer glänzten verschwitzt. Sie feierten die Geburt von Hughs Sohn, wie sie am liebsten feierten – mit Grölen und Wein, obwohl beides weder zu dem zarten Kind noch zu seiner zarten Mutter passte.

Ihr feiert nicht die Unschuld des Kleinen, ihr beweist, wie schnell man sie auf dieser Welt verliert.

Jäh fühlte Rúdnat selbst Schweiß auf ihrer Stirn, jäh wähnte sie sich selbst beschmutzt. Und obwohl sie wusste, dass dies kein brauchbares Mittel war, um sich auf Erden wohler zu fühlen, griff sie zum gleichen wie die Männer hier … griff zu einem Krug Wein und trank und hoffte, dass sein saurer Geschmack den bitteren, der tief von drinnen hochstieg, vertrieb.

Schluck um Schluck um Schluck. Gedanke um Gedanke um Gedanke.

Rose lebt, das ist das Wichtigste, das Kind lebt, das ist ebenso wichtig. Und irgendwo, wenn auch in der Ferne, lebt mein Ziehsohn, um dessentwillen ich so um den Frieden gekämpft habe …

Die Gedanken verfehlten ihre Wirkung, der Wein nicht. Als sie den leeren Krug absetzte, wurde ihr ganz heiß, und als sie einen Schritt auf den Ausgang zumachte, wankte sie.

Fast wäre sie in einen Mann hineingelaufen, der sie anscheinend schon länger beobachtet hatte. Anstatt ihr Platz zu machen, verstellte er ihr den Weg.

»Sag, ist es wahr, dass in Irland die Mütter ihren Neugeborenen die erste Mahlzeit auf einer Schwertspitze präsentieren, als Zeichen dafür, dass sie ein Leben lang dem Krieg gehören werden?«, fragte er dreist. Rúdnat konnte sich nicht erinnern, dem Mann je begegnet zu sein. Sie konnte sich nicht einmal erinnern, überhaupt einen Mann wie ihn in der Gegend angetroffen zu haben – einen Mann ohne Kettenhemd, stattdessen mit einer Mönchskutte bekleidet, ohne Schwert, aber mit einer Feder. Jener Fremde hatte sie hinter sein Ohr geklemmt, an einem Strick um den Nacken hing ein Stifthalter, desgleichen ein winziges Messer, mit dem man allerdings niemanden töten, nur die Härchen von Pergament kratzen, Tintenspuren und Fehler ausmerzen oder das Pergament niederdrücken konnte, während man schrieb. Ein Schreiber. »Und ist es wahr, dass man in Dublin, wenn Frauen gebären, gern zum heiligen Beraid betet, dem ersten Heiligen der Stadt?« Rúdnat musterte ihn mit gerunzelter Stirn. »Du bist doch Irin, du musst das doch wissen!«, rief er.

»Unser neuer Bischof John Cumin, der den Kleinen taufen wird, versteht sich besser auf Heilige denn ich«, erklärte Rúdnat, erleichtert, dass sie noch klare Worte machen konnte, beschämt, weil diese dennoch lallend klangen.

Der Schreiber nickte eifrig. »Die Taufe wird in der Christ Church stattfinden. Dort wird der Baculus Jesu aufbewahrt, nicht wahr? Der Stab, auf den sich Jesus Christus stützte, als er vierzig Tage lang in der Wüste ausharrte, und mit dem er später, nachdem er den Einflüsterungen des Teufels widerstanden hatte, durchs Heilige Land gewandert ist. Auf wundersame Weise ist dieser Stab nach Irland gelangt, und der heilige Patrick hat damit sämtliche giftigen Schlangen vertrieben.« Der Mann schien selbst zu kriechen, als er näher kam. Neugier und Hochmut standen gleichermaßen in seinem Gesicht geschrieben, und das Lächeln wirkte, wenn auch nicht giftig, so doch falsch. Ihr Gesicht wurde vom Schweiß nicht kühler, und sie nahm einen neuen Humpen Wein, auf dass zumindest ihr Herz gleichgültiger würde. Diesen trank sie nur zur Hälfte, aber das reichte, um erneut zu schwanken, als sie den Mann beschied, nun gehen zu müssen, und sich an ihm vorbeizudrängen versuchte. Es gelang ihr nicht. Wenn er auch nicht groß war, massig war er durchaus. »Ich bin Gerald von Wales«, sagte er schnell, »ein Verwandter von Robert FitzStephen.«

»Robert F… FitzStephen ist tot. Er … er … er wurde von Iren a… a… abgeschlachtet«, lallte sie.

Ihre Zunge fühlte sich steif und pelzig an, seine Mundwinkel dagegen zuckten – ob vor Ekel oder Schrecken wusste sie nicht. Was auf jeden Fall dabei war, war Sensationsgier.

»Ich weiß. Er hat seine Ländereien in Cork an seinen Neffen Philip de Barry vererbt, einem weiteren Verwandten von mir.«

Selbst wenn sie nicht betrunken gewesen wäre, wären ihr diese Worte unsinnig erschienen. »Und w… w… wie kann man Länder vererben, an deren Er… Eroberung m… man gescheitert ist?«

»Oh, ich nehme an, Philip de Barry wird dabei nicht umkommen wie Robert, und falls auch er abgeschlachtet wird, so tritt eben ein anderer an seine Stelle, um die Iren zu bezwingen. Nach und nach werden die Normannen ganz Irland erobern, und ich werde darüber ebenso ein Buch schreiben wie über die Sitten dieses wundersamen Landes. Gerade erst heute habe ich erfahren, dass die schwarze Kleidung, die die Iren tragen, nicht etwa aus der Wolle von schwarzen Schafen gemacht wird, wie es oft heißt, nein, das Tuch wird in Sümpfe getaucht, bis es deren Farbe annimmt. Wobei … Wenn sie kämpfen, tragen Iren überhaupt keine Kleidung, sie sind gänzlich nackt.«

Gut, dass sie zu betrunken war, sich das vorzustellen. Und wer hatte ihm das bloß erzählt? Ein Page, der von Irland nur Dublin und von Dublin nur die Burg gesehen hatte?

»W… wenn du nackte Männer sehen willst, musst du nicht

an einem Schlachtfeld stehen«, sagte sie. »Es …es genügt, w… wenn du in mein Hu… Hurenhaus kommst.«

Wieder wollte sie sich an ihm vorbeidrängen, wieder ließ er es nicht zu. »Desgleichen hörte ich, die Hirsche hierzulande seien so fett, dass sie vor Jägern nicht fliehen könnten.«

»N… nein«, erwiderte sie, »a… a… aber die M… Mäuse sind ungemein flink, fressen sich durch jede Kleidung, und manchmal n… nagen sie Schlafenden Hände und Beine ab. P… pass bloß auf, dass du nicht eines Tage erwachst und dir die H… Hand zum Schreiben fehlt.«

Gerald von Wales lachte leise. »Genau solche Geschichten will ich hören«, sagte er zufrieden.

Rúdnat wiederum wollte nicht nur keine Geschichten erzählen, sie konnte es gar nicht. Rasch schlug sie die Hand vor den Mund, als würde sie sich gleich übergeben, und tatsächlich ließ das den anderen zurückweichen, sodass sie endlich an ihm vorbeihasten und die Halle verlassen konnte. Die frische Luft im Hof belebte sie etwas, vertrieb aber weder den sauren Geschmack noch die saure Laune.

Warum hatte sie sich betrunken, obwohl sie das sonst nie tat? Warum wankte sie eilig davon, als wäre sie auf der Flucht?

Sie musste nicht davonlaufen. Sie musste ihre Sinne nicht betäuben. Das Kind lebte, Rose lebte, ihr Ziehsohn lebte hoffentlich auch, sie hatte alles dafür getan, was sie konnte, tat es immer noch. Warum fühlte sie sich, als ob ihr irgendetwas fehlte, wenn sie doch alles hatte? Ascall lebte wieder auf Dún Fionn, Saint-Taurin war von dort vertrieben worden und nach England zurückgekehrt, und Hugh rief sie immer noch zu sich, wenn ihn ein Verlangen überkam, das nur sie befriedigen konnte. Jedes Mal verließ sie ihn mit dem stillen Triumph, dass sie ihn beherrschte und gleichsam Érius Insel. Rose sowieso … Wobei sie Rose nicht beherrschen wollte, diese ihr auch nicht gehören musste, die gestohlenen Stunden mit ihr reichten doch. Wie dumm, mehr zu fordern, ja, sich nach mehr zu sehnen.

Auf dem Weg ins Hurenhaus musste sie mehrmals innehalten und sich an Hauswände stützen, doch bis sie es erreichte, war es ihr gelungen, den aufgewühlten Geist etwas zu beschwichtigen und der Trunkenheit etwas Herr zu werden. Wobei … Genau genommen erreichte sie es gar nicht, blieb ein Dutzend Schritte davor stehen, und das nicht etwa, weil ihre Beine versagten, sondern weil sie sah, dass sich auf der Gasse eine Menschentraube gebildet hatte, zu der auch Fine, Echna und Barabal gehörten. Und als Liven das Hurenhaus verließ, tat sie das nicht etwa, um sie wieder hineinzuscheuchen, sie beugte sich über das, was da auf der Straße lag. Rúdnat trat langsam näher, und dieses Mal bebten ihr die Knie nicht ob des Weines, aber ob des Unbehagens. Noch konnte sie nicht sehen, was da lag, dennoch fühlte sie jäh, dass es nicht einfach nur Abfall war … Es war ein Wesen, das gelebt hatte …

Nun hatte sie das Grüppchen erreicht, nun flohen die anderen Menschen, nun wichen Echna und die Mädchen zurück. Bis zuletzt hatte Rúdnat gehofft, eine tote Ziege oder ein totes Schaf vorzufinden, doch es war eine tote Frau. Kein frisches Blut befleckte ihren Körper, keine der Gliedmaßen war unnatürlich verrenkt, die blauen Flecken und Schrammen, die den Leib übersäten, schienen älter zu sein. Ausgemergelt war der Leib, rissig und kurz waren die Fingernägel. Wahrscheinlich hatte die Tote daran gekaut, wann immer der Hunger übermächtig geworden war. Oder Mäuse hatten daran genagt, wie sie es Gerald von Wales gegenüber behauptet hatte. Aber solche Mäuse gab es ja gar nicht, selbst den Ratten von Dublin wäre dieses Mädchen zu dünn gewesen.

Nessa.

Erneut schlug sie die Hand vor den Mund. Erneut konnte sie all die Gefühle, die in ihr tobten, nicht einfach ausspucken. »W… wie …«, setzte sie lediglich an.

»Sie ist wohl gekommen, um etwas Essen zu erbetteln«, sagte Liven, die sich noch nicht zurechtgemacht hatte und darob älter und irgendwie nackter wirkte. »Doch bevor sie die Hand heben konnte, um an der Tür zu klopfen, ist sie offenbar zusammengebrochen und gestorben. Wir haben sie gerade erst gefunden.«

»Es war schließlich viel los in der Nacht«, fügte Barabal hinzu, den Blick starr auf Nessa gerichtet.

Rúdnat konnte nicht recht deuten, was darin stand. Furcht, weil sie irgendwann Nessas Schicksal teilen würde? Neid, weil sie alles Elend nun hinter sich gelassen hatte? Kraftlos sank sie auf die Knie, versuchte, Nessas weit aufgerissene Augen zu schließen, aber sie verfehlte sie und griff stattdessen in ihr Haar. Als sie wiederum versuchte, die offenen Augen mit den Strähnen zu bedecken, scheiterte sie auch, war das Haar doch zu dünn. Glanzlos war es ebenso, mausgrau … Obwohl sie es doch einst gefärbt, es gekämmt hatte, damals, als Nessa noch in ihrem Haus gelebt hatte, noch nicht zur Verräterin geworden war. Als sie, Rúdnat, sie verraten hatte, indem sie ihr versprochen hatte, dass sie bei ihr nicht nur überleben, sondern Macht über dieses Leben, über die Männer erlangen würde.

Aber Weiber wie Nessa, wie sie selbst, hatten keine Macht. Hätte sie Macht, hätte sie William Gorm nicht nur aus Roses Leib ziehen, sondern ihn halten dürfen. Hätte sie Macht, würde Hugh sich vor ihr verneigen, ihr nicht sein Hinterteil entgegenstrecken. Hätte sie Macht, sie würde ob Nessas Anblick triumphieren, sich nicht so schrecklich elend fühlen.

Unsereins lässt man die Drecksarbeit, und allen ist es egal, wenn wir irgendwann an dem Dreck ersticken.

»Ich glaube nicht, dass sie nur am Hunger starb«, murmelte Echna. »Seit Jahren wurde sie von einem schlimmen Husten gequält, und weil sie sogar im Schlaf röchelte, wollte niemand ihr ein Plätzchen unter seinem Dach gönnen. Es heißt, dass sie einst in die Liffey gefallen ist.«

»Wäre sie doch bloß auch heute in den Fluss gefallen. Wenn sie ersoffen wäre, hätten wir eine Sorge weniger«, sagte Fine.

So kalt ihre Stimme auch klang – in ihrem Blick stand nackte Angst, die weniger dem Tod galt, als der Möglichkeit, hässlich zu sterben.

»W… wir werden N… Nessa nicht einfach in den grauen Fluten versenken«, sagte Rúdnat streng. »Wir sorgen f… für ein anständiges Be… Begräbnis.«

Falls sich eine der Frauen wunderte, warum sie lallte, zeigte es keine.

»Als ob's bei einer wie ihr einen großen Unterschied macht, ob sie in grauem Stein, grauer Erde oder grauen Fluten verwest«, sagte Echna bloß. »An ihren Namen wird sich ja doch keiner erinnern.«

An meinen Namen auch nicht, dachte Rúdnat, weil er das Erste war, was ich geopfert habe …

»Ho… hol irgendeinen Mönch!«, blaffte sie Liven an. »Und ihr … ihr anderen verschwindet wieder ins Haus.«

Fine gehorchte als Erste, Liven als Letzte. Nun war sie mit Nessa allein, beugte sich noch tiefer über sie, zog den zerrissenen Saum ihrer Tunika über die weit geöffneten Augen – allerdings zu dem Preis, dass sie noch mehr der gelblich anmutenden Glieder entblößte. Seufzend nahm sie schließlich den eigenen Umhang ab, um die Tote zu bedecken. Der Wind zerrte prompt an ihrem roten Haar.

Dass du so endest, hätte ich dir nie gewünscht …

Sie hatte sich kaum ihr Haar zurückgestrichen und sich wieder aufgerichtet, als eine Stimme sie zusammenschrecken ließ.

»Stimmt es, dass man hierzulande glaubt, die toten Frauen würden aus Andernwelt zurückkehren und die Lebenden heimsuchen? Dass sie dabei die Gestalt von Schwänen und Kühen annehmen, nur niemals die eines Mannes? Was natürlich nicht bedeutet, dass sie nicht selbige irreführen!« Schnaufend kam Gerald von Wales auf sie zugewatschelt. Trotz des kalten Windes schwitzte er. Angewidert betrachtete er die Tote, sichtlich sensationslüstern hingegen sie. »Die Geister aus Andernwelt haben weder Fleisch noch Knochen«, fuhr er fort, »und sie kennen ebenso wenig Sünde oder Moral wie Tiere und Biester.«

Rúdnat starrte ihn verwirrt an. Andernwelt … Richtig, so bezeichneten die Druiden das Jenseits. Aber die Druiden gab es nicht mehr, und warum sollte es eine andere Welt als diese geben?

»Wer sagt denn, dass die noch Lebenden von Moral und um die Sünde wissen?«, entfuhr es ihr unwillkürlich, und der Zorn gab ihr die Entschlossenheit, wieder klar zu sprechen, wenn auch nicht wirklich klar zu denken.

Gerald von Wales kratzte sich hinter dem linken Ohr, wo er keine Feder trug. »Stimmt, stimmt«, sagte er, »noch bösartiger als die Wesen aus Andernwelt gelten hierzulande die Königinnen.«

Du stehst vor einer toten Hure und sprichst von Königinnen?

Rúdnat erhob sich langsam, versuchte es zumindest. Ihr schwindelte so stark, dass sie sofort wieder auf die Knie sank. Doch auch wenn sie keine geraden Schritte machen konnte – ganze Sätze zu sprechen lag trotz des vielen Weins wieder in ihrer Macht.

»Geschichten über uns Iren willst du hören? Legenden, um sie niederzuschreiben? Oh, da gibt es einiges zu erzählen. Nicht nur Männer bekriegten sich einst, auch Frauen fochten Wettkämpfe aus. Zu einem wurde Derbforgaill aufgefordert, die Geliebte von Cú Chulainn, die von seinen anderen Frauen um ihre Schönheit beneidet wurde. ›Ha‹, brüstete sie sich, ›ich bin nicht nur schöner als ihr, ich kann auch weiter als ihr pissen. Im Schnee könnt ihr es sehen.‹« Gerald Wales riss die Augen auf, woraufhin Rúdnat höhnisch lachte und alsbald heiser hustete. »Das hat dir noch niemand erzählt, nicht wahr?«, sagte sie mit rauer Stimme. »Derbforgaill hat den Wettkampf übrigens gewonnen.«

Wie schön die Vorstellung war, ebenfalls zu pissen – nicht auf Schnee wie Derbforgaill, nein, auf Gerald von Wales.

»Ist das auch wahr?«, fragte er misstrauisch.

Sie nickte, musste zugleich jedoch an das Ende dieser alten Legende denken, wonach Derbforgaill, der man nun nicht mehr allein die Schönheit, auch diesen Sieg missgönnte, verstümmelt worden war. Anstatt davon zu berichten, sprach sie vom großen Krieger Cú Chulainn, der ausgerechnet von Frauen zu Fall gebracht worden war, von drei alten Hexen nämlich, die einen Wolf getötet und ihm das Fleisch zu essen gegeben hatten. Da der Wolf allerdings sein Totemtier war, hatte ihn das so geschwächt, dass er in der Schlacht, die folgte, kaum sein Schwert hatte heben können. Und wann immer er es doch versuchte, hatte sich eine der Hexen in Gestalt eines Raben auf seinen Arm gesetzt.

Für die Bilder, die sie in ihm heraufbeschwor, blieb sie selbst blind. Sie sah keinen Wolf, sie sah keinen Raben, sie sah nur sich und die tote Nessa wie aus dem Blickwinkel einer Fremden. Wie beschämend es war, neben einer armseligen Toten zu hocken, kaum gerade sitzen zu können, nach Wein zu stinken, nur mit Worten zu kämpfen, obwohl Worte doch keine Zähne wie Wölfe und keine spitzen Schnäbel wie Raben hatten.

Gerald von Wales kniff zweifelnd die Augen zusammen. »Mir hat man erzählt, dass Cú Chulainns Totemtier ein Hund war.«

»Was macht das schon für einen Unterschied! Es zählt, dass sich der Rabe als stärker erwies!«

Noch misstrauischer wurde sein Blick und abfällig zugleich, weil sie sich einmal mehr vergebens hochzukämpfen trachtete.

»Glaubst du mir etwa nicht, dass Frauen hierzulande große Macht haben?«, rief Rúdnat wütend. »Dass sie nicht nur wie Unrat auf der Straße liegen?« Nicht nur Hexen, behauptete sie, könnten sich in Raben verwandeln, auch Königinnen in Krähen, um in der Schlacht den Kriegern die Augen auszuhacken. Und in den Wäldern würden Kriegerinnen hausen, die die Felle von Tieren und die Federn von Vögeln trugen und heimtückisch alle Männer ermordeten, wenn diese den Wald betraten – bekamen sie doch Hilfe von den Kriegsgöttinnen Morrigan und Nemain. »Von ihrem Gelächter werden selbst die tapfersten Recken taub!«

Gerald von Wales schien auch taub zu sein. Ihre Worte waren tatsächlich keine Waffe. Sie konnten ihm nicht zusetzen, gar Angst machen, sie ließen ihn lediglich spöttisch lachen, und ihr Stolz schmolz wie der Schnee unter Derbforgaills Pisse. Gewiss, er lachte über die Geschichten, die sie erzählte, aber es fühlte sich an, als würde er über sie, die betrunkene Hure, und Nessa, die tote Hure, lachen.

»Erzähl mir noch mehr!«, rief er begeistert. »Ich will all diese Geschichten aufschreiben, auf dass sie nicht vergessen werden!«

Nein, dachte sie, dir geht's nicht ums Nichtvergessen. Ums Lachen und Spotten geht es dir. Wenn du gegen das Vergessen anschreiben würdest, dann würdest du von Nessa schreiben.

»Du willst noch mehr hören?«, fuhr sie auf.

Er nickte eifrig. »Ich habe gehört, dass Iren keine Gabel kennen, sondern mit Händen wie die Tiere essen.«

»Tiere haben keine Hände.«

»Und sie essen nicht von Tischen, sondern die Platten stehen auf dem Boden.«

»Natürlich haben wir Tische, sie sind nur niedriger als eure!«

»Weil ihr auch keine Stühle kennt, sondern auf nacktem Boden kauert.«

Unsinn, es gibt Schemel, wollte Rúdnat sagen, biss sich jedoch auf die Lippen. Es würde ja doch so lächerlich klingen, wie Gerald ihr Volk machen wollte. Was machte es für einen Unterschied, ob sie auf Schemeln oder Stühlen hockten, ob sie in weichen Betten lagen oder auf dem nackten Boden. Am Ende lagen sie alle ja doch namenlos auf der Straße.

Ihr Blick fuhr zurück zu Nessa, deren Leib unter dem schwarzen Umhang so schmächtig wirkte. Ein Würgen stieg in ihr auf, das sie bis jetzt zu unterdrücken vermocht hatte. Allein, um sich nicht auf die Tote zu übergeben, schaffte sie es endlich, sich aufzurichten, und als sie dann – von Schwindel und Kopfschmerz und Verzagtheit gepeinigt – den Mund öffnete, gab sie wider Erwarten nicht den sauren Wein von sich, nur giftige Worte.

»Du weißt bereits, dass die Königinnen dieser Insel sämtlich bösartig sind«, flüsterte sie furchteinflößend. »Aber über Huren weißt du nichts. Die Huren hierzulande sind sehr mächtig. Nicht dass sie so durchdringend lachen können wie die Kriegsgöttinnen. Was nutzt es auch, wenn Krieger davon taub werden? Viel mehr bewirken die Huren mit ihrem Flüstern, vor allem, wenn es in die Ohren des Statthalters dringt.«

Geralds Lächeln schwand, als er versuchte, den Sinn hinter ihren Worten zu erkennen. Rúdnat dagegen lachte. Dieser Narr dachte tatsächlich, die Normannen hätten gewonnen, weil sie so viele Iren abgeschlachtet und so viele Irinnen gerammelt hatten. Oh, sie wollte ihm gern sagen, wer hier wen rammelte. Und der Narr dachte wohl, die Normannen hätten gewonnen, weil die Irinnen ihre Kinder gebaren. Oh, er sollte sich lieber fragen, ob in den Adern dieser Kinder wirklich normannisches Blut floss.

»Was … Was meinst du mit alldem?«, fragte er.

Ich meine, dass von unsereins mehr bleiben muss als ein Leichnam mit aufgerissenen Augen.

Sie rieb sich die Schläfen, schluckte den unangenehmen Geschmack, erzählte ihm alles – wirklich alles. Sie erzählte, dass sie einst einen Plan ausgeheckt hatte, um Macht und Einfluss zu gewinnen. Sie erzählte, wie sie Elayne in die Jauchegrube gestoßen hatte. Sie erzählte, wie sie Hugh dazu gebracht hatte, nackt und bäuchlings vor ihr zu liegen, ihn zunächst dazu überredete, Ascall von Toora aus Saint-Taurins Händen zu befreien und später dazu, mit dessen Hilfe mit Ruari O'Connor zu verhandeln. Sie erzählte auch, wie Rose in einer Blutlache vor ihr gelegen hatte, nur dass dieses Blut nicht ihr jungfräuliches gewesen war, lediglich Schweineblut. Das echte nämlich hatte Connor Maenmaige vergossen.

Dass sie Rose liebte und dass sie sie beschützen wollte, erzählte sie allerdings nicht.

»Wer hat am Ende also wen erobert?«, fragte sie heiser, nachdem sie geendet hatte, wieder ihres Verstandes mächtig, ihrer Sinne, ihrer Sprache … Nur nicht ihrer Seele, die irgendwo verzweifelt flatterte und sich fragte, was sie da tat und warum.

Immerhin, während sie sich wieder nüchtern wähnte, schien Gerald übel zu werden. Jetzt endlich erfasste ihn jenes Befremden, jenes Entsetzen auch, das sie hatte wecken wollen, als sie von Derbforgaills und Morrigans Taten berichtet hatte. Jetzt war sie es, die lachte, ihn auslachte, es zumindest wollte. Sie hatte kaum den Mund geöffnet, als ihr jeder Laut im Hals stecken blieb. Zu spät gewahrte sie, dass sie nicht mehr mit Gerald und der toten Nessa allein war, sondern dass sich nicht nur ihre verlorene Seele fragte, was sie warum tat, dass ihr die kleine Elayne zum Hurenhaus gefolgt war. Was genau sie hier wollte, wusste Rúdnat nicht. Vielleicht suchte sie Gesellschaft. Vielleicht hatte Rose sie gebeten, Rúdnat zurück ans Wochenbett zu holen, weil sie nicht mit ihrem normannischen Mann und ihrem normannischen Sohn allein sein wollte. Jedenfalls hatte Elayne, noch bleicher als Gerald, alles gehört. Und sie drehte sich um, lief davon, ließ Rúdnat mit der schrecklichen Erkenntnis zurück, dass sie nicht nur Gerald entsetzt und beschämt hatte. Sie hatte Roses Geheimnis verraten, obwohl sie ihr mehr als einmal versprochen hatte, dass es bei ihr sicher war.

Das Gesicht des Kindleins war nicht mehr so zerknautscht wie zuvor, die Haut glatter, auch ein wenig gelblicher. Und es brüllte nicht mehr, war zwischen Roses Brüsten eingeschlafen. Ob angenehm satt oder vom Hunger erschöpft, konnte Rúdnat nicht sagen.

Sie selbst fühlte sich regelrecht erschlagen, wie sie da vor der Bettstatt stand, Rose sich weigerte, sie auch nur anzusehen – nachdem Elayne, die Rúdnat bei ihr angetroffen hatte, aus dem Raum geflohen war.

»Er … Er wird es nicht schreiben«, stammelte Rúdnat. »Ich habe ihm versichert, dass ich mir alles nur ausgedacht habe …«

Das stimmte nicht ganz. Am Ende war es Gerald von Wales schlichtweg gleich gewesen, ob sie die Wahrheit gesagt oder

Lügen erzählt hatte. So oder so würde er den Triumph der Normannen über Érius Insel nicht von einer Hure geschmälert sehen wollen. Wahrscheinlich würde er noch nicht einmal die Geschichte von der pissenden Derbforgaill aufschreiben.

»Aber du hast es dir nicht ausgedacht.«, sagte Rose erstickt, »Du hast die Wahrheit gesagt, hast mein Geheimnis verraten, du hast mich für deine Zwecke benutzt ... Genau wie Hugh.«

»Nein!« Rúdnat merkte zu spät, dass sie schrie, aber das Kind wurde ohnehin nicht wach davon. »Nein! Nicht wie Hugh! Das, was zwischen uns geschehen ist, das war ... das ist doch etwas ganz anderes!«

Endlich hob Rose den Kopf, doch ihr Blick war leer wie der der toten Nessa. »Geh«, sagte sie leise. »Geh und komm nicht wieder. Ich habe dir vertraut. Ich kenne deinen echten Namen.«

»Und echt war auch mein Wunsch, dich zu beschützen!«

Rose senkte den Blick wieder, die Stimme wurde kalt wie Eis. »Wenn jemals zu Hugh dringt, dass Connor Maenmaige mich vor ihm genommen hat, bin ich verloren – und mein Sohn auch. Es würde nicht zählen, dass ich Connor seit Jahren nicht mehr gesehen habe und das Kind eben erst geboren wurde. Es würde ein Makel bleiben.«

»Aber ich habe dir doch gerade gesagt, dass Gerald von Wales alles für sich behalten wird. Er hat mir geglaubt, dass ich gelogen habe!«

»Nun, und ich glaube, dass du gelogen hast, als du mir beteuertest, dir liege an meinem Wohl und du liebtest mich. Geh, nun geh endlich! Tritt mir nie wieder unter die Augen!«

Die Stimme begann zu zittern, und Rúdnat fühlte Roses Schmerz deutlicher als den eigenen. Ganz und gar nahm er sie in Besitz, so wie in der Nacht, als die junge Frau ihr Kind geboren hatte.

Rúdnat ging. Sie konnte nichts anderes mehr tun, als die tote Nessa zu begraben.

1185–1186

John

Den Mönchen schmeckte der Rehbraten, dem Bischof deutlich weniger. Letzterer machte beim Kauen ein Gesicht, als litte er an Zahnschmerzen. König Henry wiederum hatte seine Gabel noch nicht an den Mund geführt, sah aber aus, als hätte er Kopfschmerzen.

Kein Wunder. Wie immer an den großen kirchlichen Festtagen trug er auch am heutigen Dreikönigsfest seine Krone. Diese Krone, so hieß es, sei das sichtbare Zeichen dafür, dass er sich jeden Augenblick seines Lebens des Krönungseids bewusst war, folglich seiner Pflicht, für die Rechte seiner Untertanen zu kämpfen. An diesem Tag ging es um die Rechte der Mönche von Canterbury, und dazu, so behaupteten sie, zählte jenes, den Bischof ihrer Diözese zu wählen. Die Bischöfe des Reiches pochten hingegen darauf, dass es allein ihnen zustünde, diesen zu bestimmen. Auf den vakanten Stuhl, der eigentlich nur Platz für einen bot, waren folglich zwei Männer gewählt worden, und die Entscheidung, welcher davon sitzen bleiben durfte, lag beim König.

John wusste nicht, ob er sie schon getroffen hatte. Auch er selbst kaute seit geraumer Zeit am Rehbraten, aber schmeckte kaum etwas. Wie schwer die Luft war … von Weindunst, vom Misstrauen, das die Mönche gegenüber den Bischöfen und die Bischöfe gegenüber den Mönchen empfanden, von der schlechten Laune des Vaters. Und welche Wohltat es verhieß, dass plötzlich die Tür des großen Saales aufflog, ein kalter Luftzug sie alle traf. Die Mönche – obwohl daran gewöhnt, in ihren eisigen Kapellen zu frieren – erschauderten. John sog dagegen gespannt den Atem ein. Als er sah, wer da forsch den Saal durchschritt, hätte er seinen Bissen fast wieder ausgespuckt.

»Er … Er ließ sich nicht aufhalten.«

Hilflos folgte der Kämmerer dem Mann, blieb dann aber doch in der Mitte des Saales stehen, während dieser erst innehielt, als er unmittelbar vor dem König stand. Der Mann deutete eine Verbeugung an, indes Henrys Hand zum Mund fuhr und sich Mönche und Bischöfe, Kanzler und Kapläne, Sekretäre und Barone – kurzum alle, die entweder immer an des Königs Seite weilten oder zu besonderen Anlässen – verwirrt anstießen.

»Wie kannst du es wagen!«, entfuhr es John. Erst ob des Schepperns gewahrte er, dass er aufgesprungen war und die Platte mit dem Rehbraten in Rage vom Tisch gestoßen hatte. Niemand tadelte ihn dafür. Das empörte Raunen, das sich erhob, galt einzig dem Mann, der ungebeten in den Thronsaal gestürmt war. »Wie kannst du …«, setzte John wieder an, fühlten dann aber einen festen Griff an seiner Schulter.

Sein Vater drückte ihn auf den Stuhl zurück und beugte sich darob so weit vor, dass ihm die Krone verrutschte, wenn auch nicht tief genug, um ihm die Sicht zu nehmen – auf seinen jüngsten Sohn, den er liebte, und auf den nunmehr ältesten, den er eigentlich hasste. Als Richard auf die Knie sank, stand allerdings kein Hass in Henrys Blick.

»Ich bin gekommen, um mit dir Frieden zu schließen«, sagte Richard.

Es musste wieder geschneit haben, denn Richards blondes Haar war nass. Es glänzte gleichwohl – so wie es immer glänzte, selbst wenn er im Blut oder im Schlamm watete. Von Gott begnadet sei er, behaupteten die einen, vom Teufel geküsst, die anderen. Ob man ihn nun aber als den besten oder den schlechtesten aller Menschen betrachtete … Größe verhieß es immer.

John fühlte sich hingegen klein wie nie. Obwohl sich die Hand des Vaters von seiner Schulter gelöst hatte, schaffte er es nicht, wieder aufzustehen. Und obwohl Richard kniete, vermeinte er, von diesem überragt zu werden.

Immerhin wurde nun der Blick des Königs ausdruckslos.

»Wenn du Frieden schließen willst, dann solltest du nicht mit mir reden, sondern mit deinem Bruder.«

Wieder erhob sich ein Raunen, wieder zischten manche vor Verachtung, aber John war sich plötzlich nicht sicher, ob diese Richard galt, nicht vielmehr Geoffrey und ihm, die sie so erbittert gegen den älteren Bruder gekämpft hatten und denen es doch nicht gelungen war, ihn zu besiegen und Aquitanien einzunehmen.

»Ich werde mich niemals mit Richard …«, setzte John heiser an, kam jedoch nicht weiter.

Richard war aufgestanden, schien ihn – den Blick allein auf den königlichen Vater gerichtet – gar nicht wahrgenommen zu haben. »Das habe ich bereits«, erklärte er, »ich habe mich soeben mit Geoffrey versöhnt.«

Wenn John jetzt noch am Rehbraten gekaut hätte, er hätte ihn Richard ins Gesicht gespuckt … oder Geoffrey … Aber Geoffrey war nicht hier, und der Rehbraten lag auf dem Boden. Ein falscher Schritt, und Richard würde darauftreten. Doch er machte keinen falschen Schritt, er ging geradewegs auf ihren Vater zu, der eben nicht nur seinen wuchtigen Leib erhob, auch einen Pokal mit süffigem Wein aus der Guyenne.

»Endlich!«, stieß er aus, die Stimme erstickt von Tränen. »Endlich! Ich wusste, irgendwann würdet ihr zur Vernunft kommen.«

Er trank nicht selbst aus dem Pokal, er reichte ihn Richard, und der nahm ihn und trank Schluck um Schluck.

Lass Gift darin sein, hoffte John unwillkürlich, obwohl er wusste, dass lediglich die Erinnerungen an die letzten anderthalb Jahre, die seit Young Henrys Tod vergangen waren, giftig schmeckten. An Geoffreys Seite hatte er sie größtenteils verbracht, mit ihm gemeinsam Pläne ausgeheckt, wie sie Aquitanien erobern könnten. Doch zu einer echten Schlacht war es nie gekommen, weil Richard sich entweder vor ihnen versteckt oder sie ihn am falschen Ort gesucht hatten.

So oder so hatte sich John bei jenem Bruder, dem er am

meisten glich, wohlgefühlt, hatte ihm zugestimmt, dass sie zusammenhalten müssten, gerade erst im vergangenen Monat, als ihr Vater sie zu sich nach Westminster gerufen hatte, auf dass sie sich mit Richard aussprächen. Geoffrey hatte vor Wut irgendetwas zerstört und Westminster verlassen, ehe Richard dort eingetroffen war, und als der König sie wenig später zu den Weihnachtsfeiertagen nach Windsor gebeten hatte, wohin vielleicht auch Richard kommen würde, hatte Geoffrey erneut getönt, er sei lieber ein Bettler, der einen Edelmann um ein Stück Brot anflehe, als ein Prinz, der vor dem Bruder kniete und um Frieden winsele.

War es möglich, dass Richard seinerseits vor ihm gekniet hatte, so wie jetzt vor dem Vater? Aber er kniete nicht mehr, er hatte sich erhoben, tauschte jetzt mit dem Vater den Friedenskuss, und wieder ertönte ein Raunen, dieses Mal ein begeistertes.

John schwindelte es, als er sich erhob.

Ich darf nicht wanken, ich darf nicht fallen, ich muss den Saal würdevoll verlassen.

Nun, ob es ihm mit Würde gelang oder nicht, es beachtete ihn ohnehin keiner, und irgendwann stand er im Freien. Eine weiße Wolke stieg von seinem Mund auf, aber sein Odem war das Einzige, was nicht von Empörung und Ohnmacht zersetzt war. In seinem Inneren war nichts weiß, alles war schwarz …

Fröstelnd rieb er die Hände aneinander, ballte sie schließlich zu Fäusten zusammen, boxte in die kalte Luft. Wie nutzlos. So einfach ließ sich die Kälte nicht schlagen, so einfach hatte sich auch Richard nicht schlagen lassen. Unruhig zog John Kreise im Hof, folgte schließlich Stimmen, die aus dem Stall kamen. An diesem Ort war es zwar nie still – ständig wurden Pferde gestriegelt und gesattelt, konnte man sich doch nie sicher sein, wann der König aufzubrechen befahl –, doch dass an einem Feiertag wie diesem solche Betriebsamkeit herrschte, erstaunte ihn doch.

Als er Geoffrey bei seinem Rappen stehen sah, wunderte er

sich allerdings nicht länger. Schon stürzte er auf den Bruder zu. »Ist es wahr?«, fuhr er ihn an.

Geoffrey drehte sich langsam um, musterte ihn, als sähe er ihn seit Jahren zum ersten Mal und als erkannte er in ihm nicht den geliebten Bruder wieder, sondern nur den Jungen, der er selbst gewesen war und der er nie wieder sein wollte … Einer von den Jüngeren, einer von den Schwächlichen.

»Ich werde in die Bretagne aufbrechen, ja«, beschied er ihn bestimmt.

Wohin es Geoffrey zog, war John völlig gleich. Viel wichtiger war ihm das Warum.

»Wie … Wie konntest du mit Richard Frieden schließen?«, stieß er aus.

Geoffreys Blick wurde müde. Womöglich erschien ihm das Wort Frieden zu groß, womöglich hielt er nur Johns Wut darüber für übertrieben.

»Wenn du es so nennen willst …«, sagte er gedehnt. »Jedenfalls werde ich mich wieder um mein Land kümmern. Das habe ich viel zu lange nicht getan.«

»Und um welches Land soll ich mich kümmern? Ich habe immer noch keines, obwohl du darum kämpfen wolltest, dass Aquitanien mir gehört!«

»Ich wollte nicht darum kämpfen, dass es dir gehört, nur dass es Richard *nicht* gehört. Das ist ein Unterschied.«

»Aber …«

Geoffrey zuckte mit den Schultern. »Ich habe mein Ziel erreicht. Dass es sich bei dir anders verhält, tut mir leid. Willens, dir zu helfen, bin ich gleichwohl nicht.«

»Aber …«, setzte John erneut an, versuchte zu begreifen, warum Geoffrey so zufrieden grinste. Aquitanien sollte nicht Richard gehören, doch an wen, wenn nicht an ihn, hätte Richard es abgetreten? »Wer wird denn dann …«, begann er.

Geoffreys Lächeln wurde verächtlich. »Du bist noch nicht einmal ein Ritter. Warum sollte ich mit dir über solche Dinge reden?«

»Nimm mich mit in die Bretagne!«

»Du bist noch nicht einmal ein Ritter«, wiederholte Geoffrey. »Warum sollte ich dich weiterhin an meiner Seite dulden?«

Nun, weil ich dein Bruder bin, wollte John sagen, aber er ahnte, dass das in dieser Familie wenig zählte. Blutsbande hatten keinen Wert, auf Stärke kam es an, auf List, auf die Bereitschaft zu belügen, zu betrügen, zu verraten.

Ich bin allein, und ich habe Angst.

Gelächter riss ihn aus den Gedanken, vor Spott klirrend, als würden die Eiszapfen, die vom Dach des Stalles wuchsen, gegeneinanderschlagen. Es war noch nicht einmal Geoffrey, der über ihn lachte, nein, einer seiner Knappen … oder vielmehr Ritter. Er legte ja Wert darauf, von solchen umgeben zu sein. John blickte in schräg stehende Augen, nahm ein fliehendes Kinn wahr.

»Wie alt bist du, Prinz John?« Die Stimme klang noch kälter als das Gelächter. »Trinkst du überhaupt schon Wein? Du siehst mir noch nicht mal aus, als würdest du einen Krug Wasser vertragen.«

Das Wasser war an einem Tag wie diesem doch gefroren und der Wein vergiftet, von Verrat vergiftet … Dem Verrat seines Vaters, dem seit Young Henrys Tod falsche Versöhnungen lieber waren als echter Krieg. Dem Verrat Geoffreys, der ihm, John, nur zubilligte, was er Richard missgönnte. Und doch waren es nicht sie beide, die vom Gift gelähmt wurden, nur er musste hilflos zusehen, wie Geoffrey mit den anderen Rittern und ihren Pferden den Stall verließ.

Zumindest seine Zunge konnte er noch bewegen. »Warum …?«, rief er ihm nach. »Warum …?«

Warum bin ich am Ende immer allein?, hatte er fragen wollen, doch diejenige, die seine Stimme vernahm, dachte wohl, er wolle mehr über Geoffreys und Richards Versöhnung wissen.

»Es ist meinetwegen«, hörte er plötzlich eine Frau sagen.

John erkannte diese Stimme nicht, er erkannte auch das Gesicht der Frau nicht, die beim Stalltor stand, und ehe er sie eingehender mustern konnte, war sie schon wieder verschwunden.

Er folgte ihr, sie blieb nicht stehen. Der Schnee knirschte unter den Schritten, seinen wie ihren. Er öffnete den Mund, wollte ihr etwas nachrufen. Nur was? Etwa ihren Namen? Er wusste ihn nicht, ahnte ihn nur … Doch selbst wenn er mit der Ahnung richtiglag, sollte er diesen Namen wirklich aussprechen? Sie nicht vielmehr Königin nennen … oder Mutter? Er war nicht sicher, welchen Titel von diesen beiden sie weniger verdiente.

Sie selbst fühlte sich wohl durchaus als Königin, denn sie ging so selbstverständlich ihres Weges, als gehörte diese Burg ihr. Sie ließ die Stallungen hinter sich, kam am Taubenschlag vorbei, durchschritt eine kleine, in der Mauer versteckte Tür, um über eine kleine Brücke den Garten dahinter zu erreichen. Die Apfelbäume, die ihn umsäumten, streckten ihre starren Hände in den Himmel, der Fischteich war gefroren, die Haselnusssträucher waren zusammengebunden worden, damit ihre dünnen Äste nicht unter der Last des Schnees brachen. Die Weinberge und Wälder in der Ferne waren von gleichem dumpfem Grau wie die steinerne Bank, auf der die Frau jetzt niedersank – ungeachtet der Schneeschicht, die diese bedeckte. Aus was immer die Kleidung bestand, die sie trug, weder Kälte noch Nässe schienen sie durchdringen zu können. Ihre Stimme zitterte mitnichten, als sie sich ihm endlich zuwandte, endlich zu ihm sprach.

»Erkennst du mich denn wieder?«

Ich habe dich doch nie gekannt.

Er trat näher. Nicht weil er es selbst wollte, sondern weil eine unbekannte Macht ihn zu ihr zog.

Perpulchra war Eleonore von Aquitanien einst genannt worden, aber von Schönheit und Anmut war nicht viel geblieben.

Vielleicht lag beides nur brach wie der Garten im Winter, vielleicht war sie selbst wie der Winter geworden, kalt und farblos. Ihre Haare zumindest, früher golden wie Richards, waren silbergrau, die Lippen, früher rot wie Rosen, waren blass. Obwohl verblüht, hatte sie dem Winter des Lebens nicht alle Farben geopfert, nein, sie trug Schmuck, schweren Schmuck, Armbänder und Ketten und Ohrgehänge, die das Läppchen weit nach unten zogen. Der Anblick bannte und verstörte ihn zugleich. Ob es wehtat, solche Ohrgehänge zu tragen? Und ob sie, selbst wenn es so wäre, dem Schmerz überhaupt gestattete, sie zu peinigen? Sie erlaubte ja noch nicht einmal ihm, sich neben sie zu setzen. Ein strenger Blick reichte aus, ihn drei Schritte vor der Bank erstarren zu lassen.

»Mutter«, sprach er leise ein Wort aus, das von gleichem Gift, von gleicher Lüge durchtränkt war wie das Wort »Frieden«.

Obwohl sie ihren Blick fortwährend auf ihn gerichtet hatte, schien sie ihn erst jetzt richtig zu sehen.

»Wie herrlich es hier duftet, nicht wahr?«, sagte sie. »Wie üppig die Blumen wachsen, die Rosen und Narzissen und Nelken. Wie lieblich der Brunnen plätschert, wie die Bienen um die Apfelbäume summen.«

Sie sprach jenes elegante Französisch, das John einst selbst im Kloster von Fontevraud gelernt hatte. Doch auch wenn sie sich in einer fremden Sprache an ihn gewandt hätte – er hätte nicht weniger verstehen können.

»Nirgends wachsen Blumen«, murmelte er, »nirgends plätschert ein Brunnen, nirgends summen Bienen.«

Ein Lächeln erreichte ihre Lippen, schien aber nicht von Herzen zu kommen. »Das weiß ich doch«, sagte sie. »Wer jedoch so lange in Gefangenschaft ausharren musste, muss sich dann und wann ins Reich der Fantasie flüchten, um nicht verrückt zu werden.«

»Vater … Vater hat dich freigelassen?«

Warum klang er bloß so überrascht? Sein Vater hatte sich

mit Richard versöhnt. Er hätte mit Young Henry ebenso Frieden geschlossen, wenn der nicht zuvor gestorben wäre.

An ebendiesen schien auch seine Mutter zu denken. »Der Tod unseres ältesten Sohnes hat ihn rührselig gestimmt und ihn vergessen lassen, dass ich mich einst gegen ihn aufgelehnt habe.«

»Du hingegen scheinst nicht rührselig zu sein«, stellte er leise fest.

Ihre Mundwinkel zuckten. »Man kann weinen, ohne Tränen zu vergießen. Ich werde um jedes Kind trauern, wenn es vor mir stirbt.«

»Aber um Richard würdest du deutlich mehr trauern als um mich … Ihn nennst du Carissimus, mich nicht.«

Er konnte sich nicht einmal daran erinnern, ob sie ihn jemals bei seinem Namen gerufen hatte. Auch jetzt tat sie das nicht, beugte sich nur vor. »Tröste dich. Richard misstraut im Augenblick meiner Liebe ebenso wie du. Wer könnte es ihm verdenken, da ich an seiner statt in Aquitanien herrschen werde. Er neidet mir das zutiefst, aber noch mehr hätte er es Geoffrey oder dir geneidet.«

John war kurz sprachlos. Er verstand nun, warum Geoffrey sich mit Richard versöhnt hatte, hatte für diesen doch immer nur gezählt, dass der Aquitanien aufgab. Er verstand auch, warum sich sein Vater mit Richard versöhnt hatte. Er wandte sich seinen Söhnen immer dann am liebevollsten zu, wenn ihre Macht gestutzt geworden war. Er verstand nur nicht, warum man in dieser Familie einem Mitglied lediglich gönnte, was man einem anderen noch weniger zubilligte.

»Du nimmst dir, was mir zusteht?«, rief er empört.

Das Lächeln wurde erst spöttisch, dann eisig. »Richard hat im ersten Ärger dasselbe gesagt. Aber ihr solltet nicht vergessen, dass ich, obwohl ich so lange von der Welt weggesperrt war, lange vor euch auf dieser Welt gelebt und geherrscht habe. Aquitanien hat immer nur mir gehört.«

Eleonore hieß »goldener Adler«. Vor ihm hockte jedoch kein

Adler, vor ihm hockte einer der Geier, wie sie in den zerklüfteten Kalkbergen ihres Reiches nisteten, und dieser Geier wirkte noch furchterregender, als sie aufstand. Sie war nicht so groß wie Richard, aber größer als er.

Du bist noch nicht einmal ein Ritter …

»Vater wird nicht zulassen, dass ich leer ausgehe!«, schrie er wutentbrannt. »Ich bin der Sohn, den er am meisten liebt.«

Nun war sie es, die ihn anblickte, als hätte er in einer ihr fremden Sprache zu ihr gesprochen. »Wusstest du eigentlich, dass mich deine Geburt fast umgebracht hätte?«, fragte sie leise. Vage konnte er sich daran erinnern, dass eine Nonne von Fontevraud ihm genau das vorgeworfen hatte. Wenn es wirklich stimmte, hatte es allerdings wohl nicht daran gelegen, dass er ein besonders kräftiges Kind, sondern sie schon alt gewesen war. So oder so war sie jemand, der lieber seine Jugend verlor als sein Leben und lieber seine Söhne als die Macht. »Ich fürchte, Henry liebte dich nur, solange er mich hasste«, murmelte sie. »Ich wiederum hasse dich nicht, ich wünsche dir sogar, dass du dein eigenes Land bekommst. Solange es nicht meines ist.«

»Aber welches … Welches soll das sein?«

Als sie einen Schritt auf ihn zumachte, glaubte er, den Duft von Blumen wahrzunehmen. Nicht dass er darob der Vorstellung verfiel, im winterlichen Garten würde tatsächlich ein Blütenmeer wogen. Da waren keine Blüten, sie trug nur Parfüm. Sie war keine Mutter, sie war nur eine Verräterin wie alle anderen auch.

»Henry sucht verzweifelt ein Gebiet, das er deiner Herrschaft unterstellen kann. Erst kürzlich erreichte ihn eine Nachricht des Patriarchen von Jerusalem, wonach der dortige König Balduin an Lepra leidet und unter der Maske, die er trägt, nach und nach verfault. Du könntest sein Erbe sein.«

»Ich … Ich soll im Heiligen Land herrschen?«

»Ach was«, sagte sie leichtfertig, »das ist ein dummer Einfall, an den dein Vater hoffentlich nicht allzu viele Gedanken verschwendet. Du hast so dunkles Haar, du passt nicht in den Süden, nicht nach Jerusalem, nicht nach Aquitanien. Du passt besser in ein Land, über dessen dunklen Mooren ein ebenso dunkler Himmel hängt.«

»Irland …«, stieß er hervor, nicht sicher, warum ihm die Insel in den Sinn kam, die er, obwohl er doch ihr Herr war, nie betreten, ja über die er in den letzten anderthalb Jahren kein einziges Mal gesprochen hatte.

»Wie alt bist du?«, fragte sie unwillkürlich.

»Meine Geburt hätte dich beinahe das Leben gekostet, und du weißt nicht mehr, wie viele Jahre seitdem vergangen sind?«

Zum ersten Mal wirkte ihr Lächeln echt … und jung. »Man hält dich oft noch für ein Kind, nicht wahr? Dabei bist du achtzehn Jahre alt, alt genug also, um zum Ritter geschlagen zu werden. Alt genug auch, nicht nur den Titel des Dominus Hiberniae zu tragen, sondern tatsächlich der Herr über die Insel zu sein.«

»Du willst mich doch nur nach Irland schicken, damit ich dir Aquitanien nicht streitig mache«, entfuhr es ihm empört.

Sie beugte sich ganz dicht über ihn. Erst jetzt erkannte er, dass ihre Ohrgehänge aus vielen kleinen bunten Steinen bestanden. Erst jetzt hörte er auch, dass sie bei jeder Bewegung leise klimpernd aneinanderstießen. An dieses Geräusch konnte er sich erinnern. Irgendwann musste er auf ihrem Schoß gesessen haben, an ihrem Ohrschmuck gezogen haben. Warum nicht fest genug, um das Ohrläppchen reißen zu lassen?

»In dieser Familie denkt jeder nur an sich«, sagte sie leise. »Young Henry hat es getan, Geoffrey, Richard und dein Vater tun es noch. Sie würden für die Macht ihre Seele verkaufen. Manch einer denkt, die Plantagenets hätten gar keine Seele, weil sie vom Satan abstammen.«

»Du bist keine Plantagenet und doch verkommen wie der Teufel!«

»Ich?«, fragte seine Mutter unschuldig. »Ich sage dir doch

nur die Wahrheit. Als Einzige habe ich dich nie belogen, habe dich nie benutzt.«

Das Klimpern verstummte, als sie zurücktrat, sich wieder auf die Bank setzte, tief einatmete. »Wie süß der Garten duftet.«

»Mir sagst du die Wahrheit, aber dich selbst belügst du?«

Sie seufzte. »Es tut weniger weh, sich Blumen vorzustellen, wo keine wachsen, als sich Liebe zu erhoffen, wo keine ist. Wenn du nach Irland gehst, wirst du jemanden an deiner Seite brauchen, der die Insel kennt und der dafür sorgt, dass sich die Menschen dort dir unterwerfen. Du selbst bist zu unerfahren.«

Sie schloss die Augen, sprach von gelbem Ginster und grünem Klee, von violetten Veilchen und gold schimmernden Schlüsselblumen. Wahrscheinlich konnte sie tatsächlich die Blumen sehen, während er nichts anderes wahrnahm als den schwarz gekleideten Mann, der hinter einem der nackten Bäume hervortrat, auf ihn zuschritt, eine Verbeugung andeutete.

»Prinz John.«

Amaury de Saint-Taurin.

Er war nicht sicher, ob Eleonore der Winter war – dieser Mann war es in jedem Fall.

»Du denkst, dass er mich nach Irland begleiten soll?«, rief er empört. »Aber ich hasse ihn!«

Zum ersten Mal seit Stunden wurde ihm warm, wohingegen die Augen der Mutter kalt blieben, als sie sich wieder öffneten.

»Verstehst du es immer noch nicht, John?«, fragte sie tadelnd. »Menschen wie wir … wir lieben nicht, wir hassen nicht, wir benutzen jeden für unsere Zwecke. Das musst du lernen, wenn du auf dieser Welt bestehen willst.«

Sie blieb steif sitzen, indes sich Amaury de Saint-Taurin wieder aufrichtete.

»Ich würde mich freuen, dich nach Irland zu begleiten. Du wirst dort nicht allein sein.«

Doch, dachte John, und der Hass schenkte keine Wärme mehr. Doch, das werde ich.

Stille Tage folgten. Der Streit zwischen den Mönchen von Canterbury und den Bischöfen des Reiches schien geschlichtet, und der Vater war zur Jagd aufgebrochen, obwohl er im winterlichen Wald wohl keine Beute machen würde. Aber vielleicht hielt es sein Vater Henry wie seine Mutter Eleonore und sah zwischen dürren schwarzen Zweigen Leben sprießen, schlichtweg, weil er es wollte. John selbst sah nichts und niemanden. Er verkroch sich in seinem Gemach, hörte nur dann und wann vom Gang her Stimmen, auch die von Saint-Taurin, der Pläne für den Aufbruch nach Irland schmiedete.

Anfangs versuchte er, sich Irland vorzustellen, doch er wusste zu wenig von der Insel, als dass ein Bild vor seinem inneren Auge erschien. Später versuchte er sich vorzustellen, wie sein Vater ihn vor dem Aufbruch zum Ritter schlagen würde – und das gelang leichter, hatte er eine solche Zeremonie doch oft genug miterlebt. Alles, was er tragen würde, würde heiß und schwer sein: das Leinenhemd, das aus Goldfäden gewirkte Überkleid, der Purpurmantel. Nun, die seidenen Strümpfe wären kalt und leicht, nicht aber das Schuhwerk, das mit dem Wappen der Plantagenets – drei Löwen – verziert war.

Wer wohl die drei Löwen sind? Richard, Geoffrey, ich?

Nun, er fühlte sich nicht wie ein Löwe, und er hielt auch Geoffrey für keinen.

Dass dieser einige seiner Männer zurückgelassen hatte, erfuhr John erst einige Tage später, als jemand plötzlich an die Tür seines Gemachs klopfte. Vielleicht war es Ranulf de Glanville, der ihn ebenfalls nach Irland begleiten sollte, vielleicht Saint-Taurin.

Wer allerdings eintrat, war keiner der beiden, es war ein junger Ritter. John brauchte eine Weile, um den Mann mit dem fliehenden Kinn und den schräg stehenden Augen wiederzuerkennen, der ihn damals im Stall verspottet hatte. Ob er schon Wein vertragen würde, hatte er gelästert.

Jetzt grinste er nicht verächtlich, trat mit einem Kelch auf ihn zu. »An Tagen wie diesen kann man nicht genug trinken.«

Er hob den Kelch dicht an sein Gesicht, so wie es einst Geoffrey getan hatte, als er ihn in der Nähe von Limoges zu einem Bündnis überredet hatte. John zuckte zurück.

»Du bist doch bald einer von uns«, rief der junge Ritter. »Das sollten wir schon jetzt feiern.«

Misstrauisch rümpfte John die Nase, dachte nunmehr an den Wein, den Richard aus ihres Vaters Pokal getrunken hatte. »Wein aus der Guyenne?«, fragte er.

»Warum willst du denn Wein aus Frankreich saufen? Irischer Wein ist das, von Mönchen im Süden der Insel gekeltert. Gewiss, die Trauben, die dort wachsen, sind sauer, aber ich sage mir: lieber sauer als verdorrt. Die irischen Weiber, so heißt es, seien auch sauer, bei ihnen verhält es sich jedoch wie mit den Trauben. Die sauren sind zugleich die jungen, frischen. Hattest du überhaupt schon eine Frau? Falls nicht, wird es Zeit.«

Er legte seinen Arm vertraulich um Johns Schultern, hob wieder den Kelch vor sein Gesicht, und dieses Mal trank John durstig daraus. Als er ihn zur Hälfte geleert hatte, gewahrte er, dass noch mehr Männer den Raum betreten hatten.

»Wer … Wer seid ihr?«, entfuhr es ihm.

»Oh!« Der junge Ritter lachte. »Das sind alles Männer, die in Irland Spaß haben wollen, nicht wahr?« Er trat zurück und verbeugte sich, was John an Saint-Taurins Geste denken ließ, wobei das Lächeln des Ritters nicht so kalt war, durchaus freundlich. »Mein Name ist Roger Rastel«, erklärte er, ohne einen Titel hinzuzufügen. Danach deutete er auf die anderen, die ebenfalls lächelten – wohlwollend, nicht abfällig. »Und das hier sind Theobald Walter, Alard FitzWilliam und William de Wenneval. Sie werden deinen Hofstaat bilden. Bertram de Verdun begleitet uns auch, und ach, verglichen mit dessen sauertöpfischer Miene schmeckt noch die kleinste und grünste Traube süß. Aber wir werden zusammenhalten und ihm das Leben genauso schwer machen wie Glanville und Saint-Taurin!« Er schlug ihm auf die Schulter.

John knickte nicht ein. »Ihr werdet mich also alle nach Irland begleiten?«, fragte er.

Roger nahm selbst einen Schluck. »Du willst doch gewiss nicht mit diesem merkwürdigen Saint-Taurin allein sein. Wusstest du, dass er noch nie ein Weib hatte? Des Teufels Mönch nennt man ihn, als ob der Teufel je Gefallen an den Fleischlosen gehabt hätte, an denen nicht einmal ein ordentlicher Schwanz baumelt. Er sieht mir nicht aus, als würde er auch nur einen Krug Wasser vertragen.«

Der Wein stieg John heiß ins Gesicht. Der Hass auf Saint-Taurin und seine Familie schwand ebenso wie die Furcht vor Einsamkeit. Er war nicht allein. Er würde bald Ritter sein wie all die jungen, abenteuerlustigen Männer hier.

»In der Tat. Er sieht mir nicht aus, als würde er auch nur einen Krug Wasser vertragen«, wiederholte er.

Amaury

»Es könnte Unglück bringen«, sagte der Mann dicht neben ihm.

Amaury drehte sich langsam um und bereute es sofort. Der Anblick der schwarzen, buckelnden Wellen, die gegen den Bug klatschten, war ihm deutlich lieber, als der des untersetzten Mannes, der auf ihn zugewatschelt kam und ihn aufdringlich anstarrte. Johns Ritter mieden ihn oder zogen es vor, im hinteren Teil des Schiffes herumzulungern, wo die Gefahr, nass oder seekrank zu werden, deutlich geringer war, doch dieser Mann hier schien weder Übelkeit noch die Gischt zu scheuen – und ihn auch nicht.

»Was meinst du?«, fragte Amaury knapp.

»Prinz John konnte den Schrein von Sankt Davids nicht mehr besuchen, bevor wir abgelegt haben, und das deutet mancher als schlechtes Omen für seine Reise nach Irland«, erklärte der andere.

Amaury versuchte sich zu erinnern, wer der heilige David gewesen war, aber es fiel ihm nicht ein. Hingegen wusste er, wer dieser Mann war – der Chronist Gerald de Barry nämlich, der sich Gerald von Wales nannte. Zwei Jahre zuvor hatte er bereits einige Zeit in Irland verbracht, um eine Chronik über die Invasion der Normannen zu schreiben, doch dabei waren wohl zu viele Pergamentrollen leer geblieben, und er gedachte, sie während eines weiteren Aufenthalts zu füllen.

Amaury überlegte kurz, ihm einen Stoß zu versetzen, auf dass die schwarzen Wellen ihn schluckten, befand dann aber, dass es zu viel der Mühe war. »Prinz John hatte einen guten Grund, warum er nicht am Schrein von Sankt David gebetet hat«, sagte er. »Schließlich wehte der Wind plötzlich günstig.«

Besagter Wind blähte eben das quadratische Segel, das vom Mast in der Mitte des Schiffes hing. Dieses war das erste, das die irische See durchschnitt, viele weitere – manche ähnlich schmal und lang, andere dickbäuchiger – folgten. Als John, kurz nachdem er am Osterfest zum Ritter geschlagen worden war, über eine schmale Küstenstraße Milford Haven erreicht hatte, hatte dort schon eine riesige Flotte gewartet. Dreihundert Ritter begleiteten ihn nach Irland, außerdem zahlreiche Bogenschützen und Fußsoldaten und eine Truppe, die von einem berüchtigten Söldner angeführt wurde. Estève de Beynac hieß dieser, und er fuhr auf ihrem Schiff mit. Wie Amaury hatte er sich etwas von den anderen abgesondert und lehnte an einem jener Käfige, in die man die Pferde gesperrt hatte.

Estève trug nur auf einer Seite des Kopfes Haare, auf der anderen war die Haut von einem roten Geschwür überzogen. Die einen meinten, es sei eine Brandnarbe, die anderen behaupteten, hier habe ihn der Teufel geküsst. Dem wiederum sei Estève nicht auf dem Schlachtfeld begegnet, sondern in der Hölle selbst, wo er einige Zeit zugebracht habe und von wo er wieder zurück auf die Welt zurückgekehrt sei. Da er nicht nur seine Seele, sondern auch seinen Namen beim Teufel gelassen hätte, habe er sogleich einen Unschuldigen getötet, um diesem den Namen – eben Estève de Beynac – zu rauben.

Nicht dass Amaury dieser Geschichte traute. Estève de Beynac war in seinen Augen einer, der nur für Geld, aber gewiss nicht für solch verzichtbare Dinge wie einen Namen mordete. Gerald von Wales indes, der seinem Blick gefolgt war, erschauderte.

»Mit ihm an seiner Seite wird Prinz Johns Unternehmen gewiss glücken«, sagte er und ließ offen, worin genau dieses Unternehmen bestand.

König Henry hatte nie genau erklärt, was er von seinem Sohn erwartete – ob er sich nämlich lediglich von Normannen wie Iren als Dominus Hiberniae huldigen lassen oder Hugh de Lacy und den Rest aufmüpfiger Iren im Westen verjagen sollte. Dabei kann er doch unmöglich gegen den einen wie die anderen Krieg führen, dachte Amaury, sprach es aber nicht aus, deutete nur auf die Schar junger Ritter, die John nicht von der Seite wichen, und die sich mit der Zeit zu langweilen und übermütig zu werden begannen.

»Ob es ein so guter Einfall war, auch sie mitzuschicken?«, fragte Amaury voller Verdruss.

Geralds Blick fuhr von Estève zu den jungen Männern, die eben auf das Dach des Kastells kletterten. Von hier aus wurden bei einem Angriff Piraten mit Pfeilen beschossen, und dass solche im Augenblick nicht zu sehen waren, hielt die Schar nicht davon ab, ihr Mütchen zu kühlen. Sie zielten mit den Pfeilen auf die Ruderer und obwohl sie sie mit Absicht verfehlten – manch einen nur haarscharf –, begannen diese zu fluchen.

Roger Rastel lachte und wollte soeben auch John Pfeil und Bogen reichen. Der zögerte zunächst zwar noch, aber als Ranulf de Glanville hinzutrat, der lange Zeit mit seiner Erziehung betraut gewesen war und streng nach oben schimpfte, dass König Henry niemals einfachen Ruderern das Leben schwermachen würde, er sie vielmehr nach jeder Überfahrt belohnte, erschien ein trotziger Zug auf Johns Gesicht. Nun nahm er den Bogen doch und richtete den Pfeil auf Glanville.

»Prinz John!«, rief Ranulf mahnend, doch John ließ den Bogen erst sinken, als Roger beschwichtigend die Hand auf seinen Arm legte.

»Warum sollen wir bis zur Ankunft warten, um die Ruderer zu belohnen?«, fragte er spöttisch.

John schien kurz irritiert, war er doch um das Vergnügen gebracht worden, sich mit Ranulf anzulegen, aber er strahlte, als Roger einen Sack mit Münzen öffnete, die Münzen schwungvoll hochwarf und diese klirrend auf den Schiffsboden fielen. Hatten sich die Ruderer eben noch geduckt, um den Pfeilen zu entgehen, sprangen sie nun unter ausgelassenem Gelächter der jungen Ritter auf, um sich um die Münzen zu balgen. Die Pferde wieherten unruhig.

»Er verhält sich wie ein neugeborenes Fohlen«, sagte Gerald leise.

Amaury zog die Brauen hoch. »Du vergleichst den König von Irland mit einem Fohlen?«

»Er ist der Herr, nicht der König von Irland.«

»König Henry will, dass John gekrönt wird, und hat deshalb höchstpersönlich an Papst Lucius geschrieben.«

»Nach allem, was ich gehört habe, wird der Papst sich hüten, einem Wunsch von König Henry allzu rasch nachzukommen. Dafür hat dieser die Kirche zu oft vergrätzt.«

»Die irischen Bischöfe dagegen lieben König Henry. Ohne seine Hilfe hätten sie die Kirche auf der Insel nicht reformieren können.«

»Henry geht es nicht um die irischen Bischöfe, sondern um die irischen Könige. Ihnen will er zeigen, wer auf Irlands Thron sitzt und wer Irlands Krone trägt.«

Gerald ist lästig, aber nicht dumm.

»Die *mind,* die Krone der irischen Könige, besteht häufig aus goldenen Stacheln«, sagte Amaury, »die von John soll indes mit goldenen Pfauenfedern geschmückt sein.«

»Und der Pfau ist ein ebenso schillerndes wie eitles Tier«, murmelte Gerald. »Ist er aber auch ein mächtiges?«

Geralds Blick glitt unwillkürlich über Amaurys schwarze Kleidung, die so gar nichts mit einem bunten Gefieder gemein hatte, dann über die eigene graue, wie sie einem Chronisten gut stand. Offenbar wollte er bekunden, dass sie einander glichen und er ihn gut verstand.

Pah, gar nichts verstehst du, nicht die geringste Ahnung hast du von dem, was ich vorhabe.

»Nun«, sagte Amaury und wies mit dem Kinn auf einen der Käfige, in den man keine Pferde, jedoch Falken gesperrt hatte. »Ich werde dafür sorgen, dass John sich nicht wie ein Pfau gebärdet, eher wie ein Raubvogel. Falken haben scharfe Krallen, und diese Schiffe sind mit allerlei Waffen beladen.«

»Ach, mir wirfst du vor, dass ich John mit einem Fohlen vergleiche, und selbst setzt du ihn mit einem Vogel gleich?« Gerald lachte, hob aber abwehrend die Hände, als Amaury ihm ins Wort fallen wollte. »Vor mir musst du dich ganz sicher nicht rechtfertigen, ich schaue mir nur alles an und schreibe es später auf. Jedenfalls scheint mir, dass dieser Roger Rastel nicht der Richtige ist, um einem Falken den Sichtschutz anzulegen oder einem Fohlen die Zügel.«

In der Tat hatten die jungen Ritter noch mehr Torheiten im Sinn. Zwar waren die Männer mittlerweile vom Kastell geklettert, machten sich nun jedoch am Steuerruder zu schaffen, was nichts Gutes verheißen konnte. Schon nahm das Schiff eine gefährliche Schräglage ein, und Ranulf de Glanville trat – nachdem er vergebens versucht hatte, sie davon abzubringen – wütend gegen eine der Kisten, in denen sich Proviant befand, Bohnen, Salz, Käse, Schinken, aber auch Mandeln, ein Geschenk des Bischofs von Winchester für den Bischof von Dublin. Estève de Beynac schien nicht übel Lust zu haben, den jungen Rittern die Mandeln in Nasen und Ohren zu stecken und obendrein ein wenig Wachs, mit dem John später seine Urkunden versiegeln würde, aber obwohl er sich drohend aufrichtete, achtete niemand auf ihn.

Glaub mir, dachte Amaury, während in der Ferne ein schmaler Streifen Land sichtbar wurde. Ich verstehe dich. Ich würde auch lieber mit dir schwatzen als mit Gerald. Ich fürchte allerdings, wir müssen allesamt noch Geduld haben.

Gerald würde warten müssen, bis er etwas Lohnenswertes aufschreiben konnte, Estève würde warten müssen, bis er in einer großen Schlacht Feinde niedermetzeln konnte. Und er selbst würde darauf warten müssen, die Macht in Irland ergreifen zu können …

Die Pferde erwiesen sich als störrisch, als sie von den Schiffen geführt wurden, die Falken kreischten panisch, doch am irrsten gebärdete sich einer der großen Jagdhunde, den Amaury bis jetzt noch nicht bemerkt hatte. Just, als er selbst wieder sicher auf festem Boden stand und sich vergewissern wollte, dass er genügend Distanz zwischen sich und den geschwätzigen Gerald gebracht hatte, kam dieses Ungetüm auf ihn zugelaufen, sprang an ihm hoch, ja, leckte ihm das Gesicht ab.

Hast du eine Ahnung, dummer Köter, was Goll mit deiner Zunge anstellen würde?

Leider war Goll nicht da, er wartete in Dublin auf ihn, und als Amaury selbst den Hund wegstoßen wollte, sprang der nur noch geifernder an ihm hoch, ja, wollte gar nach seiner Hand schnappen. In der Ferne hörte Amaury erst ein Lachen, dann einen Pfiff.

»Vergebt«, sagte Roger Rastel und kam näher, »mein Hund ist etwas ungebärdig.«

Er pfiff wieder, was den Köter nur anstachelte, erneut über sein Gesicht zu lecken. Amaury ekelte sich, versuchte aber, sich das nicht anmerken zu lassen.

»Mein Vater hatte einst einen Hund wie deinen«, sagte er leise. »Ein wahrhaft prächtiges Tier. Leider war es ungehorsam, sodass mein Vater es in Stücke hackte. Am Ende hat er in den Gedärmen gewühlt, bis selbst diese platzten.« Amaury packte das Tier am Nacken, zwang es endlich nieder und versetzte ihm einen Tritt in die Seite, sodass es aufheulend von dannen schlich. Als er sich wieder erhob, nahm er voller Genugtuung wahr, dass Roger das Lachen vergangen war, und er wandte sich an John. »Wir sollten uns beeilen«, sagte er. »In Waterford warten etliche irische Könige, die treu zu deinem Vater stehen und dir ihre Aufwartung machen wollen.«

Johns Nasenspitze war während der Fahrt – oder vielleicht erst, als er das Vieh niedergerungen hatte – blass geworden, indes Roger seine Fassung wiedergefunden hatte. »Irische Könige?«, rief er. »Sind es nicht eher irische Bauern?« Er lachte auf, aber es klang mehr wie ein Winseln, nicht wie ein Knurren.

»Wie die Iren sich nennen, ist ihre Entscheidung«, sagte Amaury. »Wichtig ist nur, dass sie Henry ihren König nennen und John ihren Herrn.«

Roger setzte zur Widerrede an, pfiff aber lieber seinen Köter zurück, da nun auch Estève de Beynac näher trat. Das Tier gehorchte … John ebenso. Roger musste ihm nur einen kurzen Blick zuwerfen, und schon folgte er ihm zu den Pferden.

Von Falken, Fohlen und Pfauen haben wir gesprochen, stattdessen ist John zu einem Schoßhündchen geworden. Irgendwann wird auch er Rogers Gesicht ablecken und seine Stiefel ebenso.

Auf dem Ritt nach Waterford setzte Amaury wieder alles daran, Geralds Gesellschaft zu entgehen. Dass ihm das halbwegs gelang, hob seine Stimmung mitnichten, denn in seinem Gesicht klebte immer noch der heiße Speichel des Köters.

Der Boden dampfte regelrecht nach einem heftigen, wenn auch nur kurzen Frühlingsregen, im Saal, den sie wenig später betraten, waren jedoch noch keine gleichfalls dampfenden Schüsseln aufgetragen worden, noch nicht einmal Wein. Amaury blickte sich um. Das, was man hierzulande als Palast bezeichnete, hätte in England nur als eine Scheune gegolten, zumal auf dem Boden Stroh verfaulte und es nach Pferden stank. Und es roch nicht eben besser, als wenig später die irischen Könige aus den östlichen Gebieten eintrafen, die in einen noch heftigeren Regen als sie geraten waren, sodass ihre Haare und Bärte sich kräuselten. Vom langen Ritt ganz steif, wankten sie mehr durch die Halle, als dass sie schritten. Amaury musste insgeheim Roger recht geben, der sie verächtlich Bauern genannt hatte.

Immerhin waren es folgsame Bauern. In den letzten Jahren hatten sie brav vor König Henry gebuckelt, und wenn sie nicht gerade knieten, so hatten sie sich die Ärsche breitgesessen – zumindest der Mächtigste von ihnen, MacGiolla Padraic von Osraige. Früher war er halb so fett gewesen, dagegen doppelt erpicht darauf, die Normannen aus dem Land zu jagen. Mittlerweile war er zu dem Schluss gekommen, dass er deren verbliebene Feinde – die Könige von Thomond, Desmond und Connacht – noch weniger mochte.

Ächzend schritt MacGiolla Padraic auf John zu, doch ehe

Amaury erkennen konnte, wie tief er nun wirklich auf die Knie ging, ob John ihm helfen würde, wieder aufzustehen, und ob Rogers Köter das als Einladung auffassen würde, ihn umzustoßen, hörte er eine Stimme.

»Amaury de Saint-Taurin.«

Zwei Männer mit Kettenhemden drängten sich an den nassen irischen Königen vorbei. Amaury war nicht weiter erstaunt, den einen hier zu sehen – Robert le Poer, Statthalter von Waterford und zugleich ein enger Vertrauter Hugh de Lacys, der wohl sehr besorgt ob Johns Eintreffen auf der Insel war. Mit dem anderen aber hatte er nicht gerechnet – William FitzAudelin, der seit Jahren von dem Vergnügen zehrte, einst gegen Hugh de Lacy intrigiert zu haben. Die eigentlich längst vergorene Schadenfreude schmeckte an einem Tag wie diesem gewiss wieder süß.

»Ich wusste nicht, dass du John begleitest«, wandte er sich an Amaury, »ich dachte, Ranulf de Glanville, der ihn erzogen hat, wacht über ihn.«

»Alles, was Ranulf John über Irland gelehrt hat, weiß er von mir«, erwiderte Amaury.

»Ich denke nicht, dass Prinz John jemanden braucht, der über ihn wacht«, mischte sich Robert le Poer ein, »er ist ein Plantagenet, folglich ein geborener Herrscher.«

Amaury nickte ihm lächelnd zu. Sieh an, sieh an, dachte er. Derjenige, vor dessen Feindseligkeit ich mich gewappnet habe, erwies sich als kriecherisch.

FitzAudelin, dem bis jetzt alles recht gewesen war, um Hugh etwas heimzuzahlen, bemerkte spöttisch: »Meines Wissens hat Prinz John noch keine einzige große Schlacht ausgefochten.«

»Nun«, erklärte Robert le Poer bestimmt, »in Irland werden ohnehin keine großen Schlachten ausgefochten. Wenn sie es denn überhaupt wagen, greifen die Iren immer nur im Schatten des Waldes an, wo wenig Platz für große Heere ist. Die Könige hier sind im Übrigen klug genug, schon lange keinen Krieg mehr gegen die Normannen zu führen.«

»Der Hochkönig befindet sich aber nicht unter ihnen«, maulte FitzAudelin.

»Es gibt doch keinen Hochkönig mehr, seit Ruari O'Connor im Kloster von Cong lebt«, belehrte ihn le Poer. »Sein Sohn Connor Maenmaige mag König von Connacht sein, er hat jedoch genügend Brüder, Halbbrüder und Neffen, die ihm seine Macht neiden. Und Connachts Nachbarprovinz Breifne ist längst in Bedeutungslosigkeit versunken. Der kümmerliche Rest, der von den Rittern des Roten Zweiges verblieben ist, hütet lieber Ziegen, als normannische Ritter anzugreifen.«

»Schafe!«, rief FitzAudelin dazwischen. »Es sind Schafe.«

»Und wenn es Kühe oder Hornochsen wären, es ist mir gleich«, sagte Robert le Poer. »Von Breifne jedenfalls droht kein Ungemach, und was Desmond und Thomond anbelangt, so zerfleischen sich die Könige dieser Provinzen meist gegenseitig, anstatt sich gegen uns zu wenden. Der wahre Dominus Hiberniae ist Prinz John. Und alle hier Versammelten wissen das ganz genau.«

Amaury rätselte, warum le Poer Hughs Namen nicht nannte. Gut möglich, dass er ihm nicht länger die Treue hielt, weil dessen Tage in Irland gezählt waren. Gut möglich aber auch, dass er just aus Treue zu ihm John rühmte, um damit nicht nur seine, sondern auch Hughs Willfährigkeit zu bekunden.

Ehe er entschieden hatte, was wahrscheinlicher war, lachte William FitzAudelin auf. »Und denkst du auch, das ist das rechte Mittel, seine Macht zu bekunden?«

Amaury fuhr herum. Ins Gespräch vertieft, hatte er nicht gemerkt, dass sich hinter ihnen zorniges Gemurmel erhoben hatte. Mittlerweile war es unüberhörbar, und er erkannte mit einem Blick, dass der Ärger nicht dem Mangel an Speisen und Wein galt. Er sah Prinz John vor einem der irischen Könige stehen. John hatte ihn am Bart gepackt, um daran zu ziehen. Und er begnügte sich nicht nur mit dem Bart, fuhr nun auch durchs schulterlange Haupthaar, als gälte es zu prüfen, ob sich Haare in Irland ganz anders anfühlten als in England. Eben ging er zum nächsten und nach diesem zu einem dritten, um auch an dessen Haupthaar und Bart zu zupfen und dabei geflissentlich darüber hinwegzugehen, dass der Stolz eines irischen Mannes in beidem saß.

Ranulf de Glanville sah entsetzt zu. Roger Rastel lachte dagegen laut, und davon ermutigt, sagte John zum vierten König: »Bei uns sind solch lange Bärte und Haare längst aus der Mode gekommen. Nur Bauern laufen so herum.«

Ranulfs Gesicht verfinsterte sich noch mehr, indes die jungen Ritter, die John begleiteten, in Rogers Gelächter einstimmten. Gerald von Wales, der John ebenfalls beobachtet hatte, zog halb schadenfroh, halb befremdet die Brauen hoch. Wahrscheinlich betrachtete er die jungen Männer – allen voran den Prinzen – in diesem Augenblick insgeheim als Esel.

»Wie du schon sagtest«, lästerte FitzAudelin, der jedem gönnte, wie er in Irland zu scheitern, und sei es der Sohn des Königs, »ein geborener Plantagenet.«

Amaury wartete Robert le Poers Entgegnung nicht ab. Ehe John den nächsten König demütigen konnte, trat er energisch dazwischen, erklärte laut und vernehmlich, dass nun die Zeit gekommen sei, das Essen und den Wein aufzutischen. Er hatte noch nicht geendet, als einer der Könige wütend an ihm vorbeistapfte. Ein zweiter folgte ihm, desgleichen MacGiolla Padraic, obwohl der zu den wenigen gehörte, an deren Bärten John noch nicht gezupft hatte.

»Mir ist der Appetit gründlich vergangen«, stieß er aus.

Amaury stellte sich ihm in den Weg. Die Ausdünstungen des Mannes stiegen ihm in die Nase, doch er rümpfte sie nicht, fragte nur unschuldig: »Ihr wollt uns schon jetzt verlassen? Soeben hat es wieder zu regnen angefangen.«

»Na und?«, schnaubte der König von Osraige. »Glaubt Ihr, wir fürchten den Regen?«

Amaurys Lächeln blieb einladend. »Das nicht. Aber Ihr solltet Euch davor fürchten, den Dominus Hiberniae mit einem überhasteten Aufbruch zu beleidigen.«

MacGiolla Padraic mochte in den letzten Jahren oft in die Knie gegangen sein, aber er hatte nicht verlernt, stolz das Kinn zu recken, wenn es darauf ankam. »Ich sehe keinen Dominus Hiberniae, ich sehe nur ein schlecht erzogenes Kind«, sagte er nun. »Und wenn jemand hier und heute beleidigt wurde, dann nicht dieses Kind von uns, sondern wir von ihm.« Schon folgte er den anderen Königen.

Ranulf blickte hilflos darauf, William FitzAudelin lachte so unbeherrscht wie die jungen Ritter, Gerald von Wales kratzte sich nachdenklich hinter dem Ohr, Richard le Poer zeigte mit keiner Miene, ob er still triumphierte oder ihm Johns Betragen gleich war. Zum Glück wurden in diesem Moment Platten mit gebratenem Fleisch aufgetragen.

»Gut, dass sie fort sind«, rief der junge Prinz. »Dann bleibt mehr für uns.«

»Und mehr für die Hunde«, rief Roger, und indes er John auf die Schultern schlug, kam sein widerlicher Köter erneut auf Amaury zugelaufen, um an ihm hochzuspringen und ihm das Gesicht abzuschlecken.

Der Hund hechelte, das Lachen von William FitzAudelin klang nunmehr kreischend. »Ich dachte, Wölfe würden sich um Irlands Thron balgen, nicht Köter«, spottete er.

Amaury stieß dem riesigen Tier das Knie in den Bauch, sodass es jaulend zurückwich. Gegenüber FitzAudelin konnte er sich hingegen besser beherrschen. Er wandte sich ihm mit einem Lächeln zu und widerstand sogar der Regung, sich den warmen Hundespeichel von den Wangen zu wischen.

»Manche Tiere machen einen Buckel, bevor sie angreifen«, spie er aus. »Andere liegen auf dem Rücken und zeigen dem Feind den nackten Bauch, um ihn zu täuschen.«

FitzAudelins Lachen erstarb, er hustete nur mehr, während der Köter den Schwanz einzog und von dannen schlich. »Was … Was meinst du damit?«

Amaury fuhr sich nun doch über das Gesicht. »Eines Tages wirst selbst du es begreifen.«

Ascall

»Wach auf! Wach endlich auf!«

Warmer Atem, der sein Gesicht traf, eine Hand, die ihn an der Schulter rüttelte. Nur sanft, aber er hatte trotzdem das Gefühl, gepackt zu werden … festgehalten … gefoltert …

Goll … Saint-Taurin …

Ascall fuhr hoch, schlug um sich, doch Caitlín duckte sich wie immer wendig.

Ascall sank zurück, verkrampfte die Hände ineinander.

Róisín ist tot.

Mit diesem Gedanken erwachte er jeden Morgen, und mit diesem Gedanken legte er sich jeden Abend zur Ruhe. Nur tagsüber verbat er ihn sich. Aber noch war es nicht Tag. Das Licht, das ihm in die Augen schnitt, stammte von einer Kerze, nicht von den ersten Fäden, die die Dämmerung spann. Caitlín wirkte müde wie er.

»Was ist passiert?«, fragte er. »Habe ich im Schlaf geredet?«

»Nein.«

»Habe ich im Schlaf geweint?«

Manchmal erwachte er mit nassen Wangen, manchmal schämte er sich dafür.

»Nein.«

»Habe ich versucht, dich zu erwürgen? Du solltest nicht in meiner Nähe schlafen.«

»Ich schlafe nicht in deiner Nähe. Und ich weiß, dass es kein guter Einfall war, dich zu wecken. Ich musste es trotzdem tun. Wir … Wir haben Gäste.«

Er fuhr wieder hoch. »Gibt es Neuigkeiten von Tuan?«

Caitlíns seufzte, schüttelte den Kopf. Seit nunmehr fast zwei Jahren fehlte jede Spur von ihm. In den ersten Monaten, nachdem der junge Mann fluchtartig Dún Fionn verlassen hatte, hatte Ascall noch jeden Tag nach ihm gesucht, mittlerweile musste er einsehen, dass Tuan entweder tot war oder sich Connor Maenmaige angeschlossen hatte. Was davon schlimmer war, konnte er nicht sagen.

»Sind es Normannen?«, fragte er.

»Sieh selbst.«

Caitlín wandte sich ab, während er in seine Hose schlüpfte, sich die Tunika überstreifte. Manchmal starrte sie auf seine rote Narbe, doch obwohl sie sich mit ihm und den Kindern eine Schlafkammer teilte, hatte sie es bis jetzt immer vermieden, ihn nackt anzusehen. Alle anderen vermuteten, dass sie wieder wie Mann und Frau zusammenlebten, doch in Wahrheit teilten sie noch nicht einmal die Bettstatt. Caitlín schlief mit den Kindern dort, Ascall, wenn er sich denn überhaupt zur Ruhe bettete, rollte sich auf dem nackten Boden vor der Feuerstelle zusammen.

Caitlín hatte sich schon zur Tür gewandt, die zur großen Halle führte, als Ascall bemerkte, dass nur Aedan tief und fest schlief. Finnola hingegen hatte sich aufgesetzt und starrte ihn unverwandt an – etwas, das sie bei Tag nie wagte.

Aedans Vertrauen hatte er schnell gewonnen, was weniger daran lag, dass der sich nach einem Vater sehnte, als vielmehr nach einem Lehrer, der ihm zu kämpfen beibrachte. Ascall tat das bereitwillig, mochte Caitlín sich noch so oft beschweren, dass er den Jungen zu hart anfasste. Er schlug Aedan schließlich nie, beschimpfte und quälte ihn ebenso wenig, fand nur, dass der Kleine, wenn er sich mit dem Holzschwert als ungeschickt erwies, es verdient hatte, auch mal einen schmerzhaften Hieb abzubekommen oder auf die Kehrseite zu fallen.

Aedan selbst nahm ihm das nicht übel, er zeigte es zumindest nicht. Finnola dagegen fürchtete Ascall, selbst die scheue, stumme Rún wagte sich mittlerweile öfter in seine Nähe. Sobald er seine Tochter bei ihrem Namen rief, zog sie den Kopf ein und floh, und ihr lange genug in die Augen zu sehen, um festzustellen, dass deren Grün dem der Augen seiner Mutter Almaith glich, war ihm nur ein einziges Mal gelungen – als er sie nämlich im Stall antraf, wo sie sein spanisches Pferd, Hugh de Lacys großzügiges Geschenk, fütterte. Dieses liebte sie … ganz anders als ihn, der er ihr weder Lehrmeister sein konnte wie Aedan, noch Geschichten zu erzählen oder Holzfiguren zu schnitzen imstande war. Letzteres tat einfach zu weh, seit er von Róisíns Tod erfahren hatte. Und weh tat es auch, dass Finnola, sobald er sie nun scheu anlächelte, sofort wieder ihre Augen schloss, auf ihr Kissen sank und ein Fell über ihr Gesicht zog.

»Sie mustert dich oft, wenn du schläfst«, sagte Caitlín leise. »Warum?«

»Nur, weil sie dich fürchtet, heißt das nicht, dass sie nicht neugierig auf dich ist.«

Aber der, der er schlafend war – eine von Träumen gepeinigte, ächzende, wimmernde, um sich schlagende, manchmal weinende Kreatur –, war doch nicht der, der er sein wollte.

»Sie muss keine Angst vor mir haben«, murmelte er.

»Hast du nicht auch Angst vor ihr?« Verwundert blickte er Caitlín an. Um Dún Fionn, um Irland, um Tuan habe ich Angst, doch nicht vor ihr, meiner Tochter, wollte er sagen, aber jäh war er sich nicht sicher, ob das stimmte. Eigentlich hatte er ständig Angst, etwas falsch zu machen. »Nun, komm schon.«

Richtig, die Gäste, die mitten in der Nacht auf Dún Fionn eingetroffen waren.

Ascall legte sich den Gürtel an, an dem Schwert und Dolch hingen, doch als er die Halle betrat, war er überzeugt, beides nicht zu brauchen. Er hatte mit Kriegern gerechnet oder einem Händler, diese grauen Geschöpfe dort waren allerdings, was sich noch deutlicher als an ihren Kutten an der schief geschnittenen Tonsur erkennen ließ, ohne Zweifel Männer Gottes. Sie hockten mit gekrümmten Rücken, als würden sie gerade beten, am Tisch. Einer schlug gerade ein Kreuzzeichen.

Ógán und Madadh, die zur nächtlichen Wache eingeteilt waren, musterten die Mönche halb misstrauisch, halb verwirrt. Sie schienen ratlos, was diese denn auf Dún Fionn verloren haben könnten, indes Ascall sich ihre Anwesenheit nur damit erklären konnte, dass sie aus dem Osten stammten, zum Croagh Patrick pilgern wollten und eine Unterkunft für die Nacht suchten.

»Wollt ihr etwas frische Schafsmilch haben?«, fragte Caitlín.

Sie wartete die Antwort der Mönche nicht ab, nickte Rún zu, die Ascall erst jetzt im hinteren Teil der Halle entdeckte. Wenig später brachte Rún einen Krug und Holzbecher, wagte sich aber nicht selbst an den Tisch, sondern überreichte beides Caitlín, die ihrerseits forsch auf die Mönche zuschritt, um ihnen einzuschenken. Kaum war der erste Becher gefüllt und griff einer der Mönche danach, sah Ascall es.

Die Hände waren nicht glatt wie die eines Mannes, der sein Leben lang gebetet hatte, oder schwielig wie die eines Mannes, der auf dem Feld schuftete. Sie waren von Narben übersät, wie nur Schwerter sie hinterließen, und wiesen Druckstellen auf, die man nur bekam, wenn man häufig einen Knauf umklammerte.

Der Gedanke, dass diese Männer deshalb keine Mönche, nur als solche verkleidet waren, war noch nicht ganz in seinem Kopf angekommen, als er bereits zur Tafel stürzte. Er stieß Caitlín so ungestüm von den Männern fort, dass ihr der Krug entglitt und zerbrach, sodass die Schafsmilch im Boden versickerte, im nächsten Augenblick zog er den Dolch und führte ihn an die Kehle des Mönches, der eben nach dem Becher gegriffen hatte.

»Wer seid ihr?« Aus den Augenwinkeln sah er, dass Madadh und Ógán ebenfalls ihre Schwerter gezogen hatten und damit drohend auf die übrigen Männer losgingen, indes Rún nach draußen rannte. Der Mönch, nein, der Mann in Mönchsverkleidung, brachte kein Wort hervor. Ascall bohrte die Klinge tiefer in seine Haut. »Schickt Connor Maenmaige seine Meuchelmörder nun in Kutten?«

Während der Mann, den er bedrohte, weiterhin schwieg, erhob sich ein anderer, der am hinteren Ende der Tafel Platz genommen hatte. Prompt richtete Madadh sein Schwert auf ihn, doch der packte mit bloßer Hand die blanke Klinge und drückte sie nach unten.

Madadh war zu verwirrt, um sich dagegen zu wehren, und ehe Ascall selbst seinen Dolch auf ihn werfen konnte, erklärte der Mann: »Weder sind wir Meuchelmörder noch hat Connor Maenmaige uns gesandt.«

Als Einziger trug er eine Kapuze, schob sie nun aber zurück. Schon seine Stimme hatte Ascall erkannt, sein Gesicht war ihm erst recht vertraut. Er sank unwillkürlich auf die Knie.

»Mein König …«

Unmöglich hätte er einfach stehen bleiben können. Viel zu lange hatte er Ruari O'Connor gedient, hatte ihm und Tigernán O'Rourke von Breifne einst – vor fast zwanzig Jahren nun – geholfen, ihren alten Erzfeind Diarmait MacMurchada von Leinster zu vertreiben, hatte leider verabsäumt, diesen zu töten, weshalb er später mit den Normannen zurück nach Irland zurückgekehrt war. Nun, es machte wenig Sinn, über verpasste Möglichkeiten nachzudenken, und es machte auch wenig Sinn, vor Ruari O'Connor zu knien. Er war ja nicht mehr der Hochkönig, er war ja nur mehr ein Mönch vom Kloster Cong. Ascall erhob sich wieder.

»Schade um die Schafsmilch«, sagte Caitlín, »ich fürchte, wir haben keine mehr. Unsere Schafe geben nicht viel Milch, die Ziegen erst recht nicht.«

»Meine Männer und ich konnten einst mit trockenen Kehlen kämpfen, heute können wir auch mit trockenen Kehlen reden.«

Ruari O'Connor ließ die Klinge von Madadhs Schwert los. So kraftvoll es gewirkt hatte, als er sie packte, so müde und schwer ließ er sich nun auf die Bank fallen. Ascall konnte sich nicht erinnern, ihn jemals ohne gerunzelte Stirn, Ringen unter den Augen und nachdenklichem, betrübtem Blick gesehen zu haben, aber zum ersten Mal dachte er: Er ist ja alt, uralt.

Die anderen Mönche, nein, Männer, wahrscheinlich Ruaris einstige Leibwache, schienen deutlich enttäuschter, dass es nicht zum Kampf kam, was wiederum ein Zeichen dafür war, dass sie unbemerkt von Cong hierhergelangt waren und ihre Kräfte noch nicht hatten beweisen müssen.

Ascall setzte sich ans obere Ende der Tafel. »Es heißt, du verbringst deine Tage im Kloster damit, unermüdlich zu beten.«

Ruari O'Connor verschränkte seine Hände ineinander, als wollte er das auch jetzt tun. »Das stimmt. Allerdings nicht, damit meine Seele von all meinen Sünden rein wird, sondern damit mein Körper Kraft schöpft, um die größte aller Sünden zu begehen – den eigenen Sohn zu töten. Als sich meine anderen Söhne auflehnten, hat es gereicht, sie zu blenden, bei Connor Maenmaige wird mir das nicht genügen.«

Seine Hände verkrampften sich regelrecht ineinander, dicke blaue Adern wurden sichtbar und etliche Flecken. Er ist wirklich uralt, dachte Ascall, und dennoch will er seinen Sohn töten?

»Connor Maenmaige hat es in diesen Tagen ohnehin schwer«, sagte er. »Dich ins Kloster zu sperren hat ihn nicht all seiner Feinde entledigt. Einer deiner Bastardsöhne greift ebenso nach der Macht wie dein Bruder.«

Ruari seufzte. »So oder so. Bevor ich Connor Maenmaige töten werde, muss ich die Normannen aus Irland vertreiben.«

Ascall war überzeugt, dass Ruari im Kloster wenn auch nicht seine Seele wiedergewonnen, so doch seinen Verstand verloren hatte. »Du willst die Normannen vertreiben?«, fragte er ungläubig.

Ruari hob den Kopf, sein Blick war stechend wie nie. »Unsere Stunde ist gekommen. So viele irische Könige haben sich einst den Normannen unterworfen, haben den Kopf eingezogen und gebuckelt, haben Frieden mit König Henry geschlossen. Dessen Sohn John benimmt sich nun aber wie ein schlecht erzogenes Kind, und deshalb hat selbst der dümmste und trägste König begriffen: Wer einem heute am Bart zieht, schlägt einem morgen den Kopf ab.«

Ascall wusste nicht, worauf er anspielte. Ruaris Bart war so schütter wie sein Haupthaar, und so hoch, wie er die Schultern zog, bestand keine Gefahr, dass ein Schwert seinen Nacken treffen könnte.

»Ich habe nur selten, eigentlich nie, erlebt, dass die Iren einen gemeinsamen Feind mehr hassen als sich gegenseitig«, sagte er leise.

»Aber jetzt erlebst du es. Ich werde mit Domhnall O'Brian und Dermot MacCarthy ein Bündnis gegen die Normannen schmieden.«

Ascall fragte sich kurz, ob nicht etwa Ruari, sondern er selbst den Verstand verloren hatte und er deshalb Worte vernahm, die der andere unmöglich aussprechen konnte. Ein Bündnis zwischen Ruari, MacCarthy und O'Brian – drei Männern, die sich seit Jahren bis aufs Blut bekämpften, mal um die Vorherrschaft in Munster, mal um Gebiete in Connacht, mal ganz ohne Grund, mal mit einem, den man erst nach mindestens einem Dutzend Schlachten fand?

Und doch, Ruari hatte das wirklich gesagt. Auch Caitlín hatte es vernommen, denn sie starrte Ruari ebenfalls ungläubig an. »Die Könige des Westens wollen gemeinsam in den Krieg gegen die Normannen ziehen?«, entfuhr es ihr.

Ruari schlug auf die Tischplatte. »Wir werden uns nicht von einem Kind beleidigen lassen, und wir werden uns schon gar nicht von ihm das Land rauben lassen. Prinz John ist mittlerweile von Waterford nach Dublin gereist, und bei jeder Rast, die er einlegt, verteilt er neue Lehen an seine ritterlichen Freunde. Ausschließlich Gebiete, die bis jetzt noch irischen Königen gehören, was bedeutet, dass er sie diesen zu stehlen gedenkt. Auch sonst hört man nichts Gutes von ihm. Zu herrschen heißt für Prinz John wohl rauschende Feste zu feiern, die Iren sind in seinen Augen nichts weiter als Dienstboten, die Wein und Braten zu bringen haben und hinterher die verdreckten und verfaulten Binsen zusammenkehren müssen. Wahrscheinlich wäre es ihm auch gänzlich gleich, wenn nach dem Fest die Halle verwüstet würde. König Henrys Reich ist groß, es finden sich immer wieder Provinzen, in denen ein ruchloser Prinz wüten kann. Aber wir … wir haben nur Érius Insel. Sie ist die einzige Heimat, die wir kennen und für die es sich zu kämpfen lohnt.« Er hielt kurz inne, leckte sich über die Lippen. »Hast du mir nicht schon vor Jahren geraten, die Iren sollten endlich die Feindseligkeiten aufgeben, sich zusammentun, eine Allianz gegen die normannischen Eroberer bilden? So wie in den Tagen, als wir gemeinsam Dublin belagert haben? Damals sind wir den Normannen unterlegen gewesen, denn als ihr Heer über uns herfiel, haben wir im Fluss gebadet. Doch diesen Fehler werden wir nicht noch einmal machen. Dieses Mal bleiben wir dreckig, bis sie alle tot sind, um uns danach mit ihrem Blut zu waschen. Noch vom Kloster aus habe ich Boten nach Thomond und Desmond geschickt, sie kamen alsbald mit der Nachricht wieder, dass beide Könige zum Krieg bereit sind.«

Während er sprach, hatte Ruari sich erhoben. Wieder drosch er auf den Tisch, wirkte kraftvoll wie nie. Wie gärender Wein einen zerknitterten Lederbeutel aufzublähen vermochte, so erfüllte der Ärger die schlaffe Haut und die morschen Glieder mit neuer Kraft. Es war nicht nur Ärger auf die Normannen, auch Ärger auf den eigenen Sohn, aber genau das machte ihn so gefährlich … und so stark.

Ascall stand ebenfalls langsam auf. »Wenn die anderen Könige einem Bündnis zugestimmt haben, warum bist du dann zu mir gekommen?«

»Das fragst du noch? Du warst jahrelang ein Gefangener der Normannen, du kennst sie besser als wir alle. Wenn wir sie schlagen wollten, brauchen wir deine Hilfe. Und du trägst doch manche Narbe, für die du dich gewiss rächen willst.«

Wie konnte Ruari von seiner Narbe wissen, obwohl er doch

eine Tunika trug? Und wie konnte er zugleich blind für den Zweifel sein, der so deutlich in seinem Gesicht geschrieben stand? Doch schon trat der Hochkönig auf ihn zu, schon ergriff er seine Hand, schon legte er seine eigene auf diese – in Irland ein Zeichen dafür, dass man dem anderen gleichsam sein Leben anvertraute. Ruaris Hand war kalt, ihr Griff aber fest, und Ascall schaffte es nicht, ihm seine zu entziehen. Er schaffte es noch nicht einmal, etwas zu sagen.

»Du wirst an meiner Seite kämpfen«, sagte Ruari. »Du wirst dafür sorgen, dass ich nicht der letzte Hochkönig von Irland bin, sondern dass viele weitere folgen werden und keiner von ihnen den Namen Plantagenet trägt. John Ohneland nennt man den Prinzen, und ohne Land wird er bleiben. Wir hingegen werden uns unsere Insel zurückerobern.«

Die Wolkendecke hing schwer am Himmel, hüllte jedoch nur die Berge in der Ferne ein, nicht den Wald. Vom Wehrgang aus starrte Ascall auf die Bäume und die Gräber seiner Krieger in ihrem Schatten, indes im Hof hinter ihm rege Geschäftigkeit herrschte.

Rún stand mit Airdi vor einem Trog und half ihm, sich zu waschen. Genauer gesagt zwang sie ihn dazu. Seit Tuan Dún Fionn verlassen hatte, hatte Airdi tagsüber noch weniger geredet und nachts noch häufiger geschrien, weswegen Caitlín ihn mit Essen zu trösten versucht hatte, Eithne hatte ihm beruhigende Kräuter verabreicht. Beides hatte seine Wirkung verfehlt, doch eines Nachts hatte sich Rún zu ihm gelegt, und von dieser Nacht an schlief er tief und fest. Tagsüber mied sie seine Nähe meist, aber sie sorgte stets dafür, dass er ordentlich gekleidet und sauber war.

Wer die Nähe von Männern wieder öfter suchte, war Eithne, die zuvor geflissentlich Caitlíns Befehle überhört hatte, ihr zu helfen. Wenn Ascalls Vermutungen ihn nicht trogen, teilte sie seit einigen Monaten das Lager mit Clach oder Pòg oder mit beiden. Vielleicht war es auch das von Madadh – so oder so wäre er nie auf die Idee gekommen, danach zu fragen, während Caitlín sie zur Rede gestellt hatte.

»Solange Tuan noch hier war, war dir doch auch ein Mann genug«, hatte sie vorwurfsvoll gesagt.

Und so freimütig, wie Eithne ansonsten das Übermaß an Lust oder den Mangel an Fleiß eingestand, hatte sie erwidert: »Tuan war der Einzige, mit dem ich auf einem Lager liegen und mich ausruhen konnte, ohne zugleich meine Schenkel zu öffnen. Allein schlafen will ich aber auch nicht.«

»Du hast Trian.«

»Weswegen ich mich nicht jede, nur alle drei, vier Nächte nach einem echten Mann sehne.«

Obwohl sie von Sehnsucht sprach, klang sie resigniert, als hätte sie ihr Leben nicht erwählt, wäre vielmehr dazu verdammt. Desgleichen Tuan sich damals nicht ausgesucht zu haben schien, FitzMartin zu töten, hingegen dazu verdammt gewesen war.

War auch er selbst dazu verdammt gewesen, Hugh die Treue zu schwören, was bedeutete, dass es nicht den Verlust, aber den Gewinn von Ehre versprach, wenn er diesen Schwur wieder zurücknahm?

Allerdings ... Darauf zu hoffen, dass ein Verrat den anderen aufwog, war ähnlich dumm, wie zu glauben, man müsse nur lange genug Krieg führen, auf dass der Frieden gewänne, oder alle Münzen im Beutel ausgeben, um reich zu werden.

Leise Schritte rissen ihn aus den Gedanken, und als er sich umdrehte, erblickte er Caitlín, die ihm auf den Wehrgang gefolgt war.

»Sie essen«, sagte sie, ehe sie sich zu ihm gesellte, in die Weite blickte.

Fast neidete er es ihr, dass sie die letzten Stunden mit sinnvollem Tun hatte ausfüllen können, anstatt von Zweifel und Unbehagen gequält zu werden wie er.

»Einst stand ich mit Tuan hier und betrachtete die Gräber«, murmelte er. »Er meinte, sie seien schön, ein Zeichen dafür, dass wir die Gefallenen nicht im Stich lassen. Das Leben können wir ihnen nicht zurückgeben, aber die Würde.«

»Du hast auch Tuan nicht im Stich gelassen. Dass er geflohen ist, dass du ihn nicht finden konntest, dass wir nicht wissen, was ihm zugestoßen ist, – das ist nicht deine Schuld.«

Er wandte den Blick von den Gräbern ab. Der Gedanke an Tuan saß ihm wie ein Stachel im Fleisch, und wann immer er Trian sah, wurde der noch tiefer getrieben. Drei Jahre alt war der Junge kürzlich geworden, hatte Tuans schwarzes Haar, seine blauen Augen und liebte alle Dinge, die glänzten. Und niemand war hier, der ihm beibringen konnte, daraus Schmuck oder Werkzeug zu machen …

»Vor einer Woche«, sagte Ascall in die Stille, »vor einer Woche bin ich im Wald Bernard le Petit begegnet.«

Caitlín blickte ihn verwundert an. »Wer ist denn das?«

»Einer von Hugh de Lacys Ritter, der so treu zu ihm steht wie Hugh Tyrell. Ich habe ihn kaum wiedererkannt, bin ich ihm einst in Dublin doch nur ein- oder zweimal begegnet. Jedenfalls hat er mir eine Botschaft überbracht.«

»Von Hugh?«

Ascall nickte. »Bernard bestätigte, was schon die irischen Könige, die John an ihren Bärten zog, berichteten. Der Prinz tut, was er will. Er beschneidet Hughs Macht, hat ihm gar gedroht, ihn und seine Familie aus Dublin zu vertreiben, und Hugh kann sich dagegen nicht offen wehren, hofft jedoch, dass ich … Dass die Ritter des Roten Zweiges dem jungen Prinzen das Leben schwer machen.«

Caitlín schwieg lange. »Und hinterher hast du diesen Bernard le Petit wieder fortreiten lassen, ohne ihm eine Stärkung anzubieten?«

Siehst du, manchmal kannst auch du nichts tun, so wenig wie ich. Wobei ich etwas tun muss. Ich muss mich entscheiden.

»Ruari will also, dass du ihm hilfst, sämtliche Normannen zu vertreiben«, stellte Caitlín ruhig fest. »Hugh de Lacy dagegen will, dass du ihm hilfst, nur John und dessen Truppen in die Flucht zu schlagen. Nun, wenn du Zweites tust, hast du Ruaris Bitte zumindest zur Hälfte erfüllt. Eithne würde sagen, dass das genügt.«

»Genügt es Eithne denn, nur Trian zu haben, nicht auch Tuan?«, fragte er, und als sie nichts dazu sagte, fuhr er gehetzt fort: »Ich kann nicht zwei Herren dienen. Ich muss mich auf eine Seite stellen. Und ich muss damit leben, dass ich für die andere ein Verräter sein werde.«

»Es gibt Schlimmeres«, meinte sie leichtfertig. »Ruari ist ein alter Mann, dem nicht mehr viele Jahre bleiben, um dich zu verfluchen. Hugh indes mag noch jung sein, aber wenn er von Érius Insel vertrieben wird, wer soll dann sein Fluchen auf dich hören?«

Er duckte sich unwillkürlich. »Ich fühle mich doch schon jetzt, als wäre ich verflucht. Wie lange habe ich davon geräumt, Irland von den Normannen zu befreien, und nun ist diese Möglichkeit zum Greifen nahe. Doch die Normannen zu vertreiben hieße, ganz Meath in ein Schlachtfeld zu verwandeln, und wer soll dann die Leichen begraben, die Trümmer der zerstörten Burgen beiseiteschaffen, den Boden darunter beackern? Außerdem mögen Ruari, MacCarthy und O'Brian im Augenblick ihren ganzen Hass auf John richten, falls Érius Insel hingegen wieder ihnen gehören würde, würden sie auch den Westen zum Schlachtfeld machen.«

»Ist er das nicht schon längst?«, fragte sie leise.

»Wird er … Muss er das immer sein?«

»Du überlegst also, dich auf Hughs Seite zu schlagen.«

Ascall stützte sich schwer auf der Mauer ab. »Jedenfalls werde ich zu Hugh reiten und mit ihm sprechen. Das habe ich zuvor auch mit Ruari vereinbart, gleichwohl der denkt, dass ich das nur tue, um Hugh auszuspionieren.«

»Doch in Wahrheit willst du ihn vor der drohenden Allianz im Westen warnen.«

Nun war er es, der mit den Schultern zuckte. »Ich weiß es nicht. Ich weiß es wirklich nicht. Ich weiß nur, dass Gräber nicht schön sind, ganz gleich, was Tuan mir damals zu sagen versucht hat.«

Er wandte sich ab, wollte den Wehrgang verlassen, doch da legte sie ihre Hand auf seine. Sie war wärmer als die von Ruari, der Druck dafür sanfter.

»Ich könnte dich begleiten.«

»Du musst doch bei unseren Kindern bleiben.«

Erst als er es ausgesprochen hatte und sie sich schweigend anstarrten, ging ihm auf, dass er Finnola und Aedan zum ersten Mal so genannt hatte. *Unsere Kinder.* Bis jetzt hatten sie nur selten über sie gesprochen ... Sie sprachen ja auch nicht über Ailillán, den sie getötet hatte, über ihren Bruder Riacán, den er getötet hatte, schon gar nicht über Róisín. Mochte sie einst auch beteuert haben, dass sie beide stark genug seien, sich zu erinnern und mit den Erinnerungen zu leben – wann immer sie sich an ihn wandte, ging es um Essen oder Kleidung, Vorräte oder eine neue Hütte. Nur heute ging es plötzlich um die Kinder, *unsere Kinder.* Obwohl Caitlín sie nicht geboren, nur aufgezogen, und er sie nicht aufgezogen, nur gezeugt hatte. Aber vielleicht konnten aus halben Dingen ja ganze werden, wenn sie nur an der richtigen Stelle zusammenfanden.

Sie ließ seine Hand wieder los und strich unwillkürlich über sein Gesicht, so kurz und flüchtig, dass er sich hinterher nicht sicher war, ob ihn nicht einfach nur ein Windhauch gestreift hatte.

»Du solltest dich stärken, bevor du aufbrichst«, sagte sie, wandte sich ab und stieg die Stufen hinunter, um zu tun, was sie tun konnte.

Er folgte ihr, um zu tun, was er tun musste, auch wenn er noch keine Ahnung hatte, was das war.

Rúdnat

Gedämpfte Stimmen drangen von unten hoch. Die Nacht war müde und grau geworden – von dem Mann, der soeben an die Tür des Hurenhauses klopfte, ließ sich zumindest Ersteres nicht sagen. Lautstark verlangte er, sich hier zu vergnügen.

Liven öffnete ihm. »Gönnt den Huren ein paar Stunden Schlaf. Die Ritter von Prinz John fallen jüngst häufig wie Heuschrecken über uns her. Wir brauchen dann und wann Zeit, um uns auszuruhen und um aufzuräumen.«

Aufräumen, von wegen. Das letzte Mal, als Rúdnat ihre Dachkammer verlassen hatte und nach unten gegangen war, hatte niemand Anstalten gemacht, die Spuren der Verwüstung zu beseitigen. Liven achtete darauf, dass die Mädchen nicht rebellierten und den Freiern, auch wenn es viele und auch wenn sie grob waren, das gaben, was sie von ihnen erwarteten – ein Lächeln, gespreizte Schenkel und ein Stöhnen –, aber mit Ordnung und Sauberkeit nahm sie es nicht so genau.

Zu allem Übel waren es nicht nur Männer, die sie wie eine Heuschreckenplage heimsuchten. Johns Ritter kamen gern mit ihren Jagdhunden, verlangten nicht nur feine Speisen für sie, sondern fanden es amüsant, die Hunde Wein saufen zu lassen und Wetten abzuschließen, wer als Erstes kotzte – die Köter oder die Pagen.

Immerhin, sie geizten nicht mit Geld … Es war schließlich nicht ihres, sondern das von Prinz John, das sie verschleuderten, auch wenn der selbst das Hurenhaus nie betreten, Fine ihn nur einmal auf der Burg besucht hatte. Früher hätte sich Rúdnat alles haarklein berichten lassen und überlegt, wie sie Einfluss auf Prinz John ausüben könnte, aber mittlerweile war ihr das gleich.

»Du schläfst nicht«, sagte der aufdringliche Mann dort unten eben, »also könnte ich dich doch haben.«

Liven schien mit sich zu ringen. »Erst schminke ich mir die Augen«, gab sie schließlich nach.

Als ob man die Kotze von Hunden weniger sähe, ja, weniger röche, wenn man schwarze Augenlider hat, dachte Rúdnat und schloss die ihren. Der Schlaf kam nicht, er kam meistens nicht. Für gewöhnlich schaffte sie es nur, ihre Gedanken totzustellen. Jetzt gelang ihr nicht einmal das. Ihr fiel wieder ein, wer der Mann unten war – der Erzdiakon von Dublin nämlich, den man auch *oculus episcopi* nannte, Auge des Bischofs, und der beim Liebesspiel gern hisperisches Latein sprach.

Das behauptete zumindest er selbst. Echna dagegen spottete, dass er in Wahrheit nur wie ein Hund winselte. Hunde, Ferkel, Heuschrecken – sie waren ja alle eins. Sie machten Dreck, und sie machten Lärm, wobei sie vom Dreck hier oben nichts sah, und im Moment auch keinen Lärm mehr hörte. Warum konnte sie trotzdem nicht schlafen? Warum musste sie darüber nachdenken, wie Hugh de Lacy, den zu besuchen sie sich seit zwei Jahren beharrlich weigerte, wohl Prinz Johns Meute ertrug? Wie ging er mit der Tatsache um, dass er einem ungezogenen Kind ausgeliefert war, für das Irland das Gleiche bedeutete wie das Hurenhaus für seine Ritter: einen Ort, an dem man sich nehmen konnte, was man wollte, den man verwüstet und stinkend hinterließ, an dem Sitte und Anstand nichts galten?

Gewiss fühlte Hugh sich ohnmächtig, ohnmächtig wie sie, gleichwohl er immerhin noch Rose hatte, während Rúdnat nicht nur diese, sondern darüber auch sich selbst verloren hatte.

Ich habe sie benutzt, ich habe sie enttäuscht, ich habe sie verraten.

Rúdnat zog die Decke wieder vom Gesicht, begann auf die eigenen Wangen einzuschlagen, bis sie brannten. Wie dumm, wie sinnlos. Sie wälzte sich auf den Bauch, biss ins Kissen. Auch das schien sinnlos, immerhin schmerzte ihr Kiefer bald mehr als die Wangen. Gut so.

Wie aus weiter Ferne vernahm sie Schritte, vermutete, dass der Erzdiakon das Hurenhaus wieder verließ, doch die Schritte wurden nicht leiser, im Gegenteil. Der Erzdiakon stieg hoch zu ihr. Sie erhob sich und riss die Tür auf, noch ehe er klopfen konnte, sah, dass seine Kutte voller Flecken war.

»Eine Hure muss genügen, eine zweite kriegst du ganz sicher nicht. Erst recht nicht mich.«

»Wer sollte dich denn auch wollen?«, gab der Erzdiakon zurück, mit Blick auf ihr Haar, das verfilzt und fahl war, weil sie es weder ordentlich kämmte noch färbte.

»Dann hau eben ab«, rief sie, »hier gibt's nichts zu holen.«

Sie wollte die Tür wieder zuschlagen, doch er stellte einen Fuß in den Spalt. »Ich bin ja auch nicht hier, um etwas zu holen, sondern um etwas zu überbringen. Eine Nachricht nämlich.«

Rúdnat starrte ihn verwirrt an. »Ich dachte, du wärest ein Diakon, kein Bote.«

»Alle Männer Gottes sind Boten. Sie übermitteln den Menschen Gottes Willen.«

Rúdnat grinste flüchtig, was sie seit Monaten nicht mehr getan hatte. »Und was will Gott von mir?«

»Gott will von dir gar nichts, aber ich wurde gebeten, dir etwas auszurichten.«

»Und bevor du das getan hast, hast du dir noch Liven vorgenommen?«

»Na, irgendetwas musste für mich doch rausspringen, sonst hätte ich mir doch nicht die Mühe gemacht herzukommen.«

Er schnaufte, war ganz rot im Gesicht. Rúdnat indes wurde blass, als ihr einfiel, wer den Diakon zu ihr geschickt haben könnte.

»Ist die … ist die Botschaft von Rose?«

»Von Rose?«, fragte der Diakon gedehnt, als hätte er den Namen nie gehört. »Nein, von einem jungen Mann aus dem Norden Meath'. Wilde Horden fielen kürzlich über ihn her.«

Rúdnats Verstand war wie betäubt. »Über diesen jungen Mann?«

»Nein!«, rief der Diakon ungeduldig. »Über den Norden Meath'.«

»Den Norden Meath'?«, fragte sie verwirrt.

»Frag mich nicht, warum diese wilden Iren Meath angriffen. Frag mich auch nicht, ob sie Hugh schaden wollen oder John oder beiden.«

Rúdnat machte einen energischen Schritt, packte den Mann an der fleckigen Kutte, schüttelte ihn. »Jetzt sag schon, welche Botschaft mir dieser junge Mann überbringen lässt?«

Aus dem Schnaufen wurde ein Röcheln. »Ihr Weiber seid alle verrückt. Auch Liven hätte mich vorhin beinahe erwürgt, weil sie dachte, es machte mir Spaß. Tut es nicht, aber …«

»Die Botschaft!«, unterbrach sie ihn.

Und da tat er sie ihr endlich kund.

Rúdnat war fast den ganzen Tag geritten. Die Angst, niemals ans Ziel zu gelangen, wich der Angst vor dem, was sie an diesem Ziel erwartete. Gutes war es ganz sicher nicht. Als sie die Siedlung erreichte, sah sie schon aus der Ferne, dass kein einziges Haus instand geblieben war. Sie verhielt das Pferd, das sie sich von einem Knappen ausgeliehen hatte, und wäre wahrscheinlich ewig stehen geblieben, wenn die zwei Männer und Liven sie nicht begleitet hätten. Eben schlossen sie zu ihr auf.

»Hier lebt also dein Ziehsohn«, sagte Liven.

Sie hatte ihr keine Fragen gestellt, als sie Rúdnat nach dem Besuch des Erzdiakons aufgelöst vorgefunden hatte, doch Rúdnat hatte auch so alles erzählt. Wer sie war, wen sie einst liebte, was sie alles verloren hatte …

»Eigentlich ist Cian nicht mein leiblicher Sohn«, murmelte sie, »zumindest habe ich ihn nicht geboren, nur aufgezogen …« Und am Ende hatte sie nicht einmal mehr das vermocht.

»Jedenfalls hast du ihn hierhergeschickt, damit er in Sicherheit ist«, sagte Liven.

»Ich habe ihn nicht hierhergeschickt, nur fort von Dublin … fort von Amaury de Saint-Taurin. Obwohl es in Wahrheit Nessa war, die mir damals drohte … Ach, das ist jetzt gleich. Ich wollte nur, dass es ihm gut geht. Ich konnte doch nicht wissen, dass …«

Sie brachte den Satz nicht zu Ende. Dass es auch in Meath zu Kämpfen kommt, hatte sie sagen wollen, aber das war Unsinn. Natürlich hatte sie gewusst, dass hierzulande immerzu und überall Kämpfe ausbrechen konnten.

»Nun komm! Dass er dir eine Botschaft hat zukommen lassen, ist ein Zeichen dafür, dass er noch lebt und dass er dich braucht.«

Liven befahl den zwei Männern zu warten, sprang vom Pferd und ging als Erste auf das Dorf zu. Rúdnat folgte ihr, stieg erst über tote Hühner und Schweine, dann über aufgeschlitzte Getreidesäcke. Eine Katze strich an ihren Beinen vorbei, die nur ein Ohr hatte – das andere hatte sie wohl in einem Zweikampf gelassen –, aber immerhin einen runden Bauch. Ob Cian diese Katze kannte, sie häufig streichelte?

Der erste Mensch, den sie wenig später erblickten, war jedenfalls nicht ihr Ziehsohn, es war ein Mönch. Richtig, der Erzdiakon hatte ihr erklärt, dass die Siedlung zu einem Kloster gehörte …

Für Mönche zu arbeiten, auf dass diese beten konnten, war gewiss eine gute Entscheidung von Ceara, Cians leiblicher Mutter, gewesen. Von ihnen war im Zweifel mehr Gnade zu erhoffen, und Gnade hatten eine Frau wie Ceara – zu krank, um schwer zu schleppen – und ein Junge wie Cian – zu ungeschickt, um viel zu schleppen – bestimmt nötig gehabt. Allerdings boten Mönche keinen Schutz gegen Angreifer.

Die Kutte von dem, der da vor ihr hocke, schien zerrupft wie das Gefieder des Hahns, der an den toten Hühnern vorbeistakte. Der Hahn blickte dümmlich, der Mönch misstrauisch.

»Cian … Wo ist Cian …?«, brachte Rúdnat schwer atmend hervor.

Der Mönch schwieg, doch aus der Ferne vernahm sie eine schwache Stimme. »Hier bin ich!«

Die Wohnhäuser waren allesamt zerstört worden, zwei der Grubenhäuser jedoch unversehrt geblieben. Dort wo für gewöhnlich Vorräte gelagert wurden, hatten einige Siedlungsbewohner beim Überfall Zuflucht gefunden.

»Na also!«, sagte Liven und stapfte entschlossen darauf zu.

Rúdnat sank das Herz. Nicht nur dass ihr Traum zerplatzt war, dass Cian irgendwo in Sicherheit lebte, solange sie nur auf seine Nähe verzichtete, auch die falsche Hoffnung, dass sie, wenn sie ihn irgendwann wiedersähe, nichts versäumt haben würde, er immer noch ein pummliger kleiner Junge wäre, der gern aß, sich an bunter Kleidung erfreute und mit Holzfiguren spielte, musste sie endgültig aufgeben. Als sie ebenfalls auf das Grubenhaus zuging, es mit eingezogenem Kopf betrat und nicht nur zwei Mädchen auf dem Boden kauern sah, sondern auch Cian, da war das Erste, was sie fühlte, nicht Erleichterung, dass er noch lebte, nur Enttäuschung, dass er ihr völlig fremd war.

Sie war ihm offenbar auch fremd. Eine Weile starrte er sie nur an, und als er schließlich *muimme* sagte, klang es nicht wie eine Feststellung, eher wie eine Frage. Rúdnat konnte wiederum erst gar nichts sagen, konnte nur denken: fast zehn Jahre! Ich habe ihn seit fast zehn Jahren nicht mehr gesehen!

»Du bist am Kopf verletzt«, stellte Liven indes fest.

»Es … es ist nicht so schlimm«, sagte Cian schnell. »Mich hat lediglich ein Balken gestreift.«

»Und du bist am Bein verletzt«, sagte Liven.

»Das ist auch nicht schlimm. Als die Männer kamen, sind wir in den Wald geflohen, und dort bin ich über eine Wurzel gestolpert.«

Rúdnat hatte früher oft darüber gelacht, dass Cian so tollpatschig war. Jetzt hätte sie am liebsten geweint, aber sie tat es nicht, griff nach der Lederflasche an ihrem Gürtel.

»Willst du … willst du etwas Wein?«

Cian schüttelte den Kopf. »Ceara hat gesagt, ich dürfe keinen Wein trinken. Ich sei zu jung dafür …«

Nein, in Wahrheit bist du zu alt, zu alt, als dass ich dich anschauen und mir sagen könnte: Du bist mein Sohn.

»Ceara hat recht«, sagte sie leise, »aber …«

»Aber es zählt nicht mehr, weil sie tot ist?«

Rúdnat schluckte schwer. Sie konnte die Tränen zurückhalten, der Kummer war trotzdem gewaltig. Einst hatte sie Ceara gehasst, weil diese ein Kind von Riacán O'Bjólan bekam, obwohl sie nur eine Sklavin war, nicht sie, Éilís, seine Ehefrau. Ceara hatte sie später ebenso gehasst, weil sie ihr dieses Kind genommen hatte. Doch irgendwann hatte der Hass nicht mehr gezählt, nur dass sie beide das Kind liebten.

»Es ist gut«, murmelte Cian, »es ist gut, dass sie gestorben ist. Ich meine, der Husten hat sie so gequält, der Tod war eine Erlösung … Und sie hat nicht mehr miterleben müssen, was jetzt passiert ist.«

»Wann ist sie gestorben?«, fragte Rúdnat.

Cian senkte den Kopf. »Vor zwei Jahren, nein, eigentlich ist es schon drei Jahre her.«

»Und du hast mich nicht sofort benachrichtigt? Ich habe euch damals doch gesagt, dass ihr es mich wissen lassen müsst, wenn einer von euch stirbt!«

Cian zuckte wieder mit den Schultern. »Die Mönche wollten, dass ich bleibe … Lasair wollte es auch.«

»Wer ist Lasair?«, fragte Rúdnat, und es brach ihr das Herz, dass Cian mit Liebe und Respekt einen Namen aussprach, der ihr ebenso fremd war wie er selbst.

»Der Hufschmied … Er hat mir so vieles beigebracht, doch er starb …«, seine Stimme begann zu zittern, »… er starb bei dem Überfall. Das hier sind seine Töchter.«

Die Stimme brach endgültig, er begann leise zu schluchzen. Eines der Mädchen legte seine Hand auf seine Schulter, das andere weinte wie er.

Und ich kann euch nicht trösten, ich kann nur danebenstehen, mich nur mehr vage erinnern, dass du einst doch Müller werden wolltest, nicht Hufschmied.

»Was genau ist denn passiert?«, fragte Liven.

Sie zog ein Fass, das halb gebrochen und dessen Inhalt im Boden versickert war, zu sich und setzte sich darauf. Cian und das eine Mädchen schluchzten weiter, indes das andere seine Hand zurückzog.

»Die Mönche haben gesagt«, erklärte es, »dass die irischen Könige verärgert sind, weil Prinz John sie beleidigt hat und ihr Land seinen Rittern schenkt, und dass sie sich im Westen zum Krieg rüsten. Die Männer von Cinel Owen, einer Provinz im Norden, haben das ausgenutzt und sind in Meath eingefallen.«

»Und warum zerstören sie hier Dörfer von Iren anstatt Burgen von Normannen?«, entfuhr es Rúdnat.

Plötzlich begann auch dieses Mädchen zu weinen, und Rúdnat fühlte sich noch hilfloser.

Dörfer oder Burgen … Was machte es für einen Unterschied? Iren oder Normannen … Was machte es für einen Unterschied? Ob es jemanden traf, der es verdiente oder der unschuldig hineingeriet … Was machte es für einen Unterschied? Am Ende starben immer zu viele, und zu wenige überlebten.

Liven streckte die Beine aus. »Sollen wir sie nach Dublin mitnehmen?«

Ihr Blick war auf die beiden Mädchen gerichtet. Sie waren etwas dürr, aber hatten schönes rotblondes Haar. Mit safrangelben Kleidern wären sie gewiss hübsch anzusehen.

Rúdnat packte die Wut. Mädchen zu Huren machen ist wohl das Einzige, was du kannst, hätte sie Liven am liebsten angeherrscht. Aber die Wut blieb flüchtig. Es war auch das Einzige, was *sie* konnte. Wahrscheinlich meinte es Liven sogar gut, und die Mädchen würden als Huren ein gutes Leben haben, zumindest eines, in dem sie nicht hungern mussten, eines, in dem sie mit einem Dach über dem Kopf schlafen konnten. Aber was sollte aus Cian werden? Cian trösten konnte sie nicht und ihm eine Zukunft geben auch nicht. Was hatte sie ihm denn in Dublin zu bieten, jetzt, da wieder ein Krieg ausbrach, da John Hugh entmachtet hatte?

Noch während sie nach Worten rang, ertönte plötzlich von draußen ein Schrei. Er währte nicht lange, riss abrupt ab, und es folgte – einem verzerrten Echo gleich – das Kikeriki des Hahns. Der Mönch musste geschrien haben, selbst Liven sah Rúdnat entsetzt an, und Cian schlug sich die Hand vor den Mund. Ganz kurz glich er dem Kind, das er einst gewesen war, obwohl er sich damals vor nichts und niemandem gefürchtet, sich von ihr ja beschützt gefühlt hatte.

Jetzt konnte sie ihn nicht beschützen. Hufgetrappel ertönte. Der Boden vibrierte.

»Kommen sie zurück?«, fragte er.

Liven stürzte nach draußen, Rúdnat hingegen verharrte, musste sie doch Cian stützen, als er nun versuchte aufzustehen. Schon beim ersten Schritt gab sein Fuß nach. Von wegen, die Verletzung ist nicht so schlimm, dachte sie … Der Knöchel war blau und geschwollen. Sie packte ihn fester, labte sich kurz am Gefühl, diesen warmen Körper zu halten, ihn zu umarmen, doch beim zweiten Schritt knickte er wieder ein, und beim nächsten Versuch aufzustehen, ließ er sich lieber von den beiden Mädchen helfen als von ihr.

»Es … Es geht schon«, murmelte er und biss die Zähne zusammen.

Rúdnat fröstelte. Ob der kurzen Berührung fühlte sie sich jetzt umso klammer. Vielleicht würde es Cian doch noch schaffen, ein paar Schritte zu gehen. In den Wald aber würde er ganz sicher nicht fliehen können … vor wem auch immer.

»Bleibt hier«, sagte sie und trat nach draußen.

Der Mönch hatte sich irgendwo verkrochen, indes Liven nachdenklich auf die zwei Truppen in der Ferne starrte. Die eine näherte sich von Osten, die andere von Westen, und sie ritten nicht auf das Dorf, sondern aufeinander zu. Na, hoffentlich metzeln sie sich gegenseitig nieder, nicht unsereins, dachte

Rúdnat, aber sie wusste natürlich, dass diese Hoffnung vergebens war. Irgendein Krieger überlebte immer, und immer war es der falsche.

»Wo sind die Männer, die uns begleitet haben?«, fragte sie. »Sie müssen Cian von hier fortschaffen!«

Livens Mundwinkel zuckten spöttisch. »Diese Feiglinge sind doch als Erstes geflohen – genau wie der Mönch.«

»Wir müssen auch fliehen!«, rief Rúdnat. »Wo sind die Pferde?«

Sie konnte die Tiere nirgendwo sehen, jedoch, dass die Truppen – eine jede zählte etwa ein halbes Dutzend Männer – kurz davor waren aufeinanderzuprallen. In der Luft lag jene Spannung wie in dem Augenblick, da ein Blitz den schwarzen Himmel durchzuckte und gleich der Donner folgen würde. Doch der Blitz blieb aus, der Donner blieb aus, der Kampf blieb aus. Bevor sie einander erreichten, verhielten die Anführer der Truppen ihre Pferde. Nein, es war kein Gewitter, das nahte, es waren nur dicke Regenwolken, die platzten, kaum dass die Männer miteinander zu sprechen begannen.

»Was …?«, setzte sie an. Auch wenn die Tropfen nicht laut auf die Erde niedergeprasselt wären, hätte Rúdnat sie ob der Entfernung nicht verstehen können.

»Siehst du nicht ihre Banner?«, fragte Liven. »Das eine ist das von Hugh de Lacy. Wahrscheinlich hat auch er vom Überfall vernommen und ist sofort hierher aufgebrochen. Was der andere hier macht, weiß ich allerdings nicht. Schau doch nur … Es ist Ascall von Toora.«

Hätte es nicht geregnet, Rúdnat hätte auch weiterhin nicht erfahren, was vorging. So aber suchten die Männer im Dorf Zuflucht. Die Ritter begnügten sich mit jenem trockenen Flecken vor der halb zerstörten Scheune – Ascall und Hugh indes betraten die Schmiede, die weitgehend intakt geblieben war, zumindest auf den ersten Blick. Als Rúdnat ihnen folgte, sah sie, dass Tische und Regale umgeworfen waren und die Werkzeuge auf dem Boden verstreut lagen. Nun, Ascall und Hugh machten nicht den Eindruck, als würden sie gern Platz nehmen. Steif standen sie da, starrten einander an, vielleicht nur ausdruckslos, vielleicht misstrauisch, jedenfalls blind für Rúdnat.

»Was macht ihr hier?«, fragte sie.

Da erst fuhren sie zu ihr herum, schienen kurz beide von Erinnerungen überwältigt zu werden. Sie hatte Ascall schwach wie nie gesehen, was ihn beschämte. Sie hatte Hugh de Lacy schwach wie nie gesehen, was diesen nicht minder peinigte. Ihre Gesichter verhärteten sich, als wäre eines das Spiegelbild des anderen.

»Und was hast du hier verloren?«, fragte Hugh barsch.

»Ich will meinen Ziehsohn in Sicherheit bringen … vor Männern wie euch.«

Hughs Narbe zuckte. »Ich habe die Krieger von Cinel Owen nicht eingeladen, halb Meath zu verwüsten. Und es ist auch nicht meine Schuld, dass John seine Zeit lieber mit Huren verbringt, als mit seinen Rittern gegen Eindringlinge wie diese zu kämpfen. Immerhin hat John mir gestattet, hierher aufzubrechen, um herauszufinden, warum es ausgerechnet jetzt zu diesem Überfall kam.«

»Ich zumindest habe damit nichts zu tun«, sagte Ascall störrisch, »ich bin nur hierher nach Meath gekommen, weil du mich um Hilfe gebeten hast.«

»Und jetzt wirst du mir diese Hilfe gewähren?« Ascall schwieg verdrossen. »Gut möglich also, dass du die Männer von Cinel Owen auf Meath gehetzt hast, weil du um meine Notlage weißt«, sagte Hugh grimmig.

Ascalls wurden Lippen schmal. »Würde dann Bernard le Petit, den ich vorhin traf und der mir erklärte, ich würde dich in diesem Dorf antreffen, noch leben?«

Hugh knurrte Unverständliches. »Aber dass Ruari O'Connor versucht, ein Bündnis mit den Königen von Thomond und Desmond zu schmieden und dich gebeten hat, ihm nicht nur dabei zu helfen, sondern an seiner Seite gegen die Normannen, gegen Prinz John, gegen mich zu kämpfen, das entspricht doch der Wahrheit?«

Das Feuer in der Schmiede war tot, selbst die Reste der Asche waren vom kalten Luftzug mitgerissen worden, und doch vermeinte Rúdnat, Funken fliegen zu sehen. Unwillkürlich musste sie an die erste Begegnung der beiden Männer denken, als Ascall, obwohl so geschwächt, eine Reisschüssel auf ihn geworfen hatte, und Hugh, obwohl so stolz, den anderen seine ganze Verachtung hatte spüren lassen.

Immerhin, dass er Ascall nicht brauchte, wollte er ihm nicht wieder entgegenschleudern, stattdessen begann er unruhig auf und ab zu gehen, so ihm denn die verstreuten Werkzeuge überhaupt Platz dafür ließen.

Rúdnat griff einmal mehr nach ihrem Weinschlauch.

»Wie wär's, wenn ihr euch stärken würdet?«

Ascall schüttelte nur den Kopf, Hugh hielt inne. »Willst du mich trunken machen, auf dass ich Ascall seinen Verrat verzeihe?«

»Warum sprichst du von Verrat?«, begehrte Ascall auf. »Ich habe nur dir meine Treue geschworen, nicht Prinz John!«

»Dann gibst du es also zu! Du bist nicht hier, weil du mir Hilfe gewähren willst, nein, du willst dir ein Bild von der Lage machen, um später Ruari O'Connor zu berichten.«

»Was hast du denn von Ruari erwartet? Dass er im Kloster hocken bleibt und betet? Was hast du denn von MacCarthy aus Desmond und von O'Brian aus Thomond erwartet? Dass sie zusehen, wie John nach und nach Lehen vergibt, die zu ihrem Gebiet gehören? Und was hast du von den anderen irischen Königen erwartet? Dass sie sich am Bart zupfen lassen und darüber lachen?«

Nun war es Hugh, der verstockt schwieg, indes Rúdnat ein Seufzen unterdrückte und den Lederschlauch an die eigenen Lippen führte. Ihr war nicht bewusst gewesen, wie ausgedörrt ihre Kehle war. Der Wein belebte sie – nur wärmer wurde ihr davon nicht.

»Nun, wollt ihr wissen, was ich erwarte?«, fragte sie in die angespannte Stille. »Dass ihr einmal nicht an euch selbst denkt!« Sie wandte sich Ascall zu. »Das haben die Iren nämlich leider an sich. Mir zumindest ist es kein Rätsel, dass die Männer von Cinel Owen ausgerechnet jetzt Meath angegriffen haben. Hätten sie Ehre in ihrem Blut, sie wären in den Westen geritten, um sich der Allianz anzuschließen. Stattdessen haben sie das gemacht, was ihresgleichen immer macht: Wenn beim Nachbarn die Scheune brennt, hilft man ihm nicht, das Feuer zu löschen, sondern stiehlt ihm die Pferde aus dem Stall nebenan. Auch Ruari O'Connor, Dermot MacCarthy und Domhnall O'Brian mögen sich noch so oft schwören, sie würden gegen die Normannen zusammenhalten – noch bevor sie die Hälfe von diesen getötet haben, würden sie wieder übereinander herfallen und sich dabei von der anderen Hälfte Unterstützung holen.« Rúdnat wandte sich an Hugh. »Und ihr seid um nichts besser. Wie ein Haufen lüsterner Ritter verhaltet ihr Normannen euch, die sich um ein Mädchen scharen und sich darum prügeln, wer es als Erster rammeln darf. Doch das Kind, das dieses hinterher gebiert, schlagt ihr tot, anstatt es gemeinsam aufzuziehen, weil ihr ja nicht sicher sein könnt, aus wessen Samen es erwachsen ist.«

Hugh ballte eine Hand zur Faust. »Du redest irr! Was soll ich denn gegen den Sohn meines Königs ausrichten? Begehre ich auf, nennt er mich Verräter, tue ich es nicht, verliere ich seine Achtung erst recht. Ich will diese Insel doch beschützen, Rose beschützen, unseren Sohn beschützen.«

Übermächtig stieg das Bild vom kleinen William Gorm, von der blassen Rose, von einem blutgetränkten Ehebett vor ihr auf. »Ha!«, lachte sie sich das Unbehagen fort. »Du bist doch nicht in dieses Dorf gekommen, um die Wunden der Menschen zu heilen, die die Männer aus Cinel Owen geschlagen haben. In der Hütte nebenan hocken ein Junge mit verletztem Fuß und zwei Mädchen, die ihren Vater verloren haben. Kümmerst du dich um sie? Nein, du willst nur herausfinden, ob du Ascall erschlagen oder um seine Unterstützung werben sollst. Wie viele Kinder vaterlos werden, ist dir darüber hinaus gleich.«

Hugh öffnete den Mund, aber bevor er etwas sagen konnte, kam Ascall ihm zuvor. »Du kannst beruhigt sein. Ich denke nicht daran, mich erschlagen zu lassen, ich werde auch nicht an Hughs Seite gegen die Männer aus Cinel Owen ziehen und genauso wenig gegen Ruari O'Connor, Domhnall O'Brian und Dermot MacCarthy.«

Seine Worte waren an Rúdnat gerichtet, doch er hatte Hugh nicht aus den Augen gelassen, und auch der senkte den Blick nicht, als er entgegnete: »Mir würde schon genügen, wenn du nicht in den Krieg gegen mich ziehen würdest.«

Und plötzlich schienen da wieder Funken durch den Raum zu tanzen, dieses Mal nicht von Feindseligkeit genährt, sondern von Hoffnung, Vertrauen und Respekt – einer Hoffnung wider besseres Wissen, einem Vertrauen, das sich nicht sofort lohnen würde, einem Respekt, den einer nur jemandem gegenüber empfinden kann, an dem er gleiche Stärke wittert, aber auch gleiche Schwäche und gleiche Zerrissenheit.

»Du verlangst von einem irischen Krieger, sich aus den Kämpfen, die in seiner Heimat toben, herauszuhalten?«, fragte Ascall.

Hugh nickte. »Wenn es mir gelingt, die Männer aus Cinel Owen wieder zu vertreiben, können mich weder König Henry noch Prinz John entmachten. Und erst recht werden sie das nicht wagen, wenn ich den Beweis erbringen kann, dass die Bündnisse, die ich schließe, von Dauer sind und dass ich auf die Treue, die mir ein irischer Großkönig schwört, setzen kann. Ich will, dass das, was wir einander versprochen haben – ich dir die Freiheit, du mir, dass Dún Fionn ein Bollwerk sein soll, das Meath vor Überfällen aus Connacht schützt –, zählt. Denn darauf zu spucken hieße doch gleichsam, auf Érius Insel zu spucken!«

Rúdnat sah, dass Ascall sich unwillkürlich krümmte, aber

sie war ihm oft genug begegnet, um zu wissen, dass dies kein Nachgeben war, eher ein Zeichen zum Angriff. Nicht dass sie ernsthaft damit rechnete, er würde auf Hugh losgehen, doch er wollte ihm offenbar zeigen, dass, wer immer ein wildes Tier zu zähmen glaubte, ein Narr war, solange er diesem Tier die Krallen ließ. Wie ein Knurren klangen denn auch seine nächsten Worte.

»Tu nicht so, als läge dir daran, Ériu zu dienen! Du willst diese Insel besitzen.«

»Und tu du nicht so, als läge es in deiner Natur, die fruchtbare Erde zu pflügen, anstatt sie mit Blut zu düngen. Wie viele Dörfer gleich diesem hast denn du einst zerstört?«

Noch tiefer duckte sich Ascall, ballte die Fäuste, etwas, das Hugh nicht entging. Blitzschnell bückte er sich, umfasste einen Amboss, der sicherlich schwer genug war, jemandem den Schädel zu zertrümmern. Ascall indes verließ sich nicht auf die Kraft seiner Hände, er hob nicht minder wendig eine Zange auf.

»Himmel!«, rief Rúdnat, ehe die beiden aufeinander losgehen konnten. »Nun ist es aber genug! Niemand wird leugnen können, dass ihr Mörder seid. Macht es nicht noch schlimmer, indem ihr euch gegenseitig umbringt.« Sie trat zwischen die beiden. Falls sie jetzt mit Amboss und Zange aufeinander losgingen, würden sie sie zuerst treffen. Doch das hielt sie nicht davon ab, entschlossen zu erklären: »So wie ich es sehe, hast du, Hugh, zu wenige Männer, um die Krieger aus Cinel Owen zurückzuschlagen. Du solltest, indes Bernard le Petit hier die Stellung hält, Verstärkung aus Dublin holen. Du wiederum«, sie wandte sich an Ascall: »solltest ihn nicht daran hindern. Reite liebe nach Breifne zurück und versuch die Allianz davon zu überzeugen, dass es genügt, Prinz John den Krieg zu erklären, nicht allen Normannen, dass es folglich gilt, sie nicht sämtlich, nur die richtigen zu vertreiben.«

Immer noch starrten sich die beiden Männer unverwandt an, schienen taub zu sein wie Krieger vor einer Schlacht, wenn diese nicht länger das Lied des Lebens vernahmen, nur das heisere Flüstern des Todes. Schließlich ließen sie doch Amboss und Zange sinken und erklärten wie aus einem Mund: »Eine Hure wie du hat uns gar nichts zu sagen.«

Rúdnat wusste, sie hatte gewonnen. Sie wusste auch, sie durfte jetzt nicht lächeln und tat es dennoch flüchtig, und die beiden wussten, sie gingen nicht als Freunde auseinander und sahen sich doch flüchtig an, als wären sie es.

Hugh verließ als Erster die Schmiede, um Bernard le Petit Befehle zu erteilen. Ascall wartete eine Weile, wollte er seinen eigenen Männern doch offenbar zeigen, dass er kein Dienstbote war, der seinem Herrn nachtrottete, sondern selbst ein Herr war, der seinen Gast verabschiedet hatte.

Rúdnat starrte auf den Boden der Schmiede, vielmehr auf den Boden dessen, was einst eine Schmiede gewesen war und was niemand mehr würde aufbauen können – nicht der Mönch, nicht Cian, nicht die beiden Mädchen.

»Hast du Dún Fionn einst auch so zerstört vorgefunden?«, fragte sie leise.

Ascall zuckte zusammen. Sie hatte erlebt, wie er an Schmerzen litt, doch kein Schmerz schien so tief zu gehen wie der, den er empfand, als er sich nach dem Amboss bückte, den Hugh hatte fallen lassen, jedoch nicht, um ihn zu packen und als Waffe zu gebrauchen, sondern um sachte darüberzustreichen.

»Tuan wollte so gern ein Schmied sein …«

»Wer ist Tuan?«

Er gab keine Antwort. »Vielleicht ist er tot … Ganz sicher ist Róisín tot …«

Sie musste an den Tag denken, da er durch den Schnee gestapft war und auf den Boten gewartet hatte, gleichsam auf ein Lebenszeichen seiner Liebsten, als er mit jedem Schritt beweisen wollte, dass jene kalte weiße Decke, die die Welt verhüllte, seine Liebe nicht ersticken würde, sondern dass er sie zum Schmelzen bringen würde, auch wenn darunter nur Dreck und faules Stroh lagen.

»Das … Das tut mir leid …«, sagte sie.

Er wandte sich ab. »Die Kinder leben. Caitlín … Auch ihr Bruder Faolán …«

Er ahnte nicht, was diese Namen für sie bedeuteten. Er ahnte ja auch nicht, welchen Namen sie in Wahrheit trug. Noch nannte sie diesen nicht, aber sie erklärte, dass sie wegen Cian hierhergekommen und dieser Junge ein O'Bjólan war – nämlich Caitlíns und Faoláns Neffe.

»Nimm ihn mit nach Dún Fionn«, flehte sie ihn an, »vielleicht kann er dort in Sicherheit leben. Vielleicht findet er dort ein Zuhause.«

Als er sich zu ihr umwandte, stand kein Schmerz mehr in seinen Zügen, nur Erstaunen. »Was redest du denn da?«, fragte er. »Cian ist ein O'Bjólan? Ja, und wer bei allen Göttern bist du?«

Sie atmete tief durch. »Ich werde dir alles erzählen, wenn du mir versprichst, dass du Cian mitnimmst, dass du ihn beschützt, dass er eine Familie haben wird.«

»Ich verspreche es dir, aber warum willst nicht auch du mich nach Dún Fionn begleiten?«

Weil ich nicht feige sein und meine Mädchen und Rose nicht einfach im Stich lassen will … Weil ich nicht mutig sein kann und den Sohn, der mich kaum wiedererkannte, und den Mann, den ich einst so sehr enttäuscht habe, nicht wieder zu lieben wage.

»Es hat aufgehört zu regnen«, sagte sie nur. »Cian hat sich am Fuß verletzt, er kann nicht gehen, er kann jedoch reiten. Zumindest hoffe ich, dass er sich auf einem Pferd zu halten vermag, ohne hinunterzufallen … Und ich hoffe auch, er ist nicht zu schwer für das Pferd. Als Kind war er recht dick, und er ist immer noch füllig und immer noch …«

Sie biss sich auf die Lippen, ehe sie noch mehr unnütze Worte sagte, und berichtete ihm knapp und nüchtern, dass sie nicht immer Rúdnat, sondern einst Éilís geheißen hatte, dass sie Riacán O'Bjólans Frau und Caitlíns und Faoláns Schwägerin gewesen war.

Amaury

Drei Dutzend Ritter erwarteten Hugh de Lacy im Hof der Burg. Amaury konnte sich nicht erinnern, den Statthalter jemals in voller Rüstung gesehen zu haben. Er trug ein Kettenhemd aus doppeltem Ringgeflecht, von dem es hieß, dass keine Lanze es durchdringen könnte, Eisenstrümpfe gleichfalls aus Ringgeflecht, von denen es hieß, man könnte mühelos jemanden damit tottrampeln. Von einem Knappen wurden soeben goldene Sporen daran befestigt, von denen es hieß, sie könnten die Feinde blenden, und danach reichte der Knappe Hugh einen Helm, der mit blinkenden Edelsteinen geschmückt und so hart war, dass ihn kein Schwert spalten könnte.

Allesamt Lügen, dachte Amaury, Lügen, die vergessen lassen sollen, dass der Krieg den Tod bringt.

Die größte Lüge war der Schild, der Hugh nun gereicht wurde und den er hochhielt, damit die versammelten Ritter das Wappentier seiner Familie sehen konnten – einen purpurnen Löwen. Aber kein Löwe war purpurfarben, und Hugh, der sich ob des großen Namens seiner Familie wohl selbst groß wähnte, war ein Nichts.

Das wusste Hugh allerdings noch nicht, denn John, der neben Amaury stand, hatte Roger Rastel den Befehl gegeben, bis zum letzten Augenblick zu warten. Erst nachdem Hugh auch eine Lanze gereicht worden war und dieser den Befehl gab loszureiten – in den Norden Meaths, um dort die Krieger aus Cinel Owen zu vertreiben –, trat Roger Rastel auf Hughs Pferd zu.

Roger hatte seinen Hund nicht dabei, doch wie diesem schien ihm der Saft von den Lefzen zu tropfen, als er Hugh

Johns Befehl überbrachte. Bereits am Tag zuvor, als Hugh nach Dublin zurückgekehrt war, um eine Streitmacht hinter sich zu versammeln, hätte er ihm diesen erteilen können, auch noch in der Nacht oder wenigstens zeitig am Morgen. John hingegen hatte gewartet, bis alle Ritter versammelt waren und Hugh seine Rüstung und seine Waffen trug.

»Du wirst nicht nach Meath aufbrechen«, beschied Roger ihn. »Prinz John verlangt, dass du in Dublin bleibst.«

Eine Weile reagierte Hugh nicht, als wäre das Ringgeflecht nicht nur dick genug, um den Tod fernzuhalten, sondern auch die Wahrheit. Dann ging ein Ruck durch ihn. Der Tod war immer stärker. Die Wahrheit war immer stärker.

»Wir können doch nicht zulassen, dass die Männer aus Cinel Owen noch weiter in den Süden vordringen«, brüllte er. »Bernard le Petit wartet auf Verstärkung!«

Roger tat ihm noch nicht einmal den Gefallen, darauf zu antworten. Er blickte an Hugh vorbei auf die übrigen Ritter. »Ihr habt es gehört! Hugh hat in Dublin zu bleiben.«

Die Ritter trugen ebenfalls Helme mit Visieren, weswegen sich nicht in ihren Gesichtern lesen ließ. Umso deutlicher verriet ihr Raunen die Verwirrung, das Misstrauen, den Ärger.

Der drang nicht minder unverhohlen durch Hughs Worte, als er noch lauter brüllte: »Ihr wollt Bernard le Petit also einfach im Stich lassen?«

Hm … Warum er wohl »le Petit«, also »der Kleine« heißt?

Anstatt mit Würde abzutreten, ließ Hugh die Lanze, die sich doch in die Leiber der Feinde hätte bohren sollen, fallen. John lachte auf, aber es klang halbherzig. Noch besser hätte es ihm wohl gefallen, er hätte sie in den Leib eines seiner Knappen gerammt. Amaury wiederum hätte es gut gefallen, wenn es Rogers Köter erwischt hätte.

Bis Hugh vom Pferd gesprungen war, hatte er seine Fassung leider wiedergefunden. Irlands mächtiger Statthalter, nein, Irlands größter Narr, wusste, wann er verloren hatte. Anstatt auf John zuzugehen und ihn anzuklagen, wandte er sich ab und stapfte davon. Sein Pferd begann zu tänzeln, die anderen Ritter verstummten, starrten John an.

»Sie erwarten, dass du dein Pferd besteigst und sie anführst«, sagte Amaury leise.

John fuhr zu ihm herum, die Belustigung schwand endgültig aus seiner Miene. Als er Hugh ausgelacht hatte, hatte er einem Kind geglichen, als er Amaury nun misstrauisch musterte, wurde er wieder der junge, aufgedunsene Mann, der seit Wochen von einem Vergnügen zum nächsten wankte. Zumindest nannte Roger es ein Vergnügen zu saufen, zu huren und zu würfeln, zwischendurch Lehen zu verteilen, die ihm nicht gehörten, und über Iren zu lästern, die er nicht persönlich besiegt hatte – Amaury war nicht einmal sicher, ob John selbst es so empfand. Wenn er sich unbeobachtet fühlte, wirkte sein Blick verloren.

»Ich soll selbst kämpfen?«, fragte John verwirrt.

»So ist es«, ließ sich hinter ihnen eine Stimme vernehmen. »Du darfst die Männer aus Cinel Owen nicht ungestraft wüten lassen. Und du kannst nicht zulassen, dass Bernard le Petit und seine Truppe abgeschlachtet werden.«

Es war Gerald von Wales, der auf sie zukam, und einmal mehr konnte sich Amaury nicht entscheiden, ob der Chronist dumm war oder sich nur dumm stellte. Den Prinzen herauszufordern war ganz gewiss nicht klug, vorausgesetzt, man wollte seine Gunst nicht verlieren. Wer allerdings nicht vor ihm buckeln, sondern über ihn zu schreiben gedachte, bekam mehr Stoff geboten, wenn er seinen Zorn schürte, nicht, wenn er ihm huldigte.

»Du sagst mir nicht, was ich zu tun habe«, rief John trotzig.

»Erst recht sollte er es dir nicht sagen«, murmelte Gerald, das Kinn nunmehr auf Roger gerichtet.

Amaury zog die Brauen hoch. Noch ein paar falsche Worte, und John würde ihm nicht nur die Feder aus der Hand, sondern ihm selbige abschlagen. Das konnte amüsant werden.

Doch ehe John etwas hervorbringen konnte, mischte sich

Roger ein. »Die Iren sind doch Tiere. Gegen sie in den Krieg zu ziehen heißt nicht zu kämpfen, sondern zur Jagd zu gehen. Prinz John wiederum ist ein Ritter, kein Jäger. Er sollte seine Macht nicht beweisen, indem er Vieh aufspießt.«

Gerald konnte sich wieder nicht die Antwort verkneifen. »Dir genügt es, wenn er sie bei Huren beweist, oder?«

Den Schreiber hatte Amaury nie mit rotem Gesicht von Weibern wiederkehren sehen. Wobei auch John dann kein rotes Gesicht hatte, sein Blick nur noch verlorener wirkte.

Du bist kein Ritter, du bist kein Jäger, du bist die Beute – nur weißt du es noch nicht.

Gerald schien indes immer noch nicht zu wissen, dass er zu weit gegangen war. Während Roger nach Luft schnappte, setzte er nach. »Im Übrigen wundert es mich, dass du die Iren Tiere nennst, Roger. Schließlich schläfst du jede Nacht neben deinem Hund.«

Roger machte einen wütenden Schritt auf ihn zu. »Mein Hund hat heute noch nichts gefressen!«

»Dann solltest du vielleicht ihn nach Meath schicken.«

Gerald war unerwartet wendig. Ehe Roger ihn packen konnte, duckte er sich und hastete davon, und als Roger ihm nachsetzen wollte, stellte John sich ihm in den Weg.

»Was … Was sollen wir denn jetzt tun?«

Roger schnaufte gerade lange genug vor Empörung, als dass sich Amaury Gehör beim Prinzen verschaffen konnte – etwas, das ihm in den letzten Wochen kaum gelungen war. »Du brauchst einen großen militärischen Erfolg in Irland«, sagte er rasch, »sonst wird man dich niemals als Dominus Hiberniae anerkennen und erst recht nicht als König.«

Nun war er es, auf den sich Rogers wütender Blick richtete. »Was für ein Unsinn«, rief er erbost, »Meath ist ohnehin seit Langem unterworfen. Eine Burg von Mäusen zu befreien ist etwas anderes, als sie zu errichten. Ersteres erledigen Katzen, Letzteres Ritter.«

»Deshalb rate ich seit Wochen, dass Prinz John in den Westen aufbrechen sollte, um dort den Bau strategisch wichtiger Burgen zu veranlassen.«

»Das muss er doch nicht selbst tun«, erklärte Roger, »es genügt, dass Estève de Beynac und Theobald Walter mit einem Heer nach Thomond gezogen sind.«

»So ist es«, sagte John schnell, was ihm offenbar ein anderer eingebläut hatte. »Sie werden Dermot MacCarthy abschlachten und somit die westliche Allianz zerschlagen, ehe es auch nur zu einer einzigen Schlacht gekommen ist. Und dann können sie ja damit beginnen, Burgen zu bauen.«

Amaury zog erneut die Brauen hoch. »Und du willst einfach hier hocken und warten?«

»Warum bist du eigentlich so erpicht darauf, dass ich selbst nach Meath reite?«, erwiderte John hitzig. »Willst du, dass ich dort sterbe, auf dass du der neue Statthalter wirst? Dass ich dort scheitere, auf dass du dich als Retter erweisen kannst? Ich bin kein kleines Kind mehr. Ich weiß, dass du mir einst Schmerzen vorgespielt hast, die du nie empfunden hast, und dass du mir jetzt Treue vorgaukelst, die keine echte ist.«

So deutlich war bis jetzt nur Ranulf de Glanville von John abgekanzelt worden. Dieser – das musste man ihm lassen – hatte es immer geschafft, dabei die Würde zu bewahren, allenfalls die Stirn gerunzelt. Amaury tat nicht einmal das, er hielt Johns Blick ungerührt stand.

Roger lachte schrill. »Weißt du was?«, rief er. »Soll Bernard Le Petit doch allein mit der Meute fertig werden. Wenn es ihm gelingt, wunderbar. Wenn nicht, kannst du immer noch in die Schlacht ziehen. Bis dahin wollen wir ein wenig Spaß in Dublin haben.«

Amaury wusste, dass dieser Spaß nicht nur darin bestand, den Huren Dublins das Leben schwerzumachen, konnte man diese schließlich kaum schockieren, umso mehr aber die Kaufleute, denen Roger und seine Männer gern auflauerten, um ihnen die Ware zu stehlen.

Amaury wandte sich ein letztes Mal an John. »Warum hörst du nur auf ihn? Warum bist du so leichtgläubig?«

So dumm kannst du doch nicht sein, nicht so einsam.

»Ich habe meine Entscheidung getroffen!«, erklärte John, entfernte sich hektischen Schrittes, blieb nur kurz stehen, um sich nach Roger umzudrehen. »Worauf wartest du?«, rief er ungeduldig.

Roger grinste Amaury an und hob entschuldigend die Arme. »Ich muss noch meinen Hund suchen«, beschied er John.

Goll half ihm, sich anzukleiden. Wie zuvor Hugh trug Amaury nun Kettenhemd, Eisenschuhe und Sporen, nur dass diese nicht golden waren und auf seinem Helm kein blinkender Edelstein prangte. Auf seinem Schild war auch kein Wappentier abgebildet. Wenn er ihn heben würde, würde er nicht auf den großen Namen seiner Familie verweisen. Amaury würde das Nichts sein.

»Hat dir John denn überhaupt gestattet, selbst nach Meath zu reiten?«, fragte Goll verwirrt.

Sein Folterknecht haderte damit, dass sie seit Wochen zum Nichtstun verdammt waren, dass es niemanden zu quälen gab.

»Jemand muss doch Bernard le Petit zu Hilfe eilen«, sagte Amaury ruhig.

»Aber …«

»Gewiss, mit etwas Glück würde Bernard le Petit selbst mit den Männern von Cinel Owen fertigwerden. Allerdings, und das wissen weder Hugh noch John, wahrscheinlich weiß es nicht einmal Bernard selbst, sind es längst nicht mehr nur diese, die Meath zerstören wollen. Allerorts erheben sich die Menschen gegen die Herrschaft der Normannen.«

Golls Augen glänzten, obwohl er kein Wort verstand. »In Meath ist es zu einem Aufstand gekommen?«

»Nun, es gibt einige Familien, die seit Langem darauf

warten, dass die Normannen untereinander so streiten, wie es ansonsten nur die Iren tun. Ich musste sie lediglich wissen lassen, dass sich John in Dublin verkriecht, dort hurt, säuft und …«

»Du selbst hast diesen Aufstand angezettelt? Und wirst jetzt nach Meath reiten, um ihn niederzuschlagen, auf dass alle Welt sieht, dass du der Einzige bist, auf den man sich verlassen kann?«

Amaury musterte Goll in aller Ruhe. Bis jetzt hatte er immer gedacht, er wäre sein Meisterwerk. Und es hatte tatsächlich großes Können erfordert, die Seele und den Geist eines Menschen in viele Stücke zu zerschlagen, diese wieder aufzuheben und neu zusammenzubauen, sodass etwas Eigenes daraus wurde. Jetzt aber galt es eine noch anspruchsvollere Herausforderung zu meistern. Die vielen kleinen Lügen, Täuschungen und Intrigen, aus denen sein Plan bestand, passten noch weniger zusammen als Golls Verzweiflung, Angst und Hoffnungslosigkeit. Und doch würde er sich daraus den größten Triumph seines Lebens schmieden.

»Es wird etwas anders kommen«, sagte er. »Am besten, du siehst es dir mit eigenen Augen an. Die Truppe, die ich um mich geschart habe, wartet vor der Stadt.«

Golls strahlte kurz, ehe er die Stirn runzelte. »Ich nehme aber an, niemand darf uns sehen, wenn wir Dublin verlassen.«

»In der Tat ist es besser, John erführe nichts davon.«

»Dann lass uns den Weg über die Küche nehmen!«, erklärte Goll eifrig.

»Das ist eine gute Idee«, erklärte Amaury nachsichtig lächelnd und ließ Goll den Vortritt. Misstrauisch blickte der sich um und lugte um jede Ecke, ehe er Amaury winkte, ihm zu folgen. Auf diese Weise schafften sie es tatsächlich, unbemerkt nach unten zu gelangen. Doch kurz bevor sie die Küche erreichten, kam ihnen jemand schnaufend entgegengelaufen. Es war kein Ritter, kein Knappe, keine Magd. Es war Rogers Köter, der auf Amaury zustürzte und ihm, der er seinen Gesichtsschutz noch nicht heruntergeschoben hatte, einmal mehr das Gesicht ableckte. Seine Zunge schien noch rauer, heißer. Amaury versuchte nach ihm zu treten, aber es gelang ihm nicht.

»Verdammtes Biest!«, entfuhr es ihm.

»Verdammtes Biest!«, schnauzte auch Goll, ahnte er doch, dass dort, wo der Köter auftauchte, Roger Rastel nicht weit war.

Tatsächlich lehnte der an der grauen Wand, verschmolz im trüben Licht beinahe mit ihr. »Mein Hund mag dich, Saint-Taurin«, spottete er.

Als Goll wieder fluchen wollte, hieß Amaury ihn zu schweigen. »Nun, ich dagegen mag ihn nicht«, sagte er, als Roger pfiff und der Köter endlich zurückwich. Er wollte sich übers Gesicht fahren und sich den Speichel abwischen, aber gewahrte, dass er die Eisenhandschuhe trug, so viel glatter, so viel kälter als des Köters Zunge. »Und dich mag ich noch weniger.« Eine Weile standen sie schweigend voreinander. In Golls Blick stand die stumme Frage, ob er ihn töten sollte, um ihn für immer zum Schweigen zu bringen, Amaury reagierte jedoch nicht darauf, griff nur an seinen Gürtel. Daran hing, neben dem Schwert, ein Sack mit Münzen, und diesen warf er Roger vor die Füße. Der dumme Köter schnüffelte daran und wandte sich dann ab. Roger indes bückte sich langsam. Amaury überlegte, wieder den Fuß zu heben und ihn zu treten, tat es aber nicht. »Gleichwohl leistest du mir gute Dienste«, fuhr er fort. »Sorg weiterhin dafür, dass John … abgelenkt ist.«

Roger grinste, wandte sich ab, ging mit den Münzen davon. Einmal mehr musste er pfeifen, damit der Hund ihm folgte.

»Du … Du bezahlst ihn?«, fragte Goll.

Amaury schob den Gesichtsschutz nach unten. »John hasst mich«, sagte er. »Er konnte nicht verhindern, dass ich ihn nach Irland begleite, aber es war mir von Anfang an klar, dass er hier niemals auf meinen Rat hören würde. Deshalb brauche ich jemanden, der ihm ins Ohr flüstert, was immer ich will.«

»Und auf diese Weise hast du verhindert, dass John den Aufstand in Meath niederschlägt«, flüsterte Goll ehrfürchtig. »Du selbst wirst es tun.«

»Jedenfalls werde ich Irlands wahrer Herrscher sein. Und ich bin nur eine einzige Schlacht davon entfernt …«

Ascall

Zwei Tage waren sie noch im Dorf geblieben, um die schlimmsten Spuren der Verwüstung zu beseitigen und Cians Fußverletzung Zeit zu geben, zumindest etwas zu heilen. Der Jüngling hatte seine Trauer um die Heimat und die Angst vor Ascalls Kriegern noch nicht abgelegt, als sie aufbrachen, doch als sie die breite Straße hinter sich ließen, die von Tara ausgehend Meath in zwei Teile teilte, um nunmehr auf schmalen Wegen zu reiten, wagte er es doch, sich an Ascall zu wenden.

»Ist es wirklich ein spanisches Pferd, auf dem du reitest?«

Ascall nickte. »So sagte Hugh de Lacy es mir zumindest. Sicher bin ich mir natürlich nicht. Pferde können schließlich nicht reden.«

Cian blickte ihn empört an. »Natürlich können sie das«, widersprach er heftig.

Ascall lächelte flüchtig. »Du magst Pferde also«, stellte er fest.

Cian zog wieder den Kopf ein. »Nein, aber ich muss alles über sie wissen, wenn ich als Hufschmied arbeiten will. Sonst landet irgendwann einmal einer der Hufe in meinem Gesicht.«

»Das ist ihre Art zu reden.«

»Nein, das ist ihre Art, sich zu wehren oder zu rächen. Sie reden, indem sie schnauben, die Augen verdrehen, den Kopf schütteln, tänzeln … Oh, sie finden viele Möglichkeiten, sich auszudrücken.«

Nun, da der Bann gebrochen war, hörte Cian gar nicht mehr zu sprechen auf. Während er erst erzählte, was er über die Tiere wusste, dann, was er vom Hufschmied des Dorfes gelernt hatte, musterte Ascall ihn genauer. Dass Riacán O'Bjólans Sohn zum Krieger nicht taugte, hatte Ascall sofort gesehen –

dafür war er zu schwerfällig. Aber einen Hammer zu schwingen traute er ihm zu, schien er doch fleißig und entschlossen zu sein.

»Wir können auf Dún Fionn einen Hufschmied gut gebrauchen«, sagte Ascall leise, wurde kurz blind für Cian, sah stattdessen Tuan vor sich. Viel hatten die beiden nicht gemein, jedoch den Eifer in der Stimme, wenn sie über etwas sprachen, was sie konnten und was sie wollten.

Wann und wie genau hast du diesen Eifer verloren, Tuan? Und wäre es auch geschehen, wenn sich unsere Wege nicht gekreuzt hätten?

»Ich kann nicht nur Hufe schmieden, auch Schmuck«, erklärte Cian.

Ascall zuckte unmerklich zusammen. »Dann wärest du also gern Goldschmied?«

»Hm«, machte Cian. »Ich habe noch nie im Leben etwas aus Gold gesehen. Aber ich habe das hier hergestellt.« Er griff sich an die Brust, wo eine Messingfibel seinen Mantel zusammenhielt, überdies ein kleines Glöckchen baumelte, wie es eigentlich nur Jongleure oder Barden trugen. »Und meiner Mutter Ceara habe ich Ketten aus Muscheln, Steinen oder Federn gemacht. Sie hat immer so getan, als wären sie aus purem Gold.« Er schaute Ascall nicht mehr ganz so verschüchtert an.

Ascall lächelte wehmütig. »Auf Dún Fionn wirst du auch kein Gold finden, umso dringender werden dort Menschen gebraucht, die Gold sehen, wo keines ist.«

»Aber Mutter hat es ja nicht gesehen, sie hat nur vorgegeben, dass …«

Weiter kam er nicht. Lange vor Ascall hatte der Junge das Schnauben wahrgenommen, das das spanische Pferd ausstieß, auch lange vor den Männern, die vor ihnen ritten. Doch als sich zu diesem Schnauben andere Laute gesellten, hielten diese unvermittelt inne, sprangen vom Pferd, schlichen den Hügel hoch, von dem aus man ins Umland blicken konnte. Wenig später kam Clach zu ihnen zurückgerannt.

»Da … Da kommen Männer«, sagte er. »Krieger.«

»Iren oder Normannen?«, fragte Ascall.

Clach verzog abschätzend die Miene. »Jedenfalls zu viele, um sie zu besiegen.«

»Das habe ich ohnehin nicht vor«, erklärte Ascall, »ich habe Hugh versprochen, mich aus den Kämpfen in Meath herauszuhalten, und dazu stehe ich.«

Cian war kreidebleich geworden, umklammerte die Messingfibel ebenso wie das Glöckchen. Erst jetzt ging Ascall auf, dass Letzteres gar kein Geräusch machte. Vielleicht fehlte der Klöppel, der innen gegen das halbkugelförmige Gefäß schlagen konnte.

Sie selbst machten auch kein Geräusch, als sie sich in ein kleines Waldstück zurückzogen und von dort aus beobachteten, wie die Truppe näher kam. Ein kurzer Blick genügte, um sie als Iren zu identifizieren. Deutlich länger musste er seine eigenen Männer anstarren, um sie daran zu gemahnen, dass sie ihm gehorchen mussten. Einigen fiel es sichtlich schwer, und er konnte sie sogar verstehen. Zwar hatte er ihnen schon vor dem Aufbruch in den Osten zu verstehen gegeben, dass sie hier nur die Lage auskundschaften, nicht kämpfen würden, doch das hieß nicht, dass nicht mancher mit der Hoffnung aufgebrochen war, sich bei einer großen Schlacht zu beweisen. Und er wusste ja selbst, wie sich dieses Verlangen anfühlte – das Verlangen, nach dem Schwert zu greifen, loszuschlagen, die Kraft zu spüren, die einen durchfloss, wenn die Fesseln von Geduld und Vorsicht gesprengt wurden …

Nun, die Männer, die näher kamen, hatten keine Schwerter, lediglich Steine, die man mit einer Schleuder auf Feinde werfen konnte und die sie nun, um sich Mut zu machen, gegen ihre Schilde schlugen. Es waren schlichte Schilde, nicht gefärbt oder gekalkt wie die von echten Kriegern, Holzbalken, die mit Hanfstricken an die Hand gebunden wurden.

»Wer, bei Machas wahnsinnigen Schwestern, sind die denn?«, entfuhr es Madadh, der dicht neben Ascall im Unterholz hockte.

Macha war eine Göttin, die wie ihre Schwestern Anann und Badb hungrig auf die Köpfe von Gefallenen war. Diese Männer hier sahen aber nicht aus, als hätten sie jemals einen enthauptet.

»Das sind auf jeden Fall keine Männer aus Cinel Owen, die zum Plündern gekommen sind«, murmelte Ascall.

Madadh wiegte nachdenklich den Kopf. »Dass die Männer von Cinel Owen in Meath eingefallen sind, mag die Bauern hierzulande allerdings dazu angestachelt haben, sich gegen die Normannen zu erheben.«

»Mit Steinschleudern?«, fragte Ascall zweifelnd.

»Ein Ritter des Roten Zweiges, Mac Con, hat mit seiner Steinschleuder einst zwei Männer gleichzeitig getötet«, sagte Clach und klang sehnsüchtig, vermisste er wohl weniger Mac Con als vielmehr die Zeit, da sich die Ritter des Roten Zweiges nur im Wald versteckt hatten, um anzugreifen, nicht, um einem Kampf zu entgehen.

»Mac Cons Angriff kam immer überraschend«, wandte Ascall ein. »Diese armselige Schar ist indes schon von Weitem zu sehen.«

Und wenn sie wirklich gegen die Normannen kämpfen will, marschiert sie geradewegs in den Tod, wollte er verächtlich hinzufügen, stutzte dann jedoch. Mindestens zwei der Männer der Truppe kannte er, und er war sich sicher, dass diese sich nicht gegen die Normannen erheben würden.

»Ihr wartet hier!«, befahl Ascall kurzum und warf einen letzten Blick auf Cian, der sich an einen Ast klammerte, ehe er aus dem Schatten der Bäume hervortrat. »Gobán! Torna!«, rief er.

Der alte Bauer trug keine Steinschleuder, nur eine Sense, die rostig geworden war. Mit ihr konnte man nicht töten, zumindest nicht sofort. Wenn überhaupt ließ sich damit allenfalls eine Verletzung zufügen, die nach und nach den Körper vergiftete. Torna, sein Sohn – etwas jünger als Tómmán, der sich seinerzeit Connor Maenmaige angeschlossen hatte –, trug wiederum einen Torfspaten. Offenbar hatte er gesehen, wie Ascall einst einen ähnlichen, vielleicht sogar denselben, als Waffe benutzt hatte, doch so wie er ihn hielt, würde er sich wohl selbst damit erschlagen, noch bevor sich ein Feind auch nur näherte.

»Ascall …« Gobán musterte ihn erst überrascht, sah sich dann misstrauisch um.

»Damit wollt ihr kämpfen?«, entfuhr es Ascall, obwohl er eigentlich hatte sagen wollen: Damit wollt ihr sterben?

»Wir müssen doch irgendetwas gegen die Plünderer tun!«

»Du meinst, die Männer aus Cinel Owen?«

Die anderen hatten zunächst unbeirrt mit den Steinen auf die Schilde geschlagen, verharrten nun aber. Dass Ascall sie aufhielt, schien sie nicht ungeduldig, eher erleichtert zu stimmen.

»Es sind längst nicht mehr diese allein, die für Unfrieden sorgen«, sagte Gobán bekümmert. »Irgendwie haben sie es geschafft, etliche Familien von Meath dazu anzustiften, sich mit ihnen gegen die Normannen zu erheben. Aus dem Überfall ist längst ein Aufstand geworden. Wir müssen verhindern, dass unser Land verwüstet wird.«

Torna nickte zustimmend und stieß den Torfspaten tief in die Erde.

»Geh zurück zu deinem Weib«, sagte Ascall scharf, »ihr könnt hier gar nichts ausrichten. Hugh de Lacy wird kommen und euch beschützen. Mittlerweile muss er längst mit einer großen Streitmacht von Dublin aufgebrochen sein.«

Gobán stützte sich auf die Sense, und kurz sah er wie der müde alte Mann aus, der er eigentlich war. »Hugh wird nicht kommen«, murmelte er, »Prinz John hat es ihm verboten, und Bernard le Petit wird mit der Übermacht nicht fertig. Gleich hier in der Nähe haben sie ihn angegriffen, Torna hat es mit eigenen Augen gesehen. Noch kämpft er verzweifelt gegen sie an, doch wenn wir ihm nicht helfen, wird er verlieren.«

Ascall spitzte die Ohren, nahm aber keine Kampfgeräusche wahr, nur raschelndes Gras und schließlich wieder das

Schlagen der Steine auf Schilden, als sich die Truppe erneut in Bewegung setzte. Alles an den Männern war armselig, nur nicht ihr Stolz. Von allem hatten sie zu wenig, nur nicht von Entschlossenheit.

Man kann auch Muscheln für Gold halten, wenn man es will. Man kann auch Bauern für Krieger halten, wenn man es will.

Noch wollte er es nicht, hielt Gobán vielmehr fest, als er den anderen folgen wollte. »Du bist ein alter Mann«, rief er, »du kannst nicht kämpfen.«

Gobán riss sich ungestüm los. »Aber Torna ist noch jung!«, rief er verzweifelt. »Glaubst du wirklich, dass ich freiwillig in die Schlacht ziehe? Ich will ihn nur nicht allein gehen lassen. Ich will nicht noch einen Sohn verlieren.« Seine Stimme klang erstickt – ob vor Anstrengung oder Trauer, wusste Ascall nicht. Er wusste nur, dass es kein Trost war, ihm entgegenzuhalten, dass er seinen anderen Sohn Tómmán nicht verloren hatte, dieser schließlich noch lebte. Ihm wäre es auch kein Trost zu wissen, dass Tuan noch lebte, jedoch Connor Maenmaige diente. Während Ascall Gobán hilflos anstarrte, vernahm er in weiter Ferne nun doch noch jene Laute, nach denen er zuvor vergebens gelauscht hatte, Laute, die ihn einst mit so viel Begierde erfüllt hatten ... und jetzt mit so viel Überdruss. Klirren, Wiehern, Schreien, das Dröhnen der Kriegstrompeten. »Wir müssen doch verhindern, dass sie über unsere Dörfer herfallen!«, brüllte Gobán.

Als er Ascall einfach stehen ließ und zu rennen begann, hatte er nichts mehr mit einem alten, müden Mann gemein. Ascall fühlte sich dagegen selbst alt und müde, gleichwohl er ebenso zu rennen begann, wenn auch nicht in dieselbe Richtung wie Gobán mit seinen Leuten, erst mal nur bis zum Wald.

»Ihr reitet mit Cian in Richtung Westen«, befahl er seinen Männern.

Die Gesichter verzerrten sich. Er las Aufruhr darin, Trotz, vor allem aber Neid. Alle Hände fuhren gleichzeitig zu den Schwertern. »Du ... du willst kämpfen?«, fragte Madadh.

»Ja«, sagte Ascall, »allerdings nicht gegen die Normannen.«

Die Hände ließen die Knäufe los, ungläubiges Staunen stand in den Mienen seiner Männer geschrieben. Selbst Cians Blick war starr auf ihn gerichtet.

»Das heißt, du willst gegen die Iren kämpfen?«, fragte Clach.

Ascall stieg auf sein Pferd. »Ich will nur nicht, dass Eirnín und Gobán ihren zweiten Sohn verlieren.«

Sie kämpften auf offenem Feld, was den Normannen zum Vorteil gereichte. Allerdings war der Boden so schlammig, dass die Pferde immer wieder ins Rutschen gerieten. Und selbst wenn sie festen Halt gefunden hätten – es waren viel zu wenige Pferde. Ascall zählte nicht einmal ein halbes Dutzend Ritter, die anderen waren Waffenmänner und Bogenschützen, und von denen lag die Hälfte bereits auf dem Boden. Die Iren trampelten auf ihnen herum, als sie, eine Schildreihe bildend, einen immer engeren Kreis um die noch lebenden Normannen zogen wie einen Strick um den Hals eines Gefangenen – eine Taktik, die in Irland oft angewendet wurde und ebenso oft nicht aufging, weil die Krieger es im entscheidenden Augenblick an Disziplin mangeln ließen. Diese Wand aus mit Eisen verstärktem Holz wies jedoch an keiner Stelle auch nur einen winzigen Riss auf.

Sie machen ihre Sache gut, sie werden siegen, ging es Ascall durch den Kopf, und Triumphgefühl durchzuckte ihn.

Bernard le Petit wird verlieren und Gobán auch, dachte er als Nächstes, und aus dem Triumph wurde Hilflosigkeit.

Er wandte sich zu dem armseligen Trüppchen um, dessen Führung er auf dem Weg hierher übernommen hatte. »Verschwindet von hier! Ihr kommt zu spät … Ihr könnt nichts mehr tun.«

Gobán starrte ihn an, selbst die Sense wirkte plötzlich grau wie sein Gesicht. Torna indes schienen die Worte nicht erreicht zu haben. Mit einem Aufschrei stürzte er los, es war ein Wunder, dass er nicht über den Torfspaten stolperte. Nun, nach sechs Schritten fiel er zumindest über Ascalls Bein, das der ihm stellte.

»Du Narr!«, schimpfte er. »Wem ist geholfen, wenn du dich in den Tod stürzt?«

Torna blitzte ihn wütend an, machte Anstalten, den Torfspaten, der ihm beim Sturz entglitten war, aufzuheben, wohl um damit auf Ascall loszugehen. Doch da hatte der ihn schon geschnappt und ihn kurzerhand auf jene Iren geworfen, die Bernard le Petits Truppe angegriffen hatten. Während der Torfspaten durch die Luft flog, sagte er sich noch, dass er keine Partei ergriff und nur kämpfte, um sich und Gobáns Männer zu verteidigen. Doch als einer der Iren niedersackte, wusste er, dass er sich auf le Petits Seite gestellt hatte und kämpfte, um zu siegen.

Seine Tat zeigte Wirkung. Einer der irischen Krieger stolperte über den am Boden Liegenden, woraufhin zwei normannische Bogenschützen prompt die Gelegenheit nutzten, durch die Schildwand zu drängen. Ehe aus den vielen Leibern wieder einer wurde, stürzte sich Ascall in das Gewühl, nahm mit der einen Hand den Torfspaten an sich, zog mit der anderen sein Schwert. Kurz nutzte er dessen noch saubere Klinge als Spiegel, vergewisserte sich, dass Torna nur ungläubig glotzte, sich nicht selbst am Kampf beteiligte, ehe er sie mit Wucht auf einen Kopf niedersausen ließ. Er spürte, wie Blut spritzte, aber er sah nicht mehr, ob er den Kopf gespalten oder abgeschlagen hatte. Schon ging nämlich einer der Iren auf ihn los, nicht mit einem Schwert, sondern mit einer Keule. Ein weiterer Hieb, und die Keule lag auf dem Boden, mitsamt der Hand, die sie gehalten hatte, und als der verstümmelte Mann sich aufheulend danach bücken wollte, rammte Ascall ihm das Knie in den Adamsapfel. Ob er den Iren getötet hatte, wusste er nicht – ganz sicher lebten noch die zwei Bogenschützen, die sich zuvor aus der Umklammerung des Feindes hatten befreien können. Aus den Augenwinkeln sah er sie losrennen, setzte ihnen nach, streckte, bis er sie erreicht hatte, zwei weitere Iren nieder.

»Wartet!«, brüllte er auf Normannisch. Die Bogenschützen rannten weiter, sodass er fürchtete, auch ihnen ein Bein stellen zu müssen, doch als er den Befehl wiederholte, hielten sie inne, musterten ihn verwirrt. »Ich bin Ascall von Toora, ein Verbündeter von Hugh de Lacy. Ihr tut, was ich sage! Lauft zu den Eichen dort hinten, versteckt euch in ihrem Schatten, schießt von dort eure Pfeile ab!«

Sie rissen die Augen auf, auch die Münder, aber was immer sie sagten, das Lied des Krieges war lauter, das Getöse der Streitäxte und Speere, der Lanzen und Schwerter, der Keulen und der Steinschleudern … Richtig, die Bauern waren ja mit diesen ausgerüstet. Eben schwangen sie sie, trafen ein paar Iren, zu wenige, um den Kampf zu wenden, genug, um manchen Sprung in die Schildwand zu schlagen, sodass noch mehr Bogenschützen ausbrechen konnten, ebenfalls in Richtung Bäume rannten, nicht, weil sie Ascalls Taktik durchschauten, sondern weil sie ihre Gefährten dort Zuflucht nehmen sahen. Er konnte nur darauf hoffen, dass Letztere seinem Befehl folgten und die anderen dann deren Beispiel.

»Ihr könnt sie nicht auf offenem Feld besiegen«, brüllte er nun in Richtung der Fußsoldaten. »Treibt sie Richtung Bäume. Dort können die Bogenschützen sie niedermachen. Wessen Heer zu klein ist, muss sich einen mächtigen Verbündeten wie den Wald suchen.«

Er rechnete nicht damit, dass jemand ihm zuhörte – und doch, ein Normanne, dessen Gesicht blutbesudelt war, drehte sich um.

»Die Iren kämpfen im Wald, nicht die Normannen«, rief er.

»Um sie zu besiegen, müssen die Normannen heute von den Iren lernen«, gab Ascall zurück.

Er sah nicht, ob der Mann mit blutigem Gesicht seinem Befehl folgte, er sah auch nicht mehr die Bogenschützen im Schatten der Bäume. Als er sich wieder dem Schlachtfeld zuwandte, sah er weder die Bauern mit ihren Steinschleudern noch Gobán oder Torna. Hatte sich der Narr etwa ohne Spaten in das Gewühl gestürzt?

Ascall hoffte es nicht, warf sich aber gleichwohl wieder selbst hinein, kämpfte, schlug zu, tötete, musterte Leichnam um Leichnam. Den von Torna fand er nicht, wobei er keineswegs sicher war, ob er dessen Gesicht überhaupt erkennen würde. Er merkte sich ja auch nicht die Gesichter derer, die er tötete, manche leicht und schnell, manche erst nach erbittertem Kampf, einen nur, weil der über den Leib eines toten Normannen stolperte.

Irgendwann ging er selbst zu Boden, kaum aus Unachtsamkeit, sondern weil ihn ein Schwertknauf an der Schulter getroffen hatte. Schwert und Torfspaten entglitten ihm, und kaum lag er, trafen ihn Fußtritte – einer gegen die Brust, einer in den Bauch. Er keuchte, schnappte nach Atem, fand keinen, jedoch genügend Kraft, um sich erst auf den Bauch zu rollen, dann wieder auf den Rücken, dieses Mal einen Leichnam über sich ziehend. Als der Angreifer den von ihm wegzog, hatte er schon den Dolch aus dem Gürtel des Toten gelöst und ihn auf diesen geschleudert. Er nahm sein Schwert wieder auf, nach dem Torfspaten suchte er erst gar nicht. Er suchte auch nicht länger nach Torna. Er tötete, um nicht selbst getötet zu werden, und wen er tötete, war ihm gleich. Hauptsache, noch mehr Normannen flohen in Richtung Wald – nein, flohen nicht, lockten vielmehr die Iren dorthin, die, ihnen nachsetzend, prompt von einem Regen an Pfeilen niedergestreckt wurden. Auch dass seine Taktik aufging, die lebende Mauer bröckelte, die Iren einmal mehr ihre Kampfformation nicht halten konnten, war ihm in diesem Augenblick gleich.

Die Normannen jedenfalls nutzten ihre Chance. Die, die sich noch auf ihren Pferden hatten halten können, ritten dicht nebeneinander, mähten mit ihren Lanzen nieder, wer immer sich ihnen in den Weg stellte, setzten schließlich den Iren in Richtung Wald nach, die sich von nunmehr zwei Flanken angegriffen sahen. Nicht dass sie sich vom nächsten Pfeilregen überraschen ließen. Schon hoben sie wieder ihre Schilde, bildeten erneut eine Reihe, und prompt scheuten die Pferde der Normannen, mochte einer von ihnen auch noch so laut brüllen. War es Bernard le Petit? Ascall konnte ihn nicht erkennen, sah auch weiterhin weder Gobán noch Torna. Selbst das Lied des Krieges war in seinen Ohren verstummt. Er streckte zwei nieder, die ihn angriffen, ohne ihr Ächzen zu vernehmen. Er leistete sich einen erbitterten Zweikampf mit einem, der in jeder Hand ein Kurzschwert hielt, aber hörte das Klirren ebenso wenig wie das dumpfe Geräusch, als der Körper seines Gegners zu Boden ging.

Er kämpfte, kämpfte, kämpfte, fühlte fremden Schweiß und eigenen Schweiß, fremdes Blut und eigenes Blut. Welcher Unterschied bestand schon dazwischen? In diesem Augenblick kannte er nicht einmal den Unterschied zwischen Tod und Leben. Nachdem er so viele Iren getötet hatte, würde er ja doch nie wieder richtig leben können, nachdem er so viele Iren überlebt hatte, würde er ja doch nie richtig sterben können.

Er tötete weiter, bis das Atmen schmerzte. Er tötete weiter, bis seine Arme schmerzten. Er tötete weiter, bis … Nein, seine Beine schmerzten nicht, schienen irgendwann jedoch lahm zu werden.

Ans andere Ende des Schlachtfelds hatte er sich mittlerweile durchgekämpft, und er nahm den gleichen Weg zurück, um noch mehr Iren in Richtung Wald zu treiben, als er plötzlich wieder Torna zu sehen vermeinte – nicht mit dem Torfspaten, nicht mit der Sense seines Vaters, nein, mit einem Schwert in der Hand. Und wie geschickt er kämpfte!

»Torna!«, rief er, und mit dem Schrei kehrten sämtliche Laute zurück. Jetzt konnte er Bernard le Petits Befehle wieder hören, das Bersten von Holz und Knochen, das Spritzen von Blut, das Ächzen der Sterbenden, das Wiehern der Pferde. Jetzt vernahm er auch die Kriegstrompeten der Iren, nein, deren Kriegsschreie, mit der sie jenen Mut bekundeten, der die fehlende Kraft wettmachen sollte. »Torna …«

Langsam drehte sich der andere um, aber es war nicht Torna, es war Eirníns und Gobáns anderer Sohn Tómmán. Warum er nun mit den Männern von Cinel Owen und den Aufständischen von Meath kämpfte, wusste Ascall nicht – jedenfalls kam Tómmán auf ihn zu, das Schwert erhoben, der Blick indes zu leer, um ihn zu erkennen, und selbst wenn, er hätte ihn ja doch für einen Feind gehalten.

Töte, um nicht getötet zu werden.

Ascall hob sein eigenes Schwert, ließ es wieder sinken. Es war zu schwer, die Hand war zu taub, alles war taub, er würde vielleicht nicht mal spüren, wenn er starb. Als Tómmán das Schwert hob, versuchte er gar nicht erst, sich zu ducken, versuchte nur, sich in dessen Klinge zu spiegeln, sich zu erkennen. Doch er sah weder Ascall, Irlands größten Krieger, noch Ascall, Irlands größten Verräter, er sah nur Rot. Noch mehr heißes Blut spritzte, traf seine Augen, er zwinkerte, wurde blind, fühlte weiterhin nichts, obwohl es doch sein Blut war, das floss – fließen musste. Dann sah er wieder klar, sah, dass Tómmán das Schwert sinken ließ, dass er auf die Knie sackte, dass sein Oberkörper zurückfiel. Sein Blick war immer noch leer, der Mund weit aufgerissen. Er hatte den Tod nicht kommen sehen, nicht den Torfspaten, der zwar nicht scharf genug gewesen war, seinen Kopf abzuschlagen, jedoch die Halsschlagader getroffen hatte.

Torna stand hinter dem Toten, Torna hatte seinen eigenen Bruder getötet.

Wie von weither hörte Ascall einen Aufschrei. Er kam nicht aus seiner Kehle, wie er kurz vermeinte, nicht aus der von Torna, denn der stand ganz starr da, es war Gobán, der geschrien hatte und der nun zu schluchzen begann. Als wäre er wie Tómmán tödlich getroffen worden, sackte er auf die Knie.

»Nein«, rief er, »nein.«

Torna sah den toten Bruder an, ertrug den Anblick nicht, er sah den schluchzenden Vater an, ertrug den Anblick noch weniger. Nur Ascall konnte er ins Gesicht sehen.

»Ich musste ihn töten … sonst hätte er doch dich getötet … und du stehst auf unserer Seite.«

Ascall wischte sich das Blut aus dem Gesicht, fühlte seine Hand wieder, umfasste den Knauf seines Schwertes.

Du stehst auf unserer Seite …

Ja, noch gab es zwei Seiten, noch gab es Tote und Lebende, Angreifer und Fliehende, Feinde und Verbündete. Nicht dass sie sich so leicht unterscheiden ließen, als er sich, um Tornas Blick und Gobáns Schluchzen zu entgehen, wieder in die Schlacht stürzte. Einige Iren stürmten in den Wald, ehe Bogenschützen sie getroffen hatten, einige Bogenschützen stürzten aus dem Wald, ehe die Iren sie gemeuchelt hatten.

Wenn wir den Wald verlieren, werden wir sterben …

Doch der Wald war nicht der einzige Verbündete der Normannen. Just als die Iren wieder Überhand zu gewinnen schienen, als sie wieder eine undurchdringliche Schildwand bildeten, als sie mehr Normannen töteten, als eigene Männer zu opfern, schrie einer: »Verstärkung kommt!«

Die fremde Truppe, die von Süden kam, zog eine blutige Schneise durch das Kampffeld. Kopf um Kopf fiel – derer, die sich wehrten, derer, die davonlaufen wollten. Hugh de Lacy war es nicht, der da Bernard le Petit zu Hilfe kam, Prinz John auch nicht … Nein, wer da als Erstes ritt, wer da als Erstes schlachtete, war Amaury de Saint-Taurin! Er hatte seinen Gesichtsschutz zurückgeschoben, ungeachtet wie gefährlich das war. Schließlich hatte er ja keine Angst vor Verletzungen, hatte nur Angst, in Hugh de Lacys Schatten zu stehen, und deshalb kämpfte er an seiner statt oder kämpfte vielmehr *gegen* ihn. Denn wenn er einen großen Sieg einfuhr, indes Hugh tatenlos in Dublin ausharrte, würde er ihn endgültig entmachtet haben und könnte sich als starker Mann präsentieren.

»Lauft!«, schrie Ascall Torna und Gobán zu. »Er wird euch töten! Lauft!« Sie bückten sich, packten den toten Tómmán, zerrten ihn mit sich. Sie kamen nur langsam voran, aber immerhin gehorchten sie seinem Befehl ebenso wie die anderen

Bauern mit den Steinschleudern, die er nun suchte und denen er, so sie denn noch lebten, Gleiches entgegenschrie. »Lauft! Lauft! Er wird euch töten, er tötet doch alle!«

Er selbst befolgte seinen Befehl nicht. Er floh nicht, metzelte weiter, machte mit seinem Schwert nieder, wer immer sich ihm in den Weg stellte, ganz gleich, ob Ire, ob Normanne. Und er tötete nicht, um nicht getötet zu werden, er tötete, weil das Töten so schön war.

Das Tier, das in dir wohnt, ist wild und blutrünstig. Lass es frei.

Nie waren seine Klauen schärfer, nie waren seine Krallen spitzer, nie waren seine Pranken tödlicher. Nicht nur in Menschen gruben sie sich, auch eines der Pferde strauchelte, als er es angriff. Es warf seinen Reiter ab, den er prompt abschlachtete, ehe er sich dem nächsten zuwandte. Wo war Saint-Taurin?

Ich liebe die Wahrheit, du liebst den Krieg, wir könnten Freunde werden.

Was für ein Unsinn. Wo der Bruder den Bruder tötete, tötete der Freund den Freund, egal, ob er ihn liebte, egal, ob er ihn hasste, egal, ob sie sich glichen oder die beiden Seiten einer Münze waren. Töten, töten, töten, er musste Saint-Taurin töten. Es war das Einzige, was er konnte, das Einzige, was er wollte.

Noch ein Pferd, noch ein Ritter, noch eine Rüstung, die zu massiv war, um sie zu durchschlagen. Aber was zählte das? Wenn er lange genug auf den Mann eindrosch, würde er fallen. Nie war er so stark gewesen, nie hatte er so vollendet gekämpft.

Doch wie schön das Tier in ihm auch war, unverwundbar war es nicht. Irgendeiner traf ihn, Blut floss über seinen Arm, er nahm das Schwert einfach in die andere Hand, konnte zwar linkshändig nicht so gut kämpfen, doch immerhin gut genug, um noch zwei zu töten, und dann hatte er sich endlich zu Saint-Taurin vorgekämpft. Wenn der Drache Feuer spuckte, würde der Rote Zweig verbrennen, aber Saint-Taurin trug sein Banner nicht, und er selbst trat nicht als Ritter des Roten Zweiges vor ihn, auch nicht als Ascall von Toora, nein, als die Bestie, die Saint-Taurin selbst geschaffen hatte.

Gezähmt hast du mich dennoch nicht, du Scheusal.

Er schrie, als er auf ihn zustürzte, fauchte, brüllte, röhrte, bellte. Warum auch Saint-Taurins Namen rufen? Das Tier kannte keinen Namen, keinen Freund, keinen Feind, keinen Herrn, nur Beute, und die Beute war so nah. Die Augen würde er ihm auskratzen, die Nase ihm abbeißen, das Schwert durch seinen Mund in den Schlund treiben. Er fühlte es so deutlich, als würde es schon geschehen.

Saint-Taurin schien es auch zu fühlen, er lächelte.

Schon hob Ascall das Schwert, schon traf das Schwert Lippen, drang in einen Mund, durchschnitt eine Zunge, stach tiefer und tiefer, drang in den Schlund vor, kam am Nacken wieder heraus.

Saint-Taurin lächelte immer noch. Es war nicht sein Mund und sein Nacken, den Ascall gespalten hatte, es war der von Goll, der sich im letzten Augenblick vor seinen Herrn geworfen hatte und das eigene Leben opferte, um das Leben von diesem zu schützen.

Ascall wollte das Schwert zurückziehen, konnte es jedoch nicht, es steckte in Golls Kopf und Nacken fest, und auf groteske Weise schien nun auch der zu lächeln, ja, schien zu lachen, noch bösartiger und noch verzweifelter als zu Lebzeiten.

Und dann wieder Stille. Zahlreiche Ritter, die ihn einkreisten. Der schlichte Gedanke: Das war der letzte Ire, den ich getötet habe.

Und er hatte ihn nicht getötet, um nicht getötet zu werden. Er hatte ihn getötet, um endlich sterben zu dürfen.

Er schlug die Augen auf, aber das hatte nichts zu bedeuten. Tot zu sein hieß ja nicht, blind zu sein. Bevor man ins Jenseits aufbrach, kehrte man vielmehr ein letztes Mal auf die Welt zurück – entweder zum Ort der Geburt, der Taufe, des Todes oder der Grablegung.

Ach, möge es doch Dún Fionn sein, dachte Ascall. Ich will noch einmal die Kinder sehen. Wer weiß ... Wenn ich nur als Geist vor ihr stehe, schlägt Finnola vielleicht nicht furchtsam die Augen nieder.

Er sah jedoch keine Kinder, er sah nur etwas Dunkles. Caitlíns Haar konnte es nicht sein, das war ja weiß geworden, und Róisíns Strähnen hatten rotbraun geglänzt.

»Róisín ...«

Die Lippen formten ihren Namen, gaben gar einen Ton von sich, und dieser Ton machte ihn stutzig. Die Toten waren nicht blind, ganz sicher aber waren sie stumm.

Er hob den Kopf, der Geruch von Schweinebraten stieg ihm in die Nase, nun sah er auch die dicke Fettschicht und ihren krossen Rand.

Róisín hatte Schweinefleisch nie gemocht. Saint-Taurin mochte wohl keine Art von Essen gern, säbelte dennoch ein Stück vom Braten ab. »Seinerzeit hast du ausgeschlagen, mit mir zu essen, wolltest noch nicht einmal mit mir trinken«, begann er zu sprechen. »Nach dieser Schlacht hast du jedoch gewiss eine Stärkung nötig. Es war eine sehr lange Schlacht, eine anstrengende Schlacht, Bernard le Petit hätte sie ohne deine Hilfe nicht gewinnen können.« Die Erinnerung an Róisíns Haar zerstob in Funken, und die Funken tanzten, als er sich aufsetzte. Wer immer ihn niedergeschlagen hatte, hatte nur seine Faust genutzt, kein Schwert. Sein eigenes Schwert war fort, aber zumindest war er nicht gefesselt. Saint-Taurin nahm das Stück Schwein, das er aufgespießt hatte, von der Gabel und warf es Ascall vor die Füße. »Vergib, dass ich dir nicht die Gabel gebe. Ich fürchte, du würdest mich damit töten, und du hast heute doch schon genug getötet, so viele Iren, so viele Normannen, sogar meinen armen Goll.« Ascall starrte auf das Stück Fleisch. Es lag auf dem nackten Boden – allerdings nicht unter nacktem Himmel. Über sie war eine Zeltplane gespannt. »Und es stört dich doch gewiss nicht, vom Boden zu essen«, fuhr Saint-Taurin fort. »Denk nicht, ich halte dich für einen Köter. Ein Wolf bist du, ein mutiger, wilder, gefährlicher Wolf. Ich hatte befürchtet, er würde nie in dir erwachen, aber nun hast du ihn endlich doch befreit. Schade nur, dass du es ausgerechnet jetzt getan hast. Du wärest mir heute nützlicher gewesen, wenn du auf Dún Fionn hocken geblieben wärest und dich aus allem herausgehalten hättest. Stattdessen hast du Bernard le Petit zum Sieg verholfen.«

Die Worte, die Saint-Taurin zu ihm sprach, drohten immer wieder im Echo der Kampflaute unterzugehen. Das Klirren, Ächzen, Stöhnen schien sich in seinem Kopf eingegraben zu haben, verstummte einfach nicht. Ascall ertrug es ebenso wenig wie den Anblick des Bratens.

»Warum sprichst du von Bernard Le Petits Sieg?«, fuhr er auf. »Es ist doch deiner! Du hast dich in den Kampf eingemischt, um Hugh bloßzustellen, um aller Welt zu bekunden, dass nur deinetwegen heute nicht sämtliche Normannen niedergemetzelt wurden.«

»Hm«, machte Saint-Taurin, säbelte das nächste Stück vom Braten, warf es wieder vor ihn auf den Boden. »Dass es in Wahrheit *dein* Verdienst war, soll tatsächlich niemand wissen.«

»Ich nehme an, es soll auch niemand wissen, dass du hinter dem Aufstand in Meath steckst«, fuhr Ascall fort.

»Tue ich das?«, fragte Saint-Taurin.

»Du hättest gute Gründe. Eine Schlacht muss fast verloren sein, um aus dem, der sie am Ende doch noch gewinnt, nicht nur einen Sieger, sondern einen Triumphator zu machen. Und genau der willst du sein!«

»Hm«, machte Saint-Taurin wieder. »Und wenn ich dir jetzt sage, dass ich diesen Triumph nicht brauche und ihn gern Bernard le Petit überlasse, bloß nicht dir?«

Erde haftete an dem Schweinebraten. Das Stück Fleisch wäre genauso schwer wie die Worte zu schlucken gewesen. Wovon, zum Teufel, sprach Saint-Taurin?

»Warum solltest du für diese Schlacht gesorgt haben, wenn du sie nicht gewinnen und dich als starker Mann gebärden wolltest, der im letzten Augenblick eine Niederlage der Normannen abwendet?«

Saint-Taurin erhob sich. Erst jetzt erkannte Ascall, dass er auf einem hölzernen Schemel gesessen hatte und dass das Zelt gerade hoch genug war, damit er aufrecht stehen konnte.

»Menschen wie uns geht es doch nicht ums Siegen. Du dienst dem Krieg, ich diene der Wahrheit. Der Krieg bringt den Menschen den Tod, egal, ob es Iren oder Normannen sind. Die Wahrheit bringt den Lügen den Tod, egal, ob sie gut gemeint sind oder voller Bösartigkeit ausgeheckt wurden.«

»Aber …«

Saint-Taurin trat das Fleisch in den weichen Boden. »Willst du wirklich nichts essen? Würde dir Menschenfleisch vielleicht besser als Schweinefleisch schmecken?« Ein Würgen stieg in Ascall hoch. »Nun hab dich nicht so. Da draußen liegen Hunderte Tote, etliche hast du selbst abgeschlachtet, ob es ein oder zwei Dutzend sind, ist doch nicht so wichtig. Der Tod muss nicht zählen können. Der Tod lechzt nach einem Mahl, und nirgendwo bekommt er ein reicheres aufgetischt als dort, wo jeder gegen jeden kämpft. Ich bin sicher, er lässt dir ein, zwei Happen als deinen wohlverdienten Anteil.«

Ascall versuchte hochzukommen, aber konnte es nicht, stellte Saint-Taurin seinen Fuß doch nunmehr auf seine Brust. Zum Schweigen bringen konnte er ihn solcherart aber nicht.

»Den Sieg in dieser Schlacht nicht einzufordern ist einfach nur dumm!«, stieß er aus.

Saint-Taurin zog seinen Fuß zurück. »Goll hältst du wahrscheinlich auch für dumm, weil er sich für mich geopfert hat. Ich dagegen sage dir, er war nicht dumm, er war verrückt. Er konnte nicht länger zwischen Liebe und Hass, zwischen Freund und Feind unterscheiden, genauso wenig wie du, was heißt, dass auch du verrückt bist. Ich bin erst recht verrückt, weil ich Bernard le Petit den Sieg gönne, vielmehr alles für diesen getan habe. Ach, selbst der Gekreuzigte ist verrückt, weil er sich für einen fernen Gott hat hinrichten lassen. *Ecce homo!*, hat man zu ihm gesagt. Sehet, der Mensch! Und das stimmt ja auch. Verrückt ist der Mensch, und wunderschön, wenn er das einsieht. Dumm nenne ich nur einen, der das leugnet.«

Während er sprach, hatte er sich dicht über ihn gebeugt, ja, sank nun gar auf die Knie, als gälte es zu beten … zum Gekreuzigten, zu Goll, zu ihm, Ascall … Für Saint-Taurin waren sie ja doch alle gleich. Jedenfalls hob er danach das Messer, mit dem er das Schweinefleisch – oder Menschenfleisch – abgesäbelt hatte, führte es an seine Kehle, wo sich das einzige Fleckchen Haut befand, das nicht mit Blut bespritzt war. Noch nicht.

»Du tötest mich«, sagte Ascall ruhig, »du tötest mich, damit ich Bernard den Sieg nicht streitig machen kann.«

»Ist das von allem nicht das Verrückteste?« Saint-Taurin lachte auf.

Ascall wehrte sich nicht, er schloss die Augen, wollte Saint-Taurin nicht sehen, wenn der ihm die Kehle durchschnitt.

Róisín, Róisín, Róisín.

Zumindest war es nicht verrückt, an sie zu denken. Sie in der Andernwelt wiedersehen zu wollen. Sie geliebt zu haben.

Deutlich sah er sie vor sich, wie sie sich an jenem letzten Morgen ihr Haar abgesäbelt hatte, sich nicht von ihm hatte küssen lassen wollen. Zurückgestoßen hatte sie ihn vielmehr … Sie stieß ihn auch jetzt zurück, als sie ihm aus dem grauen Nebel des Totenreichs entgegentrat.

»Du darfst nicht sterben«, zischte sie, »du darfst nicht bei mir sein! Du musst auf unsere Kinder achtgeben!«

Róisíns Haar war nicht mehr kurz, nein, es war lang, glänzend, wenn auch hinter ihr alles farblos blieb. Wer nicht wusste, wofür er gestorben war, würde sich hier verirren. Aber Róisín wusste es ja – sie war für die Kinder gestorben. Und an ihrer Seite würde er vielleicht auch wissen, warum er gestorben war.

»Es tut mir leid«, sagte er zu ihr, »aber Saint-Taurin hat gesiegt.«

Er wehrte sich immer noch nicht gegen Saint-Taurin, und

Róisín wehrte sich nicht länger gegen seinen Kuss. Seine Tränen benetzten ihre Wangen, als ihre Lippen sich endlich trafen, sein Blut benetzte ihren Mund, als sie, anstatt den Kuss zärtlich zu erwidern, zubiss, wie sie es früher so oft getan hatte. Sei's drum. Selbst wenn sie ihm nur Schmerzen und Wut zu geben hatte, er wollte es gern nehmen, solange sie es war, die ihn küsste, ihn festhielt, ihm ihre Liebe beteuerte und solcherart das große Nichts bannte.

Caitlín

Finnola hockte auf ihren Knien und pflückte Blumen, Aedan bewachte sie mit seinem Holzschwert. Nicht dass er mit diesem echte Feinde hätte zurückschlagen können, doch seit Ascall fort war, fühlte er sich als ihr Beschützer, und so wie seine Schwester stets ihren Schäfchen nachlief, wich er nie von ihrer Seite.

Caitlín war von dem Anblick gerührt, bückte sich alsbald aber selbst, um wie Finnola Blumen zu pflücken und gleichzeitig Trian davon abzuhalten, die schönsten und duftendsten aus dem Korb zu ziehen. Der Kleine liebte es, sie hochzuwerfen und zuzusehen, wie der Wind sie packte und mit sich riss. Schließlich war er zu klein, um den Wind zu fürchten, zu klein auch, um Aedans verächtlichen Blick zu spüren, der sich mit seinen acht Jahren als Mann ansah und Trian mit seinen drei Jahren als Säugling.

»Sieh doch«, sagte Finnola, »ich habe Sauerampfer, Gänseblümchen und Löwenzahn gepflückt.«

Caitlín betrachtete die Ausbeute. Finnola war deutlich fleißiger als Eithne, die gar nicht erst mitgekommen war. Nur Rún hätte in der kurzen Zeit mehr gepflückt, aber diese verkroch sich am liebsten hinter dem Webstuhl.

»Wir brauchen noch Klee«, sagte Caitlín. »Er wächst dort hinten.«

»Soll ich auch Ringelblumen und Dotterblumen pflücken?«

Caitlín nickte. »Hüte dich nur vor den Brennnesseln«, sagte sie.

Finnola nickte. »Ich weiß, sie wachsen neben dem Brombeerbusch. Rún sagt, dass Brombeeren, die unter Brennnesseln wachsen, besonders süß und saftig sind.«

»Rún hat mit dir gesprochen?«

Finnola wollte die Frage weder verneinen noch bejahen, und Caitlín bohrte nicht weiter, wusste sie doch, dass Rún viele Arten hatte, sich verständlich zu machen – manchmal mit Blicken, manchmal mit Gesten, gut möglich, dass sie zu den Kindern dann und wann sogar ein paar Worte sagte ... Genau wie zu Airdi, an dessen Seite sie weiterhin schlief, um ihn zu trösten oder um selbst Trost zu finden.

Faolán hingegen hatte die einzige Art zu reden verloren. Als sie wenig später zurück zur Burg kamen, trafen sie ihn wie so oft am Tor an, als wollte er aller Welt bekunden, dass er sich hier nicht zu Hause fühlte, schon gar nicht jetzt, da so viele Menschen Zuflucht suchten. Überall auf dem Hof lagen Verwundete. Eithne ging von einem zum anderen, gab den meisten aber nur Wasser oder Brombeerwein, weil ihnen fast alle Heilmittel ausgegangen waren.

»Hier!«, rief Finnola ihr zu. »Wir haben Sauerampfer, der bei Schnittwunden hilft. Gänseblümchen, die Schürfwunden heilen, Löwenzahn, der das Blut reinigt. Und mit Klee kann man Umschläge machen, die Schmerzen lindern.«

Ohne Zweifel war Finnola schon jetzt eine würdigere Nachfolgerin ihrer Mutter, als Eithne es jemals sein könnte. Für diese war die Tatsache, dass Finnola jeden Tag mehr von Heilpflanzen verstand, ein willkommener Vorwand zu faulenzen. Auch jetzt machte sie Anstalten, sich zurückzuziehen.

»Wohin gehst du?«, fragte Caitlín unerbittlich.

Eithne zog eine der Blumen aus dem Korb, kitzelte damit Trian im Nacken, der vor Vergnügen kreischte, ließ sie wie er im Wind fliegen. »Ich gehe doch nur den Wundverband holen, den ich gestern gemacht habe – aus Eibischwurzeln und Schweineschmalz, Gänsefingerkraut und Malven.«

»Lüg mich nicht an! All diese Pflanzen haben wir längst verbraucht.«

»Weil es nun mal immer mehr werden«, sagte Eithne und deutete auf die vielen Verletzten. »Wenn ich darauf warten wollte, bis alle Blessuren geheilt sind, würde ich niemals Schlaf finden.«

Caitlín konnte sich nicht erinnern, wann sie sich selbst das letzte Mal ausgeruht hatte. Anstatt mit Eithne zu streiten, ließ sie sie seufzend gewähren, zumal Rún in den Hof kam, um ihr zur Seite zu stehen. Es waren so viele Wunden … Und die, die mit ihnen geschlagen waren, brachten so schlechte Nachrichten.

In Connacht war es zu neuen Kämpfen gekommen, sobald Connor Maenmaige herausgefunden hatte, dass sein Vater das Kloster verlassen, eine Allianz mit Desmond und Thomond geschmiedet und die Hochkönigwürde wieder für sich beansprucht hatte. Und nicht nur von Connachts Schlachtfeldern flohen Menschen. Viele kamen aus Meath, der Provinz, in die Ascall geritten war und wo, wie sie gehört hatten, ein Aufstand ausgebrochen war.

»Durst …«, klagte ein Mann, »Durst …«

Caitlín beugte sich über ihn. »Hast du etwas von Ascall von Toora gehört?«, fragte sie. Keine Antwort. Caitlín trat zum nächsten. Sie nahm keine äußeren Verletzungen wahr, aber als sie auch diesem Mann Wasser zu trinken gab, musste er husten, und mit dem Husten kam Blut. Ein Sud aus Gänsefingerkraut könnte helfen, ging es ihr durch den Kopf, sie war nur nicht sicher, wie viel sie davon hatten und ob es sich lohnte, es an diesen Geschwächten zu verschwenden. »Hast du etwas von Ascall von Toora gehört?«, fragte sie wieder.

Der Mann spuckte noch mehr Blut, dann kamen Worte. »Wer … Wer ist das?«

»Dummkopf!«, rief Aedan, der dicht hinter ihr stand. »Ascall ist der größte Krieger von Irland, und du kennst ihn nicht?« Er stampfte auf, der Mann hustete wieder.

»Lass ihn in Ruhe«, sagte Caitlín leise. Sie wollte Aedan sachte fortschieben, aber er gehorchte ihr nicht, hob vielmehr drohend das Schwert. Seit Ascall fort war, war er aufmüpfiger denn je. »Lass das Schwert sinken!«, befahl Caitlín streng, doch Aedan funkelte sie nur herausfordernd an.

Du siehst so viele Verletzte hier liegen und denkst, du wärest unbesiegbar?

Als er das Holzschwert noch höher hob, tat sie so, als würde sie zurückweichen. Stattdessen fuhr sie blitzschnell vor, packte Aedan an den Handgelenken und drückte ihre Daumennägel hinein. Prompt ließ er aufheulend das Schwert fallen.

»Wag es nicht, jemals wieder das Schwert gegen mich zu erheben!«, flüsterte sie dicht an seinem Ohr.

Endlich gab er nach, sagte auch nichts mehr, grummelte nur vor sich hin. Eine andere hingegen schrie nun lauter, als er es getan hatte. Finnola.

Caitlín ließ Aedan los, fuhr entsetzt herum, aus Angst, das Mädchen hätte sich wehgetan. Doch es saß nur bei einem Verwundeten und starrte diesen entsetzt an.

Als Caitlín näher trat, sah sie, dass seine Augen geschlossen waren, sein Gesicht käsig gelb glänzte, sich seine Brust aber noch hob und senkte.

»Er ist doch nur ohnmächtig, nicht tot«, tröstete sie Finnola.

»Aber bevor er ohnmächtig wurde, hat er behauptet, dass Ascall tot ist.«

Finnolas Augen waren weit aufgerissen wie in den Augenblicken, da sie den schlafenden Ascall gemustert hatte. Bis jetzt hatte Caitlín nur gewusst, dass sich das Mädchen vor seinem Vater fürchtete, nicht, dass es sich um ihn sorgte. Sie hatte ja noch nicht einmal gewusst, dass auch in ihr selbst Sorge wohnte, dass sie fähig war zu dem heftigen Schmerz, zu dem Entsetzen, das sie jäh durchzuckte.

»Was … Was redest du da?«

»Er sagt, dass Ascall tot ist … dass er es mit eigenen Augen gesehen habe …«

»Wie er starb?«

»Nein, wie Amaury de Saint-Taurin ihn überwältigte.« Saint-Taurin … Der war doch nicht einmal in Irland … Zumindest nach allem, was sie wusste. Aber sie wusste ja nicht viel … »Er sagt, dass Ascall tot ist«, wiederholte Finnola ein drittes Mal.

Caitlín sank auf die Knie. Ein Schrei entfuhr ihr, kein wütender, wie Aedan ihn ausgestoßen hatte, kein entsetzter, wie Finnola ihn ausgestoßen hatte, einfach nur ein erbärmlicher. Sie wollte nicht, dass die Kinder diesen Schrei hörten, sie wollte ihn auch selbst nicht hören, war deshalb erleichtert, dass ein anderer sie übertönte. Ógán, einer der wenigen Krieger, die Ascall nicht nach Meath begleitet hatten, kam auf sie zugelaufen. Was genau er brüllte, verstand sie nicht, aber das musste sie auch gar nicht. Es genügte, in seine leeren Augen zu sehen, und sie wusste, dass es wahr war.

Ascall ist tot, Dún Fionn ist ohne jeden Schutz, und ich bin allein, ganz allein.

»Geh zu Eithne«, befahl sie Finnola. »Pass auf deine Schwester auf«, befahl sie Aedan.

Die Kinder rührten sich nicht, doch da kam Faolán zu ihnen, nahm sie an die Hand. Vom Tor aus musste er alles mitbekommen haben wie Ógán, wenngleich in seinem Blick nicht Entsetzen stand, nur Überdruss.

»Ich kümmere mich um sie«, versprach er.

Die Kinder folgten ihm willig, indes sie zum Tor lief, den Hügel hinunterhastete. Ein Grüppchen Krieger kam ihr entgegen, weitaus weniger, als aufgebrochen waren. Sie suchte nicht nach vertrauten Gesichtern, stellte nicht fest, welches fehlte, blickte nur auf das Pferd, Ascalls spanisches Pferd, das so schnell und unberechenbar war, jetzt aber langsam Schritt vor Schritt setzte, hatte es doch eine schwere Last zu tragen – einen Toten, in graue Tücher gehüllt, dessen Beine an der einen und dessen Hände an der anderen Seite herunterbaumelten. Ehe es das nunmehr so nahe Ziel endgültig erreichte, blieb das Pferd plötzlich stehen, schnaubte und tat keinen weiteren Schritt mehr, obwohl ein Mann energisch an seinem Zügel zog.

Caitlín konnte nachfühlen, was in dem Tier vorging. Sie

selbst war ja auch verharrt, hatte dafür gesorgt, dass noch etwas Distanz verblieb … Zwischen sich und dem Pferd, sich und dem Toten, sich und der Wahrheit. Dann aber trat sie langsam auf das Tier zu.

Sie musste Ascalls Leichnam sehen, sie war stark genug dafür, stark genug auch, um später um ihn zu trauern, stark genug, um zuzugeben: Was immer in den letzten zwei Jahren gewachsen war, es war ein kräftigeres Pflänzchen als gedacht. Sie hatte zwar nicht erwartet, dass unter dem Schweigen und der nüchternen Übereinkunft, wonach sie mit vereinten Kräften für das Wohl der Sippe hatten sorgen wollen, etwas blühen würde, aber schließlich wuchsen auch die süßesten und saftigsten Brombeeren unter Brennnesseln.

Ein wenig fühlte es sich an, wie durch deren stachelige Stauden hindurchzulaufen, als sie sich dem Pferd näherte. Jeder Schritt tat weh, jeder Atemzug, erst recht, als sie das Pferd erreichte, sah, dass das graue Leinen, in das der Tote gehüllt war, besudelt war, wenngleich mit mehr gelblichen als rötlichen Flecken. Den Geruch des Todes nahm sie nicht wahr, das hatte jedoch nichts zu bedeuten. In den letzten Tagen hatte sie noch nicht einmal mehr den süßen Duft von Blumen wahrnehmen können.

Unwillkürlich zog sie an den Beinen des Toten, er rührte sich kein Jota. Sie zog an den Armen auf der anderen Seite, er rührte sich immer noch nicht. Das Pferd schnaubte nicht mehr, stand ganz steif da.

Nun schüttle ihn doch ab.

Endlich trat der Mann, der das Pferd am Zügel geführt hatte, vor. Sie sah nicht, ob es Clach, Pòg oder Madadh war, nur dass es ihm mühelos gelang, den Leichnam vom Ross zu ziehen, sodass der auf den Boden fiel, dort auf seinem Bauch liegen blieb, zumindest vermutete sie das, denn sonderlich viel konnte sie unter dem Leinen nicht erkennen. Sie beugte sich vor, wollte es zurückschlagen, schaffte es nicht … Zumindest nicht gleich. Erst musst sie dreimal heftig ein- und wieder ausatmen, erst sich dreimal sagen, dass sie den Anblick ertragen würde. Dann griff sie nach dem Tuch, zerrte daran, bis Haare sichtbar wurden, aber viel dunkler als die von Ascall, sah Narben im Gesicht, aber viel weniger, als Ascall je gehabt hatte, sah Hände, kräftige Hände, aber ganz ohne Schwielen, die einer hat, der oft geschnitzt und noch öfter den Knauf eines Schwertes umklammert hatte.

Caitlín ließ das Leinen fallen. Der Tote war nicht Ascall.

»Wer … Wer ist das?« Sie blickte hoch, sah in das Gesicht des Mannes, der das Pferd geführt hatte, nein, eines dicklichen Burschen, der nichts mit einem Krieger gemein hatte. »Und wer zum Teufel bist du?«, entfuhr es ihr.

Der Junge sagte nichts, doch einer der Krieger sprang von seinem Pferd. »Der Tote ist Tómmán«, murmelte er. »Ich konnte ihn nicht in der Nähe seiner Familie begraben, nachdem ihn sein eigener Bruder getötet hat. Der Anblick des Grabes würde Eirnín umbringen. Irgendwo in der Fremde wollte ich ihn hingegen auch nicht liegen lassen, also habe ich seinen Leichnam mitgenommen, auf dass er hier im Wald seine letzte Ruhestätte findet. Es ist das Einzige, was ich für ihn tun kann. Vielleicht sind Gräber doch schön. Vielleicht sind sie das Schönste, was es auf der Welt gibt.«

Sie starrte ihn an, suchte nach Wunden, fand keine. Ascall lebte, aber er sprach mit der Stimme eines Toten.

Nachdem sie den Toten begraben hatten, bedrängte sie ihn mit Fragen, was passiert war, ob er wirklich in Saint-Taurins Hände geraten war und wie er entkommen konnte, er sagte allerdings kein Wort – desgleichen schwieg er, als sie später auf Dún Fionn einritten, es nunmehr die anderen waren, die ihn bestürmten.

Aedan wollte als Einziger nicht wissen, was passiert war, hingegen mit dem Holzschwert exerzieren, und beim Anblick seines Sohnes leuchtete Ascalls Miene kurz auf. Der Beweis dafür, dass da doch noch Leben, doch noch eine Seele in ihm wohnte, blieb trotzdem flüchtig. Er hob die Hand, um dem Jungen durchs Haar zu fahren, zuckte aber zurück, ehe er es berührte, und floh ins Langhaus.

Aedan machte Anstalten, ihm zu folgen, ebenso einige der Krieger, Caitlín hingegen hob abwehrend die Hand. »Lasst ihn allein!«

Sie folgte ihm durch die Halle in die Schlafkammer, sah, dass er auf die Schlafstatt gesunken war, wo sie ansonsten mit den Kindern ruhte. Er hatte sich ein Stück Leder, das dort lag, vors Gesicht gepresst – vielleicht, weil der Geruch tröstlich war, vielleicht weil er blind für die Welt sein wollte. Bevor sie neue Fragen stellen konnte, war er eingeschlafen, und in den nächsten Stunden verließ sie die Schlafstatt nur einmal kurz, um Wein, Brot und Käse zu holen und Rún zu befehlen, die Kinder bei sich in der Webkammer zu behalten.

Sie hatte nie erlebt, dass Ascall länger als ein paar Stunden schlief. Nun wurde es Nacht und wieder Tag, ohne dass er sich rührte.

Erst starrte sie auf ihn, dann auf das Feuer, das sie angefacht hatte. Als die zornigen Flammen zu freundlicher Glut verkamen, trat sie wieder zur Schlafstatt. Und wenn er nicht schlief, sondern gestorben war, weil er unter der Kleidung doch eine schwere, eine tödliche Wunde trug? Sie beugte sich über ihn, zerrte an seiner Kleidung, bis er fast nackt vor ihr lag. Da war keine Wunde, nur die Narbe in der Form eines roten Zweiges. Sie hatte sie oft gesehen, nie berührt, jetzt hob sie den Finger, um es ganz vorsichtig zu tun, doch ehe ihre Kuppen über die wulstige Haut fuhren, fuhr seine Hand hoch und umklammerte die ihre.

Und gerade heute habe ich weder Nadel noch Messer bei mir, um mich zu wehren …

Sie musste es nicht, denn er fand sofort ins Hier und Jetzt zurück, ließ sie los, sank zurück. Seine Augen waren leer.

Caitlín holte das Essen herbei, er sah es nicht. Sie nahm den Krug, presste ihn an seine Lippen, er stieß ihn weg. Ein paar

Tropfen liefen über ihre Hand, sie leckte sie schnell ab, damit nichts vergeudet wurde.

»Warum hat Saint-Taurin dich nicht getötet?«, fragte sie.

Eine Weile herrschte nur Schweigen. »Wer sagt dir, dass er es nicht getan hat?«, gab er schließlich heiser zurück.

Sie zuckte mit den Schultern. »Du trinkst nicht, aber du sprichst. Das ist ein Anfang.«

Nun nahm er doch noch den Krug, trank hastig daraus, und als er ihn ihr wieder reichte, sah sie einen Schnitt in seiner Handinnenfläche, aus dem viel Blut geflossen sein musste. Das meiste war verkrustet, einige frische Tropfen perlten über sein Handgelenk.

»Wie ist das passiert?«, fragte sie. »Soll ich deine Hand verbinden?«

»Sie wird ohnehin nicht heilen.«

»Natürlich wird sie heilen, der Schnitt ist nicht sehr tief. Wenn ich ihn mit etwas Wein auswasche und danach …«

»Saint-Taurin hat mir in die Hand geschnitten«, fiel er ihr hart ins Wort. »Ich dachte, er würde mich töten, doch er wollte nur mein Blutsbruder werden. Er hat von meinem Blut getrunken, und dann hat er sich selbst an einem seiner Finger verletzt und ihn an meine Lippen gepresst. Ich habe versucht, nichts zu schlucken, aber selbst wenn mir das gelungen ist – er hat ja recht. Ich bin wie er. Ich kann nichts anderes als Krieg, ich bin der Krieg. Ich finde nur den Tod schön, für alles andere bin ich blind.«

Sein Blick wurde immer starrer, während er sprach.

»Und dann hat er dich freigelassen?«, fragte sie verwirrt.

Zögernd nickte er. »Er hat mich nicht überwältigt, um mich zu töten. Er hat mich nur vom Schlachtfeld fortgebracht, damit ich den Sieg nicht für mich beanspruche. Der Triumph darüber soll allein Bernard le Petit, folglich Hugh gebühren.«

»Warum sollte Saint-Taurin denn wollen, dass Hugh triumphiert?«

»In jedem Fall will er, dass John beschämt wird. Frag nicht, warum. Ich kann es dir nicht erklären. Die ganze Welt ist verrückt.« Ascall machte Anstalten, noch mehr Wein zu trinken, tat es aber dann doch nicht, erhob sich vielmehr und stellte den Krug so ungestüm ab, dass der Rebensaft überschwappte. »Die Welt ist verrückt«, wiederholte er. »Und ich bin es auch. Ich bin wie mein Vater, ich habe wahllos getötet, ich konnte nicht mehr zwischen Freund und Feind unterscheiden. Ich bringe allen den Krieg, ich bin der Krieg.«

»Hör auf.« Er drehte sich um, sah sie an, und kurz glaubte sie ihm. Ja, da sprach nichts weiter als Tod aus Ascalls Miene, als Krieg, als diese elende Aneinanderreihung zermürbender Schlachten. »Hör auf«, wiederholte sie dennoch.

»Aber ich habe doch schon aufgehört«, sagte er matt. »Ich habe aufgehört zu glauben, dass die Liebe stärker als die Angst ist und das Leben etwas anderes als der Krieg. Töte, was du liebst, dann hast du keine Angst – das hat Ailillán einst zu mir gesagt, und ich habe es später zu dir gesagt. Für mich hat das keine Bedeutung mehr. Denn ich habe keine Angst, ich liebe nichts und niemanden. Nur töten, das kann ich. Ich bin der Tod.«

»Hast du nicht eben gesagt, du seiest der Krieg?«, fragte Caitlín spöttisch. Sie erhob sich, trat zu ihm, nahm ein Leinentuch, um seine Hand zu verbinden. Er wehrte sich nicht, er schien es noch nicht einmal zu bemerken.

»Krieg … Tod … Leben … Frieden … Das ist doch alles eins«, murmelte er. »Ich … Ich habe so viele Iren getötet …«

Er ballte die Hand zur Faust, das Leinen löste sich wieder, die Wunde blutete heftiger.

»Na und?«, fragte sie gleichmütig. »Das hast du auch getan, bevor die Normannen kamen. Du hast meinen eigenen Bruder im Zweikampf besiegt.«

»Eben! Weil ich nichts anderes kann!«

»Du kannst noch etwas … Überleben nämlich.«

»Und wofür? Für noch mehr Krieg?«

»Nein, für deine, für *unsere* Familie!«

Sie tauchte das Leinen in den Wein, wollte es erneut um die Wunde wickeln, dieses Mal wich er zurück. »Welch großartige Familie wir haben! Richtig, ich habe deinen Bruder getötet, du meinen, Finnola hat Angst vor mir, und Aedan will, dass ich ihm das Töten beibringe. Nun, immerhin hat er erkannt, dass es das Einzige ist, was ich ihn lehren kann.«

»Du kannst ihn auch lehren, wie Normannen und Iren friedlich zusammenleben.«

»Dafür bin ich der Falsche. Ich bin …«

»Schluss jetzt!«, fuhr sie ihn an. »Ich will es nicht noch einmal hören. Mag sein, dass du der Krieg oder der Tod bist. Aber du bist noch so viel mehr.« Sein Blick wurde wieder leer. »Herrgott!«, stieß sie aus.

Er hörte sie nicht. Sie schlug mit der Faust auf den Tisch, er zuckte nicht mit der Wimper. Da nahm sie den Krug und schüttete ihm den Wein ins Gesicht, so wie er es einst bei ihr gemacht hatte, nachdem er sie entführt und sie sich geweigert hatte zu trinken. Er zuckte wieder nicht zusammen, aber sein Blick wurde etwas wacher, als der Wein über seine Wangen perlte.

»Wer soll ich denn noch sein?«, fragte er. »Ein guter Vater? Ein guter … Ehemann?«

Er lachte, und es klang scheußlich. So musste Amaury de Saint-Taurin gelacht haben, als er Ascalls Blut gekostet und geschmeckt hatte, dass es bitter war wie seines … oder nicht einmal bitter, sondern geschmacklos.

Sie nahm das Leinen, tupfte sein Gesicht ab. Was für eine Verschwendung von gutem Wein!

»Du bist kein guter Ehemann. In unserer Ehe bin ich Irland, und du bist der normannische Eroberer.«

So maskenhaft sein Antlitz auch war, eine seiner Brauen hob sich leicht.

»Was … was redest du da?«.

Sie packte seine Hand, dieses Mal die unverletzte, drückte sie.

»In unserer Ehe bin ich Irland, und du bist der normannische Eroberer«, wiederholte sie. »Seinerzeit hat der große Ascall von Toora, ein gefürchteter Krieger, bekannt für seine unfassbaren Gräueltaten, das Land der O'Bjólans heimgesucht, um sich für eine einstige Demütigung zu rächen. Mein Vater hat dir damals die Hand seiner Tochter ausgeschlagen, da wolltest du sie dir holen, um sie zu versklaven, um sie zu erniedrigen, um sie zu unterwerfen. Vor allem, um sie zu besitzen.«

Er entzog ihr seine Hand, schien noch verwirrter. »Es ... Es tut mir leid. Ich würde es nicht wieder tun, das weißt du.«

Sie wusste es nicht. Sie wusste nur, dass sie ihn nicht dem Tod überlassen würde, nicht dem Krieg, nicht Saint-Taurin.

»Das ist mir gleich«, sagte sie barsch. »Was zählt, ist, dass du mich entführt hast, dass dein König dich aber zwang, mich zu heiraten. Du hast vor Ärger gewütet und geflucht, getan hast du es gleichwohl. Ich behaupte nicht, dass etwas Gutes daraus entstanden ist, ganz sicher nicht sogleich, etwas gänzlich Schlechtes hingegen auch nicht. Es war mir keine Freude, bei dir zu liegen, dir den Haushalt zu führen, jedoch auch nicht zuwider. Und es war mir keine Freude, dich nach langen Jahren der Trennung wiederzusehen, schließlich hättest du mich fast erwürgt, zuwider war es mir jedoch auch nicht, erst recht nicht, als wir danach zusammenlebten. Nun gut, wir lebten nicht zusammen, eher nebeneinanderher. Trotzdem war ich erleichtert, als ich sah, dass du noch lebst.«

Er starrte sie an, hörte sie wohl, aber verstand sie nicht.

»Jetzt begreif doch endlich! Du hast mich unterwerfen wollen, und ich habe mich dagegen so gut es ging gewehrt. Schließlich haben wir einen Waffenstillstand geschlossen, der irgendwie hält, obwohl du meinen Bruder getötet hast und ich deinen.« Sie hielt kurz inne, ehe sie ein drittes Mal sagte: »In unserer Ehe bin ich Irland, und du bist der normannische Eroberer.«

Jetzt erst erwachte er wirklich. »Und du denkst, wenn wir friedlich miteinander leben, wenn wir uns vergeben, wenn wir gemeinsam für die Kinder sorgen, dann können das auch Iren und Normannen, dann ist Érius Insel nicht verloren, dann herrscht nicht länger Krieg?«

»Natürlich herrscht dann noch Krieg, ich bin nicht dumm. Immer wird es irgendwo Krieg geben, aber nicht immer überall. Du jedenfalls bist nicht nur der Krieg, du bist nicht nur der Tod, mein Mann bist du, und wir gleichen uns. Wir töten, wenn wir es müssen, wir überleben, weil wir es wollen. Ich sage nicht, dass wir uns lieben, jedoch, dass wir uns nicht hassen. Das ist doch ein Anfang, oder?«

Während sie sprach, richtete sich ihr Blick auf seine Narbe. Nun legte sie doch noch ihre Hand darauf, und er stieß sie nicht zurück. Sie beugte sich vor, um sie zu küssen, wieder stieß er sie nicht zurück. Ein Laut entrang sich ihm, den sie noch nie von ihm gehört hatte, halb Lachen, halb Schluchzen. Wahrscheinlich war Róisín die Einzige gewesen, die ihm bislang diesen Laut hatte entlocken können, desgleichen sie die Einzige gewesen war, die ihn ganz weich gesehen hatte, nicht als Krieger, nicht als Mann, sondern als unschuldigen Jungen …

Zum Jungen war auch Ailillán unter ihren Küssen geworden, allerdings zu einem gebrochenen, und gebrochen war Ascall nicht, er durfte es nicht sein.

Ich küsse dich wieder ganz … oder mich selbst. Was macht es für einen Unterschied?

Sie hatte nicht gelogen, als sie sagte, sie würden einander gleichen, sie hatte es bis jetzt nur nicht gewusst.

Caitlín richtete sich auf, küsste ihn. Seine Lippen fühlten sich ähnlich an wie die Narben, waren nur nicht gefühllos wie diese. Plötzlich fühlte sie seine Hände auf ihrem Leib. Sie verharrten nirgendwo, streiften ihr Kleid ab, wanderten über ihre Brüste, ihren Bauch, ihren Nabel, wanderten tiefer. Und nun entfuhr ihr ein Ton, den niemand sie je hatte ausstoßen hören.

Er hat einiges von Róisín gelernt, dachte sie noch, als sie ihn zur Bettstatt zog. Sobald sie dort niedersanken, wollte sie nicht mehr an Róisín denken und nicht an Ailillán.

Wir sind wie Irland und die Normannen. Wenn wir eine Zukunft haben wollen, dürfen wir nicht in der Vergangenheit verharren.

Als er in sie eindrang, holte die Vergangenheit sie tatsächlich nicht ein, und auch die Zukunft war gesichtslos. Es gab nur dieses pochende, heiße, halb lustvolle, halb schmerzvolle, halb berauschende, halb verstörende, halb erfüllende, halb sich vergeudende Hier und Jetzt.

Ascall war lange vor ihr erwacht, vielleicht hatte er gar nicht mehr geschlafen. Als sie die Augen aufschlug, stand er wieder angekleidet an der Schlafstatt, weswegen die Narbe nicht länger zu sehen war, und betrachtete sie. Sie hatte erwartet, sein Blick wäre wieder hart, unnahbar wie sonst, doch es stand etwas darin, das sie nicht an ihm kannte: Verletzlichkeit.

Und anstatt sich dafür zu schämen, sich rasch abzuwenden, hockte er sich zu ihr ans Lager, griff nach ihrer Hand, unbeholfen zwar, aber entschlossen.

»Ich danke dir«, sagte er leise und senkte nun doch den Blick.

»Wofür?«

»Dass du die Kinder großziehst. Das müsstest du nicht tun. Und dass du mit mir lebst. Das müsstest du erst recht nicht tun.«

»Nun, aber du musst etwas tun. Du musst mir versprechen, dass du Saint-Taurin vergessen wirst, dass du sein Gift nicht schluckst, dass du mir glaubst, nicht ihm, dass du, was immer auch geschieht, das Leben immer mehr schätzt als das Töten.«

»Ich soll ihn vergessen? Hast du mir nicht gesagt, wir wären stark genug, uns zu erinnern?«

»An die Liebe, nicht an den Hass«, sagte sie entschlossen, stand auf, schlüpfte in ihre Tunika.

Sie hatte schon vergessen, dass sie ein Versprechen eingefordert hatte, als er es ihr jäh gab. Immer noch hockte er an der Bettstatt, strich über die Laken, und das so bedächtig, dass sie diese Berührung auf dem eigenen Leib zu fühlen vermeinte.

»Ich … Ich werde es versuchen.« Nun stand auch er auf, nun wurde seine Miene wieder ausdruckslos. »Übrigens habe ich nicht nur den Toten mitgebracht«, sagte er. »Auch Cian.«

»Cian?«, fragte sie. Der Name brachte etwas in ihr zum Klingen, einen so feinen Ton, wie ihn nur Faolán einst mit der Harfe hatte erzeugen können. Aber die Harfe war zerstört, Faolán auch, und Cian … Es konnte doch nicht sein, dass …

»Er ist der Sohn deines Bruders Riacán. Rúdnat hat mir alles erzählt.«

Dieser Name sagte ihr wiederum gar nichts. »Wer ist Rúdnat?«, fragte sie.

»Die Frau, die mit Cians Mutter für ihn gesorgt hat … In den letzten Jahren allerdings nicht mehr. Es ist eine lange Geschichte, die mir Rúdnat ebenso anvertraut hat wie Cian selbst. Jedenfalls …«

»Und das sagst du mir erst jetzt?«

Ein Lächeln erschien auf seinen Lippen, so schwach wie das erste Licht der Dämmerung, auch mutig und entschlossen wie dieses, sich den Tag zu erobern.

»Wir hatten ja andere Dinge zu bereden und zu tun …«

Sie lief nach draußen. Einst hatte sie von Cians Geburt erfahren, ihn jedoch nie gesehen. Wenn sie es recht im Kopf hatte, war er in dem Jahr geboren, als die Normannen kamen. War er siebzehn, achtzehn? Einen Jungen dieses Alters erblickte sie im Hof nicht. Da waren nur Faolán und die anderen Krieger, darunter Pòg und Clach.

»Und das nehmt ihr einfach hin?«, brüllte Faolán eben. Das wütende Geifern hatte nichts mit seiner sanften Stimme von einst gemein. Obwohl sie wusste, wie viel Wut und Ohnmacht seit Jahren in ihm steckten, tat es ihr weh, ihn so zu hören. Die Krieger senkten betreten ihre Blicke, doch das hielt Faolán nicht ab fortzufahren: »Er tötet unsereins für die Normannen, und ihr haltet zu ihm? Kündigt ihm nicht die Treue auf? Wer seid ihr denn? Männer? Memmen?«

Ógán trat hinzu, er sah so müde aus, wie Caitlín sich fühlte.

Und wenn es auf dieser Welt doch nichts anderes gab als Krieg, wenn Ascall, wenn seine Krieger nichts anderes zu tun imstande waren, als diesen Krieg zu führen, immer neue Zerwürfnisse, immer neuen Hader anzuheizen?

»Wer bist du denn selbst, wenn nicht eine Memme?«, fragte Madadh trotzig.

»Ich bin ein Mann, den die Normannen für immer gezeichnet haben«, erwiderte Faolán stolz, »ich bin ein Mann, der ihnen nie verzeihen wird. Ich kann mich nicht selbst rächen, weil ich nur ein Barde, kein Krieger bin, aber ich hoffe, dass es eines Tages ein anderer für mich tun wird. Und wenn Ascall von Toora dazu nicht bereit ist, dann habe ich nichts mehr hier verloren. Ich werde gehen, und ihr solltet das auch tun.«

Clachs Kiefer mahlten. »Und wohin willst du gehen? Zu Connor Maenmaige? Was, glaubst du, wird er mit deiner noch unversehrten Hand anstellen?«

»Connor Maenmaige kann gewiss einen Barden brauchen, der Lieder von den großen Helden Irlands singt – Helden, die nicht so schnell einknicken wie ihr!«

Die Krieger schwiegen, doch in ihren Mienen las Caitlín Zweifel. »Ach«, rief sie. »Für Connor Maenmaige willst du also singen, während die Kinder seit Jahren auf deine Lieder verzichten müssen? Was ist das für ein Unsinn! Und denkst du wirklich, Maenmaige würde dich rächen? Er ist es doch, der seinen Vater und somit auch die Könige von Thomond und Desmond davon abhält, genau das zu tun!«

Faolán fuhr zu ihr herum. Sein Gesicht war aufgedunsen, rot wie die verletzte Hand. Die hob er nun. »Ach, Ruari ist ein Feigling und Schwächling, genauso wie … wie … wie …«

»Nun sprich es aus!«, brüllte Clach und hob ebenfalls die Faust.

»Ja! Sag schon, was du von Ascall hältst«, schrie Pòg und zückte das Schwert.

»Und wenn er es tut?«, mischte sich Ógán ein. »Werdet ihr

ihn dafür töten, dass er die Wahrheit ausspricht? Seid ihr verrückt geworden?«

»Nein«, schrie Caitlín, ehe ein anderer etwas sagen konnte. »Die Welt ist verrückt geworden! Und deshalb müssen wir auf Dún Fionn zusammenhalten.«

Faolán spuckte verächtlich aus. »Ihr haltet nicht zusammen. Ihr buckelt gemeinsam. Das ist etwas anderes. Ich hingegen …«

Er brach ab, ließ die Hand sinken, den Blick plötzlich starr auf einen Punkt hinter Caitlín gerichtet. Als sie sich umdrehte, sah sie Ascall und neben ihm einen fremden Jungen. Jetzt erinnerte sie sich daran, dass sie ihn schon am Tag zuvor gesehen hatte – er hatte Ascalls Pferd, das den Toten getragen hatte, gezogen –, doch nie und nimmer wäre sie auf die Idee gekommen, dass er ihr Neffe sein könnte. Auch jetzt suchte sie vergebens nach Ähnlichkeiten zu ihrem Bruder Riacán. Dass sie keine fand, erfüllte sie mit Erleichterung, denn so würde sie bei seinem Anblick nie an die Vergangenheit denken müssen, nur überzeugt sein, dass den Kindern die Zukunft gehörte. Nicht dass er noch ein Kind war – lediglich seine Stimme klang schwach wie die eines solchen.

»Faolán?«, fragte Cian leise.

Wenn sie sich nicht irrte, hatte der Junge Faolán – seinen Onkel und Ziehvater – seit mehr als einem Dutzend Jahren nicht gesehen. Und doch erkannte der dickliche Junge den Mann von einst wieder, und Faolán erkannte in ihm das Kind von einst wieder.

»Cian«, stieß er hervor, mit jener sanften, melodischen Stimme, die sie so liebte. »Cian …«, sagte er wieder, wollte auf ihn zugehen, schaffte es nicht. Er sank auf die Knie.

»Offenbar nennt sich Éilís jetzt Rúdnat, und offenbar hat sie Ascall den Jungen anvertraut«, sagte Caitlín leise. »Ich weiß nicht, warum sie einen anderen Namen angenommen hat. Ich denke, weil sie ein ganz anderes Leben lebt als früher. Und ich weiß auch nicht, warum sie Ascall nicht nach Dún Fionn begleiten wollte. Ich denke, weil sie eine ganz andere ist als früher. Jedenfalls wird Cian nun hier bei uns leben.«

Faolán wollte Cians Namen wiederholen, schaffte noch nicht einmal das, weil ihm plötzlich Tränen aus den Augen schossen. Sein ganzer Leib erzitterte unter Schluchzern.

Cian kam vorsichtig näher. »Wo ist deine Harfe? Du hast doch immer auf der Harfe gespielt.«

Und Faolán schluchzte und schluchzte, bis er endlich mühsam hervorbrachte: »Ich … Ich habe keine Harfe mehr … Ich könnte auch nicht mehr darauf spielen.«

»Aber singen kannst du doch noch, oder?«

Nicht länger standen sie nur mit den Kriegern im Hof. Aus den Augenwinkeln sah Caitlín, wie Eithne mit Trian auf dem Arm näher kam, Airdi und Rún, auch Aedan und Finnola.

»Nein«, sagte Aedan, »er singt auch nicht mehr.«

Finnola nickte. Ihr Blick ging zu Ascall, blieb ganz kurz an ihm hängen, ehe sie schnell den Kopf einzog.

Faoláns Tränen versiegten indes. Er erhob sich, trat zu Cian, zog ihn an sich. »Doch«, sagte er. »Doch, für dich werde ich wieder singen – für uns.«

John

John schreckte hoch. Wie immer, wenn erwachte, dauerte es eine Weile, bis die Welt ihm nicht mehr fremd war und ihm keine Angst machte. Das hieß, sie blieb zwar fremd, aber Angst machte sie ihm nicht, zumindest, wenn er sich lange genug einredete, dass er Freunde hatte … Spaß … Macht. Bevor er sich das auch an diesem Morgen sagen konnte, fiel sein Blick auf einen Berg Federn. Er hatte keine Ahnung, was der zu bedeuten hatte. Mit schlafenden Mädchen an seiner Seite war er manches Mal erwacht, nicht selten auch standen auf dem Tisch noch Essensreste und umgestoßene Weinkelche. Einmal hatte er in der Ecke seines Gemachs sogar einen gefesselten Händler aus Bristol vorgefunden, der sich geweigert hatte, Roger seinen kostbaren Pfeffer umsonst zu überlassen. Roger hatte daraufhin erklärt, er werde ihm den Pfeffer in den Arsch blasen – was er zwar nicht getan hatte, es den Mann aber erst nach einer durchzitterten Nacht hatte wissen lassen. Federn hatten hingegen noch nie in seinem Gemach gelegen … Schwarze Federn … Rabenfedern … Nein, die Federn eines Falken.

John rieb sich die Schläfen, erinnerte sich jetzt wieder vage, dass Roger vorgeschlagen hatte, nicht Hähne oder wilde Eber miteinander kämpfen, dafür seinen Hund und einen Falken aufeinander loszulassen. Was John noch wusste, war, dass beide Tiere grässliche Laute ausgestoßen hatten, er war sich dagegen nicht sicher, wer den Kampf gewonnen und wer ihn verloren hatte. Wo war der Falke? Wo war der Köter? Wo war Roger?

Er lauschte, vernahm in der Ferne Stimmen, laute Stimmen, zornige Stimmen. Es fühlte sich an, als würde eine Faust auf seinen Kopf eindreschen.

»Roger?«

Als sich die Tür öffnete, erschien nicht dieser, auch keiner seiner anderen Ritter, nur ein Diener, dessen Namen er nicht kannte, nicht kennen wollte. Eigentlich wollte er auch nicht wissen, wer da draußen so brüllte, aber während der Diener ihm half, sich anzukleiden, kam er nicht umhin, danach zu fragen.

»Nun, es ist Hugh de Lacy«, antwortete der Mann.

Wie merkwürdig, dass er solch einen Lärm machte. In den letzten Tagen hatte Hugh verstockt geschwiegen, den Vorwurf, dass sie Bernard le Petit im Stich lassen würden, nicht mit Worten, nur mit jedem Blick, jeder Geste wiederholt. Gut möglich natürlich, dass Nachrichten aus Meath gekommen waren, wonach Bernard le Petit unterlegen, seine Truppe niedergemetzelt und weite Teile des Landes verwüstet worden waren, und sich Hugh darüber so ärgerte. »Na und?«, hatte Roger am Tag zuvor gerufen, als John mit ihm über diese Möglichkeit geredet hatte. »Auf eins kann man sich doch immer verlassen: Über kurz oder lang metzeln sich die Iren ganz ohne unser Zutun gegenseitig nieder.«

Und er hatte gelacht wie in dem Augenblick, da er Falken und Hund aufeinandergehetzt hatte …

Mit bleiernem Kopf wankte John nach unten, fand die große Halle leer vor, unaufgeräumt wie sein Gemach, nur dass hier keine Federn lagen, noch nicht einmal Ritter und Knappen, obwohl in der Nacht viele von ihnen hier schliefen. Offenbar waren sie von Hughs Stimme in den Hof gelockt worden. Auch er folgte ihr weiterhin. Als er nach draußen trat, hätte er sich am liebsten die Hände an die Ohren gehalten, aber er brauchte diese, um sich die Augen zuzuhalten. Das Licht – es war so grell. Wie schafften es die anderen, ihm standzuhalten, noch nicht einmal zu zwinkern?

Er spähte durch die Finger, sah Dutzende von Augen, die nicht etwa auf Hugh in der Mitte des Hofes starrten, vielmehr auf ihn. In Hughs Stimme lag Vorwurf … In den Augen stand gar nichts mehr. Es wohnte kein Leben mehr in ihnen, waren die Köpfe, in denen sie saßen, doch abgeschlagen worden.

John ließ die Hände sinken. Tatsächlich! Köpfe, Dutzende von Köpfen! Der von Bernard le Petit schien nicht dabei zu sein, denn an den Köpfen wuchsen lange Bärte, ähnlich jenen, an denen er in Waterford gezogen hatte. Roger hatte sich darüber amüsiert, nur Roger war nicht hier.

Hugh brüllte unentwegt, wenn auch nicht, wie John gedacht hatte, vor Ärger, sondern vor Triumph. Er wusste nicht, warum, verstand noch nicht einmal ganze Sätze, nur Wortfetzen.

»Bernard le Petit … ganz allein die Übermacht bezwungen … Dublin gerettet … Nicht auszudenken, wenn er den Aufstand nicht niedergeschlagen hätte … Ich konnte es nicht tun, ich durfte es nicht tun … Prinz John … verboten. Aber ich wusste, dass ich mich auf Bernard verlassen kann, einen Ritter, der so lange unter meiner Führung gekämpft hat, unter meiner Führung gelernt hat, wie man Iren bezwingt …«

Ebenso triumphierend wurde ihm geantwortet. Die Münder der abgeschlagenen Köpfe blieben zwar stumm, da waren jedoch so viele andere Ritter im Hof. Bernard le Petit war einer von ihnen, mit blutbesudelter Rüstung trat er auf Hugh zu. Von seiner Rede, die nun folgte, verstand John nicht einmal einzelne Fetzen. Taub wie die Ohren der abgeschlagenen Köpfe war er, doch er sah, dass die anderen begierig lauschten, nicht nur die Ritter, die Knappen, die Pagen, auch das gemeine Volk von Dublin, das anscheinend von dem Aufruhr in die Burg gelockt worden war. Frauen, denen Roger und die anderen nachgestellt hatten. Händler, die Roger und die anderen verspottet oder gar beraubt hatten. Dienstboten, denen sie das Leben schwer gemacht hatten. Und in all diesen Gesichtern stand nicht nur gleicher Triumph wie in Bernards und Hughs Gesichtern, sondern auch Verachtung.

Prinz John taugt nichts. Gottlob gibt es andere, auf die wir zählen können.

John wandte sich ab, wankte in die Halle, erkannte, dass sie nicht länger leer war. Ein Grüppchen Männer stand dort, Roger darunter. Nur von seinem Hund war nichts zu sehen, vielleicht hatte er den Kampf mit dem Falken nicht überlebt.

»Warum konnte Bernard le Petit so viele Köpfe erbeuten, und in meinem Gemach liegen nur schwarze Federn?«, fragte er. Noch während er sprach, ging ihm auf, wie lächerlich diese Worte klangen, doch alle Mienen blieben ernst. »Ich sollte da draußen stehen und triumphieren!«, spuckte er aus. »Ich hätte in Meath kämpfen müssen.«

Er machte einen Schritt auf Roger zu, erkannte erst jetzt, wer neben ihm stand – Theobald Walter, jener bullige, wortkarge Ritter, den er in den Westen geschickt hatte, um Limerick einzunehmen. Seine Rüstung war blutbesudelt wie die von Bernard, aber er hatte keine Köpfe vorzuweisen, hob nur hilflos die Hände.

»Immerhin ist es uns gelungen, die Wege vom Holz zu säubern«, murmelte er.

»Die Wege? Vom Holz?«, fragte John verständnislos. »Wovon zum Teufel redest du?«

»Die Iren haben alle Straßen und Wege verwüstet, um uns das Weiterkommen schwer zu machen. In Ardfinnan hat Domhnall O'Brian uns dann angegriffen. Wir haben etliche Männer verloren, aber wir konnten die Wege wieder freimachen und die Burg halten.«

»Und wer wird die Burg verteidigen, wenn so viele Männer tot sind?«

»Auch Tibberaghny haben wir vor Domhnalls Eroberung bewahrt.«

Roger sagte nichts.

»Tibberaghny? Das gehörte uns doch schon längst! Ihr solltet nicht mit fetten Ärschen auf Land hocken, das wir schon besitzen, ihr solltet neues erobern!«, schrie John an seiner statt, und gallig wie der Wein vom Abend zuvor schmeckte der Zweifel, der ihm gleichfalls hochstieg.

Und ich hätte nicht in Dublin hocken bleiben dürfen ... Ich hätte den Aufstand in Meath niederschlagen oder in den Westen vorstoßen müssen, um dort Land zu erobern.

Theobald zuckte mit den Schultern. »Wir sind nicht vollends gescheitert. Estève de Beynac und seiner Truppe ist es offenbar gelungen, tief nach Desmond vorzudringen und den dortigen König Dermot MacCarthy zu töten. Danach musste er zwar fliehen, aber die westliche Allianz ist damit doch empfindlich geschwächt.«

»Geschwächt, nicht besiegt«, bemerkte John. »Was bedeutet, dass ich immer noch nicht der einzige Herr von Irland bin.«

Selbst Roger, der ihm in den letzten Wochen wieder und wieder beteuert hatte, dass er die alleinige Macht über diese Insel besaß, wich nun beharrlich seinem Blick aus, und ehe John auf ihn zuhasten, ihn packen, ihn zwingen konnte, ihn anzusehen, ertönte von der Tür her ein Klappern. Es klang ein wenig so, als wären Silberplatten auf den Boden gefallen, allerdings hatte nur einer heftig mit seinen Eisenschuhen gestampft – Estève de Beynac, der gefürchtete Söldnerführer, der keine Seele hatte und einen falschen Namen trug. Estève de Beynac, dem man nachsagte, Hufe wie der Teufel, nicht Füße wie ein gewöhnlicher Mensch zu haben. John hatte das nie glauben wollen, konnte es sich ob des Lärms, den jeder Schritt verursachte, aber nun erstmals vorstellen.

»Und wer gibt mir nun meinen Lohn?«, donnerte er.

»Wie gesagt«, murmelte Theobald, der wie John zusammengezuckt war. »Estève hat MacCarthy getötet, und nur mit seiner Hilfe konnten wir Tibberaghny halten. Ohne ihn würden unsere Männer nicht mehr leben.«

Ein Schnauben tönte aus Estéves Mund. Dass irgendjemand lebte, war offenbar nicht die Währung, in der er seinen Erfolg bemaß. Zu töten und den Leichnamen Schmuck und Waffen zu rauben, das war sein Geschäft.

»Ich bin sicher, du kannst ein paar der Köpfe von dort draußen haben«, meinte Roger leichtfertig. »Es sind genug für alle da.«

Irgendjemand lachte, es war nicht John.

»Aber ich habe keinen dieser Köpfe abgeschlagen!« Estève trat noch näher, wieder ertönte ein schepperndes Geräusch, die Rüstung war nicht nur blutbesudelt, sie war rostig. Vielleicht stimmte das Gerücht, dass er sie seit Jahren nicht abgelegt hatte. »Und die Leiber, auf denen die Köpfe saßen, haben andere bereits ausgeraubt. Meath ist so viel reicher als Munster. Warum hast du mich nicht dorthin geschickt?«

Er drosch mit der Faust auf einen Tisch, woraufhin prompt ein Knirschen ertönte.

»Grundgütiger!«, rief Roger ungehalten. »Dann zieh mit deiner Truppe eben noch mal in den Westen oder meinetwegen in den Norden und schlachte ein paar Iren ab.«

»Und wer stattet meine Männer mit Proviant aus? Wer reicht ihnen jetzt Wein und Fleisch?«

»Nun«, sagte Roger spöttisch, »ich fürchte, es ist nichts da. Sogar mein Hund musste gestern hungrig bleiben.«

Seine Stimme klang, wie sie immer klang, ein wenig näselnd, als lohnte es sich auf dieser stinkenden Welt nicht, tief Atem zu holen. Sein Gesicht wirkte jedoch bleicher als sonst, das Kinn noch fliehender.

Wie hässlich er ist, wie mickrig …

Und wie mickrig er selbst sich fühlte, als ihm aufging, dass Roger seinen Hund vielleicht nur deshalb auf den Falken gehetzt hatte, weil tatsächlich kein Fleisch mehr da war.

John drehte sich um, erblickte William de Wenneval und Alard FitzWilliam.

»Gebt ihm schon Geld«, befahl er, »bezahlt ihn für die Dienste, die er mir erbracht hat und noch erbringen wird.«

William und Alard waren für die Haushaltsführung zuständig. Sie hatten ihm immer versichert, dass sein Vater ihm Säcke voller Münzen mitgegeben hatte, und ein beliebtes Spiel war es gewesen, die Münzen zu Türmen zu stapeln. Wessen Turm als Erstes fiel, war der Verlierer – und der Turm der Sieger war immer hoch gewesen.

»Es … Es ist kein Geld mehr da«, sagte Alard nun kleinlaut.

John zuckte zusammen. »Was soll das heißen?«

»Dass das Geld, das dir dein Vater mitgegeben hat, zur Neige gegangen ist«, sagte William leise.

»Dann leiht euch eben etwas! Die Bristoler Kaufleute sind doch reich!«

William und Alard starrten betreten zu Boden, doch da ertönte eine andere Stimme. In den letzten Wochen hatte diese immer nörgelnd geklungen, und Roger hatte sie liebend gern nachgeäfft.

Nun schwieg Roger betreten, während Ranulf de Glanville erklärte: »Wenn die Bristoler Kaufleute klug sind, verstecken sie ihr Geld ebenso vor euch wie ihre Weiber.«

Wie immer, wenn der Blick des einstigen Lehrers ihn traf, regte sich in John Trotz.

Du hast mir gar nichts mehr zu sagen, du hast mich nicht länger zu belehren, du kannst mir nicht vormachen, vor Schmerz zu schreien, obwohl du diesen gar nicht fühlst.

»John de Courcy lässt in Ulster doch eigene Münzen prägen!«, rief er. »Gewiss wird er mir Geld leihen! Er hat mir seine Treue versichert, als wir uns trafen, mir erklärt, dass ich sein Herr sei.«

»Aber die Münzen, die er prägt, tragen nicht dein Antlitz«, sagte Ranulf. »Auf der einen Seite ist John de Courcys eigener Kopf zu sehen, auf der anderen der des heiligen Patrick. Schließlich haben seine Mönche die Gebeine des Heiligen entdeckt.«

Nun schlug John mit der Faust auf den Tisch, aber es krachte nicht annähernd so eindrucksvoll wie bei Estève. »Die Gebeine des heiligen Patrick werden ganz ohne unser Zutun zu Staub zerfallen. Die Knochen der Iren will ich hingegen brechen, solange sie noch leben, und dafür brauche ich de Courcys Geld!«

»Du könntest einen Boten zu ihm schicken«, murmelte Ranulf. »Der Weg nach Ulster ist allerdings lang – deutlich länger als sein Geduldsfaden.« Er deutete mit dem Kinn auf Estève, der zwar ganz steif dastand, dem dennoch die Lust anzusehen war, ebenfalls Knochen zu brechen, notfalls die des Prinzen selbst.

John wich unwillkürlich zurück. »Wie … Wie soll ich die Söldner bezahlen?«, fragte er Ranulf, aber der zuckte nur mit den Schultern. »Wie soll ich die Söldner bezahlen?«, fragte er Alard und William, die ebenfalls mit den Schultern zuckten.

Zuletzt fuhr sein Blick zu Roger, und der zog schon den Kopf ein, ehe er die Frage ein drittes Mal wiederholen konnte.

Ein anderer indes sprach ganz ungefragt: »Du hättest von Anfang an auf Männer hören sollen, die Irland und die Iren kennen. Nicht auf solche, die weder Gott noch die Kirche ehren.«

Gerald von Wales hatte ihm gerade noch gefehlt! Der Chronist hockte in einem Winkel der Halle, wie so oft eine Feder in der Hand, die er jetzt, einer Waffe gleich, erhob. Eine erbärmliche Waffe war das, aber es war immerhin eine … Er dagegen hatte nichts. Und auch wenn er noch so laut Befehle brüllte, die anderen würden ja doch schweigen – die einen verschämt, manche trotzig, jemand wie Ranulf nicht ohne Schadenfreude.

Ich bin ganz allein, und ich habe …

Nein, er wollte keine Angst haben, sollte es nicht, durfte es nicht, musste es nicht. Er war doch Dominus Hiberniae, er würde zum König von Irland gekrönt werden. Vor wem sollte er Angst haben? Niemand durfte ihm etwas tun, nicht Ranulf, nicht Roger, schon gar nicht Gerald mit seiner lächerlichen Feder. Estève dagegen wirkte leider gar nicht lächerlich, als er nun drohend seine Faust hob.

»Ich will meinen Lohn!«, brüllte er.

Er darf mir nichts tun, dachte John, mich nicht schlagen, erst recht nicht töten, nur anschauen kann er mich. Aber warum soll ich mich vor einem fürchten, der keine Seele hat?

Je länger er sich dem Blick ausgeliefert hatte, desto schneller schien allerdings die eigene Seele zu schrumpfen, und von der Sehnsucht nach Macht, Anerkennung und Freunde blieb nichts anderes als die bittere Erkenntnis, dass Estève ihm zwar nicht seinen Namen stehlen, Gerald von Wales mit Recht aber diesen beschmutzen konnte. Anderes als Besäufnisse, Hurerei und Geldverschwendung hatte er schließlich nicht vorzuweisen.

»Ich will meinen Lohn!«, rief Estève wieder.

Und erneut dachte John: Ich bin allein, und ich habe Angst – ob ich nun will oder nicht. Doch ehe er das auch aussprechen konnte, tönte es laut durch den Saal: »Wag es nicht, deinen Prinzen zu beleidigen, Estève de Beynac, oder ihn gar zu bedrohen!«

Es war Amaury de Saint-Taurin.

Er konnte sich nicht erinnern, wie er in sein Gemach gelangt war, aber irgendwann schlossen sich hinter ihm und Saint-Taurin die Türen. Es erwarteten ihn keine umgestoßenen Weinkelche mehr, keine zerknüllten Laken, auch keine schwarzen Federn. Nur Staubflocken tanzten im Licht, erst recht, als Saint-Taurin die Hand hob und auf einen Stuhl deutete. John blieb stehen. Er konnte sich nicht erinnern, dass Saint-Taurin in den letzten Monaten etwas anderen getan hatte, als ihm vergeblich Ratschläge zu erteilen, und verstört zu gewahren, dass er die Macht hatte, stets das Gegenteil zu entscheiden.

»Hugh de Lacy hätte Bernard le Petits kleinen Sieg nie zum großen Triumph umdeuten dürfen«, sagte Saint-Taurin, »schon gar nicht, um Empörung gegen dich zu säen. Und Estève de Beynac hätte nie die Faust gegen dich erheben dürfen.«

John presste die Lippen zusammen. So leicht es wäre, in Saint-Taurins Lästern einzustimmen – den letzten Funken Ehre konnte er nur bewahren, wenn er ihm widersprach. »Das, was du einen kleinen Sieg nennst, war für die Männer, deren Köpfe da draußen liegen, die größte Niederlage überhaupt.«

Amaury hob die Arme. »Die allerdings nicht du ihnen zugefügt hast.«

Wieder hätte er gern widersprochen, zumindest auf Estèves Sieg über MacCarthy verwiesen. Aber der gebührte ihm kaum mehr als jener von Bernard le Petit über die Aufständischen von Meath.

»Ich kann auf dein Mitleid verzichten«, sagte er eisig. »Du wiederum musst auf meinen Dank verzichten, weil du mich vor Estève bewahrt hast.«

»Pah!«, machte Saint-Taurin. »Mit Dank und Mitleid, desgleichen mit Reichtum und Ruhm verhält es sich wie mit den Köpfen da draußen. Lass sie lange genug im warmen, freundlichen Sonnenlicht liegen, und sie fangen an, zu stinken und zu faulen.«

»Und was hat dann Bestand?«

Saint-Taurin lächelte, wie er so oft lächelte. Nicht freundlich, nicht glücklich, nicht befreit. Eher so, als wäre er dazu verdammt. »Die Wahrheit«, sagte er schlicht. »Ich habe dir immer die Wahrheit gesagt.«

»Damals im Kerker hast du mich betrogen!«

»Nur, als ich wie ein Gequälter schrie, nicht, als ich später mit dir sprach. Und erst recht nicht, als wir uns Jahre später über deinen Bruder Henry unterhielten.«

Das Lächeln schwand von seinen Lippen, vielleicht war es kein Lächeln gewesen, nur eine Grimasse.

»Nun«, sagte John etwas gemäßigter, »dann sag mir jetzt die Wahrheit über mich. Sag, dass ich meinen Vater beschämt habe, dass ich versagt habe, dass ich nicht Dominus Hiberniae bin, sondern ein Niemand.«

Er nahm das schlimmstmögliche Urteil vorweg, auf dass Saint-Taurin nicht den Triumph hätte, es über ihn zu fällen, aber als die schwarzen Augen ihn abschätzend musterten, ahnte er, dass die Wahrheit in Saint-Taurin niemals Triumph auslöste, noch nicht einmal Schadenfreude. Um beides zu fühlen, musste man wohl auch Schmerzen kennen.

»Es mag ein Fehler von dir gewesen sein, nicht nach Meath gezogen zu sein und dort gekämpft zu haben«, sagte Saint-Taurin gleichgültig. »Ein Fehler auch, nicht in den Westen gezogen zu sein, um dort Land zu erobern. Und ganz sicher hast du zu viel Geld verschwendet oder zugelassen, dass deine Ritter es tun. Aber wenn wir von Geld sprechen, so ist es doch so, dass jede Münze zwei Seiten hat. Dass du zu großzügig warst, ist nur die eine, dass Hugh de Lacy dich beraubt hat, die andere.«

»Hugh de Lacy hat mich beraubt?«

»Nun, er hat dir nichts genommen, was du schon hattest, jedoch etwas, das du noch hättest haben können. Es heißt, dass er beim Eintreiben der Steuern in jüngster Zeit sehr nachlässig war.«

Kurz hatte John gedacht, er müsse nur lange genug in diese schwarzen Augen schauen und sein Geist würde leer wie Saint-Taurins Lächeln werden. Nun wusste er, dass, was immer dieses Lächeln einsperrte – Angst und Ohnmacht und Wut –, seinen Kopf zerplatzen ließe, würde er es nicht aus sich herausbrüllen.

»Das werde ich ihm heimzahlen!«, wütete er.

Saint-Taurin wiegte nachdenklich den Kopf. »Ich fürchte, so einfach ist das nicht. Mit wie viel Schmutz du Hugh bewerfen magst, es wird dich dreckiger machen als ihn. Und kleiner.« Wieder starrte John eine Weile nur in die schwarzen Augen, wieder war da kurz die Hoffnung, dass wenn er es lange genug täte, da nicht länger ein Niemand wäre, aber das Nichts. Die Hoffnung verlor sich in der Schwärze. »Prinz John«, fuhr Saint-Taurin leise fort, »ich will dir nicht ausreden, dass du versagt hast. Aber ich will dir zugleich sagen, dass du noch jung genug bist, dieses Versagen wettzumachen. Das Schöne an der Jugend ist nämlich, dass sie so viel Zeit gewährt … Zeit zu warten.«

John konnte sich schwer vorstellen, dass Saint-Taurin jemals jung gewesen war. Er konnte sich auch nicht vorstellen, dass er jemals alt sein würde. Nichts bewies, dass er ein Mensch war, der den Gesetzen der Welt, den Gesetzen der Zeit unterworfen war.

»Worauf soll ich denn warten?«

»Darauf, dass man in Irland vergisst, wie du an Bärten von Königen gezupft, gehurt, Geld verprasst und andere deine Schlachten hast ausfechten lachen. Man fürchtet nicht den, über den man lacht. Man lacht aber auch nicht über den, den man nicht sieht.«

»Ich soll Irland verlassen? Ich bin Dominus Hiberniae!«

»Dein Vater wird dasselbe fordern, wenn er erfährt, was hier geschehen ist. Er wird dich zurück an seine Seite rufen. Ein guter Lehrmeister, wenn es darum geht, sich in Geduld zu üben, ist er natürlich nicht. Lass sie dir von mir beibringen, lass dir auch sagen, dass diese Insel aus riesigen Sümpfen besteht und dass ein jeder, der hier kämpft, irgendwann im Morast stecken bleibt. Warum selbst im Dreck waten und die Sümpfe trockenlegen? Warum nicht andere Brücken und Wege bauen lassen, um sie später zu beschreiten? Lass Hugh de Lacy weiter im Dreck waten, meinetwegen auch Bertram de Verdun ein Auge auf ihn werfen. Aber tu das nicht selbst. Es wäre nicht klug.«

»Es ist erst recht nicht mutig!«

»Ja, willst du denn ein mutiger Ritter sein? Nicht vielmehr ein mächtiger König?«

Ich will nicht allein sein. Ich will keine Angst haben.

»Ich … ich neide es dir«, sagte er nur.

»Was?«

»Dass du keine Schmerzen fühlst.«

Ein Laut ertönte, als würde Saint-Taurin seufzen. Oder lachen. Oder weinen. Aus seinem Mund klang wohl alles gleich.

»Du fühlst in diesem Augenblick auch keinen Schmerz. Du fühlst Scham und Erniedrigung, Ohnmacht und Angst, Einsamkeit und Trotz, Wut und Trauer, aber all das wirst du überwinden. Irgendwann wirst du auf die Insel zurückkehren und dich rächen, indem du anderen Schmerzen zufügst. Und das ist weitaus schöner, als dem eigenen Schmerz zu trotzen.«

»Woher willst du das wissen? Du musstest dem Schmerz doch nie trotzen.«

»Stimmt«, gab Saint-Taurin zu, »ich kann es nicht wissen. Und deshalb solltest nicht du mich beneiden, sondern ich dich.«

Jetzt lächelte er wieder, und das Lächeln war nicht leer, es war voller Trauer, und die Trauer galt nicht etwas, das er verloren, sie galt etwas, das er nie gehabt hatte, desgleichen er die Macht in Irland nicht verloren, sondern sie nie gehabt hatte.

John erwiderte das Lächeln nicht. Wein war vergeudet, ob ihn nun einer trank, dem er schmeckte, oder ob er bloß verschüttet wurde.

»Nun gut«, sagte er. »Ich kehre nach England zurück.«

Tuan

Tuan blickte in die Weite. Das Land, das er sah, schien nicht für Menschen gemacht zu sein. Die Seen im Westen Connachts waren so dunkel und tief, dass, wer darin sein Spiegelbild suchte, seine Seele verlor. Die Berge waren so kahl und hoch, dass, wer dort oben die Hand ausstreckte, um den Himmel zu berühren, in die Tiefe stürzte. Dazwischen gab es zu wenig fruchtbaren Boden, den es sich zu pflügen lohnte. An manchen Stellen klafften Wiesen, aber die dürren schwarzen Kühe, die darauf grasten, schienen kaum größer als Schafe und Ziegen zu sein. An diesem Morgen waren sie davongelaufen, kaum war in der Ferne Schlachtenlärm ertönt, die Krähen dagegen waren von diesem herbeigelockt worden.

Midhir, einer der beiden Krieger, die ihn damals zu Connor Maenmaige gebracht hatten, hob den Blick. Sie kauerten mit ihrer Truppe hinter einem von Ranken überzogenen Felsen auf einer kleinen Anhöhe. »Morrigan ist hungrig«, erklärte er, »das ist gut.«

Midhirs Gesicht war stets röter als sonst, wenn eine Schlacht bevorstand – Boath, der andere, wirkte dagegen immer etwas blasser. »In mein Fleisch werden sie ihren Schnabel nicht hauen, dafür sorge ich«, erklärte er, doch der Trotz in seiner Stimme konnte die Angst nicht übertönen.

Tuan hob gleichfalls den Blick zu den Krähen. Es hieß, dass die Göttin Morrigan gern deren Gestalt annahm. Es hieß auch, dass Morrigan den Krieg liebte.

»Vielleicht ist Morrigan nicht hungrig«, murmelte er, »vielleicht betrauert sie nur ihren toten Sohn.«

Midhir lachte auf, was wie ein Wiehern klang. »Sieh an, sieh an, das Reh spricht.«

In den letzten zweieinhalb Jahren hatte Tuan tatsächlich meistens geschwiegen, weshalb der Spitzname Reh, den Midhir und Boath ihm gegeben hatten, an ihm haften geblieben war. Nur nach den Kämpfen, wenn er wieder einmal Unzählige getötet hatte, hieß es, er sei nicht stumm wie ein Reh, nur stumm wie der Tod.

Anfangs hatte er die Toten gezählt, mittlerweile wusste er nicht mal mehr, wie viele Scharmützel hinter ihm lagen, die Connor Maenmaiges entweder gegen seinen Vater, gegen seine Brüder oder Halbbrüder, gegen seine Onkel oder Neffen ausfocht. Er wusste nur, dass sie viel zu selten gegen Normannen gekämpft hatten, und dass seine Entscheidung, sich Connor Maenmaige anzuschließen, der größte Fehler gewesen war.

Boath sah ihn misstrauisch an. »Morrigan hatte einen Sohn?«, fragte er.

»Ja«, sagte Tuan leise, »er hießt Mechi, und in seiner Brust wohnten drei Herzen. Jedes einzelne glich einer Schlange, deren Gift ganz Irland verdarb. Er war ein durch und durch böser Mensch, weswegen ein Krieger ihn getötet, ihm die Brust aufgeschnitten und die drei Herzen herausgenommen hat. Er warf sie in einen Fluss, und der Fluss hörte prompt auf zu fließen, weshalb jedes Geschöpf, das im Wasser lebte, sterben musste.«

Er blickte wieder in die Weite. Nicht nur viele Seen gab es, in der Ferne war auch das Meer, aus dem steinerne Inseln ragten und vom steten Zweikampf zwischen Wasser und Land kündeten. Das Meer würde nie austrocknen, und wenn Maenmaiges Herz, das seiner Krieger und sein eigenes auch noch so viel Gift spuckten.

»Was für eine sonderbare Geschichte«, sagte Midhir, »ich habe noch nie von einem Mann gehört, der drei Herzen hatte, hingegen von drei Sorten Fleisch, die Morrigan gleichzeitig auf einem Spieß braten kann. Eines ist noch roh, eines bereits gar, das dritte wurde in Fett angebraten. Und doch gelingt es ihr, den Spieß so über die Flammen zu halten, dass kein Stück verbrennt.« Er schmatzte genießerisch. »Ich glaube, ich werde mir heute einen solchen Spieß aus dem Fleisch meiner Feinde braten.«

Boath warf ihm einen spöttischen Blick zu. Midhir hatte schon mehrmals angekündigt, die Feinde nicht nur töten, sondern auch auffressen zu wollen, aber natürlich aß auch er nur das, womit sich alle anderen begnügen mussten – selten getrockneten Fisch, noch seltener getrocknetes Rindfleisch, am häufigsten Haselnüsse und Äpfel. Offen des Prahlens bezichtigte Boath Midhir dennoch nicht. Er hatte auch Connor Maenmaige nicht dessen Prahlerei vorgeworfen. »Zwei alte Männer wollen also gegen mich in den Krieg ziehen«, hatte der einige Tage zuvor gerufen. »Sie sollten froh sein, wenn sie noch von der Bettstatt aufstehen und pissen können. Gegen Greise zu kämpfen ist noch langweiliger, als Kinder niederzumetzeln.«

Tuan hatte nie mit eigenen Augen gesehen, dass Connor das tat, aber manches Gerücht darüber gehört. In solchen Augenblicken wurden seine Sehnsucht nach und überdies die Sorge um Trian übermächtig, doch er wusste, dass er seinen Sohn nicht vor Männern wie Maenmaige beschützen konnte. Maenmaige würde nicht zulassen, dass er sich von ihm lossagte. Er würde ihn töten, wenn er nicht selbst tötete. Wenn er jedoch zu lange tötete, dann würden alle drei Herzen in seiner Brust – das des Vaters, das des Liebenden, das des Kriegers – zu schlagen aufhören.

»Wann kommen sie denn endlich?«, frage Boath ungeduldig.

»Wenn man einen Weg humpelnd zurücklegt, dauert es eben länger«, spottete Midhir. Er versuchte zu lächeln, aber seine Mundwinkel zuckten unruhig – wusste er doch, was sie alle wussten. Domhnall O'Brian und Ruari O'Connor mochten alt sein, die Männer, die sie anführten, waren es nicht. Zunächst hatten sie mit diesen Männern in Richtung Osten ziehen wollen, um die Normannen zu besiegen und Dermot

MacCarthys Ermordung zu rächen. Doch als die Nachricht eintraf, dass Prinz John die Insel verlassen hatte, taten sie, was irische Könige immer taten. Sie rühmten sich eines Sieges, obwohl der nicht der ihre war, und beabsichtigten den nächsten gegen einen ihres Blutes zu erringen, in diesem Fall Connor Maenmaige. Und das bedeutete, dass an diesem Tag genauso Krieg geführt werden würde wie am gestrigen, und dass die Krähen dabei satter werden würden als die Menschen.

Anstelle von deren Kreischen war nun plötzlich ein Brausen zu hören. Es klang so, als würde eine hohe Welle gegen das Land donnern – nur dass diese Welle nicht aus Wasser war.

»An Menschenfleisch wird heute jedenfalls kein Mangel herrschen«, murmelte Midhir, und Tuan glaubte seine Furcht zu riechen, erst recht, als nun auch Kriegstrompeten erklangen. »Ich wusste nicht, dass es so viele sein würden …«

Was habt ihr erwartet?, dachte Tuan, Domhnall ist der mächtigste König des Westens, und Ruari gilt immer noch als Hochkönig.

Er selbst schmeckte keine Furcht. Er musste auch dem Blick der anderen nicht folgen, konnte sich gut vorstellen, wie sich über dieses karge Land eine graue Flut ergoss, das wenige Gras, das wuchs, niedergetrampelt wurde, die tiefen Seen nicht nur Seelen schluckten, sondern auch dahingemetzelte Leiber, und von den Bergen nicht nur Narren fielen, die sich nach dem Himmel sehnten, sondern auch flüchtende Krieger, die vom Feind eingeholt und erschlagen wurden.

»Nun ja«, sagte Midhir, »es ist doch gleich, wie viele es sind. Wenn wir sie alle verbrannt haben, bleibt nur Asche, die vom Wind verstreut wird.«

»Ich dachte, du wolltest sie nicht verbrennen, stattdessen essen«, murmelte Tuan und glaubte plötzlich selbst Asche zu schmecken, als auf den Klang der Kriegstrompeten der Befehl folgte, sich nun in den Kampf zu stürzen. Die rechte Flanke des feindlichen Heeres müssten sie angreifen, war vor dem Kampf beschlossen worden, während sich ein anderer Teil von Connor Maenmaiges Truppe in dessen Schädel verbeißen würde. Nun stellte sich allerdings heraus, dass dieser Schädel Hörner hatte, und diese Hörner niederstießen, wer sich ihnen entgegenstellte.

»Na los!«, brüllte Boath sein Unbehagen weg. »Wir müssen den anderen helfen!«

Er zögerte nur kurz aufzuspringen, einige etwas länger, aber alsbald stürzten auch sie den Hang hinunter. Nur Midhir verharrte, als er sah, dass Tuan hocken blieb.

»Was ist, Rehlein?«, lästerte er. »Hast du gar keine Lust auf ein paar bockige Sprünge? Du brauchst keine Stimme, es genügt, den Feinden deine Hufe ins Gesicht zu hauen. Oder bist du gar kein Reh, nur ein Kitz?«

Tuan erhob sich immer noch nicht. Die eine Hand fuhr unmerklich zu seinem Dolch, den er am Gürtel trug, die andere zu einer stacheligen Ranke. Als er sie umfasste, trieben sich Dornen tief in sein Fleisch.

»Eben konntest du doch noch reden!«, rief Midhir. »Und jetzt hast du es wieder verlernt und das Kämpfen gleich mit?« Tuan erhob sich nun doch, blickte sich um, sah Connor Maenmaiges Truppe in ihrer ganzen Zwergenhaftigkeit, sah das feindliche Heer in seiner ganzen Größe. Da waren keine Greise zu sehen, an deren flickenübersätem Gewand die Hunde zerrten, bis es riss, nur riesige Krieger mit glänzender Rüstung, an denen abperlte, was man auf sie spuckte, unter deren Wämser noch nicht einmal Ungeziefer kriechen konnte. »Komm!«, brüllte Midhir, indes die anderen sich längst auf den Feind stürzten.

»Ich kann durchaus noch sprechen«, sagte Tuan, zerrte an der Ranke, die sich wie erwartet aus dem staubigen Boden löste. »Kämpfen kann ich auch noch«, fügte er hinzu, als er die Ranke Midhir ins Gesicht warf. Die Dornen verfehlten seine Augen, zu schnell hatte er sich geduckt, nicht schnell genug dagegen, um auch Tuans Dolch auszuweichen, den dieser nun auf ihn schleuderte und der in Midhirs Kehle stecken blieb.

»Allein, ich will es nicht mehr«, sagte Tuan, zog den Dolch wieder aus dem Fleisch. Midhir sackte auf die Knie, gab gurgelnde Geräusche von sich. »Ich will auch nicht mehr töten, aber ich musste es, weil du mich sonst verraten hättest. Diese Schlacht ist meine einzige, meine letzte Chance, Connor Maenmaige zu entkommen. Und du bist nicht der einzige, hoffentlich aber der letzte Ire, den ich jemals getötet habe.«

Midhir bäumte sich auf, wollte auf Tuan einschlagen, doch der musste nur einen Schritt zur Seite treten, und schon kippte Midhir nach vorne, begann den Hang hinunterzurollen, riss Steine mit sich. Sein Leichnam würde nicht weiter auffallen, denn dort unten waren bereits etliche von Ruaris und Domhnalls Heer zertreten worden. Gut möglich zwar, dass Connor Maenmaige, der nicht nur das Fell einer Wildkatze trug, auch wendig war wie eine solche, sich vor der Übermacht retten konnte, aber er würde zu viele seiner Krieger verlieren, um ausgerechnet nach ihm zu suchen.

Tuan drehte sich um, verkroch sich hinter einem Stein. Dies hier war kein Stück Land, auf dem Menschen gut leben konnten, es war hingegen Land, wo man sich gut verstecken konnte. Er würde sich von Stein zu Stein vorkämpfen, würde sich nach und nach immer weiter vom Schlachtfeld entfernen, würde schließlich zu laufen beginnen. Sein Herz würde laut trommeln, weil er doch noch eines hatte, und mit jedem Schritt, der ihn näher nach Dún Fionn brachte, würde die Hoffnung wachsen, dass dieses Herz noch nicht vergiftet war.

An die vier Tage, die es dauerte, den Weg zurückzulegen, erinnerte er sich später nicht mehr. Das Gefühl grenzenloser Verlorenheit, das ihn nach der Ankunft überkam, würde er hingegen nie vergessen.

Er wagte sich nicht zur Burg, brachte es einfach nicht über sich, zu klopfen, Einlass zu erbitten, vor die anderen zu treten und zu erklären, was er getan hatte und warum. Letzteres wusste er ja selbst nicht genau.

Irgendwann aber würde wohl jemand zu den Gräbern kommen – zumindest eines von ihnen schien frisch zu sein. Also wartete er dort, und während er wartete, gewahrte er, wie viel Zeit vergangen war, seit er einst von Dún Fionn geflohen war. Gleich einem jungen Mädchen, das mit glänzendem Haar und glattem Gesicht ins Reich der Elfen tanzte, um mit steifen Gliedern, grauen Strähnen und Runzeln in der hiesigen Welt aufzuwachen, vermeinte auch er, dass er im Krieg nicht einfach nur verroht, sondern überdies ungleich schneller gealtert war als in der Welt der Lebenden und Liebenden.

Er wusste nicht, wie viele Tage er ausgeharrt hatte, als sich eine Frau den Gräbern näherte. Caitlín war es nicht, die hätte er an ihrem weißen Haar erkannt, auch nicht Eithne oder Rún. Und Finnola war noch nicht so groß. Oder vielleicht doch? War es möglich, dass er ihre ganze Kindheit verpasst hatte und somit auch die von Trian? Nun, der Mann, der die Frau begleitete, war Ógán, was wiederum bedeutete, dass die Frau wohl Aibhlinn war, dessen Liebste.

Tuan konnte sich nicht überwinden, sich zu erkennen zu geben, er versteckte sich, schlief ein, war, als er erwachte, allein, jedoch nicht lange. Wieder näherte sich jemand.

Lass es Eithne sein, betete er zu einem Gott, der so fern, so unerreichbar schien wie in diesen kalten Herbsttagen der Frühling. Nein, lass es doch nicht Eithne sein. Ich will sie nicht noch einmal erschrecken, ich will, dass sie auf meinen Anblick vorbereitet ist.

Nun, es war nicht Eithne, die sich da den Gräbern näherte, jedoch nicht bei ihnen verweilte, sondern mit einer Axt in der Hand ins Unterholz stapfte, es war ein Mann. Er trat von Baum zu Baum, prüfte die Dicke der Äste, packte schließlich einen, um ihn nach unten zu ziehen und mit der Axt darauf einzuschlagen. Es war kein leichtes Unterfangen, konnte er doch nur eine Hand richtig gebrauchen. Vor Anstrengung biss er die Zähne fest zusammen.

Faolán. Der Barde. Der *einstige* Barde. Jetzt war er nur mehr ein Verstümmelter. Und er war einer, der seinen Hass auf die Normannen verstand. Der wusste, dass dieser Hass leichter zu ertragen war als die Liebe zu einem Kind, das vielleicht nicht seines war, oder zu einer Frau, die nie nur seine gewesen war. Der sich wohl als Einziger gefreut hatte, als FitzMartin mit blutigem Gesicht vom Pferd gefallen und liegen geblieben war.

Tuan ließ laut seinen Atem entweichen, gestand sich erst jetzt ein, dass er auf ihn gewartet hatte. Faolán würde ihn nicht nur verstehen, Faolán würde ihm helfen.

Er öffnete den Mund, wollte den Namen des Barden rufen, brachte aber nicht gleich etwas hervor nach all den Tagen des Schweigens, nein, Jahren des Schweigens, er war ja meist stumm wie ein Reh gewesen, stumm wie der Tod. Jetzt wollte er weder ein Reh noch der Tod, er wollte Trians Vater sein!

»Faolán …«

Der Ast knarrte, als Faolán ihn losließ. Beinahe hätte er sein Gesicht getroffen, doch er wich rechtzeitig zurück, hob unwillkürlich die Axt.

»Tuan?«

Es klang wie eine Frage, nicht wie eine Feststellung. Unwillkürlich griff sich Tuan ans Gesicht. Richtig, da wuchs ein Bart, wie er ihn früher nicht getragen hatte.

»Ich bin es … Ich bin es wirklich!« Faolán hielt immer noch die Axt hoch, Tuan nun die Hände. »Ich … Ich tue dir doch nichts, das weißt du doch.« Faolán brachte keinen Ton hervor. »Ich … Ich würde doch auch Trian nichts tun, auch nicht Eithne oder Airdi … Lass die Axt sinken! Bitte!«

Faolán stand ganz steif da. Erst jetzt gewahrte Tuan, dass er sich verändert hätte – nicht zum Schlechtesten. Die blonden Locken glänzten wieder, die Augen auch, und der verdrossene Zug um den Mund war verschwunden.

»Tuan …«

»Ich … ich tue niemandem etwas zuleide … Ich werde keine Iren mehr töten, ich wollte sie nie töten, ich musste es tun … Verdammt, nun lass endlich die Axt fallen! Was machst du überhaupt mit dieser Axt? Du hast doch noch nie mit Holz gearbeitet!«

Endlich ließ Faolán die Axt sinken. »Bei Ferchertne, dem größten Barden, der jemals auf Érius Insel sang, du bist es wirklich! Wir haben so viele Gerüchte gehört. Die einen bekundeten, du seiest tot, die anderen, Connor Maenmaige hätte dich gefangen genommen. Einige behaupteten, du hättest für ihn gekämpft.«

Und alles davon stimmt.

Tuan konnte sich nicht länger aufrecht halten, sank auf die Knie. »Bitte, hol Trian! Ich will ihn sehen, aber ich habe Angst, dass Eithne es verbieten würde … oder Ascall … oder Caitlín. Du … Du wirst es mir nicht verbieten, nicht wahr? Du weißt, dass ich ihm nichts zuleide tun werde.«

Faolán trat vorsichtig näher, versteckte unwillkürlich die verstümmelte Hand unter seiner Tunika, eine Geste, die so selbstverständlich anmutete, Tuan aber fremd war. Früher hatte Faolán die Hand nie verborgen, hatte sie den anderen anklagend vors Gesicht gehalten, auf dass sie niemals vergäßen, was das Leben, was die Normannen ihm angetan hatten.

»So wie du aussiehst, würde Trian Angst vor dir haben«, sagte Faolán leise. Erst jetzt erinnerte sich Tuan wieder daran, wie schön die Stimme des Barden klang, selbst wenn er nicht sang.

»Aber er ist doch kein Säugling mehr«, hielt Tuan ihm entgegen. »Er muss vier Jahre alt sein. Er würde doch verstehen, dass ich sein Vater bin, es sein will.«

»Ich … Ich kann ihn nicht einfach zu dir bringen. Es liegt nicht in meiner Macht, das zu entscheiden.«

»Warum denn nicht? Als Ascall einst von Frieden faselte, hast du ihm widersprochen. Jetzt komme ich aus dem Krieg, und du verachtest mich dafür?«

Faolán schüttelte den Kopf. »Ich verachte dich nicht. Ich wünsche mir, dass du Trian sehen kannst, dass du sein Vater bist, dass du wieder auf Dún Fionn lebst. Das ist allerdings nur möglich, wenn … wenn …« Jetzt klang seine Stimme nicht mehr schön. »Du wirst Ascall schwören müssen, dass du kein Blut mehr vergießen wirst, und das sollte dir doch leichtfallen, da du eben gesagt hast, dass du nicht mehr töten willst.«

»Ich sprach nur von Iren.«

Faolán wiegte nachdenklich den Kopf. »Das wird Ascall zu wenig sein. Sein Bündnis mit Hugh de Lacy ist heute wichtiger denn je.«

Tuan merkte erst, dass er aufgesprungen war, als er Faolán schon gepackt hatte und dieser aufschrie. Jetzt klang seine Stimme regelrecht hässlich. »Aber dir muss es doch genug sein!«, schrie Tuan. »Die Normannen … Sie haben deine Hand zerstört, deine Musik zerstört … Du hasst sie wie ich!«

Faolán jammerte nicht länger, sagte ganz ruhig: »Doch ich liebe Cian.«

Tuan ließ ihn los. »Wer ist denn Cian?«

»Mein … Mein Ziehsohn. Den die Schicksalsmächte zu mir zurückgeführt haben. Er will, dass ich wieder singe und dass ich wieder die Harfe spiele.«

»Kannst du das denn?«

»Ich möchte es jedenfalls versuchen. Vielleicht gelingt es mir bloß mit einer Hand. Jedenfalls will Cian aus dem Stück Holz, das ich heute schlage, eine Harfe zimmern. Eigentlich will er nicht Zimmermann werden, sondern Schmied, so wie du einer warst. Er könnte sicher manches von dir lernen, würde sich freuen, wenn du auf Dún Fionn leben würdest. Du musst nur endlich schwören, dass …«

Faolán brach ab, schien ihm doch nicht zu entgehen, dass Tuans Blick eisig wurde. »Du hast also auch vergessen, was die Normannen uns angetan haben.«

Wieder schüttelte Faolán den Kopf. »Ich habe es nicht vergessen, ich habe es nicht vergeben. Hätte er mich nach meiner Meinung gefragt, ich hätte Ascall geraten, an der Seite der westlichen Allianz zu kämpfen. Aber sieh dir an, was aus dieser Allianz geworden ist. Dermot MacCarthy ist tot, Ruari kämpft nun gegen den eigenen Sohn, und Domhnall O'Brian hilft ihm dabei.«

Und ich stehe auf der falschen Seite und habe mich zu spät für die richtige entschieden. Oder ich stehe auf der richtigen Seite und habe mich zu früh für die falsche entschieden.

»Es tut mir leid«, sagte Faolán. »Ich kann Trian nicht zu dir bringen. Du musst schon zu ihm kommen, und du musst erklären, dass es falsch war, FitzMartin zu töten.«

Tuan starrte auf den Boden, was Faolán wohl als Zeichen dafür wertete, dass er über seine Worte nachsann, einen Entschluss zu fassen versuchte. Eine Weile stand er noch ganz ruhig da, dann trat er hilflos zurück zum Baum, nahm wieder den Ast, begann darauf einzuhauen.

Aus diesem Ast wird doch nie eine Harfe werden, erkannte Tuan, als er den Blick wieder hob, er ist viel zu lang, zu dünn, und das Holz ist zu weich. Und aus Faolán wird nie ein Verbündeter werden, begriff er auch, er ist viel zu wankelmütig, zu feige, und sein Herz ist zu hart.

Unwillkürlich machte er wieder einen Satz auf ihn zu, packte ihn dieses Mal nicht an der Schulter, sondern entriss ihm die Axt, presste die scharfe Klinge an den Hals. Es gelang ihm mühelos, Faolán wehrte sich nicht.

»Los!«, bellte Tuan. »Wir gehen nach Dún Fionn! Wenn man mich nicht zu meinem Sohn lässt, töte ich dich.«

Faoláns Atem ging hektisch, sein Leib bebte, doch seine Stimme war fest. »Dann töte mich gleich hier und jetzt. Mir ist es gleich, ob man dich Trian sehen lässt oder nicht. Jedoch ist es mir nicht gleich, ob er dich so sehen muss … oder Cian … oder Airdi … oder die anderen. Die Menschen von Dún Fionn haben genug erlitten, sie sollen nicht auch noch zusehen müssen, wie du wieder jemanden abschlachtest. Wenn du mich tötest, musst du mir hinterher kein Grab schaufeln, es genügt, wenn du irgendwo im Wald ein paar Zweige und Moos auf mich legst. Hauptsache niemand muss später auf meine blutige, klaffende Kehle und auf meine leblosen Augen schauen.«

Ungeachtet der Axt drehte Faolán sich langsam zu ihm um. Noch waren die Augen ganz und gar nicht leblos. Vorwurf stand darin, aber auch … Mitleid.

»Was ist?«, fragte er, als Tuan sich nicht rührte. »Fällt dir wieder ein, was du mir eben gesagt hat? Dass du keinen Iren mehr töten willst? Oder kann man etwa deinen Worten nicht trauen? Kannst du dir selbst nicht trauen?«

Das Mitleid überwog den Vorwurf, wurde unerträglich. Tuan ließ die Axt sinken, blickte entsetzt auf die rote Spur an Faoláns Kehle.

»Ich … Ich will dir doch kein Leid zufügen …«, stammelte er, »Ich … Ich will keinem von euch ein Leid zufügen.«

Faolán klammerte sich unwillkürlich an den Ast, als könnte er sich nicht länger auf den Beinen halten. »Dann komm mit mir! Zeig dich einsichtig! Erkenne, was ich auch erkannt habe! Dass wir mit den Normannen irgendwie leben müssen, vorausgesetzt, sie werden von einem Mann wie Hugh de Lacy angeführt, nicht von einem wie Amaury de Saint-Taurin, der nur zerstören will wie Connor Maenmaige. Bitte, Tuan, komm zur Besinnung!«

Da war kein Mitleid mehr, nur ein Flehen.

Es ist zu spät, dachte Tuan. Es ist zu spät.

»Es ist zu früh«, sagte er. »Bevor ich nach Dún Fionn zurückkehren kann, muss ich noch etwas tun …«

Er wandte sich ab.

»Was musst du noch tun?«, rief Faolán. »Noch mehr Normannen töten? Du bist ganz allein. Es wird dir nicht gelingen, sie alle zu meucheln.«

Tuan schluckte schwer. »Es müssen ja nicht alle sein. Es genügt ein Einziger, wenn es der Richtige ist.«

Ohne Faoláns Entgegnung abzuwarten, lief er davon. Mehrmals rief Faolán seinen Namen, erst als seine Stimme verklungen war, gewahrte Tuan, dass er immer noch die Axt in den Händen hielt.

Amaury

Estève de Beynac, jener grimmige Söldner, der seinen Feinden nicht nur ihr Leben, auch ihren Namen raubte und den Teufel persönlich kannte, hatte wenig Geduld. Anstatt im Schatten der Birken und Ulmen zu warten und zu lauschen, ob sich Hufgetrappel näherte, zog er sein Schwert und drosch auf die Bäume ein. Manch morschen Ast konnte er mühelos abschlagen, als die Klinge aber einen dicken Stamm traf, ertönte ein Geräusch, das Amaury in den Ohren wehgetan hätte, würde er Schmerzen fühlen.

»Dein Schwert wird eher stumpf werden, als dass der Baum fällt«, erklärte er.

Estève hob den Kopf. Die gefurchte Stirn mochte bedrohlich wirken, der Blick war einfach nur dumpf.

Du warst nie in der Hölle, du bist höchstens im Dreck gewatet.

Estève machte Anstalten, das Schwert auf Amaury zur richten, trat stattdessen aber doch nur gegen den Stamm des Baumes.

»Ich verstehe, dass du langsam die Geduld verlierst«, sagte Amaury. »Schließlich musstest du den ganzen Winter über untätig in Irland ausharren. Aber es blieb mir nichts anderes übrig, als dich warten zu lassen. Schließlich galt es zunächst, John wohlbehalten zu seinem Vater in die Normandie zu bringen. König Henry war nicht sonderlich erfreut, ihn dort zu sehen, ohne Geld, ohne Erfolg, ohne …« Estève riss einen Ast ab und brach ihn entzwei. »Jetzt wird jedenfalls endlich eintreten, was ich dir versprochen habe«, fügte Amaury rasch hinzu.

Der Söldner nahm sich den nächsten Ast vor. Am Ende würde er noch den ganzen Wald abholzen, und sie stünden in der Sonne. Nicht dass Estève viel im Kopf hatte, was die Hitze versengen könnte. Und nicht dass diese Amaury sonderlich zusetzte. Er war nur erstaunt gewesen, dass er, als er in diesem Frühjahr 1186 auf Ériu s Insel nicht wie üblich von Pfützen und schlammigem Boden, indes einem ungewöhnlich blauen Himmel und klaffender Erde erwartet worden war.

Umso dumpfer klang es, als eine Gruppe Reiter sich näherte. »Siehst du?«, sagte Amaury guter Stimmung.

Anstatt sich über den nächsten Baum herzumachen, riss Estève einen ganzen Schwarzdornbusch aus und zerlegte diesen Ästchen um Ästchen. Die Dornen schienen ihm nichts auszumachen, einer der Reiter, die sich ihnen näherten und sie alsbald erreichten, bekreuzigte sich dagegen, als Estève den Zweig vor die Hufe seines Pferdes warf.

»Hast du etwa Angst vor einem Stück Holz?«, fragte Amaury lächelnd.

»Der Schwarzdorn ist verflucht«, sagte der Mann grußlos. »Aus ihm wurde einst die Dornenkrone Christi geflochten.«

»Das ist doch nicht die Schuld des Schwarzdorns.«

Der Mann bekreuzigte sich kein zweites Mal, wies stattdessen sein Pferd an, etwas zurückzuweichen, sodass der Reiter hinter ihm sichtbar wurde. Dessen Kleidung war über und über verschmutzt, nur das Wildkatzenfell, das er um die Schultern trug, glänzte rot. Noch nie hatte Amaury Connor Maenmaiges Narben aus dieser Nähe gesehen, und er musterte sie umso neugieriger. Als der Sohn des Hochkönigs vom Pferd sprang und Anstalten machte, auf den Schwarzdorn zu treten, bückte Amaury sich schnell, suchte den Zweig mit den längsten Dornen und fuhr sich damit über eine Wange, bis von dort ein Blutstropfen perlte.

»Dafür dass der Schwarzdorn verflucht sein soll«, murmelte er, »tun seine Dornen gar nicht weh.«

»Weil auch du ein Verfluchter bist«, zischte der Mann, der sich bekreuzigt hatte.

Connor Maenmaige gab ihm mürrisch ein Zeichen zu schweigen, blickte an Amaury vorbei zu Estève.

»Du hast mir eine ganze Truppe versprochen!«, rief er.

Amaury ließ den Schwarzdorn fallen. »Die Männer, die Estève de Beynac anführt, warten hinter dem Hügel.«

Kurz wich das Misstrauen der Gier. »Und sie sind wirklich bereit, für mich zu kämpfen?«

Estève spuckte auf den Boden. »Wir kämpfen für jeden, der Beute verspricht. Prinz John konnte das nicht.« Er spie wieder aus.

»Wie ich dir schon sagte«, wandte er sich an Connor Maenmaige. »Es sind Söldner ohne Gewissen und Seele.«

Connor Maenmaiges Gesichtsausdruck wurde noch mürrischer, aber vielleicht lag das nur an seinen Narben. »Ein Gewissen und eine Seele werden sie von mir nicht bekommen, reiche Beute durchaus. Mein Vater feiert immer noch den Sieg, den er im letzten Herbst über mich errungen hat. Er weiß noch nicht, dass es sein letzter war.«

Amaurys Lächeln wurde breiter. Im Winter waren die Kämpfe in Connacht zum Erliegen gekommen, doch gleich im Frühling hatte Ruari O'Connor mit Truppen aus Thomond die Gebiete seines Sohnes geplündert und so gründlich verwüstet, dass auf Jahre nichts mehr wachsen und kein Jungtier geboren werden würde. Wahrscheinlich gedachte Connor, seinem Vater mit Estève de Beynacs Hilfe zu beweisen, dass er, was das Zerstören anbelangte, der wahre Meister war.

»Schade, dass mein treuer Goll nicht mehr lebt«, spottete Amaury. »Als er dir seinerzeit ein Bündnis mit mir antrug, hättest du ihn fast entmannt. Und nun kommt es doch dazu.«

Connor Maenmaige stieß das wütende Fauchen eines übellaunigen Katers aus. »Wir schließen kein Bündnis. Du tust mir einen Gefallen und ich dir.«

»Warum so unfreundlich? Du liebst den Krieg, ich liebe die Wahrheit, wir beide könnten Freunde sein.«

Wieder folgte ein Fauchen, jedoch kein Wort mehr. Wie schade. Goll hätte spätestens jetzt eine Menge Fragen gestellt und dann endlich begriffen, welchen Plan Amaury in den letzten Jahren verfolgt hatte.

Hätte er seinerzeit alles darangesetzt, Hugh zu entmachten, um selbst Statthalter zu werden, hätte er stets fürchten müssen, John nähme ihm als Dominus Hiberniae die Macht wieder aus den Händen. Also hatte er den umgekehrten Weg gewählt, der vorsah, erst John scheitern zu lassen, auf dass die Lücke, die im Fall von Hugh de Lacys Tod entstünde, noch größer wäre. Mit diesem Tod durfte er natürlich selbst nichts zu tun haben, weshalb es sich gut traf, dass John seine Söldner nicht hatte bezahlen können und Connor Maenmaige nicht gegen seinen Vater verlieren wollte.

»So oder so hoffe ich, du wirst deinen Teil der Abmachung einhalten«, sagte Amaury zu Connor Maenmaige, »es eilt.«

Nun erschien doch noch ein kleines Lächeln auf Connors Lippen. »Es gibt Gerüchte, wonach sich Hugh selbst zum König von Irland ausrufen lassen will.«

»Unsinn«, sagte Amaury schnell, »Hugh ist nicht so dumm, um seinen Platz auf Irlands Thron zu kämpfen. Ihm ist nur wichtig, dass kein anderer darauf sitzt. Und er muss sich auch keine Krone aus goldenen Pfauenfedern auf den Kopf setzen, solange sie kein anderer trägt.«

»So oder so heißt es, dass er im letzten Jahr misstrauischer geworden ist. Ein Fremder wird es schwer haben, in seine Nähe zu kommen.«

»Das wiederum stimmt. Und deshalb darf kein Fremder die Aufgabe erfüllen, es muss ein Mönch sein.«

Amaury stieß einen Pfiff aus, woraufhin ein Knappe, der im Schatten der Bäume gewartet hatte, eine Kutte brachte.

Connors Miene hellte sich auf. Wahrscheinlich dachte er an den Tag, da er seinen Vater in solch eine Kutte gezwungen hatte, und freute sich auf den Tag, da er es wieder tun würde. Die Kutte, die Amaury ihm nun reichte, würde allerdings niemals Ruari O'Connor tragen, sondern Hugh de Lacys Mörder.

»Wen hast du denn für diese Aufgabe auserwählt?«, fragte Amaury.

Connor entriss ihm die Kutte, hielt sie hoch. Einem zu großen Mann würde sie nicht bis zu den Füßen reichen, einem zu dicken um den Leib spannen. »Den richtigen«, sagte er schnell. »Einen jungen Mann, der die Normannen von ganzem Herzen hasst. Die Kutte wird ihm passen.«

Amaury nickte zufrieden, indes Connor Maenmaige Estève ein Zeichen gab, ihn zu den übrigen Söldnern zu bringen. Als sie sich entfernten, bekreuzigte sich der eine Krieger wieder. Vielleicht, weil sein letzter Blick auf den Schwarzdorn gefallen war. Oder auf Amaury.

Es blieb auch im Juli trocken, und es war sehr heiß, weswegen der Graben rund um die Burg Durrow mit nur wenig Wasser gefüllt war. Die Spitzen von Schlingpflanzen ragten hervor, als würde dort unten ein Wesen mit tausend grünen Armen hocken. Wäre sie einst in diesen Graben gestoßen worden, hätte sich seine Mutter wohl das Genick gebrochen.

Wie schön du bist, Mutter. Ich hasse dich.

Amaury watete durch den Graben und zog sein störrisches Pferd hinter sich her, da es noch keine Zugbrücke gab. An der wurde ebenso gebaut wie an der steinernen Mauer, die bald die hölzernen Palisaden ersetzen sollte, und an dem Turm auf einer kleinen Anhöhe, von dem bislang nur das Erdgeschoss stand. Durch den Hintereingang betrat Amaury den Innenhof, blickte sich um. Etliche Iren arbeiteten emsig, die Ritter, die sie beaufsichtigten, lungerten dagegen träge herum. Einer von ihnen hob den Kopf und spähte in seine Richtung, ein anderer raffte sich auf, kam aber nicht näher.

»Wer bist du? Was willst du hier?«

»Ich habe eine Botschaft für Hugh de Lacy«, rief Amaury, »aber das kann warten. Er scheint ja beschäftigt.«

Er deutete in Richtung Hugh, der den Bau der Burg von Durrow persönlich überwachte und gerade so eindringlich auf den Baumeister einredete, dass er Amaury nicht bemerkte. Die Luft war schwer, doch gleichwohl kein Windhauch die Worte der beiden Männer zu ihm trug, konnte Amaury einige Fetzen verstehen.

»Du willst wirklich einen runden Turm bauen?«, fragte der Baumeister. »Bislang haben wir nur viereckige errichtet.«

»Ein runder Turm ermöglicht eine noch bessere Sicht auf Angreifer.«

»Aber wäre ein solcher auch stabil genug? Angreifer könnten ihn untergraben.«

»Sorg einfach dafür, dass es genügend Schießscharten gibt. Dann werden Pfeile auf besagte Angreifer hinunterregnen, ehe sie Schaden anrichten können.«

Dummkopf, dachte Amaury, während er so tat, als würde er das Pferd an einen Pfosten binden. Er verknotete den Strick nicht, schlang ihn nur nachlässig um das Holz. Wer etwas zerstören will, findet immer einen Weg. Etwas zu erhalten ist die eigentliche Prüfung.

Hugh würde diese Prüfung nicht bestehen, mochte er auch denken, er wäre mächtig wie nie.

»Wisst ihr eigentlich, woher die Steine für den geplanten Turm stammen?«, mischte sich ein Steinmetz in das Gespräch der beiden ein. »Von den Überresten eines alten Klosters, das dem heiligen Columba geweiht war. Es würde ihm nicht gefallen, dass sie nun dem Krieg dienen sollen.«

Hugh drehte sich langsam zu ihm um. »Aber diese Burg dient nicht dem Krieg, sie dient dem Frieden. Ein Zeichen dafür soll sie sein, dass hier im Osten die Herrschaft der Normannen gefestigt ist, und wer das nicht glauben will, ist noch nicht einmal mein Feind, er ist ein Narr.«

Nein, du bist der Narr … Ascall ist der Narr …

Nach allem, was Amaury gehört hatte, hockte der in Breifne und unterstützte Ruari O'Connor im Kampf gegen Connor Maenmaige. Nun ja, ohne Hugh würde er vom Narren vielleicht wieder zum Tier werden …

Der Steinmetz murmelte etwas in sich hinein. »Jedenfalls müsst ihr mir sagen, was ich mit dem Eckstein machen soll. Er ist so schön, es wäre schade um ihn, wenn er bloß Teil der Mauer wäre.«

Er führte Hugh ein Stückchen fort, fort von dem Baumeister, fort von den anderen Arbeitern, fort von den anderen Rittern. Alsbald beugten sich die beiden über einen Stein, der groß, weiß und mit einem Relief geschmückt war. Was genau dieses zeigte, Blumen oder Trauben, Pferde oder Drachen, konnte Amaury nicht erkennen. Umso deutlicher sah er den Mönch, der eben durch den Wassergraben watete, die Kapuze tief ins Gesicht gezogen.

Auch die Ritter erblickten ihn, einer lachte. »Na, da kommt der heilige Columba ja schon persönlich.«

Alle lachten nun, keiner fürchtete einen Heiligen, fürchtete erst recht nicht dessen Geist. Sie blieben auf dem Boden hocken, anstatt sich ihm in den Weg zu stellen.

Hugh sah den Mönch gar nicht erst kommen. So tief wie der Steinmetz hatte er sich über den Stein gebeugt, hob die Finger, strich über das Relief.

»Wie schön …«

Nein, diese Worte waren nicht zu hören, aber Amaury stellte sich vor, dass er sie sagte, dass er im letzten Augenblick seines Lebens noch log, weil er nicht wusste, was wirklich schön war, ganz sicher nämlich kein Stein und erst recht nicht die Vorstellung, dass Iren und Normannen friedlich zusammenleben konnten.

Just als Hugh sich wieder aufrichten wollte, hatte der Mönch ihn erreicht. Der Steinmetz war offenbar ein gläubiger Mensch, denn er trat zurück, senkte respektvoll den Kopf und sah solcherart nicht, wie der Mönch unter der Kutte eine Axt hervorzog. Ob Hugh sie noch sah, würde Amaury niemals wissen. Er drehte den Kopf zwar leicht zur Seite, doch ehe sich Entsetzen darin ausbreiten konnte, hatte der Mönch die Axt schon erhoben und mit einem Streich den Kopf vom Leib getrennt.

Es ging so schnell. Der Leib sackte auf den Stein, der Kopf fiel auf den Boden daneben, blieb aber auf der glatten Erde nicht liegen, nein, er rollte, rollte, rollte direkt auf den Burggraben zu. Dann folgte ein Platschen, und schon schwamm der Kopf im sumpfigen Wasser, schon kitzelten ihn die Schlingpflanzen, nein, sie kitzelten ihn nicht, der Kopf fühlte ja nichts mehr.

Amaury fühlte indes kalten Triumph. Er blieb starr stehen, als der Steinmetz entsetzt aufschrie, den Leichnam packte, ihn hochzog, nicht fassen konnte, dass er nicht länger einen Menschen vor sich hatte, sondern einen kopflosen Leichnam. Vielleicht konnte er auch nicht fassen, dass sein schönes Relief blutverschmiert war.

Der Mönch indes ließ die Axt fallen und begann zu rennen, ohne dass sich ihm jemand in den Weg stellte. Nicht der Steinmetz, der immer noch den kopflosen Körper umklammerte, nicht der Baumeister, der sich nach dem Angriff auf Hugh hinter ein paar Holzbalken duckte, nicht die verdatterten Ritter, die, sobald sie den ersten Schrecken überwunden hatten, nicht danach trachteten, Hughs Mörder festzuhalten, sondern Hughs Kopf aus dem Burggraben zu fischen, bevor der unterging und spurlos verschwand. Und die irischen Arbeiter taten erst recht nichts. Die meisten blieben abwartend stehen, einer hämmerte unbeirrt weiter, ein einziger machte ein paar Schritte in Richtung Mönch, doch das knappe Zeichen eines anderen genügte, um ihn innehalten zu lassen. Der Mönch indes hatte den Hof überquert, erreichte Amaury … nein, erreichte sein Pferd, und auf dieses Pferd sprang er, ohne dass Amaury ihn davon abhielt. Das Tier preschte los, noch ehe der Mönch das zweite Bein über den Rücken geschwungen hatte. Nur weil er sich mit festem Griff an die Mähne klammerte, wurde er nicht abgeworfen.

»Mein Pferd!«, rief Amaury viel zu spät. »Er hat mein Pferd gestohlen! Ergreift ihn!« Drei der Ritter wateten im Burggraben, zwei weitere starrten ihn hilflos an. »Ergreift ihn!«, brüllte Amaury wieder.

Noch mehr Blicke trafen ihn, schienen verwirrt. Ja, wen denn nun, Hughs Kopf oder seinen Mörder?, stand in ihnen zu lesen.

Das Pferd hatte längst den Graben durchquert, stapfte die Böschung hoch, verfiel, kaum hatte es die Wiese erreicht, in einen wilden Galopp. Und da erst pfiffen einige Ritter nach ihren Pferden, um die Verfolgung aufzunehmen, während einer schrie, er habe den Kopf zu fassen bekommen und ein weiterer auf den Steinmetz einschlug und ihn bezichtigte, mit dem Mörder unter einer Decke zu stecken.

»Das ist nicht wahr!«, rief der Steinmetz. »Der heilige Columba hat Hugh de Lacy verflucht! Es ist doch nicht meine Schuld, dass er sich an der Ruine des Klosters vergriffen hat!«

Amaury sah nicht mehr, ob der Steinmetz nur verprügelt oder erschlagen wurde. Er sah nur noch, wie ein Ritter mit dem Kopf aus dem Burggraben stieg, dabei ins Rutschen geriet, fast wieder ins Wasser gefallen wäre, es dann aber doch schaffte, das Gleichgewicht zu halten. Bis er mit dem Kopf den restlichen Leib erreichte, hatte Amaury sich schon abgewandt, war in den Schatten der Palisaden getreten. Er musste nicht lange ausharren, bis ihm unauffällig einer der Arbeiter dorthin folgte, Amaury zwar nicht ansah, ihm jedoch zunickte.

»Ich habe getan, was du wolltest«, flüsterte er ihm zu. »Habe mich selbst eingeschlichen und so getan, als würde ich Steine schleppen, damit ich dem Jungen später genau erklären konnte, wo man den Graben am besten überquert. Und ich habe die anderen Arbeiter davon abgehalten, ihn zu verfolgen.«

»Bei den Rittern konntest du das nicht.«

»Dank deines Pferdes ist der Vorsprung des Jungen uneinholbar. Außerdem sind in den Wäldern die Iren im Vorteil. Meine Sippe wartet dort auf ihn und wird ihm helfen zu entkommen.«

Amaury sah dem Mann ebenfalls nicht ins Gesicht, musterte nur die knöcherne Anstecknadel, die er trug. An deren Ende war der Kopf eines Fuchses eingeschnitzt. Sinnach, was so viel wie »Fuchs« bedeutete, hieß denn auch der Mann, seine Sippe waren die Teffia, und dieser Sippe hatte Hugh einst Land geraubt.

Amaury warf ein paar Münzen auf den Boden. »Dein Lohn«, sagte er knapp.

Der knöcherne Fuchs schien zu erbeben. »Du musst mich nicht dafür bezahlen, Normannen zu schlachten«, sagte Sinnach, ehe er zu den anderen Arbeitern zurückkehrte, »mein Lohn ist Hughs Tod. Ich hasse ihn mehr, als du es je könntest.«

Amaury grinste schief, sah sich dann nach einem Pferd um, um fortzukommen. Zwei Gäule waren noch an die Pfosten gebunden, doch als er auf eines der beiden zutrat, verharrte er plötzlich. Er wusste nicht, was ihn bewog, sich umzudrehen – ob die Absicht, einen letzten Blick auf Hughs Leichnam zu werfen oder die vage Ahnung, dass er beobachtet wurde.

Nun, jener Ritter, der Hughs Kopf aus dem Graben gefischt hatte, hielt ihm immer noch den Rücken zugewandt, die Arbeiter machten sich wieder an der Palisade zu schaffen, der Steinmetz kniete neben dem blutbespritzten Stein, aber da … da war noch jemand. Im Erdgeschoss jenes Gebäudes, das irgendwann zu einem hohen Turm wachsen sollte, wurden Fässer mit getrocknetem Fisch und Bier aufbewahrt, und eines dieser Fässer bewegte sich, nein, es war kein Fass, es war der Mann, der dahinterstand, der den Kopf durch den Türspalt gesteckt und alles beobachtet hatte: Wie Hugh enthauptet worden war. Wie Amaury seinen Mörder nicht daran gehindert hatte, sich sein Pferd zu nehmen. Wie er Sinnach Geld gegeben hatte.

Verdammt.

Der Mann trug eine ähnliche Kapuze wie der Mönch, doch als sein Blick sich mit dem von Amaury kreuzte, fuhr er erschrocken zurück, die Kapuze verrutschte, und eine rote Haarsträhne lugte darunter hervor.

Wer ihn beobachtet hatte, war kein Mann, es war eine Frau … Es war die rote Hure.

Rúdnat

»Bitte, du musst mir helfen …«

Rose drehte sich ganz langsam um. Als Rúdnat den Raum betreten hatte, hatte sie gedacht, dass Rose es war, die weinte, doch deren Augen waren trocken. Wer wimmerte und dann durchdringend zu schreien begann, war der Säugling, den sie in den Armen hielt, ein Mädchen namens Ysota mit blonden Härchen und bleicher Haut, das bei der Geburt wenige Wochen zuvor viel kleiner gewesen war als einst sein Bruder William Gorm.

»Es tut mir leid, was … was mit Hugh passiert ist …«, stammelte Rúdnat, »es ist schrecklich. Aber bitte, du musst mir helfen.«

Rose hatte den Säugling zunächst so gehalten, dass sein Leib den ihren nicht berührte, jetzt presste sie sein Köpfchen an ihre Brüste, die größer wirkten, als Rúdnat sie in Erinnerung hatte. Das Schreien des Säuglings verstummte, indes Rose zu reden begann.

»Ich muss meinen Mann begraben, der mir und meinen kleinen Kindern der einzige Schutzwall gegen die raue Welt war, und du denkst an dich und dein Wohlergehen?«, fragte sie mit ausdruckslosem Gesicht.

Rúdnat schluckte schwer.

Du wirst nicht deinen ganzen Mann begraben, nur den halben.

Drei Tage waren seit Hugh de Lacys Tod vergangen, und in diesen drei Tagen war zwischen den Bischöfen von Cashal und von Dublin ein Streit um Hughs Leichnam ausgebrochen. Der eine meinte, er solle im Kloster Bective in Meath begraben werden, der andere, dass er nach Sankt Thomas in Dublin zu überführen sei, wo schließlich auch Hughs erste Frau ihre letzte Ruhestätte gefunden habe. Am Ende hatte jemand vorgeschlagen, den Kopf an einem Ort zu belassen und den Leib zum anderen zu bringen.

»Rose, ich …«, setzte Rúdnat an.

Rose begann, Ysota sanft zu wiegen, wandte sich wieder ab. »Hughs Töchter sind schon auf dem Weg nach England, wo sie wahrscheinlich bald heiraten. Das hoffe ich zumindest für sie. Mich dagegen wird niemand heiraten, kein Normanne, kein Ire.«

Was gut ist, dachte Rúdnat, denn du bist nicht für die rohen Männer gemacht.

Allerdings waren auf dieser Welt ja auch die Frauen roh, sie selbst hatte Rose einst benutzt für Érius Frieden, ergriff nun ihre schmalen Schultern, um selbst Frieden zu erlangen.

»Rose! Bitte hör mir zu! Es ist ein Wunder, dass ich es überhaupt bis zu dir geschafft habe, dass ich von Durrow fliehen konnte. Saint-Taurin hat mich dort gesehen … Er wollte mich töten.«

»Und warum hat er es nicht getan?«

Es klang keine Neugier aus der Stimme und erst recht keine Sorge um sie. Aber Rúdnat war trotzdem froh, dass sie diese Frage stellte, anstatt einfach zu schweigen.

»Ich habe mich in einem Fass versteckt, und er konnte nicht allzu lange nach mir suchen, weil sonst die Ritter misstrauisch geworden wären. Überdies verlangten sie, dass er mit ihnen den Wald durchstreifte, um Hughs Mörder zu fassen, und als er zurück nach Durrow kam …«

»… stecktest du immer noch in dem Fass?« Roses Mundwinkel schienen zu zucken, aber vielleicht irrte sie sich.

»Nein«, sagte Rúdnat, »da hatte ich mich bereits auf jenen Wagen gerettet, mit dem die Steine von der Klosterruine zur Burg transportiert worden waren. Der Steinmetz hat sie dorthin zurückgebracht, damit nicht noch mehr Unheil geschähe, und ich habe ihn ein Stück begleitet, bin dann zu Fuß weitergegangen, nein, bin gerannt … Rose, sieh mich an!«

Sieh mich an, dann wirst du keine berechnende Hure sehen, der du nie verzeihen kannst, dass sie leichtfertig dein Geheimnis verraten hat, nur ein verzagtes Weib, das sich alt und ohnmächtig fühlt.

»Warum warst du überhaupt bei Hugh?«

Rúdnat hob hilflos die Hände, sie kannte die Antwort selbst nicht genau. Als sie von Roses neuer Schwangerschaft erfahren und Hugh sie wieder einmal zu sich hatte rufen lassen, hatte sie sich nicht verweigert, und die Gründe dafür waren ebenso wahr wie erlogen, je nachdem, ob man ihr mehr Selbstsucht oder mehr Edelmut zutraute. Sie tat es für Rose, auf dass sie ihren fremden Ehemann seltener auf sich ertragen musste. Und sie tat es für sich, weil sie das Gefühl hatte, in Hughs Gesellschaft Rose näher zu sein als anderswo. Sie tat es für ihre Huren, weil sie denen nicht nur Sauberkeit, genug zu essen und ein Dach über dem Kopf versprochen hatte, auch Macht. Macht wiederum rührte nur von Wissen. Und sie tat es für sich, weil allein in der Dachkammer zu hocken unerträglicher war als irgendwo mit Hugh auf einer Bettstatt zu liegen, wenngleich in den halb fertig gestellten Burgen oft noch nicht einmal eine solche zu finden war.

Rose wartete ihre Antwort ohnehin nicht ab, war mit ihren Gedanken längst woanders. »Es heißt, dass er verflucht war. Ich denke, wir sind alle verflucht …«

»Was meinst du damit?«

»Du hast doch selbst die Steine erwähnt, die der Steinmetz zurück zur Klosterruine brachte. Hugh hätte sie nie von dort holen dürfen.«

»Hugh wurde nicht von einem Stein erschlagen. Wer immer ihm Übles wollte, war nicht der heilige Columba, es war Amaury de Saint-Taurin.«

»Jeder sagt, dass ihm ein junger Ire im Gewand eines Mönches den Kopf abgeschlagen hat!«

»Nur, weil Saint-Taurin nicht selbst die Axt geschwungen hat, heißt das nicht, dass er nicht alles geplant hat, alles hat geschehen lassen. Und er weiß, dass ich das weiß, weswegen er mir nach dem Leben trachtet.«

Rose trat auf die Wiege zu, legte ihre Tochter hinein. Inmitten des dunklen Holzes wirkte sie noch winziger und ihr Gesicht bleicher. Nur die Fäustchen, die durch die Luft fuhren, waren rot. Bei ihrem Anblick stiegen Rúdnat Tränen in die Augen.

Ysota ist ja noch zarter und hilfloser als Rose, und Rose ist viel zarter und hilfloser als ich … Ich müsste sie retten, anstatt sie um Hilfe anzuflehen, ich bin doch listiger, durchtriebener, stärker.

Aber sie fühlte sich ganz und gar nicht stark. Die Erschöpfung übermannte sie jäh, sie sackte auf die Knie, und plötzlich stand Rose bei ihr, umfasste sie, zog sie hoch. Zart war sie, würde es immer sein, aber sie war nicht hilflos und nicht zu ängstlich, um ihr nicht endlich doch ins Gesicht zu sehen, in dem nicht Berechnung oder Selbstsucht zu lesen waren, nur Liebe.

»Wenn Saint-Taurin dir nach dem Leben trachtest, was machst du dann hier?«

»Wohin sollte ich denn sonst gehen? Im Hurenhaus wird er mich zuerst suchen, hat es wahrscheinlich schon getan. Ich habe mich in der vergangenen Nacht bei einem Händler versteckt, viel länger wollte der mich allerdings nicht in seiner Lagerhalle dulden. Also … Also …«

»Also bist du zu mir gekommen.«

»Der Erzdiakon hat mir geholfen, unerkannt bis zu deinem Gemach zu gelangen.«

»Und ich soll dich jetzt retten«, murmelte Rose und ließ sie los.

Rúdnat sank nicht wieder auf die Knie. »Ich bin nicht nur hier, weil ich deine Hilfe brauche. Ich bin hier, um dich wenigstens noch einmal wiederzusehen, mit dir zu sprechen, dir zu beteuern, dass ich dein Bestes will und immer wollte. Dass nicht nur Érius Insel ihren Frieden haben soll, auch du sollst deinen Frieden haben.«

»Ich weiß nicht, wessen Frieden nach Hughs Tod in größerer Gefahr ist.«

»Ich wünschte, ich könnte etwas für euch tun. Und ich wünschte, du könntest mir vergeben.«

Ihr Kopf lag plötzlich auf Roses Schulter – sie konnte nicht sagen, wer von ihnen beiden die letzte Distanz überwunden hatte. Sie war nicht einmal sicher, ob sie einander stützten oder umarmten, fühlte nur, dass Roses Körper so warm war wie einst, nur nicht mehr so weich. Wer immer sie in den letzten zwei Jahren geworden war, mit dem Mädchen, das sich einst eine mit Blut gefüllte Schweinsblase zwischen die Beine gesteckt hatte, hatte sie kaum mehr etwas gemein.

»Ich werde überleben«, sagte Rose, »und du wirst das auch. Es fragt sich nur, wo. Vielleicht finde ich Zuflucht bei John de Courcy in Ulster, seine Frau Affreca ist zwar keine Irin, aber auch keine Normannin. Sie stammt von der Isle of Man, und sie war immer freundlich zu mir. Du wiederum, du könntest zu Ascall von Toora fliehen.«

Ein Bild stieg vor ihr auf, so stark, als genügte es bloß, die Augen zu schließen und sich die Menschen auf Dún Fionn vorzustellen, und schon wäre sie bei ihnen, bei Ascall, bei Caitlín, bei Faolán und bei Cian.

Doch dürfte ich nur einen von ihnen so umarmen wie Rose? Sind sie mir nicht alle fremd geworden oder immer schon fremd gewesen?

Sie selbst war sich fremd, als sie sich von Rose löste, ihrer Sehnsucht nach einer Familie nicht nachgab, den Kopf schüttelte.

»Die, die ich einst war, Éilís, hätte sich dafür entschieden. Aber ich bin nicht einmal mehr Rúdnat.«

»Wer bist du dann?«

»Eine Frau, die dich enttäuscht hat, als sie dein Geheimnis an einen Chronisten verriet. Die es indes wiedergutmachen will. Ich kann dir nicht helfen, ich weiß dennoch, dass du dir in Friedenszeiten leichter wirst helfen können als in Zeiten des Krieges. Und deshalb werde ich weiterhin für den

Frieden kämpfen – für Cian, für dich, für Ysota und auch für William Gorm.«

Rose starrte sie lange an. »Wie … wie willst du denn für Frieden kämpfen?«

»Indem ich über ihn schreibe, indem ich von Érius Insel schreibe, indem ich ihre Geschichte erzähle. Die ganze, nicht die halbe wie Gerald von Wales, der nur die tapferen Normannen im Sinn hat, nicht tote Iren, der sich nur am Triumph der Sieger berauscht, nicht die Verzweiflung derer schmeckt, die ihre Kinder begraben, und der den Mörder von Hugh für einen Iren hält, weil er nicht weiß, dass Saint-Taurin dahintersteckt.« Der Plan entstand erst im Reden, doch die Worte hatten trotzdem Gewicht, schienen nicht einfach flüchtig dahingesagt, sondern bereits mit Tinte aufs Pergament gebannt. Gewiss, es würde eine Weile dauern, bis sie wieder des Schreibens mächtig wäre, aber sie hatte es gelernt, als ihr Name noch Éilís gewesen war, sie würde es noch können, wenn sie … ja, wer eigentlich wäre? »Ja«, bekräftigte sie. »Ich werde eine Chronik schreiben. Ich werde nichts aussparen. Ich werde dem Krieg eine Stimme geben, und dem Frieden auch. Und ich werde zeigen, dass jeder Feind zunächst ein Mensch mit einer ganz eigenen Geschichte ist.«

Rose betrachtete sie nachdenklich. »Dafür müsstest du in ein Kloster gehen«, sagte sie. »In Dublin gibt es viele Abteien.«

»In Dublin bin ich nicht sicher vor Saint-Taurin. Aber es gibt ein Kloster, das weit genug entfernt liegt, Sankt Brigid im Südosten der Insel. Ich kenne die Äbtissin.«

Rose fragte nicht, woher. »Der Erzdiakon, der dich zu mir brachte, kann dir besser als ich helfen, das Kloster sicher zu erreichen. Das Einzige, was ich noch kann, ist, mich von dir zu verabschieden.«

»Du kannst noch etwas tun«, sagte Rúdnat. »Du kannst mir verzeihen.«

Rose schwieg lange. Nicht, weil sie zögerte, nein, weil ihr die Stimme fehlte. »Das habe ich doch schon längst«, stieß sie schließlich erstickt hervor.

Rúdnat ertrug ihren Anblick kaum. Sie blickte auf die Wiege, sah auf das Kind, beugte sich vor, um über die rosigen Fäustchen zu streichen.

Sei von mir gegrüßt, kleine Ysota … und lebe wohl. Glaub mir, ich weiß nicht, was schmerzhafter ist – mich von dir zu verabschieden, ohne dich kennengelernt zu haben, oder mich von deiner Mutter zu verabschieden, die ich so gut kenne und die mir half, mich selbst wiederzuerkennen.

Rose schien diesen Abschied hinauszögern zu wollen. Als Rúdnat den Raum verlassen wollte, rief sie mit einem Mal ihren Namen.

»Rúdnat!« Rúdnat rührte sich nicht. »Éilís!«

Da ging sie zu Rose zurück, umarmte sie wieder, küsste sie. Es war das letzte Mal, dass sie jemanden küssen würde. Es war das letzte Mal, dass jemand ihren Namen aussprach, den einen wie den anderen. Im Kloster würde sie anders heißen.

Sie verließen Dublin nicht über die breite Trasse der Slige Mhor, sondern über einen geheimen Weg, der zunächst am sumpfigen Ufer der Liffey entlangführte, sich dann mit kleineren Flüssen kreuzte und eine Weile in die gleiche Richtung wie der Shannon führte. Ehe sie wie dieser ins Herz Irlands vorstießen, nahmen sie eine Abzweigung, die sie zurück zur Küste brachte. Das Land war hügelig, erst kahl und nackt, dann bewaldet. Folgten eine Zeit lang immer wieder Felder, Brachland und Wiesen auf die Bäume, standen diese irgendwann so dicht, dass Rúdnat vermeinte, nie wieder freien Himmel zu sehen.

Rúdnat fröstelte, Barabal auch. Während eines geheimen Treffens in der Nähe der Christ Church hatte sie mit Liven vereinbart, dass diese an ihrer statt das Hurenhaus führen und für alle Frauen, auch die alte Echna, sorgen würde. Wünschte sich eines der Mädchen jedoch ein anderes Los, so könnte es mit ihr ins Kloster mitkommen. Am Ende hatte sich nur Barabal dafür entschieden. Ob sie als Ordensschwester weniger lachen und weinen würde denn als Hure oder mehr, wusste Rúdnat nicht – im Grunde war sie sich ja auch nicht sicher, ob sie selbst eine gute Ordensschwester sein würde.

»Du willst also im Skriptorium Bücher abschreiben?«, fragte Barabal, als sie sich ihrem Ziel näherten. »Bücher wie das Evangelium?«

Rúdnat schüttelte den Kopf. »Ich denke nicht, dass die Äbtissin von Sankt Brigid Wert darauf legt, dass hier die Evangelien oder Heiligenviten abgeschrieben werden«, sagte sie leise.

»Dann ist es also wahr, was man sich von der Äbtissin erzählt?«, fragte Barabal aufgeregt und fuhr eifrig fort: »Ich habe Mönche über sie tuscheln gehört. Einige behaupteten, sie sei verrückt, andere, sie sei eine heidnische Druidin. Aber in diesem Fall hätte sie doch nicht Äbtissin werden können, oder?«

»Ich kenne die Äbtissin gut«, erwiderte Rúdnat, »in meinem alten Leben war ich mit ihr verschwägert. Kraka O'Bjólan heißt sie, und wie sie Äbtissin geworden ist, weiß ich nicht. Ein wenig verrückt ist sie jedenfalls immer schon gewesen, nur dass sie eine Druidin ist, halte ich für eine Übertreibung. Sie selbst legte stets großen Wert darauf, die Legenden aus alten Zeiten von den großen irischen Helden am Leben zu erhalten – obwohl oder gerade weil die Normannen die Insel eroberten. Deshalb kann ich in einem von ihr geleiteten Kloster wohl am ehesten hoffen, in Ruhe meine Geschichte aufschreiben zu können.«

»Und diese handelt auch von Helden aus alten Zeiten?«

Nein, von Menschen, die statt der großen Vergangenheit zumindest eine kleine Zukunft haben sollten, dachte Rúdnat. Aber das musste Barabal ja nicht wissen – und Kraka auch nicht. Diese sollte sich noch nicht einmal daran erinnern, wer sie einst gewesen war, weswegen sie sich Barabal nun zuwandte und statt einer Antwort gebieterisch die Hand hob.

»Sprich niemals wieder meinen Namen aus, im Kloster will ich anders heißen.«

»Wie denn?«, fragte Barabal.

Die Bäume lichteten sich, silbrig schimmerte der See, auf dessen Insel einst das Kloster erbaut worden war. Die Brücke, über die man es erreichte, war zu schmal für das Gefährt. Als Rúdnat und Barabal ausstiegen, konnten sie in der Ferne das Refektorium und die Kapelle erkennen, das Äbtissinnenhaus und die Krankenstube, außerdem einen großen Rundturm, in dem sich die Bewohner des Klosters einst bei Angriffen der Wikinger versteckt hatten. Die Nonnen, die davorstanden, glichen einem Schwarm Vögel. Ob sie eher wie Krähen oder wie Adler waren, wie Enten oder wie Geier, wusste sie nicht – nur, welche Art Vogel sie von nun an sein und wie sie heißen wollte.

»Raben, so heißt es, sprechen alle Sprachen dieser Welt«, murmelte Rúdnat, »und das heißt gleichsam, die ganze Welt zu kennen. Wer, wenn nicht sie, wären fähig, Geschichten über diese Welt zu erzählen?«

»Das irische Wort für Rabe ist *bran.* Willst du dich Branagh nennen?«

Rúdnat schüttelte den Kopf, weswegen ihr Umhang etwas verrutschte. Das Haar, das darunter hervorlugte, war schwarz gefärbt. »Es genügt, dass meine Haare den Ton von Rabenfedern angenommen haben.«

Barabal starrte sie an. »Wie hast du es nur geschafft, dass sie so dunkel wurden?«, fragte sie.

Rúdnat zog das Tuch wieder zurecht. »Ich werde nicht mehr die Rote heißen, wenn ich die Geschichte von den Iren und von den Normannen erzähle, wie Letztere kamen und Erstere sie bekämpften, wie die Normannen blieben und die Iren mit ihnen zu leben lernten, auch nach Hugh de Lacys Tod, ja, jetzt erst recht.« Sie hielt kurz inne, ehe sie hinzufügte: »Ich werde ›die Schwarze‹ heißen.«

»Die Schwarze«, wiederholte Barabal und nickte. »Also Kiera.«

Ascall

»Wer hat es getan?« Caitlín sah ihn nicht an. Sie stand tief über eine Schüssel gebeugt, bis zu den Handgelenken in klebrigen Teig versunken. Nachdem er ihr von Hughs Ermordung berichtet hatte, hatte sie zunächst kein Wort dazu gesagt, nur beklagt, dass sie weder Bierhefe noch Sauerteig habe, was beides nicht nur beim Brauen fehlte, auch beim Backen von saftigem Brot. So musste sie sich mit Beifuß behelfen, dem man eine gärende Wirkung nachsagte, wenngleich sie nicht sicher war, was im Ofen mit dem Teig passieren würde, ob er wirklich aufging. Als er ihr beim Kneten zusah, war er nahezu neidisch, dass sie etwas hatte, das ihre Hände geschäftig hielt, ja, dass sie irgendetwas tun konnte, um erst die aufgewühlten Gefühle zu beschwichtigen, ehe sie ruhig wiederholte: »Wer hat es getan?«

Er seufzte, konnte immer noch nicht fassen, dass Hugh de Lacy tot war – grausam ermordet. Dass es ungewiss war, wer dahintersteckte, und noch ungewisser, wer ihm nachfolgen würde. Nicht dass ihn nicht manch dunkle Ahnung plagte.

»Es gibt viele Gerüchte«, murmelte er, »eines von ihnen besagt, ein einfacher Steinmetz habe ihm den Kopf abgeschlagen, weil Hugh ihn die Burg nicht nach seinen Vorstellungen bauen lassen wollte.«

»Und das glaubst du?«

»Wenn es ein Steinmetz gewesen wäre, hätte der doch mit einem Hammer auf Hughs Kopf eingeschlagen, nicht mit einer Axt.« Caitlín schwieg. »Es wird sogar behauptet, dass der englische König selbst den Mörder beauftragt hat«, fuhr Ascall fort, »aus Rache, weil Hugh John gedemütigt hat.«

Caitlín hob den Blick. »Hugh hat John doch nicht gedemütigt. An seinem Scheitern trägt der Prinz selbst die Schuld.«

»Und deshalb kann ich mir auch nicht vorstellen, dass Henry Hugh ermorden ließ, wenn er sich auch insgeheim über dessen Tod freut. Der Statthalter war ihm doch immer schon zu mächtig.«

»Aber du denkst, dass Tuan es gewesen sein könnte.« Ascall zuckte zusammen, fühlte sich ertappt. Bis jetzt hatte er Tuans Namen nicht ausgesprochen, doch er war ihm als Erstes durch den Kopf gegangen, als er von dem Gerücht erfahren hatte, Hugh sei von einem jungen Iren ermordet und dieser von Connor Maenmaige beauftragt worden. Schließlich hatte Faolán eindrucksvoll geschildert, wie viel Rachsucht noch in Tuan wohnte, dass er immer noch von dem Wunsch beseelt war, Normannen zu töten, und dass er die Axt mitgenommen hatte, mit der Faolán damals in den Wald aufgebrochen war. Laut aussprechen konnte er diese dunkle Ahnung dennoch nicht. Das Schweigen schien klebrig wie der Teig. Wie würden Caitlíns Hände jemals wieder sauber davon werden, wie seine Seele jemals wieder frei von Angst?

»Ich weiß nicht, ob Tuan etwas mit Hughs Ermordung zu tun hat. Auch nicht, ob womöglich Saint-Taurin dahintersteckt. Es heißt jedenfalls, John de Courcy würde fürs Erste Statthalter werden.« Er sprach sehr schnell, gab sich Mühe, zuversichtlich zu klingen.

»König Henry wird nicht zulassen, dass Ulster und Meath zu einem Reich vereint werden«, murmelte Caitlín. »Saint-Taurin könnte ihn davon überzeugen, dass er …«

»Hugh hat immerhin zwei Söhne! Sie werden um die Macht in Meath kämpfen.«

»So wie in Connacht Connor und Ruari weiterhin um die Macht kämpfen?«, entfuhr es ihr.

Wieder folgte Schweigen. Nach allem, was bis zu ihnen gedrungen war, hatte sich hinter Connor ein normannisches Söldnerheer versammelt, womit er seinen Vater leicht würde besiegen können. Caitlín wischte sich den Schweiß von der Stirn, und prompt blieb ein Stück Teig dort kleben.

»Wie soll ich denn auch ohne Sauerteig oder Bierhefe richtiges Brot backen!«, stieß sie aus und klang verzagt wie nie.

Ascall nahm sie unwillkürlich am Handgelenk, wischte ihr selbst den Teig ab.

»Was ist denn *richtiges* Brot? Gibt es auch falsches? Entweder wir haben Brot, und es macht satt, oder wir haben keines. Es gibt auch kein falsches Leben. Entweder wir haben eines und machen das Beste daraus, oder wir sind tot.«

Caitlín seufzte. »Was … Was sollen wir nun tun?«

Als Ascall sie losließ, begann sie wieder, den Teig zu kneten. Er schien nicht mehr ganz so klebrig zu sein, aber was verstand er schon von Brotteig.

»Ich weiß es nicht«, sagte er, »ich weiß nicht, ob wir uns in die Machtkämpfe der Normannen und in die um Connacht einmischen sollen oder nicht. Ich weiß nur, dass die anderen, wenn sie von Hughs Tod erfahren, sich auch fragen werden, ob Tuan dahintersteckt. Besser, sie müssen es nicht mit nüchternem Magen tun. Back dein Brot und tisch auf, was du sonst noch an Leckereien hast. Dass dir die Hälfte der Zutaten fehlt, machst du mit Beilagen wett, denn das ist es doch, was wir alle am besten können – aus wenig viel zu machen. Wenn wir lange genug daran festhalten, machen wir irgendwann aus nichts alles.«

Caitlín buk nicht nur Brot, auch mit Pilzen gefüllte Pastete, sie kochte Eintopf aus Schaffleisch, Äpfeln und Minze. Der Gerstenschleim war dünn, aber sie rührte Zwiebeln und Knoblauch darunter, und wenn sie auch kein Rindfleisch hatten, so doch ein paar Hasen, die Madadh erbeutet hatte. Sie ließ sie auf geschälten Haselnusszweigen braten. Viel Fleisch haftete nicht an den Knochen; nachdem sie es mit etwas Honig bestrichen hatte, wurde es jedoch außen kross und innen weich.

Als Ascall sie am Ende stolz auf die Tafel blicken sah, war nicht nur sie, sondern kurz auch er von allen Grübeleien erlöst.

Nicht minder stolz war Aibhlinn, die wieder einmal versucht hatte, Bier zu brauen, und immerhin ein Gesöff vorweisen konnte, das zwar nicht wie dieses roch, aber bräunlich schäumte. Madadh nahm trotzdem nur einen Schluck davon und spuckte ihn sofort wieder aus – beinahe in Ógáns Eintopf.

»Da trinke ich doch lieber meine eigene Pisse!«, rief er.

»He!«, gab Ógán empört zurück, nicht wegen seines Eintopfes, sondern weil er nicht duldete, dass Aibhlinn, die sein Kind trug, beleidigt wurde. Drohend hob er die Faust, und prompt tat Madadh es ihm gleich.

»Seid still!«, rief Ascall streng und ließ sich am Ende der Tafel nieder.

»Für die, die kein Bier trinken wollen, habe ich noch Brombeerwein«, sagte Caitlín schnell.

Sie lief hinaus, um aus einer der Vorratskammern einen Krug zu holen, doch als sie mit diesem in die Halle zurückkehrte, stellte sie ihn nicht gleich auf den Tisch, sie verharrte kurz vor dem Kamin, um zu beobachten, was auch Ascall beobachtete – ihre Sippe, die vereint um die Tafel saß, noch nicht ahnte, was geschehen war, die sich kurz ganz unbeschwert fühlen konnte, auf Frieden hoffend, auch wenn der hierzulande nie lange währte.

Genau genommen saßen sie nicht alle. Trian sauste um den Tisch, und Finnola, die längst aufgegeben hatte, Aedan zu erziehen, lief ihm hinterher, kam ihm aber kaum nach. Madadh war aufgestanden und hustete, weil er sich nicht nur am Bier, sondern auch an einem Stück Fleisch verschluckt hatte, und Eithne schlug ihm auf den Rücken.

»Falls es nicht besser wird, braue ich dir irgendeinen Sud dagegen«, versprach sie.

»Die alten Götter und der neue Gott mögen mich davor bewahren«, grummelte Madadh. »Aibhlinns Bier zu überleben ist schon schwer genug.«

Eithne lächelte, so wie sie in diesen Tagen immer lächelte – meist verzog sich nur ein Mundwinkel, während der andere sich etwas nach unten zog, ihren Gram um Tuan verriet. Erst vor Kurzem hatte Ascall heimlich ein Gespräch zwischen ihr und Caitlín belauscht, in dem Eithne zugegeben hatte, dass sie den Mann vermisste, der, selbst wenn sie bekleidet gewesen war, mehr von ihr gesehen hatte als jene, bei denen sie nackt gelegen hatte. Es würde sie gewiss am schwersten treffen, wenn Tuan Hugh ermordet hätte, doch ohne Zweifel würde sie am schnellsten wieder zur Tagesordnung zurückkehren und einmal mehr trotzig verkünden, was sie bereits gegenüber Caitlín erwähnt hatte: »Ich bin nun mal in allem nur halb gut, folglich auch im Vermissen. Selbst wenn Tuan nicht wiederkommt, bin ich manchmal auch fröhlich, und ich kann immer mit gutem Appetit essen.«

Eben stopfte sie sich einen großen Bissen in den Mund, desgleichen Airdi so gierig Eintopf löffelte, dass der ihm über das Kinn lief. Rún, die neben ihm saß, wischte es ihm rasch ab, bevor der Saft auch die Tunika beschmutzte, die sie für ihn gewebt hatte. Wenn sie hinter dem Webstuhl saß, hatte Ascall immer den Eindruck, dass sie glücklich war – und wenn Airdi danebenhockte und ihr dabei zusah, hatte er den Eindruck, dass er es ebenso war.

Glücklich schien auch Faolán, der als einer der wenigen statt zu essen das Geschenk in den Händen hielt, das Cian ihm gemacht hatte. Es bedurfte etwas Fantasie, um in jenem Gebilde aus einem gebogenen Stück Holz, einem bronzenen Griff und einigen Saiten eine Harfe zu erkennen, aber Faolán war mächtig stolz darauf. Eben klemmte er sie sich zwischen Brust und Kinn, wollte mit der unversehrten Hand darüberstreichen.

Tu es nicht, dachte Ascall, Musik ist zu schön, um sie zu ertragen. Aber es ertönte keine Musik, es ertönte nur Faoláns gerührtes Schluchzen, und bevor auch das unerträglich wurde, ging Aedan mit seinem Holzschwert auf seinen Vater los, auf dass der wieder mit ihm zu kämpfen übte.

»Nicht jetzt«, sagte Ascall bestimmt, »wir wollen erst essen.«

Auch er führte nun ein Stück Fleisch an den Mund, saß wie immer etwas gebeugt am Tisch, und während er kaute, fuhr sein Blick wieder zu Caitlín. Sie stand immer noch beim Kamin, und plötzlich erinnerte er sich an jenen Abend, da sie einst auf Dún Fionn angekommen war, nicht als seine Frau, als seine Sklavin. Sie war von der langen Fahrt durchfroren zum Feuer getreten, doch es hatte sie nicht wärmen, hatte weder Furcht noch unterdrückten Hass mindern können. Er hatte es nicht geschafft, ihr in die Augen zu schauen, hatte vergeblich darauf gewartet, dass der Grimm, den er wider ihren Vater fühlte, sich auch auf sie richtete. Das Einzige, was er bei ihrem Anblick gefühlt hatte, war Scham gewesen. Sie war keine Feindin, sie war einfach nur ein fremdes Mädchen gewesen, das er gern wieder losgeworden wäre, aber das nun mal da war und dem er, wie seine Männer von ihm erwartet hatten, die Ehre nehmen müsste, auf dass seine eigene wiederhergestellt wurde.

Nach allem, was hinter ihnen lag, hatten sie entweder beide ihre Ehre verloren oder keiner von ihnen. So oder so fiel es ihm jetzt nicht schwer, ihrem Blick standzuhalten, desgleichen sie seinen nicht losließ, und solange er sie ansah, hatte er keine Angst vor der Vergangenheit, auch keine Angst vor der Zukunft, nur das Vertrauen, dass der Krieg nicht bis zu ihnen kommen konnte und dass, selbst wenn es doch geschah, etwas von ihnen bleiben würde. Zusammenhalt, Zuneigung, Verständnis, vielleicht sogar Liebe. Diese Liebe war nicht süß wie Honig, aber auch nicht so sauer wie Aibhlinns Bier, vielleicht schmeckte sie wie der Brombeerwein, herb und dunkel und kräftig.

Aedan hörte nicht auf, sein Holzschwert zu schwingen. »Wann können wir endlich üben?«

Ascall nahm den nächsten Bissen. »Warum willst du unbedingt mit mir kämpfen? Ich könnte dir doch auch beibringen, aus einem Stück Holz ein Tier zu schnitzen.«

Er war nicht sicher, ob er es wieder könnte, doch Aedan

schüttelte ohnehin empört den Kopf. »Ich brauche doch kein Tier aus Holz! Ich bin kein kleines Kind mehr.«

Ascall unterdrückte ein Seufzen, doch da ließ sich eine Stimme vernehmen, die er manches Mal gehört, die sich bis jetzt aber nie an ihn gerichtet hatte.

»Ich … *Ich* hätte gern ein Tier aus Holz«, sagte Finnola.

Ascall drehte sich langsam zu ihr um, und anstatt sofort den Kopf einzuziehen, nickte sie bekräftigend und hielt seinem Blick stand. Nie zuvor hatte sie ihn so stark an Róisín erinnert. Nie zuvor war er sich so gewiss gewesen, dass er wieder glücklich sein könnte … und wieder schnitzen.

»Und welches Tier soll ich dir machen?«, fragte er. »Einen Wolf?« Sie schüttelte den Kopf. »Einen Raben? Ein Kätzchen?«, fragte er.

»Hm«, machte sie und überlegte eine Weile. Dann hatte sie sich entschieden. »Am liebsten hätte ich wohl ein Lämmchen«, sagte sie schließlich leise.

Aedan stieß einen verächtlichen Ton aus, Ascall aber nickte. »Bevor ich dir ein Lämmchen schnitze, muss ich mich allerdings noch stärken«, erklärte er. »Wo bleibt der Brombeerwein?«

Epilog

1186

Der Tisch war reichlich gedeckt, doch welches Essen sich in den Schüsseln befand, ließ sich nicht sagen, war es doch unter silbernen Deckeln verborgen. Noch nicht einmal Gerüche stiegen ihnen in die Nase, wobei John sich nicht sicher war, ob Saint-Taurin Düfte und Gestank voneinander unterscheiden konnte. Ganz steif saß er am gegenüberliegenden Ende der Tafel, den Kopf leicht zur Seite geneigt, und wartete ab, während Diener um Diener kam, um noch mehr Gerichte zu bringen. Irgendwann blieb nur einer von ihnen in der Halle, und der trug keine Platte, nur einen Krug Wein. Als er Anstalten machte, Saint-Taurin einzuschenken, schob der die Hand über seinen Kelch. Einmal mehr fiel John auf, wie schmal seine Finger waren.

»Einen Augenblick noch«, sagte Saint-Taurin. »Bevor du mir verkünden wirst, warum du mich hier nach Chester eingeladen hast, will ich dir vergewissern, wie sehr mich dein Verlust dauert. Gern würde ich mit dir auf Irlands Zukunft trinken und auf deine. Prinz Geoffreys Tod allerdings wollen wir mit trockenen Kehlen betrauern.«

Und mit trockenen Augen, ging es John durch den Kopf.

Als ihn die Nachricht erreicht hatte, dass Geoffrey bei einem Turnier in Paris vom Pferd gefallen und von diesem zu Tode getrampelt worden war, hatte er nichts gefühlt. Keinen Schmerz, keinen Triumph, kein Mitleid. Da war nur die schlichte Erkenntnis, dass er ihm dereinst doch nicht gleichen würde. Er hatte nämlich nicht vor, so jung zu sterben … So sinnlos.

John faltete die Hände, als würde er ein stummes Gebet sprechen, und ließ eine Weile vergehen, ehe er erklärte: »So grausam sein Tod war, so überraschend er kam … Ich denke, Geoffrey wollte lieber kraftstrotzend während eines Turniers sterben, als alt und krank im Bett.«

Amaury de Saint-Taurin wiegte nachdenklich den Kopf. »Noch lieber wäre er wohl in einer Schlacht gestorben.« Er schwieg eine Weile, ehe er leise fortfuhr: »Ich habe gehört, dass König Henry dich in die Normandie berufen hat, droht euch doch der französische König Philippe, Geoffreys Erbe, die Bretagne, streitig zu machen.«

Er nahm die Hand von seinem Kelch, um zu bekunden, dass sie genug Worte über Geoffreys Schicksal verloren hatten, doch nun war es John, der dem Diener ein Zeichen gab zu warten. Immer noch hing Essensduft in der Luft.

»So ist es«, sagte er. »Nach Hugh de Lacys Tod wünschte sich mein Vater eigentlich, dass ich nach Irland zurückkehre, aber diesen Plan mussten wir ob Geoffreys Tod verwerfen.«

»Wie schade«, murmelte Saint-Taurin. Der rote Stein auf seiner Fibel schien zu glühen, als liefe echtes Blut durch diesen. Ein wenig glich er einem dritten Auge, das John erwartungsvoll anstarrte. »Wie schade«, wiederholte Saint-Taurin, »da doch mittlerweile Papst Lucius gestorben ist, ihm Urban folgte und der endlich einen Legaten mit Irlands Krone nach England geschickt hat.«

John nickte. Er hatte neben seinem Vater gestanden, als dieser den Legaten empfangen hatte. Sein Vater wiederum war unruhig hin und her gelaufen. Wären die Pfauenfedern auf der Krone echt gewesen, nicht aus Gold, sie hätten im Luftzug geflattert.

Noch ruheloser war König Henry seit dem Tod seines zweiten Sohnes geworden, er trachtete stets danach, dem Schmerz davonzulaufen. Doch der Schmerz verfolgte ihn, das Einzige, was Henry mühelos abschütteln konnte, war die Erinnerung daran, dass er John liebte, dass er sein Bestes wollte. Zu einer Schachfigur war er für ihn vielmehr wieder geworden, die man auf ein beliebiges Feld schieben konnte, sobald dieses frei wurde. Und dieses Feld war nach Geoffreys Tod die Bretagne und nicht Irland.

Immerhin war sich John dessen bewusst, während Saint-Taurin nicht ahnte, dass auch er nur eine Schachfigur war – ganz sicher nicht der König, noch nicht einmal ein Springer, sondern ein Bauer.

John stützte sich am Tisch auf, erhob sich. »Da ich selbst anderswo gebraucht werde, wird ein neuer Statthalter nach Irland aufbrechen. Mein Vater will vermeiden, dass die normannischen Gebiete allein von John de Courcy verwaltet werden. Das ist auch der Grund, warum ich dich zu diesem Mahl geladen habe.«

Amaury de Saint-Taurin blieb weiterhin steif sitzen, aber in seinen Augen leuchtete Triumph. »Ich verstehe«, sagte er. »Ich soll also Hugh de Lacys Erbe antreten.«

John sagte nichts, gab lediglich dem Diener ein Zeichen. Anstatt Saint-Taurin einzuschenken, stellte der nur den Weinkrug auf den Tisch, und als Saint-Taurin sich erhob, um sich einzuschenken, musste er feststellen, dass der Krug leer war. Verblüfft wich Saint-Taurin zurück. Ihm entfuhr ein schrilleres Lachen, als John je eines aus seinem Mund gehört hatte.

»Ein leerer Weinkrug?«, rief er. »Einst habe ich Ascall von Toora einen leeren Kelch in die Hand gedrückt, als Zeichen dafür, dass man sich nicht am Wein berauschen sollte, nur an der Wahrheit. Ich wusste nicht, dass du davon gehört hast.«

»Das habe ich auch nicht«, sagte John und zog einen silbernen Deckel von einer der Schüsseln. Es duftete nichts, es stank nichts. Die Schüssel war leer. Wieder entfuhr Amaury jenes schrille Lachen, doch dieses Mal schwang nicht nur Verblüffung, sondern auch Unsicherheit mit.

»Ich muss dir danken, Amaury de Saint-Taurin«, sagte John mit freundlichem Lächeln. »Ich habe von dir so viel gelernt, vor allem, wie man Menschen täuscht. Damals im Folterkeller hast du keine echten Schmerzen gelitten, heute in dieser festlichen Halle werden wir keine echten Speisen essen. Noch nicht einmal der Diener ist ein echter.«

»Prinz John, ich verstehe nicht …«

Saint-Taurin wollte aufspringen, konnte es aber nicht, denn da hatte sich der falsche Diener blitzschnell hinter ihn gestellt und ihn mit einer Hand an seinem Haar gepackt, das gerade lange genug war, um den Kopf zurückzuzerren. Und während sich Saint-Taurin noch gegen den Griff wehrte, zog der Mann mit der anderen einen Dolch und fuhr mit der Klinge über Saint-Taurins Kehle – nicht tief genug, um sie zu durchschneiden, jedoch, um Blut fließen zu lassen. Saint-Taurin japste, als der erste Tropfen geradewegs in den leeren Kelch perlte.

»Du wolltest von Anfang an, dass ich in Irland scheitere«, sagte John kalt.

Saint-Taurins Lachen klang nun wie ein Husten. Ein zweiter Tropfen fiel in den Kelch, beinahe hätte Saint-Taurin ihn umgestoßen, als er sich zu winden begann, versuchte, dem anderen den Dolch aus der Hand zu schlagen, kurz erstarrte, als er dessen Gesicht erkannte.

»Du?«

Und noch ein Schnitt quer über die Kehle, wieder nicht tief genug, um ihn zu töten, nur, um ihn noch stärker bluten zu lassen. Einige Tropfen versickerten in der schwarzen Kleidung, einige liefen über die Fibel, andere rannen in den Kelch, zumal John nun näher trat, diesen nahm, das Blut auffing. Mit aller Macht wehrte sich Saint-Taurin gegen seinen Angreifer, bäumte sich auf, schlug mit Händen und Füßen um sich, rammte dem Mann den Ellbogen in den Bauch. Dem gelang es dennoch, einen dritten Schnitt über seine Kehle zu ziehen. Kaum mehr atmen mochte Saint-Taurin, erst recht nicht mehr kämpfen. Sein Blick flackerte, doch was immer er fühlte – Verzweiflung und Furcht waren es nicht.

»Willst du dich nicht an der Wahrheit berauschen, und ist Rot nicht deine Lieblingsfarbe?«, fragte John und fing mit dem Kelch noch mehr Blut auf. »Dir müsste es doch gefallen, dass wir den Kelch mit deinem Blut füllen. Ich fürchte nur, du wirst dieses Blut nicht mehr schlucken können. Das ist immer schon deine größte Schwäche gewesen, nicht wahr? Einer, der keinen Hunger kennt, kann niemals richtig satt werden, und einer, der nicht richtig schlucken kann, vermag seinen Durst nie zu löschen, selbst wenn er noch so viel herauspresst … aus anderen Menschen, aus Irland …« Saint-Taurins Blick war eine Weile ganz starr auf John gerichtet, fuhr dann hoch zu dem Mann, der ihn immer noch an seinem Haar gepackt hielt. Er röchelte. »Ich sehe, es bleibt uns noch Zeit, um ein wenig zu plaudern«, sage John. »Du kannst leider nichts mehr sagen, aber ich will dir gern erzählen, wie ich herausgefunden habe, dass du dich mit Connor Maenmaige verbündet hast, weil er Söldner brauchte und du jemanden, der Hugh tötet, ohne dass auch nur der geringste Verdacht auf dich fällt. Nun, dieser junge Mann hier namens Tuan hat es nicht getan. Als er erfuhr, was Maenmaige, was du plantest, hat er sich als Schmied ausgegeben und ist so nach Dublin gelangt. Hugh de Lacy konnte er nicht mehr rechtzeitig warnen – dieser wurde von einem gewissen Gilla O'Meyey, einem jungen Iren, gemeuchelt –, er konnte jedoch Bertram de Verdun die Wahrheit anvertrauen.« Saint-Taurin bäumte sich ein letztes Mal auf. »Was wehrst du dich denn?«, spottete John. »Du liebst doch die Wahrheit. Oder gilt das nur, solange du nicht der Übertölpelte bist?«

Saint-Taurins Hände verkrampften sich zu Fäusten, doch diese trafen Tuan nicht mehr, sanken kraftlos auf die Tischplatte. Gleichwohl Tuan ihn nun losließ, fiel aber nicht auch sein Oberkörper nach vorne. Mühsam hielt er sich aufrecht. Der Schnitt in seinem Hals glich einem breiten, blutigen Grinsen, seine Lippen waren ebenfalls dazu verzogen.

»Du …«, formten diese wieder.

»Du hast dich gleich zwei Mal geirrt«, sagte John. »Du dachtest, ich wäre nun einsamer als je zuvor und hätte mehr Angst als je zuvor. Und du dachtest, es wäre der Schmerz, der den Menschen entblößt und die Wahrheit über ihn preisgibt. Wisse jedoch: Ich bin zwar einsam, von nun an habe ich dennoch keine Angst mehr, ich werde allen Angst machen. Denn es ist nicht der Schmerz selbst, es ist die Angst vor dem Schmerz, die dem Menschen die Maske vom Gesicht reißt. Krieger bringen den Tod. Künstler bringen den Schmerz. Könige bringen die Angst.«

Saint-Taurin versuchte einzuatmen, schluckte Blut, spuckte es wieder aus, spuckte auch noch letzte Worte aus. »Ich … Ich fühle keinen Schmerz … Ich … Ich habe keine Angst …« Die Augen waren ganz starr, die blutbesudelte Fibel wirkte schwarz wie diese.

»Das ist mir gleich«, sagte John mit weicher Stimme, »du warst nie ein Krieger, du bist kein Künstler mehr, und du wirst nie ein König sein.«

Er stellte den Blutkelch ab. Saint-Taurins Kopf schlug auf die Platte, sobald dessen letzter röchelnder Atemzug verklungen war. Unter seinen Füßen bildete sich eine rote Lache.

Erst jetzt durchlief John ein Schaudern, und um es zu verbergen, fegte er sämtliche Schüsseln vom Tisch. Er war dankbar über das Klirren, das so viel lauter war als das Echo des Stöhnens und des Schreiens, das Saint-Taurin einst im Folterkeller ausgestoßen hatte und an das er sich nie wieder erinnern wollte.

Ich bin allein, und ich werde allen Angst machen.

»Danke«, sagte er. Tuan hielt immer noch den Dolch in der Hand. Sein Gesicht war so ausdruckslos wie an dem Tag, da er England erreicht und John alles von Saint-Taurins Verschwörung berichtet hatte. Dass seine Miene keinerlei Gefühl verriet, hatte es John schwergemacht, Tuan zu vertrauen, aber am Ende war ihm einer, der seine wahren Gefühle verbarg, lieber als einer, der ihm falsche Gefühle vormachte. Der Wunsch, sich an Saint-Taurin zu rächen, hatte sie jedenfalls zusammengeschweißt, um einen Plan auszuhecken und ihn durchzuführen. »Danke«, wiederholte John.

Tuan hob seinen Blick. Auf sein Kinn war etwas Blut gespritzt, aber er mache keine Anstalten, es abzuwischen. »Ich habe es nicht für dich getan.«

»Ich weiß.« John lächelte. Lächelte so, wie Saint-Taurin immer gelächelt hatte, überlegen, gönnerhaft, leer. »Ich weiß«, sagte er wieder. »Trotzdem stehe ich zu meinem Wort. Du kannst gehen, wohin du willst, oder du kannst bleiben und mein Ritter werden.«

Nicht einmal die Dauer eines Wimpernschlags verging, ehe Tuans seine Entscheidung kundtat. »Ich werde dir niemals dienen, ich werde nach Irland zurückkehren.« John hatte mit nichts anderem gerechnet. Er wollte sich eigentlich abwenden, sah dann doch gebannt zu, wie Tuan seinen Dolch an Amaurys Umhang abwischte, diesen auf den Tisch legte, sich übers Kinn fuhr. »Ich werde nie wieder einen wehrlosen Mann töten«, sagte er, »ich werde aber auch nie wieder ein Goldschmied sein.«

»Und was willst du in Irland tun?«, fragte John.

»Ascall von Toora meinen Gehorsam schwören. Mich mit der Mutter meines Sohnes aussprechen und um ihre Liebe ringen. Diesem Sohn selbst ein guter Vater sein.«

Tuan starrte auf den mit Blut gefüllten Kelch, während er sprach, schien das eigene Spiegelbild darin hingegen nicht zu sehen. Weit fort war er wohl mit seinen Gedanken, bei der Frau und dem Jungen, von denen er gesprochen hatte und die John plötzlich selbst vor sich zu sehen glaubte. Die Frau hielt den Jungen an der Hand, fuhr ihm durch das dichte dunkle Haar … Haar, wie Tuan es hatte, wie er selbst es hatte … Nur dass seine Mutter Eleonore ihm nie liebevoll darübergestreichelt hatte.

Ich bin allein, und ich werde allen Angst machen.

»Ich werde vorerst Philip of Worcester nach Irland schicken«, sagte John leise. »Aber irgendwann … irgendwann werde ich selbst nach Irland zurückkehren, werde mir die Insel unterwerfen, mich an allen rächen, die über mich gespottet haben, ihnen allen zeigen, dass ich viel mehr kann als jagen und saufen und spielen und huren. Ich werde Irlands König sein. Vielleicht werde ich sogar Englands König sein. Nur ein Ohneland werde ich nicht wieder sein.«

Seine Stimme war angeschwollen, doch Tuan schien in Gedanken immer noch bei Frau und Sohn zu sein. Das Lächeln, das auf seinen Lippen erschien, als er den Blick hob, war erst sehnsüchtig, dann wehmütig, zuletzt, als es John galt, mitleidig. Langsam trat er auf ihn zu. Er war größer als er, es waren ja alle größer.

»Saint-Taurin konnte mich nicht brechen, als er mir Schmerzen zufügte. Du kannst mich nicht brechen, indem du mir Angst machst. Selbst wenn du dereinst mehr Blut vergießen wirst, als ich heute vergossen habe, selbst wenn du in Zukunft eine Krone aus tausend goldenen Pfauenfedern tragen und auf einem gleichfalls goldenen Thron sitzen wirst – mein König wirst du niemals sein.«

Tuan stieg über die Platten hinweg, und kurz überlegte John, sein Versprechen zurückzunehmen, ihn festzuhalten, ihn quälen und töten zu lassen. Am Ende rang es ihm aber Respekt ab, dass der andere aufrecht, als würde *er* eine Krone tragen, die Halle verließ. Und es wäre ja doch nur Zeitverschwendung, sich länger mit ihm abzugeben, es galt die nächsten Züge seines Spiels zu planen, in dem er nicht länger Turm, nur König sein wollte.

Anhang

Personenverzeichnis

Die historischen Persönlichkeiten sind mit einem * versehen. In eckigen Klammern steht, wie man die gälischen Namen korrekt ausspricht, sofern die Aussprache stark vom geschriebenen Wort abweicht.

Irische Könige und ihre Gefolgschaft

*Ruari [Rori] O'Connor**, Hochkönig von Irland und König von Connacht

Rose, seine Tochter

Murtagh [Murta] * und *Connor Maenmaige [Mänmäg]* *, zwei seiner Söhne

Midhir und Boath [Boah], Connor Maenmaiges Krieger

Domhnall [Dohnal] O'Brian *, König von Thomond

Dermot MacCarthy *, König von Desmond

Amlaíb [Amläb]MacFergaile O'Rourke *, König von Breifne

MacGiolla Padraic [MacGilla Patrick] *, König von Osraige

Die Geiseln von Limerick

Tuan, Sohn eines Goldschmieds

Eithne [En-ya], junge Frau

Trian, Eithnes Sohn

Airdi [Er-di], Fintan und Maolan [Mo-lan], Tuans Gefährten

Auf Dún Fionn

Ascall von Toora, Anführer der Ritter des Roten Zweiges

Ailillán [Alalohn], sein Bruder

Róisín [Roschihn], seine Geliebte

Finnola und Aedan [Äiden], seine und Róisíns Kinder

Caitlín [Kätschlinn] O'Bjólan, seine Ehefrau

Faolán [Fäilan] O'Bjólan, ihr Bruder
Rún, einstige Sklavin und nun Caitlíns treue Gefährtin
Ivarr, Enda, Barra, Clach, Pòg, Madadh [Ma-dach], Ritter des Roten Zweiges
Cascorach, Schmied
Ógán, junger Bannerträger
Aibhlinn [Ev-linn], seine Frau

Am Hof der Plantagenets

Henry *, König des angevinischen Reiches
Eleonore *, seine Frau, Herzogin von Aquitanien
Henry (Young Henry) *, *Richard (Löwenherz)* *, *Geoffrey* *, *John (Ohneland)* *, seine Söhne
Ranulf de Glanville *, Sheriff von Westmorland und später Justiziar von England; Prinz Johns Erzieher
Bertram de Verdun *, *William de Wenneval* *, *Alard FitzWilliam* *, *Theobald Walter* *, *Roger Rastel* *, Mitglieder aus dem Haushalt Prinz Johns

Anglonormannische Ritter und ihre Familien

Amaury de Saint-Taurin, normannischer Adliger und Ritter
Goll, Amaurys Diener
Richard de Clare, genannt Strongbow *, *Raymond le Gros* *, *Robert FitzStephen* *, *Milo de Cogan* *, *Meilyr FitzHenry* *, *Hervey de Montemarisco* *, normannische Eroberer Irlands
Aoife [Iifa] *, Prinzessin von Leinster und Strongbows Ehefrau
Gilbert * und *Isabel* *, ihre Kinder
Basilia *, Strongbows Schwester
Basilia * und *Adelina* *, Strongbows Töchter
Griffin FitzWilliam *, mutmaßlicher Mörder von König Tigernán von Breifne
Roland, Osbert, Perceval, Stephen, normannische Ritter
Guy FitzMartin, ein Bote
Hugh de Lacy *, Statthalter von Irland

*Walther**, *Hugh**, *Elayne**, *Aegidia** und *Alice**,
seine Kinder aus erster Ehe
*William Gorm** und *Ysota**, seine Kinder aus zweiter Ehe
*Hugh Tyrell** und *Bernard le Petit**, Ritter von Hugh de Lacy
*Isabel**, Hugh Tyrells Frau
*William FitzAudelin**, *John de Lacy**, *Richard de Pec**, *Philip von Worcester**, vorübergehende Statthalter von Irland
*John de Courcy**, Eroberer von Ulster
*Affreca**, Tochter des Königs der Isle of Man und John de Courcys Frau
*Robert le Poer**, Statthalter von Waterford
Estève de Beynac, gefürchteter Söldner

Kleriker und Ordensleute

*Lorcan O'Toole**, Bischof von Dublin
*John Cumin**, sein Nachfolger
*Gerald von Wales**, Geschichtsschreiber
*Robert von Shrewsbury**, Berater von Hugh de Lacy
Kraka O'Bjólan, Äbtissin des Klosters Sankt Brigid

Sonstige

Rúdnat [Ru-unit] (die Rote), Besitzerin eines Dubliner Hurenhauses
Nessa, *Liven*, *Barabal*, *Fine*, *Echna*, *Ailbhe [El-wia]* und *Neve*, ihre Huren
Ninned, ein Junge
Urard, ein Steinmetz
Cian, *Éilís [Älisch]*, O'Bjólans Ziehsohn
Eirnín und *Gobán*, Bauern von Meath
Feme [Fie-wa], *Tómmán* und *Torna*, ihre Kinder
Sinnach, der Fuchs, und *Gilla O'Meyey*, Feinde des normannischen Statthalters

Zeittafel

1166: Ruari O'Connor, der Hochkönig von Irland, vertreibt mithilfe einer breiten Allianz König Diarmait MacMurchada aus Leinster. Dieser bricht zum anglonormannischen König Henry II. auf, um ihn um Hilfe bei der Rückeroberung seines Königreichs zu bitten.

1167–1171: Diarmait MacMurchada kehrt mit normannischen Truppen zurück nach Irland. Bald zeigt sich die Überlegenheit der Normannen, die Städte Wexford, Waterford und Dublin werden eingenommen. Eine Schlüsselrolle kommt hierbei Richard de Clare, genannt Strongbow, zu, der – um das Bündnis mit Diarmait zu festigen – Diarmaits Tochter Aoife heiratet. Nach dem Tod von Diarmait und einer vernichtenden Niederlage von Ruari O'Connor droht Strongbow allerdings zu mächtig zu werden. Henry bricht persönlich nach Irland auf.

1172: Henry entmachtet Strongbow, nimmt von vielen irischen Königen den Treueeid entgegen und etabliert Hugh de Lacy als Statthalter in Meath und Dublin. Der Westen bleibt indes in irischer Hand. Nachdem Henry die Insel verlassen hat, baut Hugh seine Macht aus, wird aber Ende des Jahres vom König in die Normandie gerufen.

1173–1174: Wie Hugh de Lacy kann sich auch Strongbow in der Normandie beweisen. Er erlangt das Vertrauen von Henry zurück und wird von ihm als neuer Statthalter nach Irland geschickt. Während die drei älteren Söhne von König Henry gegen ihren Vater rebellieren, kommt es in Irland zu Aufständen und blutigen Schlachten. In Thurles fügen die Iren den Normannen eine bittere Niederlage zu – Ruari O'Connor greift überdies Meath an.

1175: Trotz aller Widerstände verfolgt Strongbow energisch das Ziel, den normannischen Einfluss auszudehnen. Die Normannen nehmen Limerick ein. Allerdings kommt auch die Diplomatie nicht zum Erliegen. Nachdem er die Rebellion seiner Söhne niedergeschlagen hat, will Henry für klare Machtverhältnisse in Wales, Schottland und Irland sorgen. Am 6. November schließen er und Ruari O'Connor den Vertrag von Windsor. Darin wird Ruari als Hochkönig von Irland anerkannt – mit Ausnahme von Leinster, Dublin und Territorien rund um Waterford und Wexford –, muss dafür allerdings zum Vasallen von Henry werden und ihm Tribut zahlen.

1176: Da die Normannen Limerick nicht halten können, übergeben sie die Stadt an Domhnall O'Brian, den König von Thomond. Dieser lässt sie – nicht zuletzt als Beweis seiner Macht – in Flammen setzen. Strongbow stirbt unterdessen nach einer Fußverletzung, ihm folgt William FitzAudelin als Statthalter. Es kommt zur heftigen Auseinandersetzung, weil irische Truppen immer weiter in den Osten, normannische immer weiter in den Westen vorrücken. John de Courcy, der FitzAudelin nach Irland begleitet hat, setzt zur Eroberung von Ulster, einer Provinz im Norden Irlands, an.

1177: Nach einer Reihe von Niederlagen ruft Henry FitzAudelin nach England zurück. Auf dem Konzil von Oxford wird Henrys Sohn John zum Dominus Hiberniae und – da er zu jung ist, um selbst zu herrschen – Hugh de Lacy zum Statthalter ernannt.

Unterdessen kommt es zu diversen inneririschen Konflikten: Connacht befindet sich im Bürgerkrieg, nachdem sich Murtagh O'Connor gegen seinen Vater Ruari erhoben hat. Er unterliegt jedoch und wird geblendet.

1178–1179: Hugh de Lacy festigt seine Macht in Meath, indem er das Land in Parzellen teilt und an Getreue vergibt sowie Burgen bauen lässt. John de Courcy gelingt es, Ulster endgültig zu unterwerfen.

1180–1181: Nachdem es immer wieder zu Konflikten mit Ruari O'Connor gekommen ist, heiratet Hugh zwecks eines Bündnisses dessen Tochter Rose. Das erweckt Henrys Misstrauen – er ruft Hugh nach England. John de Lacy und Richard de Pec vertreten ihn als Statthalter. In Connacht kommt es wieder zu großen Schlachten, einige Söhne Ruari O'Connors fallen. Nachdem er dem König seine Treue versichert hat, kehrt Hugh nach Irland zurück.

1183: Ruari O'Connor wird von seinem Sohn Connor Maenmaige zur Abdankung gezwungen und zieht sich ins Kloster Cong zurück. Auch im anglonormannischen Reich verschieben sich die Machtverhältnisse. Nach dem Tod des Thronfolgers Young Henry, dem ältesten Sohn König Henrys, entbrennt unter den drei Brüdern Richard, Geoffrey und John ein Streit um Aquitanien.

1184: Ein Angriff von Geoffrey und John auf Richard scheitert, rund um das Weihnachtsfest versöhnen sich die Brüder. Der Konflikt um Aquitanien wird gelöst, indem das Herzogtum Königin Eleonore anvertraut wird. Hugh de Lacy erweckt einmal mehr das Misstrauen von König Henry, sodass der Beschluss reift, John nach Irland zu schicken und ihn zum dortigen König zu krönen.

1185: Kurz nachdem er von seinem Vater zum Ritter geschlagen wurde, bricht John nach Irland auf. Beim Treffen mit irischen Königen in Waterford, die ihn eigentlich willkommen heißen und ihm den Friedenskuss geben wollten, benimmt sich John höchst respektlos. Er zieht an den Bärten der Männer und macht sich über diese lustig. Das führt dazu, dass die Könige des Westens – Dermot MacCarthy von Desmond, Domhnall O'Brian von Thomond und Ruari O'Connor von Connacht, der das Kloster Cong wieder verlassen hat – ein Bündnis schließen.

Unterdessen folgen weitere Provokationen von John, vergibt er doch großzügig Land an seine Ritter, das eigentlich nicht zum normannischen Gebiet gehört. Expeditionen nach Munster erweisen sich nur teilweise als erfolgreich. Dermot MacCarthy wird getötet, an anderen Orten erleiden die Normannen Niederlagen. Zu heftigen Kämpfen kommt es auch in Meath, als Teile der Provinz von Männern aus dem Nachbargebiet Cinel Owen besetzt werden. Diese werden aber von Hugh de Lacys Ritter Bernard le Petit besiegt, was Hughs Position stärkt. Zugutekommt Letzterem auch, dass John sich als extrem verschwendungssüchtig erweist und ihm das Geld ausgeht. Er kann seine Söldnertruppen nicht mehr bezahlen und reist im Dezember ab.

1186: Ruari O'Connor ist mithilfe von Domhnall O'Brian in Connacht einmarschiert, woraufhin Connor Maenmaige die normannischen Söldner, die von John nicht bezahlt wurden, zu Hilfe ruft. Mit ihnen gelingt es ihm, den zunächst erfolgreichen Vater zu besiegen.

Im Juli wird Hugh de Lacy während Bauarbeiten in Durrow von einem in einer Mönchskutte verkleideten Attentäter ermordet. Die historischen Quellen sind sich nicht darüber einig, ob es sich bei dem Mörder um einen einfachen Arbeiter, einen verkleideten irischen Adligen oder gar um einen vom englischen Königshaus gedungenen Mörder gehandelt hat.

Henry will einmal mehr Johns Macht in Irland festigen – nicht zuletzt, da der Papst endlich eine Krone nach England schicken lässt. Da Johns Bruder Geoffrey allerdings während eines Turniers verunglückt und der Streit um sein Erbe zu Auseinandersetzungen mit dem französischen König Philippe führt, wird Johns geplante Irlandreise abgesagt. Irland bleibt in der Verantwortung von Philip von Worcester und John de Courcy.

Historische Anmerkung

Die Jahre zwischen Hugh de Lacys Tod 1186 und dem Beginn von König Johns Regentschaft 1199 gelten, was die Ereignisse in Irland betrifft, als obskure Zeit. Ruari O'Connor versuchte vier Mal, wieder an die Macht zu kommen, scheiterte aber jedes Mal. Auch ist immer häufiger von Konflikten unter normannischen Familien die Rede.

Von Schlachten, Aufständen, bürgerkriegsähnlichen Zuständen erfährt man aus den zeitgenössischen Chroniken und Annalen allerdings wenig, weswegen ich großzügig von meinem Vorrecht als Autorin Gebrauch mache, vieles zu erfinden, und an dieser Stelle einfach mal behaupte, dass Ascall und Caitlín, Tuan und Eithne und all die anderen von nun an ein friedliches, glückliches Leben geführt haben.

Leider können Lücken in den Geschichtsbüchern auch zum Ärgernis werden. Das Schicksal mancher Romanfigur verliert sich im Dunkel der Geschichte, so zum Beispiel das von Rose O'Connor und ihrer kleinen Tochter Ysota. Mir bleibt nur zu hoffen, dass auch sie ein halbwegs glückliches Leben führten. Das Leben ihres Sohnes William Gorm lässt sich dagegen relativ gut rekonstruieren – wie seine älteren Halbbrüder geriet er später in diverse Konflikte mit seinem König.

Ganz sicher nicht glücklich wurde Strongbows Ehefrau Aoife, die ich – den historischen Tatsachen entsprechend – relativ früh aus meinem Roman verbannt und nach Pembroke geschickt habe, wo sie das Erbe des Sohnes verwaltete. An dieser Stelle will ich noch einen kurzen Blick auf ihr Schicksal werfen. Mit dem Tod ihres Sohnes Gilbert um das Jahr 1185 verlor Aoife jegliche Machtposition und damit all ihren Einfluss. Ihre Tochter Isabel, nunmehr Strongbows Erbin, wurde von König Henry nach London geholt, wo er sie 1189 mit dem berühmten Ritter William Marshall verheiratete, der in ihrem Namen nicht nur die Ländereien in Pembroke, sondern auch die in Leinster beanspruchte und deshalb zu einer Schlüsselfigur in Irlands weiterer Geschichte wurde. Aoife hat das aber nicht mehr erlebt – sie starb um 1188.

Wie es mit John weiterging, dürften viele Leser bereits wissen. Nachdem auch sein dritter Bruder, genannt Richard Löwenherz, starb, wurde er zum König des angevinischen Reiches, und wie in meinem Buch angekündigt, besser gesagt angedroht, kehrte er als solcher zurück nach Irland, nämlich im Jahr 1210. Dort machte er zwar manchem in seinen Augen zu mächtigen normannischen Baron das Leben schwer, richtete aber bei Weitem nicht so viel Schaden an wie 1185.

Genau betrachtet, muss man das damalige Scheitern Johns natürlich etwas relativieren. Ich habe mich bei der Schilderung der Ereignisse stark an Gerald von Wales' Werken orientiert, obwohl ich mir – wie sein Zusammentreffen mit Rúdnat zeigt – stets bewusst war, dass er nicht der Prototyp des objektiven Berichterstatters, sondern vielmehr ein zutiefst voreingenommener, von vielen Vorurteilen geprägter Mann war. Dass Gerald von Wales kein gutes Haar an Johns Irlandreise ließ, seine Verschwendungssucht hervorhob, seine Unhöflichkeit und die Dekadenz seiner Ritter, insbesondere die von Roger Rastel, könnte zwar durchaus den Tatsachen entsprechen, genauso gut aber pure Verleumdung gewesen sein – und zwar nicht die letzte, die John ertragen musste.

In der Reihe mit anderen englischen Königen, insbesondere im direkten Vergleich mit seinem Vorgänger Richard, kommt John in der Geschichtsschreibung häufig die Rolle des Bösewichts zu. Doch nur weil nicht nur Eleonore von Aquitanien Richard bevorzugte, sondern auch viele Zeitgenossen diesen als Prototypen des strahlenden Ritters betrachteten, während sie John die Rolle des verkommenen, gottlosen Königs zukommen ließen, heißt das nicht, dass das der Realität entsprach.

Gut möglich, dass er kein Teufel in Menschengestalt war, vielmehr Opfer seiner Familie und der Voraussetzungen, unter denen er die Macht antrat.

Ob zu der langen Reihe seiner Misserfolge – John verlor fast sämtliches Gebiet auf dem europäischen Festland –, auch seine beiden Irlandexpeditionen zählen dazu, ist also umstritten. Zumindest hat er 1210, als die normannischen Barone sich in endlosen Kleinkriegen verloren, für klare Verhältnisse gesorgt, weswegen er beim Aufstand der englischen Barone, der ein paar Jahre später zur Magna Charta führte, von Irland aus Unterstützung erfuhr.

Unabhängig davon, wie er sich während seiner Irlandaufenthalte verhalten hat, wurde John zur Schlüsselfigur für das Schicksal von Érius Insel. Dass König Henry seinen jüngsten Sohn zum Dominus Hiberniae machte, hat ganz klar als Zeichen zu gelten, dass er der Insel eine gewisse Unabhängigkeit lassen wollte. Schließlich hatte zu diesem Zeitpunkt niemand damit rechnen können, dass John als Jüngster jemals König von England werden würde. Man mag es als Laune des Schicksals ansehen, dass er gleich drei ältere Brüder überlebte, den Titel des Dominus Hiberniae sowie den des Königs von England deshalb auf sich vereinte und Irland – entgegen dem Willen seines Vaters – eine Art englische Kolonie wurde.

Jedenfalls ist der jahrhundertelange blutige Kampf um Irlands Unabhängigkeit, der bis heute nachwirkt, weniger Resultat der anglonormannischen Eroberung der Insel, die schließlich auch zuvor in viele Provinzen zersplittert war, als vielmehr unmittelbare Konsequenz aus Young Henrys, Geoffreys und Richards frühen Toden. Hätten diese und auch Geoffreys Sohn Arthur länger gelebt, wäre John eine Art gehobener Statthalter geworden und nicht zum Begründer des sogenannten Anglo-Ireland, wie es in der Forschung heißt.

Apropos Statthalter: Ich habe Hugh de Lacy der Einfachheit halber konsequent so genannt, obwohl er in den Quellen meist unter anderen (lateinischen) Titeln angeführt wird – desgleichen ich die Normannen als selbige bezeichne, obwohl das ein unglaublich dehnbarer und deshalb kein präziser historischer Begriff ist.

Neben der Entscheidung, wie ich Hughs Amt bezeichne, galt es natürlich auch zu überlegen, als welche Art Mensch beziehungsweise Machthaber ich ihn schildere, ob also eher als Fluch oder als Segen für Irland. Ich gebe zu, dass hier beides möglich gewesen wäre. Die Quellen liefern durchaus Indizien dafür, dass er ein im Sinne seiner Zeit gerechter Mann war, dem es darum ging, Irland zu befrieden. Insbesondere bei den irischen Bauern war Hugh de Lacy angesehen – aus seiner Zeit stammt der Spruch *Hiberniores Hibernis ipsis*, wonach die Normannen mittlerweile irischer als die Iren selbst sein sollten. Das spricht für seine Anpassungsfähigkeit, aber auch für das Bemühen um ein friedliches Miteinander. Es gibt allerdings genauso viele Hinweise darauf, dass Hugh de Lacy ein ehrgeiziger, skrupelloser Mann war, der sich in erster Linie bereichern wollte und nach Macht gierte.

So wie ich mich als Autorin für einen bestimmten Hergang von Ereignissen entscheiden muss, entscheide ich mich auch für das Maß an Wohlwollen, das ich meinen Romanfiguren entgegenbringe. Insofern ist Hugh de Lacy womöglich etwas freundlicher geraten, als er in Wahrheit war, und Connor Maenmaige etwas düsterer.

Unabhängig von diesen beiden gilt für alle Ereignisse und Persönlichkeiten des mittelalterlichen Irlands, dass man mit einem strikten Entweder-oder selten den Tatsachen gerecht wird – das schafft man nur mit einem Sowohl-als-auch.

Hinsichtlich der Schilderung von Alltagsleben und Mentalität habe mich um gleiche Sorgfalt bemüht wie bei der Darstellung der politischen Ereignisse. Anstatt der Fantasie freien Lauf zu lassen, habe ich mich an den Ergebnissen von archäologischen Funden und intensivem Studium zeitgenössischer Quellen wie Heiligenlegenden oder alten Sagen orientiert. Doch auch für Details wie Kleidung, Ernährung, Wohnsituationen und die Heilkunst gilt: Nichts muss zwangsläufig, aber alles könnte damals so oder so ähnlich gewesen sein.